Né en 1960 en Angleterre, **Peter F. Hamilton** s'est très vite imposé comme l'un des piliers du renouveau de la SF britannique. Mais là où ses amis auteurs exploraient de nouveaux courants, Hamilton a préféré faire revivre l'émerveillement des aventures spatiales chères aux grands auteurs de l'âge d'or : Asimov, Clarke et Heinlein. Dans ce domaine, ses cycles *L'Aube de la nuit* et *L'Étoile de Pandore* font référence. Il est le maître incontesté du *space opera* moderne.

Du même auteur,
aux éditions Bragelonne,
en grand format :

Dragon déchu

L'Étoile de Pandore :
L'Étoile de Pandore – 1
L'Étoile de Pandore – 2
L'Étoile de Pandore – 3 : Judas déchaîné
L'Étoile de Pandore – 4 : Judas démasqué

La Trilogie du Vide :
1. *Vide qui songe*
2. *Vide temporel*
3. *Vide en évolution*

Manhattan à l'envers
(recueil de nouvelles)

La Grande Route du Nord – 1
La Grande Route du Nord – 2

Les Naufragés
du Commonwealth :
1. *L'Abîme au-delà des rêves*
2. *Une nuit sans étoiles*

Chez Milady, en poche :

L'Étoile de Pandore :
1. *Pandore abusée*
2. *Pandore menacée*
3. *Judas déchaîné*
4. *Judas démasqué*

Greg Mandel :
1. *Mindstar*
2. *Quantum*
3. *Nano*

La Trilogie du Vide :
1. *Vide qui songe*
2. *Vide temporel*
3. *Vide en évolution*

Manhattan à l'envers
(recueil de nouvelles)

La Grande Route du Nord – 1
La Grande Route du Nord – 2

Les Naufragés
du Commonwealth :
1. *L'Abîme au-delà des rêves*

Aux éditions Robert Laffont,
collection
« Ailleurs & Demain » :

L'Aube de la nuit :
Rupture dans le réel – 1 : Émergence
Rupture dans le réel – 2 : Expansion

L'Alchimiste du neutronium – 1 : Consolidation
L'Alchimiste du neutronium – 2 : Conflit

Le Dieu nu – 1 : Résistance
Le Dieu nu – 2 : Révélation

Ce livre est également disponible
au format numérique

www.milady.fr

Peter F. Hamilton

La Grande Route du Nord

Tome 2

Traduit de l'anglais (Grande-Bretagne) par Nenad Savic

Bragelonne SF

Milady est un label des éditions Bragelonne

Cet ouvrage a été originellement publié en France par Bragelonne

Titre original : *Great North Road*

Originellement publié par Macmillan,
une maison d'édition de Pan Macmillan, une division
du groupe Macmillan Publishers Limited.

Carte :
d'après la carte de l'édition originale

ISBN : 978-2-8112-1398-5

Bragelonne – Milady
60-62, rue d'Hauteville – 75010 Paris

E-mail : info@milady.fr
Site Internet : www.milady.fr

Celui-ci est dédié à Lizzie, Tim, Judith et Alan.
Pour votre soutien durant toutes ces années.

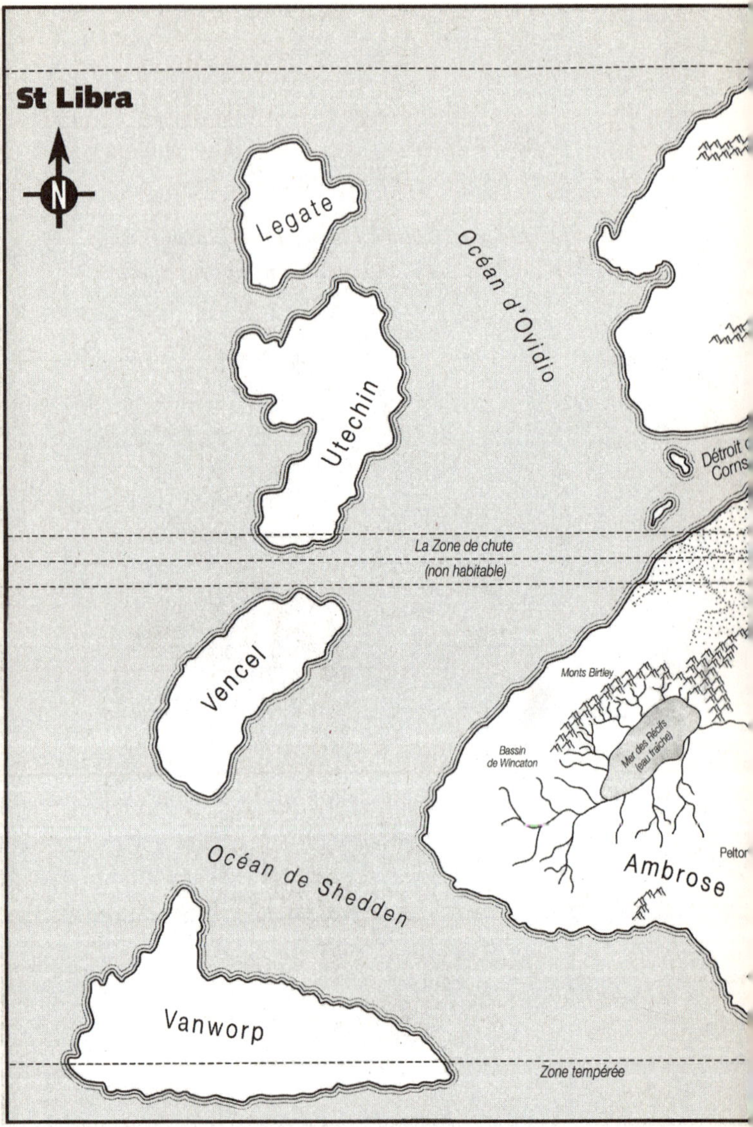

St Libra
N
Legate
Utechin
Océan d'Ovidio
Détroit
Corns
La Zone de chute
(non habitable)
Vencel
Monts Birtley
Bassin
de Wincaton
Mer des Récifs
(eau fraîche)
Océan de Shedden
Ambrose
Peltor
Vanworp
Zone tempérée

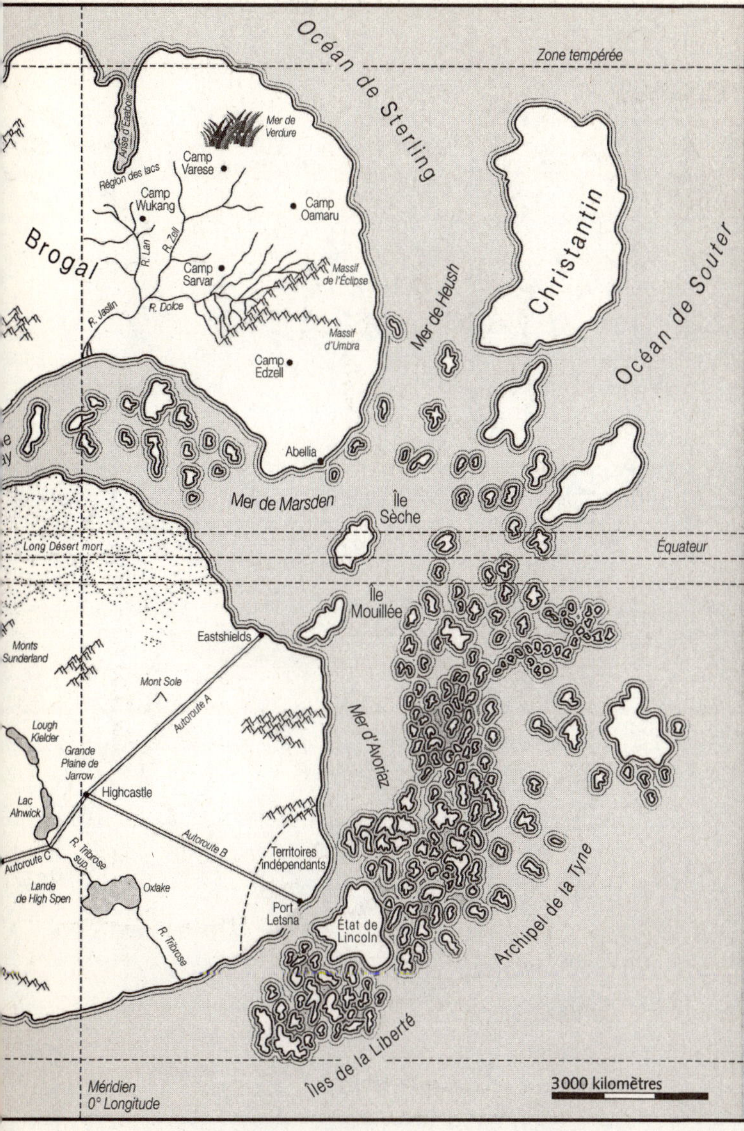
Océan de Sterling
Zone tempérée
Anse d'Eaabois
Mer de Verdure
Camp Varese
Région des lacs
Camp Wukang
Camp Oamaru
Brogal
R. Lan
R. Zell
Camp Sarvar
Massif de l'Éclipse
R. Jaslin
R. Dolce
Massif d'Umbra
Camp Edzell
Mer de Heush
Christantin
Océan de Souter
Abellia
Mer de Marsden
Île Sèche
Long Désert mort
Équateur
Île Mouillée
Eastshields
Monts Sunderland
Mont Sole
Autoroute A
Mer d'Avoriaz
Lough Kielder
Grande Plaine de Jarrow
Highcastle
Lac Alnwick
R. Tribrose sup.
Autoroute B
Autoroute C
Territoires indépendants
Lande de High Spen
Oxlake
Port Letsna
R. Tribrose
État de Lincoln
Archipel de la Tyne
Îles de la Liberté
Méridien 0° Longitude
3000 kilomètres

Chronologie

2003 Kane North est blessé par un EEI en Afghanistan.

2004 Kane reçoit son ordre de démobilisation de l'armée américaine. Il s'installe à Édimbourg et se sert des avoirs de sa famille pour engager des généticiens. Début du programme de clonage.

2007 Naissance de Brant North, premier clone de Kane North. Nombreuses tares physiques et mentales. Vit trois ans.

2009 Naissance de Cicero North. Grandes difficultés d'apprentissage, déficiences métaboliques. Meurt en 2022.

2010 Naissance de Forrest North. Autisme de haut niveau. Meurt en 2065.

2012 Naissance d'Augustine, Bartram et Constantine North.

2027 Wan Hi Chan dévoile sa théorie des connexions transspatiales.

2029 Première « connexion » réussie à Princeton. Huit cents mètres parcourus dans le campus. Les États-Unis créent l'Agence interstellaire nationale (AIN).

2030 L'Europe crée le Bureau transspatial européen (BTE). La Chine, la Société nationale de transport interstellaire (SNTI). La Russie, l'Inde, Israël, le Brésil, l'Arabie saoudite, l'Alliance pacifique, la Coalition nord-africaine et la Fédération asiatique mettent en œuvre des programmes d'exploration interstellaire.

2031 L'AIN ouvre une connexion avec la Lune.

2032-2038 Divers programmes nationaux établissent des connexions dans tout le système solaire. Perfectionnement de la technologie du portail.

2034 Augustine, Bartram et Constantine fondent Northumberland Interstellar Corp., utilisant les ressources familiales pour financer le développement de systèmes pour les portails.

2039 La SNTI établit une connexion avec Proxima du Centaure. Début de l'Âge de l'exploration interstellaire.

2041 L'AIN ouvre New Washington à la colonisation.

2044 L'AIN établit une connexion avec Orléans.

2044 Le BTE ouvre la Nouvelle Bruxelles aux citoyens de l'UE.

2045 L'Inde établit une connexion avec Kolhapur.

2045 La SNTI établit des connexions avec Taiyuan et Wuchow.

2047 La Russie établit une connexion avec Nova Petersburg.

2047 Israël établit une connexion avec Ramla.

2047 Le Sénat américain accueille dix nouveaux États. Vote de la loi fédérale concernant les propriétaires terriens indépendants. Émigration forcée vers les nouvelles colonies de tous les chômeurs de longue durée.

2048 Le Japon établit une connexion avec New Tokyo.

2048 La France établit une connexion avec Rouen, colonie réservée aux citoyens français.

2048 Ralentissement de l'économie terrienne du fait de l'augmentation des investissements dans les nouvelles colonies.

2049 L'Allemagne ouvre Odessa à la colonisation par les citoyens allemands.

2049 Les États-Unis promulguent une loi visant à expulser vers leurs nouvelles planètes tous leurs immigrés clandestins.

2049 L'Arabie saoudite ouvre Riyadh à la colonisation pour les musulmans.

2050 Le BTE ouvre Minisa à la colonisation pour les citoyens de la Grande Europe. Début de l'émigration subventionnée pour les chômeurs, prémices de la politique d'émigration « positive » visant à déplacer tous les pauvres et les sans-emploi des États de la GE.

2051 Northumberland Interstellar ouvre un portail dans le système de Sirius et découvre une planète géante jumelle de la Terre : St Libra. Début de sa colonisation.

2052 Le Brésil établit une connexion avec Sao Jeroni.

2052 Portails nord-africains sur Accra.

2053 Création des premiers champs d'algues sur St Libra. Exportation du biocarburant vers la Terre. Investissements colossaux dans la production de biocarburant, création des huit Grandes Compagnies du biocarburant, en plus de NI.

2055 Création des Territoires indépendants sur St Libra. Flot constant de dissidents de la GE et de réfugiés politiques venus d'autres pays.

2055-2070 Création de sept nouveaux mondes humains. Population terrienne en déclin ; contraction de l'économie. Déplacement forcé des chômeurs appliqué par presque tous les pays.

2063 Mort de Kane North à l'âge de quatre-vingt-trois ans.

2083 Rumeurs concernant l'existence de la Vraie Jérusalem, planète reliée à Ramla par un portail secret.

2087 Constantine North et Bartram North démissionnent de leurs postes à la tête de Northumberland Interstellar. Redistribution des ressources de la société, qui reste entre les mains d'Augustine.

2088 Constantine North lance la création d'un habitat autour de Jupiter. Huit mille tonnes d'équipements cybernétiques et trois mille tonnes de systèmes de raffinage chimique et minéral livrées sur un astéroïde en orbite autour de Jupiter via le portail de Newcastle. Construction d'un habitat de vingt-cinq mille tonnes. Plusieurs centaines de personnes soutenant Constantine ainsi que l'ensemble des C North s'y installent.

2089 Inauguration d'Abellia sur St Libra par Bartram. Bartram fonde l'Institut biogénétique North. Début des recherches sur la régénération et le rajeunissement humains.

2092 Arrivée d'un essaim zanth sur Accra.

2093 Évacuation d'Accra, fermeture du portail. Estimation des pertes humaines : 8,2 millions.

2093 Formation de l'Alliance pour la défense de l'humanité (ADH) afin de protéger l'espèce humaine contre le Zanth.

2094 Naissance de Brinkelle North.

2095 Importante instabilité financière à l'échelle transstellaire après l'annonce de l'approbation du budget de l'ADH. Augmentation du prix du biocarburant, baisse de la consommation. Écroulement des marchés.

2096-2111 Récession transstellaire. Tous les mondes sont touchés.

2111 Un cartel dirigé par Northumberland Interstellar inonde le marché de grandes quantités de biocarburant, provoquant la ruine de nombreux spéculateurs. Le marché du biocarburant se stabilise. Les Bourses transstellaires remontent.

2119 Un essaim zanth attaque New Florida. L'évacuation est « un succès ». Pertes estimées : 108 000.

2119 Repli économique transstellaire qui dure jusqu'en 2123 – les autorités refusent de parler de « récession ».

2121 Bartram North et toute sa maisonnée sont massacrés. Angela Tramelo est jugée coupable de crime de masse et condamnée à perpétuité.

Personnages principaux

Expédition géogénétique dans le nord de St Libra – 2143

Charmonique Passam *Commissaire du Bureau d'évaluation des menaces extraterrestres de la Grande Europe*
Griffin Toyne *Major, ADH, chef de la sécurité de l'expédition*

Camp de Wukang

Vance Elston *Colonel, Agence de renseignement extraterrestre (ARE), chef du camp*
Antrinell Viana *Capitaine, ARE, commandant en second*

Administration
Jaysukhlal (Jay) Chomik
Norman Sliwinska
Forster Wardele
Bastian North *Observateur*

Légionnaires de la GE
Pablo Botin *lieutenant*
Raddon *Sergent*
Paresh Evitts *Caporal*
Hiron *Caporal*
Soldats
Mohammed Anwar

Atyeo
Ramon Beaken
DiRito
Leora Fawkes
Dave Guzman
Hanrahan
Gillian Kowalski
Omar Mihambo
Marty O'Riley
Peace-Davis
Audrie Sleath
Josh Justic

Xénobiologistes
Angela Tramelo *Conseillère civile*
Marvin Trambi
Roarke Kulwinder
Tamisha Smith
Miya
Smara Jacka
Iyel
Esther Coombes
Camm Montoto
Zhao

Pilotes d'hélicoptère
Lorelei
Garrick
Juan-Fernando
Ravi Hendrik *Ex-pilote de Thunderthorn SF-100*

Équipe VAA
Ken Schmitt *Chef*
Davinia Beirne *Technicien*

Chris Fiadeiro *Technicien*
Mackay *Technicien*

Équipe médicale
Docteur Tamika Coniff
Mark Chitty *Infirmier*
Juanitar Sakur *Infirmier*

Ingénierie
Hélicoptères
Tork Ericson
Erius
Systèmes du camp
Oleg Dorchev
Dean Creshaun
Lance
Véhicules terrestres
Leif Davdia
Darwin Sworowski
Microfactures
Karizma Wadhai
Ophelia Troy
Soutien général
Luther Katzen *Superviseur*
Madeleine Hoque
Fuller Owusu
Lulu MacNamara
Winn Melia

Police de Newcastle

Sidney Hurst *Inspecteur*
Royce O'Rouke *Commissaire en chef*

Ian Lanagin *Inspecteur, spécialiste de la surveillance*
Eva Sealand *Agent spécialiste de l'interprétation visuelle*
Ralph Stevens *Enquêteur spécial, ARE*
Abner North *Inspecteur, police scientifique*
Ari North *Agent spécialiste du traitement de données*
Aldred North *Directeur de la sécurité de Northumberland Interstellar, agent de liaison*
Hayfa Fullerton *Inspecteur, brigade antigang*
Kaneesha Saeed *Inspecteur à la retraite, ancienne directrice de l'Office de lutte contre le crime organisé*
Tilly Lewis *Northern Forensics Corp., chef d'équipe de classe A*
Chloe Healy *Responsable de la communication d'O'Rouke*

Saul Howard *Surfeur et propriétaire de magasin, St Libra*

Dimanche 17 mars 2143

Il ne pleuvait plus. Un soleil lumineux dans un ciel sans nuages baignait les rues humides de Newcastle dans une chaleur douce annonciatrice du retrait d'un hiver féroce. Sid Hurst parcourut en voiture la courte distance qui séparait Jesmond de l'infirmerie Royal Victoria d'Arevalo. Les fondations de la nouvelle clinique d'oncologie étaient déjà creusées à l'emplacement de l'ancien parking, mais trouver où se garer n'était pas un problème un dimanche matin à 8 heures.

Sid localisa un magasin caritatif dans le hall et acheta quelques fleurs ainsi qu'une grosse boîte de chocolats. Son i-e le guida dans le labyrinthe de couloirs qui reliaient entre elles les différentes parties du complexe. Deux minutes plus tard, il atteignait l'aile Hadley. Tilly Lewis avait une chambre individuelle au septième étage.

Il frappa à sa porte entrouverte. Elle sourit en découvrant sa tête dans l'embrasure.

— Eh ! je ne m'attendais pas à vous voir. Entrez.

Sid examina la pièce claire et propre. Elle était décorée comme une chambre d'hôtel de moyenne catégorie. En dehors de quelques moniteurs éteints accrochés au mur, aucun matériel médical n'était visible.

— Votre famille n'est pas là.

— Mon Dieu ! avec un peu de chance, personne ne viendra avant une heure ou deux. J'en profite pour me reposer.

—Vous m'avez l'air en forme, dit-il, soulagé, en tirant une chaise à côté de son lit.

—Laissez tomber le baratin d'usage. Ce sont des chocolats Devorn ?

—Oui, mais il n'est que huit heures et quart.

—Dans le monde réel, peut-être ; à l'hôpital, la journée est déjà bien entamée. On m'a réveillée à 6 heures pour le petit déjeuner. J'ai bien failli foutre l'infirmière dehors à coups de pied dans le cul.

Sid éclata de rire.

—Vous en avez pour combien de temps ?

—Si les résultats du prochain scanner sont bons, peut-être cet après-midi, répondit Tilly en commençant à ouvrir la boîte de chocolats. Même si je ne serais pas contre rester jusqu'à demain. Deux jours entiers sans m'occuper des gamins : le paradis !

—Ils ne sont pas inquiets, alors ?

—À cause de la fumée inhalée ? Non, ça ira très bien. Ils prennent quelques précautions, mais c'est tout. On a réussi à sortir avant que ça devienne vraiment méchant.

—Je suis désolé.

—Pourquoi ? Vous n'étiez pas là, de toute façon.

—C'est mon enquête. J'aurais dû me douter qu'ils essaieraient de détruire un maximum de preuves. Le garage d'Ernie était une cible évidente.

—Facile à dire après coup.

—Ces mecs des agences privées sont vraiment des imbéciles.

Deux mômes étaient arrivés sur Western Road en roulant comme des fous dans une voiture volée, attirant l'attention des agents. La diversion classique. La voiture avait déboulé dans la cour du garage et, après un long dérapage, heurté le véhicule de la société de sécurité avant de prendre la fuite. Alors qu'ils avaient pour mission d'assurer la sécurité de l'équipe scientifique, les agents étaient passés outre le protocole pour prendre en chasse les deux gosses. En vain, puisqu'ils ne les avaient pas rattrapés. Trente secondes après le début de la poursuite, des cocktails Molotov avaient fracassé les fenêtres du garage.

— Plus de peur que de mal, le rassura Tilly en choisissant un chocolat à la crème d'orange sur l'étage supérieur.

Force lui était d'admettre qu'elle ne semblait pas avoir spécialement souffert.

— Tant mieux. Est-ce qu'on va récupérer quelque chose d'utile du garage ?

— Ha ! j'aurais dû m'en douter. Vous vous fichez pas mal de moi ; vous êtes obsédé par votre enquête, c'est tout.

— Ce n'est pas du tout ce que…

Il vit son sourire et haussa les épaules.

— Je vous ai eu.

— D'accord, j'avoue. Ah ! vous êtes vraiment maligne, dit-il en choisissant un chocolat à la crème de marron. Jacinta vous passe le bonjour.

— Vous n'étiez pas censés déménager, ce week-end ?

— Ouais. Hier.

Tilly plissa les yeux et lui lança le regard qui tue.

— Vous ne devriez pas être en train de défaire vos cartons ?

— Une de mes amies est à l'hôpital, vous savez. On ne peut pas tout faire en même temps.

— Si vous ne faites pas attention, elle va vous envoyer dans une chambre voisine de la mienne.

— Je sais, mais les déménageurs ont fait du bon boulot. Ils n'ont rien cassé, et les boîtes sont toutes dans les bonnes pièces.

— Ah ! les hommes. Vous ne changerez jamais.

— Et vous ne perdrez jamais l'espoir de nous changer.

Tilly soupira et trouva une truffe à la noisette.

— Non, il n'y avait rien, là-bas.

— Où ça ? demanda Sid d'un ton innocent.

— Très drôle… Dans le garage, bien sûr. On bossait tranquillement, et puis, c'était le week-end…

— Les heures comptent triple.

— Exactement.

— Rien de rien, vraiment ?

Tilly avait vu juste : il avait un peu honte de l'avouer, mais il était en grande partie venu pour qu'elle lui parle de ce qu'elle avait découvert. Les conclusions du labo étaient importantes, mais quand quelqu'un d'aussi expérimenté que Tilly vous disait qu'il n'y avait rien à récupérer sur une scène, on pouvait lui faire confiance. Elle savait où regarder et quoi examiner.

Northern Forensics ne lui enverrait pas ses résultats avant le mercredi, soit beaucoup trop tard à son goût.

— Non. Aucun lien manifeste entre Ernie et les Red Shields. Ce garage est son activité légitime, comme vous le savez. Il est irréprochable, blanc comme neige, comme le bilan d'une grosse compagnie de la GE. Vous n'auriez même pas de quoi l'impliquer pour recel de pièces détachées.

— Ce qui m'intéresse, ce n'est pas tant ce qu'il a fait que les personnes avec qui il a agi.

— On a prélevé pas mal de résidus d'ADN. Le labo est en train de les analyser. Vous saurez très bientôt qui a fréquenté ce garage. Enfin, pas tout le monde. Et ça ne prouvera rien.

— Merci, Tilly.

— Venez aussi souvent que vous le voudrez, lui dit-elle en désignant son cube plein de chocolats.

* * *

Sid arriva au Bureau n° 3 juste après 9 heures et constata avec satisfaction que son équipe était déjà à pied d'œuvre. Installés l'un à côté de l'autre, silencieux, Ian Lanagin et Eva

Sealand étaient absorbés par l'étude des données affichées sur leurs consoles – il leur avait demandé de remonter la piste des comptes secondaires d'Ernie Reinert. Lorelle Burdett passait au peigne fin un mois d'appels transnet, identifiant les contacts du suspect, essayant de mettre en évidence des liens avec les activités connues des Red Shields. Dedra vérifiait les alibis des neuf North2 qui habitaient St James et interrogeait leurs amis proches et collègues à propos de leur comportement récent. Avaient-ils remarqué un changement ces deux derniers mois ? Arrivait-il à leur ami d'oublier des conversations qu'ils avaient eues ensemble ? Avait-il rencontré des difficultés au travail ? Enfin, tout ce qui serait susceptible d'indiquer qu'une substitution avait eu lieu.

Aldred North et Reannha Hall travaillaient de concert avec les agents privés qui compilaient les données des systèmes de surveillance du macrobâtiment afin de simuler la journée du vendredi où le meurtre avait été commis. Pendant ce temps, Ari North décortiquait les réseaux de St James, essayant de faire parler la brèche – en effet, même les brèches avaient des signatures, à condition de savoir comment les scanner.

C'était un peu comme entrer dans une église, décida Sid. Pas de plaisanteries ni de visages souriants. Le silence absolu. Il préférait penser que tout le monde était dévoué à sa tâche plutôt que déçu d'être obligé de travailler un dimanche matin.

Il vit Aldred assis à une console. Le mercredi, Eva avait vérifié et confirmé son alibi en deux heures. Il avait en effet quitté le macrobâtiment à 9 h 45 et s'était envolé pour Londres le jour où son frère clone avait été assassiné.

— Je reviens de l'hôpital, annonça Sid. Tilly va bien. En revanche, elle pense que ce qui n'a pas été détruit par l'incendie ne produira aucune piste.

— Quel genre d'idiots les agences emploient-elles ces temps-ci ? demanda Reannha.

— Le haut du panier des idiots, apparemment, répondit Sid. Ne vous en faites pas, je ne manquerai pas de pointer du doigt leur incompétence dans mon rapport. Je fais confiance à O'Rouke pour envoyer quelques pelletées de merde à la tronche de leur superviseur. Mettre en danger la vie d'autrui de la sorte pourrait leur valoir une rupture de contrat.

— Ça leur apprendra, gronda Ian.

— Il faut frapper au portefeuille, acquiesça Aldred. Les agences ne comprennent que cela. C'est beaucoup plus efficace que de critiquer leurs procédures ou leur entraînement.

— Bien, commença Sid en attrapant une chaise et en s'asseyant dessus à l'envers, les avant-bras posés sur le dossier. Qu'est-ce que nous avons ? Ari ?

— La brèche ressemble beaucoup à celles du réseau de surveillance de la ville. Le code a muté, mais la source est la même. Les deux attaques ont clairement la même origine.

Sid n'aurait su dire si Ari se satisfaisait d'énoncer une évidence ou s'il était simplement méthodique, s'il se laissait porter par la procédure.

— Une idée de l'auteur de ces codes ?

— Pas encore. Mais c'est un excellent code, ce qui se fait de mieux. Cela implique la participation d'une IA au stade du formatage, et c'est une intervention qui coûte très cher. Notre Service de contre-intrusion numérique sonde le milieu des radicaux de la mouvance numérique pour voir si l'un d'entre eux n'a pas cessé ses activités juste après le meurtre pour vivre la grande vie.

Sid ne dit rien, mais il pouvait lire la même chose sur tous les visages : si l'activiste qui avait écrit ce code était si bon, il ne figurerait pas sur les listes du SCIN, et il serait assez malin pour ne pas flamber son argent tout de suite. Il est vrai que chercher à tirer des données factuelles du transnet revenait souvent à essayer de manger de la soupe à la fourchette.

— Merci. Ian ?

— Ernie est un bon, il faut l'avouer. Nous avons un compte secondaire réservé au garage ; plein de bonnes voitures d'occasion vendues officiellement à bas prix pour que l'immatriculation ne coûte pas cher au client, qui, en retour, verse une partie du véritable prix du véhicule sur ce compte secondaire. Le coup classique. Le souci, c'est que c'était un peu trop évident, du genre : « Voyez, je suis un vendeur de bagnoles d'occasion ordinaire ! » Pour le moment, aucun autre secondaire détecté.

— Lorelle ?

— Plein de noms sur sa liste de contacts, mais aucun lien avec des membres connus des Red Shields. Je travaille avec Ian ; il a trouvé un fantôme numérique dont on n'a pas encore remonté la piste. Sans l'i-e d'Ernie, je crains d'ailleurs qu'on n'y arrive jamais.

— On dirait que tout va dépendre de l'interrogatoire mené par Ralph, dit Sid. Dedra ?

Dedra Foyster lança un regard espiègle à Aldred.

— Tous les alibis ont été confirmés. Aucun des neuf North qui habitent dans le macrobâtiment n'a tué notre victime. Les questions que vous m'avez demandé de poser à leurs familles et amis prennent un peu plus de temps. Pour l'instant, j'en ai rayé cinq de notre liste : aucun changement de comportement, pas de vacances imprévues ni de défections, pas de trous de mémoire inexpliqués. Tous ceux qui les connaissent bien affirment qu'ils n'ont pas changé.

Sid se demanda si elle avait déjà vérifié le cas d'Aldred et s'il ferait lui-même partie des gens qu'elle interrogerait à son sujet. Il réprima un sourire.

— Abner ?

— On est presque prêts à lancer notre simulation, patron. L'IA est en train de peaufiner la cohésion des différents maillages.

— Parfait. Je vous accompagne.

* * *

Isolé de son environnement, le macrobâtiment de St James n'était vraiment pas très intéressant. Un grand dôme central contenant les sections commerciales et cinq tours résidentielles, dont une spire vrillée, une pyramide allongée, une barbacane courtaude, une étrange tour étroite qui semblait avoir été écrasée entre deux gratte-ciel désormais disparus, et enfin, le globe vivant, dont les bandes extérieures, entre les fenêtres, étaient constituées de buissons et de plantes grimpantes. Debout au centre de la projection, Sid se dit que la superstructure devait avoir été dessinée par un logiciel et sans aucune intervention humaine. L'ensemble manquait d'ambition et de vision. Construire grand et impressionnant, mais sans rien essayer de nouveau, telle semblait être la philosophie à l'œuvre.

Il était habitué à la vue du bâtiment en taille réelle, évidemment, car il avait été érigé en face du stade St James, de l'autre côté de Barrack Road, où il avait passé de nombreux après-midi à exulter ou à se lamenter, tandis que Newcastle United remontait en Premier League ou était relégué en deuxième division avec une régularité déprimante.

— Grossissez la projection. Je veux qu'elle occupe toute la surface de la salle, mais laissez un ruban de cinquante mètres autour du bâtiment. On a besoin de voir qui entre et qui sort.

Dans la cabine de contrôle, Reannha modifia les paramètres de la projection. Sid et Abner North regardèrent le macrobâtiment grossir devant eux.

— Remontons au jeudi 10 janvier, minuit. Et mettez en évidence toutes les entrées : portes publiques, portes réservées au personnel, quais de livraisons, rampes de garages, sorties de secours, trappes de maintenance. La totale.

À ses pieds, les routes s'assombrirent, tandis que les phares des voitures glissaient sur les surfaces enneigées.

— Qu'est-ce que vous cherchez ? demanda Aldred, appuyé contre la vitre de la cabine de contrôle, le regard rivé sur la projection.

Sid et Abner échangèrent un regard furtif.

— Tous les North qui, dans les vingt-quatre heures qui suivent, sont entrés dans la structure, que ce soit à pied, en voiture, en taxi, à vélo *et cætera*. L'un d'entre eux est forcément notre victime.

Des symboles verts apparurent sur les portes et les rampes conduisant aux parkings souterrains. Il y en avait beaucoup. Plus que prévu. Heureusement, Sid commençait à être habitué aux projections foisonnantes de détails.

— On y va, dit-il à Abner.

Il avança dans le sens contraire des aiguilles d'une montre, vers Stanhope Street, et entreprit d'examiner les minuscules silhouettes qui, sur le trottoir, marchaient tête baissée dans la nuit hivernale.

* * *

Ce soir-là, Ian retourna à son appartement vers 20 heures après avoir passé trois heures dans la salle de projection à chercher des personnages miniatures et sombres, à demander leur grossissement et leur passage à la moulinette des logiciels de reconnaissance faciale de l'IA. Il était épuisé. Après ces mois terribles passés à traquer vainement des taxis, devoir retourner dans la salle de projection était une punition aussi cruelle qu'inattendue. Toutefois, l'optimisme était de rigueur.

Le vendredi matin en question à 10 heures, ils avaient déjà vu six North entrer dans le macrobâtiment. L'enquête semblait s'accélérer. Il avait hâte que Ralph leur apporte les résultats de l'interrogatoire d'Ernie Reinert. Cela lancerait sans doute la dernière phase de l'investigation. Contrairement à ses attentes déprimantes du début, l'arrestation de l'assassin n'était plus si improbable – pas celle des commanditaires, car il convenait de rester réaliste. Néanmoins…

Ian s'assit sur son lit, mit ses lunettes interfaces et se connecta à la console Apple. L'activité du week-end de Marcus Sherman et son équipe, glanée par l'IA, était là devant ses yeux sous la forme de fichiers innombrables qui attendaient d'être examinés et dont il devrait croiser les références. Rien que de voir ces icones rouges et verts soigneusement rangés dans sa matrice tridimensionnelle le rendait malade. Sid et Eva viendraient le lendemain soir pour lui donner un coup de main, décida-t-il. Ou alors, il faudrait laisser tomber. En attendant, il entreprit de survoler les plannings.

Les programmes de surveillance de l'IA avaient commencé à acquérir des données, opération facilitée par le fait qu'ils avaient réussi à déterminer où Sherman et ses hommes habitaient.

Jede était rentré à son appartement de Felling le vendredi précédent au soir. Ian examina les cellules transnet locales et constata que plusieurs appels avaient pour origine le bon endroit, même si le code d'accès de l'i-e avait changé.

— … ce que vous demandez va prendre du temps…

— … il existe un synthétiseur capable de produire les objets, mais il est difficilement accessible…

— … il faut avoir une autorisation pour acheter les matières premières nécessaires pour produire cette came. Non, ce que vous devez faire, c'est revenir deux étapes en arrière dans le processus chimique…

— … prêt pour la livraison…

Ian sourit derrière les symboles lumineux de ses lunettes interfaces.

— Des conneries, ouais ! grogna-t-il.

Pas besoin d'être très malin pour comprendre qu'il s'agissait d'un leurre. L'équipe de Sherman essayait de les amener à concentrer leurs efforts sur un échange qui n'aurait jamais lieu. Ce serait une bonne façon de jauger l'intérêt de la police pour leurs activités.

Elle était *très* intéressée, évidemment, mais Sherman ne devrait pas s'en rendre compte.

Cette comédie ne se limitait pas à cela ; il y avait aussi le rôle joué par Ruckby et Boz, qui avaient eux aussi passé des appels avec de nouveaux codes, contribuant à cette fiction grotesque. Sherman lui-même s'était manifesté à la marina de Dunston, où Ruckby avait déposé Valentina. La jeune femme devait passer la nuit à bord du *Maybury Moon*.

Ian cessa presque de travailler ; Joyce arriverait bientôt. Soudain, il repéra un appel intraçable passé par la cellule qui desservait l'appartement de Jede à 7 h 04, le samedi matin, encore une fois destiné à un code d'i-e non répertorié auparavant. L'appel était court et encrypté d'une manière qui dépassait les capacités de l'IA.

Il sélectionna immédiatement tous les fichiers relatifs à l'appartement de Jede. L'appel, quelle qu'ait été sa nature, avait immédiatement fait réagir son homme. À 7 h 11, Jede se précipitait hors de chez lui, comme le montrait l'enregistrement moyenne résolution du maillage de surveillance de sa rue. Il monta dans sa voiture et démarra. Le macromaillage le perdit deux minutes plus tard, lorsque le code de la licence disparut. Comme d'habitude, retrouver la trace de la voiture nécessiterait une opération de police en bonne et due forme. Suivant son intuition, il ouvrit les fichiers qui concernaient Boz et Ruckby. Comme il s'y attendait, tous les deux avaient quitté leur domicile le samedi matin vers 7 h 30, avant de se volatiliser dans la ville, échappant à toute surveillance.

Aucun d'entre eux ne réapparut avant longtemps. Boz servit de chauffeur à Valentina dans la soirée. Ruckby fit la tournée des clubs, apparaissant sur les enregistrements d'une demi-douzaine de maillages publics haute résolution. Quant à Jede, pour la première fois depuis la débâcle du Dernier Mile, il utilisa un compte secondaire, dont la police connaissait l'existence, pour payer deux *escort girls*, qui arrivèrent vite à son appartement. Tout à fait normalement, sans rien dissimuler.

Ian retira ses lunettes interfaces et regarda la console Apple d'un air pensif. Les données dont ils auraient eu besoin pour déterminer ce qui s'était joué le samedi n'étaient manifestement pas là-dedans.

— Qu'avez-vous fait de si important, hier ? Visité le garage d'Ernie, c'est ça ?

Lundi 18 mars 2143

Au mois de mars, la lumière de l'aube n'était pas particulièrement intense, mais les rideaux de la chambre étaient usés et mal ajustés. Les rayons du soleil l'arrachèrent à son sommeil. Sid se tourna vers le réveil, dont les chiffres verts lui indiquèrent qu'il était déjà 6 h 20. Il se redressa et se prépara à vivre une nouvelle journée chez les Hurst.

Des bruits de pas résonnaient quelque part à l'extérieur de la chambre. Pas des chamailleries, ni des cris ni des coups de poing sur la porte de la salle de bains. Zara bénéficiait d'un minuscule cabinet de toilette privatif, ce dont s'était fort bien accommodé Will. « Pas question que je dorme à côté des chiottes ! » s'était-il moqué. Il pouvait donc utiliser librement la grande salle de bains.

— Le paradis, murmura Jacinta les yeux fermés, le visage fendu d'un sourire.

— Ouais, je crois bien qu'on y est arrivés, acquiesça Sid. Enfin, j'imagine qu'il y a des rideaux dignes de ce nom, au paradis.

— On n'a pas les moyens pour l'instant.

— C'est un paradis de pacotille, alors.

— On dirait.

— Je suppose qu'il n'y a rien à manger au frigo.

La veille au soir, ils s'étaient fait livrer des repas par le traiteur chinois.

— Rien de rien. C'est bizarre, mais j'ai passé beaucoup plus de temps que prévu à défaire les cartons, hier. Je ne me l'explique pas. Je n'ai même pas trouvé le temps d'envoyer mon i-e faire des courses.

Sid avisa une pile de boîtes le long du mur et décida de faire preuve de lâcheté.

— Par chance, et bien que Jesmond soit un quartier chic, il y a un café sur St George's Terrace qui sert des petits déjeuners sympas.

Jacinta ouvrit les yeux et sourit.

— Tu n'as pas oublié comment on faisait plaisir aux filles, toi.

— Oh ! non. Jamais.

Sid sortit du lit et chercha ostensiblement ses chemises propres.

— La boîte bleue, dit Jacinta.

— Ah ! c'est vrai.

St George's Terrace se trouvait à cinq minutes de marche seulement. On y trouvait des boutiques et des artisans d'un côté, et de belles maisons mitoyennes de l'autre. Sur le trottoir, de grands cerisiers commençaient à peine à bourgeonner. Sid se dit qu'ils seraient magnifiques quand les fleurs roses auraient éclos.

Le *Café Black* était un petit établissement familial à la carte raisonnablement garnie. Sid choisit un petit déjeuner anglais complet, avec des œufs brouillés sur du pain toasté, du bacon, des champignons, des tomates grillées et un morceau de boudin noir.

— Vas-y doucement, chéri, le mit en garde Jacinta, qui n'avait commandé que du thé et des toasts.

Les enfants, eux, mangeaient des céréales et des toasts.

— Ne t'inquiète pas pour moi, j'ai la forme en ce moment.

— C'est à cause de l'enquête sur le North mort ? demanda Will.

— Ouais.

— À l'école, tout le monde dit que ce n'était pas un *car-jacking*. On raconte que c'est Bruxelles qui l'a fait zigouiller.

Sid faillit s'étouffer avec son jus d'orange.

— Quoi ?

— Tout est sur les sites non homologués, expliqua Will.

— C'est vrai que le gouvernement fait tuer des gens ? s'enquit Zara.

— Non. Pas du tout.

— Je ne veux plus que tu visites de sites non homologués, s'emporta Jacinta.

— Et qu'est-ce qu'ils disent d'autre, à l'école ?

— Sid ! Ne l'encourage pas.

— Je ne l'encourage pas, je l'interroge. Alors, qu'est-ce qui se dit ?

— Eh bien, que Bruxelles veut annexer St Libra dans la GE et que les North sont les seuls à s'y opposer.

— Bruxelles ne veut pas annexer St Libra. Tu sais pourquoi ?

— À cause des Territoires indépendants, répondit Zara en souriant fièrement.

— Exactement. St Libra, c'est justement l'endroit où vont tous les gens qui ne sont pas satisfaits de leur gouvernement. Il y a de la place pour tout le monde, là-bas. La dernière chose dont la GE a besoin, c'est des millions de nouveaux citoyens qui remettront en cause son autorité.

— Tu aimes la GE, papa ?

Sid réussit à ne pas regarder Jacinta du coin de l'œil et s'en félicita.

— Elle me verse mon salaire. Elle n'est pas si mauvaise que ça.

Zara plissa le front d'un air soupçonneux.

— Mais…

— Mange tes *corn flakes*, lui ordonna Jacinta.

—Oui, maman.

Sid finit par se tourner vers son épouse.

—Les gens ne croient pas à cette histoire de *car-jacking* parce que l'enquête traîne trop en longueur. On n'a pas encore arrêté de suspect, et ils sentent bien que ce n'est pas normal.

—Quand est-ce que tu vas l'arrêter, papa ? demanda Will.

—Cette semaine, j'espère.

—Tu me parais bien confiant, remarqua Jacinta, son mug à mi-parcours entre la table et sa bouche.

—Assez, oui.

—On va te voir aux infos ? s'enthousiasma Zara.

—Non, ça c'est pour le commissaire en chef.

* * *

Quand Sid arriva à Market Street à 8 heures, la simulation du macrobâtiment avait été désactivée. Ari et Lorelle l'attendaient dans le Bureau n° 3. Ils appartenaient à l'équipe de nuit et, à en juger par le nombre de gobelets de café vides posés sur la console à laquelle ils étaient installés, ils ne devaient pas être rentrés chez eux.

—On a trouvé quelque chose, commença Ari, la mine à la fois exténuée et excitée.

—Venez avec moi, leur dit Sid en les entraînant dans son bureau privatif.

Il ne se donna pas la peine d'activer le sceau de la porte, car l'équipe du matin était en train d'arriver.

Lorelle souriait lorsqu'elle passa le pas de la porte. C'était significatif, car, depuis le début de l'enquête, Sid ne se rappelait pas l'avoir vue contente une seule fois.

—Alors ?

Ari exhala bruyamment.

—Adrian North est arrivé à St James à 8 h 03, le vendredi 11 janvier. Sans se cacher, d'ailleurs ; trois maillages différents nous l'ont montré en train de sortir de son taxi et d'entrer par la porte principale. Son i-e a répondu à une demande d'identification du programme de sécurité du réseau de St James. Il était donc bien là.

— Et ? l'encouragea Sid.

— Et il n'en est jamais sorti.

— On a vérifié la moindre minute jusqu'au samedi soir, patron, insista Lorelle. Vingt-trois North sont entrés et sortis – en voiture, en taxi, à pied, avec des amis. Adrian n'était pas parmi eux. Donc, soit il est passé sans qu'on le remarque, soit il n'est ressorti qu'après le samedi soir. Dans tous les cas, c'est notre première piste digne de ce nom.

— La seule, ajouta Ari.

— Ouais, acquiesça Sid. On a vérifié le cas d'Adrian pendant l'enquête.

— Absolument. C'est un 2, un spécialiste du biocarburant, qui travaille pour le département production de Northumberland Interstellar.

— C'est vrai ? s'étonna Sid. Un vrai cliché sur pattes, alors ?

— Il a un appartement sur Quayside, poursuivit Lorelle en lisant les données sur les grilles de ses iris. On a vérifié son ADN ; ce n'est pas un imposteur.

Au-dessus du pont du Millénaire, pensa Sid. Une coïncidence sans intérêt, car personne ne pouvait savoir où le corps serait repêché.

— Vous voulez qu'on prolonge la simulation jusqu'au dimanche ou au lundi ? demanda Ari. Qu'on essaie de le voir sortir de l'immeuble ?

— Non, il est trop tard pour ce genre de chose, répondit-il.

Il ordonna à son i-e de retrouver l'adresse interface d'Adrian sur le réseau du commissariat. Puis il l'appela.

— Qu'est-ce qu'il y a ? répondit Adrian North2.

— Désolé de vous ennuyer, monsieur, commença Sid. Nous vérifions juste quelques détails concernant le *car-jacking.*

— Je vous écoute, mais dépêchez-vous, on m'attend au bureau dans une demi-heure.

— Nous essayons de déterminer à quelle heure vous avez quitté St James le vendredi 11 et quelle sortie vous avez prise.

— Quel vendredi ? Je n'ai pas mis les pieds à St James depuis des mois.

— Monsieur. Le vendredi 11 janvier, le week-end où le corps de votre frère a été repêché.

— Excusez-moi, mais vous me confondez avec un de mes frères. Je ne suis pas allé à St James cette année. La dernière fois remonte à septembre, il me semble. C'était pour un concert au Sacrose Theatre.

Sid lança un regard à Ari et mit le North en attente.

— Une erreur d'identification ?

— Impossible, insista Ari. Son i-e a confirmé son identité.

— Nos enregistrements nous montrent que vous êtes allé à St James, dit Sid à Adrian.

— Eh bien, vos enregistrements se trompent.

Sûrement pas !

* * *

Eva lui céda sa place devant la console de zone. Extraire les images des maillages, les données du macromaillage de la ville concernant le trafic, surveiller le véhicule de l'agence à la façon d'un ange électronique. Sid refusait de prendre le moindre risque. Il avait repéré les agents les plus proches de Quayside et leur avait ordonné de foncer vers l'appartement d'Adrian North2 afin de le mettre sous la protection de la police. Trois autres voitures furent appelées en soutien, ainsi qu'un hélicoptère.

Les agents escortèrent Adrian North2 jusqu'à leur voiture pour le conduire à Market Street. Cela faisait moins d'un kilomètre à parcourir, mais depuis que Ian lui avait fait part de sa théorie concernant la destruction du garage de Reinert par l'équipe de Sherman, Sid insistait sur les mesures de sécurité. Il utilisa l'autorité qu'on lui avait conférée pour ouvrir la route au convoi, reséquençant les feux tricolores, passant outre les pilotes automatiques, permettant aux véhicules de rouler vite.

Tellement vite, qu'ils faillirent arriver avant lui dans le parking souterrain. Tandis que Sid, Ian et Lorelle sortaient de l'ascenseur, les voitures roulant à vive allure apparurent sur la rampe, leurs gyrophares projetant des ombres étranges sur les parois de la caverne de béton.

La portière arrière d'un véhicule se déverrouilla et s'ouvrit en glissant. Stupéfait et impressionné, Adrian jeta un coup d'œil à l'extérieur. Il constata que Sid et les autres étaient armés, ce qui l'inquiéta davantage.

— Putain ! mais qu'est-ce que… ?

— Venez, vite, lâcha Sid.

Ils firent sortir Adrian de la voiture et l'entraînèrent dans l'ascenseur, qui monta directement aux cellules du deuxième.

Adrian s'était manifestement préparé à aller travailler. Il portait un pantalon de costume et une chemise élégante ornée de boutons de manchettes – chemise qu'il n'avait pas eu le temps de boutonner complètement. La pointe d'une cravate rouge et or dépassait de sa poche.

L'incrédulité céda rapidement la place à la colère comme on le poussait dans la salle d'interrogatoire. Sid réapparut avec Aldred, et l'inquiétude prit le pas sur ses autres émotions.

Le décor était tout à fait classique : une pièce carrée sans fenêtres avec une table et quatre chaises.

— Pas besoin d'avocat, commença Aldred.

Adrian s'assit en s'efforçant de ne pas paraître trop perturbé par son étrange matinée. Il avait dans les quarante-cinq ans et ressemblait beaucoup à la victime.

Sid et Aldred prirent place en face de lui. La moitié des policiers qui travaillaient sur l'enquête assistaient à la scène grâce à un lien sécurisé, tout comme Ralph Stevens, où qu'il soit. C'était un bien étrange moment pour Sid ; il s'apprêtait à interroger un homme qui avait le même visage que la victime avec l'aide d'un autre de leurs clones. Sans être croyant, il trouvait malsaine cette perversion de la nature.

— Pourriez-vous commencer par transmettre votre code d'identité au réseau du commissariat, je vous prie ? demanda Sid.

L'impulsion binaire se matérialisa sur sa grille sous la forme d'une simple ligne violette. Il s'agissait bien d'Adrian – ou en tout cas de son i-e –, et ce code était identique à celui qu'un North avait donné au réseau de St James le vendredi 11 janvier à 8 h 03.

— Nous avons un problème, poursuivit Sid. Un North doté de votre code est entré dans le macrobâtiment de St James le jour où le meurtre a été commis, mais il n'en est pas ressorti. Pas avec ce même code, en tout cas.

— Ce n'était pas moi, protesta Adrian.

— Nous sommes ici pour le vérifier.

— Non, vous ne comprenez pas. J'étais sur St Libra. Je me rappelle très bien cette semaine. Comment l'oublier ?...

— Expliquez-vous.

— Écoutez, je suis là-bas trois semaines sur cinq. Je supervise le fonctionnement de la moitié de nos raffineries. La semaine avait été difficile, alors je suis allé à Highcastle pour décompresser un peu.

— Quand, exactement ?

— Sur St Libra, c'était en début de soirée. Les journées ne sont pas synchronisées, vous savez. Et puis, un jour sur

St Libra, dure huit minutes de plus que sur Terre. Donc, oui, c'était en début de soirée. Sur Terre, on était jeudi.

— D'accord, vous êtes allé dans un club. Lequel ?

— Le *Dervashe*, sur la 34e rue.

— Je le connais, intervint, Aldred. C'est un endroit assez huppé. Plusieurs d'entre nous en font partie.

— Ouais, enfin bref, continua Adrian, la soirée s'annonçait bien. Les filles semblaient ouvertes. On s'est installés, on a rencontré des amis. On a mangé, bu un peu. Dansé. On a pris quelques drogues. Et là, je me réveille dans le bureau du directeur à 4 heures du matin, heure locale, avec une putain de douleur à la tête.

— Quelqu'un a vu quelque chose ? demanda Sid.

Adrian fit la moue et grimaça, embarrassé.

— Les gens de la sécurité m'ont retrouvé dans les chiottes. Ils m'ont dit que je m'étais cogné la tête en tombant.

— Vous êtes vraiment tombé ?

— Qui sait ? Je ne me rappelle même pas être allé aux toilettes.

— Combien de drogue avez-vous pris ?

— Un tout petit peu.

— Bien.

Sid se donna énormément de mal pour contenir son incrédulité. C'était le baratin habituel. « Non, je ne touche jamais à cette merde ! » Ou alors sa variante : « Je suis sûrement tombé sur un mauvais lot. » Dans les deux cas, cela revenait à clamer : « C'est pas ma faute ! »

— Donc vous êtes rentré à Newcastle ?

— Pas tout de suite. J'ai un appartement à Highcastle. C'est moins cher que l'hôtel, surtout vu le temps que je passe là-bas. Je suis rentré chez moi histoire de reprendre mes esprits et de me laver avant de rentrer à Newcastle. C'est là que je me suis rendu compte qu'on s'était joué de moi. Je n'avais plus ma puce-visa de la GE. Croyez-moi, il en faut absolument une pour passer la douane de ce côté-ci.

— Il vous manquait autre chose ?

— Non, je ne crois pas.

— D'accord, donc vous n'aviez plus votre puce-visa. Et ensuite, qu'avez-vous fait ?

— Je me suis rendu dans nos bureaux de Highcastle. Ils ont arrangé ça pour moi. En fin de compte, on a quand même un peu d'influence à Bruxelles. La douane m'a remis une puce temporaire, et je suis rentré.

— Quand ?

Adrian inspira profondément.

— Le vendredi soir. Je me rappelle qu'il faisait nuit et qu'il y avait des feux d'artifice partout à cause du contrat pour la centrale à fusion, je suppose. Je me souviens aussi que les aurores boréales étaient plus intenses que d'habitude.

— D'accord, merci.

Sid et Aldred sortirent dans le couloir. Un garde armé était posté devant la salle d'interrogatoire ; non pas un agent privé, mais un vrai policier. Ils se dirigèrent vers le Bureau n° 3.

— Alors, comment est-il ? commença Sid.

— Ce n'est pas un toxico, si c'est ce que vous voulez dire.

— On lui a filé une dose de cheval à son insu ?

— On dirait bien.

Ian et Reannha les attendaient dans le Bureau n° 3, le visage éclairé par un grand sourire.

— Qu'est-ce qu'il y a ? demanda Sid.

— On vient de vérifier, répondit Reannha. Les enregistrements de la douane de la GE montrent un Adrian North traversant le portail le vendredi 11 janvier à 6 h 48.

— L'homme mystère a utilisé la puce-visa d'Adrian.

— Oui, patron, acquiesça Ian. Adrian, lui, est passé ce même vendredi à 22 h 31 avec le visa temporaire délivré par le bureau de la douane à Highcastle.

— Et personne n'a rien remarqué ? s'étonna Sid.

— La disparition du visa originel a été déclarée à 11 h 50, intervint Abner. Les autorités l'ont immédiatement invalidé pour en émettre un autre, provisoire. On ne peut pas se servir de la puce-visa de quelqu'un d'autre.

— Un North avec les bons codes d'identité…, pensa Sid tout haut.

— Exactement.

— On a donc un imposteur à Newcastle.

La satisfaction de savoir lui fit le même effet qu'une triple vodka descendue cul sec : une joie intense. *J'avais raison ! Une putain de magouille d'affaires qui a mal tourné. Il n'y a pas d'extraterrestre ; il n'y en a jamais eu.* Il gloussa.

— Bordel ! rappelez-moi combien l'expédition sur St Libra a coûté au contribuable ?

— Des centaines de millions, répondit Ian avec un grand sourire.

— Plutôt des milliards, le corrigea Reannha.

— Je peux annoncer la nouvelle à Elston ? demanda Sid à Aldred.

— Ce n'est pas si drôle, rétorqua sèchement celui-ci. Vous sous-entendez qu'un North a agi contre les intérêts supérieurs de l'entreprise familiale.

Le sourire de Sid s'évanouit. Il regarda Ari et Abner, qui semblaient partager la colère et la désapprobation de leur frère. Trois visages identiques, trois regards durs fixés sur lui, c'était intimidant.

— Et vous, qu'en pensez-vous ? contre-attaqua-t-il.

Il y eut un long silence pendant qu'Aldred fourbissait ses arguments.

— Je ne sais pas, finit-il par concéder.

— Merci.

— C'est très dur à accepter. Je ne comprends pas ce qui se passe.

— C'est bien de l'avouer, dit Sid. Pour moi, la situation est assez claire : un North inconnu a traversé le portail en utilisant l'identité d'Adrian et s'est rendu dans le macrobâtiment de St James. De deux choses l'une : soit ce faux Adrian a tué l'un d'entre vous et a usurpé son identité, soit c'est lui qui a été tué.

— Ça n'explique pas du tout pourquoi nous ne sommes pas parvenus à identifier le cadavre, lui fit remarquer Abner. Ç'a toujours été notre problème principal.

— Le type qui est derrière tout ça est donc un B North, intervint Ian.

— En tout cas, c'est bien un B qui a traversé le portail, répondit Sid.

— Avant d'être la victime d'un assassinat, termina Aldred. Car il n'est pas imaginable que l'un d'entre nous puisse tuer son frère.

— Ses chaussettes, se rappela Ari. Elles sont en laine de drensi, vous vous souvenez ? On n'en trouve que sur St Libra. Ils ont tué un B.

— Qui ça, *ils* ? demanda Ian, cynique. On ne parle que de vous depuis tout à l'heure.

— Je suis sûr que vous préféreriez que le meurtrier soit un étranger, reprit Sid, mais avez-vous pensé à un North instable ? Certains d'entre vous sont peut-être victimes de psychoses.

Les trois clones échangèrent un regard troublé.

— Il arrive aux 4 d'être un peu excentriques, admit Ari. Mais nous savons que la victime était un 2.

— On s'est déjà posé toutes ces questions, s'emporta Ian. S'il y a un imposteur, c'est aussi un 2. On vous a tous vérifiés un par un.

Abner se racla la gorge. Tout le monde se tourna vers lui.

— Il y a Zebediah, dit-il.

— Qui est Zebediah ? demanda Sid.

— C'est comme ça qu'il se fait appeler de nos jours, expliqua Aldred à contrecœur. Zebediah était un de nos frères : Barclay, un 2. Il a été secoué par le massacre de Bartram et il a craqué. Il a changé de nom et a commencé son étrange croisade dans les Territoires indépendants de St Libra.

— Quel genre de croisade ? s'enquit Eva.

— Il voudrait fermer le portail, répondit Abner. Il affirme que la planète est contaminée par les cultures humaines, qu'elle doit être isolée pour que ses habitants puissent vivre en harmonie avec leur milieu. En gros, c'est un genre d'extrémiste vert qui veut retourner en arrière et se débarrasser des champs d'algues.

— Où est-il à présent ? demanda Sid.

— Non, l'âge ne colle pas du tout, le contra Aldred. Zebediah a plus de soixante ans. Le faux Adrian avait la quarantaine.

Pas question pour Sid de lâcher le morceau si facilement.

— Vous suivez ce qu'il fait ?

— Pas vraiment. Nous ne le considérons pas comme une menace. Pour les habitants des Territoires indépendants, il représente quelque chose d'inédit – un North rejetant sa famille –, mais on ne peut pas considérer ses disciples comme un mouvement politique. Et puis, ils ne sont pas très nombreux. Beatrice nous informerait immédiatement en cas de dérapage stupide ou extrémiste.

— Beatrice ? répéta Sid avec des yeux ronds.

— La fille de Brinkelle. Elle est responsable de la sécurité de la famille des B.

— D'accord. Je veux savoir où se trouve ce Zebediah North à l'heure où nous parlons, et surtout, je veux savoir où il était le 11 janvier. Appelez cette Beatrice et demandez-le-lui.

— Bien sûr, acquiesça Aldred.

— En attendant, nous avons du travail, lança Sid à toute son équipe. Le faux Adrian est entré dans le macrobâtiment, et un corps en est sorti. Soit il est mort, soit il a tué un North2. Nous savons que les Red Shields sont impliqués par l'intermédiaire d'Ernie Reinert, ce qui devrait nous faciliter la tâche. La théorie du monstre extraterrestre est morte. Eva ?

— Oui, patron.

— J'ai besoin d'une nouvelle simulation. Suivez les deux Adrian à partir du moment où ils réapparaissent par le portail. Je m'intéresse en particulier à ce qu'a fait le premier sur le chemin de St James, mais ne négligez pas le second pour autant.

— Compris.

— Les autres : je veux que tous les North présents à St James le vendredi 11 janvier soient amenés ici pour y être interrogés.

S'adressant directement à Aldred, il poursuivit :

— Nous allons tenter une dernière fois de déterminer si l'un d'entre eux est notre imposteur. Glanez autant d'informations que possible sur leur vie. S'il le faut, vérifiez chaque jour de leur existence pour vous assurer qu'ils l'ont bien vécu. Nous avons besoin d'un accès non restreint à tous les enregistrements de votre famille.

— Vous aurez tout ce que vous voulez.

— Je vais commencer par vous interroger.

— Je m'y attendais un peu.

* * *

Il avait plu la majeure partie de l'après-midi, de grosses et lourdes gouttes transperçant les nuages sombres et tourbillonnants. À cause du vent violent, l'averse avait été presque horizontale, rendant la vie à Wukang encore plus déprimante. Tout le monde se cachait sous sa tente pour ne pas travailler. Toutefois, Vance Elston n'avait pas l'intention de permettre aux tire-au-flanc d'en faire à leur tête. L'oisiveté étant la mère de tous les vices, il était fermement persuadé que mettre les gens au boulot était la meilleure manière de les contrôler. Il ne comptait laisser à personne le loisir de trop penser à l'accident. Les mécanos étaient donc occupés à réparer le véhicule cabossé dans leur garage ouvert ; les pièces détachées étaient microfabriquées sur place. D'autres équipes continuaient à préparer le second biolab et testaient les autres véhicules pour l'expédition qui devait partir le lendemain. Les responsables des VAA faisaient voler les Chouettes à basse altitude afin de repérer des passages vers le nord-est. Camm Montoto et Esther Coombes, de l'équipe de xénobiologie, examinaient les images à la recherche de sites botaniques d'intérêt exceptionnel dans la jungle sans fin.

La première expédition était rentrée au camp en fin d'après-midi. Ses membres étaient tous épuisés et déprimés. Encore une fois, Vance ne leur laissa pas le temps de s'apitoyer, leur demandant de déballer leur matériel et d'évaluer l'état de leurs véhicules sans attendre.

Par chance, en fin d'après-midi, les nuages s'éloignèrent vers l'est, laissant un ciel dégagé. L'eau résiduelle commença aussitôt à s'évaporer, augmentant encore l'humidité de l'air, mais au moins les hommes pouvaient-ils travailler sans leurs habits de pluie.

On servit le repas du soir tandis que Sirius plongeait vers l'horizon et que les anneaux perdaient leur éclat argenté et froid pour devenir plus rouges et plus chatoyants dans le ciel sud. Vance s'apprêtait à sortir de la Qwik-Kabin pour aller manger un morceau lorsqu'il reçut un appel sécurisé de Ralph.

— On a du nouveau, commença celui-ci.

— Sur Ernie Reinert ? demanda Vance.

— Non. D'ailleurs, cet aspect-ci de l'enquête ne progresse pas beaucoup. Il ne sait pas grand-chose, et certainement pas qui a tué le North. Néanmoins, on lui a arraché quelques noms utiles, qui devraient nous aider à découvrir les commanditaires du débarras du corps.

— D'accord. Qu'avez-vous à m'annoncer ?

— L'inspecteur Hurst a découvert qu'un North inconnu est arrivé par le portail de Newcastle le jour du meurtre. Il s'est rendu directement au macrobâtiment de St James.

Vance était tellement surpris qu'il ne trouva rien à dire pendant quelques secondes.

— Vous êtes sûr ? demanda-t-il, ce qui n'était pas vraiment une réaction professionnelle.

— L'inconnu a usurpé l'identité d'Adrian North pour berner la douane. Il s'est rendu à St James, où il s'est volatilisé. Soit il a été assassiné, soit il a commis le meurtre et usurpé l'identité de sa victime.

— Seigneur !

— En effet. Il s'agirait donc d'une dispute familiale.

Vance serra le poing et frappa rythmiquement sur le bureau, irrité.

— On a eu un grave accident, samedi dernier.

— Oui, j'ai vu ça aux infos.

— Je ne suis pas persuadé que ce soit vraiment un accident, ajouta-t-il d'un ton désespéré qu'il regretta aussitôt.

Cette opération commençait à mal tourner, et il avait l'air d'être un patron à la recherche de coupables à blâmer. Toutefois, il fallait être là pour se rendre compte de l'étrangeté de leur situation.

— Vance. Hurst et son équipe font du bon boulot. Ils ont entrepris d'interroger de nouveau certains North qui pourraient être des imposteurs. Ernie a déjà confirmé l'appartement dans lequel il a récupéré le corps. On va devoir leur transmettre l'info demain. Les scientifiques vont passer l'appartement au peigne fin, le désosser.

— Vous n'envoyez pas nos gars d'abord ?

— Vermekia a mis son veto. Il veut que l'enquête continue sans entraves.

Vance savait ce que cela signifiait : le commandement de l'ADH était en train d'accepter la théorie du conflit industriel. Politiquement parlant, l'expédition était au bord de l'abîme.

— Quelqu'un a-t-il une idée de la raison qui pourrait conduire les North à se faire la guerre ?

— Eh bien, non, justement, ce qui est très bizarre. Les North rejettent cette idée en bloc. Étant donné que notre imposteur est sans doute un B, on peut se demander si Brinkelle n'essaie pas de prendre le contrôle de Northumberland Interstellar, mais c'est tiré par les cheveux. Sinon, il semblerait que la police, comme Brinkelle, s'intéresse beaucoup à Zebediah North.

— Le mouton noir de la famille ?

— Oui, c'est Barclay North. Il est devenu complètement fou après la mort de son père. Malheureusement, il n'a ni le bon âge ni le profil de l'imposteur qui a traversé le portail.

— Un de ses enfants, peut-être, un 3 dont on ne connaîtrait pas l'existence ?

— Oui, sauf que c'est un 2 qui a été repêché dans la Tyne. Et tous les A North2 répondent à l'appel.

— Vous avez raison. Ces derniers jours ont été très pénibles, ici.

— Antrinell a-t-il mis en évidence des variances génétiques ?

— Non, et lui aussi commence à croire qu'il perd son temps.

— Aucune des deux autres bases avancées n'a rien trouvé non plus.

— Combien de temps avons-nous devant nous ?

— Vermekia refuse de se prononcer. À moins qu'il se passe quelque chose, vous recevrez sans doute votre ordre de retrait dans environ une semaine.

— D'accord, merci, Ralph.

— Pas de problème. Prenez soin de vous.

Vance soupira et s'affaissa dans son fauteuil étroit. En janvier, lorsque l'affaire était récente et fraîche, il s'était persuadé que l'expédition serait suprêmement importante. Par vanité, sans doute. Force lui était désormais d'admettre qu'ils s'étaient tous un peu emballés. À cause de quelques images arrachées au cerveau d'une jeune femme droguée et tout sauf fiable.

Angela était la clé, il le savait. Si seulement il pouvait découvrir ce qu'elle faisait dans le manoir de Bartram…

— Appelle Tramelo, ordonna-t-il à son i-e.

* * *

Angela ne se donna pas la peine de frapper à la porte d'Elston. La Qwik-Kabin étant petite, il l'avait forcément entendue arriver. Elle déboula dans son bureau et le trouva derrière sa minuscule table de travail, le regard rivé sur un moniteur. De là où elle se trouvait, les données violettes et vertes étaient illisibles. Elle s'assit sans en demander la permission, jouissant de la fraîcheur relative générée par le climatiseur en souffrance.

— Je venais juste de récupérer mon plateau, se plaignit-elle. Ça fait des jours que je n'ai pas mangé correctement.

— Oui, et c'est une tragédie, rétorqua Elston.

Angela cligna des yeux, puis le regarda fixement. Il était habituellement si poli et si bien élevé – à la manière caractéristique des fondamentalistes religieux. Dans d'autres circonstances, elle aurait apprécié de voir son visage normalement impassible déformé par le doute et l'inquiétude. Toutefois, après la multiplication des « accidents »...

— Qu'est-ce qu'il y a ?

— Guzman ne remarchera plus jamais.

— Ouais, acquiesça-t-elle d'un air sombre. On a entendu. Il existe des traitements. La régénération nerveuse. Le genre de chose que les North développent dans leur Institut d'Abellia.

— Même l'ADH n'a pas les moyens d'offrir ce genre de thérapie à ses blessés. Un peu comme les traitements des un-sur-dix.

— Vous m'avez fait venir pour me cracher votre méchanceté au visage ?

— Non. Désolé. Angela, que faisiez-vous dans le manoir de Bartram ? Après tout ce temps, vous pouvez dire la vérité sans risque.

Une fois de plus, elle fut satisfaite de la manière dont elle réussit à garder le contrôle de ses émotions. *Papa serait fier de moi.*

— J'étais une putain. Vous vous sentez mieux, maintenant ?

— Vous êtes beaucoup de choses, mais certainement pas une putain.

— Waouh ! merci.

— J'aimerais tant que vous me fassiez confiance.

— Le syndrome de Stockholm, ce n'est pas pour moi, merci. Pas avec mon tortionnaire.

Il laissa échapper un soupir d'exaspération.

— Je suis désolé pour tout ça, d'accord ?

— Vous croyez que c'est si facile que ça ?

— Angela...

Il avait piqué sa curiosité. Cet Elston-là, elle ne l'avait encore jamais rencontré.

— Que s'est-il passé ?

— La police a découvert qu'un North inconnu avait traversé le portail de Newcastle juste avant le meurtre. Tout le monde commence à croire que le crime est lié à une dispute familiale ou à une guerre industrielle.

— Fait chier ! Et vous, qu'en pensez-vous ?

— On n'a pas encore trouvé de variance génétique. On dirait que vous vous êtes trompée, Angela.

— Vous plaisantez ! Vous vous foutez de ma gueule ! S'il n'y a pas de monstre, alors c'est moi qui les ai tués ! Espèce de fumier ! Si vous croyez que je vais retourner en taule, vous vous foutez le doigt dans l'œil.

— Personne ne dit ça. Nous nous intéressons de près à Zebediah North.

— Qui ? demanda Angela en fronçant les sourcils.

— Vous l'avez connu sous le nom de Barclay North. Il a craqué psychologiquement après la mort de son père. Il a changé de nom et a commencé à militer pour que St Libra coupe tout lien avec la Terre et ferme son portail. L'avez-vous déjà rencontré ?

Angela resta immobile. Le climatiseur n'était pas assez puissant pour combattre le sang brûlant qui parcourait ses veines. Elle avait de plus en plus de mal à contenir sa colère. *Comment ai-je pu être si stupide ? Il m'a endormie et j'ai fini par baisser ma garde. J'ai failli le prendre pour un être humain.*

— Espèce de connard ! Tortionnaire ! Puissiez-vous attraper le cancer et pourrir jusqu'à la mort. Si votre Dieu existe, au moins aurai-je la satisfaction de vous voir finir dans votre enfer médiéval. Et encore, ce ne sera pas cher payé.

— Qu'est-ce que… ?

— Bien essayé. On est amical, on s'attire la sympathie de sa propre victime. Et puis on la baise. Voilà, maintenant, en plus du reste, vous êtes un violeur.

Elle se leva, trop furieuse pour dire quoi que ce soit d'autre.

— Attendez ! Je ne comprends pas. S'il vous plaît, qu'est-ce… ? bredouilla-t-il.

— Vous ne comprenez pas ! répéta-t-elle, moqueuse et sauvage. Vous avez lu ça dans votre manuel de torture, n'est-ce pas ?

— Calmez-vous et dites-moi simplement ce qui s'est passé.

Angela fit une pause. Elle était dans l'incertitude et se haïssait de lui avoir laissé le bénéfice du doute.

— Barclay North ? C'est de lui que vous parlez ? Et vous me demandez *innocemment* si j'ai entendu parler de lui ?

— Oui. Il se peut que ce soit important.

— Juste après m'avoir demandé ce que je faisais dans le manoir de Bartram…

Elle s'interrompit, effrayée à l'idée d'en avoir déjà trop dit.

— Angela, je jure sur la Bible que j'ignore totalement la raison de votre colère.

— Barclay North se fait appeler Zebediah North, et il a coupé les ponts avec sa famille ?

— Oui. Ils ne savent pas pourquoi. Il s'est volatilisé quelques jours après le meurtre pour ne réapparaître que plusieurs mois plus tard dans les Territoires indépendants.

— C'était très malin de sa part.

— Comment ça, malin ?

— Vous voulez toujours me faire croire que vous n'essayez pas de m'amadouer ?

— Nom de Dieu ! lâcha-t-il, avant de se rendre compte qu'il venait de blasphémer. Que s'est-il passé entre vous et Barclay ?

Angela prit une profonde inspiration pour se calmer.

— On a eu une liaison, c'est tout.

— Quoi ?

— Vous m'avez bien entendue. Contrairement à ce qu'on croit, les North ne sont pas tous pareils. Lui était différent, plus… (elle choisit ses mots avec soin)… gentil que les autres, surtout que son père.

— Je l'ignorais. Vous dites « différent », mais différent comment ?

— Pas du tout fou, si c'est ce que vous sous-entendez. Merde, mais pourquoi est-ce que je vous parle de ça ?

— La plus petite information pourrait nous être utile.

— Ouais, enfin, pas dans ce cas, le contra Angela en lui lançant un regard dur et désapprobateur.

— Et pourquoi pas ?

— Parce que Barclay North2 est *mort*. Il s'est fait massacrer par le monstre, comme les autres. J'ai découvert… J'ai vu son cadavre mutilé dans cette saloperie de manoir. Pigé ? J'ai. Vu. Son. Cadavre. Pas de doute possible. J'ignore qui est ce Zebediah, mais ce n'est sûrement pas Barclay.

* * *

Se glisser dans le bureau du septième cette nuit en particulier était extrêmement risqué, mais Angela pensait que cela en valait la peine. Personne ne s'attendrait à une opération illicite alors qu'il y avait du monde à la maison. Quatre des fils de Bartram, exactement : Barclay, Benson, Blake et Barrett. Un dîner de famille pour parler affaires. Elle était présente dans la salle à manger, évidemment, tout comme Coi, Mariangela et Suski (la remplaçante d'Olivia-Jay). Loanna et Marc-Anthony avaient apprêté les petites amies, avaient choisi pour elles des robes de soirée courtes et chères. Leur rôle était de flanquer Bartram et de décorer agréablement la maison. Durant le repas, elle avait eu du mal à ne pas regarder Barclay de façon trop appuyée, mais elle y était parvenue. Lui-même avait pris les mêmes précautions, consacrant scrupuleusement le même temps à toutes les petites amies, tentant de toutes les charmer.

Les frères s'étaient ensuite enfermés dans le salon du septième pour poursuivre leur conversation et parler contrats, sociétés et finance. Bartram avait demandé à Suski de les accompagner, car elle était excellente pianiste et chanteuse. Angela la trouvait beaucoup moins douée qu'Olivia-Jay, mais elle reconnaissait que son opinion était biaisée.

Angela, Mariangela et Coi redescendirent donc au sixième afin d'y être préparées par Loanna et Marc-Anthony à rejoindre Bartram dans sa chambre à coucher. Impérieuse et spectaculaire, avec ses cheveux détachés, Mariangela portait une longue nuisette en soie et dentelle, tandis que Coi avait hérité d'un simple pyjama blanc pour jouer l'innocence et la soif d'expérience. Angela, elle, enfila un short moulant et un dos-nu transparent, se félicitant de leur choix – habilement induit par elle. C'était une partie essentielle de son plan.

À 2 heures du matin, comme les nuages de pluie arrivaient de la mer et obscurcissaient les anneaux de St Libra, elle s'engagea en toute confiance sur la galerie du septième étage. Les lumières étaient tamisées, et certains des frères étaient toujours réunis dans le salon. Suski jouait du piano et chantait d'une voix agréablement rauque.

Angela se glissa dans le bureau de style rétroégyptien. Au moins, personne n'avait utilisé d'huile ce soir-là, aussi n'avait-elle pas besoin de serviette pour éviter les taches. Ses intercepteurs effilés étaient dissimulés dans la ceinture de son short. Elle les en extirpa et se glissa sous la table de travail.

Tout était prêt. L'argent pour le contrat de la vallée de Delgado avait été transféré la veille sur le compte principal de la municipalité. La proposition de GiulioTransstellar était toujours enregistrée, tout comme celle des sociétés rivales. Une fois de plus, elle se servit des codes de Barclay pour sélectionner la proposition de GiulioTransstellar. Cent huit millions d'eurofrancs disparurent dans le secteur bancaire du transnet.

Angela laissa échapper un petit gémissement de soulagement. Pour une fois, elle ne s'en voulut pas de laisser parler ses émotions, et ses yeux s'emplirent de larmes. C'était terminé. Fini. Plus rien ne comptait.

Mais j'aimerais bien partir d'ici, maintenant.

Elle se retira méthodiquement du réseau, se forçant à prendre son temps. Refermer le compte de la municipalité en utilisant l'autorisation de Barclay, terminer l'infiltration, extraire les aiguilles, les ranger dans la ceinture de son short. Éteindre la console.

Le cœur battant la chamade, elle entrouvrit la porte du bureau pour regarder à l'extérieur. Les frères étaient partis se coucher, apparemment, car les lumières étaient éteintes dans la galerie. Il faisait plus sombre que d'habitude, et le silence était total. Les anneaux étant voilés par des nuages épais, la grande baie vitrée située à l'extrémité de la galerie laissait passer très peu de lumière.

Angela referma la porte et entreprit de retourner discrètement vers la chambre de Bartram. À mi-chemin, elle marcha dans un genre de flaque. Elle se trouvait devant le salon, et elle remarqua qu'un battant de la grande double porte était ouvert. À l'intérieur, l'obscurité était totale.

Ce n'était pas de l'eau. Elle le sentait : trop épais, trop collant. Et étrangement chaud. Elle fronça les sourcils, perplexe. C'était embêtant, car elle allait devoir se nettoyer avant de retourner dans le lit.

Elle entra dans le salon, et il y avait de ce même liquide partout sur le plancher. Elle glissa et tomba durement sur les genoux.

— Ah ! merde. Maison : lumière du salon, éclairage minimal.

L'IA de la demeure ne réagit pas.

— Fait chier !

Angela se releva difficilement. L'odeur qui l'entourait était étrange, désagréable. Elle avait du mal à l'identifier, même si elle distinguait des pointes de menthe en arrière-plan. Ce mélange la mit bizarrement mal à l'aise. Cela devenait ridicule ; elle était couverte de ce fameux liquide. Un conduit quelconque devait avoir cédé. Le liquide de refroidissement du climatiseur ? En tout cas, elle aurait une bonne excuse pour expliquer sa présence, si quelqu'un la découvrait. *J'ai entendu du bruit, alors...*

Les interrupteurs manuels se trouvaient derrière la porte. Elle tituba vers eux comme un bébé sur une patinoire, les mains tendues devant elle. Cinq minuscules LED vertes brillaient sur le panneau, la guidant. Une dernière glissade, et elle les atteignit, plaquant sa main sur les boutons.

L'éclairage s'alluma. Pendant une fraction de seconde, son esprit refusa la vue de son propre corps, enduit d'un liquide écarlate. Cette couleur déclencha une alarme dans les profondeurs primitives de son cerveau. Du sang !

Angela en eut le souffle coupé. Il y en avait partout sur le marbre du sol. Elle marchait dedans. Elle lâcha un cri plaintif, plus fort cette fois. Sa peur et son dégoût se réverbérèrent dans la grande pièce. Elle tourna sur elle-même, mouvement qui lui fit perdre à nouveau l'équilibre, et elle tomba à quatre pattes. À deux mètres de là seulement gisait le cadavre de Barclay.

Quelque chose lui avait transpercé la poitrine, déchirant sa chemise rayée bleu et gris, déchiquetant sa peau, sa cage thoracique et son cœur. De la blessure monstrueuse et multiple avait jailli un flot de sang. Angela fixa son regard sur le visage étrangement sympathique et attachant, son masque mortuaire à la fois paisible et étonné. Elle savait que c'était bien lui. Il portait ses boutons de manchettes en forme de bananes. Il y avait trop de sang, toutefois, pour qu'il puisse uniquement s'agir du sien. Elle releva la tête.

Suski gisait près du piano, la gorge tranchée, presque décapitée. Deux autres North étaient étendus sur les dalles de marbre. L'un avait la même énorme plaie à la poitrine que Barclay, l'autre était ouvert de l'entrejambe au thorax, les organes et intestins visibles dans une mare de sang.

Angela tenta de contenir le hurlement d'hystérie qui se formait dans sa gorge. Son instinct de survie seul l'empêcha de crier, ce qui subsistait de sa pensée rationnelle lui disant que le maniaque ne devait pas être loin, qu'il ne fallait surtout pas attirer son attention. Elle leva les yeux vers les bandes lumineuses qui décrivaient des boucles artistiques au plafond ; elle avait commis une terrible erreur en les allumant. Et en faisant trop de bruit, un peu plus tôt.

Elle se releva tant bien que mal. À la vue du sang qui recouvrait son corps tout entier, une nausée terrible s'empara d'elle, menaçant de provoquer un spasme incontrôlable. *N'y pense pas. Concentre-toi.*

Angela s'appuya contre la porte et jeta un coup d'œil dans la longue galerie centrale, se préparant à courir jusqu'à l'escalier. La lumière du salon se déversait en éventail dans les ténèbres de la maison. À cinq mètres de là, la porte de la chambre de Bartram s'ouvrait en silence. Ce qu'elle découvrit alors oblitéra toute émotion, toute pensée. Elle retint son souffle et activa les implants offensifs de ses bras.

* * *

Après le départ d'Angela, Vance resta assis à son bureau pendant plus d'une heure à réfléchir. Ce qu'elle lui avait dit ne pouvait être vrai, et pourtant… Pour la première fois depuis leur rencontre initiale, vingt ans plus tôt, Vance était convaincu de la sincérité de cette femme. Barclay North2 était mort ; la colère et la confusion d'Angela n'étaient pas feintes. Il en était persuadé. Elle avait vraiment vu son cadavre – si quelqu'un pouvait l'identifier avec certitude, c'était bien elle. Cependant, tout le monde savait que Barclay avait survécu au massacre pour devenir Zebediah. Donc, si Angela avait raison, un North inconnu était apparu de nulle part pour prendre la place de la victime et devenir ce fameux gourou. Vingt ans plus tard, un autre mystérieux North avait traversé le portail de St Libra pour arpenter le sol de la planète mère.

Ces deux événements ne pouvaient qu'être liés. Néanmoins, en apporter la preuve risquait d'être difficile et douloureux. Quant à convaincre le commandement de l'ADH…

Son i-e collecta tous les fichiers relatifs aux témoignages initiaux d'Angela Tramelo et chercha des références à Barclay North2. Effectivement, le troisième jour qui avait suivi son arrestation, elle avait raconté à la police de Newcastle ce qu'elle avait vu dans le salon du manoir. Vance annula l'affichage de la transcription et sortit de sa mémoire un vieux fichier AV. Le moniteur de la console s'incurva autour de lui, le plongeant dans la zone, le renvoyant vingt ans en arrière dans une salle d'interrogatoire sécurisée, où une Angela Tramelo menottée et aux cheveux roux et courts mal coupés était assise derrière la table, tandis que deux policiers lui posaient question sur question.

— Mon Dieu ! murmura Vance. Regardez-moi ça…

Il avait failli ne pas le voir. Le plus jeune des deux inspecteurs assis dans la pièce était Royce O'Rouke. Il avait déjà ce visage rond, même s'il semblait moins rouge et moins furieux qu'aujourd'hui.

À côté de lui, Garris Ravis menait l'interrogatoire et forçait Angela à se remémorer la découverte des cadavres.

— J'ai entendu un bruit, disait-elle d'une voix neutre.

Elle ne paraissait pas très en forme dans sa combinaison vert foncé et enveloppée dans une couverture. Elle semblait malade. Ses épaules tremblaient constamment, et elle buvait beaucoup d'eau.

— Quand je suis sortie dans la galerie, il faisait noir, toutes les lumières étaient éteintes. Devant le salon, j'ai mis les pieds dans une flaque, alors je suis entrée pour voir. Quand j'ai allumé la lumière, je les ai vus, Barclay et les autres. Suski n'était avec nous que depuis quinze jours. Quelqu'un les avait… Oh ! mon Dieu ! on les avait massacrés.

— Et après ? demandait Ravis, impitoyable.

— J'ai entendu quelque chose dans la galerie. Quand je suis sortie du salon, il était là à m'attendre.

— Le monstre ?

— Oui.

— Bien, bien, bien… C'est là que je ne suis pas sûr de comprendre. Dans votre première déposition, vous avez dit que vous l'aviez vu sortir de la chambre de Bartram. Je croyais que vous étiez justement avec Bartram, cette nuit-là.

— Oui. J'ai dit qu'il était tout proche de la chambre. J'étais sortie pour m'aérer un peu.

— Alors vous l'avez repoussé et vous vous êtes enfuie.

— Oui.

— Dans la chambre de Bartram, tout le monde s'est fait massacrer. Où était le monstre quand vous avez parcouru les – quoi ? – dix mètres qui séparent la chambre du salon ? Pendant que vous parcouriez cette distance, il s'est glissé dans la chambre dans votre dos, en silence, et a découpé en morceaux Bartram et deux filles, avant de sortir pour s'occuper de vous. Et de rater son coup…

La tête d'Angela roula en arrière ; on aurait dit qu'elle était sur le point de perdre connaissance. L'enregistrement montrait même la sueur qui perlait sur son front. Vance commença à se demander ce qu'elle avait subi au commissariat.

— Je ne sais pas dans quel ordre tous ces gens ont été tués ! Tout ce que je sais, c'est que je me suis tirée pendant qu'il était à terre.

— Vous avez réussi à faire tomber le monstre ?

— Oui.

— Un monstre assez fort pour réduire en bouillie quatorze personnes ?

— Oui.

— Foutaises. Vous êtes en train de nous mener en bateau. Vous portiez une combinaison amplifiée, pas vrai ? Et vous les avez tués. Tous.

— Non.

Vance interrompit la lecture. Angela n'avait aucune raison particulière de dire que Barclay était mort. Elle ne l'avait mentionné que deux fois et, vingt ans plus tôt, personne n'y avait prêté attention. Son témoignage n'avait pas été pris au sérieux, surtout avec cette histoire de monstre extraterrestre parfaitement ridicule. À voir l'état dans lequel elle se trouvait durant cet interrogatoire, il était facile de conclure que son récit délirant était le fruit de sa fièvre.

Son i-e trouva le rapport médical du médecin du commissariat. Ils avaient cherché des traces de toxines dans son sang, mais n'avaient trouvé que des résidus biochimiques étranges. Une substance qui ne figurait pas dans la base de données des narcotiques de la GE, ce qui ne voulait pas dire grand-chose, des produits expérimentaux arrivant constamment sur le marché. Et elle revenait tout juste de St Libra. Angela nia être une toxico, comme elle nia tout le reste. Le médecin avait mis sa fièvre sur le compte d'une forme de grippe provoquée par les spores de St Libra. Son état s'améliora cinq jours plus tard.

— Qu'est-ce que vous faisiez là-bas ? demanda Vance à l'image silencieuse qui flottait devant lui.

C'était douloureux à admettre, mais il comprenait parfaitement qu'elle refuse de se confier à lui. Elle le haïssait, et c'était tout à fait normal après ce qu'il lui avait fait subir sur Frontline.

Il pleuvait de nouveau lorsque son i-e appela Ralph et Vermekia sur une ligne sécurisée. De grosses gouttes martelaient le toit du préfabriqué, omniprésentes.

— On a du nouveau, commença Vance. Angela vient de me dire que Barclay avait été tué par le monstre.

— Vous m'avez sorti du lit pour ça ? se plaignit Vermekia.

— J'ai compulsé sa déposition initiale. Elle l'avait déjà dit à l'époque, mais personne n'y a prêté attention.

— Si Barclay est mort, qui est Zebediah ? demanda Ralph.

— Bonne question. Un North inconnu. Et qui a traversé le portail de Newcastle en janvier dernier ?

— Qu'est-ce que vous dites ? s'étonna Vermekia.

— Vous ne pensez pas que ça fait beaucoup de coïncidences ? Deux massacres perpétrés à l'aide d'une arme mystérieuse à cinq lames, et, dans les deux cas, un North non identifié est dans les parages.

— Et alors ? La famille nous cache l'existence d'une coterie de North2, conclut Ralph. Ça confirme le scénario de la guéguerre familiale et incestueuse.

— Pourrait-on au moins vérifier dans les rapports de la police scientifique ? proposa Vance. Histoire de s'assurer qu'il n'y est fait aucune mention d'un quinzième corps.

— Il n'y a pas de rapport de police scientifique, rétorqua Vermekia. Digne de ce nom, je veux dire. Il y a bien quelques photos des sixième et septième étages après que les cadavres eurent été emportés. Beaucoup de sang coagulé par terre, mais c'est tout. Même pendant le procès, on n'a rien vu de plus détaillé. Les North ne voulaient pas prendre le risque que des images de leur père et de leurs frères mutilés circulent sur le transnet. On ne peut pas leur en vouloir. Un flic ou un employé du tribunal n'aurait pas manqué de les revendre. Cher.

— L'ADH a le rapport du légiste sur l'arme, dit Vance.

— Oui, mais ce rapport provient de l'Institut North d'Abellia. À l'époque, les North prenaient au sérieux la possibilité d'une menace extraterrestre. Encore aujourd'hui, quelques fichiers restent très difficilement accessibles.

— On pourrait essayer de pirater le réseau de l'Institut biomédical North.

— Non, Vance, répondit Vermekia. J'apprécie ce que vous essayez d'accomplir, mais vous devez commencer à préparer la fin de votre mission à Wukang.

— Jusque-là, nous n'avons rempli qu'une mission de prélèvement d'échantillons. Une seule.

— Et vous vous apprêtez à en envoyer une seconde demain. Écoutez, je lis attentivement les rapports que vous postez sur le réseau de l'expédition. Les autres camps ont aussi commencé à prélever des échantillons, pour des résultats similaires. Il n'y a rien, dans cette jungle. St Libra est une planète exclusivement végétale. C'est bizarre, c'est intéressant, ça conduit les évolutionnistes mécréants à élaborer tout un tas de théories toutes plus idiotes les unes que les autres, mais c'est tout.

— Il se passe quelque chose, ici. Quelque chose d'étrange.

— Je ne le nie pas. Mais cela ne justifie pas que l'on injecte encore un milliard d'eurofrancs dans cette expédition. Pas d'inquiétude, vous êtes couvert. La commissaire Passam est en première ligne. Elle se justifiera devant Bruxelles et la commission budgétaire de l'ADH à son retour. Votre nom ne sera même pas mentionné.

— Quel soulagement…

La bande passante disponible n'était pas assez importante pour que ses interlocuteurs perçoivent l'intensité de son ironie.

— Je me charge d'annoncer ça à Aldred North, intervint Ralph. Après tout, ce sont eux qui se font massacrer. Ils veulent réellement des réponses.

— Sait-on au moins si Zebediah est toujours dans les Territoires indépendants ? s'enquit Vance.

— Non, on ne peut rien affirmer. Tous ces micro-États sont fiers de ne pas être connectés au transnet. Les North vont envoyer quelqu'un enquêter sur place.

— Sauf votre respect, ne devrait-on pas mener cette enquête nous-mêmes ?

— Bonne idée, acquiesça Vermekia. Je vais organiser ça. On a quelques sources dormantes dans les Territoires indépendants. Je peux…

Le camp reçut une alerte médicale. L'i-e de Vance afficha sur sa grille un véritable torrent de données. Le maillage corporel d'Esther Coombes criait à l'aide. Sa batterie de cellules intelligentes médicales diagnostiquait une grave défaillance cardiaque, des dommages aux tissus du thorax, une tension artérielle proche de zéro et un électroencéphalogramme presque plat. Elle se trouvait en bordure du camp, à deux cents mètres seulement des biolabs mobiles.

— Botin ! ordonna Vance à son i-e. Lieutenant, initiez le protocole de sécurité rouge-un. Nous avons une brèche. Il faut sécuriser le périmètre.

— Entendu, mon colonel. Protocole rouge-un, confirma le lieutenant.

— Que le personnel non essentiel reste sous les tentes. Il se peut que nous soyons attaqués. Traquez l'ennemi et capturez-le. Utilisez tous les moyens nécessaires.

Vance ouvrit le placard situé au-dessus de son bureau et en sortit un fusil Folkling. Il vérifia le cran de sûreté. Il enfonça un chargeur à l'intérieur et en fourra deux autres dans ses poches. Puis il fonça vers la porte.

La pluie était dense et chaude, réduisant la visibilité à quelques mètres. Les lumières étaient allumées dans tout le camp, taches blanches dans la nuit crasseuse. Vance se mit à trotter vers Coombes, son maillage corporel confirmant son identité à intervalles réguliers au cas où il croiserait le chemin de légionnaires un peu trop nerveux.

Soudain, le réseau du camp disparut. Il n'en était pas sûr parce qu'il courait, glissait et dérapait dans la boue, mais il lui sembla que plusieurs lumières s'éteignirent en même temps.

— Par l'enfer ! grogna-t-il.

Son maillage corporel était assez puissant pour établir un lien direct avec Botin.

— Il faut absolument réactiver le réseau. Sans lui, on est vulnérables. Faites escorter Wardele et les gens qu'il jugera utiles jusqu'à la Qwik-Kabin.

— Oui, mon colonel.

Malgré l'eau tiède qui imbibait ses vêtements, Vance sentit un frisson lui parcourir le dos. *J'étais dans la Qwik-Kabin il y a à peine une minute.* Le réseau du camp ne dépendait pas d'une seule cellule, évidemment, et il n'aurait pas dû lâcher. Toutefois, le camp était petit, et la majeure partie des données transitait par le gros processeur du préfabriqué. C'était une cible de sabotage toute choisie.

Des faisceaux de lampes torches transpercèrent les ténèbres détrempées devant lui. Il se dirigea vers eux. Son i-e envoya une confirmation d'identité et trouva Justic, Kowalski, Montoto, de l'équipe de xénobiologie, et l'infirmier Mark Chitty. Comme Vance ralentissait, le maillage corporel de Coombes continuait à délivrer ses mauvaises nouvelles. Les légionnaires et Montoto se tenaient au-dessus d'elle, l'éclairaient de leurs torches pour que Chitty puisse s'occuper d'elle. Celui-ci eut un mouvement de recul, incrédule.

Vance regarda Coombes en serrant les dents de peur et de colère. Il n'y avait aucune chance que Chitty la réanime avec sa trousse de premiers secours et ses gadgets médicaux.

La chair déchiquetée de sa poitrine, les cinq plaies béantes laissées par des lames dans sa cage thoracique ne laissaient aucune place au doute.

Mardi 19 mars 2143

Eva stoppa la simulation au moment où Adrian North2 entrait dans le lobby de son immeuble de Quayside. Il neigeait à l'extérieur, et le taxi s'éloignait lentement du bâtiment, ses pneus peinant à adhérer aux pavés couverts de glace compactée de l'allée privée qui conduisait à l'entrée de l'immeuble.

La simulation avait suivi Adrian depuis qu'il avait émergé du portail à 22 h 30, ce soir-là. Il était aussitôt monté à bord d'un taxi, qui l'avait laborieusement conduit chez lui en empruntant les routes dangereuses de la ville prisonnière de l'hiver. Il n'y avait pas d'erreur, pas de substitution, pas de changement de voiture. Il s'agissait de la piste authentique, numérique et visuelle, qu'il avait laissée sur les réseaux et les maillages de Newcastle.

— 23 h 09, annonça Eva. C'est sans doute un peu tard pour le meurtre.

— Peut-être, acquiesça Sid.

Il se tenait dans la cabine de contrôle de la salle de projection, le regard rivé sur la simulation de cette sinistre soirée de janvier. Il se rappelait très bien le froid intense qui régnait cette nuit-là au bord de la Tyne lorsqu'il avait répondu à l'appel d'urgence avec Ian. Un examen rapide du visage d'Adrian North lui montra à quel point l'homme était de mauvaise humeur – des poches sous les yeux, l'air fatigué, exaspéré. Il lisait en lui comme dans un livre ouvert. Un homme qui venait de vivre une mauvaise expérience et qui ne pensait qu'à une chose : rentrer chez lui. La preuve définitive, quoique non tangible, qu'il s'agissait bien du vrai Adrian North.

— L'imposteur est donc le premier Adrian à avoir franchi le portail, décida Ian.

— On est tous d'accord, confirma Sid.

Il se tourna vers O'Rouke, qui hocha imperceptiblement la tête.

— Et maintenant ?

Ari et Lorelle, qui faisaient fonctionner les consoles de la salle de projection, regardèrent Sid avec intérêt.

— Merci, leur dit-il. Vous pouvez désactiver la simulation.

L'intérêt céda la place à l'agacement comme ils quittaient la salle de contrôle. Ian opacifia les vitres, cachant Eva.

— C'est une guerre entre North, dit Sid. Même si Aldred le nie ou l'ignore. Pour ma part, je pense que nous avons repêché l'imposteur dans le fleuve. Nous avons interrogé tous les North qui habitent le macrobâtiment de St James, et les résultats étaient assez concluants. Aucun d'entre eux n'est un imposteur.

— Putain ! le bon Dieu nous en veut personnellement, grogna O'Rouke. Cette ville appartient à Augustine. Fait chier.

Pour une fois, Sid était presque désolé pour son commissaire en chef. Il ne savait pas non plus comment les derniers développements de l'enquête allaient affecter son propre avenir.

— Ralph Stevens m'a appelé ce matin, monsieur, poursuivit Sid. On va récupérer Ernie Reinert demain.

— Ce pauvre type n'est pas mort ?

— Apparemment. Stevens dit qu'ils vont nous transmettre des informations intéressantes.

— Le nom de l'assassin ?

— Non, monsieur, il a été très clair à ce sujet. On devrait au moins avoir le numéro de l'appartement où Reinert a collecté le cadavre. À partir de là, nos collègues scientifiques devraient pouvoir nous faire avancer. Je vais demander à Northern Forensics de nous préparer une équipe. Je veux pouvoir compter sur leurs meilleurs éléments.

— Oui, bonne idée, acquiesça O'Rouke. Au fait, la comptabilité de l'ADH m'a contacté. Ils vont bientôt s'occuper d'une première fournée de factures.

— Ah ! excellente nouvelle, monsieur.

— Carrément. Vivement qu'on évacue tout ce merdier de ma ville.

Sid et Ian échangèrent un regard. C'était le moment ou jamais de faire part à O'Rouke de leurs doutes concernant l'implication de Sherman.

— Nos procédures ont fonctionné, monsieur, dit Sid.

Il ne put s'empêcher de remarquer le soulagement sur le visage de Ian.

O'Rouke gloussa.

— Pour une fois, hein ?

— Oui, monsieur.

— Vous avez bien travaillé, les gars. J'ai remarqué, ne vous en faites pas. Lanagin, vous devriez peut-être penser à passer vos examens pour changer de grade. Je connais deux-trois membres du jury ; je pourrais leur en toucher un mot.

— Merci, monsieur. J'y penserai.

Sid supposait que la future promotion de Ian était la façon d'O'Rouke de lui dire qu'il remplirait sa part du marché, qu'il l'aiderait à passer classe cinq. C'était le problème avec le chef, se dit Sid : on ne savait jamais s'il faisait des métaphores ou non.

Les cellules intelligentes audio de Sid sonnèrent. Au centre de la grille de ses iris apparut un icone bleu ciel – un code bleu universel. Tous les employés gouvernementaux étaient censés mettre en place les protocoles civils d'urgence. Les policiers étaient tous réquisitionnés. Les officiers devaient se présenter devant leurs commissaires.

— Bordel de merde ! cracha O'Rouke.

— Vous ne savez pas de quoi il s'agit ? demanda Sid.

— Putain, non ! C'est ce connard de maire ; il ne me met jamais au parfum. Quel fumier !

Ils se précipitèrent hors de la cabine de contrôle. Sid demanda à son i-e de parcourir les sites d'information, agréés ou non, afin de dégotter la plus grosse info concernant la GE. Des fragments de dépêches jaillirent immédiatement d'icones dans sa grille.

« La douane de la GE annonce une suspension temporaire du fonctionnement du portail de Newcastle. »

« L'astronome amateur Rozak Ueu, résident de Highcastle, transmet une photo de Sirius deux minutes après le lever de soleil. Activité anormale des taches solaires. »

« Northumberland Interstellar affirme que les exportations de biocarburant resteront constantes. »

« Le conseil municipal de Highcastle cherche à confirmer officiellement l'activité solaire anormale. »

« Le quartier général de l'ADH à Bruxelles récuse l'idée que les taches solaires puissent être liées à l'arrivée d'un essaim de Zanth. »

Le cœur de Sid s'emballa à la lecture de cette dernière nouvelle.

Jacinta l'appela au moment où il poussait la porte du Bureau n° 3.

— On vient d'être mis en alerte rouge, commença-t-elle. On doit se tenir prêts à accueillir un grand nombre de victimes. Qu'est-ce qui se passe ?

— Je n'en suis pas sûr. Ç'a un rapport avec les taches solaires de St Libra.

— Des taches solaires ? Qu'est-ce que c'est ?

— Aucune idée. Écoute, chérie, on vient de basculer en code bleu. Je t'appelle dès que j'ai du nouveau.

— Et les enfants ? Est-ce que je vais les récupérer à l'école ?

Sid vérifia son horloge : 10 h 47.

— Pas encore. Écoute-moi, s'il se passe quelque chose de gros, je serai au courant tout de suite. Enfin, je crois. Je t'appellerai.

— Que se passe-t-il ? demanda Ian dès que le sceau bleu se fut allumé autour de la porte.

— Personne ne le sait, répondit Ari.

Il désigna les moniteurs muraux du doigt. Reannha se servait de leur réseau pour parcourir les sites d'information avec le filtre d'une IA. Studios et journalistes défilaient à un rythme stroboscopique. Soudain, l'image se figea.

— Là ! cria Abner.

Sid fixa l'écran du regard. Ils regardaient TyneScan-5, une chaîne locale qui se concentrait normalement sur le monde des affaires et des finances du nord-est de l'Angleterre. Leur journaliste se tenait sur Kingsway, sur le Dernier Mile, et tournait le dos au portail. À côté d'elle, le trafic automobile était figé. Les gens sortaient de leurs véhicules, se regroupaient et discutaient avec inquiétude. Les émigrants à pied semblaient hésitants ; plus personne ne se ruait avec enthousiasme vers son utopie privée. On aurait dit qu'ils voyaient tous une tempête qui demeurait invisible aux caméras de TyneScan.

— Montez le son, demanda Ian.

— … le caractère anormal de cette activité solaire reste à confirmer, ce qui est difficile du fait de l'absence d'instruments d'observation dans le système de Sirius, disait la journaliste.

— Des taches solaires ? s'étonna Eva. Tout ça à cause de taches solaires ?

Sid ordonna à son i-e de lui préparer un résumé sur les taches solaires.

— Le soleil s'est levé à Highcastle il y a vingt-trois minutes, poursuivait la journaliste. Nous attendons des vérifications dans les prochaines heures. Les autorités de la ville demandent à tous les astronomes amateurs d'entrer en contact avec elles.

— Mais qu'est-ce qui se passe, là-bas ? se demanda Sid.

* * *

La matinée promettait d'être magnifique. Les splendides anneaux, aux scintillements argentés éphémères et flous, dominaient le ciel nocturne, mais cédaient vite du terrain à la lumière blanc-bleu intense de Sirius, qui apparaissait au-dessus de la ligne d'horizon de la planète géante. Des esquilles monochromes transperçaient l'atmosphère lourde et humide, traversaient les vallées et la jungle, faisant étinceler les énormes métacoyas, fouettards et vampspires qui dépassaient de ce paysage vallonné jaune-vert pastel. Les feuilles des arbres et des plantes plus petites luisaient et scintillaient comme s'évaporait la pluie de la nuit, exhalant une douce brume et adoucissant l'impact des rayons de Sirius qui parcouraient les plaines et enveloppaient Wukang d'un halo chaud et doré. Les ruisseaux de montagne se déroulaient en cascades platine vers les lacs et affluents nombreux.

Assis en bordure du chapiteau de la cantine, le menton couvert d'une barbe naissante, les yeux cerclés de rouge, fatigués, Vance Elston regardait fixement ce majestueux lever de soleil extraterrestre. Son fusil Folkling était posé sur ses genoux, sa main, en apparence détendue et légère, sur la crosse. Une brise chaude et agréable agitait ses cheveux emmêlés tandis qu'il inspirait profondément. Et grimaçait aussitôt. L'air était chargé d'une forte odeur d'agrumes. Sans en tirer aucune satisfaction, il reconnut le parfum des spores libérées par le dessous des feuilles épaisses couleur bronze des buissons mielleux. Au moins ses sens étaient-ils capables de percevoir cet envahisseur-là.

Il redressa ses épaules raides et douloureuses. Il avait passé toute la nuit accroupi, des heures et des heures le regard fixé sur le crépuscule hostile de ce territoire placé sous son commandement. Les légionnaires qui avaient monté la garde avec lui autour du chapiteau s'étiraient aussi comme le jour se levait enfin.

Vance posa un regard nouveau sur son camp. Les plantes grimpantes poussaient sur les câbles des tentes et s'entortillaient autour des piles de palettes. Même le sol compacté de la courte piste de décollage recommençait à verdir ; çà et là, il avisa des plaques de mousse et des touffes d'herbe. St Libra reprenait doucement possession de cette niche que les humains pensaient lui avoir définitivement arrachée.

— Seigneur, pardonnez-nous nos erreurs, murmura-t-il. Accordez- moi la sagesse en ces temps difficiles.

Il se signa.

Derrière lui, les quarante-sept autres survivants de Wukang se levaient doucement. Les uns avaient passé la nuit par terre, les autres sur des chaises. Quelques-uns avaient dormi. Quelques-uns seulement, pensa Vance.

Antrinell le rejoignit, l'air inquiet, hésitant.

— Bonjour, mon colonel.

Vance le gratifia d'un hochement de tête bourru.

— Je veux voir le lieutenant Botin et tous les chefs de service dans dix minutes. Le briefing aura lieu dans le garage de maintenance. Faites inspecter et sécuriser les lieux par une escouade de légionnaires.

— Je m'en occupe.

— Et demandez aux cuistots de préparer le petit déjeuner. On va en avoir besoin.

— Les hommes peuvent-ils retourner sous leurs tentes ?

— Non. Le camp devra être fouillé avant. Nous devons nous assurer que cette chose n'est plus là. (Il lança au bloc des ablutions un regard plein d'envie.) Les légionnaires n'ont qu'à commencer par les latrines.

— Entendu. Alors, il existe ?

— Vous avez interrogé les légionnaires comme je vous l'avais demandé ?

— Oui, répondit Antrinell à voix basse. Elle était sous la tente avec la moitié de l'escouade de Paresh quand Coombes a été attaquée.

— Remercions le Seigneur pour cela.

— Qu'est-ce qu'on va faire ?

— Je suis en contact avec Griffin Toyne et Vermekia toutes les heures. Tout comme moi, ils pensent que, maintenant que nous avons confirmé une activité hostile, Wukang devra être étendu et transformé en base militaire pleinement opérationnelle. La science a fait son temps. Nous allons faire venir plus de légionnaires et commencer à traquer les extraterrestres. D'ici là, nous devrons sécuriser la piste. Et cesser de nous faire massacrer.

— La JMT ?

— Je n'ai aucune preuve, répondit Vance en haussant les épaules, mais, vu notre situation, je ne leur laisse plus le bénéfice du doute.

— Bien. Je vous organise tout ça.

Vance assista à la mise en œuvre de ses ordres le long de la chaîne de commandement. Deux groupes de légionnaires se mirent en branle : le premier se dirigea vers les latrines, le second vers le garage. Les cuisiniers et le personnel auxiliaire allumèrent les plaques de cuisson et les fours à micro-ondes. On réchauffa des plateaux-repas, remplit les fontaines à thé et à café. Les gens commencèrent à faire la queue. La situation était presque redevenue normale.

Vance toussa. Le parfum des spores était beaucoup plus fort ce matin-là, qui lui irritait l'arrière-gorge. Il rappela Griffin Toyne pour lui confirmer qu'ils avaient survécu à cette folle nuit.

— Nous aimerions examiner le corps à Abellia, lui annonça le major.

— Il est dans notre clinique. Je vais demander au doc de le préparer pour un voyage en caisson réfrigéré.

— Et personne n'a rien vu ?

— Dès que le réseau fonctionnera de nouveau normalement, nous étudierons les maillages. Mais ne comptez pas trop là-dessus.

— Vous avez dit que le réseau du camp s'était écroulé juste après l'attaque.

— En effet, monsieur.

— Ça signifie que notre extraterrestre a réussi à pénétrer votre périmètre sans être détecté.

Vance avait l'impression d'être soumis à un interrogatoire et d'avoir plein de choses à cacher. C'était ironique et très déplaisant.

— J'en ai peur, monsieur.

— Une idée de la manière dont il s'y est pris ?

— Pas la moindre, désolé.

— Angela Tramelo, elle, était déjà dans le périmètre.

— J'ai vérifié où se trouvait Angela à ce moment-là. C'est même la première chose que j'ai faite. Elle était avec quatre légionnaires à l'instant où Coombes a été tuée.

— D'accord. Force nous est cependant de constater qu'elle est toujours dans les parages quand il se passe quelque chose. Aucun autre camp n'a été attaqué.

— Se trouvait-elle à Newcastle en janvier dernier ?

La colère contenue dans sa question le surprit.

— Je suis de votre côté, Vance. C'était juste une constatation. Imaginons un instant qu'elle soit réellement coupable du massacre de Bartram North et de la moitié des habitants de son manoir. Il y aurait fort à parier qu'elle a bénéficié d'une aide extérieure, qu'elle a eu un complice. Qui court toujours. L'arme utilisée a été fabriquée par un spécialiste, et elle n'a jamais été retrouvée. Pour ce qui nous concerne, Angela Tramelo reste en liberté surveillée.

Un complice? Il entendait presque la commissaire Passam prononcer ces mots, émettre ses faux doutes de politicienne professionnelle, sous-entendre, discuter des faits avérés. En matière de désinformation, elle était presque aussi forte que lui.

— Je comprends, finit-il par dire. Nous surveillerons Tramelo de près.

— Je vous en remercie. Je sais que vous êtes dans une situation très inconfortable.

— Dans combien de temps les renforts arriveront-ils?

— L'ADH a déjà envoyé son ordre de déploiement à la caserne parisienne. Cela représente deux cents hommes, plus leur équipement. Ils traverseront le portail aujourd'hui. Au plus tard, nous estimons que le transfert par avion de Sarvar à Wukang se fera vendredi.

— Excellente nouvelle.

— Ne vous en faites pas, vous recevrez toute l'aide dont vous aurez besoin. On m'a dit que le général Shaikh avait déjà été briefé. C'est lui qui a signé l'ordre de déploiement des troupes parisiennes. En haut lieu, on prend cette affaire très, très au sérieux.

— Ça fait plaisir à entendre.

— Tâchez de survivre, Vance.

— J'en ai bien l'intention, monsieur.

L'appel sécurisé se termina, et il laissa échapper un long soupir de soulagement. Des renforts, enfin. Il l'annoncerait dès que possible pour remonter le moral des troupes.

En revanche, il n'avait vraiment pas besoin que Passam empêche les données de circuler normalement.

Un grand gobelet en carton plein de café apparut devant ses yeux.

— Je me suis dit que vous auriez envie de ça.

— Merci, Angela.

Il prit le gobelet et avala une grande gorgée de liquide brûlant. De l'instantané avec des granulés de lait chauffé au micro-ondes. Bizarrement, il était excellent.

— Et merci à vous, dit Angela.

— De quoi ?

Elle s'assit sur le coin d'une table pliable.

— De m'avoir fait confiance. De ne pas m'avoir enchaînée au poteau central de la cantine pendant la nuit.

— Eh bien…

— Je suppose que Leora et Atyeo se sont montrés convaincants quand Antrinell a demandé où j'étais, ajouta-t-elle avec un sourire en coin.

— Rien ne vous échappe, hein ?

— Je garde les yeux grands ouverts. Vous avez parlé de Barclay à vos patrons ?

— Il est en vie. Il est Zebediah, désormais. C'est officiel.

— Intéressant. Pourquoi les North concocteraient-ils une pareille histoire ?

— Je croyais que vous seriez… non pas contente, mais en tout cas soulagée. Le monstre existe. Il vous disculpe.

— Vous vous êtes empressé de balancer la nouvelle aux sites d'info ?

— On a d'abord besoin de prendre des mesures.

— Ah ! c'est l'ADH que je connais et apprécie tant, lança Angela avec un rire amer.

Elle renifla et fronça les sourcils en regardant autour d'elle.

— Qu'y a-t-il ?

— Cette odeur comme de la cannelle, c'est du bâton rubis. Il y a également du cenellier zébré et d'autres senteurs que je ne reconnais pas. Pas de menthe, heureusement.

Elle prit les jumelles qu'elle portait autour du cou. La mise au point se fit automatiquement.

— Bon Dieu ! on dirait que le paysage tout entier est en mouvement. Je n'avais jamais vu tant de milligraines au même endroit. Il doit y en avoir des millions. On dirait que la jungle libère toutes ses spores d'un coup. Vous savez pourquoi ?

— Non. Vous croyez que c'est important ?

— Toutes ces coïncidences d'un seul coup, ça m'embête un peu.

— Touchez-en un mot à Marvin. Je suis assez parano comme ça ; je n'ai pas besoin d'aggraver mon cas. Trouvez une explication.

— Ça marche, dit-elle en se levant.

— Vous auriez une idée de la manière dont on pourrait le capturer ?

Angela sourit.

— En faisant très, très attention.

* * *

Leur priorité serait de restaurer l'intégrité du camp. Les légionnaires passeraient au peigne fin le moindre recoin de la base, puis ils patrouilleraient autour du périmètre jusqu'à ce que le réseau et les capteurs soient remis en état de marche.

Selon Wardele, le réseau était tombé en panne parce que le routeur avait été saturé, isolant les différentes cellules, provoquant leur désactivation afin de préserver les paquets de données en transit. Un redémarrage en douceur réglerait ce petit problème.

— Était-ce délibéré ? demanda Vance.

— Je pense que oui. Un réseau normal n'aurait pas été affecté par ce type d'incident; il y a trop de cellules pour que la cohésion de l'ensemble soit compromise. Malheureusement, notre réseau est petit, facile à cibler.

— Vous voulez dire que l'extraterrestre comprend notre technologie ? demanda Davinia Beirne, de l'équipe des VAA.

— Il semblerait que oui.

— Je croyais que nous cherchions un genre de tribu primitive, protesta-t-elle en regardant Vance d'un air inquiet.

— Eh bien, vous aviez tort. Forster, nous devons renforcer le réseau pour prévenir une nouvelle attaque de ce genre.

— Ce sera fait, le rassura Wardele. Je connais des logiciels dont même les pirates les plus radicaux n'ont pas entendu parler. Le réseau sera sécurisé avant l'heure du déjeuner.

Les maillages et capteurs avaient failli, expliqua Vance, permettant à la créature de se balader à sa guise dans le camp. Jusque-là, à cause de la météo très défavorable notamment, ils n'avaient utilisé que des systèmes passifs. À partir de maintenant, deux Chouettes patrouilleraient en permanence au-dessus du camp et scruteraient les broussailles environnantes avec leurs radars, leurs sonars, leurs caméras à infrarouge, leurs systèmes de vision nocturne et leurs scanners laser.

— Karizma, je veux aussi des capteurs actifs au sol. Notre microfacture est-elle capable d'en produire ?

— Je crois, oui, répondit Karizma Wadhai, la responsable de la microfacture du camp. Une fois qu'on aura programmé les caractéristiques de cet environnement, mon équipe pourra produire assez de radars à micro-ondes et de pièges laser pour couvrir tout le périmètre, mais ça prendra un ou deux jours.

— Je veux deux anneaux de surveillance concentriques, enchérit Vance. Le premier autour des tentes et des bâtiments, qui devra être fonctionnel ce soir. Le second englobera le camp tout entier et sera prêt demain. Après ça, on tâchera d'étendre notre surveillance pour voir ces choses arriver.

— Pas de problème.

— Je veux aussi que tout le monde porte une veste de protection. Il y en a assez en stock. Je sais qu'il fait très chaud, mais tout le monde devra en porter une, sans exception. Le monstre vise toujours le cœur.

— Oui, mon colonel.

— Docteur, les cellules intelligentes nous ont-elles appris quelque chose d'intéressant ?

— J'ai bien peur que non, répondit Coniff. Leur système d'exploitation a grillé et toutes leurs fonctions ont été perverties. Franchement, c'est un miracle que le maillage ait réussi à appeler à l'aide, mais cette fonctionnalité ne dépend pas uniquement d'un programme informatique, elle est très difficile à désactiver.

— Aucune chance, donc, de voir ce qui l'a attaquée ?

— Non. La mémoire cache visuelle était vide.

— Bien. Cela confirme ce que nous savions déjà. Les extraterrestres comprennent notre technologie. (Puis il passa aux bonnes nouvelles, les informa de l'arrivée imminente de renforts et de la suspension des missions scientifiques.) En gros, nous allons passer le restant de la semaine à faire le dos rond et à renforcer notre sécurité. Je crois que nous en sommes largement capables.

Il songea à conclure le briefing par une prière, mais renonça, sachant que cela ne plairait pas à tout le monde. Il avait besoin de la confiance des chefs de service, ce qui, étant donné leurs états de service, ne serait possible que s'il apportait la preuve de sa compétence et de son autorité.

Dès que la réunion fut terminée, Marvin Trambi lui fit signe de le rejoindre à l'endroit où étaient garés les biolabs.

— Il se peut que nos problèmes soient plus graves que prévu, commença l'homme en indiquant la portière du biolab-1.

Vance avisa de longues rayures sur la carrosserie, autour de la poignée.

— Seigneur, protégez-nous, murmura-t-il.

— Comment a-t-il su ? demanda Marvin. Comment cette chose peut-elle savoir ce qu'il y a là-dedans ?

— Je l'ignore, admit Vance. Antrinell et moi nous sommes posé la même question après l'accident de JMT.

Un gouffre de problèmes venait de s'ouvrir sous leurs pieds. Les extraterrestres avaient-ils infiltré l'ADH ? Étudiaient-ils les humains depuis *x* années ? depuis des décennies, peut-être ?

— Peut-être qu'Iyel leur a dit quelque chose. Après tout, nous ne l'avons jamais retrouvé.

— Iyel n'était pas au courant.

— Il était intelligent ; il a très bien pu comprendre tout seul. Comme le reste de l'équipe de xénobiologie. Il faut dire que les missiles prennent beaucoup de places dans le labo.

— Ils sont bien cachés, mais vous avez peut-être raison. Les xénobiologistes connaissent bien les biolabs. Ils se sont forcément rendu compte que le volume n'était plus le même.

— Croyez-vous qu'il puisse forcer cette portière ?

Marvin secoua la tête.

— Pas en tapant dessus avec une hache en silex, en tout cas. Ce bébé a été conçu pour résister au Zanth. Faites exploser une tête nucléaire à un kilomètre et vous n'aurez à déplorer que quelques cloques sur la peinture. Non, pour entrer, il faut le code d'accès et les bonnes données biométriques.

— Il a mis le réseau hors service. On est loin de la hache en silex, si vous voulez mon avis.

— La belle affaire ! En imaginant qu'il mette la main sur ces têtes, où va-t-il les faire exploser ? Elles ne sont efficaces qu'ici, et il ne va quand même pas se suicider et détruire sa propre planète.

—Pour commencer, il nous empêcherait de nous en servir.

—Oui, acquiesça Marvin à contrecœur, mais l'ADH en enverrait immédiatement une nouvelle fournée. Il a l'air de bien nous connaître, aussi doit-il s'en douter. Notre combat contre le Zanth monopolise toutes nos ressources; nous ne pouvons pas nous permettre le luxe d'avoir un autre ennemi.

Déjà que notre stratégie, face au Zanth, consiste à prendre la poudre d'escampette...

—Que montrent les enregistrements du biolab?

—Rien, répondit Marvin. Quelque chose a arraché les particules intelligentes de la carrosserie.

Vance toucha le biolab, effleura doucement, presque respectueusement, les éraflures dans la métallocéramique, sentant sa rugosité sur sa peau. Il préférait ne pas penser à la force qu'il avait fallu déployer pour causer ces dégâts.

—Nous avons identifié leur cible, décida-t-il. Nous les avons provoqués en apportant ces armes.

—Nous les avons provoqués, dites-vous? Ce sont eux qui nous ont massacrés. Et ils continuent, d'ailleurs.

—Nous avons envahi leur planète.

—Vous plaisantez? Si nous avions trouvé le moindre indice d'une présence intelligente sur ce monde, nous l'aurions immédiatement mis en quarantaine.

—Nous n'avons pas assez bien cherché, assena Vance.

Il était calme et rationnel, et il appréciait cette sensation. Il était proche de rencontrer un nouvel enfant de Dieu et, en un sens, il trouvait cela merveilleux.

—Nous avons besoin d'une autorisation de déploiement, dit Marvin. Au cas où. Vous en avez parlé à Vermekia?

—Non, pas encore. Passam nous pose un petit problème.

—Quel genre de problème?

— Elle essaie de mettre Angela en cause. À mon avis, les indices que la police de Newcastle est en train de réunir ne lui plaisent pas beaucoup. Pour les flics, il s'agit d'une guerre intestine, d'un combat entre North. Je dois avouer que je pensais la même chose jusqu'à hier soir.

— La pétasse. Elle n'a qu'à demander à Esther ce qu'elle en pense.

— Passam finira par retourner sa veste, comme d'habitude. En attendant, j'appellerai Vermekia. Pour le moment, cependant, nous devons diriger nos efforts vers la sécurisation du camp. L'accident de la JMT nous a privés de quelques précieux légionnaires. Comme par hasard.

— Mon Dieu. On s'est fait avoir comme des bleus.

— Vous êtes sévère. Il n'y a aucun signe de vie intelligente dans ce paysage, même si j'ai du mal à croire que ces plantes aient évolué naturellement.

— Vous croyez qu'elles ne sont pas indigènes ?

— Je me suis toujours interrogé sur leur origine. Je pense qu'on va bientôt en avoir le cœur net.

* * *

Rebka se tenait derrière le comptoir de la cantine, d'où la vue était excellente. Il y avait beaucoup d'activité à l'extérieur. Les légionnaires passaient de tente en tente, pointant leurs canons dans toutes les directions, craignant que l'extraterrestre soit tapi dans l'ombre. L'équipe des VAA était en train de préparer une Chouette. Les techniciens responsables de la microfacture disparurent dans leur bureau pour travailler sur les capteurs que leur avait commandés Elston. Quant au colonel, il fila subitement vers le garage des véhicules terrestres – sans doute pour rendre visite aux biolabs, décida-t-elle, même si la clinique et le bloc administratif lui bouchaient la vue.

Le réseau de Wukang venait de redémarrer, mais il devait déjà gérer des dizaines de connexions, tandis que tout le monde commençait à analyser leur situation. La bande passante était limitée, et les e-Rays peinaient à assurer leur mission, car tout un chacun voulait à tout prix rassurer sa famille et ses amis.

L'i-e de Rebka appela le « père » de Madeleine.

— Salut, papa, commença-t-elle dès que la connexion fut établie.

— Comment ça va ? demanda Clayton North2.

— Mal. Quelqu'un a été tué hier soir. Ils pensent que c'est un extraterrestre qui a fait le coup.

— C'est horrible. Et toi, comment vas-tu ?

— Ça ira. Les légionnaires nous ont protégés toute la nuit. On est en sécurité, maintenant, et d'autres légionnaires arrivent en renfort. C'est ce qu'on nous a dit ce matin.

— Et ton amie, elle est en sécurité ?

— Oui. Je l'ai vue, tout à l'heure. Elle est en vie.

— Très bien. Elle était dans les parages quand ça s'est produit ?

— Non, papa, elle n'a rien vu. À mon avis, on va rester un bon moment. Ils commencent à nous distribuer du matériel de protection au cas où.

— Sage décision. N'oublie pas de porter tes propres vêtements par-dessus.

— Ne t'en fais pas, papa, je sais prendre soin de moi. Et ton nouveau boulot, ça se passe comment ?

— J'ai vite trouvé ma place. C'est une très bonne équipe.

— Super. Tante Jane est arrivée ?

— Non, mais on est sur le point de découvrir où elle est allée. J'attends de bonnes nouvelles dans les prochains jours. La police nous a bien aidés sur ce coup-là.

— Je suis certaine que papi sera heureux de l'apprendre.

— Il l'est. Il est fier de toi, aussi. Il m'a demandé de te le dire.

— Je reviendrai bientôt. Et j'aurai des cadeaux pour chacun d'entre vous.

— Je t'aime, ma chérie.

— Moi aussi, je t'aime, papa. Salut.

Une fois l'appel terminé, Rebka alla chercher dans la cuisine un plateau chargé de petits déjeuners en sachet. Lulu était de retour du compacteur, où elle avait vidé les poubelles. Ses yeux entourés de taches violettes montraient que son allergie aux spores de swarine lui avait provoqué une infection, mais Rebka savait que la jeune femme avait également pleuré, qu'elle était terrorisée. Elle s'assit à côté d'elle et l'entoura de ses bras.

— Je ne m'attendais pas à ça, commença Lulu d'une voix faible. On y passe tous un par un. L'accident de la Jeep était déjà horrible, mais là… Je ne tiendrai pas le coup. Je m'en croyais capable, mais non. Il y a un monstre dans cette jungle. Il va revenir, j'en suis sûre. Pour nous. J'ai vraiment très peur, Madeleine. Je veux rentrer à la maison.

— Eh ! fit Rebka en la serrant doucement contre elle. Maintenant qu'on sait que cette chose est là, les légionnaires l'empêcheront de nous faire du mal.

— Ouais, peut-être, acquiesça Lulu en se frottant les yeux.

— Et puis, tu crois vraiment qu'Omar laissera quoi que ce soit de dangereux s'approcher de toi ?

Un mois durant, Rebka avait regardé le soldat Omar Mihambo faire la cour à Lulu. À la fin, n'y tenant plus, il l'avait littéralement suppliée d'aller se promener avec lui dans la jungle.

— On n'a rien fait, hein ? se défendit Lulu d'un ton de regret. On s'est juste fait des câlins. J'ai un petit copain à Benwell, tu sais.

— Je sais.

Martyn, dont Rebka savait désormais plus de choses que de Raul, à la maison, sur Jupiter. Lulu ne pouvait pas s'empêcher de parler de lui.

— Mais Omar t'aime beaucoup, poursuivit-elle. Il ne permettra pas qu'il t'arrive quelque chose. Essaie de ne pas t'en faire, d'accord ?

— D'accord. (Lulu renifla bruyamment.) Tu nous entends, franchement ? On est sur une autre planète, avec un extraterrestre qui tue tout le monde, et on ne peut pas s'empêcher de parler de garçons.

— C'est ce qui fait tourner le monde.

Elle était vraiment désolée pour la jeune femme. Elle avait bien du mal à ne pas compromettre sa couverture devant une telle détresse. Ne pas pouvoir offrir à Lulu toute la chaleur humaine dont elle avait besoin était la partie la plus difficile de sa mission. Et c'était une surprise pour elle. D'une certaine manière, elle enviait presque Angela, qui s'était construit un mythe pendant deux décennies. Sa détermination était inhumaine, pensée qui lui arracha un grognement amusé.

— Qu'est-ce qu'il y a ? lui demanda Lulu.

— Rien. Je me disais juste que les mecs devaient aussi parler de nous.

— C'est clair. Ce Chris, de l'équipe des Chouettes, je peux te dire que tu lui as sacrément tapé dans l'œil.

— J'ai remarqué.

Cela faisait des semaines qu'elle faisait semblant de ne pas comprendre ses allusions et les chapelets de clichés grotesques qui sortaient de la bouche du stupide pilote à distance. Elle avait failli le gifler à plusieurs reprises.

— Écoute, ils vont bientôt nous distribuer nos vestes de protection, reprit-elle. Je sais qu'il fait chaud, mais promets-moi de porter la tienne tout le temps, et pas seulement quand tu bosseras sous le chapiteau de la cantine, d'accord ? Fais-le pour moi. Je veux te savoir en sécurité.

— D'accord.

Luther Katzen sortit en s'agitant de sous le chapiteau.

— Ah ! vous voilà. Venez un peu par ici. On ne vous paie pas pour rester assises à vous morfondre. J'ai une bonne dizaine de repas qui ne demandent qu'à être distribués. Allez, on se bouge !

Rebka le fixa d'un regard parfaitement impassible.

— On n'est pas non plus payées pour se faire buter par un extraterrestre, et pourtant, on est là.

Elle passa devant lui sans le regarder et en faisant mine de ne pas remarquer son air ahuri. Lulu la suivit en s'efforçant de ne pas croiser le regard de leur superviseur et en arborant un sourire penaud.

Rebka était occupée à servir leur petit déjeuner aux membres de l'équipe médicale démoralisée lorsque la nouvelle de l'activité solaire exceptionnelle fut transmise par les e-Rays. Sa première – et idiote – réaction fut de lever les yeux vers le point aveuglant désormais très haut au-dessus de la ligne d'horizon. Immédiatement, elle détourna le regard et cligna des paupières pour tenter de faire disparaître l'image fantôme rosée.

Wukang étant à l'est de Highcastle – de quelques degrés –, le jour s'y levait un peu plus tôt qu'à la capitale. Toutefois, personne, parmi ses collègues, ne se donnerait la peine d'examiner l'étoile, pensa-t-elle. À en croire les informations qui filtraient sur le transnet, Rozak Ueu avait remarqué les taches solaires par hasard. En fait, il était en train d'observer au lever du jour la dynamique orbitale des lunes de l'anneau externe. Il avait été frappé par le nombre des taches solaires. Sirius était une étoile puissante, mais depuis que les North avaient ouvert un portail dans ce système, elles avaient été relativement rares. Rebka se demanda quelles seraient les conséquences de cette activité nouvelle sur les vents solaires. Les zones les plus actives de Sol, celles qui produisaient des taches solaires, déversaient d'énormes quantités de particules à haute énergie dans le système solaire. Dans l'habitat de Jupiter, il lui était arrivé de participer à des exercices d'évacuation d'urgence.

* * *

Elle avait douze ans, presque treize, lorsqu'elle avait connu sa première « fête des particules ». C'était l'expression que les enfants avaient inventée. Pour les adultes, c'était un exercice de plus, une alerte radiations.

Elle était en train de nager avec son frère Raul et leurs amis Jenna et Ibiqu dans un lac peu profond proche de la maison lorsque la sirène inquiétante avait retenti. Les anneaux lumineux qui entouraient l'axe de l'habitat s'étaient mis à rougeoyer et à clignoter.

Agacée, la rebelle Rebka leva les yeux vers le signal. Son interface personnelle, un joli collier de perles vertes et bleues, gisait sur la rive à côté de sa serviette et de ses vêtements. Personne ne pourrait l'appeler et l'obliger à aller se réfugier dans l'abri. Elle pourrait très bien passer dix minutes de plus dans l'eau sans que personne en sache rien. Ils s'amusaient tellement en s'éclaboussant et en plongeant vers le fond sculpté et les coraux d'eau douce. Les poissons étaient grands, colorés et intéressés par les intrus qui leur rendaient visite dans leur monde aquatique.

— Venez, lança Raul, qui longeait la rive à trois mètres de là.

— Je crois que je vais rester encore un peu, répondit Rebka.

Jenna et Ibiqu cessèrent de nager pour la regarder fixement avec un mélange d'étonnement et de stupeur.

— C'est une alerte radiations, assena Raul, comme si c'était un argument péremptoire.

— C'est seulement un exercice. Et même si c'est pour de vrai, la tempête de particules ne nous atteindra pas avant deux bonnes heures. Et même alors, elle n'affectera pas l'habitat. Notre coque est dotée d'un blindage antiradiation moléculaire. Seule la section originelle est menacée.

Comme pour appuyer son propos, elle plongea en canard et nagea avec fluidité vers le fond sablonneux. À cause de la lumière rouge et peu intense, la topographie lui apparut différente, mystérieuse. De longues algues l'effleurèrent paresseusement comme elle se faufilait entre des excroissances coralliennes, la chatouillant. Les poissons fuyaient, se cachaient dans des fissures. Elle essaya d'en attraper quelques-uns.

Une main se referma sur sa cheville, et elle se retourna, surprise. C'était Raul. Les joues gonflées, il lui faisait signe avec vigueur de remonter à la surface. Rebka écarta les bras dans un geste théâtral de soumission et remonta tranquillement.

— Ne refais plus jamais ça ! s'emporta Raul, protecteur et sévère, comme se devait de l'être un grand frère.

— Tu es tellement autoritaire, se plaignit-elle lorsqu'ils furent de retour sur la terre ferme où Jenna et Ibiqu les attendaient déjà. Tu devrais rejoindre la Commission de la GE. Ils adorent donner des ordres comme toi.

— Tu ne sais pas de quoi tu parles, grommela-t-il. Tu écoutes tes leçons, mais tu ne les comprends pas.

Pendant qu'ils se séchaient vigoureusement, elle refusa ostensiblement de croiser son regard, tandis que, tout aussi buté, il fit comme si elle n'existait pas. Jenna le rejoignit. Rebka vit la jeune fille entourer de ses bras les épaules de son frère. Un geste tendre, comme si elle pouvait l'aider à évacuer sa frustration et sa colère.

Ce spectacle rendit Rebka mal à l'aise. Instinctivement, elle avait compris que le temps des jeux avec son frère était presque révolu. Désormais, il préférait traîner avec des amis de son âge. Elle lui en voulait. Depuis son accueil à la maison, en sortant de l'hôpital, Raul et elle s'étaient beaucoup amusés. Il était un grand frère intéressant et protecteur. Ensemble, ils parcouraient l'habitat de long en large et s'attiraient pas mal d'ennuis. Ils riaient tellement tous les deux. Ils s'entraînaient mutuellement à faire des bêtises. Et ils étaient toujours punis en même temps, car ils ne manquaient jamais de se faire attraper.

C'était peut-être pour cela qu'elle le provoquait tant, ces derniers temps. Le moment qu'elle redoutait était sur le point d'arriver.

On ne pouvait pas dire que l'abri était inconfortable. Longue structure de métal épais tapissé de molécules BAR et dépourvue de fenêtres, il était doté de nombreuses salles communes accessibles par d'étroits couloirs. Il y avait de la nourriture, des jeux et un spectacle pour les enfants, dans la soirée.

Rebka se joignit à une production improvisée et amateur de *Blanche-Neige*, mais, boudeuse, refusa de chanter, même les airs les plus entraînants. Dans le dortoir des filles, elle ne dormit pas beaucoup, cette nuit-là, préférant jouer aux jeux les plus violents auxquels pouvait accéder son interface – et elle possédait des programmes capables d'accéder à la section interdite aux moins de dix-huit ans du réseau de l'habitat. *Merci Krista – en voilà une qui sait se comporter en grande sœur digne de ce nom.*

Elle s'attendait à se faire sermonner et remonter les bretelles par ses parents, lorsqu'ils réapparurent le lendemain matin, mais elle se rendit compte qu'ils savaient mieux déchiffrer son attitude et son humeur qu'elle le pensait.

Sa mère n'aborda le sujet que quatre jours plus tard, dans le patio, à l'ombre des palmiers bourgeonnants qui commençaient à envelopper la maison.

— Qu'est-ce qui ne te plaît pas dans notre abri ?

Rebka eut un long et profond soupir. Dire qu'elle avait cru pouvoir échapper au sermon.

— L'abri est très bien. C'est juste que je m'amusais bien au lac. De toute façon, j'allais venir, qu'est-ce que tu crois ? Raul est tellement trouillard.

— Pour un adolescent, Raul est très sensé. Je craignais qu'il me cause du souci, mais non.

— Qu'est-ce que tu entends par là ? Que c'est moi qui t'en cause ? Pourquoi tu ne me renvoies pas, alors, si je pose tant de problèmes ? demanda-t-elle, les bras croisés sur la poitrine, la mine aussi boudeuse que possible.

— Te renvoyer ?

Rebka commençait à se demander si elle n'avait pas un peu dépassé les bornes.

— Ben oui, je ne suis pas stupide.

— Pas stupide, non, seulement têtue. C'est ce que j'aime chez toi.

— Maman ! (Elle leva sa main devant les yeux de sa mère.) Tu vois une différence, non ? si ?

— Oui, et alors ?

— Plus noire que toi, y a pas. Quant à papa, il est né en Inde. Et moi ? On croirait que je suis saupoudrée de neige !

— Tu n'as jamais vu la neige.

— Bien sûr que si ! Les consoles de zone, ça sert à quoi ?

— Ne me parlez pas sur ce ton, jeune fille. Alors, dis-moi, depuis quand est-ce que ça te tracasse ?

— Je ne sais pas. Depuis toujours ?

— Ce n'est pas vrai. Tu étais la plus joyeuse de mes enfants. J'étais si fière de toi, après ce que tu avais traversé.

— Tu ne l'es plus, donc ?

— Mon Dieu, mon Dieu… Bon ! qu'est-ce que tu veux savoir ?

— D'où est-ce que je viens ? Est-ce que vous êtes mes parents ?

— Tu viens d'un des mondes lointains.

— Les quoi ? Jamais entendu parler…

— Ah ! tu vois, tu ne sais pas tout. Tu te renseigneras quand tu ne passeras plus tout ton temps à farfouiller dans la mémoire cache réservée aux plus de dix-huit ans.

Rebka s'empourpra.

— Les mondes lointains sont des planètes non affiliées à la communauté transstellaire. Pour des raisons politiques, la plupart du temps. On t'a fait venir ici pour te soigner, car nous offrons ce qui se fait de mieux en matière de thérapies géniques.

— Et ma seconde question…

— Tes cellules ne contiennent ni mon ADN ni celui de ton père, mais cela signifie-t-il pour autant que tu ne sois pas notre fille ? Crois-tu que nous t'aimons moins que Raul ou Krista ?

— Non, marmonna Rebka, tandis que ses yeux s'embuaient sans aucune raison. Je suis désolée, maman. Je pensais juste… Je ne sais pas ce que je pensais.

Monique se rapprocha de la jeune fille bouleversée et la serra dans ses bras.

— Écoute-moi bien : dès l'instant où je t'ai vue arriver dans le vaisseau, à Gibraltar, j'ai voulu te protéger et t'élever. Un jour, on te parlera de ton héritage – un héritage unique –, mais tu es encore trop jeune. Je veux que tu restes une enfant le plus longtemps possible, parce que j'aime ton rire, ton enthousiasme. Et parce que j'aime te battre au tennis. J'aime même quand tu es de mauvaise humeur, car ça prouve que tu es une petite peste très, très déterminée. Quand tu souris, je suis la plus heureuse de toutes les mamans de l'univers.

Rebka sanglotait, à présent ; elle ne pouvait pas s'en empêcher.

— Je suis horrible, c'est ça ? Mes parents biologiques étaient des gens mauvais ? Je vais devenir mauvaise, moi aussi ?

— Bien sûr que non. Tu te trompes complètement. C'est pour ça qu'on ne t'en a pas parlé avant. Le passé est terminé et tu as tout l'avenir devant toi. Quand tu seras prête, papa et moi serons là pour répondre à toutes les questions que tu te poseras. Pour l'instant, contente-toi de t'amuser, tu veux bien ? Il y a tant de choses amusantes à faire sur cet habitat étrange et enchanteur. Tant de choses à apprendre, aussi.

Elle hocha solennellement la tête.

— Oui, je promets d'être sage.

— Je ne te demande pas d'être parfaite, ma chérie, seulement de respecter certaines règles.

— L'alerte radiations, par exemple ?

— Oui. L'alerte n'a pas été inventée juste pour t'embêter. On n'a pas toujours eu de BAR moléculaire.

— Je sais. C'est ce que j'ai dit à Raul.

— Tu écoutes bien tes leçons, hein ?

— J'aime l'école, insista-t-elle.

— Dieu merci !

— Au fait, je te laisse gagner au tennis.

— Vraiment ?

— Que faisons-nous ici, maman ? Pourquoi Constantine a-t-il construit cet habitat ?

— Parce que quelqu'un devait le faire.

— Pourquoi ? À quoi ça sert ?

— Jupiter est une enclave de civilisation humaine. Nous sommes à la fois un refuge et, éventuellement, une graine d'humanité au cas où le Zanth viendrait à balayer toutes nos planètes. Ton père et moi sommes venus ici parce que nous croyons dans la vision de Constantine, parce que nous voulons une société sans avarice ni égoïsme, une société qui pourra aider le reste de l'espèce humaine.

— C'est ce que nous faisons ? demanda Rebka avec enthousiasme. Aider les gens ?

— Oui, même si tu ne t'en rends pas encore compte.

* * *

Le Centre de crise transstellaire était une vaste salle en béton à la structure côtelée située dans le dernier sous-sol du quartier général de l'ADH, véritable petite ville sise à un kilomètre sous la surface d'Alice Springs, dans le désert australien. De là, pensaient ses concepteurs, il serait possible de travailler normalement pendant un mois au moins après l'arrivée d'un essaim zanth, de mener la bataille ultime, de résister assez longtemps pour permettre l'évacuation inévitable de la planète mère. Ce combat serait largement coordonné depuis ce dernier sous-sol aux parois couvertes de panneaux holographiques incurvés montrant des images de tous les systèmes colonisés par l'humanité. Des flottes de satellites d'observation hérissés de capteurs et pareils à des oursins tournaient autour de ces étoiles ; certains orbitaient à seulement deux millions de kilomètres des couronnes aveuglantes, d'autres dans les zones glacées des ceintures cométaires extérieures. Leur mission consistait à surveiller la structure quantique de l'espace-temps à l'affût des distorsions annonciatrices du déferlement d'un essaim et à transmettre leurs données vers les portails planétaires. De là, celles-ci empruntaient le réseau ultrasécurisé de l'ADH et transitaient vers la Terre.

L'ensemble du dispositif de surveillance était automatisé et bénéficiait de la capacité de traitement sans rivale des IA les plus puissantes jamais conçues, qui analysaient et interprétaient la moindre fluctuation dans le plus petit interstice du champ quantique. Ce qui n'empêchait pas l'ADH d'employer plus d'une centaine de spécialistes qui, concentrés devant leurs consoles, vérifiaient en permanence la télémétrie transmise par les satellites et surveillaient le statut de toutes les étoiles humaines.

Le plus petit signe annonçant l'émergence d'un essaim zanth serait immédiatement détecté.

Et pourtant, malgré les protocoles mis en place et son personnel ultraqualifié, malgré tous les scénarios imaginés par les tacticiens, le Centre de crise ne sut pas vraiment comment réagir à l'annonce de l'apparition des taches solaires de Sirius. Personne n'avait pensé à ce cas de figure. Les informations qui se déversaient sur le transnet contenaient plus de rumeurs que de faits. Le capitaine Toi décida de donner la priorité à cet événement inattendu. En tant que responsable de la surveillance de Sol, elle supervisait également St Libra, l'enfant difficile de l'ADH.

Contrairement aux autres mondes transstellaires, la planète géante ne disposait pas de son propre contingent. L'ADH n'y avait même pas de base, juste un bureau à Highcastle. Pour des raisons de choix économiques, St Libra n'était qu'un membre mineur de l'ADH. Le conseil municipal de Highcastle, l'instance démocratique la plus importante de la planète, refusait de taxer ses citoyens et ses sociétés à un niveau qui aurait rendu possible sa participation complète à l'ADH. Notamment parce que Highcastle appartenait pour ainsi dire à Northumberland Interstellar et aux autres géants du biocarburant ; le conseil lui-même avait été établi par eux. Selon les hypothèses retenues par les comptables de la ville, tous les administrés – ceux qui réclamaient ce statut, en tout cas – étaient censés vivre à quelques centaines de kilomètres du portail tout au plus. Cela faciliterait leur évacuation en cas de coup dur – alors que, sur la plupart des colonies, les citoyens aimaient s'éparpiller d'un pôle à l'autre. Bien entendu, c'était avant la création d'Abellia par Bartram, mais même après cela, rien n'avait changé.

Et puis, il y avait les Territoires indépendants, ouvertement hostiles à l'« autorité répressive et militariste de l'ADH ». En conséquence de quoi personne ne voulait trop réfléchir à ce qui se passerait si le Zanth apparaissait autour de Sirius, les politiciens confiant systématiquement la patate chaude à leurs successeurs. La GE permettrait-elle aux rebelles, aux anarchistes, aux libertaires de tout poil et aux fondamentalistes religieux d'emprunter son portail ? Politiquement, il serait difficile de claquer la porte au nez de millions de personnes, de les condamner à une mort certaine. À l'ADH de se débrouiller pour organiser une évacuation à grande échelle. Payée par les contribuables des autres planètes humaines. La question de la générosité hypothétique de l'humanité se posait, mais les gouvernements préféraient se concentrer sur d'autres problèmes.

Le capitaine Toi devait effectuer son analyse préliminaire. Selon les résultats qu'elle obtiendrait, il se pourrait qu'une réponse à cette question si épineuse soit enfin apportée. Elle se tourna vers le colonel et lui demanda :

— Que doit-on faire ?

— Rassembler plus de données.

Toi leva les yeux vers le moniteur qui affichait les informations relatives à la structure de l'espace-temps autour de St Libra. Comparé aux autres moniteurs de la salle, celui-là était presque vierge. Il était impossible de lancer des satellites depuis St Libra, aucun véhicule spatial n'étant capable de traverser les anneaux de la planète. L'ADH avait donc choisi de déployer cinq capteurs quantiques sur le continent d'Ambrose. En théorie, ils devraient être capables de détecter le genre d'instabilité indiquant l'imminence d'une attaque. Avec un peu de chance, Highcastle serait prévenu une demi-heure avant que les blocs de Zanth se mettent à pleuvoir.

Pour le moment, cependant, il n'était pas question d'anomalies quantiques. L'ADH, la plus importante force de protection jamais rassemblée par l'humanité, devait se fier aux quelques excentriques propriétaires de télescope de Highcastle ; de leurs observations dépendrait peut-être la survie de millions de personnes. Toi ne savait même pas de combien de télescopes ils disposaient.

— Ce n'est pas acceptable, grommela-t-elle sans lâcher le moniteur des yeux.

Le général Khurram Shaikh arriva une heure plus tard à la demande du colonel. Comme à son habitude, il portait son uniforme d'apparat. Il pénétra dans la salle flanqué de ses deux officiers d'état-major, les majors Fendes et Vermekia.

— Où en sommes-nous ? demanda-t-il au colonel responsable du Centre en arrivant derrière la section dévolue à Sol. Doit-on donner l'alerte ?

— Aucune instabilité quantique détectée sur St Libra, mon général. Pour le moment, cela ne ressemble pas au Zanth.

— Un phénomène naturel ?

Le colonel se tourna vers Toi.

— Je vous laisse continuer, capitaine.

— S'il s'agit d'un essaim zanth, son comportement est très inhabituel, commença-t-elle en demandant à son i-e d'afficher l'image.

Un grand cercle principalement composé de points bleus et jaunes apparut sur le moniteur de Sirius. Il était couvert de taches sombres pareilles à un cancer rongeant un organe sain.

— Nous avons de la chance. Les e-Rays utilisés par l'expédition sont conçus pour fonctionner même en cas d'attaque du Zanth, et ils facilitent nos communications. Une partie de leurs capteurs peuvent être dirigés vers l'espace. Nous nous servons des informations ainsi collectées pour alimenter la base de données tactiques des Thunderthorn. Jusque-là, l'expédition les avait utilisés pour cartographier les terres, mais j'ai ordonné qu'on les tourne vers le ciel. Ce que vous voyez est une image composite de Sirius, qui nous parvient en temps réel.

— C'est du bon travail, capitaine, dit le général.

— Merci, mon général. Bien évidemment, nous ne voyons qu'une moitié de l'étoile depuis la planète, mais nous supposons que les taches sont apparues uniformément sur toute la surface. Comme vous le voyez, elles sont assez bien distribuées.

— Savez-vous quand cela a commencé ?

— Nos conseillers scientifiques ont mesuré le rythme de leur expansion ; nous pensons que les premières sont apparues il y a dix-huit heures environ. Douze d'entre elles ont atteint soixante-dix mille kilomètres de diamètre et ne semblent pas près de se contracter. Étant donné la taille de Sirius, nous pensons qu'elles vont grossir beaucoup plus que celles de Sol, où elles atteignent parfois quatre-vingt mille kilomètres de diamètre.

— Bien. Qu'y a-t-il d'inhabituel dans la présence de ces taches ?

— Mon général, Sirius a toujours présenté un minimum de taches solaires. Un tel phénomène n'a jamais été observé. Jusque-là, nous en avons compté cinquante-six. Le plus souvent, elles apparaissent par paires, car elles sont générées par torsions du champ magnétique dans la photosphère. Qu'il en soit apparu tant en si peu de temps montre que quelque chose agite l'étoile tout entière. Sans compter qu'il en apparaît de nouvelles régulièrement. Je dirais même qu'elles apparaissent de plus en plus vite.

Khurram Shaikh lança un regard appuyé au capitaine Toi.

— Quelque chose agite l'étoile, dites-vous ?

— Oui, mon général. À l'origine des taches solaires, nous avons une interaction entre le champ magnétique de l'étoile et sa zone de convection. À notre connaissance, seul le Zanth est capable d'agir à une si grande échelle. Et même dans ce cas, il faut des semaines à une perturbation de la couche de convection pour remonter à la surface et produire une tache solaire. Ce que nous voyons se prépare depuis un certain temps déjà.

— Qu'en est-il de Sirius B ? demanda le général. Se peut-il qu'elle soit à l'origine du phénomène ?

— Nos astronomes pensent que non, mon général. En ce moment, Sirius B s'éloigne de Sirius A. Elles sont déjà à vingt-trois UA l'une de l'autre. Vu la distance qui les sépare, il est difficile d'imaginer que Sirius B ait pu affecter son étoile primaire de cette façon. Une interaction entre les champs magnétiques des deux étoiles est possible, mais uniquement lorsqu'elles sont très proches. Depuis l'ouverture du portail de St Libra, nous avons assisté à deux périhélies de ce type, et rien de particulier ne s'est jamais produit.

— Vous pensez donc à un événement extérieur ?

— Compte tenu du fait que Sirius est normalement une étoile très stable, c'est en effet la conclusion à laquelle sont parvenus nos astronomes.

— Vous dites que les perturbations mettent des semaines à traverser la zone de convection, intervint Vermekia. Peut-on dire quand cette agitation a véritablement commencé ? Peut-on remonter jusqu'au mois de janvier ?

— Peut-être. Notre calendrier n'est pas très précis. Dans l'idéal, nous aurions une meilleure vision de la structure interne de l'étoile, mais personne n'a encore mis des satellites d'exploration solaire en orbite autour de Sirius.

— Vous avez dit que les astronomes pensaient qu'un événement externe pourrait être la cause de ce phénomène, reprit le général. Cela signifie-t-il qu'il y aurait d'autres théories ?

Toi regarda Shaikh d'un air désespéré, qu'il fit mine de ne pas remarquer.

— Disons qu'il faut tenir compte d'un autre facteur, bredouilla-t-elle.

— Lequel ? demanda le général, patient.

— La Controverse rouge, mon général.

— La quoi ?

— Certains indices tendent à prouver que Sirius a déjà été rouge.

— Rouge, capitaine ?

— Oui, mon général. D'après d'anciens documents, Sirius aurait déjà présenté une teinte rouge.

— Anciens comment ?

— Le premier témoignage date de 150 avant Jésus-Christ.

— Vous plaisantez, capitaine ?

— Non, mon général. On trouve plusieurs divergences de ce genre dans les témoignages d'astronomes de l'ancien temps. Tous datent d'une époque où le télescope n'existait pas, aussi n'avons-nous aucun moyen de vérifier si ces descriptions étaient fondées. Toutefois, la légende d'une Sirius rouge a persisté au fil des siècles. On dit qu'une tribu africaine connaissait l'existence de Sirius B des siècles avant l'invention du télescope.

— Je suis heureux que vous ayez fait vos devoirs, capitaine, mais en quoi ce folklore nous concerne-t-il ?

— Il nous concerne doublement, mon général. (Elle leva les yeux vers le moniteur, tandis que l'IA du centre mettait entre crochets une nouvelle tache solaire.) Nous ignorons combien de taches apparaîtront en tout. Si ce rythme se maintient, la luminosité baissera considérablement.

— Et le spectre virera au rouge, conclut le général. Excellent.

— Auquel cas nous devrons admettre que Sirius est soumise à un cycle naturel très long, qui produirait des effets tous les deux mille ans environ. Des rapports en provenance des bases avancées et des zones qui entourent Highcastle semblent confirmer cette possibilité.

— Comment ?

— Toutes les plantes de la planète libèrent des spores ; elles ont dû évoluer pour le faire dans certaines circonstances. Les jungles se préparent à affronter l'orage. Certains botanistes affirment que les feuilles sont sensibles au changement de spectre. Dans tous les cas, les plantes font bien de réagir de la sorte. Le flot de particules à haute énergie éjecté par les taches solaires est colossal. Les tempêtes vont frapper la planète dans quelques heures et avoir des effets dévastateurs sur tous les systèmes électriques.

— Le portail va-t-il en souffrir ? demanda aussitôt le général.

— Personne ne le sait, mon général. L'atmosphère sera bouleversée dès que les particules commenceront à charger ses couches supérieures de leur énergie.

— Je comprends. Nous savons donc avec certitude que quelque chose d'inhabituel est en train de se produire, mais nous ignorons s'il s'agit d'un phénomène naturel ou du Zanth.

— Il se pourrait également que le phénomène ait St Libra pour origine, fit remarquer Vermekia.

— Comment cela, major ? demanda Shaikh.

— Les coïncidences les plus improbables s'y accumulent, général, surtout après l'incident de la nuit passée à Wukang.

— Il n'y a pas de variance génétique, le contra Fendes. Les North envoient des clones assassins pour se tuer mutuellement, ou une connerie de ce genre. Vous sous-entendez que des extraterrestres invisibles et inconnus qui courent dans la jungle avec des lances peuvent agir sur la couche de convection d'une étoile ?

— Les extraterrestres de St Libra ne sont pas inconnus, répondit Vermekia d'un ton égal. Leur existence ne fait aucun doute puisqu'ils ont déjà tué plusieurs hommes de l'ADH.

Ils comprennent assez bien notre technologie pour la contourner. Selon moi, c'est la preuve de capacités très évoluées.

— Il n'y a aucune vie animale sur St Libra, insista Fendes.

— Et l'espèce qui a bioformé ce monde ? Si les généticiens de l'expédition ont prouvé quelque chose, c'est bien l'évolution extrêmement avancée de cette flore – une évolution tout à fait étonnante compte tenu de l'âge de l'étoile. Vous prenez ce qui vous intéresse dans les résultats de leurs études. St Libra est une énigme géante que nous avons trop longtemps négligée. Ceci, poursuivit-il en désignant du doigt le moniteur et l'étoile tachetée, n'est pas un phénomène naturel. Il se passe quelque chose, là-bas, et nous devons absolument découvrir quoi.

Shaikh hocha la tête.

— Sur ce point, nous sommes d'accord. Capitaine, que pouvons-nous faire pour étendre nos connaissances sur Sirius ?

— Bien peu de choses, mon général, répondit Toi.

— Vous avez bien quelque chose à nous proposer, non ?

— En étant réaliste, il n'y a qu'une chose que l'on puisse faire, mais ce serait très cher.

— C'est moi qui négocie avec les politiciens et qui les convaincs de piocher dans leurs budgets nationaux, capitaine. Laissez-moi prendre cette décision.

— Oui, mon général. Plusieurs séries de capteurs multifonctions attendent dans un entrepôt du Cap d'être déployées au cas où surviendrait un essaim zanth. Ces capteurs sont censés soutenir les réseaux de surveillance au-dessus d'une planète attaquée, aussi leurs systèmes sont-ils conçus pour résister aux pires conditions. Si nous ouvrions un portail de guerre au-dessus de Sirius, que nous les placions en orbite autour de l'étoile, ils fonctionneraient pendant un certain temps et nous transmettraient des données utiles.

— Vous nous proposez de nous servir dans les stocks de guerre ? résuma le général, apparemment amusé par cette idée. Parfait. Je vous donne l'autorisation de déclencher cette opération. Major Fendes, contactez le commandant de la base du Cap. Ne perdons pas une minute. Je veux savoir ce qui se trame dans ce satané système solaire.

Mercredi 20 mars 2143

Saul ne fut pas réveillé par la lumière particulière, mais par le bruit. La mer. Il y avait un problème avec la mer. Depuis le temps qu'il vivait à Camilo, le bruit des vagues sur le sable de la plage était profondément ancré dans son esprit. Ce matin-là leur son et leur rythme semblaient différents. Saul resta allongé sur son lit quelque temps à essayer de comprendre ce qui avait changé. Le bruit était plus faible, décida-t-il, comme si la mer s'était retirée très loin, comme sur Terre. Sur St Libra, la marée était à peine perceptible.

Les taches solaires ne peuvent pas avoir cet effet-là, si ?

Il se rendit compte qu'Emily était éveillée à côté de lui. Il tourna la tête vers elle pour découvrir qu'elle le regardait. Une lumière diffuse, qui hésitait entre le rose et le nankin, s'infiltrait autour des volets et inondait le lit. Cette lumière, il ne la reconnaissait pas, aussi ignorait-il s'il faisait jour ou non.

Emily sourit doucement, même si la lumière étrange et tamisée permettait à Saul de déchiffrer l'incertitude sur son visage. La veille, avec l'annonce de l'apparition des taches solaires et les informations inquiétantes qui commençaient à affluer sur le transnet en provenance de la jungle – des gens étaient morts, semblait-il –, avait été une journée éprouvante. Les sites d'information ne connaissaient pas les noms des victimes, ce qui l'ennuyait énormément. La vie sur Abellia prenait une tournure inattendue et désagréable.

En silence, il la regarda écarter doucement la fine couette, remonter son haut de pyjama et faire glisser le bas le long de ses jambes. Et puis sa magnifique épouse lui monta dessus avec grâce et souplesse. Nue, affamée, la chevelure effleurant le torse de son mari, elle n'eut aucune difficulté à lui provoquer une érection. Un long soupir ravi lui échappa lorsqu'elle s'empala. Leurs mains se mêlèrent, s'agrippant fermement. Sans rien dire, ils commencèrent à bouger de concert. Il décela chez elle un sentiment d'urgence, un désir qu'il n'avait pas vu depuis longtemps, peut-être même depuis les premiers mois de leur relation. Elle avait réellement besoin de ce contact physique et du réconfort qui l'accompagnait. Et lui aussi.

Après, ils restèrent longuement serrés l'un contre l'autre sans parler. Ils s'embrassaient, souriaient, se caressaient, se découvraient comme si c'était la première fois. Cette intimité les aidait à maintenir le monde à distance.

Saul finit par se tourner vers le réveil et fronça les sourcils. L'horloge était bloquée sur 23 h 17. Pourtant, il savait que l'aube était proche. Les aurores boréales provoquées par les éruptions solaires devaient avoir affecté les systèmes électriques de la maison.

— Il faut que j'aille voir ce qui est arrivé à la mer, lui dit-il.

— Oui, j'ai entendu aussi.

Ils enfilèrent des robes de chambre et sortirent par la porte-fenêtre de la cuisine. Saul demanda à son i-e d'afficher l'heure dans sa grille : 5 h 57. Le fait que le système sophistiqué ne soit pas affecté par les tempêtes solaires était une bonne nouvelle. Au moins, une partie du réseau de la maison fonctionnait toujours.

Dehors, le ciel était illuminé par l'aurore fluorescente et par les rivières pâles qui serpentaient dans l'atmosphère supérieure. Elles étaient beaucoup plus lumineuses que les anneaux. Malgré lui, Saul se surprit à apprécier cet étalage impressionnant d'énergie.

Se tenant toujours par la main, ils traversèrent le patio couvert et s'engagèrent sur le sable sec et chaud si familier. Saul fut soulagé de constater que la mer n'avait pas bougé. Non qu'il ait vraiment craint qu'elle se soit retirée, mais…

Quand ils atteignirent le sable humide, il pensa d'abord à une marée noire, à une fuite de biocarburant. Sous le ciel secoué par les électrons, l'eau lui parut sombre, lisse, comme si sa viscosité avait été modifiée par une alchimie inconnue. Mystérieuse, menaçante et agressive, elle gargouillait sur le sable avec force bruits de succion. Il n'y avait plus d'écume ; les vagues étaient des ondulations allongées et lisses qui déferlaient mollement. Pis encore, l'eau était grumeleuse.

— Qu'est-ce que c'est ? demanda Emily dans un murmure déconcerté en agrippant plus fermement la main de son mari.

Il regarda les vaguelettes qui peinaient à atteindre ses pieds nus, puis considéra l'étendue liquide jusqu'à l'horizon, où les anneaux et les vrilles boréales se disputaient la domination des cieux. La mer tout entière semblait avoir cette consistance sirupeuse. Il huma l'atmosphère chargée d'une odeur salée, piquante et sulfureuse. Il comprit enfin ce qu'il voyait.

— Des bulles de gelée, dit-il, incrédule. Il y en a des millions.

Il se passait la même chose que dans les terres. Les mers de St Libra n'abritaient ni poissons ni coquillages ni plancton, ni même du corail, seulement des algues. La plus courante, le long de ces côtes, était certainement la bulle de gelée. De forme ovoïde, gélatineuse et presque transparente, elle était aussi grande qu'une main d'homme et pleine de graines comme une grenade translucide. Elle poussait sur des rubans dont les racines s'enfonçaient dans le sable. Lorsqu'elle était mûre, le ruban pelait, libérant la bulle, qui remontait à la surface et se laissait porter par les marées et le vent, se décomposant pour éparpiller ses graines.

Devant Saul, la mer était tapissée de millions de ces bulles qui flottaient ensemble, formant un amas gluant et dense. Apparemment, toutes les bulles, mûres ou non, s'étaient décrochées durant la nuit. À présent, elles se décomposaient, saturant l'eau d'une myriade de graines luisantes.

— C'est fou, s'exclama Emily. Comment pouvaient-elles savoir ? Dans les infos du transnet, ils ont dit que les plantes libéraient leurs spores parce que leurs feuilles étaient sensibles au changement de spectre du soleil. Mais les bulles ?

— Je ne sais pas, répondit Saul, à la fois hypnotisé et stupéfié par la mer transformée.

Quand il surfait, il lui arrivait bien sûr de se retrouver sous l'eau et de finir avec des morceaux âcres dans la bouche. Le goût en était infect, et si on en avalait, on devait se hâter de retourner à terre, car la plante avait un effet émétique sur l'estomac humain. Toutefois, elle n'était pas mortelle, en tout cas pas dans les doses habituellement ingurgitées par les surfeurs. Mais ceci... Camilo, normalement si accueillante et si heureuse, était assiégée par de la bouillie empoisonnée.

— Il faut qu'on prévienne les voisins, dit-il avec tristesse. On va peut-être devoir clôturer la plage pour que les enfants n'y aillent pas.

— Les enfants sont sages, rétorqua sans réfléchir Emily. Ils n'iront pas là-dedans.

— Ouais. Moi, je n'irai pas, en tout cas.

— Qu'est-ce qui se passe, Saul ? Ce n'est pas le Zanth, n'est-ce pas ?

Cette appréhension, il ne la connaissait que trop bien. S'il s'agissait du Zanth, ils n'auraient aucune chance d'atteindre le portail de Highcastle à temps. Il ferma les yeux pour combattre cette peur sombre, une peur qu'il avait cru ne jamais ressentir de nouveau. Comme pour souligner son inquiétude, un bang supersonique transperça l'atmosphère, tandis que le jet privé d'un ploutocrate quelconque fonçait vers le sud et la sécurité.

— Ce n'est pas le Zanth, affirma-t-il avec toute la confiance qu'il réussit à rassembler. Les plantes de St Libra ont manifestement évolué pour pouvoir résister aux périodes d'activité solaire trop importante. C'est ce qu'elles font quand Sirius vire au rouge. Elles survivent. Et nous survivrons aussi.

Il regarda furtivement les rivières de lumière majestueuses et silencieuses qui ondulaient dans le ciel, impressionné par leur taille et leur intensité. Et c'était seulement le premier jour. Quand il s'était couché, la veille, les taches se multipliaient encore.

— Survivre à quoi ? s'étonna Emily. Quel effet vont avoir les taches sur St Libra ?

— Je l'ignore, admit-il.

C'était une question qu'il n'aimait pas trop se poser. *Il va bien falloir*, se dit-il sèchement. *Tu dois penser à ta famille. Tu dois la protéger. Comme tu l'as fait autrefois...*

— Rentrons. Je vais appeler Otto et Kelly. On devrait penser à réunir nos forces. Le village est assez isolé.

— Que crains-tu exactement ?

Saul considéra les aurores avec méfiance.

— J'essaie juste de prévoir quelques coups à l'avance. Même quand tout va bien, Abellia n'est pas autosuffisante, ne nous voilons pas la face.

— S'il ne s'agit pas du Zanth, on pourra toujours traverser le portail. Ce ne sera pas facile, mais on pourra repartir de zéro sur une autre planète.

— Peut-être. Si la GE nous laisse rentrer. Hier, on ne laissait passer personne. Et il n'y a pas beaucoup d'avions disponibles.

— Moi qui croyais avoir épousé un optimiste...

— Ne t'en fais pas, c'est le cas.

Saul commença à appeler les voisins pendant qu'Emily préparait le petit déjeuner. Lorsqu'ils apparurent dans la cuisine, les enfants semblaient déprimés. Ils étaient tellement habitués au rythme de la vie à Camilo. Les changements qui secouaient la planète les affectaient aussi. Ils ne comprenaient pas ce qui se passait. Emily prépara de la pâte à gaufres et les autorisa à les agrémenter de sirop d'érable pour leur faire plaisir.

Otto, Kelly et cinq autres voisins répondirent à l'appel de Saul. Aussi perturbés que lui par les récents événements, ils appelèrent leurs propres voisins, réaction en chaîne qui aboutit à l'organisation d'une réunion des habitants de Camilo à 10 heures ce matin-là.

Duren contacta Saul peu après 7 heures.

— Nous vivons là des temps bien incertains, mon ami. J'espère que tout va bien.

— Pas vraiment. La mer est pleine de bulles de gelée.

— Oui. Cet aspect du soulèvement commence à faire la une des bulletins d'information. Bizarre, hein ? La planète est en train de nous signifier que nous ne sommes pas les bienvenus, exactement comme frère Zebediah l'avait prédit.

— Vraiment ? Je croyais que le problème venait de l'étoile.

À l'autre bout de la cuisine, Emily demanda :

— C'est qui ?

— Duren, répondit-il à voix basse, ce qui lui valut aussitôt un froncement de sourcils.

— L'étoile et ses planètes sont comme une mère et ses enfants, expliqua Duren. Leur colère ne devrait pas nous surprendre. Ils ne font que réagir à la violation de leur sacralité.

Saul commençait à regretter l'ancien Duren, celui qui réglait toujours ses différends en plaquant son interlocuteur contre le mur.

— Ouais… Écoute, je suis très occupé aujourd'hui. Qu'est-ce que tu me voulais ?

— Le moment est venu.

— Quel moment ?

— La fin de notre occupation approche. La planète va nous renvoyer à nos ténèbres.

— Sérieusement, je suis occupé.

— Je sais. Je te demande juste un peu de ton temps. Nous aimerions que tu nous apportes le matériel que nous t'avons commandé.

— Quoi ! aujourd'hui ?

— Oui, Saul, aujourd'hui, justement. Tu as tout, n'est-ce pas ?

— Oui. J'ai tout.

Une fois le brut livré, Zulah avait fourni à Saul des plans basiques que les imprimantes 3D situées dans l'arrière-boutique de *Hawaiian Moon* n'avaient eu aucun problème à suivre. Quand Saul avait parlé de leur requête à Emily, ils s'étaient demandé tous les deux s'il devait leur rendre ce service ou non. En fin de compte, comme les cylindres ne semblaient pas dangereux, Saul avait tenu parole. Comme il ne pouvait pas aller voir la police d'Abellia avec des réservoirs sous pression dotés de vessies internes, il avait décidé de se renseigner sur la manière dont Zebediah comptait les utiliser. Dès qu'il en saurait davantage, il appellerait anonymement la police depuis une adresse intraçable, comme au bon vieux temps.

— Dans ce cas, apporte-les-nous, dit Duren. Voici notre adresse.

Un icone apparut et se déroula dans la grille de Saul, révélant une adresse située à l'écart de la rue Turbigo[1], dans les faubourgs de la ville.

— Je ne suis pas sûr de pouvoir passer aujourd'hui.

1. En français dans le texte. (*NdT*)

— Je comprends. Je vois que tu es chez toi en ce moment, n'est-ce pas ?

Une affirmation simple qui envoya une onde glacée le long de la colonne vertébrale de Saul. L'i-e de Duren devait être plus perfectionnée qu'il le pensait. Il ne dit rien.

— Dois-je envoyer Zulah récupérer le matériel ? proposa Duren.

— Non, répondit Saul en réprimant un frisson. Je vais vous le livrer.

— Ce matin, s'il te plaît.

Fin de la communication.

— Tu ne peux pas y aller aujourd'hui ! protesta Emily.

— Pas question que je laisse cette femme venir chez nous. Tu ne l'as jamais rencontrée, tu ne sais pas comment elle est.

— Elle ne sait pas comment je suis.

— Non, je t'en prie, Emily. Il faut que j'y aille. Après, ce sera terminé. J'ignore ce qu'ils font, mais je leur ferai comprendre que je ne les aiderai plus.

— Je crois que nous devrions appeler la police.

— Pour lui dire quoi ? Chérie, on en a parlé cent fois au moins. On ne sait même pas à quoi vont servir ces cylindres.

Elle eut une moue désapprobatrice.

— Bon, d'accord, mais je veux des garanties. Je serai connectée à ton maillage corporel.

Instinctivement, il voulut refuser. Il ne voulait pas dépendre d'elle, ni de son aide. Il ne voulait pas l'impliquer. Dans le même temps, il ressentait un soulagement coupable, car elle serait avec lui. Si les choses tournaient mal, elle appellerait la police. S'ils insistaient, s'ils lui en demandaient davantage.

— D'accord, acquiesça-t-il.

Il sortit du village de Camilo et engagea la Rohan sur la rue Ranelagh[1]. C'est alors que se manifestèrent les premiers problèmes techniques. Le pilote automatique de la voiture afficha un message d'alerte sur sa grille pour le prévenir que la liaison avec le macromaillage de la chaussée était intermittente. Saul désactiva l'ordinateur de bord et prit les commandes. Sirius brillait avec force dans le ciel – comme d'habitude, lui sembla-t-il. Toutefois, les aurores boréales étaient visibles, même en plein jour, qui se tortillaient avec une agilité serpentine dans l'atmosphère. La voiture était décapotée, et ses cheveux se dressaient dans l'électricité statique ambiante.

Il y avait peu de circulation ; même le centre-ville était quasi désert. Il se gara sur sa place réservée, derrière le *Hawaiian Moon*, et descendit de son véhicule. *Rico's*, le café d'à côté, et *Cornish*, le marchand de glaces, étaient fermés, tout comme la plupart des boutiques de la promenade.

Les trois cylindres étaient dans l'arrière-boutique, posés à la vue de tout le monde sur des étagères. Les deux plus petits avaient une capacité de deux litres et contenaient des vessies. Il y avait des soupapes aux deux extrémités, et leur fonctionnement semblait évident : emplir les vessies avec un liquide quelconque, puis les comprimer avec de l'air pour les vider par l'autre extrémité. Saul pensait qu'une pompe aurait été plus efficace, mais il est vrai qu'il ignorait l'usage qui serait fait de ces objets. Le troisième cylindre avait une capacité de quatre litres et deux valves. En revanche, impossible de dire par où on le remplissait.

Il ne savait pas à quoi s'attendre quand Zulah lui avait fourni les plans. Il ne comprenait toujours pas, d'ailleurs. Les cylindres n'étaient même pas capables de résister à une pression importante. Les soupapes, toutefois, étaient infiniment précises,

1. En français dans le texte. (*NdT*)

offrant une régulation extrêmement fine. C'était sans doute la raison pour laquelle ils étaient venus à lui ; les microfactures capables d'un travail si précis n'étaient pas nombreuses dans le coin. *Et les propriétaires manipulables encore moins.*

Il fourra les cylindres dans un vieux sac à dos en toile et retourna à la voiture, s'attendant à moitié à ce que des policiers jaillissent de l'ombre pour l'arrêter. Rien ne se produisit. Pas de voitures sortant de rues transversales pour bloquer la Rohan ni de policiers en armure lui criant de se rendre. Il posa le sac à côté de lui et traversa les rues de la vieille ville, s'engageant sur une rampe au grand croisement d'Osorio Plaza. Pour la première fois depuis le début de la journée, le trafic paraissait normal, l'obligeant à faire attention à ses trajectoires et aux distances de sécurité. Tous les autres véhicules arboraient une lumière verte à l'arrière, signifiant qu'ils étaient conduits en mode manuel. Après plusieurs décennies à se faire conduire, les premières minutes furent assez stressantes. Il considéra avec étonnement les voitures qui l'entouraient, se demandant d'où elles étaient toutes sorties, avant de se rappeler que la rue Turbigo conduisait directement à l'aéroport. Les habitants de la ville n'attendaient pas qu'on leur dise si les taches solaires étaient les prémices d'une attaque du Zanth ou non. Ils fonçaient vers le portail aussi vite que le leur permettait leur carte de crédit.

Il arriva devant une villa chaulée située sur les hauteurs d'un lotissement récent dans la vallée de Huerta. L'herbe qui poussait sur le sol rouge et caillouteux était sèche et éparse. Si loin de la côte, l'air chaud manquait de l'humidité à laquelle il était habitué. Une vingtaine de villas étaient nichées sur la terrasse taillée dans le flanc de la montagne, d'où la vue était fantastique sur la vallée en contrebas. Le quartier semblait désert comme il se garait devant la demeure. Pas de voitures en vue, sauf devant la villa de Duren : une limousine Alfa Romeo Tuzan à huit portes avec une carrosserie métallisée bleu foncé et des jantes en alliage noires.

— C'est mort, par ici, remarqua Emily.

Pour elle, Saul jeta un regard circulaire sur le décor, lui montrant le joli lotissement, avec ses haies et ses arbres irrigués. Le seul bruit qu'on entendait était celui du vent qui soufflait dans la vallée.

— Bien, qu'on en finisse.

Il traversa la chaussée brûlante. Comme il se dirigeait vers l'entrée de la maison, la portière du milieu de la limousine s'ouvrit vers le haut.

Duren était assis à l'intérieur.

— Eh ! heureux de te voir, mec. (Il tendit sa grosse main pour le saluer, ses crocs visibles par-dessus sa lèvre inférieure.) Vous aussi, Emily, même si on ne s'est jamais rencontrés.

— Merde, lâcha Emily dans l'oreille de Saul. Ils ont découvert le lien.

— Je t'ai apporté le matériel, annonça Saul en brandissant son sac à dos.

— Merci. Entre.

Avec un sang-froid dont il ne se croyait pas capable, il monta à bord de la limousine. La portière se referma avec fluidité derrière lui, et il s'assit sur la banquette incurvée à côté de Duren. L'habitacle était décoré sans goût avec du tissu violet et doré et du mobilier noir, dont un lit qui occupait le quart arrière du véhicule. En face de lui était installée une jeune femme âgée d'environ vingt-cinq ans vêtue d'une combinaison gris-vert avec un logo sur le bras représentant un triangle dans un cercle jaune topaze. Elle arborait l'expression sereine et sérieuse d'une personne de soixante ans, trahissant son appartenance au mouvement de Zebediah.

— Saul, je te présente Catrice, commença Duren. Elle pense comme nous.

Mais pas comme moi.

— Où est Zebediah ? demanda Saul, heureux que Zulah ne soit pas là.

— Tu aimerais lui parler ?

— Pas spécialement. (Il brandit de nouveau son sac.) Écoute, j'ai fait ce que tu voulais. Je m'en vais, maintenant.

— Est-ce que ça colle ? demanda Duren en clignant des paupières et en fixant furtivement ses yeux de démon tatoués sur Saul.

— Est-ce que ça colle ? répéta celui-ci, perplexe.

— Eh bien, vérifions, répondit Duren en prenant le sac et en le confiant à la jeune femme.

— Merci, dit Catrice.

Elle prit un des deux plus petits cylindres et le posa sur la table basse, devant elle. Puis elle ouvrit une fine mallette noire.

Sous le regard intéressé de Saul, elle vissa un tuyau dans une des soupapes et hocha la tête, satisfaite.

— Il faut que je te dise quelque chose, reprit Saul.

— Je t'écoute, répondit Duren d'une voix désagréablement neutre, comme s'il partait du principe que la conversation de Saul n'avait aucun intérêt.

— On ne se reverra plus, vous et moi. Je me moque de ce que vous faites ou de vos croyances. Vous feriez bien de lever les yeux vers le ciel, des fois. Sirius est en train de péter un plomb. Réfléchissez-y.

— Et toi, Saul, tu devrais te demander pourquoi Sirius pète un plomb. Cette planète ne veut pas de nous, et surtout pas maintenant.

Saul trouva difficile de discuter avec une personne de ce genre, un homme capable de faire l'étalage de son irrationalité avec calme, d'un air sensé.

— Ce sont des taches solaires, Duren, non pas une contestation politique. Et que veux-tu dire par « surtout pas maintenant » ?

Il regretta aussitôt d'avoir posé la question, car il ne voulait surtout pas s'impliquer dans cette histoire.

— L'expédition, expliqua Duren. Ils sont prêts à tuer ce monde, Saul. Ils sont venus pour ça. L'ADH a apporté le mal absolu dans ses valises. Zebediah nous avait prévenus. Il savait que ça allait arriver.

— Personne ne va rien tuer, qu'est-ce que tu racontes ?

— Ils en sont capables, Saul, et ils le feront si, dans leur arrogance, ils décident que c'est nécessaire. Il n'est pas de crime qu'ils ne soient prêts à commettre pour protéger leurs intérêts. Voilà pourquoi l'étoile réagit à leur violation. De la seule manière qu'elle connaisse.

— D'accord.

Saul commençait à être nerveux. Il ne voulait qu'une chose : mettre un terme à cet étrange supplice et sortir de cette limousine. En face de lui, Catrice était en train de connecter des fibres optiques et des câbles d'alimentation à l'actuateur de la soupape.

— Je sais comment tout ça va se terminer, Saul, poursuivit Duren. Je sais que St Libra va triompher, parce que ce ne sera pas la première fois.

— Hein ?

— Il y a un âge de cela. D'autres sont venus sur ce monde pour s'en emparer. Tu imagines une telle vanité ? Vouloir prendre possession d'un monde, d'une vie qui ne nous appartient pas.

— Que s'est-il passé ?

— Ils sont repartis. C'est le destin de toute forme de vie éphémère et animale lorsque le soleil se refroidit. Nous avons tous besoin de sa chaleur pour prospérer. Sans ses bienfaits, les faibles créatures que nous sommes ne peuvent survivre.

— Tu dis que des extraterrestres sont venus sur St Libra avant nous ?

— Oui.

— Comment le sais-tu ?

— Zebediah nous l'a dit. Il connaît l'histoire de ce monde, de cette vie.

Saul refusa de poursuivre sur cette voie. *Pas question. Tu ne m'entraîneras pas sur ce terrain-là*. Au lieu de quoi il se tourna vers Catrice.

— Alors, ça colle ?

— Oui, répondit la jeune femme.

— Dans ce cas, je vous laisse, lâcha Saul comme un défi. Désolé, mais je ne veux plus entendre parler de vous.

— Tu ne peux pas échapper au message que nous transmet St Libra, rétorqua Duren. Regarde autour de toi. Considère l'immensité de ce que tu vas vivre. Notre contribution est minime, mais nous faisons ce que nous pouvons et nous en sommes fiers. Les humains ne sont plus les bienvenus, ici. Tu devrais rentrer chez toi, mon vieux, traverser le portail pour vivre une existence plus heureuse.

— Ouais, si tu veux, mec.

La portière s'ouvrit. Saul sortit dans l'atmosphère brûlante et sèche et la lumière aveuglante blanc-bleu de Sirius. Un soulagement intense s'empara de lui comme il retournait vers la Rohan. Il démarra et fonça sur la route vallonnée en direction de la rue Turbigo.

— Qu'est-ce que c'est que ces conneries ? demanda Emily.

— Ils sont malades, grogna Saul. Tous autant qu'ils sont. Des fanatiques, des maboules. Des extraterrestres depuis longtemps disparus, des soucoupes volantes, et l'ADH qui veut faire sauter la planète… Zebediah a inventé la théorie de la conspiration ultime. Ce qui m'étonne, c'est qu'il arrive à se faire entendre, à les persuader.

— Parce que ce sont des gens faibles, fragiles. Les sectes choisissent toujours le même genre de cibles.

— Oui, mais… quand même !

Traverser la ville fut aisé, car, dans ce sens, le trafic était quasi nul.

— Je n'arrive pas à croire que Duren se soit fait avoir, reprit-il. Je le connais depuis très longtemps. À l'époque, il n'aurait jamais écouté ces conneries.

— Tu as dit toi-même que c'était un prétexte pour pouvoir user de la violence sur les non-croyants.

— Ouais. Sans doute.

Il mit les gaz et prit rapidement de la vitesse. Dans l'autre sens, les deux voies étaient encombrées. Les feux arrière verts et rouges brillaient intensément malgré le ciel sans nuages. Alors qu'il ne faisait pas vraiment attention aux véhicules impatients qu'il croisait, quelque chose attira son regard.

— Tu as vu ça ? demanda-t-il.

— Quoi ?

Saul freina et se retourna pour apercevoir une nouvelle fois la grosse camionnette.

— Là !

Il ordonna à son i-e de figer l'image.

— Ah ! oui.

Il accéléra de nouveau. Le flanc de la camionnette arborait le même logo jaune – le triangle et le cercle – que la combinaison de Catrice.

— AeroTech Support Services, lut Emily en dessous. Une seconde, je vérifie… C'est une société enregistrée officiellement. L'administration civile d'Abellia détient une partie de son capital. Apparemment, elle fait de la maintenance à l'aéroport, de la réparation d'avions…

Une panique froide s'empara de Saul, dont les mains devinrent moites.

— Merde, Emily, mais qu'est-ce qu'ils font ? Putain ! qu'est-ce que je leur ai fabriqué ? Un avion ? Est-ce qu'ils vont saboter un avion ?

— Saul, calme-toi. Personne ne va attaquer un avion. Ce sont des illuminés, pas des psychopathes. Ils veulent juste se faire remarquer, nous obliger à les écouter. Ils ont besoin de reconnaissance et n'ont aucune intention de finir en prison.

L'image du visage dur de Zulah flotta devant ses yeux. *La housse!* Il n'avait pas parlé à Emily de la housse de planche de surf que Duren avait emportée à bord du *Merry Moon*. Cette housse lui avait fichu une peur bleue, et il avait fait preuve d'une faiblesse impardonnable.

— Il faut appeler la police, reprit-il enfin. Utilise l'adresse que je t'ai donnée. Préviens-les.

— Que je les prévienne de quoi ?

— Pourquoi est-ce que je leur ai fabriqué ces putains de cylindres ? Quel con ! Pourtant, je savais qu'ils étaient complètement fous. Mais qu'est-ce que j'avais dans la tête ! ?

— Tu ne pouvais pas savoir. Tu as fait ce qu'ils t'ont demandé parce qu'ils t'ont menacé. Tu as eu peur. Même moi, j'ai eu peur, alors que je ne les ai jamais rencontrés. Toutes ces choses que tu m'as dites...

Si tu savais !... Il y a tant de choses que je ne pourrai jamais te révéler.

— S'il te plaît, Emily, utilise l'adresse que je t'ai donnée. Dis à la police que nous soupçonnons un genre de groupe extrémiste de vouloir saboter un avion ou l'aéroport. Envoie-leur les plans, explique-leur que les cylindres sont une partie du dispositif. Peut-être qu'ils sauront ce que Zebediah a dans la tête.

— Saul...

— Emily, s'il arrivait quelque chose de grave par ma faute, si je ne faisais rien pour l'empêcher, je ne le supporterais pas.

Plus jamais...

— D'accord, chéri, mais j'espère que ton adresse est aussi sûre que tu le penses, autrement, on va avoir à répondre à des questions très difficiles.

* * *

L'étrange message arriva sur le réseau de la police d'Abellia à 9 h 15. Comme tous les services publics, la police manquait de personnel, ce jour-là, la moitié des travailleurs de la ville étant restés chez eux pour tenter de comprendre ce qui leur arrivait et prendre des mesures pour protéger leur famille. L'officier qui finit par ouvrir le message à 9 h 55 ne sut pas quoi en penser. Zebediah North était en ville avec une poignée de tordus, et il menaçait la population. Des cylindres bizarres susceptibles d'être utilisés dans un attentat contre un avion. Des malades bossant pour AeroTech Support Services. Des conneries, assurément, mais vu les circonstances… Il fit suivre le message à la sécurité de l'aéroport et à ses voisins de l'ADH. Les deux services envoyèrent les plans à des experts pour une analyse approfondie.

Leurs résultats lui parvinrent, et la menace devint soudain réelle. Les activités d'AeroTech Support Services furent immédiatement suspendues et son personnel banni des pistes et des dépôts de carburant.

Le major Griffin Toyne demanda une entrevue privée et sécurisée avec la commissaire Passam pour la briefer sur la menace potentielle. Elle accepta de s'entretenir avec lui et organisa une conférence dans sa suite à 12 h 17 précises ; elle n'était pas libre avant.

À 12 h 12, le seul Daedalus ravitailleur C-8000-KT de l'expédition décolla de l'aéroport d'Abellia. Il transportait divers biocarburants destinés à remplir les cuves de Sarvar, soit une charge totale de quatre-vingt-douze tonnes. Les quatre turboréacteurs Pratt & Whitney H500-300 produisaient chacun une poussée de 210 kN, propulsant brutalement l'appareil massif sur un vecteur abrupt, son altitude de croisière étant de quatorze kilomètres. L'avion avait atteint deux mille trois cents mètres lorsqu'une explosion créa une brèche d'environ trois mètres au milieu de son fuselage. La détonation transperça également un des cinq réservoirs de biocarburant qui occupaient le cœur de l'appareil.

La boule de feu atteignit deux cents mètres de diamètre avant de tomber en cascade sur les champs environnants, éparpillant une pluie de débris sur sept kilomètres.

* * *

Saul était sur la plage lorsque cela arriva, occupé à enfoncer des poteaux dans le sable au-dessus de la ligne de marée haute. Les résidents du village de Camilo avaient imprimé de nombreux panneaux d'interdiction pour empêcher les gens de s'aventurer dans l'eau paresseuse et dangereuse. La détonation gronda au-dessus des montagnes. Il cessa de travailler et leva les yeux au ciel, stupéfait. On aurait dit un orage, sauf qu'il n'y avait pas le moindre nuage au-dessus de sa tête, uniquement des aurores boréales dont les longues et froides flammes d'électrons caressaient les pics.

Aussitôt, son i-e commença à relayer des nouvelles de l'aéroport. Saul tomba à genoux et se mit à pleurer devant ses enfants. C'était le nadir d'une vie qui, seulement vingt-six ans plus tôt, débordait de promesses et de joies.

* * *

Boston, au milieu de l'été, était une ville chaude et superbe. Saul adorait son animation. C'était sa ville natale, après tout, et il ressentait pour elle une loyauté peu objective. Comme il traversait l'espace ouvert du Common, les immeubles denses, autour du parc, constituaient une vue familière. Quand il était sur un autre monde, la taille des bâtiments anciens et des tours modernes qui dominaient le centre lui avait manqué énormément. Le contraste aurait dû être trop important, mais il fonctionnait, participant de l'ambiance de la ville aux rues animées et aux infrastructures bien entretenues. Au contraire de ce qui avait été observé dans la moitié des villes de la côte Est, la population de Boston n'avait pas diminué en dépit de l'attrait exercé sur les déçus et les ambitieux par les nouveaux mondes américains. Et en dépit du déplacement des assistés sociaux en vertu de la loi sur les propriétaires indépendants de 2057. Ses universités aidaient Boston à rester prospère, bien sûr, leurs étudiants et appuis financiers contribuant à son identité et, par le maintien de leur consommation, attirant de nombreuses entreprises en quête de stabilité en ces temps tumultueux. Les nouvelles industries étaient florissantes. Les usines et les affaires plus anciennes évoluaient et survivaient. En tant qu'entité, Boston avait adopté avec enthousiasme les changements du XXIe siècle et s'en était sortie sans trop de dommages.

Saul laissa le Common derrière lui et s'engagea sur Summer Street. Le trafic était dense, chacun se dirigeant vers son bureau, son studio ou son magasin. Il s'était toujours demandé où se garaient tous les gens qui travaillaient dans le centre. Le moindre pâté de maisons foisonnait de boutiques et de sociétés, comme l'attestait le flot continu de gens qui l'entourait. Cette perpétuelle vivacité urbaine rendait Saul fier de sa vieille ville. Toutefois, il avait toujours su que ce mode de vie n'était pas fait pour lui. Joseph, son frère aîné, reprendrait la société familiale. Du temps de l'arrière-grand-père, leur activité se limitait à la vente de propriétés foncières, mais, depuis la baisse des prix des terrains provoquée par l'expansion transstellaire de l'Amérique, leur grand-père et leur père s'étaient également lancés dans la promotion immobilière et la finance. Joseph travaillait donc au dernier étage d'un immeuble de Kilby Street, derrière un bureau en palissandre commandé en 1958. Joseph, qui ne vivait que pour les affaires, qui se passionnait pour les arcanes de la comptabilité, pour les clauses les plus obscures des contrats et les effets de levier – autant de choses que Saul ne pouvait pas supporter. Lindsey, leur sœur cadette, avait déjà émigré sur Ramla en compagnie de Peter, son mari juif orthodoxe. Un peu trop orthodoxe, d'ailleurs, au goût de Saul, qui interprétait très librement la tradition hébraïque. Toutefois, Lindsey était amoureuse et heureuse – du moins était-ce l'impression qu'elle donnait lorsqu'ils s'appelaient, c'est-à-dire assez peu fréquemment, même s'ils faisaient l'effort de ne pas couper les liens.

Il atteignit le croisement de Purchase Street et se prépara à affronter l'afflux soudain des piétons qui débouchaient du métro à South Station. Noah l'attendait au carrefour de Congress Street. Son gestionnaire de patrimoine âgé de quarante-trois ans était venu pour s'assurer qu'il ne se ridiculiserait pas. Saul pensait qu'à eux deux ils formaient une bonne équipe : son argent et son enthousiasme couplés à l'expérience et au sens pratique de Noah. Une garantie de succès. Ils entrèrent dans l'immeuble moderne noir carbone et prirent l'ascenseur pour monter au onzième étage.

Massachusetts Agrimech était installé dans un coin, d'où la vue sur les parcs étroits le long du chenal de Fort Point était spectaculaire. Depuis la réception, Saul pouvait voir les petits tracteurs automatiques s'activer en contrebas, taillant la pelouse jaunâtre. Il se demanda si Massachusetts Agrimech les fabriquait ; ce serait une bonne publicité, et puis la société semblait produire toutes les machines agricoles imaginables.

— M. Castellano va vous recevoir, annonça le réceptionniste, un beau jeune homme vêtu d'une imitation du dernier costume Yomoshi.

On leur ouvrit de hautes portes en bois noir, et Saul et Noah se retrouvèrent dans un bureau à la fois luxueux et austère avec des murs blancs et du mobilier rouge et noir.

Il n'y avait pas de table de travail, seulement un ensemble de canapés disposés autour d'une table basse en noyer et verre fumé. Brando Castellano se leva de son fauteuil rouge en arborant un sourire professionnel. Comme s'y attendait Saul, il avait un peu plus de la cinquantaine et ne faisait pas beaucoup d'exercice, ce qui se ressentait sur la coupe de son costume sombre. En revanche, Saul n'avait pas prévu le chapeau de cow-boy Stetson posé sur la table basse.

— Salut, messieurs, commença d'ailleurs l'homme avec un épais accent texan.

À ce stade-là, Saul ne faisait déjà plus attention à l'apparence ni à la façon de parler de leur hôte. Une fille se tenait derrière le canapé rouge. Avec ses petits talons, elle était aussi grande que lui. Sous sa veste et sa jupe, qui lui tombait juste au-dessus des genoux, on devinait un corps athlétique des plus appétissants. Elle avait les cheveux blonds et épais noués en une longue natte contenue dans un filet argenté et lâche. Sa silhouette était exceptionnelle, mais ce qui hypnotisait littéralement Saul, c'était son visage. Il était conscient de la regarder avec trop d'insistance, mais il ne pouvait pas s'en empêcher. Elle était magnifique, avec ses os saillants encadrant un nez mutin et ses lèvres humides à croquer. Elle le considérait d'un regard vert enchanteur – un regard tolérant qui, clairement, ne se prolongerait pas très longtemps.

— Je… Bonjour, balbutia-t-il.

Derrière lui, Noah se raidit, désapprobateur et inquiet. À peine cinq secondes qu'ils étaient là, et le patron était fou d'amour. Saul n'y pouvait rien. Il était déjà sorti avec un certain nombre de jeunes femmes juives bien sous tous rapports, mais aucune ne lui avait fait cet effet-là. Seul son âge le freinait un peu : elle semblait avoir dix-huit ans. Dix ans d'écart, cela la gênerait-il ? Était-ce un argument rédhibitoire ? Qu'en penserait sa mère ?

— Mon assistante, Angela Matthews, poursuivit Brando Castellano d'un ton décontracté et poli.

— Je croyais qu'Angela Matthews était propriétaire de ce bureau, s'étonna Noah.

— C'est ma mère, répondit la jeune femme. Moi, je suis Angie junior.

— Heureux que vous soyez là à sa place, ne put s'empêcher de remarquer Saul.

Le regard vert de la jeune femme perdit toute trace d'humour. Noah lâcha un grognement. Saul s'empourpra et lui serra mollement la main.

Brando Castellano leur fit signe de s'asseoir.

— Si j'ai bien compris, messieurs, vous recherchez du matériel agricole.

— Euh… oui, acquiesça Saul.

Angela se tenait toujours derrière Brando. Saul leva la tête pour la regarder. Ou plutôt l'admirer. Il y avait chez elle une intensité qu'il n'avait rencontrée chez aucune fille si jeune. Et elle était si calme et si posée.

— Je suis en train de créer une ferme sur un autre monde. Nous étudions toutes les propositions.

— Avec nous, vous aurez le pack complet, intervint Angela.

Était-ce un message codé ? Il en avait l'impression.

— Oui, absolument.

Noah se mit la main sur les yeux et se massa les tempes en soupirant.

— Avez-vous eu le temps d'étudier notre liste ?

— Eh bien ! je l'ai survolée cette nuit, répondit Brando Castellano, et je suis heureux de vous annoncer que nous pouvons répondre à toutes vos attentes.

— Vraiment ? demanda Saul.

— Ce bureau représente une grande compagnie transstellaire, expliqua Angela. Et l'importance de votre commande fait de vous un client extrêmement intéressant.

Encore un sous-entendu ! Il en était sûr !

— N'importe qui peut nous fournir ce matériel, lui fit remarquer Noah. Ce qui nous intéresse, c'est surtout le service après-vente.

— Une société dont les clients ne sont pas satisfaits ne peut pas durer longtemps, le rassura Brando. Nous en sommes tous conscients.

— Vous pouvez inclure cela dans le contrat ? s'enquit Saul.

— Nous cherchons à satisfaire pleinement nos clients, le rassura Angela.

Et cela continuait... Du moins l'espérait-il.

— Nous serons très attentifs à la structure financière, intervint Noah.

— Nos crédits sont extrêmement avantageux, promit Brando Castellano. Vous préférez une location avec option d'achat ou bien un crédit total ?

— Pour une telle quantité, nous attendrions un geste de votre part.

— Naturellement, acquiesça Angela. (Ses lèvres s'étirèrent en un début de sourire.) Plus le contrat est gros, plus la marge de manœuvre du client est grande. Croyez-moi, la branche locale de notre société n'a pas l'intention de laisser filer un contrat si intéressant. Le montant de la commande vous permettrait de négocier une remise ainsi qu'un contrat avantageux.

— Oui, dit Saul, qui attendait de voir comment Noah allait récuser un si bon argument.

Étrangement, l'homme semblait avoir renoncé à intervenir.

Et puis vint le temps des détails, de ces choses qui avaient poussé Saul à s'enfuir en courant des bureaux de la société familiale. Ce jour-là, cependant, il participa de toutes les façons imaginables, posant toutes les questions qu'il avait entendu son père et son frère poser à leurs clients. Le service après-vente, les pièces détachées – produites sous licence ou bien importées à prix préférentiel ? –, la maintenance. Serait-il envisageable d'établir un partenariat avec Massachusetts Agrimech, renforçant la présence des deux parties dans la région ? Et quels avantages en matière de taxes ? La livraison serait-elle à la charge du vendeur ? *Quid* de l'établissement d'une holding ?

Quatre-vingt-dix minutes plus tard, Brando Castellano avait jeté les bases du contrat. Il promit de peaufiner les détails financiers et contractuels dans l'après-midi et de les envoyer aux avocats de Saul afin d'entamer les négociations finales.

— Vous vous lancez dans une aventure formidable, monsieur, lui dit Brando Castellano en lui serrant la main pour conclure l'affaire. Je suis jaloux. Si j'étais plus jeune, je me joindrais sans doute à vous.

Saul eut un sourire absent.

— Nous pourrions boire un verre, un de ces jours, bafouilla-t-il.

Le gémissement désespéré de Noah emplit le silence sépulcral qui les enveloppait.

— Un verre ? répéta Angela d'une voix d'une dureté insoutenable.

— S'il vous plaît.

— Avec vous ?

— Euh… eh bien…

— Avec un client potentiel ?

— … c'est-à-dire que…

— Ce n'est pas très professionnel de votre part. Et un peu présomptueux.

— … je ne voulais…

— Vous comptez m'impressionner par votre manque de savoir-vivre ?

— Oh !…, lâcha Saul, effondré. Je suis vraiment désolé. C'est juste que… vous êtes si… Et merde !…

Il était de nouveau tout rouge, il le savait ; la chaleur qui se dégageait de ses joues devait avoir provoqué le déclenchement de la climatisation du bureau. Noah et Brando Castellano échangèrent un regard mortifié. Tous les deux se demandaient combien leur coûterait la rupture certaine du contrat.

Saul agita nerveusement la main en direction de la porte.

— Désolé. Désolé. On va y aller…

— Pourquoi ?

— Hein ?

— Est-ce que j'ai dit « non » ? demanda Angela, acerbe.

— Euh…

— Un verre. Ce soir. À 19 heures. Dans quel bar ?

Les lèvres de Saul refusaient d'obéir à son cerveau.

— Le *Darryl's*, sur Union Wharf, est très bien, proposa Noah. Enfin, c'est ce qu'on dit.

— Parfait, reprit Angela. Le *Darryl's*. Ne soyez pas en retard.

Saul quitta le bureau sans réellement s'en rendre compte. Il se retrouva sur le trottoir, immobile, à regarder sans le voir le trafic dense de Purchase Street.

— Noah, que s'est-il passé ?

— Vous venez d'obtenir un rendez-vous avec une fille, patron, c'est tout.

Un sourire se forma sur le visage de Saul, qui ne cessa de grandir.

— Je crois bien, ouais.

— J'espère que vous avez rédigé vos dernières volontés. Avec une fille comme ça…

— N'est-elle pas magnifique ? demanda-t-il en revoyant son visage envoûtant et son sourire enchanteur.

Un sourire qui voulait dire « oui ».

— C'est vrai qu'elle est… hors du commun, acquiesça Noah en riant. Mon Dieu ! je n'ai jamais assisté à un acte si courageux. Ou stupide. La façon dont vous l'avez invitée ! Pour ma part, j'aurais eu moins peur de fourrer ma queue dans un mixeur.

— Cette fille deviendra ma femme.

— Vous êtes sûr ? Rappelez-vous ce que font les femelles araignées après l'accouplement.

— Vous êtes jaloux, c'est tout.

— Patron je puis vous le jurer : non, je ne suis pas jaloux.

— Bon, dites-moi, à quoi ressemble le *Darryl's* ? Comment dois-je m'habiller ? Quel genre de boisson apprécie-t-elle, à votre avis ?

— Pas sûr que cela compte vraiment. Vous savez qu'on ne sert pas d'alcool aux moins de vingt et un ans dans cet État.

— Elle doit avoir… En fait, je ne sais pas. Vous lui donnez combien ? Vingt ans ?

— Patron, reprenez vos esprits. On a une réunion avec les marchands de grain dans quarante minutes. On a des machines rutilantes, mais encore rien à semer.

— D'accord. Quarante minutes. Pas de problème. Je suis dans les temps. Que pensez-vous de ma veste verte ? Vous m'avez vu avec ? Vous croyez qu'elle fera l'affaire ? qu'elle ne fera pas trop cadre urbain ?

— Mon Dieu, mon Dieu…

* * *

Le *Darryl's* était un établissement relativement classieux. Des banquettes privatives avec un éclairage tamisé, un long comptoir poli avec des tabourets et un éventail impressionnant de bouteilles sur des étagères illuminées, deux barmen élégants qui rivalisaient d'adresse lorsqu'ils mélangeaient des cocktails. Et même une terrasse privée avec une vue sur le port et des bougies à la citronnelle pour tenir à distance les insectes nocturnes.

Saul ne fut pas en retard. Dix-huit heures, c'était une heure raisonnable pour arriver, se dit-il. Comme cela, si elle avait un peu d'avance, il serait là pour l'accueillir. Cela lui laisserait le temps de s'assurer que Noah ne s'était pas trompé et que l'établissement n'était pas malfamé. De boire une bière, aussi, histoire de calmer un peu ses nerfs. Puis une deuxième, pour les calmer davantage. À la troisième, il était tout à fait à l'aise et… suave. Eh ! après tout, il n'était pas mal non plus ! Propriétaire terrien sur un monde nouveau, futur faiseur d'empire. Avec les vêtements qui convenaient à son statut. Non pas la veste verte. Celle-là, il la mettrait quand il sortirait sa mère. Plutôt une chemise violette avec un quadrillage blanc, une veste beige clair avec des revers étroits, un jean noir et ses bottes Douton. Celles qui lui avaient coûté une fortune. *Ouais, Saul est le synonyme de « beau gosse », comme on disait avec les potes de la fraternité.* Heureusement, cela faisait bien longtemps qu'il se passait des conseils de ceux-là. Il avait perdu le contact avec la plupart d'entre eux. Délibérément. Il sourit dans sa bière. Il leva les yeux en entendant les conversations mourir simultanément.

Elle se tenait dans l'encadrement de la porte. Sa robe d'été rouge semblait émettre une lumière propre qui se mariait superbement à son teint. Sa tenue était plus courte que celle qu'elle portait plus tôt dans la journée, exhibant ses jambes puissantes lorsqu'elle traversa la salle à grands pas. Son décolleté plongeant laissait deviner une poitrine de taille moyenne qui n'avait besoin d'aucun maintien. Ses cheveux ondulés brillaient, libres, autour de ses épaules.

Tout le monde les regarda lorsqu'il descendit de son tabouret et vint à sa rencontre. Son court trajet baigna dans la lumière glauque de l'envie de tous les hommes présents dans l'établissement. *Et de la moitié des femmes aussi*, pensa-t-il, suffisant.

Saul s'arrêta à un pas d'elle. Plus près, il n'aurait pas été en mesure de l'admirer à sa guise.

Ne fiche pas tout en l'air. Peu importe combien de temps tu vivras encore, jamais plus il ne t'arrivera un truc pareil. Ne fiche pas tout par terre. S'il te plaît. Ne...

— Salut. Je vous ai commandé un verre.

Angela se lécha les lèvres, contenant un sourire.

— Qu'est-ce que vous m'avez pris ?

— Un sancerre. Un cent onze. Contrairement au rouge, le blanc ne se bonifie pas avec l'âge, mais cent onze, c'est une bonne année.

— Pas pour tout le monde... Je veux bien goûter votre sancerre, merci.

Ils traversèrent la salle ensemble. On aurait dit une parade victorieuse.

Le barman faillit tout gâcher.

— Je vais avoir besoin de vérifier votre identité, s'excusa-t-il tandis qu'Angela s'apprêtait à prendre le verre de vin frais.

Elle ne dit rien et resta impassible, ce que même le barman trouva intimidant. Saul ignorait quel genre d'i-e elle lui transmit, mais l'homme eut un mouvement de recul. Comme s'il y avait un tigre dans la salle. Angela prit son verre.

— Le bar ou une banquette ? demanda Saul. À vous de choisir.

— La terrasse. La soirée est douce. Profitons-en.

— D'accord pour la terrasse.

Ils s'installèrent à une petite table, de part et d'autre d'un brin parfumé de freesia. Au loin, des bateaux de plaisance naviguaient tranquillement.

— Pour commencer, je voudrais vous avouer quelque chose, dit-il.

— Je vous écoute.

— J'ai vingt-neuf ans et, pour l'instant, j'habite chez mes parents.

Angela gloussa.

— Et où habitent vos parents ?

— Chestnut Street. De l'autre côté du Common.

— Je connais Chestnut Street. C'est un joli quartier. Un coin tranquille pour les vieilles et riches familles.

— C'est ce que nous sommes, en effet.

— Vous avez dit « pour l'instant ».

— Oui. Vous savez ce que je viens d'acheter. Je vais habiter dans une Qwik-Kabin, dans une ferme, en attendant d'avoir les moyens de me faire construire une maison. Je suis revenu une dernière fois à Boston pour me procurer l'équipement et les semis dont j'aurai besoin pour réussir. Après, ce sera cette bonne vieille Qwik-Kabin. Et pour longtemps. Je suis le cadet de la famille, et j'ai envie de réussir par mes propres moyens. Au grand dam d'à peu près tout le monde, j'ai dépensé tout mon argent pour me payer cette ferme. Je ne le regretterai pas, j'en suis sûr. Honnêtement, Angela, vous devriez voir l'endroit où je m'installe. Deux mille hectares d'une terre très fertile, avec une option déposée au bureau du gouverneur d'Oakland pour trois mille hectares supplémentaires lorsque l'affaire tournera. Les terres ne coûtent pas grand-chose sur les nouveaux mondes, mais Washington refuse de vendre des continents entiers à des particuliers.

— Bravo, fit-elle, apparemment impressionnée. J'admire ceux qui essaient de réaliser leurs rêves. Très peu de gens ont le courage d'emprunter cette voie. Ils préfèrent souvent la sécurité et son inconfort aveugle. Sauf que la sécurité, ça n'existe pas.

— Waouh ! une cynique.

Elle ne parlait pas comme une jeune adulte, ce qui la rendait encore plus intéressante.

— Je dirais plutôt « réaliste », rétorqua Angela en faisant rouler le pied de son verre entre son pouce et son index. Et mes aveux à moi, vous voulez les entendre ?

— Vous fréquentez quelqu'un ?

— Ce serait nul comme aveu. Ma mère ne possède pas le bureau local de Massachusetts Agrimech. Elle a quitté mon père la semaine de ma naissance.

— Ah !... Je suis navré. À qui appartient-il, alors ?

— À moi. Brando est là pour jouer la comédie, pour répondre aux attentes des clients, vous comprenez. Malgré son côté un peu décalé, il a le sérieux nécessaire pour tenir le devant de la scène. Vous avez vu comment ça s'est passé ce matin ? Votre ami, Noah, m'a prise pour une potiche. Brando joue le rôle du patron, de l'homme avec qui on doit s'entendre pour faire affaire.

— Merde ! lâcha-t-il, stupéfait. Massachusetts Agrimech est à vous ?

— Nous ne sommes qu'une franchise de Ravenshall. J'achète et j'estampille du matériel, et je m'occupe de leur réseau de réparateurs agréé, qui est très important. Ça rapporte pas mal d'argent. Vous nous avez commandé pour un million trois de matériel ; c'est une commande assez modeste pour quelqu'un qui s'installe dans les nouvelles colonies des États-Unis.

Ses yeux verts se plissèrent, attendant une réaction, le jaugeant.

— Je sentais bien que vous étiez hors du commun. J'ignorais pourquoi, en revanche. J'ai l'air idiot, maintenant.

— Non, notre mécanique est bien huilée. J'ai entraîné l'équipe moi-même. Maintenant que vous savez, vous allez changer de fournisseur ?

— Non. En vérité, je préfère faire affaire avec vous. Moi qui pensais être ambitieux ! Vous venez de me renvoyer dans mon bac à sable. Comment vous êtes-vous lancée dans ce business ?

— Avant sa mort, mon père m'a beaucoup appris sur la finance. En cette période de croissance postrécession, ces machines agricoles sont exactement le genre de matériel dont on a besoin partout. Il suffit de se mettre au milieu et d'attendre que les banques et les fournisseurs fassent le gros du travail. C'était assez évident, en fait.

— Peut-être pour vous. Faites-moi penser à ne jamais vous présenter mon frère aîné.

— Pourquoi ?

— Il divorcerait de sa femme et vous épouserait dans la seconde. Il vit pour la finance.

— Mais je parie qu'il n'est pas aussi mignon que vous.

Une fois de plus, il comprit à la chaleur qu'elles dégageaient que ses joues le trahissaient.

— D'où venez-vous ? Je n'arrive pas à identifier votre accent. Et comment vous êtes-vous retrouvée à Boston ?

— On voyageait beaucoup quand j'étais petite, alors j'ai subi pas mal d'influences. Pourquoi Boston ? Parce que ce n'est pas New York. Quelque chose de mauvais m'est arrivé là-bas. Ne me demandez pas quoi.

— D'accord, question suivante.

— Je vous en prie.

— Je vous offre un deuxième verre ?

* * *

Angela habitait à North Quincy.

— C'est un quartier sympa maintenant qu'il y a moins de maisons, expliqua-t-elle.

Les loyers n'étaient pas très chers, aussi pouvait-elle se permettre d'habiter un pavillon avec une vue sur la plage. Et puis la station de métro la plus proche était à moins d'une minute de marche. De là, le trajet était direct jusqu'à South Station, où elle travaillait, aussi n'avait-elle pas besoin d'une voiture.

L'argent tenait une place importante dans sa conversation, remarqua-t-il : comment elle en gagnait, le coût des choses.

— Je suis comme vous, lui dit-elle pendant le repas ce soir-là.

Après le *Darryl's*, ils avaient choisi de dîner chez *Luciano*.

— J'ai envie de repartir de zéro, poursuivit-elle, et pour ça, il faut de l'argent.

— Repartir de zéro ? répéta-t-il en riant. Un départ tout court, ce serait déjà bien, non ? On ne repart de zéro qu'après avoir passé plusieurs années au fond du gouffre.

— J'ai vingt et un ans, rétorqua-t-elle, et j'en ai fait assez pour avoir envie de tout recommencer.

— D'accord, d'accord. À quoi pensez-vous, par exemple ?

— Je n'ai pas encore décidé. En tout cas, vous avez raison de quitter la Terre. Tout est figé depuis trop longtemps, ici. Les gens ne prennent plus aucun risque, préférant préserver le *statu quo*. Les taxes nous étranglent, nous empêchent d'entreprendre. La législation est si lourde. Et tout ça pour justifier les salaires de bureaucrates trop nombreux. Croître, dans ces circonstances, est très difficile, surtout pour une petite société qui démarre. Non, il faut aller ailleurs, regarder plus loin. Là-bas, les gens sont véritablement libres. Là-bas, tout est possible.

— J'ai pourtant l'impression que vous vous en sortez plutôt bien, ici.

— Plutôt bien, ça ne veut rien dire.

Non seulement elle était magnifique, mais en plus elle était intelligente. Il craignait même qu'elle le soit beaucoup plus que lui. Ils n'en étaient qu'au milieu de la soirée, et il craignait qu'elle se rende compte qu'il n'était pas assez bien pour elle. En tout cas, lui avait déjà accepté qu'elle soit beaucoup plus dure que lui.

— Vous voulez venir chez moi ? proposa-t-elle à l'heure du café. Je n'ai pas trop envie de croiser vos parents, ce soir.

Saul aurait pu fondre en larmes. La soirée avait été fantastique, jusque-là. Cette fille sortait tout droit d'un fantasme. Il se serait largement contenté de sortir de ce rendez-vous sans s'être ridiculisé et en en obtenant un second.

— J'aimerais beaucoup, oui, répondit-il mollement.

Ils prirent le métro à South Station et filèrent vers North Quincy, où le trajet en taxi fut bref jusqu'à sa demeure sur Apthorp Street. La banlieue résidentielle de North Quincy s'était embourgeoisée depuis une cinquantaine d'années ; ses quartiers de maisons modestes avaient été rénovés pour attirer une population de jeunes employés urbains qui n'avaient pas les moyens de payer les loyers exorbitants du centre. Lorsqu'il sortit de la voiture, Saul entendit immédiatement les vagues qui déferlaient sur la plage.

— Ce bruit-là va me manquer. Ma ferme se situe à trois cents kilomètres de la côte.

— Ah ! mauvaise façon de penser, rétorqua Angela en lui caressant la joue. Il faut dire : ma première ferme se situe à trois cents kilomètres de la côte.

Elle louait un grand bungalow aux murs couverts de bardeaux et à la façade dotée d'une longue terrasse couverte.

— Je n'ai pas besoin de toutes ces chambres, expliqua-t-elle comme la porte se déverrouillait pour elle. Mais, quand j'ai vu le séjour, j'ai craqué.

Il comprenait pourquoi. Il occupait la moitié de la surface au sol et donnait sur la terrasse grâce à de grandes portes coulissantes. Et puis, il y avait une cheminée à une extrémité. La décoration était un camaïeu de bleus, avec des touches blanches. Les meubles avaient des structures en bois robustes, et il y avait beaucoup de coussins. L'ambiance estivale plut immédiatement à Saul. Les hivers, en revanche, devaient y être un peu tristes. Une vraie garçonnière. D'un air contrit, Saul admira Angela qui faisait le tour de la pièce en allumant des bougies. La cuisine était immaculée, car elle ne servait pas beaucoup. Sur la terrasse, il y avait un Jacuzzi dont les bulles étaient illuminées par une lumière jaune. Dans la chambre, le lit *king size* était dominé par une antique tête de lit en cuivre. Il l'aperçut lorsqu'elle ouvrit la porte et qu'elle lança :

— Je vais me changer. Je suis à vous dans une minute.

Saul : jeune homme de presque trente ans au portefeuille assez bien garni, aux perspectives d'avenir intéressantes. Un jeune homme assez expérimenté avec les femmes, aussi. Saul, qui ne savait pas du tout quoi faire ! Il avisa les canapés et les piles de coussins, le Jacuzzi qui pétillait. Il regarda ses vêtements. Les retirer ? Peut-être seulement les bottes.

Lorsqu'elle réapparut, il essayait de retirer ses bottes de fermier urbain, affalé sur un pouf, vision aussi peu glamour que possible. Il avait craint d'être trop nerveux, d'avoir trop bu, de ne pas être à la hauteur de ses attentes, de ses exigences. De connaître un échec comme… Cela ne lui était pas arrivé souvent, mais il en avait eu quelques-uns. Lorsqu'il se releva tant bien que mal, ses doutes s'étaient évanouis. À la vue de la jeune femme vêtue de son négligé provocant, tout en rubans de soie et en dentelles, qui mettaient en valeur une importante proportion de son corps splendide, il eut la plus grosse érection de sa vie. Angela la remarqua et eut un sourire arrogant. Il resta immobile tandis qu'elle le déshabillait dans une séance de torture amoureuse.

Lorsqu'elle eut terminé et qu'il se retrouva nu au milieu de la pièce, elle fit une pause. Théâtrale, prétendument indécise, elle se tapota les dents avec ses ongles manucurés en jetant un regard circulaire sur son séjour.

— On commence où ? Sur le tapis, devant la cheminée ? dans le Jacuzzi ?

Saul n'en pouvait plus. Il grogna et lui sauta dessus. Angela couina et gloussa comme ils s'écroulaient sur les coussins.

Ils passèrent cinq jours dans sa maison. Cinq jours sans se rhabiller. Cinq jours à ne pas travailler, mais en autorisant quelques versements à Massachusetts Agrimech. Cinq jours à discuter et à rire (démocrate depuis toujours, il se demanda comment quelqu'un de si sublime et de si jeune pouvait avoir des idées républicaines si affirmées). Cinq jours à se faire livrer chaque repas. Cinq jours de sexe comme il n'en avait jamais connu. Du sexe adulte, décida-t-il, et ce fut une révélation extraordinaire : deux adultes faisant ce que bon leur semblait sans aucune conséquence. Cette expérience, plus encore que ses querelles avec ses parents, sa ferme et le fait d'avoir dépensé tout son héritage pour réaliser un rêve, marqua sa véritable libération. Pour la première fois de sa vie, il se sentait entier.

— Pourquoi moi ? lui murmura-t-il à l'oreille au milieu de la troisième nuit.

Ils étaient étendus sur des coussins qu'ils avaient disposés sur la terrasse, laissant la douceur de l'atmosphère nocturne sécher leurs corps transpirants. Faire l'amour à l'extérieur, avec le risque d'être vus par quelqu'un, même si la nuit était bien avancée, l'avait excité à un point qu'il n'aurait pas cru possible. Toute l'énergie de sa jeunesse avait été libérée d'un seul coup, comme si un barrage avait cédé, impressionnant même Angela. Il la tenait tout contre lui, goûtant avec plaisir le contact de sa peau sur son torse, sur sa jambe.

— Tu aurais pu avoir n'importe qui d'autre, tu le sais, alors pourquoi moi ?

Elle tendit le bras, attrapa son verre de vin et en but une longue gorgée avant de répondre.

— Tu es moi.

— Ah bon ? Je ne comprends pas.

— Moi, sans le bagage. Moi, telle que je veux être. Cette ferme, que tu viens d'acheter, c'est un peu le pas que j'aimerais franchir. Tu crois en toi et tu es prêt à prendre des risques. Moi, il y a bien longtemps que je ne crois plus en moi.

Il l'embrassa pour l'empêcher de blasphémer de la sorte. Il voulait la posséder, lui appartenir aussi.

— Je sais ce qu'est l'amour, lui dit-il. L'amour, c'est toi.

Une expression énigmatique voila de nouveau le visage de la jeune femme. Il ne pouvait jamais savoir comment elle le jugeait ; tout juste espérait-il que son verdict ne serait pas trop défavorable.

— Tu es un type bien, Saul Howard, finit-elle par dire. Les types comme toi sont en voie de disparition.

Le cinquième jour, comme la lumière de l'aube se déversait dans le séjour par les portes ouvertes de la terrasse, Saul se mit à genoux et leva les yeux vers son ange ébouriffé. Rassemblant tout son courage, il réussit à articuler :

— S'il te plaît, épouse-moi, Angela.

— C'est tellement mignon…

— Non !

Il la prit par la main et l'attira contre lui. Lorsque leurs visages furent à la même hauteur, il lut de la consternation dans ses yeux verts.

— S'il te plaît, épargne-moi le discours habituel et, surtout, ne me dis pas que nous ne nous connaissons pas. Je n'ai jamais été aussi sérieux. Épouse-moi, viens dans ma ferme et aide-moi à construire quelque chose de fabuleux. Sans toi, sans quelqu'un qui pointera du doigt mes erreurs, je vais tout foirer. Merde ! Angela, j'aurais presque envie de rester dans cette maison avec toi jusqu'à la fin des temps. S'il te plaît…

Elle le considéra pendant un long moment, et il finit par comprendre que son air énigmatique n'était qu'un masque par-dessus sa tristesse et sa peur.

Elle eut un sourire circonspect.

— Oui.

— Oui ? Oui, quoi ?

Un soupir exaspéré.

—Oui, je veux bien t'épouser.

—C'est vrai ?

—Oh ! fit-elle en le repoussant.

Saul l'attira contre lui et se révéla plus fort qu'elle. Leur baiser dura longtemps.

L'après-midi même, ils s'envolèrent pour Las Vegas. Saul n'arrivait pas à y croire. Personne ne se mariait vraiment à Las Vegas, si ? Et pourtant, ils étaient bien là, s'efforçant de ne pas rire tandis qu'ils avançaient de conserve dans la chapelle de la Passion du Christ à 23 heures. Angela était superbe en vamp provocante dans sa robe de mariée louée 87 dollars et qui, en comptant les trois chanteuses de gospel, porta le prix de la cérémonie à 778,12 dollars, plus 500 dollars de taxes versées à l'État du Nevada.

Leur lune de miel consista en deux jours passés dans une suite du nouvel hôtel Battersea, sur le Strip. Saul aurait vraiment aimé prolonger ce moment, mais le matériel de Massachusetts Agrimech attendait d'être livré, comme Angela le lui répéta à maintes reprises. Et puis la saison des semis approchait rapidement. Affolé, Noah l'avait appelé plusieurs fois pour s'assurer qu'il ne l'oublie pas. « Si on rate cet épisode, patron, vous êtes fichu de chez fichu. »

À contrecœur, M. et Mme Howard prirent l'avion pour Miami, où ils louèrent une chambre pour la nuit au bord de l'océan. C'est à ce moment-là qu'ils choisirent de passer un coup de fil aux parents stupéfaits de Saul pour les informer qu'ils avaient une belle-fille. Le matin suivant, les jeunes mariés traversèrent le portail de Shenandoah pour commencer une nouvelle vie sur New Florida.

Jeudi 21 mars 2143

Vance Elston se réveilla tôt et enfila un de ses tee-shirts réglementaires gris-vert. Le même que la veille, comme le prouvaient les plis et l'odeur qui s'en dégageait. C'était néanmoins le plus propre de sa collection. Depuis quelques jours, la lessive n'était pas sa priorité. Comme ses pieds rouges le démangeaient, il se les badigeonna de tamiopozine avant de mettre sa dernière paire de chaussettes propres. Une invasion de spores de buissons mielleux, cela suffisait. Il ne s'en était même pas rendu compte avant de découvrir le fluide sur ses tibias et ses mollets. Depuis, il portait un pantalon long et des guêtres. Comme Angela.

Il sortit dans la lumière singulière qui dominait désormais l'atmosphère de St Libra. Des cascades boréales encombraient le ciel, éclaboussant la jungle sombre de globules incandescents. En arrière-plan, à peine visible, le croissant fantôme des anneaux brillait d'un faible éclat argenté, vaincu par les intrus. Le réseau du camp souffrait aussi de l'activité électromagnétique. Les cellules et les processeurs étaient reliés par des fibres optiques peu sensibles aux interférences, mais les liens standard des macromaillages connaissaient de nombreux ratés du fait de la bande passante réduite par le fléau statique. Vance regarda autour de lui et vit de fins éclairs zébrer le ciel autour des sommets les plus proches, tandis que des nuages peu substantiels défilaient à grande vitesse.

— Seigneur, bénissez-nous, supplia-t-il dans un murmure incertain. J'ai contemplé le Zanth et j'ai reconnu le visage du diable.

De fait, l'étonnant spectacle lumineux auquel il assistait ressemblait un peu trop à son goût aux brèches créées par le Zanth.

Antrinell le rejoignit, son incrédulité accentuée par les traits tirés de son visage rond.

— Je déteste ce temps, grogna-t-il. Je préférerais presque la pluie.

— Ça va empirer, dit doucement Vance. J'ai discuté avec Vermekia. Les satellites qu'ils ont envoyés autour de Sirius ont confirmé que les taches solaires affectaient l'étoile tout entière. Il en apparaît chaque jour de nouvelles. Les plus anciennes mesurent dans les cent mille kilomètres de diamètre.

— Des signes du Zanth ?

— Non.

— Tant mieux.

— J'ai jeté un coup d'œil aux scénarios catastrophe élaborés par nos amis du Centre de crise. Ils parlent d'un bouleversement climatique.

— Un bouleversement climatique ?

— Oui, c'est possible, mais nous verrons bien.

La plupart des hommes du camp étaient sortis de sous leurs tentes, à présent, et attendaient l'aube. À l'est, le ciel s'éclaircissait, mais cela n'avait aucun effet sur les flammes froides des aurores boréales. Vance n'aimait pas du tout l'état d'esprit de ses soldats, dont il se sentait d'ailleurs un peu responsable. L'explosion choquante du Daedalus, la veille, avait fait peur à tout le monde. Impossible de ne pas être conscient de la fragilité du lien qui les reliait aux autres mondes transstellaires. Ils se sentaient tous très isolés et vulnérables, et il ne pouvait pas faire grand-chose pour les rassurer.

Les conversations s'interrompirent tandis que Sirius apparaissait au-dessus de l'horizon.

— Mon Dieu ! chuchota Vance, incapable de se contenir.

Heureusement, sa réaction fut noyée dans celles du camp tout entier.

Sirius, l'étoile géante qui brûlait d'une intensité atomique blanc-bleu, était légèrement teintée de rose saumon.

— Combien y a-t-il de taches solaires ? demanda un Antrinell intimidé.

— Un peu moins de quatre cents, répondit Vance. Aucune théorie astrophysique ne l'explique. C'est un événement sans précédent.

— Ce n'est pas une coïncidence.

— Je suis d'accord. Je commence à croire que ce phénomène dépasse l'entendement des simples mortels que nous sommes.

Alors que tout le camp faisait la queue pour aller petit-déjeuner, Vance se rendit dans son bureau et scella la porte. Les e-Rays souffraient énormément des assauts des particules dans la haute atmosphère. Bien que conçus pour fonctionner dans des milieux détruits par les essaims zanth, ils étaient sensibles aux éclairs. Du fait de leur altitude opérationnelle, ils étaient particulièrement exposés. Les défaillances des systèmes commençaient à inquiéter sérieusement l'équipe des VAA, car les composants lâchaient un à un.

Cependant, la bande passante restait suffisante pour assurer une liaison sécurisée entre Abellia et Wukang.

— Bonjour, colonel, commença aussitôt la commissaire Passam.

— Madame. Sirius vient de se lever. Et elle est rouge.

— Oui, je sais, j'ai vu les images transmises par les satellites. C'est très embêtant. En une semaine, l'ensoleillement a chuté de cinquante pour cent.

— Je l'ignorais. Vous savez ce qui a causé l'explosion du Daedalus ?

— Oui. Il y a bien eu sabotage, mais nous nous gardons bien d'en parler aux médias. Pour eux, il s'agit juste d'un problème de maintenance. Nous avons déterminé qu'un explosif binaire avait été placé dans la trappe du train d'atterrissage central. On m'a dit que c'était un endroit bien choisi, car l'explosion a à la fois compromis l'intégrité structurelle de l'appareil et transpercé les cuves de biocarburant.

— Mon Dieu.

— Oui. Le plus bizarre, c'est qu'on nous avait prévenus. Quelqu'un nous a contactés via une adresse transnet intraçable. On aurait affaire à des disciples de Zebediah North.

— Que dit Zebediah ?

— Rien. Personne ne sait où il est. Impossible de le débusquer.

— Je vois. Qu'allons-nous faire ?

— La personne qui nous a prévenus prétendait être à Abellia. Nous allons tout mettre en œuvre pour la retrouver. C'est une nécessité.

— Parfait. Et pour la flotte de Daedalus et notre ravitaillement ?

— Ah !... Les vols ont été annulés pour permettre un examen extensif des appareils. Deux d'entre eux sont ici, à Abellia, ce qui, pensons-nous, en fait des cibles évidentes. À partir de maintenant, aucun civil n'aura le droit d'approcher les véhicules de l'expédition. Les inspections seront conduites par des équipes de l'ADH. Colonel, cela concerne aussi les hélicoptères de Wukang. Vos ingénieurs de bord devront les inspecter scrupuleusement avant qu'ils reprennent les airs.

Et réinitialiser tous les logiciels. Nous ne devons plus prendre le moindre risque. Qui sait ce que les disciples de Zebediah nous réservent ? Les programmes ont très bien pu être subvertis des mois en amont.

— D'accord. C'est logique, en effet. Quand pouvons-nous espérer voir arriver l'appareil-citerne de remplacement ?

— Pour le moment, rien n'est prévu.

— Quoi ? Sans carburant, nous ne pouvons rien faire. J'ai toujours pensé que c'était stupide de n'en avoir qu'un.

— Dès que l'ADH aura écarté l'hypothèse d'une invasion de Zanth, nous penserons à vous ravitailler. D'ici là, nous devrons nous contenter des Daedalus standard. On m'a dit qu'il était possible d'y faire entrer des cuves, aussi la situation n'est-elle pas critique.

— Bien… (En écoutant le discours de la politicienne, Vance commença à craindre qu'elle se serve de la situation pour couvrir ses arrières aux dépens des objectifs de l'expédition.) Et nos renforts en légionnaires ? Quand vont-ils arriver ?

— Je suis navrée, colonel, mais la GE a fermé le portail de St Libra. Les légionnaires n'ont pas eu le temps de passer.

— Ils n'ont pas le droit de le fermer au personnel de l'ADH. Le déploiement des troupes avait déjà été ordonné.

— Elles ont été assignées temporairement à la protection des frontières de la GE. Nous craignons que les habitants de Highcastle déferlent en masse à Newcastle. Impossible de les laisser tous passer sans négociations préalables. Si nous parvenons à un accord, ce sera sous certaines conditions, bien sûr.

— Je veux bien, mais nous, dans tout ça ? Nous sommes très exposés, dans cette jungle.

— Justement, nous en arrivons à la raison principale de mon appel. La mission est suspendue. Les activités de votre camp devront se limiter au strict minimum. Dans un futur immédiat, votre approvisionnement sera problématique. Nous envisageons une évacuation progressive, la fermeture des trois bases avancées et la mise en veille d'Edzell et Sarvar jusqu'à ce que la situation s'améliore.

Pour une fois, Vance eut du mal à garder son calme.

— Nous avons découvert un extraterrestre d'origine et de type inconnus, justifiant cette expédition, et vous envisagez une évacuation ?

— Colonel, il ne s'agira pas de tout abandonner. Pensez plutôt à un retrait tactique. Vous devez comprendre que les circonstances ont évolué. Par ailleurs, nous n'avons aucune preuve concrète de l'existence de cet extraterrestre.

— Esther Coombes a eu le cœur arraché par des griffes non humaines.

— À moins que le complice d'Angela Tramelo ait ressorti sa combinaison à amplification de force. Nous n'en savons rien.

— Et vous avez une théorie sur la manière dont il a embarqué à bord d'un Daedalus avec sa combinaison sans se faire remarquer ?

— Il a sans doute utilisé la même méthode que pour se glisser dans le manoir de Bartram, il y a vingt ans. Avec l'aide de Tramelo.

Vance prit le temps de respirer pour reprendre le contrôle de ses nerfs.

— Dans ce cas, laissez-moi découvrir la vérité. Envoyez-moi les légionnaires.

— Ce n'est pas possible pour l'instant. Je suis désolée, colonel. Tant que le mystère des taches solaires ne sera pas résolu, nous ne ferons rien. D'ici là, nous devrons nous débrouiller comme nous pourrons.

— Bien. Merci, madame la commissaire.

Vance coupa la communication et appela immédiatement Vermekia.

— J'attendais justement votre appel.

— Vous devez absolument annuler toutes ses décisions idiotes. Les extraterrestres sont ici. Je puis confirmer leur existence. Vous vous rendez compte, Vermekia ? Nous sommes si proches du but.

— Des illuminés font sauter des avions, il se passe des trucs louches sur Sirius, et je ne parle même pas de l'arrivée peut-être imminente du Zanth. Nous avons des priorités, Vance, je suis désolé.

— Ouvrir un portail de guerre pour envoyer des satellites au-dessus de l'étoile a dû coûter au moins deux milliards. Tout ce que je demande, c'est un nouveau Daedalus d'ici une semaine et une centaine de légionnaires. Presque rien, en somme.

— Je sais, je sais. C'est aussi frustrant pour moi que ça l'est pour vous. Dès que nous aurons compris ce qui se passe avec ces taches solaires, je ferai mon possible pour qu'on vous alloue les ressources que vous réclamez, je vous le promets. Vance, il faut que je vous dise, l'enquête de Newcastle ne se présente pas très bien.

— Comment ça ?

— Je suppose que Scrupsis en a touché un mot à Passam ; c'est pour ça qu'elle cherche à tout prix à se couvrir. Les résultats de l'interrogatoire d'Ernie Reinert sont arrivés. Je sais que le général Shaikh lui-même les a compulsés la nuit dernière.

— Qu'a dit Reinert ?

— Pas grand-chose, malheureusement. En gros, un mystérieux commanditaire lui aurait demandé de se rendre dans un appartement pour nettoyer la merde laissée par un autre. De plus en plus de gens sont persuadés qu'il s'agit d'une dispute entre North.

— Et Esther Coombes ?

— Je ne sais pas, Vance, désolé. Écoutez, vu les ressources scientifiques engagées pour expliquer le mystère des taches de Sirius, je pense que nous aurons une réponse assez rapidement. Alors, je vous promets que vous aurez vos légionnaires. D'ici là, faites passer vos hélicoptères au peigne fin et postez des soldats autour du périmètre de la base.

Lorsque la liaison fut coupée, Vance jeta un regard circulaire sur son minuscule bureau. Pour la première fois depuis qu'il avait entendu parler du meurtre de Newcastle, il était inquiet. Il avait l'habitude de diriger des missions, mais, cette fois-ci, il y avait trop de politiciens impliqués. Des politiciens qui merdaient sur toute la ligne.

— Seigneur, protégez-moi de leur stupidité.

* * *

Des années durant, Sid avait rêvé de pouvoir prendre son petit déjeuner en paix, s'imaginant en père de famille aisée du XXe siècle, avec des enfants tranquillement attablés et s'adressant poliment à leurs parents. Le petit déjeuner standard, chez les Hurst, était toujours bruyant, William et Zara ne cessant de se chamailler et de se plaindre de la nourriture. Rapide aussi, car les Hurst étaient toujours en retard. Et pas très gai, le chef de famille étant toujours fatigué et obsédé par son boulot.

Et puis son vœu avait été exaucé, mais pas comme il l'aurait voulu. Les deux enfants mangeaient tranquillement et en silence en regardant les infos. Les moniteurs muraux de leur nouvelle cuisine étaient branchés sur les informations de TyneNews, qui semblait prendre un plaisir pervers à montrer à la population un catalogue d'images déprimantes. Les soldats en armure de la douane et des légionnaires de l'ADH bloquaient Kingsway. Furieux, les commerçants indépendants du Dernier Mile demandaient la réouverture immédiate du portail et une indemnisation pour leur manque à gagner. Au second plan, la foule des réfugiés et des futurs fermiers grossissait à vue d'œil. La police et les agents de sécurité locaux essayaient de les contenir. Les Thunderthorn de l'ADH décollaient de la grande base de Toulouse pour des vols d'entraînement. Les porte-parole de Northumberland Interstellar affirmaient que les importations de biocarburant ne souffraient pas de la situation. Autant d'images à mettre en parallèle avec celles qui provenaient de l'autre côté du portail, avec des foules encore plus importantes rassemblées sur l'autoroute A, où voitures, camionnettes et camions à l'arrêt formaient un serpent long de vingt kilomètres. Et que dire de la lumière qui les éclairait ? Sirius brillait d'un éclat rouge dans un ciel orné de tourbillons iridescents. St Libra était redevenue un monde étranger.

Sid arriva à Market Street à 8 heures à la faveur d'un trafic plus fluide qu'à l'accoutumée. Le code bleu universel était toujours en vigueur, mais il était certain que nombre de ses collègues n'étaient pas à leur poste.

Tilly Lewis, elle, l'attendait déjà dans le Bureau n° 3.

— Je n'ai pas encore de scène de crime à vous montrer, lui annonça-t-il en s'installant derrière sa table de travail. Nous espérons recevoir les données qui nous intéressent dans la matinée.

— Pas de problème, acquiesça-t-elle d'un ton joyeux. Ça vous laissera le temps de me certifier ça…

L'icone d'un fichier apparut dans la grille de Sid.

— Qu'est-ce que c'est ?

— Une attestation.

— Qu'est-ce que j'ai encore fait de mal ? s'exclama-t-il.

— Vous, rien. C'est à cause de l'incendie volontaire. Les assurances… Northern Forensics a besoin qu'un officier responsable confirme officiellement que la surveillance et la protection du garage d'Ernie avaient été confiées à NorthernMetroServices.

—Ah! D'accord, je vais vous certifier ça.

—Merci. L'assurance de Reinert s'est déjà manifestée. L'endroit a été dévasté. Le peu qui en reste va être démoli. Tout le matériel de l'atelier a été détruit, sans compter les voitures qui étaient à l'intérieur. Et si vous ajoutez nos frais médicaux, à mon équipe et à moi, ça fait une belle somme, que Northern Forensics n'a pas l'intention de payer.

—Je comprends. Vous allez mieux, au fait?

Elle sourit et gonfla sa chevelure épaisse et ondulée.

—Je me porte à merveille, et vous?

—Les gosses ont regardé les infos, ce matin. Ça leur a fait peur.

—Comme je les comprends. D'après les sites non homologués, toutes les troupes de l'ADH qui stationnent en GE sont en alerte. Vous savez quelque chose?

—Je n'en sais pas plus que vous. O'Rouke passe ses journées avec le comité de planification d'urgence. Si le Zanth attaque, Newcastle va être submergé de réfugiés. C'est pour ça qu'on n'a pas envoyé les enfants à l'école, aujourd'hui. Jacinta est restée à la maison avec eux.

—Les nôtres y sont allés, mais Nathaniel n'est qu'à deux minutes en cas de pépin. C'est l'avantage de travailler à la maison.

—J'ai du mal à comprendre: comment se fait-il que l'ADH ne soit pas certaine? Elle a envoyé des dizaines de satellites autour de Sirius. Moi qui croyais que les effets du Zanth sur l'espace-temps n'avaient plus de secrets pour nous.

—C'est le cas, mais les taches solaires n'ont rien à voir avec un essaim de Zanth.

—Sans doute. Depuis le tout début, cette enquête est vraiment bizarre.

— Votre enquête ? s'étonna Tilly. Quel rapport entre un *car-jacking* et les taches solaires de Sirius ?

— Ne posez pas la question, ma langue a fourché.

— Quelle question ? (Elle sourit.) Mon équipe attend en bas, à la cantine, que vous l'envoyiez en mission.

— Merci, Tilly. Je vous appelle dès que possible.

Lorsqu'il fut seul, Sid ouvrit le fichier de l'assurance d'une pichenette. Une simple liste s'afficha dans sa grille. Il regarda directement le montant demandé en bas de la page et siffla, impressionné. Le fichier accompagnerait les enregistrements de la journée du jeudi afin de confirmer que les clés du garage avaient été confiées à la société de sécurité dans les règles de l'art, même si, pensait-il, personne ne le vérifierait. Il était en train de donner des instructions à son i-e lorsqu'un item de la liste attira son attention.

— Nom de Dieu ! murmura-t-il, tout excité.

Il n'y avait pas d'images dans le fichier que lui avait remis Tilly, mais comme on lui demandait de confirmer l'exactitude de la liste, cela lui donnait toute légitimité pour vérifier certains détails.

Comme Sid sélectionnait les enregistrements de l'arrestation, l'écran de la console s'incurva autour de son visage. Il s'immergea dans les journaux de bord des cellules intelligentes de divers officiers et agents, et revécut l'assaut à travers leurs yeux. Des images saccadées lui montrèrent la chasse d'un des employés du garage. Des officiers tenant leur arme à deux mains vérifièrent que personne ne se cachait dans plusieurs pièces. Il se vit aussi, à deux ou trois reprises. *Tu as pris du bide, mon gars…* Quelques minutes plus tard, il ferma les enregistrements et s'éloigna de la console. Il sourit, satisfait, bien plus heureux que la matinée ne le laissait présager.

Ian déboula dans le bureau de Sid à 8 h 30.

— Il est là !

— Pas trop tôt. Quelle salle nous a-t-on allouée ?

Sid entendait le vrombissement grave de l'hélicoptère se posant sur le toit de l'immeuble.

— Salle d'interrogatoire n° 7, répondit Ian.

— D'accord. On se calme et on fait preuve de professionnalisme. Et surtout, on pense à la procédure et à ce qui est recevable par le tribunal.

— Comme d'habitude, rétorqua Ian d'un ton blessé.

— Faites passer le message.

— C'est déjà fait, patron.

Sid se leva, mit sa veste, ajusta sa cravate et sortit pour voir ce que Ralph lui avait apporté.

Cinq minutes plus tard, il se tenait dans la cabine d'observation de la salle d'interrogatoire n° 7 et regardait Ernie Reinert, assis et passif, derrière la paroi transparente. Sid avait interrogé des centaines de suspects, et leurs réactions n'avaient aucun secret pour lui : la défiance, la panique, le monologue de leur confession, l'appel à la clémence, à la compréhension. Cependant, l'attitude d'Ernie, son manque d'intérêt pour ce qui l'entourait étaient neufs pour lui. Cela le mit mal à l'aise. Une part de lui-même aurait aimé demander comment le gangster de la semaine précédente, le dur méprisant avait été réduit à l'état de zombie. Une autre part, plus prudente, préféra se taire, car il n'était pas certain de vouloir savoir.

Reinert était désormais officiellement son prisonnier.

— Il va bien ?

Ralph Stevens, impassible et habillé comme un trader, hocha la tête.

— M. Reinert va bien. Il a accepté de collaborer et n'a pas souhaité être assisté par un avocat.

— Vraiment ? Et qu'a-t-il dit ?

— Ah !… Disons que nous avons des bonnes et des mauvaises nouvelles. Il a notamment reconnu avoir récupéré un cadavre dans l'appartement 576B du macrobâtiment de St James.

Sid eut envie d'appeler Ian et Tilly immédiatement, de les lancer sur cette piste.

— Et les mauvaises nouvelles ?

— Il ignore qui l'a envoyé à St James.

— Comment est-ce possible ?

— Sid. Il ne sait pas. Cette information n'existe pas.

— Ouais, mais alors, comment a-t-il su qu'il devait récupérer un cadavre et s'en débarrasser ?

— Quand il s'est fait virer par Securitar, il est resté en contact avec son ancien patron, Kirk Corzone. Tous les deux se sont arrangés pour qu'Ernie puisse continuer à accomplir certaines missions en recevant des ordres via une adresse intraçable. Selon vos propres archives, Kirk Corzone était lié au gang des Red Shields. Il faisait l'intermédiaire entre le gang et les grosses boîtes de la ville.

— Et on ne peut pas l'interroger parce que… ?

— Il a été tué il y a cinq ans. Une vente de came qui a mal tourné. L'histoire habituelle.

— Mais quelqu'un continue d'utiliser cette fameuse adresse, c'est ça ?

— En effet.

— D'accord. Alors, que s'est-il passé ?

— En gros, ce que vous supposiez. Ernie a reçu un appel le vendredi soir. On lui a demandé de se débarrasser soigneusement d'un cadavre laissé dans l'appartement 576B. Et d'extraire tout ce qui pouvait permettre son identification, ses cellules intelligentes. Détail intéressant : on lui a précisé les emplacements des cellules de sécurité.

— Ce sont des informations très précises, remarqua Sid. On ne les trouve que dans les archives de la famille North.

— Je vois ce que vous voulez dire, mais c'est bien ce que nous a appris Reinert.

— D'accord. Continuez.

— Reinert a immédiatement appelé quatre associés : Maura Dellington, Chester Hubley, Murray Blazczaka et Lucas Kremer.

— Nous détenons déjà Hubley et Kremer, dit Sid. Ils travaillent au garage de Reinert.

— Ouais. Le fait qu'il les emploie dans son affaire légitime est pratique, et ça en fait une petite équipe bien soudée. Dellington et Blazczaka ont passé la journée du samedi à détruire des maillages dans toute la ville, pendant que Hubley et Kremer préparaient les deux taxis. Hubley a laissé la voiture leurre au bon endroit juste avant minuit le samedi soir. La suite de l'histoire, vous la connaissez. Hubley est retourné au taxi leurre le dimanche soir. Dellington, Blazczaka et Kremer ont emprunté des routes différentes pour se rendre à l'appartement 576B dans l'après-midi et ont commencé leur boulot de nettoyage. Ils ont déshabillé le cadavre, extrait les cellules intelligentes et découpé le bout de ses doigts. Quand Reinert est arrivé en taxi à St James, le corps était prêt à être emballé et emporté.

— Ils ont dû être choqués en découvrant le corps dont ils allaient devoir s'occuper.

— Apparemment, Dellington et Kremer voulaient tout abandonner, mais Blazczaka les a persuadés de rester et de faire le job.

— Bien.

Sid ordonna à son i-e d'extraire tous les fichiers relatifs à l'appartement 576B. Le dossier de la propriétaire emplit immédiatement sa grille. Il fit la moue en découvrant l'image superposée à Ernie Reinert.

— Tallulah Packer. Je suppose que vous avez déjà moissonné son profil.

— En effet. Vingt-cinq ans, parents divorcés il y a onze ans, père patron d'une boîte de création de logiciels dans le Suffolk, mère vendant des produits alimentaires fumés sur le transnet. Elle a fait ses études à Bath. Comme elle était bonne élève, elle a été embauchée *illico* par Northumberland Interstellar. Aujourd'hui, elle est analyste en demande et distribution de biocarburant pour l'Europe du Sud, ici, à Newcastle. Elle est fiancée à un certain Boris Attenson, banquier. Une vie sans histoires, quoi.

— Il n'y a que des analystes, chez NI, ma parole !

— On dirait, acquiesça Ralph.

— Autre chose ?

— Plein de détails, mais en gros, c'est ça.

— Aucun signe de monstre extraterrestre, alors ?

— Aucun, admit Ralph.

— Bien, alors nous pouvons commencer.

* * *

Sid se rendit à l'appartement 576B à la tête d'une équipe composée d'Eva, Ralph, de quatre agents de sécurité et de quelques scientifiques. Abner et ses hommes reçurent pour mission d'arrêter Maura Dellington, Lorelle et Ari de trouver Murray Blazczaka, Ian de leur ramener Tallulah Packer.

— Vous pouvez me remercier, murmura Sid tandis que le portrait de la jeune femme apparaissait sur le grand moniteur mural du Bureau n° 3.

Hypnotisé par la photo, Ian se contenta de hocher la tête.

Une véritable procession sortit de l'ascenseur de service du cinquième étage de la tour vrillée qui dominait le quart est de St James : la sécurité de l'immeuble, les policiers, l'équipe de Tilly suivie de cinq chariots automatiques chargés de matériel. Les résidents curieux firent de grands détours pour ne pas les approcher de trop près. Devant l'appartement, Sid, Eva, Ralph et les scientifiques enfilèrent des combinaisons blanches stériles et jetables. C'était une perte de temps, évidemment, le meurtre ayant été commis deux mois plus tôt. Toutefois, la procédure était la procédure et Sid ne protesta pas. Les autres non plus, d'ailleurs, qui partageaient manifestement son agacement. Lorsqu'ils furent tous apprêtés, le patron de la sécurité de l'immeuble ordonna l'ouverture de la porte.

Tilly envoya dans l'appartement un troupeau de cyberinsectes à huit pattes. Le 576B avait deux chambres à coucher, une salle de bains, un coin cuisine et un séjour sur deux niveaux offrant une vue sur Leazes Park. Les tissus étaient tous à motifs. Il y avait des fleurs fraîchement cueillies sur la commode et la table principale, des tapis sur le parquet. Un décor très « fille urbaine », se dit Sid.

Les cyberinsectes s'éparpillèrent partout, traînant dans leur sillage de fines antennes dont les maillages de microbes intelligents analysaient la composition de tout ce qu'elles touchaient. Deux d'entre eux se mirent à tourner autour d'un carré de dalles polies situées au pied de l'escalier conduisant à la partie supérieure du salon. Un autre cyberinsecte, plus gros, les rejoignit en avançant comme un crabe et vaporisa un aérosol sur la zone désignée. Tilly ordonna au réseau de l'appartement d'éteindre les lumières et de fermer les rideaux. Puis elle braqua une torche à ultraviolets vers le sol. Une grande tache blanc-violet apparut sur le parquet.

— Du sang, annonça-t-elle joyeusement. Beaucoup de sang. Ernie n'a pas menti.

Se réjouir sur une scène de crime était mal, mais Sid ne pouvait s'empêcher de ressentir un immense soulagement à la vue des produits chimiques luminescents. Il avait tellement travaillé, pris tant de risques pour aboutir à ce résultat.

— Parfait, dit-il. Scellez la pièce. Je veux la totale, tous les tests que vous pourrez pratiquer. Je veux un profil scientifique complet.

L'équipe de Tilly alla chercher du matériel sur les chariots et installa notamment des trépieds devant accueillir des capteurs ultrarésolution. Les cyberinsectes entreprirent de sonder les recoins du salon et se dispersèrent dans les autres pièces.

Sid arpenta l'appartement lui aussi. Sur le lit de la chambre principale, la couette aux couleurs criardes était couverte de nombreux coussins arrangés par taille. Il secoua la tête, incrédule, et passa son chemin ; au fil des ans, Jacinta et lui s'étaient souvent disputés au sujet des coussins et des rideaux. La coiffeuse était aussi une œuvre d'art, à sa façon, un exemple de rangement, avec ses flacons et ses tubes de maquillage soigneusement classés dans des mallettes et des boîtes. Il ouvrit les tiroirs.

— Eva, vous voulez bien jeter un coup d'œil là-dedans pour moi ?

Elle le rejoignit et avisa le contenu du premier tiroir. Des soutiens-gorge.

— Eh bien, quoi, patron ? Vous voilà timide, maintenant ?

— Ne m'emmerdez pas avec ça, s'il vous plaît. Je suis prêt à faire plein de trucs pour la police, mais fouiller dans des dessous féminins, non. Prévenez-moi si vous trouvez un gant à cinq lames, d'accord ?

Eva sourit sous la capuche de sa combinaison jetable.

— Pas de souci, chef.

Sid se rendit dans la salle de bains. Sans surprise, tout, dans l'armoire à pharmacie, était parfaitement rangé. Il y avait aussi trois sachets de came, dont un de peptox. Sid le considéra avec un regard compatissant.

— Pauvre Boris, murmura-t-il.

— Deux brosses à dents, remarqua Ralph, qui regardait par-dessus son épaule.

— Ouais. (Sid se retourna vers un des membres de l'équipe scientifique.) Emballez-les, je vous prie. S'il y a de l'ADN dessus, je veux savoir à qui il appartient. Ne serait-ce que pour confirmer que Boris, le fiancé, dort ici de temps en temps.

—À quoi pensez-vous ? demanda Ralph.

—Je pense que j'aurais pu vous faire un topo complet sur cet endroit sans y mettre les pieds, rien qu'en jetant un coup d'œil au profil de Tallulah. Jeune, célibataire, employée dans l'industrie du biocarburant. Il y en a un paquet comme elle, en ville. Elles sont toutes pareilles.

—Et ?

—Pourquoi notre faux Adrian est-il venu directement ici ? Qu'est-ce qui différencie Tallulah Packer des autres membres de sa tribu ? C'est là-dessus qu'on doit concentrer nos efforts. Pourquoi elle ?

—Posez-lui la question.

—J'en ai bien l'intention.

* * *

Sid rentra à Market Street à 11 heures. Les autres équipes avaient toutes été efficaces. Plus ou moins. Murray Blazczaka avait envoyé deux agents de sécurité à l'hôpital avec des blessures mineures. Ari North avait un œil au beurre noir qui n'avait pas terminé d'enfler. Lorelle avait dû dégainer son Taser.

Comme tout le monde dans le Bureau n° 3, Sid ne pouvait s'empêcher de regarder l'œil d'Ari. Il grimaça et sourit.

—Ça ira ?

—Ce fumier m'a pris par surprise, patron.

—Évidemment. Surtout, laissez bien la poche de gel glacé dessus.

Maura Dellington était elle aussi en cellule. Tout comme Tallulah Packer.

— Ian est avec elle, annonça Abner d'un air entendu. Il a la situation bien en main.

— Il fait son job et rien que son job, j'en suis sûr.

— Et consciencieusement, parce que ça prend du temps.

Sid refusa de poursuivre sur cette voie et tenta de se persuader qu'il n'était pas jaloux.

— Boris Attenson est en bas, annonça Dedra Foyster. Avec son avocat. Ils sont en train de prendre la tête au sergent de l'accueil.

— Vraiment ? s'étonna Sid. Mon Dieu.

— Le moment serait très mal choisi pour commettre des erreurs durant les interrogatoires, intervint Aldred North.

— C'est sûr, acquiesça Sid à contrecœur. Je vais m'en charger moi-même.

Sid aurait pu décrire Boris Attenson dans les moindres détails, même sans l'avoir jamais rencontré. Grand, les cheveux blonds et, malgré ses trente et un ans seulement, le front légèrement dégarni. Un léger surpoids, mais rien de grave encore – parce qu'il jouait toujours dans l'équipe de rugby de son ancienne faculté. La peau pâle, couverte de nombreuses taches de rousseur et hydratée par des produits afin de contrer les excès de sa vie de jeune cadre dynamique. Une chemise sur mesure avec un col haut, à la dernière mode, agrémentée d'une cravate en soie coréenne or et violet à 300 eurofrancs. Pour compléter sa tenue de travail, l'homme portait des chaussures en cuir cousues à la main qui coûtaient sans doute plus cher que les quatre pneus de la Toyota Dayon de Sid.

L'avocate qui l'accompagnait, Chantilly Sanders-Watson, aurait pu être sa grande sœur. Grande et plus intelligente que lui, se précisa Sid comme la carte professionnelle du juriste apparaissait dans sa grille. Elle travaillait pour Rattigan, Herandez & Singh, un cabinet familier des officiers de Market Street habitués à travailler sur de grosses affaires.

Ceux qui avaient les moyens de s'offrir ses services ne finissaient jamais en prison.

— Pourquoi ma fiancée a-t-elle été arrêtée ? demanda Boris.

— Votre fiancée n'est pas en état d'arrestation, rétorqua Sid d'un ton tout aussi agressif.

Le banquier cligna des yeux, étonné, et se tourna vers Chantilly Sanders-Watson d'un air un peu perdu.

— Pouvez-vous nous dire en quel honneur Mlle Packer a été conduite dans vos locaux, inspecteur Hurst ? demanda calmement l'avocate.

— Disons qu'elle est en détention préventive afin de nous aider dans notre enquête. Elle a consenti à nous accompagner et reste libre de faire venir un avocat à n'importe quel moment.

— Évidemment qu'elle veut un avocat ! grogna Boris.

— De quelle enquête parlez-vous ? poursuivit Chantilly Sanders-Watson.

Sid désigna l'accueil du commissariat, où attendaient plusieurs parents stressés et déprimés, ainsi que trois suspects escortés par des agents de sécurité.

— Vous préférez peut-être que nous en discutions à l'étage, dans un bureau sécurisé ? proposa-t-il.

— Oui, merci, acquiesça l'avocate.

Le sergent de garde appliqua aux deux visiteurs des particules contenant des laissez-passer temporaires, et ils entrèrent tous dans l'ascenseur.

— Pour le moment, nous ne pensons pas que Mlle Packer soit coupable de quoi que ce soit, expliqua Sid. Cependant, un crime a bel et bien été commis dans son appartement.

— Qu'est-ce que vous racontez ? s'emporta Boris. J'y étais hier soir. Vos brutes sont arrivées comme des fous au bureau et l'ont embarquée comme une criminelle. Vous imaginez quelles seront les conséquences sur sa réputation ?

— Vous voulez dire que M. Darcy va annuler son invitation à dîner ? demanda Sid d'un air innocent.

— Écoutez-moi bien…

Chantilly Sanders-Watson posa la main sur l'épaule de Boris.

— Quel crime ?

— Un meurtre.

— C'est ridicule ! Tallulah n'a tué personne. Vous n'avez pas honte de sous-entendre une chose pareille ? Je vais tous vous attaquer en diffamation.

Sid ne s'adressait plus à Boris Attenson.

— Je viens de rentrer de son appartement de St James, expliqua-t-il à l'avocate. Les scientifiques estiment qu'au moins deux litres de sang ont été versés sur le sol. Du sang humain.

— Je vois. Dans ce cas, Mlle Packer aura besoin d'être assistée lors de son interrogatoire. Je vais devoir vous demander les enregistrements de l'officier qui a procédé à son interpellation afin de m'assurer qu'elle n'a pas été influencée de façon néfaste.

— Je les fais certifier et je vous envoie tout ça, promit Sid en priant pour que Ian n'ait pas passé tout le trajet en voiture à regarder les seins de la jeune femme.

Peut-être avait-il eu une mauvaise idée en lui confiant cette mission.

Tallulah Packer attendait dans la salle d'interrogatoire n° 4. À l'arrivée de Sid, Ralph et Eva étaient postés devant la porte, tandis que Ian et Aldred étaient à l'intérieur. En chair et en os, Tallulah était aussi terriblement attirante que sur les images contenues dans son profil. Assez grande pour jouer dans son équipe de netball à l'université, elle avait le visage rond encadré par une chevelure auburn coupée juste au-dessus des épaules. Sa grande bouche sensuelle était mise en valeur par un rouge à lèvres bordeaux, tandis que ses yeux noisette trahissaient une inquiétude profonde. Sid supposa que la jeune femme avait inondé la pièce de phéromones. Comment expliquer autrement qu'un officier de police expérimenté comme Ian soit assis sur le bord de la table et discute avec la prévenue avec un grand sourire rassurant. Au moins Aldred faisait-il preuve d'un peu de retenue ; assis derrière la table, il gardait un silence poli.

Chantilly Sanders-Watson embrassa la scène d'un regard bref et intéressé. Tallulah se leva à la vue de Boris, et les deux amoureux se précipitèrent dans les bras l'un de l'autre.

Ian posa une main lourde sur l'épaule de Boris.

— Ça suffira, monsieur.

— C'est ma fiancée, espèce de crétin. Est-ce que tu vas bien, chérie ?

— Ça va, ça va, le rassura Tallulah d'une voix rauque. Je t'assure.

— Par courtoisie, nous vous avons permis de constater que votre fiancée allait bien. À présent, je vais vous demander d'attendre à côté jusqu'à la fin de l'interrogatoire.

— Pas question, je reste avec Tallulah !

— Ne vous inquiétez pas, le rassura Chantilly Sanders-Watson. Je vais m'occuper d'elle.

Sid fit signe à Eva de faire sortir un Boris en colère.

— J'aimerais savoir ce que vous faites dans une salle d'interrogatoire de la police avec ma cliente ? demanda l'avocate à Aldred.

— Je suis le représentant accrédité de ma famille pour cette affaire, répondit-il d'un ton neutre. Je vous enverrai mon certificat d'immatriculation.

— S'il vous plaît, oui. (Elle se retourna vers Ian.) Vous expérimentez une nouvelle technique d'interrogatoire, inspecteur ?

— Pardon ?

— L'article 2131 relatif à la conduite des enquêtes criminelles est formel : l'intimidation est proscrite lors des interrogatoires. Vous dominiez ma cliente de votre taille. C'est une attitude menaçante.

Ian leva les yeux au ciel et se mit debout.

Chantilly Sanders-Watson s'assit à côté de Tallulah et lui adressa un sourire rassurant.

— Les policiers vont nous laisser, maintenant. Vous et moi allons discuter. Ensuite, si vous le souhaitez, je vous laisserai leur parler.

Sid et les autres sortirent de la salle.

— Qui est cette salope ? demanda Ian.

— Quelqu'un qu'on n'a pas le droit de traiter de salope, rétorqua Sid. Vous allez devoir préparer l'enregistrement de votre journal de bord depuis l'arrestation jusqu'à maintenant. L'avocate veut repartir avec.

— Le visuel aussi ? s'inquiéta Ian.

— Oui. Je crois savoir que nous avons des soucis avec la mémoire cache du commissariat. Vérifiez qu'il n'y ait pas trop de bugs.

— Compris, patron.

— Je n'arrive pas à croire que nous soyons obligés de faire ça, se plaignit Aldred.

— Nous, nous ne l'accepterions pas, fit remarquer Ralph.

— Nous n'en sommes pas encore là, dit Sid.

L'image d'un Ernie au regard absent attendant tristement dans la salle d'interrogatoire n° 7 ne cessait de le hanter.

— Au moindre indice de son implication, je l'embarque, prévint Ralph.

— D'accord, mais je veux essayer de lui soutirer un maximum d'informations avant. Elle n'est pas aussi dure qu'Ernie.

— Contrairement à son avocate, intervint Aldred.

— Elle aussi, je l'embarque, si elle commence à m'emmerder, menaça Ralph. La suite de l'interrogatoire se déroulera alors dans le cadre des procédures autorisées par l'ADH. (Il envoya un icone à Sid.) Tout est approuvé. Ne manque plus que ma signature pour mettre la machine en branle.

Dix minutes plus tard, Chantilly Sanders-Watson réapparut.

— Ma cliente accepte de vous parler pour clarifier tout malentendu concernant une prétendue implication de sa part dans votre affaire.

Sid prit les choses en main, et Ian s'assit à côté de lui. Tant mieux, d'ailleurs, car ainsi, il n'était pas installé directement en face de la glaciale Chantilly.

— Je dois vous demander où vous étiez le vendredi 11 janvier, commença Sid.

Tallulah se pencha en avant, pressée de répondre.

— Je n'ai même pas besoin de vérifier mon agenda. Nous étions à Amsterdam, dans un petit hôtel, à proximité de la place Rembrandt. C'était un week-end prolongé.

— Nous ?

— Boris et moi. Boris voulait fêter la signature des contrats pour la construction des nouvelles centrales à fusion ; sa banque est partie prenante dans ce projet.

— Combien de temps a duré ce séjour ?

— Du jeudi au lundi.

— Il me faudra tous les détails.

— Bien sûr.

— Et j'aurai besoin d'interroger M. Attenson.

En fait non, pas vraiment. Sid savait que les deux amoureux n'avaient rien à voir avec le meurtre. Ils étaient trop inquiets et stupéfaits ; ils lui en voulaient de leur imposer cette épreuve.

— Je vais le prévenir, intervint Chantilly Sanders-Watson.

— Bien. Ce serait dans l'intérêt de vos deux clients.

— Avez-vous déjà rencontré Adrian North2 ? demanda Ian.

— Non, jamais. Pourquoi ?

— Nous ne pouvons pas vous le dire, intervint Sid. Désolé. Connaissez-vous d'autres North2 ?

— Bien sûr. Je travaille avec eux. Je les croise régulièrement.

— Je vois.

C'était une réponse intéressante. Un peu trop, peut-être. Sans doute lui avait-elle été soufflée par Chantilly.

— Adrian avait-il une raison de venir à votre appartement ?

— Non. Je vous l'ai dit, je ne le connais pas. C'est la victime du *car-jacking* ?

L'i-e de Sid extirpa quelques sections de la transcription de l'interrogatoire d'Ernie pratiqué par l'ADH.

— Apparemment, les gens envoyés pour couvrir le meurtre connaissaient vos codes d'accès personnels. En gros, ils sont entrés chez vous sans problème, sans déclencher aucune alarme, sans qu'on leur pose de questions. À qui avez-vous donné vos codes ?

— Uniquement à Boris.

— À des ex, peut-être ? À des membres de votre famille ? des amis ?

— Non, je vous assure, il n'y a que Boris et moi.

— À du personnel d'entretien, peut-être ? Vous n'avez pas fait réparer votre frigo, l'année dernière ?

— Non. La maintenance du macrobâtiment s'occupe de tout. En cas de souci, j'autorise l'accès de mon appartement, et les techniciens interviennent sous escorte. Ça fait partie du contrat de location. C'est pour ça qu'il n'y a pas de maillages dans les appartements ; pour qu'on puisse avoir notre intimité. Pénétrer dans le macrobâtiment est difficile, mais une fois que vous êtes à l'intérieur, il ne peut rien nous arriver. C'est ce qui me plaît dans le fait de vivre à St James.

— La sécurité du macrobâtiment a donc accès à votre appartement ? demanda Chantilly Sanders-Watson.

— Eh bien, oui, en cas d'urgence.

— Merci. (L'avocate lança à Sid un regard modestement victorieux.) Et le personnel d'entretien ? Est-il également employé par St James ?

— Oui, mon ménage est fait deux fois par semaine. Ils viennent lorsque je suis au travail.

— En réalité, poursuivit l'avocate, beaucoup de gens ont accès à votre appartement.

— Je suppose, oui, même si je ne me suis jamais vraiment posé la question. L'administration nous garantit que tous les employés du macrobâtiment ont un casier judiciaire vierge, que personne n'a eu affaire à la justice.

— Merci, dit Sid à l'avocate d'un ton ferme. Quand le ménage est-il fait ?

— Le lundi et le jeudi.

— Êtes-vous amie avec des criminels ou des délinquants de cette ville ?

— Vous n'êtes pas obligée de répondre !

Tallulah eut un sourire penaud.

— Je connais beaucoup de monde dans le secteur financier.

— Comme nous tous, acquiesça Sid. Mais encore ?

— Non, pas de voyous ni de gangsters.

— Bien. Tallulah, les médicaments rangés dans votre armoire à pharmacie, les personnes qui vous les ont fournis, savent-ils où vous habitez ?

La jeune femme s'empourpra.

— Inspecteur…, menaça Chantilly Sanders-Watson. La glace sur laquelle vous marchez est très fine et sur le point de craquer !

— Nous avons besoin de savoir, expliqua Sid. Un homme a été tué dans votre appartement. Nous voulons savoir pourquoi ils ont choisi de commettre ce crime à St James.

— Je ne sais rien, insista Tallulah. On a eu cette came dans un club. C'était la première et la dernière fois que je voyais les hommes qui nous l'ont vendue. Je suis honnête avec vous. J'ai l'impression d'être dans un cauchemar.

— D'accord. Je sais que c'était il y a très longtemps, mais avez-vous remarqué quelque chose de bizarre à l'époque ? Avez-vous eu l'impression d'être suivie ? Avez-vous croisé plusieurs fois la même personne ?

— Non, répondit-elle en secouant la tête d'un air désespéré. Rien de tout ça.

— Quand vous êtes rentrée chez vous, après ce week-end à Amsterdam, vous n'avez rien remarqué d'étrange dans votre appartement ?

— Non.

— Aucun de vos ex ne vous a harcelée ?

— Non.

— Et au travail ? Manipulez-vous des données commerciales sensibles ?

— Pas vraiment. Je moissonne des informations et je les interprète. Après quoi une IA se charge de tirer des conclusions qui peuvent avoir de la valeur pour certaines personnes.

— Vous contribuez à élaborer la stratégie de votre société ?

— Je crois que vous surestimez mon rôle. Notre division produit une centaine de propositions par semaine.

— Personne ne vous a jamais contactée au sujet de votre travail, n'a souhaité se procurer le résultat de vos analyses, ne vous a proposé de l'argent ?

— Non. Mes analyses, je n'en parle même pas à Boris.

— Avez-vous conservé votre mémoire visuelle du mois de janvier ? demanda Ian.

— Non. Je ne la conserve qu'une semaine ; après, j'efface tout. Tout le monde dit que c'est ce qu'il faut faire.

— Pour information, c'est une légende urbaine et rien d'autre, rétorqua Sid. Nous serions tous plus en sécurité si tout le monde conservait sa mémoire visuelle.

Du coin de l'œil, il vit Chantilly Sanders-Watson hausser un sourcil moqueur. Toutefois, elle ne le contredit pas.

— À qui avez-vous dit que vous vous absentiez pour le week-end ? demanda Ian.

Tallulah souffla en gonflant les joues, essayant de se rappeler.

— Je ne suis pas sûre. À quelques collègues, peut-être. À mon patron, aussi, pour des questions de planning.

— Merci de votre coopération. Je vais devoir vous demander de rester ici pendant que mon équipe vérifie votre histoire. Je suis également au regret de vous informer que votre appartement est désormais officiellement considéré comme une scène de crime. Les scientifiques auront terminé leur travail demain. En attendant, nous pouvons vous installer dans un hôtel de la ville.

— Merci, mais j'irai chez Boris.

* * *

— Elle n'est pas impliquée, annonça Sid au Bureau n° 3.

Il se tourna vers le moniteur mural qui affichait une grande photo de Tallulah. Elle y portait une jolie robe bleue et souriait de toutes ses dents, tandis que le soleil se reflétait sur ses cheveux comme dans une publicité pour un shampooing.

— Qu'on en finisse, dit-il à Reannha. Au cas où je me planterais, je veux que tous les détails du séjour de Tallulah à Amsterdam soient vérifiés. Avec un peu de chance, elle pourra rentrer chez elle cet après-midi. (*Avant qu'elle n'en subjugue d'autres.*) Ian, vous venez avec moi. On va interroger Boris.

— Merde…

Tallulah Packer fut remise en liberté à 16 h 15, cet après-midi-là, avec ordre de ne pas quitter la ville pendant quinze jours.

À en croire l'équipe du Bureau n° 3, son alibi était parfait. Boris et elle étaient bien à Amsterdam au moment des faits. La police locale était même parvenue à trouver des enregistrements montrant les deux tourtereaux.

— Pourquoi son appartement ? demanda Ian ce soir-là lorsque Sid et Eva l'eurent rejoint chez lui.

— Ses collègues de travail savaient qu'il serait inoccupé, répondit Eva. Elle avait officiellement posé des jours pour partir en week-end, ce que tout le monde, y compris quelqu'un cherchant un leurre, pouvait voir sur le réseau interne de Northumberland Interstellar. Selon moi, elle a été choisie dans l'unique but de nous fourvoyer.

— Sa réponse a été vague, ambiguë, quand je lui ai demandé si elle connaissait des North2, leur fit remarquer Sid. Elle n'a pas nié, mais…

— Ouais, et vous savez à cause de qui, dit Ian en ouvrant une bouteille de bière et en la passant à Sid.

— Oui, oui, acquiesça celui-ci en avalant une gorgée de bière. Je savais qu'elle avait le droit d'être représentée, mais je ne m'attendais pas à ça ! Rattigan, Herandez et Singh…

— La faute à qui ? À Boris la tête de nœud.

— Exactement, Boris la tête de nœud, confirma Sid en levant sa bouteille.

— Comment expliquez-vous qu'un gland comme lui sorte avec une fille comme elle ? protesta Ian. Elle est tellement belle, putain ! Jamais vu une fille aussi jolie.

Eva et Sid échangèrent un regard entendu.

— Ils viennent du même milieu, expliqua Eva. Et puis, il a de l'argent. Il ne faut quand même pas exagérer, elle n'est pas si exceptionnelle. Je vous conseille de l'oublier très vite. On a obtenu ce qu'on voulait d'elle.

— Ouais, enfin, le nom du tueur, ç'aurait été pas mal, marmonna Ian.

— Vous vous focalisez sur les mauvais éléments. C'est sûr que l'avocate et le fiancé sont emmerdants, mais considérez ce qu'on a accompli. On a quand même découvert le lieu du crime. Si on doit avancer sur cette affaire, ce sera grâce aux scientifiques.

— Absolument, enchérit Sid. Je suis vraiment fier de vous ; de toute l'équipe je veux dire. Cette affaire, ce n'était pas un cadeau, c'est le moins qu'on puisse dire, mais on s'est accrochés. Franchement, j'étais persuadé qu'on nous retirerait l'enquête au bout d'une semaine. Finalement, on a une scène de crime et une équipe de nettoyage sous les verrous.

— Sauf qu'on n'ira pas plus loin, rétorqua Ian. Il faut être réalistes, le coupable évolue dans les hautes sphères de la société de cette ville ; on ne l'aura jamais. Notre seul espoir, c'était que Ralph arrache un nom à Ernie. Je ne veux même pas savoir ce qu'ils ont fait subir à ce pauvre type, mais une chose est certaine : s'il savait quelque chose, il aurait craché le morceau. Ernie est le coupe-circuit, dans cette affaire.

— Non, je pense qu'on peut aller plus loin, affirma Sid.

Ce qu'il avait découvert dans la matinée lui avait permis de traverser cette journée avec une grande confiance. Le moment était venu de leur faire part de sa trouvaille, et il avait hâte.

— Elle ne peut pas être amoureuse de lui, protesta Ian. Ce n'est pas possible. Elle est beaucoup trop bien. Il faut qu'elle comprenne. Il y a d'autres mecs sur cette planète.

— Mais oui, mais oui, se moqua Eva. Patron, et si elle n'avait pas été choisie par hasard ? Et si elle était derrière toute cette affaire ?

— Je ne pense pas que l'analyse de la distribution du biocarburant soit un sujet si critique.

— Elle contribue à modéliser les rapports entre demande et distribution. C'est le genre de truc contre lequel s'est battu le cartel de 2111, non ?

Sid s'efforça de se rappeler cette histoire. On ne parlait que de ce cartel, aux infos, quand il était à l'école.

— C'était plutôt un moyen pour les producteurs de se débarrasser des spéculateurs, il me semble.

— En tout cas, si notre meurtre est lié à une magouille industrielle, alors il est forcément en rapport avec le biocarburant.

— Ouais, peut-être.

— Elle va gâcher sa vie, lança Ian, assis sur le comptoir du coin cuisine, le regard rivé sur ses pieds. Une fille comme ça, ce n'est pas juste. Transformer une fille telle qu'elle en épouse de cadre sup, ça ne se fait pas. La pauvre va avoir une vie de merde.

— Ian, cette fille n'est pas juste un trophée que Boris va exhiber devant ses potes à son club de golf, d'accord ? Vous l'avez dit vous-même, elle sait très bien ce qu'elle veut. Ne vous en faites pas pour elle.

— Et si elle était aveuglée par l'amour ? Ce fumier, je parie que c'est un charmeur professionnel. Il suffit de l'observer quelques minutes pour comprendre que c'est un baratineur, qu'il connaît tous les trucs. Ils vivent à crédit, vous le savez, tous ces banquiers. Ils n'ont pas vraiment de cash, pas même sur leurs comptes secondaires. Ils survivent sur des promesses qu'ils ne peuvent pas tenir.

— Elle connaît les mensonges des hommes, le rassura Eva d'un ton impatient. (Elle avait le sens de l'humour, mais cette plaisanterie avait assez duré.) Croyez-moi, nous vous connaissons très bien.

— Ben voyons. Ce type n'est pas fait pour elle !

— Bon, Ian, on parlera de ça plus tard, intervint Sid. J'ai une nouvelle à vous annoncer.

Eva et Ian le regardèrent comme s'il venait de jurer au milieu d'une messe.

— Jacinta ? demanda Eva.

— Mais non ! Deux gosses, ça suffit largement. Non, je veux parler de notre enquête, de cette partie de notre enquête. Ce matin, j'ai dû revisiter le garage d'Ernie pour Tilly, et j'ai revu votre enregistrement visuel, Eva.

— Le mien ?

— Ouais. Vous êtes entrée dans le garage, dans l'atelier.

— Oui, j'y ai passé une minute quand nous attendions Reinert.

— Ouais, et il y avait une Kovoshu Valta garée à l'arrière. J'avais déjà vu cette couleur et ces bandes holographiques latérales, avant. Il faut dire qu'elle est voyante, cette bagnole, surtout avec ces bandes. Boz la conduisait sur le Dernier Mile quand on a foiré notre filature, l'autre jour.

— Nom de Dieu ! marmonna Ian.

— Sherman est lié à Reinert d'une façon ou d'une autre. Suffisamment, en tout cas, pour qu'Ernie prête des véhicules à des types comme Boz. Ernie est donc en contact avec deux très gros poissons. Croyez-vous qu'il puisse s'agir d'un hasard ?

— Vous pensez que Sherman est celui qui tirait les ficelles de Reinert ? demanda Eva.

— Ouais, je suis prêt à mettre quelques billets là-dessus. Il se peut qu'Ernie ne soit pas le coupe-circuit efficace qu'imaginent ses commanditaires.

— Qu'est-ce qu'on fait ? demanda Eva.

— En tout cas, on ne révèle rien à Aldred, répondit Sid. Les North en savent plus qu'ils ne le disent – certains d'entre eux, du moins. J'aimerais interroger Ernie sur son implication dans d'autres activités criminelles. Maintenant que nous savons que ce lien existe, nous avons besoin d'en apporter la preuve afin de nous couvrir.

— Bonne idée, patron, acquiesça Ian.

— Oui, je vote pour, enchérit Eva.

— Merci. Sinon, je peux aussi demander l'aide officieuse de Ralph.

— Pourquoi ?

— Si Ernie ne nous permet pas de remonter jusqu'à Sherman, il faudra essayer d'impliquer l'ADH. Ralph sait comment fonctionne ce genre de marché. Je ne suis pas obligé de vous impliquer dans ces tractations, et Ralph n'est pas forcé de savoir ce que nous avons fait tous les trois.

— À vous de voir, patron, dit Eva. Pour être honnête, je suis étonnée que l'ADH soit encore là. Ils savent qu'il n'y a jamais eu de monstre extraterrestre, maintenant.

— Comme vous voulez, chef, enchérit Ian, mais, si vous le souhaitez, vous pouvez lui dire que je vous soutiens.

— Merci, mais c'est moi le responsable. Je préfère prendre le risque et assumer les conséquences seul.

— Ça marche.

Ils levèrent tous les trois leur bouteille.

— Je peux vous parler une seconde ? demanda Ian à Sid comme Eva s'en allait.

— Bien sûr.

Sid attendit quelques secondes, tandis qu'un fouillis d'émotions étranges se succédaient sur le visage de Ian. Enfin, le jeune homme prit la parole :

— Je veux la revoir.

— Qui ? demanda machinalement Sid, avant de comprendre. Merde ! vous ne parlez pas de Tallulah, j'espère ?

— Si.

— Bordel de… Bon, écoutez, Ian, vous ne…

— C'est vous qui ne comprenez pas. Elle est incroyable. C'est la femme parfaite.

— Oui, mais c'est une femme parfaite fiancée.

— Fiancée à ce… *type*.

— Ian. Vous ne pouvez pas nous faire ça. Pas le coup habituel.

— Je ne vois pas de quoi vous parlez.

— Oh ! que si. Qu'est-ce que vous attendez de moi ? Que je vous donne ma bénédiction ? Merde ! je ne suis pas pasteur. Putain ! vous savez que vous ne pouvez pas l'avoir de cette façon.

— Et pourquoi pas ? Pourquoi je ne pourrais pas ? Ce n'est pas comme si on respectait les règles du jeu.

Sid lui lança un regard froid de mise en garde.

— Tout ce que nous faisons, c'est essayer de trouver de nouvelles pistes pour faire avancer notre enquête, pour obtenir des résultats. Cela n'a rien à voir avec le fait de ruiner des preuves et la crédibilité d'un témoin.

— Je ne ferais jamais une chose pareille.

— Réveillez-vous, Ian, il y en a des milliers comme elle, dehors.

— Pas comme elle. Cette fille, c'est la ligue des champions. Elle est plus chaude que de la lave. Et ce n'est pas tout : elle est intelligente et drôle. Je n'avais encore jamais rencontré quelqu'un comme elle. Avec elle, ça pourrait vraiment marcher. Je ferais même tout pour que ça marche.

— Elle est un témoin potentiel dans la plus grosse affaire de votre vie.

— Ouais, patron, je sais, lui concéda Ian en se passant la main dans les cheveux, qu'il avait gominés. Mais… merde, chef, vous avez déjà vu une nana comme ça ?

— Merde. Écoutez-moi bien : quoi que vous fassiez, quoi que vous décidiez, attendez qu'on ait bouclé cette affaire. Vous m'avez bien compris ? Je refuse que nos enregistrements soient contestés devant le tribunal.

— Évidemment, patron.

— On est d'accord.

— Avouez-le, patron, elle est superbe, hein ?

— Et puis merde ! Oui, elle est superbe, mais attention ! Cette fille a le choix, toujours et pour tout. Et elle a choisi Boris. Je vous conseille vivement de ne pas vous immiscer entre eux. Ça risquerait de mal se terminer.

— Ouais, patron, vous avez raison.

— Je suis désolé. La vie est vraiment dure, parfois. Vous vous en remettrez ?

— Pas de problème.

Vendredi 22 mars 2143

Ce qui déstabilisait le plus Sid, c'était l'absence de rébellion dans le regard d'Ernie Reinert. Ils étaient de retour dans la salle d'interrogatoire n° 7. Reinert portait une tenue de prisonnier standard : une combinaison gris clair avec des attaches en Velcro. Après des années passées à cette table à subir la défiance, les insultes et les menaces des prévenus, à se faire cracher dessus un nombre incalculable de fois, Sid était un peu sur la défensive.

Ralph Stevens n'avait pas du tout protesté lorsque Sid lui avait parlé d'interroger Ernie, mais il s'était montré curieux.

— Croyez-moi, nous lui avons fait dire tout ce qu'il avait à dire.

— Oui, j'ai lu la transcription. Vous vous êtes concentrés sur la mission de nettoyage et Kirk Corzone.

Il s'agissait d'une transcription intégrale, lourdement chargée en informations, alors que l'interrogatoire n'avait duré que trois heures. Elle ressemblait d'ailleurs davantage à une déposition destinée à confirmer une confession antérieure, à une succession formelle de questions et de réponses. Sid se demanda ce qui s'était passé pendant le restant de la semaine qu'Ernie avait passée entre les mains de l'ADH, mais peut-être valait-il mieux ne pas le savoir.

— Bien sûr, acquiesça Ralph. Nous nous sommes focalisés sur les questions-clés.

— J'aimerais tenter une approche différente.

— Il est à vous. Nous n'avons pas l'intention de le récupérer. Posez-lui les questions que vous voudrez, mais je serai contraint d'assister à l'interrogatoire depuis la salle d'observation.

Reinert refusa d'être assisté par un avocat, ce dont se félicita Sid. Il y avait assez d'infos sur les transcriptions de l'ADH pour envoyer Ernie sur la colonie polaire de Minisa – à condition que les transcriptions soient validées par le tribunal. La plupart des juges de Newcastle étaient beaucoup trop tatillons au goût de Sid.

— Je m'intéresse à votre ami anonyme, commença Sid. À celui qui vous a envoyé à St James. Les instructions qu'il vous envoie proviennent toujours de la même adresse, n'est-ce pas ?

— Oui, monsieur, répondit Reinert, poli et respectueux. C'est ce qui me permet d'authentifier l'appel.

— C'est du bon boulot. Élémentaire, mais efficace. Trois IA ont essayé de remonter jusqu'à l'origine de l'appel, mais elles n'ont pas réussi à venir à bout du routage à dispersion aléatoire. L'appel a transité par cinquante-sept cellules publiques dans tout Newcastle. Votre ami connaît manifestement très bien la sécurité du transnet.

— Je suis désolé, monsieur. J'aimerais beaucoup vous aider à l'arrêter, je vous assure.

— Merci, Ernie. Donc, on ne vous a jamais fourni d'adresse à appeler en cas de besoin ?

— Non, monsieur.

— Qu'arrivait-il si vous ne parveniez pas à faire un job ou si quelque chose se passait mal ?

— Euh… ça n'est jamais arrivé, rétorqua Ernie, l'air confus.

— Vous a-t-on déjà menacé de quelque chose au cas où vous échoueriez ?

— Non, monsieur. Je savais comment m'y prendre pour ne jamais merder. Et puis, le vieux Kirk m'a bien fait comprendre que l'échec n'était pas une option quand il m'a donné le code de l'adresse. Il m'a dit que le jour où quelqu'un s'en servirait pour m'appeler, il n'y aurait pas de retour en arrière possible. J'ai accepté, monsieur. Je sais comment ça marche.

— Vous n'avez jamais tenté d'appeler cette adresse vous-même ?

— Non, monsieur. Kirk m'a expliqué que l'interface ne serait active que lorsqu'on m'appellerait.

— Kirk vous a-t-il déjà dit s'il y avait un homme ou une femme, à l'autre bout de la ligne ?

— Non, monsieur. J'ai essayé de me rappeler ces détails. J'ai vraiment essayé très fort, pour les autres, mais je n'ai pas réussi. (Il se mit à trembler comme des gouttelettes de sueur perlaient sur son front.) Je vous en prie, ne me renvoyez pas là-bas, monsieur. J'essaie de vous aider, je vous le jure. Et j'essaierai encore, aussi fort que je pourrai.

Sid et Ian échangèrent un regard maladroit.

— Je sais que vous faites de votre mieux, Ernie, le rassura Sid. Essayons une autre approche, si vous le voulez bien ? Pouvez-vous me parler des boulots que vous avez accomplis depuis qu'on vous a donné cette adresse intraçable ? Combien y en a-t-il eu, d'ailleurs ?

— Juste quatre, monsieur.

— Bien. Parlez-moi des trois premiers.

Ils n'avaient rien de remarquable. Les deux premières missions, accomplies dans l'année qui avait suivi l'accord, avaient été des vols ciblés. On avait donné à Ernie des photos de ses victimes, ainsi que l'adresse de l'hôtel où elles séjournaient, puis on lui avait dit ce qu'il devait leur prendre. Dans les deux cas, il s'était agi de cellules transnet personnelles. Ernie avait déposé le premier objet dans les toilettes d'un café *CoCoMore*, et le second dans celles de Newcastle Station. Il avait rempli la troisième mission, d'un tout autre niveau, l'année passée. Une équipe composée par ses soins s'était introduite dans les bureaux de D'Amato & Livie, un cabinet d'avocats spécialisé dans les impôts des entreprises. Il s'agissait d'entrer sans déclencher aucune alarme et de remplacer un des noyaux du réseau informatique par un autre, de marque identique, qu'Ernie avait récupéré des mains d'un serveur du *Olive Branch Bar*, sur Grey Street, en face du Theatre Royal. Ernie pensait que l'homme portait un masque d'identité, car son visage était un peu trop figé. Après avoir procédé à l'échange, l'équipe avait réussi à quitter le bureau sans incident, à la grande satisfaction d'Ernie. Ce succès aidant, il s'attendait à ce qu'on lui propose d'autres missions. C'est alors qu'on l'avait contacté pour le travail de nettoyage de St James.

Sid et Ian, puis Lorelle Burdett, rejoignirent Ralph dans la salle d'observation.

— Nous n'avons eu aucun problème à retrouver les victimes des vols, leur dit-elle. Vladimar Orwell et Gus Malley.

— Pour qui travaillent-ils ? demanda Sid.

— Orwell est expert programmeur chez Longthorpe-AI.

— Bien. Pouvez-vous vous renseigner sur ce que Longthorpe faisait à l'époque ?

Lorelle eut un sourire malin.

— Sans mandat, ça risque d'être difficile, mais nous savons déjà qu'ils travaillent presque exclusivement pour l'industrie du biocarburant. Leurs IA sont spécialisées dans la dynamique des flux dans les pipelines.

— Et Malley ?

— Michtral Engineering.

— Ah ! fit Sid, qui avait entendu parler du géant allemand spécialisé dans la construction de raffineries. J'imagine que nous ne saurons jamais qui sont les clients de D'Amato & Livie.

— Encore une fois, il nous faudrait un mandat. Dans cette ville, tous les cabinets d'avocats qui comptent un minimum travaillent pour des sociétés liées au biocarburant, entre autres clients.

— Merci, Lorelle.

— Alors ? demanda Ralph lorsqu'elle les eut laissés.

— Alors, répondit Sid, toutes les missions remplies par Reinert avaient un rapport avec l'industrie du biocarburant. Son commanditaire est forcément lié, lui aussi, à ce milieu.

— Oui, nous y avons déjà pensé. Nous continuons à miser sur votre enquête, mais je dois vous dire qu'un membre de l'expédition vient d'être tué avec une arme à cinq lames.

— Hein ! s'exclama Ian. Vous êtes sûr ?

— Oh ! oui. Coombes, une xénobiologiste. Elle était à Wukang, le camp d'Elston.

Sid ne savait comment réagir. Il était tellement sûr d'avoir mené son enquête de façon parfaite.

— Il ne peut pas y avoir d'extraterrestre, dit-il. Des North contre d'autres North, voilà de quoi il s'agit.

— Désolé, rétorqua Ralph en haussant les épaules, mais nous n'en sommes pas là. Que comptez-vous faire, maintenant ?

— Nous avons rendez-vous avec nos collègues scientifiques. Nous n'en avons pas tout à fait terminé avec la scène de crime.

— Vous croyez que ça va donner quelque chose ?

Au tour de Sid de hausser les épaules.

— Nous verrons bien.

* * *

Ralph Stevens quitta Market Street à 18 h 30 et se dirigea vers Grey Street. Sid attendait au coin de la rue et buvait un thé de chez *boXsnaX* dans un gobelet en carton.

— C'est une belle soirée, lança-t-il. Je vais marcher un peu avec vous.

Ralph ne parvint pas totalement à contenir son étonnement.

— Bien sûr.

Ils traversèrent Grey Street devant le théâtre et prirent la direction de Monument. Ralph s'arrêta devant la grande arche en pierre de Central Arcade. La galerie surplombée d'une verrière abritait de nombreuses boutiques de luxe, tandis que les étages supérieurs avaient été aménagés pour accueillir un hôtel, comme l'avaient prévu ses architectes deux siècles plus tôt.

— Vous savez que je suis bien moi, n'est-ce pas ? demanda Ralph.

— Oui, oui… Je ne suis jamais entré dans cet hôtel. C'est comment ?

— Sympa. Venez avec moi et vous verrez par vous-même.

— Pourquoi pas ? Merci, mon vieux.

La chambre de Ralph était richement ornée de brun, de rouge et d'or, et équipée d'un grand lit et d'une petite console de zone. Les fenêtres donnaient sur le monument de Grey. Sid regarda défiler les piétons pendant quelques secondes. Soudain, les stores se refermèrent.

— Je n'ai pas l'habitude de proposer à des hommes bizarres de monter dans ma chambre, commença Ralph.

— Il n'y a pas de maillages dans les chambres de cet hôtel, lui dit Sid.

— Vous craignez les programmes de lecture labiale ?

— Ils sont acceptés par les tribunaux.

— Vous commencez à m'intéresser.

— Vous voulez résoudre cette affaire, n'est-ce pas ? D'une façon ou d'une autre ? Extraterrestre ou pas ?

— L'ADH met tout en œuvre pour confirmer ou infirmer l'hypothèse extraterrestre. Ce qui est admissible ou non par un tribunal, les procédures policières et le reste, ça ne nous intéresse pas.

— Bien. Il se peut que nous ayons une piste qui ne figure pas dans les dossiers de la police.

— Quoi ? Ne vous fichez pas de nous, Sid. Ne vous aventurez pas sur ce terrain, vous risqueriez de le regretter.

— Les gangs s'agitent, et il semblerait que quelque chose de gros soit en préparation. Je ne peux pas vous dire quoi, mais un North a été tué, et on ne peut pas faire tellement plus gros, comme indice.

— C'est l'antigang qui vous a refilé l'info ?

— Non. J'ai des sources non officielles, qui ne figurent dans aucun rapport, aucun dossier. Vous vous rappelez ce qui est arrivé à Jolwel Kavane ?

Cela prit quelques secondes, mais l'expression de Ralph finit par le trahir.

— Oui, bon, d'accord. Qu'est-ce que vous attendez de moi ?

— Je peux continuer à enquêter tout seul, mais j'aurai besoin d'aide.

— Bien sûr. Quel genre d'aide ?

— De la surveillance. Ce que vous avez de mieux à offrir. Tout devra se faire officieusement, sans laisser aucune trace, de façon qu'on ne puisse pas remonter jusqu'à vous. J'ai besoin de filer trois ou quatre individus, de les marquer avec quelque chose d'indétectable et de non piratable. Je veux qu'ils ne se rendent compte de rien jusqu'au jour où nous débarquerons en défonçant leur mur.

— Vous êtes sûr de vouloir jouer à ce jeu-là ?

— Je n'ai pas le choix.

— D'accord, Sid. Je vais voir ce que je peux faire pour vous.

Samedi 23 mars 2143

Pour la première fois depuis plusieurs jours, il avait plu durant la nuit, et les bottes d'Angela faisaient un bruit de succion rassurant comme elle marchait dans la boue vers la rangée de palettes 350DL qui contenaient les réserves du camp. La jungle qui ceignait Wukang scintillait d'une manière inquiétante dans la lumière des aurores boréales ; un milliard de minuscules fleurs prismatiques couleur citron et cerise brillaient de tous côtés. Au-dessus, leur soleil rubis et maladif était masqué par d'épais nuages qui arrivaient du nord, poussés par des vents rapides. Angela n'était pas habituée à tant de bruit de fond, sur St Libra ; en plus du vent, on entendait régulièrement le tonnerre gronder au loin, derrière les collines.

Les violentes détonations étaient là pour lui rappeler la fragilité des e-Rays qui la reliaient à la civilisation, aux autres mondes transspatiaux. Tout comme ce fichier que tout le monde ne cessait de consulter sur le réseau du camp, comme pour en diluer l'impact. L'e-Ray qui tournoyait vaillamment au-dessus du massif de l'Éclipse depuis deux mois avait été la cible d'un véritable barrage d'éclairs. La foudre l'avait frappé encore et encore, endommageant le dispositif et ses systèmes auxiliaires, détruisant composant après composant. Les spécialistes des VAA avaient redoublé leurs efforts, compensant les défaillances avec des programmes de secours, jusqu'au vendredi après-midi, lorsque le dernier rotor encore fonctionnel avait été frappé de plein fouet. Incapable de se stabiliser, l'e-Ray s'était rapidement mis à tournoyer dans les courants-jets accélérés par la tempête, avant d'entamer une chute folle. Sa structure affaiblie se vrilla, les poutrelles se cassèrent, transperçant les bulles d'hélium, et l'appareil tomba comme une pierre vers les pics rocheux. Grâce à l'avionique qui fonctionna jusqu'à la fin, sa chute fut transmise en haute résolution jusqu'au moment où l'engin heurta la roche nue.

La brèche laissée dans la chaîne de relais était importante ; les deux e-Rays positionnés de part et d'autre du massif étaient parvenus à se connecter pour maintenir une liaison, mais en perdant énormément de bande passante, ce qui avait aggravé le sentiment d'isolement des hommes.

C'était stupide, se répétait-elle. Après tout, ils étaient à moins de huit heures d'avion d'Abellia. *Si seulement on en avait un.*

Angela atteignit une rangée de palettes et demanda à son i-e de se connecter à la première. Les particules intelligentes des boîtes et colis répondirent, et une liste défila sur sa grille. Forster Wardele et elle avaient entrepris de faire l'inventaire des réserves du camp dès le lendemain de l'assassinat de Coombes. L'attaque contre le réseau de Wukang avait fait plus de dégâts que prévu, effaçant ou corrompant des milliers de fichiers. L'inventaire général n'était pas très bien protégé.

Paresh apparut à l'extrémité de la rangée accompagné d'Atyeo et Josh. Tous les trois avaient revêtu une armure légère, ensemble de segments en carbone gris qui se tordaient pour accompagner leurs mouvements. Avec une aisance trompeuse, ils portaient des fusils Heckler au canon courtaud équipé de plusieurs capteurs visuels. Angela sourit et agita la main.

— Salut, lança-t-elle quand ils l'eurent rejointe.

Elle n'essaya pas d'embrasser Paresh ; il était en service, et cela n'aurait pas été juste devant les autres. Et puis, le casque qu'il portait ne lui aurait pas facilité la tâche.

— Alors, ça avance ? demanda-t-il.

— Je ne pensais pas qu'on avait tant de trucs, répondit Angela en désignant d'un geste ample la longue rangée de palettes. Enfin, je suppose que c'est une bonne chose.

— Ouais, acquiesça Paresh. Cette Passam, quelle plaie !

Ils avaient tous pris conscience de leur isolement à l'annonce de l'évacuation, par un Daedalus, de soixante-dix des quatre-vingts hommes de la base de Sarvar le vendredi matin. L'appareil avait filé vers Abellia dès que les quelques techniciens de maintenance de la base eurent confirmé l'absence de bombe à bord.

Passam avait dit à Elston qu'il s'agissait d'un « repli stratégique ». Le Daedalus retournerait à Sarvar, ferait le plein – car les cuves y étaient pleines – avant de venir chercher le personnel de Wukang, Varese et Omaru. Lorsque les hommes des trois bases avancées seraient à Sarvar, deux Daedalus ramèneraient tout le monde à la maison.

— C'est des conneries ! avait crié Ravi Hendrik sous le chapiteau de la cantine dans la soirée du vendredi, lorsque la nouvelle avait filtré. Personne ne volera au-dessus du massif de l'Éclipse. Ce serait du suicide. Le dernier avion a eu du bol de passer ; la foudre n'a bousillé qu'un seul de ses réacteurs. Ils ont été frappés dix-huit fois sur le chemin du retour. Dix-huit ! C'est un des pilotes d'Abellia qui me l'a dit.

Depuis, Angela n'avait cessé de se dire que leur isolement ne la dérangeait pas, qu'il était temporaire, qu'en cas de véritable coup dur l'ADH leur enverrait un Daedalus, et ce quelles que soient les conditions.

— Ce sera beaucoup mieux quand on saura exactement ce qu'on a sous la main, dit-elle. En tout cas, il y a assez de nourriture pour deux mois, surtout si on compte la gelée nutritive.

— Bordel, Angela ! s'exclama Atyeo. Tu as déjà bouffé cette merde ?

— Non, pourquoi ? C'est si dégueulasse ?

— Quels que soient les arômes que tu fous dedans, ç'a toujours un goût de semoule mélangée à de la pisse.

— Merci pour la comparaison… Sinon, vous avez vu quelque chose, dehors ?

— Rien, répondit Paresh. Il refuse de se montrer, mais on finira par le trouver, ce fumier. Et alors, ajouta-t-il en tapotant son fusil, il regrettera de s'en être pris à nous.

Angela aurait voulu lui dire à quel point il était ridicule avec son arme, petit garçon persuadé d'être le plus fort grâce à son gros fusil, mais elle se retint. Le moment était mal choisi pour faire sa rabat-joie, d'autant qu'elle avait encore besoin de ces légionnaires.

— Faites attention, d'accord.

Quelque chose cliqueta du côté des palettes.

Les légionnaires l'entendirent aussi. Paresh regarda autour de lui. Tous les soldats levèrent leur fusil.

« Clic ! clic ! »

— Qu'est-ce que… ?

Quelque chose piqua Angela à la joue.

— Aïe ! fit-elle en agitant la main par réflexe, comme pour chasser une guêpe.

Sauf qu'il n'y avait pas d'insectes sur St Libra. Soudain, quelque chose traversa son champ de vision et rebondit sur sa veste de protection. Angela désactiva sa grille.

Les cliquetis se multiplièrent. Stupéfaite, elle vit un grêlon blanc heurter l'armure de Paresh. Quelque chose lui picota le dos de la main, puis elle reçut un coup sur la tête. Elle avait vu de quoi il s'agissait, mais elle refusait de l'admettre. *Ça n'existe pas sur St Libra*. Sauf qu'il y avait des dizaines de grêlons blancs sur le sol boueux, tout autour d'elle, et il en tombait davantage chaque seconde. Comme pour accentuer cet événement improbable, le vent se renforça.

Hypnotisé, Josh se pencha pour ramasser une petite boule blanche.

— De la grêle ?

Angela leva les yeux au ciel, ce qui était une réaction stupide. Elle lâcha un cri lorsque les grêlons martelèrent son visage non protégé.

— Merde !

Le ciel s'assombrissait davantage, un voile gris recouvrant les vrilles boréales – un voile presque noir près de la ligne d'horizon. Faisant le dos rond, Angela constata que les grêlons étaient de plus en plus gros. *Tout est plus grand sur St Libra*. Un morceau de la taille d'un caillou la frappa dans le cou.

— Aïe !

Son i-e l'informa de l'état d'alerte générale. Angela regarda frénétiquement dans tous les sens à la recherche d'un endroit où s'abriter. Les tentes étaient à environ deux cents mètres ; et puis, la protégeraient-elles vraiment contre ce qui était sur le point d'arriver ? Un des chariots élévateurs était garé à l'extrémité de la rangée de palettes.

— Venez ! cria-t-elle en se mettant à courir vers la machine.

Les légionnaires lui emboîtèrent le pas, mais leur armure les ralentissait. Leur démarche, ajoutée au vacarme des grêlons qui les mitraillaient, les faisait ressembler à des robots maladroits. Atteignant enfin l'engin, Angela se jeta dessous et replia ses jambes pour qu'elles ne soient pas exposées. Paresh et les deux autres arrivèrent enfin et rampèrent à ses côtés. Les grêlons qui tombaient autour d'eux étaient aussi gros que des balles de golf, à présent. Ils frappaient durement le sol, rebondissaient, réduisant en morceaux ceux qui tapissaient la boue. La base en était couverte dans toutes les directions. Une vapeur fine s'élevait déjà de la couche blanche.

— Putain ! mais c'est pas possible ! beugla Josh pour se faire entendre par-dessus le grondement constant des impacts.

— Sirius a viré au rouge ! cria Angela. Ça veut dire qu'elle s'est refroidie. Et St Libra est en train de suivre le même chemin.

— Tu te fous de ma gueule ?

— Est-ce que j'ai l'air de plaisanter ?

Collé contre elle, son bras autour de ses épaules, comme si cela servait à quelque chose, Paresh lui lança un regard inquiet.

— Que va-t-il se passer d'autre ?

— Je n'en sais rien, je ne suis pas une putain de climatologue.

La colère était bonne. Elle l'empêchait d'avoir peur.

Le déluge s'arrêta au bout de vingt minutes, lorsque les nuages filèrent au sud. Les aurores boréales provoquées par l'orage électromagnétique brillèrent de nouveau, faisant scintiller l'épaisse couche de grêlons qui couvrait le sol.

Angela et les légionnaires sortirent de sous le chariot élévateur et avisèrent le camp dévasté. Leurs bottes écrasaient la couche de glace irrégulière, qui commençait déjà à fondre, des filets de vapeur s'enroulant autour des jambes d'Angela. Les gens émergeaient petit à petit des endroits où ils s'étaient glissés pour échapper à l'ire des cieux déchaînés.

— Regardez-moi ça, marmonna Paresh en avisant les dégâts.

Il n'y avait plus une seule tente debout. Celles, peu nombreuses, dont la structure avait résisté étaient réduites à l'état de rubans photovoltaïques se balançant lentement dans le vent déclinant. Les grêlons avaient déchiqueté la toile noire et luisante comme un vulgaire mouchoir en papier. Même le grand chapiteau central de la cantine présentait de longues déchirures, et ses poteaux penchaient de façon inquiétante.

— Ça ne peut pas durer comme ça ! lança Paresh à voix haute, proche de la panique. On doit se tirer d'ici. Je me fous de la foudre, il nous faut un Daedalus. Il nous le faut !

— On va nous en envoyer un, mentit Angela pour le rassurer. Ne t'en fais pas, ils vont venir nous chercher.

Lundi 25 mars 2143

À l'arrivée de Sid, le Bureau n° 3 n'était pas au complet. Eva et Abner étaient installés à leurs consoles, immergés dans la zone, mais ils étaient seuls. La nuit passée, la police de la ville et des agents de sécurité s'étaient déployés en masse dans un dépôt du Dernier Mile. Ils s'étaient tenus prêts à intervenir toute la nuit, à donner un coup de main aux troupes de la douane de la GE.

Des résidents de Highcastle avaient fait une tentative de percée. Les émeutes, du côté de St Libra, avaient duré des heures. Les troupes de la douane avaient fini par utiliser des canons à eau, des rayons à induction de chaleur et des balles incapacitantes. Les candidats au retour avaient finalement été repoussés, mais ils étaient toujours là, par milliers, à attendre dans leurs véhicules massés sur l'autoroute A. Les informations du matin avaient relayé les menaces des habitants de Highcastle, qui promettaient de couper l'approvisionnement en biocarburant de la Terre si on ne les laissait pas rentrer. Le commissaire à l'énergie de la GE devait arriver à Newcastle pour s'entretenir avec Augustine North. Les marchés s'effondraient.

Tilly Lewis l'attendait avec, à la main, son manteau et son parapluie rose replié, qui gouttait sur la moquette usée. Sid sourit en la voyant presser ses mèches de cheveux imbibées.

— Il pleut ?

— Vous avez fait l'école du rire ?

— Entrez.

Le sceau autour de la porte devint bleu.

—Alors, qu'est-ce que vous m'avez apporté ? demanda-t-il.

Il y eut un moment de silence maladroit comme elle s'efforçait de ne pas croiser son regard.

—Eh bien ! un meurtre a été commis dans l'appartement 576B…

—Ne vous fichez pas de moi !

—Voici le rapport complet, annonça-t-elle, tandis que son i-e chargeait le fichier sur le réseau du bureau. Je suis désolée, Sid, je sais à quel point c'était important pour vous. C'était il y a des mois, et cet appartement a été nettoyé deux fois par semaine depuis. Et je ne parle même pas du nettoyage effectué par l'équipe de Reinert.

—Vous devez absolument me donner quelque chose.

Tilly hocha la tête, mal à l'aise.

—On peut quasiment affirmer que le meurtre a été commis là-bas, que l'appartement 576 n'était pas une simple mise en scène. Il y avait une belle flaque de sang de North2 sur le sol du salon. Les détergents ont presque tout effacé, mais nous en avons récupéré assez pour confirmer l'ADN. Puis nous avons remonté une piste ensanglantée qui conduit à la salle de bains, où le corps a sans doute été mis dans la baignoire.

—Ouais. Blazczaka et les autres ont confirmé que le corps se trouvait là à leur arrivée.

—On l'a mis là pour qu'il se vide de son sang. Le cœur était en bouillie, et la pression dans les artères quasi nulle, mais la plaie était tellement importante que l'hémorragie aurait pu durer pendant un long moment. Le cadavre a été déplacé pour limiter les dégâts dans l'appartement – enfin, à mon avis.

—Celui qui a fait ça ne voulait pas perdre trop de temps dans l'appartement, mais il ne voulait pas non plus que

Tallulah découvre ce qui s'était passé chez elle. Logique. Donc il a facilité la tâche des nettoyeurs.

—Oui.

—Et vous n'avez rien d'autre à m'apprendre.

—Nous avons identifié toutes les empreintes digitales, toutes les traces d'ADN que nous avons trouvées. Du personnel de St James ou des amis de Tallulah. Mais nous n'avons rien trouvé d'utile. J'ai effectué tous les tests imaginables, j'ai prélevé beaucoup plus d'échantillons qu'à l'accoutumée.

—Merci, c'est gentil.

—Sinon, vous en êtes où, exactement ?

—À rédiger un rapport pour O'Rouke. Pour la suite, ça ne dépendra pas de moi.

Tilly pinça les lèvres.

—Toutes ces choses qu'on peut faire de nos jours, l'avalanche de données disponibles… J'en étais venue à croire que tout était possible, que ce n'était qu'une question de moyens.

—Oui, mais cette affaire-ci est différente.

Elle se leva et écarta de ses yeux des mèches emmêlées.

—Parfois, il faut savoir lâcher l'affaire, Sid.

—Oui, j'en ai bien l'impression.

* * *

Sid avait déjeuné avec Ian à la cantine. Toutes les tables étaient occupées, les officiers étant tous en alerte au cas où le portail serait forcé et où les troupes de la douane appelleraient à l'aide.

—Je ne vois pas comment ça pourrait arriver, dit Ian en avalant sa salade de tomates. Les soldats de la GE sont des durs, et ils ont ce qui se fait de mieux en matière d'équipement antiémeute.

—Ce n'est pas une émeute, rétorqua Sid. Highcastle est peuplée de gens intelligents et éduqués qui ont la trouille. Prends dix petits malins excédés par le comportement de la GE, quelques microfactures, et la foule sera bientôt équipée d'armes véritables. Ce sera comme à Amsterdam en 21.

—J'ai entendu dire que des escouades de légionnaires étaient arrivées en renfort. Rocco, du commissariat de Blakelaw, dit qu'il les a vus sur le Dernier Mile. Avec leurs camionnettes aux vitres fumées et tout le bazar.

—Il y a trois millions de personnes de l'autre côté. Même si les troupes protègent l'accès au portail avec l'acharnement d'Horatius Coclès sur son pont à Rome, ces gens finiront par passer.

—Il suffit de désactiver le portail.

—En faisant une croix sur les importations de biocarburant ? Aucune chance.

—En tout cas, je ne vois pas ce que les autorités attendent de nous. Si le portail cède, c'est l'ADH qui devra prendre les choses en main.

Soudain, Ralph Stevens apparut à côté de leur table.

—Quelqu'un a appelé la cavalerie ?

—Eh ! fit Sid en souriant. Joignez-vous à nous. On peut vous trouver une chaise quelque part.

—Non, merci, ça ira. Tenez, dit Ralph en lui tendant un sac de chez *Mikalljan*. C'est la chemise de Kolhapur que vous m'avez demandée. Essayez-la. Si elle vous plaît, mon contact pourra vous en avoir d'autres. Le tissu est en syeel ; cette plante ne pousse nulle part ailleurs. C'est à cause des enzymes contenues dans le sol, je crois.

Sid prit le sac et le posa à ses pieds.

—Merci.

Ralph les salua d'un doigt posé sur la tempe et s'éloigna.

—Une chemise ? s'étonna Ian.

— Ouais, on dit que le syeel est le meilleur coton de la galaxie. Au fait, Aldred était là, ce matin, vous êtes au courant.

— Qu'est-ce qu'il voulait ?

— Ils ont perdu la trace de Zebediah. On ne l'a pas vu dans les Territoires indépendants depuis le début de l'expédition. Aucun de ses disciples ne sait où il est.

— Ce n'est pas vraiment une surprise.

— En effet, acquiesça Sid en plantant sa fourchette dans une boulette de viande, au centre de son assiette de spaghettis.

Mardi 26 mars 2143

Le soleil brillait tellement fort que les films de sécurité qui couvraient les vitres du bureau d'O'Rouke luisaient d'un éclat safran. La lumière diffuse qui dominait la pièce accentuait encore les cicatrices d'acné du visage du chef de la police et lui fonçait le teint. Pendant que Sid lui faisait son rapport, il resta assis derrière son bureau sans rien dire. Sa conclusion était la suivante : le North avait été la victime d'une guerre entre sociétés rivales.

— On peut prolonger la garde à vue d'Ernie et de son équipe de quarante-huit heures encore, mais après ça, il faudra refaire une demande. Je vais devoir montrer au juge que nos fichiers ont bien été transmis au bureau d'évaluation du procureur. Lorsque ce sera fait et que l'enquête sera rendue publique, tout le monde saura qu'il n'y a jamais eu de *car-jacking*, qu'un North a bel et bien été assassiné.

O'Rouke garda le silence et ne bougea pas d'un millimètre, ce qui était déstabilisant. Sid attendait désespérément une réaction de sa part. Une colère difficilement contenue ? Une crise de hurlements ?

— Comment est-ce possible ? demanda doucement le commissaire. Deux mois de boulot, des millions dépensés ! Et c'est sans compter les factures de ces putains d'agences et de ces connards de spécialistes. Et vous êtes en train de me dire que nous n'avons pas le moindre suspect ?

— On a Ernie Reinert.

— Ce bon à rien ? La belle affaire.

— Vous pouvez utiliser ce que nous avons pour détourner l'attention. Dites aux journalistes que c'était un contrat exécuté par quelqu'un d'étranger à la planète, que c'était une histoire de pognon et de biocarburant. Que le commanditaire était une banque, une grosse société ou un milliardaire originaire d'un autre monde transstellaire.

— Et l'identité de la victime ? Vous voulez que je me présente devant ces raclures de journalistes et que je leur avoue que nous ne connaissons même pas l'identité du trou-du-cul qui s'est fait buter ?

— La faute aux North. Leurs registres ne sont pas suffisamment fiables.

— Génial ! Vous voulez peut-être que je rejette la faute sur Augustine North ? Autant m'enfoncer une branche dans l'œil, ça fera moins mal.

Sid réprima un sourire en coin.

— Je vous avais dit que le mec derrière tout cela était un as. À moins qu'on mette au jour une guéguerre industrielle, on n'ira pas plus loin dans cette enquête.

— Et c'est vous qui allez me la mettre au jour, cette guéguerre ?

— Je l'ignore, monsieur. Écoutez, nous avons fait tout ce que l'ADH voulait, nous avons prouvé que ce n'était pas leur alien débile. Demandez-leur de l'aide. Si Ralph accepte, il pourra envoyer Reinert et les autres sur une colonie pénale polaire d'où ils ne reviendront jamais. L'ADH en a le pouvoir, et Dieu sait qu'elle ne craint pas de l'utiliser. Vous avez vu dans quel état ils ont mis Reinert ? Ils sont impitoyables, et nous avons fait tout ce qu'ils voulaient.

— Merde, Hurst, le diable lui-même a décidé de me chier dessus. Vous savez que j'étais censé partir à la retraite dans dix-huit mois ? Quand cette affaire sortira sur le transnet, j'aurai deux minutes pour rassembler mes affaires et foutre le camp.

— Je n'imagine pas ce commissariat sans vous, chef.

— Arrêtez votre cinéma, Hurst. Faire le lèche-cul, c'est le boulot de Jenson, pas le vôtre. Vous, vous êtes un flic.

— Merci.

— Vous croyez que Stevens appuiera cette proposition d'exil ?

— Au point où on en est, on peut toujours demander. Peut-être que Jenson San pourrait s'occuper de ça pour vous.

— Bien sûr qu'il le pourrait, excellente idée. Ça marche, je me charge de ça.

— Et pour l'enquête ? Que voulez-vous que je fasse ?

— Vous êtes sûr de ne pas pouvoir aller plus loin ?

— Je ne vois pas comment je pourrais.

Ce n'était pas tout à fait vrai, et il le savait, mais ainsi, si la nouvelle opération de surveillance ne produisait aucun résultat, O'Rouke n'en saurait jamais rien.

— Et puis merde, classez le dossier ! Distribuez les certificats de fin d'enquête et reléguez les fichiers réseau dans les profondeurs de la mémoire cache. Lanagin et vous pouvez reprendre vos postes. Attendez demain pour envoyer au procureur les preuves que vous avez rassemblées. Je demanderai à Jenson de parler à Stevens aujourd'hui.

— D'accord, j'organise tout ça.

— Hurst, faites bien comprendre à tout le monde qu'il faut maintenir le secret sur cette affaire.

— Pigé.

* * *

Pour n'importe quel P.-D.G., la salle de conférences n'aurait rien eu de remarquable. Une grande table ovale avec des fauteuils en cuir démocratiquement répartis, une atmosphère climatisée parfaitement neutre, des panneaux holographiques sur les murs, une console dernier cri à chaque place. Une ambiance luxueuse et efficace.

Le major Vermekia n'apprécia que moyennement. Selon lui, cette salle était l'épitomé de la perversion de la culture d'entreprise, culture qui avait corrompu tous les aspects de l'activité humaine. Tout était lisse, sans aspérité, optimisé. La vie militaire ne devait pas être ainsi. Les officiers ne devaient pas être autorisés à oublier que leurs décisions engageaient des vies humaines. Surtout les officiers de l'ADH, qui jouaient parfois avec la vie de millions de personnes.

Malgré son sentiment, il arborait une expression impassible lorsqu'il suivit le général Shaikh dans la salle de conférences. Le général était un homme d'honneur, ce qui était bien rare en cette époque. Shaikh ferait ce qu'il conviendrait de faire, et ce quel que soit le décor. Vermekia en était persuadé.

Les scientifiques travaillant sur Sirius rassemblés par le capitaine Toi attendaient derrière leurs chaises. Les grands panneaux muraux dispensaient une lumière rosée sur la salle. Au lieu de portions de bilans comptables, ils affichaient des images de Sirius, dont la photosphère bouillonnante présentait de nombreuses taches sombres, verrues de plasma qui modifiaient les lignes de flux. Désormais, elles recouvraient plus de la moitié de la surface de l'astre.

Shaikh tira le fauteuil situé au bout de la table et fit signe à tout le monde de s'asseoir.

— Capitaine Toi ?

— Mon général, commença celle-ci en se levant. Nous avons envoyé quarante-huit satellites par le portail de guerre du Cap, dont trente et un sont toujours fonctionnels.

— Qu'est-il arrivé aux autres ?

— Les tempêtes de radiations solaires ont eu raison d'eux parce que leur orbite était trop proche de l'étoile. Nous savons désormais qu'il ne faut pas s'approcher à moins de vingt millions de kilomètres.

— Les tempêtes sont-elles si puissantes ?

— Oui, mon général.

— Je vois. Poursuivez.

— Vingt et un satellites croisent entre vingt et vingt-huit millions de kilomètres de Sirius. Ils surveillent la photosphère grâce à des capteurs visuels, mais scannent aussi les champs magnétique et gravitationnel, ainsi que les champs quantiques environnants. Jusqu'à présent, ils n'ont détecté aucune perturbation dans ces derniers. Il y a des fluctuations inhabituelles dans le champ magnétique, qui correspondent aux torsions subies par la couche de convection. Nos astronomes pensent que ces fluctuations ont pour origine l'étoile elle-même, qu'elles pourraient être causées par les courants profonds qui agitent son noyau.

— Est-ce un phénomène connu ? demanda le général.

— Mon général, je vous présente le docteur Tavarez, notre expert en matière comprimée.

Tavarez, universitaire grand et mince à la calvitie galopante, hocha nerveusement la tête comme tout le monde se tournait vers lui.

— Général. Nous n'avons encore jamais vu des courants de zone radiative produire ce genre de cycle. Toutefois, nous travaillons sur des échelles temporelles exceptionnellement importantes, sur des périodes historiques.

— Docteur, j'ai juste besoin de savoir s'il s'agit d'un phénomène naturel.

— Je comprends. Étant donné la taille de Sirius, un déséquilibre asymétrique dans la zone radiative ou même le cœur de neutrons pourrait connaître des cycles de plusieurs milliers d'années. Le fait que nous n'ayons encore jamais observé le phénomène ne signifie pas qu'il n'existe pas. Nous élaborons des modèles théoriques qui mettent à mal notre incrédulité et nous aideront bientôt à expliquer les effets que nous observons. Même si j'ai, pour ma part, toujours considéré avec la plus grande méfiance la Controverse rouge, les faits que nous avons observés sont indéniables. (Il agita une main osseuse en direction des panneaux.) Il y a également les plantes de St Libra. Elles semblent avoir eu une réaction automatique, ce qui tendrait à prouver que le phénomène s'est déjà produit. Et fréquemment, pour que la flore ait pu s'y adapter. Quelque chose affecte régulièrement le champ magnétique de Sirius. L'influence sur les cycles de l'astre est telle que le noyau doit être responsable.

—Alors c'est un phénomène naturel ?

—Je le crois. En tout cas, les données que continuent de nous fournir les satellites confirment l'absence du Zanth.

—Capitaine ?

Un des panneaux afficha alors une représentation 3D du système de Sirius, avec ses dix-neuf planètes solides, dont St Libra, orbitant entre les deux étoiles, et trois petits mondes rocheux dépourvus d'atmosphère décrivant des ellipses étranges et très inclinées autour de Sirius B. Les dix satellites restants apparaissaient sous la forme de triangles verts et couvraient un volume d'espace de trente unités astronomiques autour de Sirius A.

—Aucun satellite n'a détecté de fluctuation dans les champs quantiques. Il n'y a tout simplement aucune trace d'activité zanth telle que nous la connaissons dans les parages, expliqua Toi. L'espace, autour de Sirius, est parfaitement dégagé.

Vermekia se racla la gorge.

—Exception faite de l'ampleur du phénomène, rien ne nous permet de conclure que le Zanth est derrière tout ça ?

—Exception faite de son ampleur et de son incongruité, répondit Tavarez. Je serais tenté de toujours tout mettre sur le compte de phénomènes naturels, mais cette éruption de taches solaires est sans précédent.

— Elle est sans précédent, mais non artificielle, selon vous ? Elle n'est pas générée par une force externe ? insista le général Shaikh.

— Disons que je ne vois pas comment une force externe pourrait parvenir à ce résultat. Quoi qu'il soit en train de se passer, le noyau de l'étoile est la clé, car c'est lui qui génère son champ magnétique. On ne pourra espérer comprendre les cycles profonds du noyau qu'après des décennies d'étude et d'observation.

Le général embrassa l'assemblée du regard, croisant celui de tous les scientifiques présents.

— Je comprends que le phénomène vous fascine, mais vous devez être conscients de ses effets sur les mondes transstellaires. J'ai besoin d'un consensus. Êtes-vous tous d'accord pour dire qu'il n'y a aucune trace de la présence du Zanth autour de Sirius ?

— Mon général, répondit Toi, c'est la conclusion de notre comité.

— Merci. Capitaine Toi, j'annule officiellement l'alerte zanth de niveau deux. Veuillez en informer le Centre de crise. Nos forces sont désormais déconsignées.

— Général, intervint Tavarez, peut-on garder les satellites et poursuivre nos observations ?

— Major ?

— Il est impossible de les ramener par le portail de guerre. Et si nous y parvenions, ils seraient très dangereusement radioactifs. Je ne vois pas ce que nous en ferions. Toutefois, maintenir ouvert le portail de guerre dans la seule intention de communiquer avec ces satellites serait très onéreux.

— Peut-on les surveiller depuis St Libra ?

— Oui, je pense que nous pourrions installer un genre d'antenne dans nos bureaux de Highcastle.

— Occupez-vous-en. Quelqu'un sait-il combien de temps va durer cette éruption solaire ?

— Au moins plusieurs mois, répondit le capitaine Toi. Il faudra au moins cela pour que les taches déjà apparues se dissipent. S'il en apparaît d'autres, alors cela pourra prendre beaucoup plus de temps. Le phénomène avait débuté depuis longtemps lorsque ces astronomes amateurs l'ont décelé à l'œil nu.

— Depuis plusieurs années ?

— C'est probable, oui.

— Et les effets sur St Libra ?

Le professeur Dendias, un climatologue, prit la parole :

— Général, je pense que nous allons être témoins d'un véritable bouleversement climatique. L'activité des taches solaires ralentit, mais elle n'a pas encore atteint son apogée. Les premières à être apparues restent importantes, et nous estimons qu'elles tiendront encore deux mois environ. L'atmosphère de St Libra réagit déjà à la baisse de l'ensoleillement. On nous a rapporté des averses de grêle et, selon des sources non vérifiées, de la neige serait tombée dans les Territoires indépendants septentrionaux. Ce n'est qu'un début, et nous ne pouvons pas anticiper les effets ultimes du phénomène. Il se peut que nous assistions à l'apparition, au nord et au sud, de bandes tempérées qui persisteront pendant des années.

— Je vois. Je vous remercie tous de votre travail.

Le général fixa son regard sur les panneaux tandis que tout le monde sauf Vermekia quittait la salle. Lorsque la porte fut fermée et qu'elle fut ceinte d'un sceau bleu, il tourna la tête vers le major.

— Vous êtes resté en contact avec Elston ?

— Oui, mon général. Wukang tient le choc.

— Les missiles sont-ils en sécurité ?

— Oui, mon général. On me le confirme quotidiennement. Cependant, la liaison par e-Ray est devenue très ténue.

— Qu'en est-il des meurtres ?

— La police de Newcastle est convaincue que le North a été la victime d'une guerre industrielle. Force m'est d'avouer que les indices qu'elle a accumulés tendent vers cette conclusion. Cependant, Stevens m'a dit que l'inspecteur chargé de l'enquête suivait toujours une piste semi-officielle avec notre concours. J'attends de voir ce que cela va donner avant d'émettre un jugement sur sa démarche. Le meurtre de Coombes, à Wukang, est plus inquiétant. Elston est persuadé qu'un extraterrestre s'en prend à ses hommes. Des incidents étranges se multiplient, il est vrai. Néanmoins, Passam a opté pour une évacuation.

— Non. Wukang et les autres camps devront rester opérationnels jusqu'à ce que nous ayons le meurtrier de Coombes, qu'il soit extraterrestre ou non. Maintenant qu'il n'est plus question d'essaim de Zanth, peut-on lui envoyer les légionnaires qu'il a demandés ?

— Les Daedalus et SuperRoc sont autorisés à prendre les airs, mais survoler le massif de l'Éclipse dans les conditions actuelles risque d'être très compliqué.

— Un portail de guerre, alors ?

Vermekia inspira profondément.

— C'est faisable, évidemment. Nous pourrions lâcher un Daedalus à haute altitude au-dessus de Wukang. En revanche, nous ne pourrions pas le récupérer – impossible d'ancrer le portail de l'autre côté. Si nous voulons un accès direct au centre de Brogal, il faudra construire un nouveau portail, ce qui coûtera des dizaines de milliards.

— Et prendra des mois, sinon des années, dit le général. Oui, oui… Même s'ils capturent un extraterrestre, il faudra le transférer par les airs, d'où la nécessité pour Sarvar et Edzell de garder les équipes nécessaires pour exécuter cette mission.

— De toute façon, nos hommes resteront isolés tant que les tempêtes dureront. Mais ils sont entraînés pour ça. J'aurais tendance à penser qu'il faut attendre les résultats de l'enquête de Newcastle avant de larguer un Daedalus au-dessus de Wukang. Les xénobiologistes des autres camps avancés sont tous certains qu'aucune vie animale n'a évolué sur St Libra. Il n'y a aucune trace de variance génétique.

— Des plantes intelligentes ?

— Tout est possible, bien sûr. Les généticiens disent que les plantes de St Libra sont trop sophistiquées pour un système si jeune. Il semblerait que la planète ait été bioformée il y a deux millions d'années.

— Dans ce cas, nous sommes à la recherche des créatures qui ont créé cette biosphère.

— Vu ce qu'on a fait de cette planète depuis notre arrivée, ils auraient toutes les raisons d'être en colère contre nous.

— Alors pourquoi ne viennent-ils pas nous le dire ?

— C'est la grande question, répondit Vermekia en haussant les épaules.

— Non, rétorqua Shaikh en désignant du doigt la photosphère tachetée. La grande question, c'est *ça*. Sont-ils également responsables de ça ? Une espèce extraterrestre capable d'éteindre littéralement une étoile est potentiellement encore plus effrayante que le Zanth. Nous perdons notre temps à ramper dans la jungle et à chasser des chefs de gang à Newcastle. C'est pitoyable. Nous devrions être en train d'ouvrir des portails dans des dizaines de systèmes solaires inexplorés pour tenter de trouver cette espèce, quel qu'en soit le prix.

— Elston sait que quelque chose menace son camp et ses hommes. Si quelqu'un peut capturer le coupable, c'est bien lui.

— Pour communiquer avec lui, nous dépendons de quelques e-Rays ballottés par les tempêtes ; c'est inacceptable. Donnez l'ordre à Edzell et Sarvar de lancer leurs e-Rays de secours. Je veux une liaison sûre. Et je pense que nous devrions envoyer à Elston les codes d'activation complets, par précaution.

— Je les lui fais envoyer.

— Bien, mais faites-lui bien comprendre qu'ils ne devront être utilisés qu'en dernier recours. C'est-à-dire s'il y a bien des extraterrestres sur St Libra et s'ils représentent une menace vérifiée pour l'espèce humaine.

— Il sait pourquoi cette arme a été créée et dans quelles circonstances elle devra être utilisée. Vous pouvez compter sur lui.

* * *

Sid ne craignait pas de mal utiliser le tube applicateur. Il était également persuadé de pouvoir fouiller dans le casier de Boz pendant que celui-ci serait à sa séance de musculation du soir. La faille principale de son plan, c'était justement qu'il devait se dérouler dans une salle de sport. N'importe quel habitué verrait au premier coup d'œil que sa place n'était pas ici, qu'il était un intrus. Les clients de *Regency Fitness* se demanderaient ce qu'il faisait là. Et pourquoi il ouvrait un casier. Les gros lards comme lui n'avaient pas besoin de se changer puisqu'ils ne faisaient pas d'exercice. On finirait sans doute par appeler la sécurité ou la police. L'opération échouerait parce que, comme la plupart des hommes d'âge mûr, il ne surveillait pas son régime alimentaire comme il le devrait et ne faisait pas assez de sport. Il paierait bientôt son manque de courage et de sérieux.

— Ça va ? lui demanda Ian via leur liaison sécurisée.

— Ça va.

— Il n'y a personne dans les vestiaires. Je garde un œil sur la salle tout entière.

— Je sais.

Sid maudit toute cette opération et la crise de paranoïa dont il avait été pris dès qu'il avait mis les pieds dans cet endroit. Les salles de sport étaient l'habitat naturel de Ian. Il aurait dû être là à sa place pendant que lui serait resté à l'appartement pour le couvrir. Mais non, Sid avait voulu montrer qu'il était prêt à prendre autant de risques que n'importe qui, alors il s'était porté volontaire.

Regency Fitness était une salle de musculation et de fitness installée au cœur du macrobâtiment de Fortin. Le vestiaire des hommes était spacieux et puissamment éclairé. Les casiers avaient des portes en bois, et des serviettes douces étaient disposées dans les alcôves d'un mur. Quant aux douches, elles étaient dallées de marbre. Cela faisait trente secondes qu'il était entré, à présent, et Ian avait raison : il était tout seul dans le vestiaire. Sept hommes étaient enregistrés sur le réseau de l'établissement ; sept placards sur cinquante étaient donc utilisés.

Sid longea rapidement la rangée de casiers et trouva une première porte fermée. Comme les autres, elle était équipée d'une simple serrure à code. Il demanda à son i-e de transmettre à la serrure le patch qu'il avait copié dans la mémoire cache d'une pirate informatique qu'il avait arrêtée deux années plus tôt. La porte s'ouvrit. Il examina la pile de vêtements à l'intérieur.

— Pas le sien, annonça Ian, connecté aux cellules intelligentes des iris de Sid.

Celui-ci referma le casier et passa au suivant. Le quatrième qu'il ouvrit était celui de Boz, dont les vêtements démesurés étaient immédiatement reconnaissables. Sid sortit le tube applicateur de sa poche. Tout en acier inoxydable, il était grand comme une allumette. Il l'appuya contre le talon de la chaussure de Boz, et son i-e activa le système de lancement. Le microbe intelligent fut lâché, sa surface en molécules collantes adhérant immédiatement au polymère caoutchouteux de la semelle. Il resterait là, passif, et enregistrerait les émissions des liens de Boz, avant de les transmettre, quand ils en auraient besoin. Il était suffisamment petit et nouveau, avec sa structure à jonctions quantiques, pour ne pas être détecté par les systèmes ordinaires – et pas même par ceux des barons de la pègre technologique de Pékin, avait affirmé Ralph.

Sid referma le placard et quitta le macrobâtiment.

Mercredi 27 mars 2143

Il était 2 heures du matin, et il s'agissait de la dernière application de la nuit. Ian était fatigué par une nuit passée à traquer les voitures de l'équipe de Sherman dans les rues. Un frôlement, l'air de rien, une petite tape, en marchant, sans ralentir. Changer plusieurs fois de masque d'identité et de vêtements dans l'intimité de sa voiture afin que les programmes d'identification visuelle de Sherman ne repèrent aucun comportement suspect dans les manœuvres de Sid, Eva et Ian.

Apparemment, l'alerte n'avait pas été donnée. À 23 h 30, Ian s'était introduit dans un appartement voisin de celui de Marcus Sherman au dix-neuvième étage d'une tour de Heaton. Il avait enfilé un masque d'identité modelé sur le visage du locataire absent, bernant le réseau de surveillance du bâtiment. À présent, il était allongé sur le ventre dans le vestiaire à suivre la progression de sa foreuse spécialisée dans le mur, en face de lui. Le foret d'un demi-millimètre de diamètre tournait lentement sans faire aucun bruit. Il se retrouva vite dans la cavité qui séparait les deux appartements, avançant avec une précision et une lenteur quasi insupportables. Développée pour les interventions de libération d'otages, la foreuse était capable de transpercer presque tous les matériaux sans se trahir. Elle s'arrêta lorsqu'il ne resta plus qu'un millimètre à forer dans le plâtre de l'appartement d'à côté. L'i-e de Ian se connecta au programme de surveillance qu'il avait installé sur le réseau de la tour et raffermit sa prise sur le pistolet Tunce 9 mm qu'il avait pris dans le coffre renfermant les pièces à conviction du commissariat de Market Street.

Ian avait attendu que Sherman soit de retour chez lui avant de commencer. Il n'y aurait pas de meilleur moment, avait-il décidé avec Sid. Sherman étant chez lui, la sensibilité du périmètre de sécurité serait réduite, à l'affût seulement d'une présence de taille humaine – d'un assassin solitaire, d'une équipe de tueurs ou de kidnappeurs. Deux gros durs attendaient dans l'appartement d'en face, prêts à intervenir en quelques secondes dans le cas où des personnes hostiles s'approcheraient de façon furtive du repaire de leur maître.

Sherman était rentré vers une heure du matin, Juste avant l'arrivée de la délicieuse Valentina. La jeune femme semblait flotter sur un nuage de parfum parisien et déroulait dans son sillage des rubans arachnéens accrochés aux manches et à l'ourlet de sa veste noire diaphane. Ian leur avait donné quarante minutes pour se relaxer, peut-être consommer de la came et passer dans la chambre à coucher, avant de commencer à forer.

Il ordonna à la petite machine de reprendre son travail. Quatre-vingt-dix secondes plus tard, la pointe en diamant du foret pénétra doucement le plâtre. De minuscules trous situés autour de l'extrémité aspirèrent la poussière afin que rien ne tombe sur la moquette du dressing de la chambre principale. Une fois le trou achevé, la foreuse se rétracta.

Ian retint son souffle. Il n'y avait rien, aucune alerte sur le réseau de la tour, pas d'hommes de main jaillissant de leur appartement en agitant des armes à feu dans tous les sens. Il expira lentement entre ses lèvres serrées comme la tension accumulée dans son dos se libérait. Il remit le cran de sûreté de son pistolet et en serra un peu moins fort la crosse.

Normalement, c'était le moment où les équipes spécialisées dans la libération d'otages envoyaient un nuage de particules intelligentes de l'autre côté pour collecter des données précieuses sur l'environnement, la position des méchants et des victimes. Mais pas ce soir-là. Ian ramassa une petite boîte en plastique transparent et examina la minuscule fourmi qu'elle renfermait. C'était un des jouets que leur avait fournis Ralph. Ian se demandait bien pourquoi l'espion avait accepté de coopérer, mais le fait qu'ils aient reçu l'aval de l'ADH conférait à leur opération officieuse une légitimité rassurante. Ce qui n'empêcherait pas Ralph de les lâcher en rase campagne si les choses venaient à mal tourner, se dit Ian, stoïque.

La fourmi cybernétique se faufila dans le trou percé dans le mur en traînant derrière elle un filament très fin. Celui-ci permettait à Ian de contrôler l'insecte à distance, remplaçant des émissions radio facilement détectables. Une étrange image panoramique et monochrome apparut dans sa grille. Les fibres de la moquette étaient comme une épaisse jungle miniature. Il dirigea la fourmi vers la première paire de chaussures.

Il y en avait huit en tout – des chaussures en cuir cousues à la main pour sortir, d'autres, montantes, à l'air robuste, mais aussi des baskets usées. Il fallut onze minutes à la fourmi pour passer de l'une à l'autre et coller des microbes intelligents sur leur talon. Une fois sa mission accomplie, Ian la ramena au bercail sans oublier de récupérer le fil qu'elle traînait. Lorsqu'elle fut rangée dans sa boîte, Ian mit un autre genre de machine dans le trou, qui mélangea de l'époxy à des fragments de plâtre afin de reboucher l'ouverture et d'éliminer toute trace de l'opération. Lorsque Marcus Sherman ouvrirait son dressing, le lendemain matin, tout y serait parfaitement normal. Ian espérait que l'homme avait bien déposé les chaussures qu'il portait la veille dans le dressing, qu'il ne les avait pas abandonnées dans la chambre lorsque Valentina et lui s'y étaient mutuellement déshabillés. En vérité, il ne voyait pas Sherman faire quelque chose de si spontané. D'après ce qu'il avait vu de lui au cours des semaines passées, le type était un maniaque pathologique.

* * *

Angela se réveilla et découvrit que sa couverture thermique argentée avait glissé de son sac de couchage durant la nuit. Elle avait froid aux pieds et le nez qui coulait dans l'atmosphère fraîche. La lumière du système annulaire et celle des aurores boréales tremblotaient sous le chapiteau de la cantine, où avaient été installés les lits de camp, générant un crépuscule perpétuel et instable. La moitié du personnel de la base reniflait, toussait ou se tortillait sur son lit. Personne n'était à son aise.

Sans l'horloge de sa grille elle n'aurait eu aucun moyen de savoir qu'il était 5 heures du matin. Elle s'assit pour tirer sur elle la couverture et vit Paresh, allongé sur son lit à côté d'elle. Il était rentré de patrouille deux heures plus tôt et était censé repartir dans trois heures. Depuis quelques jours, les légionnaires ne faisaient que cela : arpenter Wukang de long en large en essayant, grâce aux capteurs de leurs casques, de voir à travers la pluie, la brume et la lumière étrange des orages électriques.

Elle le regarda d'un air pensif. Son jeune et fort visage vieillissait de jour en jour, il avait les yeux cernés, la barbe naissante et les muscles du cou tendus. Et il était sale. Ils étaient tous crasseux. Sous les ongles, dans les cheveux, bouchant le moindre pore de leur peau – la terre de cette jungle. Personne ne prenait plus le temps de se doucher. Seul, nu, isolé. C'était beaucoup trop risqué avec un monstre dans les parages.

Paresh s'agita et laissa échapper un court gémissement. Dans son sommeil, il avait réussi à vriller le sac de couchage ultraléger autour de lui. Angela se rapprocha doucement et ouvrit lentement la glissière pour ne pas le réveiller. Puis elle se faufila dans l'ouverture, les couvrit de son propre sac comme d'une étroite couette, avant d'ajouter la couverture thermique par-dessus. Paresh frissonna de nouveau. Elle caressa son chiot idiot et troublé comme elle l'aurait fait avec un enfant victime de terreurs nocturnes, et il se blottit contre elle. Sa respiration ralentit, et il sombra dans un sommeil plus profond. Satisfaite, elle l'entoura de ses bras protecteurs. C'est alors qu'elle avisa Madeleine, de l'autre côté du chapiteau. Elle était réveillée et tournée vers Angela. Elles se regardèrent un long moment. Angela lui adressa un sourire en coin, auquel la jeune femme répondit par un sourire identique, avant de se recoucher et de fermer les yeux.

Angela resta parfaitement immobile, tandis que son sang affluait dans le moindre recoin de son corps, le réchauffant. *Elle sait. Son sourire… Elle me fait comprendre qu'elle sait.* Une part d'elle-même aurait voulu bondir hors du lit pour rejoindre la jeune femme. C'était une tentation instinctive contre laquelle il était très difficile de lutter, toutefois, se laisser aller aurait compromis un travail de vingt ans. Elston, couché tout près de là, saurait. Il comprendrait. *Ce petit connard est tenace.* Grâce à cette information, il risquerait même de conclure que ses organes génétiquement modifiés lui avaient permis de résister beaucoup mieux qu'ils l'avaient cru aux drogues qu'ils lui avaient injectées. Qu'elle n'avait jamais complètement perdu le contrôle de son esprit. Si elle n'avait pas menti, elle était parvenue à garder pour elle certaines vérités, contrairement à bien d'autres prisonniers soumis aux mêmes tortures dans cette salle diabolique. Elle avait réussi à protéger une information qui lui donnait le courage de vivre, de se battre, qui lui permettait de ne pas perdre la raison.

Dans la lumière vacillante de l'atmosphère assiégée, elle serra un peu plus fort son jeune chiot et s'efforça de se calmer.

Étrangement, la satisfaction qu'elle ressentait la fit rapidement sombrer dans le sommeil.

* * *

Les préparatifs du petit déjeuner la réveillèrent une heure plus tard. Paresh était littéralement enroulé autour d'elle. Autour d'eux, les légionnaires se redressaient et lui souriaient d'un air entendu. Elle haussa les épaules et secoua Paresh pour le réveiller.

Madeleine et ses collègues étaient debout depuis un bon moment. Le petit déjeuner était en bonne voie lorsque Angela et Paresh titubèrent jusqu'au comptoir. La lumière rosée de l'aube filtrait à travers les fenêtres du chapiteau, exposant la vision d'une nouvelle triste matinée. Les lits de camp avaient été poussés à une extrémité de la cantine, les tables se situant à l'opposé et le comptoir au centre. Au-dessus, le toit était rapiécé et renforcé avec des bâches pour résister aux averses de grêlons.

Sage décision, pensa Angela. Elle attrapa un grand mug de thé, un toast au bacon et aux œufs brouillés sous Cellophane, ainsi qu'un sachet de tomates grillées et champignons. Paresh et elle s'assirent l'un à côté de l'autre, lui se frottant les yeux pour en chasser le sommeil, elle ouvrant ses sachets et disposant son petit déjeuner dans une assiette.

— Tu manges toujours autant ?

— C'est le repas le plus important de la journée. Ta mère ne te l'a pas appris ?

— La plupart des filles que je connais font attention à leur ligne ; toi ça n'a pas l'air de te tracasser.

— Et c'est une bonne chose ?

— Carrément, répondit-il en souriant avant d'avaler une gorgée de café.

— J'ai un bon métabolisme. Il suffit que je fasse un peu d'exercice, et je brûle facilement toutes les calories que j'ingurgite. Même si, en ce moment, je n'ai pas trop l'occasion de bouger, ajouta-t-elle en désignant le chapiteau d'un regard désabusé.

— Angela…

— Ouh là ! Je n'aime pas ce ton. Tu es sûr de vouloir continuer ?

Son chiot faillit reculer, mais une question le rongeait manifestement de l'intérieur.

— Pourquoi es-tu venue ici ?

— Qu'est-ce que tu veux dire ?

— Tu savais que l'extraterrestre existait, pas vrai ? tu savais qu'on finirait par le trouver ?

— C'est plutôt lui qui nous a trouvés.

— Si tu veux. En tout cas, il est réel, et il est là. Tu n'étais pas obligée d'accepter l'offre d'Elston. Tu aurais pu attendre quelques mois et, au retour de l'expédition, on t'aurait réhabilitée. Tu le savais. Tu aurais pu te contenter de prendre un avocat.

Angela piqua sa tranche de bacon avec sa fourchette et la balada dans son assiette. Elle regardait Madeleine qui, derrière le comptoir, souriait courageusement en distribuant des repas, en donnant des sachets de ketchup supplémentaires, en ajoutant du lait dans du thé, en servant du café et en repoussant gentiment quelques avances. Le dossier personnel de la jeune femme ne comportait pas beaucoup de détails, seulement les informations de base : son lieu de naissance, ses parents, ses études, son adresse, son taux d'endettement, quelques références professionnelles. Une jeune citoyenne de la GE parmi des millions d'autres. Un peu paumée comme les autres. Sauf que ce n'était pas du tout le cas.

— Alors, pourquoi ? insista Paresh.

— Hein ? Oh !… Tu as déjà fait de la prison, Paresh ?

— Non, répondit-il en secouant la tête avec emphase.

— Dans ce cas, tu ne peux pas savoir comment c'est. J'y suis restée vingt ans. Enfermée comme un animal pendant sept mille trois cents jours. Pour quelque chose que je n'avais pas fait.

— Je suis désolé.

— Ouais, j'aurais pu attendre encore six mois. Mais pourquoi j'aurais fait ça ? Je connaissais la vérité, je savais que j'étais innocente. Pendant vingt ans, on m'a traitée de menteuse. Vingt ans à être considérée comme une merde, à n'avoir ni droits ni voix. Vingt ans de mauvais traitements pour rien. Vingt ans à cause de la corruption qui ronge les North et le gouvernement. Je suis restée enfermée pendant vingt putains d'années. Et c'est l'extraterrestre qui m'a foutue dans cette merde. Ce monstre s'est occupé de moi. Il m'a tout pris. *Tout*. Tout ce que j'avais. Tout ce que j'aimais. Tous les soirs, quand on m'enfermait dans cette tombe qu'ils appelaient « cellule », la seule chose qui me restait vraiment, c'était la certitude qu'il existait vraiment. Qu'il était quelque part à se moquer de moi. C'est ce qui m'a permis de ne pas perdre l'esprit, même si j'étais dans un état mental très incertain. Voilà pourquoi je suis venue avec cette expédition. Parce que je vais le trouver, avec ou sans aide. Et quand je l'aurai trouvé, je lui ferai payer ce qu'il m'a fait subir. Je te conseille d'ailleurs de ne pas te mettre en travers de ma route le jour où ça arrivera, car rien au monde ne pourra m'arrêter.

Sur ce, elle se leva et sortit de sous le chapiteau.

À l'extérieur, il faisait frais. L'atmosphère était pure, aussi, lavée des spores, ce qu'elle apprécia, prenant de profondes inspirations pour se calmer. Il avait plu durant la nuit, évidemment ; la végétation et le sol luisaient d'humidité. Toutefois, ce lustre était crasseux ; les feuilles des buissons et des plantes grimpantes étaient brunes à leur extrémité, rongées par le froid et la grêle. Au loin, elle aperçut Atyeo et Gillian en armure, qui marchaient le long des rangées de tentes aplaties. Gillian leva le bras pour la saluer.

Des bruits de pas dans la boue, derrière elle. Le temps d'une seconde agréable, elle s'imagina qu'il s'agissait de Madeleine. Mais non, ils étaient trop lourds.

— Ça va ?

Elle se retourna pour découvrir la mine inquiète d'Elston. Le veston de son armure de protection accentuait la largeur de ses épaules. Pour la plupart des gens, sa présence aurait été intimidante.

— Depuis quand vous vous souciez de moi ?

— J'ai entendu une partie de votre soliloque, alors je m'inquiète un peu, forcément.

— Je n'ai pas dit que j'allais le tuer, mais rien, dans mon contrat, ne stipule qu'il devra être en un seul morceau quand je vous le livrerai.

— Nous n'avons signé aucun contrat.

Angela gloussa.

— Je ne savais pas que Dieu avait des avocats. Je croyais qu'ils jouaient tous pour l'équipe adverse.

— Je voudrais juste m'assurer que vous ne ferez rien de stupide.

— Merci de vous intéresser à moi mais, comme je vous l'ai déjà dit, je suis capable de m'occuper de moi toute seule.

— Oui, j'en suis conscient.

— On a tous survécu à une nuit supplémentaire, c'est déjà ça. En revanche, je constate que la bande passante des relais est ridicule. Sarvar a lancé les e-Rays de secours ?

— Non, répondit-il dans un soupir. Les vents ont été violents, hier. Ils vont réessayer aujourd'hui.

— En admettant qu'on capture notre extraterrestre, quel que soit son état, comment le ramènera-t-on à Abellia ?

— Ils nous enverraient un Daedalus. Une flotte de Daedalus, même, si c'était nécessaire.

— Vous êtes sûr ? J'ignore comment marche votre chaîne de commandement, mais j'ai cru noter des dysfonctionnements.

— Des dysfonctionnements ?

— Oui. Par exemple, certaines personnes pensent que vous ne vous démenez pas assez pour nous sortir de là.

— Justement, je vais faire une annonce à ce sujet dans la journée. Je vais clarifier les objectifs de notre mission.

— On reste, c'est ça ? C'est logique. L'extraterrestre nous a pris pour cible, et c'était justement le but de cette expédition. Quelqu'un avec des couilles grosses comme ça a pris certaines décisions.

— J'aimerais savoir qui sont ces gens qui contestent mon autorité…

— Karizma Wadhai. Elle n'est vraiment pas contente d'être ici et pense que l'ADH devrait en faire plus pour nous protéger ou nous évacuer.

— Tiens, vous n'accusez pas Davinia.

— Si, elle aussi.

— Je ne me fais pas beaucoup de souci pour Karizma. Je vais me charger d'elle.

— Je ne suis pas sûre de comprendre, dit Angela.

— Quoi ?

— Pourquoi n'est-on pas déjà morts ?

— Pourquoi dites-vous ça ?

— À force d'être cloîtrés ici, on oublie à quel point St Libra est grande. Il faut un événement comme celui-ci, ajouta-t-elle en désignant d'un geste du bras les vrilles boréales dans le ciel rosé, une étoile qui devient folle, pour qu'on se rende compte que tout est énorme ici. Dites-moi, Elston, combien d'extraterrestres vivent sur cette planète ? Cent millions ? Dix milliards ? St Libra pourrait en accueillir dix fois plus sans être surpeuplée. Et il n'y en a qu'un qui s'en prenne à nous.

Un seul ! Cela ne tient pas debout. Où sont-ils ? Où sont leurs villages ? leurs villes ? leurs fermes ?

— Les xénobiologistes sont convaincus que St Libra a été bioformée. La génétique de la végétation est trop sophistiquée pour avoir évolué normalement. Sirius n'est pas assez vieille.

— Et nous n'avons trouvé aucun fossile.

— Aussi.

— Alors ? On aurait affaire à une sentinelle isolée laissée sur cette planète pour la protéger ? Une sentinelle armée de cinq lames ?

Il eut un sourire doux.

— Je n'avais pas envisagé les choses de cette façon.

— Vous auriez dû. Vous avez survolé les champs d'algues en même temps que moi. On est en train de bousiller cette planète comme on bousille toutes les autres. Pas étonnant que son protecteur essaie de se débarrasser de nous un par un.

— C'est ce que vous pensez ?

— Je l'ai vu à l'œuvre. C'est une machine à tuer. Sans pitié.

— Comment avez-vous survécu, cette fameuse nuit ? Et oubliez ces conneries sur votre prétendue bagarre.

Angela sourit, tristement amusée par la facilité avec laquelle ils endossaient l'un et l'autre leurs rôles historiques.

— Tout ce que je vous ai dit est vrai. Un jour, vous le verrez. Si vous êtes toujours en vie.

— Vous avez dit la vérité, mais pas toute la vérité, n'est-ce pas ?

— Ah ! vous commencez à comprendre. Bien joué.

— Merci du compliment.

— Une dernière question…

— Je vous écoute.

— Pourquoi croyez-vous qu'il ne s'en prend qu'à nous ? qu'à Wukang ? Pourquoi pas les autres ?

— Je ne sais pas. Peut-être qu'il se souvient de vous.

Angela détailla son visage impassible. Il semblait beaucoup trop calme. Il n'aurait pas fait illusion une seconde dans un poker entre résidents de New Monaco.

— Nous savons tous les deux que ce n'est pas vrai.

— Retournez sous le chapiteau et enfilez votre veste de protection, s'il vous plaît. C'est l'heure de mon appel du matin à Abellia. Les panneaux des nouveaux bâtiments seront terminés aujourd'hui, et j'ai besoin de savoir où en sont nos réserves de brut.

Angela lui adressa un salut militaire parodique.

— Entendu, capitaine.

— Colonel. Je suis colonel, maintenant.

* * *

Vance se dirigea directement vers son bureau et ne se retourna pas pour voir si Angela obéissait à ses ordres. Il était quelque peu déstabilisé par sa question, pourtant évidente ; tout le monde, dans le camp, commençait à se demander pourquoi les autres n'étaient pas pris pour cibles, eux aussi. Sans doute était-ce à cause de l'arme. L'extraterrestre savait. Peut-être l'avait-il sentie. *À moins qu'Angela ait vraiment un complice. Après tout, quelqu'un a bel et bien saboté le Daedalus.* Ce qui était encore plus déstabilisant.

Il s'assit dans son fauteuil et résista à la tentation de monter le chauffage. Il convenait de ne pas gaspiller leur carburant. Toutes les surfaces étaient couvertes de condensation, comme si un lac s'était vidé dans le préfabriqué durant la nuit.

Son i-e appela le code de la commissaire Passam et bascula sur un lien sécurisé. Jaclyn Waruts, contrôleuse de l'expédition, employée de la GE et non de l'ADH, lui répondit.

— Où est Passam ?

— Je suis navrée, colonel, la commissaire n'est pas disponible.

— Elle n'est pas disponible ? répéta Vance, incrédule. Vous voulez dire qu'elle n'est pas connectée au réseau ? Où est-elle ?

— Son absence est temporaire. Je suis autorisée à parler à sa place.

Vance réfléchit quelques secondes. Personne n'était jamais déconnecté du réseau. Jamais. Cela ne se faisait plus. Que pouvait-elle faire de plus important que de parler au commandant d'un camp avancé ?

— J'aimerais vous parler des vols de réapprovisionnement.

— Bien sûr. Nos techniciens sont en train de reconfigurer un Daedalus de sorte qu'il puisse accueillir des cuves. Il sera prêt dans une semaine. Espérons que la situation, au-dessus du massif de l'Éclipse, sera plus favorable à ce moment-là.

— L'ADH a des appareils. Ils pourraient voler dès aujourd'hui. Leurs systèmes sont suffisamment robustes pour supporter de nombreux éclairs. Nous utilisons beaucoup de brut pour fabriquer de nouveaux bâtiments, et il nous en faut encore. Il me faudrait aussi des légionnaires. Vous en avez plusieurs escouades, à Abellia.

— Colonel, je suis consciente de votre situation, mais nous estimons que survoler le massif de l'Éclipse serait beaucoup trop dangereux pour l'instant.

— L'extraterrestre que cette expédition avait pour mission de débusquer est là, et il nous tue. J'ai besoin d'aide. Nous sommes en train de parler de l'ADH, madame. Nos troupes savent qu'elles prennent des risques durant les opérations.

— Je suis désolée, colonel, mais ces hommes se sont engagés pour combattre le Zanth, pas pour mourir à cause d'un vulgaire orage.

— Et le danger auquel nous faisons face ?

— Colonel, vous avez, tout comme moi, accès aux rapports de la police de Newcastle. Le meurtre sur lequel elle a enquêté est manifestement lié à des histoires de rivalité industrielle. Si vous voulez protéger vos hommes, confinez Angela Tramelo dans ses quartiers et découvrez qui est son complice.

— Ce qui reste de nos quartiers est éparpillé dans la boue. Nous avons besoin de votre assistance.

— Une équipe est en train d'évaluer votre situation et de prévoir des protocoles à long terme pour les bases avancées. Nous vous enverrons tout cela dans deux jours. Ainsi, vous saurez comment maximiser les ressources existantes.

— J'ai compris que nous allions rester ici, mais si vous voulez que nous poursuivions notre mission, vous allez devoir trouver une manière de nous envoyer de l'équipement, du carburant et des vivres. Il vous suffirait de contourner le massif de l'Éclipse par l'ouest et de passer par Sarvar. De là, le transfert se ferait sans aucun risque. Je sais que les réserves, là-bas, sont suffisantes pour tenir un mois.

— Nous étudions cette possibilité ; cependant, aucune décision ne pourra être prise tant que la commissaire ne se sera pas entretenue avec le commandement de l'ADH.

— Quand sera-t-elle de nouveau accessible ?

— Bientôt, colonel, je vous l'assure. Avant la fin de la journée, avec un peu de chance.

— Prévenez-la dès son retour. Je veux qu'elle m'appelle.

— Bien sûr.

Vance regarda l'icone de Waruts disparaître dans sa grille.

— Je veux parler à Vermekia, dit-il à son i-e.

— Nous ignorons où est Passam, répondit aussitôt Vermekia.

— Nous sommes l'ARE ; nous savons où tout le monde se trouve.

— Je vais en parler à nos hommes d'Abellia. Cela ne prendra pas longtemps.

— Que pensez-vous de la possibilité d'envoyer un Daedalus à Sarvar ? Le contournement par l'ouest ne poserait aucun problème.

— En théorie, mais cela ferait un long détour. Et puis les e-Rays ne voient pas les limites du massif dans cette direction. Si quelque chose tournait mal, l'équipage ne serait pas à portée des hélicoptères d'Edzell ou de Sarvar.

— Un extraterrestre hostile tourne autour de mon camp. D'après ce que nous comprenons de la végétation, il pourrait très bien être l'envoyé d'une espèce entière. Doux Jésus, c'est la raison d'être de l'ADH !

— Je sais. Écoutez, Vance, quand vous aurez confirmé son existence, je vous obtiendrai de l'aide dans l'heure. Le général lui-même ordonnera l'ouverture d'un portail de guerre au-dessus de Wukang, et nous larguerons cinquante Daedalus dans votre ciel. Vous n'êtes pas isolés, et nous ne vous avons pas oubliés. Toutefois, nous avons besoin de preuves…

— D'accord. Jouer le rôle de l'appât n'est jamais très agréable, vous savez ?

— Je comprends. Nous apprécions vraiment le travail que vous accomplissez.

* * *

Lorsqu'elle eut renfilé sa veste de protection et terminé son petit déjeuner tiède, Angela rejoignit les opérateurs de la microfacture. Leur atelier avait été agrandi avec un patchwork de couvertures épaisses et de panneaux en composite – deux jours de travail pour les esprits ingénieux de l'équipe, qui avaient développé leur domaine comme une champignonnière. Elle écarta une lourde bâche et entra à l'intérieur. Grâce aux deux imprimantes principales, il y faisait bien plus chaud que dehors. Les machines produisaient des panneaux hexagonaux couleur navire de guerre d'un mètre et demi de diamètre, dotés d'attaches astucieuses permettant de les fixer facilement les unes aux autres.

Karizma Wadhai et Ophelia Troy, qui s'occupaient de la microfacture, avaient été rejointes par les pilotes et les équipes au sol du camp, qui n'avaient rien à faire mais possédaient une excellente expertise technique. Depuis que la grêle avait détruit les tentes, tout ce petit monde travaillait à construire des installations plus robustes. Elston ne voulait pas que le camp stagne, qu'il devienne un taudis. Et puis le fait de dormir tous ensemble sous un chapiteau rafistolé avait tendance à leur donner des habitudes de victimes. Objectivement, leur mission ne pourrait pas être menée à bien dans de telles conditions.

Ophelia Troy avait conçu les panneaux. Les fixations avaient nécessité un peu plus de travail et quelques ajustements, mais elles permettaient désormais d'assembler facilement des dômes semblables à des igloos.

Après une heure supplémentaire à produire et empiler les hexagones, Karizma annonça qu'ils en avaient assez pour assembler les cinq premiers dômes. Angela se joignit à l'équipe de bâtisseurs.

Force lui était d'admettre qu'Elston avait raison : participer à quelque chose de constructif lui faisait du bien. Comme elle travaillait avec sa veste de protection, elle n'eut bientôt plus froid du tout. Elle avait presque aussi chaud qu'avant l'apparition des taches solaires, même si, fort heureusement, l'humidité était bien moindre. Tork Ericson et elle soulevaient les panneaux et les maintenaient en place pendant que d'autres hommes les assemblaient. Ils n'étaient pas lourds, ce qui n'était pas sans poser des problèmes ; dans le vent, ils étaient difficiles à manœuvrer, même à deux.

Malgré cela, le deuxième dôme fut terminé à la mi-journée. Mesurant cinq mètres de diamètre, il était doté d'une entrée en forme d'arche qui serait bientôt équipée de deux paires de rideaux refermables en cas de vent et de pluie. Une équipe armée de pinceaux badigeonnait d'époxy l'extérieur du premier dôme afin d'y coller du revêtement photovoltaïque récupéré sur les tentes détruites. Oleg Dorchev et Leif Davdia commencèrent, travail fastidieux, à le relier aux batteries, puis à créer un réseau raccordé aux cellules électrogènes principales du camp.

— Pas de fenêtres, remarqua Angela, dubitative, en regardant Ravi et Fiadeiro mettre en place la dernière plaque avec force coups de marteau et jurons.

Les fixations auraient dû rendre l'opération très simple. Un vrai jeu d'enfant, avait promis Karizma.

— Il existe un brut transparent et solide à la fois, lui dit Ophelia, mais nous n'en avons pas beaucoup. Ce n'est pas si grave, on va juste dormir sous ces dômes. Et puis comme ça, on ne sera pas dérangés par la lumière omniprésente des aurores boréales.

Angela et Tork s'avancèrent jusqu'au plancher terminé du quatrième dôme, lui aussi composé d'hexagones. Très vite, elle dut retirer sa veste et sa chemise à manches longues. Sa peau luisait de sueur, produisant des ruisseaux dans la crasse. Cela la fit sourire. Fut un temps où elle employait quelqu'un rien que pour s'occuper de sa peau, pour lui appliquer des huiles, pour la masser et surveiller son exposition aux UV. Mais c'était dans une autre vie. Angela ne se rappelait même pas le nom de sa dermatologue, ni même son visage. Avec l'aide de Tork, elle emboîta un lourd hexagone sur la base, après quoi Darwin Sworowski n'eut qu'à ajouter des triangles sur les côtés.

Ils avaient terminé de mettre en place les deux premières rangées d'hexagones lorsque Elston appela tout le monde à déjeuner. Angela ne protesta pas. Sirius la rouge était invisible, désormais, cachée derrière une épaisse couche nuageuse arrivant du nord-ouest, accompagnée de vents plus froids et plus forts. Le tonnerre grondait au-dessus du paysage infini tandis que des éclairs zébraient l'horizon lointain. Elle avait besoin d'une pause, d'autant que l'arrivée du front nuageux n'était pas une bonne nouvelle. Peut-être même seraient-ils contraints de terminer le montage des derniers dômes sous la mousson de St Libra.

Mohammed, Leora, Paresh et le lieutenant Botin lui-même faisaient, pour la énième fois, le tour de la base comme le reste du personnel se dirigeait vers le chapiteau de la cantine. Elston se connecta aux absents et se leva pour attirer l'attention de tout le monde.

— L'ADH vient d'annuler officiellement l'alerte zanth. Les satellites capteurs envoyés autour de Sirius n'ont rien détecté d'anormal dans les fluctuations quantiques du système. Cependant, les taches solaires continuent à apparaître. Apparemment, nous devons nous préparer à affronter une météo beaucoup plus froide que prévu.

— Quand est-ce qu'on nous enverra un Daedalus pour nous évacuer ? demanda Karizma.

— Ce camp reste opérationnel et participe d'une expédition de l'ADH organisée pour une raison bien précise, rétorqua Elston. Désormais, nous savons que l'extraterrestre que nous recherchons est tout proche. Nous n'allons pas prendre nos jambes à notre cou uniquement parce que la météo nous est défavorable. Je refuse de trahir la mémoire de ceux qui ont perdu la vie pour nous permettre d'être là où nous sommes aujourd'hui.

Il se tourna vers Karizma, qui ne parvint pas à soutenir son regard.

— Nous traquerons cette créature, nous découvrirons son origine et son objectif, poursuivit-il. J'attends des vols de ravitaillement avant longtemps. En revanche, n'espérez pas en profiter pour rentrer à la maison. Nous sommes ici à long terme, ne vous faites aucune illusion. Les dômes devraient être terminés avant ce soir. Dès demain, nous rétablirons un peu d'ordre dans ce camp, ainsi que sa sécurité. Après cela, notre mission reprendra son cours normal. C'est tout.

Autour d'Angela, on échangea des regards entendus et lourds de sens. Puis les gens se remirent à manger.

— Ça va fermer son caquet à Karizma, murmura Gillian.

— Ça m'étonnerait, la contra Josh. Tu as vu ? Les civils étaient presque en larmes quand le colonel a annoncé la bonne nouvelle. Ce soir, on va tous bouffer du ragoût à la merde.

— Comment vont-ils faire pour nous réapprovisionner ? demanda Omar. Les Daedalus sont tous à Abellia.

— J'ai parlé à Ravi, dit Angela. Ils peuvent contourner le massif de l'Éclipse par l'ouest, entre Edzell et Sarvar. C'est moins dangereux.

— Sait-on au moins où se trouve la limite ouest du massif? s'enquit Atyeo.

— Je l'ignore. Il faut poser la question aux gens des VAA, grogna Angela.

Elle termina sa soupe aux asperges et s'en fut. Pour la première fois depuis des jours, les pulsations désagréables des vrilles boréales étaient invisibles, masquées par un véritable continent de nuages sombres venus du nord-ouest. Le paysage brillait d'un éclat rose saumon malsain, lumière qui parvenait à s'infiltrer sous la base des nuages. Tout était calme. Le vent avait cessé de souffler durant les quelques minutes qu'elle avait passées sous le chapiteau.

Angela frotta ses bras nus et se rendit compte qu'elle avait la chair de poule. Lentement, avec une terrible appréhension, elle pencha la tête en arrière pour contempler les nuages étrangement flous. Il n'y avait plus de tonnerre, seulement du vide comme l'atmosphère absorbait tous les bruits.

— Non, chuchota-t-elle, stupéfiée par cette manifestation impossible.

Des flocons de neige tombaient lentement du ciel défiguré de St Libra.

* * *

Ils purent enfin ouvrir une bouteille de Brennivín lorsqu'ils arrivèrent dans l'appartement de Ian ce soir-là, après le travail. Sid pensait qu'il y avait de quoi se réjouir, et Eva était d'accord, qui accepta le verre que lui tendait Ian avant de s'installer contre le mur du salon.

— Je suis désolée pour Ruckby, dit-elle. La sécurité de son appartement était vraiment trop bonne. De l'extérieur, j'arrivais à capter les émissions des maillages. Je suppose qu'il a couvert tous les murs de particules intelligentes. Une véritable forteresse numérique.

— Ce n'est pas si grave, la rassura Ian. J'ai eu Sherman, Sid a eu Boz, et à nous deux, on a marqué cinq voitures. Franchement, ça devrait suffire largement.

— Oui, ce sera parfait, acquiesça Sid. On ne va pas tenter le diable. J'envisage même de réduire un peu notre dispositif. Il ne faut pas les effrayer.

— Je m'en occuperai ce soir, annonça Ian en s'asseyant d'un bond sur le comptoir du coin cuisine.

Il avala une gorgée de Brennivín et s'efforça de ne pas grimacer.

— On attend combien de temps avant de tout télécharger ? demanda Eva. Y a-t-il une limite de stockage ?

— En théorie, les microbes sont capables de moissonner les émissions des maillages pendant quatre mois avant d'atteindre leur limite, expliqua Sid. Évidemment, on n'a pas tout ce temps. Je pense qu'une dizaine de jours de surveillance de leurs appels devraient nous donner une image assez nette de ce qu'ils magouillent. Voire deux semaines, si on peut.

— Risquent-ils de capter le téléchargement ?

— J'espère que non. Il faut prendre le risque.

— O'Rouke nous le fera payer cher s'il découvre qu'on lui a fait un enfant dans le dos et le reste, dit Ian.

— On se fout d'O'Rouke, assena Sid. Si on obtient des résultats, on aura l'ADH avec nous. Par ailleurs, O'Rouke est sur le départ.

— Ah bon ? s'étonna Eva. Comment le savez-vous ?

— Ralph l'a rembarré quand O'Rouke lui a demandé si Ernie et les autres pouvaient être envoyés dans une colonie pénale. Il lui a rétorqué que l'ADH était là pour défendre l'humanité, pas pour agir en tant que Gestapo privée.

— Alors ? intervint Ian.

— Alors j'ai dû envoyer tous nos dossiers au service juridique. Selon eux, on a largement de quoi inculper les cinq suspects. En revanche, je ne suis pas sûr que nous puissions utiliser les preuves fournies par l'ADH.

— C'est une agence gouvernementale, et ça fait partie de ses attributions, même si nous ne cautionnons pas ses méthodes, dit Eva.

— Oui, sauf que pour justifier son implication initiale, nous allons devoir expliquer à la cour que notre premier suspect était un monstre extraterrestre. Market Street aura l'air ridicule. Pis, tout le monde pensera que nous voulions protéger les North.

— C'est des conneries.

— Je sais, mais c'est inévitable. Les sites non homologués vont s'en donner à cœur joie, et je ne parle même pas des conspirationnistes. Le cas Bartram North va être passé au peigne fin. Ce sera un bordel sans nom.

— Combien de temps avant que les dossiers arrivent sur le bureau du procureur ? demanda Eva.

Sid sourit.

— Comme O'Rouke leur a souvent rendu service, le service juridique pourra retarder l'échéance d'une semaine. La limite légale est fixée à neuf jours.

— Vous êtes vraiment malin, s'amusa Eva. Une semaine, c'est le temps qu'on va passer à enregistrer les appels de Sherman.

— Ouais, et si on trouve quelque chose d'intéressant, on pourra lancer une bouée à O'Rouke. Vous croyez qu'il nous en sera reconnaissant ?

— On se fout de sa gratitude, lâcha Ian. Combien est-il prêt à payer ? Merde ! vous pourriez même devenir le prochain commissaire !

— Je reviens à peine de suspension.

— Peut-être, mais on serait promus quand même. On sauterait même quelques échelons.

Sid avala en une gorgée ce qui restait de son Brennivín. Et grimaça.

— Attendons de voir ce que nous réserve Sherman avant de prendre une décision.

* * *

Après le départ de ses deux collègues, Ian s'installa sur son lit et chaussa ses lunettes interfaces. Le réseau sécurisé de l'affaire était toujours ouvert – Sid s'en était assuré. Techniquement parlant, ils n'étaient pas obligés de la classer tant que le service juridique n'aurait pas envoyé le dossier au procureur. Ian se servit des codes d'autorisation de Vance Elston pour s'infiltrer dans le réseau du commissariat et commencer sa moisson.

Tallulah Packer avait vingt-cinq ans, même si, avec son visage si doux, elle faisait trois ans de moins. Elle avait un train de vie un peu trop élevé, comme la plupart des cadres de Newcastle. Son compte en banque montrait qu'elle avait un bon salaire – supérieur au sien –, mais elle dépensait chaque mois plus qu'elle gagnait. Vêtements, chaussures, sorties, voyages, loyer de son appartement de St James. Son compte courant était à découvert, ce dont son banquier ne se plaignait pas à cause des virements mensuels magiques ordonnés par Northumberland Interstellar. À cause des intérêts qu'elle était obligée de payer, aussi.

Il n'y avait aucune facture médicale, nota-t-il, ravi. Ainsi, sa silhouette parfaite et sa beauté étaient complètement naturelles. Elle avait une adhésion à *Finely Toned*, un spa de St James, mais c'était tout.

Son i-e afficha sur sa grille un icone d'information prioritaire, qu'il ouvrit à contrecœur. Tallulah était tellement plus intéressante…

Dix-huit sites d'information continue de la GE couvraient le retour de la commissaire Charmonique Passam par le portail de Newcastle. Selon les sites non homologués, elle était rentrée d'Abellia à bord d'un HyperLear privé en laissant derrière elle toute son équipe. Il avait neigé sur Abellia, comme le montraient des vidéos de gros flocons qui tombaient du ciel pour recouvrir les plantes tropicales touffues, formant une bouillie grisâtre sur les routes.

— Grosse vache, va, murmura Ian tandis que Passam apparaissait sur un podium orné, sur le devant, de l'emblème du Bureau des affaires extraterrestres de la GE.

Son sourire était aussi fragile que de la porcelaine antique.

— Je suis heureuse de vous annoncer que l'expédition géogénétique de St Libra s'est soldée par un succès. Grâce au travail acharné et méthodique des équipes scientifiques des camps avancés, nous avons pu confirmer l'absence de variance génétique sur St Libra. Aucun insecte, aucun animal n'a évolué là-bas. Ce monde est bel et bien le royaume exclusif d'une dynamique et magnifique flore zébrée. J'aimerais remercier tous ceux qui ont contribué à faire de cette expédition un succès remarquable, dont nous pouvons tous être fiers.

Même les journalistes des sites homologués ne pouvaient la laisser s'en tirer si facilement. Et les taches solaires ? la météo ? la neige ? Et ces gens abandonnés dans la jungle ?

Le formidable sourire de Passam ne se brisa pas.

— L'apparition des taches solaires est une simple, quoique étonnante, coïncidence. Un phénomène naturel que nous redécouvrons, car il a été observé dans un lointain passé. Quant à mes collègues des bases avancées, ils n'ont pas été « abandonnés », comme vous venez de l'affirmer fort mal à propos. Nos camps sont suffisamment bien équipés et pourvus en rations de survie pour tenir des mois sans avoir besoin de ravitaillement. Le personnel sera bien entendu transféré dès que la météo le permettra. Comme vous le savez, les vols des Daedalus ont été compromis par un attentat terroriste ignoble et sans précédent dans notre époque moderne. Les difficultés dans lesquelles est plongé notre personnel des bases avancées sont les conséquences des actes de ces fanatiques. Je vous remercie.

Refusant de répondre à d'autres questions, Passam descendit de l'estrade et s'éloigna sous la protection d'un troupeau d'assistants et de porte-parole.

— Pétasse, conclut Ian en bloquant les informations du transnet et en reprenant sa moisson.

D'après les registres du gouvernement, Boris Attenson avait trente-quatre ans, et non trente et un, comme l'affirmait son profil public. Chaque mois, il versait une somme substantielle à une clinique privée et discrète de régénération folliculaire. Cela fit sourire Ian. Ses dépenses étaient intéressantes. Beaucoup d'argent dépensé tard dans la nuit dans des clubs de Londres, Bruxelles, Berlin et Paris, des notes de frais légitimes, car il s'agissait de divertir les clients.

L'étape suivante fut plus difficile. Il s'agissait de croiser les références des émissions des maillages corporels vers les cellules locales avec les codages des i-e. Cela lui prit une heure, mais Ian était dans son élément. À la fin, il avait les coordonnées des comptes secondaires de Boris dans une banque vénézuélienne. La somme qu'il découvrit était impressionnante. Chaque mois, Boris dépensait l'équivalent du salaire de Ian en vices et petits plaisirs personnels. Ian n'était pas jaloux ; de riches connards comme Boris, qui claquaient leur pognon sans compter, il y en avait toujours eu et il y en aurait toujours. L'univers fonctionnait de cette façon. En revanche, il trouvait intolérable que Boris entraîne Tallulah sur cette voie. Tallulah qui serait tellement mieux dans les bras de Ian. Et dans son lit.

Ian passa en revue les paiements et les mit en corrélation avec les déplacements de Boris. Une fois de plus, son expérience l'aida énormément, lui permettant de voir des signes qu'aucune IA n'aurait remarqués. C'était il y avait huit jours. La semaine qui avait précédé l'interrogatoire de Tallulah. Boris louait une chambre dans un hôtel de la rive sud de Londres. Notant un dernier paiement tard dans la nuit de son séjour, Ian sélectionna immédiatement les fichiers sécurité de l'établissement ; il savait par avance ce qu'il allait découvrir. Comme il s'y attendait, Boris était descendu de son taxi à 00 h 45 en compagnie d'une femme qui n'était pas Tallulah – d'une jeune femme belle et élégante arborant un air neutre et légèrement ennuyé. Comme tous ceux qui n'avaient plus d'amour-propre. Elle attendait la fin de cette soirée interminable, pareille à toutes les autres. Elle attendait que son client en ait terminé et se préparait à entendre le classique « J'aime ma petite amie » en conclusion d'un discours honteux, coupable, bredouillé d'une voix misérable, avide de compassion et de compréhension. Elle lui en donnerait. Après tout, Boris avait payé cher pour cela.

Ian figea l'image d'un Boris disparaissant dans sa chambre d'hôtel, camé jusqu'aux yeux, presque indifférent à la fille qui le suivait. La fin d'une journée comme les autres dans le monde merveilleux de la haute finance. Conclure l'affaire, baiser ses rivaux.

— Mais ça, c'est terminé, mon vieux, dit Ian à l'image.

Mardi 2 avril 2143

Les cris, et non pas l'alerte médicale du maillage corporel, déclenchèrent un mouvement de panique. Tout le monde se mit à courir aussi vite que le lui permettaient son armure et ses multiples couches de vêtements. Les hurlements de peur et de douleur savaient se frayer un chemin jusqu'au centre du cerveau humain, exigeant une réaction immédiate. Ceux-là ne firent pas exception à la règle. Leurs effets furent même amplifiés par la nervosité ambiante, par la crainte qui agrippait Wukang, par la certitude que le monstre était de nouveau parmi eux.

Angela était allée chercher, dans des palettes 350DL, des cartons de sachets de nourriture qu'elle portait vers le chapiteau de la cantine. Roarke Kulwinder, de l'équipe de xénobiologie, et elle avaient passé une bonne partie des trois derniers jours à chercher de la nourriture dans la neige. Pas très loin de la quarantaine, Roarke était un homme joyeux qui ne cessait de lui envoyer des photos de sa femme et de ses deux jeunes enfants via un réseau local. Sa famille semblait être son seul sujet de conversation. Il était d'ailleurs encore en train de lui parler de la cabane dans les bois qu'il avait construite pour ses gamins l'été passé lorsque les cris retentirent, hystériques. La victime essayait désespérément de respirer. Angela devina immédiatement l'origine des cris. Son i-e lui confirma que l'alerte médicale provenait du maillage corporel de Luther Katzen, qui se trouvait à environ soixante-dix mètres de là, derrière le chapiteau. Roarke et elle se regardèrent pendant quelques secondes avant de laisser tomber leurs paquets et de se mettre à courir aussi vite que leurs vêtements le leur permettaient.

Il avait neigé tous les jours depuis l'apparition des premiers flocons, le mercredi précédent. La température du sol étant trop élevée pour que la neige tienne, celui-ci était couvert d'une bouillie grisâtre. Des ruisseaux peu profonds d'eau glacée décrivaient des méandres dans le camp, imbibant les détritus enfoncés dans la boue par les averses de grêle. L'eau crasseuse avait emporté les débris les plus légers, les abandonnant autour des véhicules, des dômes et des ateliers. Faire un inventaire précis était devenu presque impossible. Angela et Forster avaient toujours énormément de mal à trouver les objets demandés par les opérateurs de la microfacture.

Ils avaient passé la journée du jeudi à assembler deux derniers dômes tandis que la neige tombait sur le camp. Il y en avait six au total, qui abriteraient chacun huit personnes. Les lits de camp sauvés du déluge étaient serrés les uns contre les autres, laissant peu d'espace pour se mouvoir à l'intérieur. Crochets et bandes avaient été fixés aux panneaux hexagonaux les plus élevés, d'où pendillaient des paquetages semblables à de grandes et laides poches larvaires. Éclairés par des lanternes alimentées à la fois par ce qui subsistait des revêtements PV et par les cellules électrogènes du camp, les dômes étaient sombres et fétides. La nuit, la promiscuité était synonyme de chaleur, accentuant encore l'odeur de tous ces corps sales.

Une fois les dômes terminés, les opérateurs de la microfacture avaient entrepris de confectionner des vêtements plus épais et plus chauds pour les hommes, notamment des parkas longues et assez larges pour être enfilées par-dessus les vestes de protection. La plupart des gens la portaient avec un pantalon matelassé et imperméable. Les imprimantes 3D avaient également produit des bonnets, des écharpes et des gants qui, bien que n'étant pas ce qui se faisait de mieux, protégeaient le personnel du camp contre le froid de plus en plus intense.

Le samedi, les chutes de neige incessantes et la température de l'air en constante baisse étaient venues à bout de la chaleur résiduelle qui subsistait dans le sol et les plantes. La température du sol était tombée en dessous de zéro. La neige ne fondait plus, elle s'accumulait. Les mares et les ruisseaux qui avaient transformé Wukang en terrain marécageux s'étaient solidifiés, transformés en patinoires. Tuées par le gel, les feuilles des petites fougères et des plantes grimpantes avaient été réduites en bouillie, tombant en même temps que les flocons et ajoutant une couche organique à la neige. Depuis le dimanche, plus de cinquante centimètres de neige étaient tombés sur Wukang. Régulièrement, il fallait la balayer du chapiteau de la cantine et du toit de l'atelier afin qu'ils ne cèdent pas sous son poids. Des pistes avaient été créées dans la neige piétinée. On démarrait les véhicules quotidiennement et on les faisait rouler dans le camp pour que la neige ne les recouvre pas. La qualité de cette dernière variait ; la plupart des nuits, elle tombait en granulés semblables à des grains de sable, s'immisçant partout, alors que le jour, les flocons étaient gros et adhéraient aux arbres et aux buissons, transformant le paysage en forêt alpine. Cette neige enveloppait aussi les équipements du camp, les bâtiments, les véhicules et tous les maillages, si bien que la réception était bloquée sur la plupart des spectres, dont la lumière visible qui les alimentait, les empêchant de capter, dégradant les liaisons et le réseau du camp.

Des pistes avaient été tracées, mais la neige compactée était glissante, surtout lorsqu'elle était mélangée à la matière organique des feuilles en train de se désintégrer. Angela se hâtait en faisant très attention. Ces derniers jours, il y avait eu de nombreuses chutes, soldées par des entailles aux mains et des jambes meurtries. Comme elle contournait le chapiteau de la cantine, elle vit plus d'une dizaine de personnes qui couraient sur le paysage blanc et vallonné. Dans sa grille, elle repéra Paresh, le sergent Raddon et Omar, notamment, qui tenaient leurs Heckler bien haut et criaient à tout le monde de rester en retrait.

Les gens convergeaient vers une Land Rover Tropic arrêtée en travers de la piste boueuse qui passait devant le préfabriqué administratif, les faisceaux de ses phares transperçant l'averse modérée de neige de leur lumière blanche. La portière du conducteur était ouverte. Une silhouette qu'elle reconnut comme étant celle d'Oleg Dorchev se précipitait vers l'arrière du véhicule, avançant péniblement dans une neige épaisse et pure. Luther Katzen gisait là, qui criait en se tenant la jambe et en se balançant d'avant en arrière.

Les gens affluaient, mais Paresh et Omar leur faisaient frénétiquement signe de reculer. Le temps qu'Angela arrive, Luther s'était calmé ; il se contentait désormais de gémir de douleur. Son pantalon gris foncé était imbibé de sang, dont elle avisa également des traces dans la neige. Dans la lumière faiblarde et rosée de Sirius, il semblait presque noir. Angela remarqua tout de suite la jambe, surtout l'angle qu'elle formait, la manière dont le genou et la cheville semblaient vrillés.

— Je suis désolé, mec, je suis vraiment désolé, répétait Oleg d'une voix plaintive. Vous êtes arrivé d'un seul coup !

Angela grimaça et se tourna vers la voiture. Luther devait avoir glissé sur la glace. À en juger par la position du véhicule, Oleg avait sans doute essayé de l'éviter, mais trop tard. Cela devait bien arriver un jour ou l'autre, surtout dans ces conditions, avec ces gens qui…

Alors elle sentit l'odeur. *De la menthe.* Il faisait froid, son nez était gelé, mais elle était toujours capable de la reconnaître. Ses yeux s'embrumèrent.

— Merde, merde !

Mark Chitty et Doc Coniff étaient arrivés avec leurs kits de premiers secours. Ils s'agenouillèrent à côté de Luther en repoussant Oleg. Un cercle s'était formé autour d'eux, un groupe composé de gens qui remerciaient leur Dieu de ne pas les avoir mis à la place de la victime, vautrés dans leur sang et leur vomi à prier pour que la médecine du XXIIe siècle fasse un nouveau miracle.

L'i-e d'Angela entra en communication avec Paresh.

— Reste en alerte, lui dit-elle. Ce n'était pas un accident.

— Quoi ? demanda Paresh en plissant le front.

— Fais attention, insista-t-elle en se faufilant entre les spectateurs passifs. Ne baisse pas ta garde.

Certains lui lancèrent des regards ennuyés, irrités, mais elle ne fit pas attention à eux et se dirigea tout droit vers Elston.

— Sentez, lui demanda-t-elle.

L'expression inquiète d'Elston vira à la colère.

— Quoi ?

— Vous sentez cette odeur ?

L'ire de l'officier retomba. Parfaitement immobile, il prit une profonde inspiration et renifla. Elle vit le moment où il reconnut l'odeur de menthe, où le choc s'inscrivit sur son visage.

— Personne ne bouge ! ordonna-t-il. Légionnaires, montez la garde autour de nous. Et scannez le camp. Nous sommes en situation de combat. Tous ceux qui ne sont pas sur le site de l'accident doivent rester où ils sont et se connecter au lieutenant Botin sans attendre.

Les légionnaires prirent position autour du groupe dans un silence brisé par les gémissements de Luther.

D'autres silhouettes en armure se déplaçaient au loin, se dirigeant vers le chapiteau et l'atelier. Les armes étaient actives, et des éventails de lasers couleur rubis transperçaient l'averse de neige.

— Prélevez-en un échantillon, lâcha Angela. Vite !

Déjà, l'odeur se dissipait, dispersée par les flocons légers qui dérivaient dans les courants d'air glacials.

Elston hocha la tête et établit un microlien avec Marvin. Une minute plus tard, la porte du biolab-1 se déverrouilla et s'ouvrit en glissant. Marvin arriva en courant. Elston et lui se précipitèrent alors vers l'endroit exact où la voiture avait percuté Luther. Marvin agita un long bâton en plastique tandis qu'Elston étudiait le sol.

— Je veux que tout le monde retourne sous le chapiteau, annonça le lieutenant Botin. Caporal, Leora et vous escorterez l'équipe médicale à la clinique.

Angela voulut rejoindre Elston.

— Cela vaut aussi pour vous, Tramelo, ajouta Botin d'un ton sec.

— On a besoin de moi ici, rétorqua-t-elle.

— D'accord, acquiesça Elston à contrecœur. Mais faites ce qu'on vous dit.

— Bien sûr. Dépêchez-vous, il ne doit pas être très loin.

Elston se pencha au-dessus de Luther.

— Que s'est-il passé ?

— Laissez-le tranquille, protesta Coniff.

— Cela ne peut pas attendre. Luther, que s'est-il passé ? Concentrez-vous. Vous avez glissé ?

Le visage de Luther était couvert de transpiration. Malgré la douleur, il essaya de se concentrer, de se souvenir.

— Je... Je ne sais pas. J'ai cru qu'il y avait quelqu'un. Peut-être. Merde, ça fait mal !

— Vous a-t-on poussé ?

Mark Chitty découpa un dernier morceau de pantalon, révélant la chair en bouillie et la hanche à nu du blessé. Luther hurla lorsqu'on y appliqua quelques instruments.

— Essayez de ne pas bouger, le pressa le docteur. Je sais que ça fait mal, mais nous devons vous mettre une gaine avant de vous transporter à la clinique.

— C'est grave ? grogna Luther entre ses dents serrées.

— Ne vous en faites pas. Je peux remettre les os en place et réaligner les tissus musculaires. Maintenant, restez calme.

Sur ce, elle lança un regard noir à Elston.

— Oleg, appela celui-ci. Y avait-il quelqu'un avec lui ? quelque chose ?

— Je ne l'ai même pas vu, enfin, pas vraiment, jusqu'à ce qu'il titube devant ma voiture. Il était sur le côté de la piste. J'ai freiné, mais les pneus ont dérapé. Je ne roulais pas vite, mon colonel, je vous assure.

— Je sais, mais essayez de vous souvenir. Vous avez sûrement vu Luther, même si vous n'étiez pas concentré sur lui. Était-il seul ?

— Mon Dieu…, lâcha Oleg, le regard rivé sur Luther, sur les souffrances dont il était la cause. Peut-être. Il y avait peut-être bien quelqu'un à côté de lui, mais il neigeait et j'étais concentré sur la piste.

— Envoyez-moi votre mémoire visuelle, lui ordonna Elston.

S'il l'avait giflé, Oleg n'aurait pas réagi différemment. Pendant quelques secondes, il donna l'impression de souffrir autant que Luther.

— Mon colonel, ma mémoire cache n'était pas active.

— Nom de… (Elston lui fit les gros yeux.) Je croyais avoir été clair !

— Oui, mon colonel, vous avez été très clair. C'est juste que la grille nous empêche de bien voir quand il neige et…

Il désigna d'un grand geste du bras les gros flocons dont l'atmosphère était saturée.

— Dans ce cas, désactivez la grille seulement et pas toutes les fonctions des cellules intelligentes de vos iris, voyons ! Ce n'est pas bien compliqué !

— Oui, mon colonel.

— Rejoignez les autres sous le chapiteau. Je m'occuperai de votre cas plus tard.

Angela regarda Oleg s'éloigner dans la neige tourbillonnante, les épaules tombantes, tête baissée. Le vent s'intensifiait, et il neigeait de plus en plus. Dans sa grille, elle voyait les légionnaires se déployer en spirale dans tout le camp. Ils ne trouveraient rien, évidemment. Même quand il faisait beau et que tous les capteurs de la base étaient opérationnels, ils n'avaient rien trouvé.

— Vous avez quelque chose ? demanda-t-elle à Marvin.

— Rien de concluant. Des microquantités des contaminants habituels de l'atmosphère de St Libra, mais aucune signature moléculaire particulière. Seulement des résidus de spores.

— Angela a raison, affirma Elston. Je l'ai senti aussi. Cette chose était là.

Ils baissèrent tous les yeux vers Luther. Chitty était parvenu à couvrir la hanche et la cuisse endommagées avec un genre de gaine épaisse, tandis que le docteur fixait au cou de la victime un collier IV.

— Heureusement pour lui, Oleg est un bon conducteur, dit Marvin. Ç'aurait pu être bien pire.

Angela, Elston, Marvin et Chitty soulevèrent chacun un coin de la civière. Le lieutenant Botin les escorta personnellement, tandis que le docteur s'activait autour du blessé. La clinique n'était qu'à deux cents mètres, mais chaque pas était une épreuve pour les nerfs d'Angela. La lumière faible et rosée emplissait le camp d'ombres aux contours irréguliers. Des ombres susceptibles de *le* dissimuler. D'autant qu'il neigeait de plus en plus. Le silence froid et sombre abritait peut-être toute une armée d'extraterrestres. Qui attendaient. Son esprit n'avait aucun mal à peupler le vide obscur qui l'entourait de créatures en train de fléchir leurs doigts coupants, prêtes à reprendre la bataille qu'elle avait fuie vingt ans plus tôt.

Un rectangle de lumière blanche se déversa par la porte ouverte de la clinique. Juanitar Sakur, l'autre infirmier, descendit les marches de la Qwik-Kabin à toute vitesse pour les aider à porter Luther jusqu'à la salle de diagnostic. Angela recula dès qu'ils eurent allongé le superviseur de la cantine sous sédatifs, laissant Coniff travailler. Se trouver dans cette clinique chauffée et bien éclairée lui fit un drôle d'effet. Une enclave de vraie vie. Sa peur de ce qui était tapi à l'extérieur y était sous contrôle. Ce qui était stupide, elle le savait.

— Et maintenant ? demanda Angela. Vous ne pouvez pas laisser les légionnaires dehors. Le réseau est défaillant, on n'a plus aucun maillage de capteurs en état de fonctionnement. Si cette chose est capable de s'introduire dans notre camp en plein jour – enfin, si on peut qualifier cette pénombre de jour – pour pousser l'un des nôtres sous une Land Rover, alors elle peut nous cueillir un à un sans aucun souci.

— Je suis tout à fait conscient de notre situation tactique, dit calmement Elston. Lieutenant, l'équipe des VVA m'informe que cette tempête de neige sera la plus grosse que nous ayons connue. Le radar météo de l'e-Ray montre que d'épais nuages et des vents violents sont en approche. Nous avons environ une heure et demie pour mettre tout le monde à l'abri et nous préparer à faire le dos rond.

— Oui, mon colonel, acquiesça Botin.

— C'est si grave que ça ? demanda Angela.

— Nous devons nous attendre à un blizzard. Chaque dôme devra être autosuffisant jusqu'à la fin de la tempête.

Angela, je veux que vous distribuiez de la nourriture à tout le monde. Nous allons nous abriter dans la clinique et sous les dômes. Marvin, faites garer les biolabs plus près. Les xénobiologistes pourront s'y installer en attendant. Ça fera un peu plus de place sous les dômes, ce dont tout le monde se félicitera. Toutes nos autres installations seront bouclées.

— Un blizzard ? répéta Angela. Putain ! on a déjà de la neige jusqu'aux genoux.

— J'avais remarqué.

* * *

Ce fut une heure de panique. Elston refusait de laisser sortir qui que ce soit sans une escorte de légionnaires, ce qui ne leur permit pas de se préparer comme ils auraient pu. Malgré cela, ils parvinrent à équiper les dômes pour deux jours d'isolement. On distribua les sachets de nourriture avec parcimonie. On vérifia les raccordements aux cellules électrogènes. On démarra les radiateurs produits par la microfacture. Les toilettes chimiques furent démontées des latrines et installées sous les dômes. On déroula des câbles réseau, connectant directement les biolabs par un lien en dur.

À la fin, Elston ordonna que tous les véhicules terrestres soient garés autour des dômes avec les biolabs. Les pilotes protestèrent parce que rien n'avait été fait pour protéger les hélicoptères, mais il restait trop peu de temps pour les couvrir de quelque façon que ce soit.

Les xénobiologistes s'étant installés dans les biolabs, Angela réorganisa un peu les dômes. Elston voulait que les effectifs soient bien répartis et que chaque dôme bénéficie de la protection de quelques légionnaires.

— Si vous voulez me faire changer de dôme, sachez que Lulu et moi formons une paire indissociable, la prévint Madeleine Hoque via le réseau local, tandis qu'Angela transmettait les nouvelles listes. Ce n'est pas négociable. La pauvre est terrifiée.

— D'accord, je vais arranger ça, répondit Angela.

Elle prit quelques secondes pour réfléchir. C'était la première fois que Madeleine lui parlait.

Une fois désactivés les équipements de la cuisine, les deux filles la rejoignirent en portant leurs sacs, escortées par Omar. Des flocons de neige se détachaient de leurs parkas et de leurs pantalons, formant de petites flaques sur les dalles du sol.

— Mon Dieu ! pour faire mauvais, il fait mauvais, dit Paresh en scellant les rideaux externes et internes.

— À mon avis, le chapiteau de la cantine ne va pas durer longtemps, annonça Lulu en ouvrant sa parka. Le toit s'affaisse déjà sous la neige. Il ne va pas tarder à céder de nouveau.

— Avec une météo pareille, il ne nous sert pas à grand-chose, de toute façon, remarqua Paresh.

— Tant que les cellules d'énergie fonctionnent..., lança Omar en aidant Madeleine à accrocher son sac à un crochet du plafond.

— Est-ce qu'elles vont fonctionner longtemps ? demanda nerveusement Lulu.

— Oui, répondit Angela. Oleg m'a dit qu'elles pouvaient supporter des conditions bien pires encore. Je m'inquiète davantage pour les e-Rays. Si vous jetez un coup d'œil à la télémétrie, vous constaterez que le plus proche a des soucis de systèmes de vol. Pas étonnant, vu l'activité électrique dans ces nuages.

Lulu s'affaissa sur un lit de camp et se prit la tête à deux mains.

— Pourquoi ne viennent-ils pas nous chercher ? se plaignit-elle d'une voix haut perchée.

— Ne t'en fais pas, la rassura Madeleine en s'asseyant à côté d'elle. Ça va nous faire des vacances ; on n'aura plus ni à cuisiner ni à nettoyer pendant un jour ou deux. Eh ! et on est protégées par deux légionnaires, ajouta-t-elle en lui donnant un léger coup de coude. Pas vrai, Omar ?

Celui-ci adressa à Lulu un sourire amical.

— Il ne peut rien vous arriver de mal avec Paresh et moi dans le coin. Vous pouvez compter sur nous, on ne vous laissera pas tomber. Et vous savez pourquoi ?

Lulu releva la tête, le regarda et renifla bruyamment.

— Pourquoi ?

— Parce qu'on n'est pas des officiers.

Elle parvint à sourire un peu.

Comme ils n'avaient besoin que de cinq lits, ils entreprirent d'organiser leur espace vital, transformant deux couchages en canapés et installant le radiateur circulaire au centre du dôme afin que chacun puisse s'asseoir devant pour profiter de sa chaleur. La température de l'air monta rapidement, si bien qu'ils purent retirer leur couche externe de vêtements. En revanche, ils gardèrent tous leur veste de protection. Un rideau fut suspendu autour des toilettes chimiques. Angela resta en liaison permanente avec les particules intelligentes de l'entrée. Les maillages les informeraient si quelque chose de gros essayait d'entrer.

Comme le vent se faisait de plus en plus violent, Elston contacta individuellement chacun d'entre eux pour s'assurer qu'ils étaient bien à l'abri.

— Personne ne devra mettre les pieds dehors tant que le blizzard ne sera pas tombé, ordonna-t-il. En cas d'urgence médicale, vous devrez être accompagné d'un légionnaire pour vous rendre à la clinique.

— Il est parano, conclut Madeleine en coupant la liaison. Il devrait se détendre un peu et laisser les gens penser par eux-mêmes.

— Il y a quelque chose de dangereux dehors, rétorqua Paresh. Il craint pour notre sécurité.

On n'était qu'en milieu d'après-midi, mais, en scellant l'entrée, Angela avait eu le temps de voir les dernières lueurs rosées du ciel disparaître derrière l'oppressante couche nuageuse. Ils entendaient le vent souffler contre les panneaux fins de l'abri, bruit de fond interrompu de façon occasionnelle par le son mat produit par un objet renversé. Les épais rideaux de plastique qui servaient de porte vibraient en permanence, mais le sceau tenait. Les deux lanternes de lumière blanche suspendues au milieu des sacs se balançaient en rythme, projetant des ombres sur les parois incurvées. Au centre exact du dôme, le radiateur circulaire émettait une douce lumière orangée.

Les panneaux n'étaient pas sans poser des problèmes, découvrit Angela. Constitués de fibres tressées pour optimiser leur résistance aux torsions, ils étaient certainement capables de résister au vent ou à une nouvelle averse de grêle. Toutefois, l'équipe de Karizma, prise par le temps, s'était concentrée sur le maintien de l'intégrité physique des dômes, laissant de côté les questions de charge thermique, par exemple. Le radiateur produisait un bon courant de convection au centre de la pièce, mais les panneaux se refroidissaient rapidement dans le blizzard. La condensation s'accumula, dégoulinant le long des parois pour former de petites flaques sur le sol. Bientôt, les gouttelettes devinrent des cristaux de glace scintillants, et, très vite, ils se retrouvèrent au centre d'une caverne de diamants aux murs couverts de givre épais.

Angela sortit la pelote de laine bleu et vert qu'elle avait demandée à Ophelia Troy de lui imprimer et se mit à tricoter. La fibre touffue était complètement synthétique, évidemment, mais elle avait la plupart des propriétés de la vraie laine. Plus important encore, lorsqu'elle en faisait un bonnet avec de longs rabats pour les oreilles, la fibre respirait. Les parkas et les pantalons fabriqués à la hâte n'étaient pas très poreux, aussi la sueur s'accumulait-elle dans les couches de vêtements, qui se refroidissaient très désagréablement. Les collaborateurs de Karizma avaient promis de remédier à ce problème dès que le blizzard se calmerait.

— Ma grand-mère tricotait aussi, lança une Lulu fascinée. Qu'est-ce que vous faites ?

— Un bonnet, répondit Angela en souriant à Paresh. Qui tient sous un casque.

— C'est un art oublié, dit Madeleine. Je crois savoir où vous l'avez appris.

— Il faut bien occuper les détenues. En prison, on apprend tout un tas d'activités débiles comme celle-ci. Jamais je n'aurais pensé que ça me servirait un jour.

— Pourquoi tu t'es inscrite à ce cours, alors ? s'enquit Paresh.

Angela brandit une aiguille et eut un sourire en coin.

— Tu n'imagines pas comme cet objet a pu m'être utile, à Holloway.

— Tu vas les poursuivre en justice ? demanda Omar. Je veux dire… putain ! vingt ans !

— S'ils sont malins et qu'ils m'offrent une compensation décente, je n'aurai pas besoin d'en arriver là.

Angela se concentra sur son ouvrage. Le « clic ! clic ! clic ! » des aiguilles était à peine audible par-dessus les grondements du vent et les claquements des rideaux en plastique de l'entrée.

— Personnellement, je ne supporterais pas de rester enfermée pendant vingt ans, dit Lulu. Surtout si je n'ai rien fait de mal. Aucune somme d'argent ne peut réparer ce préjudice. C'est tellement injuste.

— Tout a un prix, rétorqua Angela. Et ce ne serait qu'un début.

— Et les gens qui t'ont jetée en prison ? demanda Omar. Ils ont dû dissimuler des preuves. Ils sont corrompus et doivent tomber.

— J'ai autre chose à faire que de perdre mon temps à essayer de ruiner leur carrière.

Elle montra la forme hémisphérique ; ne manquaient plus que le bord et les rabats pour les oreilles.

— Vous savez, ils seront tous morts depuis quatre siècles quand j'en serai à la moitié de mon existence. En matière de revanche, on peut difficilement faire mieux.

— Euh… ça vous fait quel âge, au fait ? s'enquit une Lulu émerveillée.

Angela la gratifia d'un clin d'œil.

— Disons que je suis assez vieille pour que vous m'écoutiez…

* * *

Après qu'elle eut terminé le bonnet et qu'elle se fut assurée qu'il entrait sous le casque de Paresh, Angela entreprit de se tricoter une écharpe. Ensuite, elle ferait des gants, décida-t-elle. Puis une paire de grosses chaussettes. Alors seulement, elle prendrait des commandes.

Les cristaux de glace qui couvraient les parois du dôme commencèrent à s'allonger comme des stalactites. Chaque fois que quelqu'un traversait le sol givré, ses bottes raclaient une fine couche de cristaux. Dans la soirée, le tonnerre se mit à gronder à l'extérieur, mais le bruit était étouffé par la neige qui continuait à tomber en quantités importantes.

Installé dans la cabine du biolab-2, Roarke Kulwinder partagea avec tout le camp le spectacle des éclairs qui zébraient le ciel derrière le voile blanc mouvant enveloppant le véhicule. Les câbles reliant les engins et les dômes tenaient bon, permettant à Elston, Botin et au sergent Raddon de contrôler constamment les maillages corporels des hommes. Les capteurs de tous les dômes étaient reliés à des programmes de surveillance qui réagiraient dans l'instant si le monstre essayait de pénétrer le périmètre.

— Il lui faudrait un système de navigation inertielle pour nous trouver là-dedans, conclut Omar après avoir observé le blizzard pendant quelques minutes à travers les yeux de Roarke.

Ils préparèrent leur dîner à 19 heures, réchauffant des sachets de ragoût de porc et du thé dans le four à micro-ondes. Angela surprit Madeleine à la regarder à plusieurs reprises, tout comme celle-ci l'avait surprise à l'observer depuis l'autre côté du dôme. Un observateur extérieur n'aurait rien remarqué, pensa Angela avec une ironie désabusée. Elle avait vu cela à Holloway à de nombreuses reprises : les provocations silencieuses, la politesse rigide en public. Et puis, dès que les gardes avaient le dos tourné, on se battait, on baisait ou on faisait le mur ensemble. Sauf qu'à Holloway, aucune détenue n'avait jamais atteint aucun mur.

Tout le monde se coucha à 21 heures, après un autre sachet de thé. Angela enfila deux pantalons et deux tee-shirts à manches longues avant de passer un pull et de se visser un bonnet en laine – son tout premier – sur le crâne. Elle parvint également à mettre trois paires de chaussettes avant de se glisser dans son sac de couchage. Omar prit le premier tour de garde, permettant à Paresh de se coucher sur son lit de camp, près d'Angela. Ils échangèrent un sourire, satisfaits de cette proximité. Les lanternes n'émettaient plus qu'un faible halo de lumière, tandis que le radiateur continuait à rougeoyer au centre du dôme, brassant des champignons d'air chaud vers le plafond. Les cristaux de glace scintillaient encore davantage dans la pénombre. À l'extérieur, le vent et le tonnerre poursuivaient leur bataille. Les rideaux en plastique de l'entrée crissaient sans arrêt comme des violons mal accordés. Angela savait qu'elle ne parviendrait jamais à s'endormir.

Mercredi 3 avril 2143

Une main l'agrippa par l'épaule et la secoua vigoureusement. Angela eut le plus grand mal à émerger du sommeil. Lorsqu'elle parvint enfin à ouvrir les yeux, elle se rendit compte qu'elle avait une migraine terrible.

— Quoi ? coassa-t-elle.

Madeleine était à genoux à côté de son lit de camp, le visage pâle. Elle semblait avoir du mal à respirer, comme si elle se tenait au sommet du massif de l'Éclipse.

— L'air ! grogna-t-elle. Le dioxyde de carbone. Il nous tue.

Merde ! Angela jeta un coup d'œil circulaire sur le dôme et avisa Omar, étendu ventre à terre à côté du radiateur. Le vent et le tonnerre ne s'étaient pas calmés. Au prix d'un effort surhumain, elle réussit à s'extirper de son sac de couchage. Madeleine rampait très difficilement vers l'entrée. Elle tomba plus d'une fois. Angela faillit perdre connaissance en se tortillant sur le sol. Les deux jeunes femmes arrivèrent enfin devant le rideau secoué par le vent et parvinrent à l'ouvrir un peu au niveau du sol. Le sceau était étanche pour empêcher le vent et la neige de s'engouffrer à l'intérieur.

Angela inspira profondément, avalant la petite quantité d'air emprisonnée entre les deux rideaux. Le temps de quelques secondes, ses idées s'éclaircirent. Elle savait que cela ne durerait pas. Elle se mit à genoux et, vacillante, attrapa le rideau extérieur et tira.

Une rafale saturée de neige la frappa de plein fouet et la fit basculer en arrière. La poudre blanche déferla contre le premier voile de plastique, pénétra dans le dôme et lui recouvrit aussitôt les jambes. Il faisait froid, terriblement froid. Les lanternes se balançaient violemment, heurtant les paquetages. Tout ce qui n'était pas fixé se retourna. Le rideau qui entourait les toilettes chimiques se décrocha et se joignit au minicyclone. D'étranges éclairs illuminèrent l'intérieur du dôme pendant une seconde, puis disparurent.

—Alerte générale! cria Angela à son i-e. Il faut réveiller tout le monde!

Elle agita les jambes pour se dégager.

Le vent fit tomber par terre Paresh et Lulu, qui s'agitèrent dans leurs sacs de couchage. Le radiateur bascula sur un Omar à demi conscient. Le légionnaire gémit comme la surface rougeoyante entrait en contact avec sa joue et son oreille. Sa chair crépita, produisant des volutes de fumée. Il se retourna instinctivement. Un nouvel éclair illumina cette scène macabre.

—Que se passe-t-il? demanda Elston.

Angela se releva à grand-peine. Madeleine essayait déjà de refermer le rideau externe, mais il y avait tant de neige sur le sol que la glissière était bloquée à mi-parcours. Une aveuglante lumière blanc-bleu s'infiltra en dessous.

—Un excès de dioxyde de carbone, répondit Angela en scrutant les ténèbres du plafond, où étaient suspendus les lanternes et les sacs.

Sur le panneau le plus élevé, trois grilles étaient censées laisser passer l'air mais pas la pluie. Elles étaient couvertes de givre, comme le reste de la paroi interne, mais elles n'auraient pas dû être bouchées.

—Les grilles ne fonctionnent pas. Il faut prévenir tout le monde.

Groggy, luttant contre une migraine insupportable, Paresh s'extirpa de son sac de couchage, releva le radiateur et l'éteignit. Celui-ci s'arrêta aussitôt de rougeoyer. Puis Paresh augmenta la puissance des lanternes. Prostrée sur le sol, prisonnière de son duvet, Lulu pleurait comme un bébé. Ses geignements couvraient presque les hurlements du blizzard.

Angela aida Madeleine à tirer la glissière du rideau externe jusqu'à la neige, haute de cinquante centimètres. Le temps de s'attaquer au rideau interne, elle ne sentait presque plus ses doigts. Sa chair était blanche, et elle tremblait violemment.

— Merci, dit-elle à Madeleine en claquant des dents. Comment avez-vous su ?

— Mes cellules intelligentes m'ont prévenue, haleta la jeune femme. Elles surveillent ma respiration.

— D'accord…

Angela ne savait pas quoi dire. Les cellules de Madeleine étaient peut-être d'excellente qualité. Et donc trop onéreuses pour une jeune Geordie [1] payée le salaire minimal pour nourrir des soldats. Elle préféra se taire et agrippa fermement l'épaule de la jeune femme. Elle la touchait pour la première fois. Ses yeux s'emplirent de larmes.

— Nous sommes en vie, murmura-t-elle dans un sourire désespéré.

— Et ça va continuer ainsi.

Elles se regardèrent pendant un long moment.

— J'ai besoin d'aide, lança Paresh. Le kit de premiers secours, vite.

— J'arrive, répondit Angela.

Elle se releva péniblement et demanda à son i-e de localiser le marquage intelligent du kit. Le dôme était sens dessus dessous. Une vue virtuelle du cercle s'afficha dans sa grille ; un icone violet clignotait sur le lit de Lulu. Angela effaça l'image et attrapa le kit.

---

1. Surnom donné aux habitants de la région de Tyneside en Angleterre. (*NdT*)

Un côté du visage d'Omar était dans un sale état. Sa peau était profondément brûlée et craquelée, révélant la chair rouge, en dessous. Paresh lui plaqua une dose d'analgésique sur le cou et vaporisa la surface calcinée de mousse cicatrisante.

Angela entreprit de contrôler les communications internes du camp. Quatre des cinq autres dômes avaient répondu et confirmé que le dioxyde de carbone s'était dangereusement accumulé, que les grilles étaient bouchées et que certains de leurs occupants avaient perdu connaissance. Heureusement, on avait ouvert les rideaux pour faire entrer de l'air frais dès que l'alerte avait été donnée. Comme le sixième dôme ne répondait pas, Leora Fawkes et Roarke Kulwinder sortirent du biolab-1 et s'enfoncèrent dans la tempête. S'accrochant l'un à l'autre, ils réussirent à s'approcher du dôme et à desceller les rideaux en plastique. À l'intérieur, tout le monde était vivant mais avait perdu connaissance – Josh Justic, les pilotes Lorelei et Juan-Fernando, Bastian North2 et Oleg Dorchev.

Atyeo et Ophelia Troy inspectèrent leur dôme et découvrirent l'origine du problème. Le vent avait empli les ventilations de poudreuse, les bloquant complètement. Le nettoyage était aisé, mais devait être fait de l'extérieur.

Les rapports médicaux n'étaient pas très bons. Lorelei, Oleg, Winn Melia, Chris Fiadeiro, le sergent Raddon et Forster Wardele souffraient d'une intoxication au dioxyde de carbone. Et puis, il y avait le visage brûlé d'Omar. Le docteur Coniff voulait que ses infirmiers s'occupent en priorité des cas d'empoisonnement. Elle voulait également qu'on transporte Omar à la clinique afin de traiter ses brûlures et de vérifier que ses yeux n'avaient pas souffert. Antrinell et Darwin Sworowski mettraient Omar sur une civière et le tireraient sur la neige comme un traîneau, escortés par Botin et Gillian Kowalski, qui reviendraient avec Chitty et Sakur. Les deux infirmiers feraient alors le tour des dômes et examineraient les cas d'empoisonnement les plus graves.

Restait donc à s'occuper des ventilations. Elston refusait qu'on laisse ouverts les rideaux en plastique, car ils protégeaient les hommes contre le blizzard et compliqueraient un peu la tâche du monstre, s'il venait à se manifester. Il choisit de confier les missions de nettoyage à un binôme par dôme – un légionnaire accompagné d'un civil. Ceux-ci surveilleraient l'accumulation de poudreuse et renouvelleraient l'opération toutes les deux heures. Ce serait contraignant, mais il n'y avait pas d'autre moyen d'éviter une intoxication sans s'exposer constamment aux éléments impitoyables.

Angela devait sortir avec Paresh. Elle enfila sa parka dans l'atmosphère désormais glaciale du dôme, ses mains engourdies peinant à remonter la glissière. Tandis qu'elle cherchait ses bottes, Madeleine consolait une Lulu éplorée. Les gants qu'elle avait utilisés la veille étaient encore humides et commençaient à geler. Elle remit le radiateur à sa place et le ralluma pour se réchauffer les mains. Les gouttelettes tombèrent sur le cercle orangé, où elles s'évaporèrent en sifflant, tandis que ses engelures lui rongeaient les doigts. Pendant qu'elle se préparait à sortir, Madeleine aida une Lulu inconsolable à mettre sa parka. Paresh augmenta la dose d'analgésique d'Omar et l'enveloppa dans son sac de couchage.

Des mains agrippèrent le rideau en plastique externe.

—Qui va là ? cria Angela.

D'un même mouvement fluide, Paresh leva son Heckler et le pointa vers l'entrée.

—Antrinell, répondit une voix dans le vent.

Le sceau s'ouvrit, et une rafale s'engouffra à l'intérieur. Angela saisit la base du radiateur pour l'empêcher de se renverser et l'éteignit par précaution. Un bref éclair mit en évidence une silhouette agenouillée sur un monticule de neige.

Antrinell se glissa à l'intérieur. Sa parka et son pantalon étaient couverts de gros morceaux et de chapelets de neige. Le faisceau de la lampe de son casque balaya l'intérieur du dôme.

— Désolé de vous avoir effrayés. Cette saloperie d'orage perturbe nos liaisons. On ne peut plus rien émettre.

— Je n'avais encore jamais vu d'éclairs comme ceux-là, acquiesça Angela.

La silhouette massive sembla hausser les épaules. Derrière Antrinell, Darwin rampait à son tour par l'ouverture. À eux quatre, ils parvinrent à manipuler un Omar à demi conscient et gémissant, à le faire sortir de l'abri et à l'allonger sur la civière, dont la moitié supérieure était équipée d'un genre de toit destiné à protéger la tête et le torse du blessé. Les conditions étaient telles qu'Angela doutait fortement de son utilité. Néanmoins, Omar avait besoin de voir le doc, et ce serait mieux que rien.

Gillian leur fit signe, tandis qu'Antrinell et Darwin agrippaient les harnais et s'éloignaient dans la tempête, la tête basse et le dos courbé. Des éclairs striaient constamment le ciel ; non pas de simples éclairs ramifiés, mais de véritables boules d'énergie aveuglantes, qui jaillissaient des nuages invisibles tel un barrage de tirs d'artillerie. Les sphères explosaient en touchant le sol, déroulant de longues vrilles d'électrons qui fouettaient les alentours avant de se dissiper.

— Bordel ! beugla Paresh.

— On va devoir déneiger, cria Angela.

La couche de neige mesurait un bon mètre, à présent, et atteignait deux ou trois mètres contre certaines surfaces. Les explosions d'énergie occasionnelles montraient les véhicules comme de simples monticules blancs.

— OK, lança Paresh. Trouvons de quoi creuser.

Angela s'accroupit et se faufila de nouveau dans l'ouverture. À l'intérieur, l'environnement était à peine plus calme ; des particules de glace virevoltaient dans des tourbillons d'air. Terrorisée et épuisée par les effets du dioxyde de carbone, Lulu la regardait avec des yeux ronds.

— On va devoir dégager l'entrée, lui expliqua Angela par-dessus le vacarme. Autrement, on n'arrivera jamais à sceller correctement les rideaux.

— D'accord, acquiesça Madeleine.

La jeune femme redressa son sac, ouvrit une poche et en sortit un couteau à l'air dangereux. La lame renforcée au diamant eut rapidement raison d'un lit de camp, le découpant en quatre grands carrés de plastique.

— Merci.

Angela chaussa ses lunettes de soleil pour se protéger du vent et de la neige, attrapa un des carrés et retourna dans le blizzard. De l'intérieur, Madeleine envoyait de grandes pelletées de neige dehors, dont la moitié lui revenait aussitôt à la figure. Angela se mit au travail, s'efforçant de tailler un genre de rampe jusqu'à l'entrée. À ce rythme-là, il ne faudrait pas plus de deux jours pour ensevelir complètement le dôme, pensa-t-elle.

Madeleine tira sur la glissière des rideaux, diminuant l'ouverture et empêchant une partie de la neige de revenir dans le dôme. Encore quatre ou cinq pelletées, et elle pourrait tirer la glissière de quelques centimètres.

Comme Angela s'activait, la neige portée par le vent violent lui picotait les joues. Elle devait constamment essuyer ses lunettes, mais elle se félicitait de bénéficier de leur protection. Elle sentait de moins en moins ses doigts. Bientôt, il devint aussi difficile de tenir fermement le morceau de plastique aux contours irréguliers que de jeter son contenu dans les airs. La foudre sphérique continuait à exploser de façon effrayante. Une boule de feu frappa tout près. Angela tressaillit sous ses lourds vêtements, tandis que des vrilles d'électrons colorées dansaient au-dessus de sa tête puis se déchargeaient dans un des véhicules ensevelis sous la neige.

Combien de temps fallut-il à Madeleine pour sceller complètement les deux rideaux de plastique ? Angela n'en avait pas la moindre idée. Elle ne sentait plus ses mains et ses joues étaient tout engourdies. L'air qu'elle inspirait lui brûlait la gorge. La foudre frappait tout autour du camp.

Paresh colla sa tête contre la sienne.

— Il faut nettoyer les aérations.

— Je ne sens plus mes mains.

— Tiens, lança-t-il avant de s'emparer du carré de plastique et de lui mettre le Heckler dans les mains.

Il rampa sur le flanc du dôme. Les éclairs se calmèrent et un voile d'obscurité recouvrit le décor.

L'i-e d'Angela l'informa de l'établissement d'une liaison à la faveur des conditions plus favorables.

— Comment ça se passe ? lui demanda Elston.

— On a dégagé la porte et on va s'occuper de l'aération, expliqua-t-elle en omettant bien sûr de lui dire qu'elle était armée. Omar est-il arrivé à la clinique ?

— Oui. Coniff dit qu'il s'en tire plutôt bien. Son œil n'est pas endommagé, juste les tissus qui l'entourent. En revanche, il aura sans doute besoin de chirurgie réparatrice.

— Vous avez vu ces éclairs ?

— Oui.

Comme pour accentuer sa question, une boule de plasma violet frappa le chapiteau de la cantine couvert de glace, envoyant des pétales d'électrons en tous sens. L'installation commune ne résista pas au choc, s'écroulant dans une éruption de neige. Angela baissa la tête pour ne pas prendre de plein fouet le nuage de particules projetées par l'affaissement de la structure, mais faillit être déséquilibrée. La liaison crachota quelques instants.

— Putain ! gémit-elle. (Elle releva la tête et vit Paresh se remettre à nettoyer frénétiquement l'aération comme les ténèbres reprenaient possession du camp.) Elston, si la foudre frappe nos réservoirs de carburant…

— Je sais, je sais, mais on ne peut rien y faire pour l'instant. Et puis, Oleg m'a dit qu'ils étaient censés pouvoir résister aux éclairs.

— Ce ne sont pas des putains d'éclairs ordinaires ! On se croirait sous le feu ennemi. Ça va durer encore combien de temps ?

— Je n'en sais rien. On a perdu le contact avec l'e-Ray il y a une heure, mais juste avant ça, le radar météo nous montrait une masse nuageuse très impressionnante. D'après les gars des VAA, il faut compter encore une dizaine d'heures.

— Dix heures à ce régime ? Vous vous foutez de moi ?

— Malheureusement, non. Est-ce que vous voyez Sakur et Kowalski ? Ils ont quitté le dôme de Justic il y a cinq minutes. Ils se dirigeaient vers celui d'Atyeo pour voir où en étaient Raddon et Forster.

— Je distingue à peine mes propres mains !

— D'accord…

La double alarme afficha des icones rouges dans la grille d'Angela. La première était transmise par Mohammed : une intrusion. L'autre…

— Merde ! aboya-t-elle.

Le maillage corporel de Tork Ericson appelait à l'aide. Ses données médicales étaient pour le moins alarmantes. Sa pression artérielle chutait à vue d'œil, son rythme cardiaque s'accélérait. Angela se concentra sur les chiffres relatifs à son cœur, craignant qu'il cesse de battre.

— Vous avez vu ça ? demanda-t-elle.

— Il est là ! lâcha Elston. Il nous attaque !

— Tu vois quelque chose ? s'enquit Paresh en se laissant glisser au sol.

Angela se retourna vers les émissions du maillage corporel de Mohammed, superposant les données de sa grille à sa visibilité réduite. Elle retira ses lunettes de soleil. Une nouvelle sphère de plasma tomba derrière elle, transformant la neige en poussière cométaire indigo. Durant un bref moment, elle put voir tous les dômes. Des gens se tenaient autour de plusieurs d'entre eux, silhouettes massives et maladroites, comme Paresh et elle. Elles se ressemblaient toutes. Tandis que les vrilles lumineuses fouettaient l'atmosphère, elle aperçut une personne étendue dans la neige. Le programme de profilage de sa grille l'informa qu'il s'agissait de Tork. Tork, dont le sang sombre jaillissait d'une blessure à la gorge. Tork, au-dessus duquel se tenait un Mohammed choqué et effrayé par ce carnage. Derrière eux se dressait une autre silhouette, aussi grande et aussi méconnaissable que les autres, quoique dépourvue d'identifiant de maillage corporel sur la grille. Une silhouette qui s'éloignait dans le blizzard. Apparemment peu gênée par le vent et la neige.

—Mohammed ! hurla Angela. Derrière toi !

Elle essayait désespérément de retirer le cran de sûreté du Heckler, maudissant ses doigts engourdis et les couches inutiles et encombrantes qui les entravaient.

La lumière de la foudre se dissipa, replongeant le camp dans l'obscurité. Elle réussit enfin à défaire le cran de sûreté avec ses gants rigidifiés par le gel. Elle leva le canon de l'arme et utilisa sa grille pour le pointer dans la direction supposée du monstre. Elle attendit… Son doigt insensible s'enroula autour de la détente. Elle attendit… Et jura, car le système de visée du fusil refusa la connexion à son i-e. Elle n'avait pas les bons codes. Elle attendit…

—Paresh, j'ai besoin de…

L'orage cracha une boule brûlante de plasma couleur gentiane, qui frappa le sol du côté des Qwik-Kabins. Angela savait qu'elle n'aurait qu'une seconde devant elle. La sphère explosa en une couronne d'électrons bouillonnants. Le panorama lui apparut une nouvelle fois. Tork étendu dans la neige. Mohammed au-dessus de lui, le fusil d'assaut brandi, tournant dans toutes les directions pour tenter de repérer le tueur, son fin laser de visée transperçant la neige dense. Et le monstre, tout juste visible, qui s'éloignait dans le blizzard sans aucune hésitation.

Angela agrippa l'arme, visa droit devant elle et appuya sur la détente. Les balles grondèrent en quittant le canon rougeoyant. La lumière de l'éclair se dissipa. Elle savait qu'elle n'avait pas touché sa cible. Le monstre continuait à s'éloigner tranquillement sans se soucier des balles qui sifflaient autour de lui.

— Fils de pute !

Mohammed tirait aussi, à présent. Elle entendait son fusil tousser malgré les hurlements du vent. Les yeux plissés, elle distinguait les flammes blanc-bleu qui jaillissaient du canon. Et même le laser de visée, qui tentait de transpercer la neige.

Trop tard, évidemment. La créature n'était plus là. Elle était retournée dans sa si parfaite cachette. Jusqu'à la prochaine fois.

* * *

Le blizzard dura encore sept heures. Angela et Paresh durent ressortir à trois reprises pour nettoyer l'aération du dôme. Chaque fois, la neige était plus épaisse contre les parois, les obligeant d'abord à dégager l'entrée.

— Ça va devenir problématique, remarqua Madeleine après leur deuxième excursion. Ça doit peser très lourd, tout ça, ajouta-t-elle en désignant d'un regard méfiant les parois figées dans la glace.

Malgré le radiateur qui fonctionnait sans arrêt, le givre ne fondait pas. La neige qui s'était engouffrée à l'intérieur lorsqu'ils avaient ouvert le rideau pour évacuer le CO_2 était toujours là, qui formait un monticule, un volcan miniature d'où s'écoulaient des ruisseaux. Elle fondait lentement sur le plancher avant de geler de nouveau, produisant une pellicule extrêmement glissante et dangereuse.

Ophelia Troy avait conçu de nouvelles aérations censées ne plus se boucher. Karizma Wadhai et elle travaillaient désormais sur les plans d'un tunnel d'entrée qui transformerait les dômes en igloos et les protégerait davantage du blizzard.

— Ouais, enfin, il faut d'abord libérer la microfacture, fit remarquer Paresh comme la nouvelle se répandait sur le réseau local.

Depuis le massacre de Tork, Elston partageait toutes les informations susceptibles de remonter le moral des troupes. Toutes les dix minutes, on vérifiait également où se trouvaient tous les hommes.

— Pour dégager la microfacture, il va falloir concevoir et imprimer des pelles, dit Angela.

Madeleine sourit.

— Mais pour imprimer des pelles, il faut déjà accéder à la microfacture.

Tous les trois cognèrent leurs mugs pour souligner ce trait d'humour.

— Les bulldozers ne peuvent pas dégager toute cette neige ? demanda une Lulu incrédule.

La pauvre jeune femme était désespérée depuis le meurtre de Tork. Blottie dans son sac de couchage, elle ne disait presque plus rien. Quand elle se retournait vers la paroi du dôme, les autres l'entendaient souvent sangloter.

— Si, si, acquiesça Paresh d'un ton doux. Ils vont bien nous aider. Ne vous en faites pas. Si on peut survivre à une nuit comme celle-là, on peut survivre à tout.

Une sphère d'électricité frappa le sol quelque part à l'extérieur. Techniquement, le jour était en train de se lever et l'orage de se calmer.

— On ne pourrait pas, je ne sais pas moi, se tirer d'ici à bord des hélicoptères ? demanda Lulu.

— Leur rayon d'action n'est pas suffisant pour atteindre Sarvar, répondit Angela, compatissante.

— Mais la piste est recouverte de neige ; elle est impraticable pour les avions.

— Les Daedalus peuvent être équipés de skis, intervint Paresh. J'en ai vu quand on s'entraînait en Russie du Nord, il y a deux ans.

— Oh !…, fit Lulu avant de se retourner une nouvelle fois.

Le vent se calma considérablement en milieu de matinée. Avec lui disparurent les derniers lambeaux de nuages. Seuls quelques cirrostratus moribonds flottaient à haute altitude tandis que la lumière rosâtre de Sirius éclairait le camp assiégé. Les rideaux de plastique des dômes étaient ouverts, et les gens émergeaient dans le paysage arctique rubicond. Durant les premiers jours, la neige était restée accrochée aux arbres, buissons et plantes grimpantes de la jungle, les enveloppant d'un manteau blanc et bulbeux. L'ensemble avait une allure étrange, bizarre, mais ne défigurait pas tout à fait la jungle. À présent, la végétation foisonnante était ensevelie sous des congères passives. Les arbres les plus grands – les fouettards, vampspires et métacoyas – se dressaient, résolus, au-dessus du tapis blanc vallonné. Toutefois, ils étaient couverts d'une couche de glace remarquablement transparente épaisse de cinq à dix centimètres. Prisonnières sous la surface cristalline ondulée, les feuilles qui n'étaient pas tombées formaient une frange vert céladon irrégulière autour des plus grosses branches.

Au-dessus de ce paysage hivernal glacé et dévasté, les aurores boréales étaient revenues en force. Des rivières phosphorescentes serpentaient paresseusement dans le ciel de St Libra, projetant des couleurs inquiétantes au sol.

Angela se tenait devant le dôme qui l'avait abritée et presque tuée. Seule sa moitié supérieure n'était pas ensevelie, tout en étant figée sous une fine croûte de neige. Autour d'elle, les champs blancs luisaient d'un éclat violet, comme s'ils étaient chargés électriquement, avant de virer au bleu-vert de la mer des Caraïbes, puis au vert émeraude de la jungle désormais invisible. La séquence variait avec les ondulations silencieuses qui parcouraient le ciel. La lueur iridescente était toujours là qui ajoutait son scintillement spectral à celui de la neige.

Le personnel de Wukang bougeait comme s'il était drogué, victimes traumatisées échangeant des paroles ineptes. Pour la première fois, Angela se surprit à apprécier Elston. Il était celui qui se donnait du mal pour réveiller tout le monde, arpentant le camp de long en large, montrant à tous qu'il se souciait d'eux, qu'il compatissait à leurs malheurs. Il distribuait les ordres, expliquait comment ils allaient traverser les épreuves qui les attendaient.

Les bulldozers étaient la priorité de l'équipe des véhicules terrestres. Une quantité astronomique de neige était tombée sur le camp, et il fallait faire quelque chose. Elston avait passé une bonne partie de la matinée à discuter avec ses chefs de département via une liaison locale sécurisée.

Le corps de Tork Ericson fut transporté à la clinique, où le docteur Coniff pratiqua une autopsie rapide. La cause de la mort était facile à déterminer. Un fagot de cinq lames extrêmement coupantes lui avait transpercé la gorge, détachant presque la tête du tronc.

— Cela nous donne un léger avantage, dit Elston comme Coniff faisait glisser le cadavre dans un des deux réfrigérateurs de la morgue.

— Un avantage ?

— Ericson portait une veste de protection, comme je l'avais ordonné. Normalement, la créature prend le cœur pour cible. Cette fois-ci, elle n'a pas pu le faire. La veste a protégé Tork.

— Elle a protégé son torse, le corrigea Coniff.

— Dans ce cas, nous devons fabriquer de l'armure intégrale pour tout le monde. Ça rendra nos déplacements difficiles, mais ce sera toujours mieux que de mourir.

Le docteur désigna les vêtements de la victime jetés dans un évier. La neige accrochée à la parka fondait, imbibant les autres habits.

— Dites-moi, comment le monstre pouvait-il savoir que Tork portait une veste de protection ? Il avait sa parka par-dessus. On ne pouvait pas la voir.

Elston regarda tour à tour la pile de vêtements trempés et la porte rectangulaire du réfrigérateur.

— Je ne sais pas, admit-il.

* * *

Une fois les bulldozers dégagés et leurs cellules électrogènes démarrées, leur priorité fut d'exhumer le local abritant la microfacture. Lorsqu'ils eurent terminé de tailler une rampe devant l'entrée de cette dernière, les grosses machines jaunes firent le tour de tous les véhicules garés autour du camp. Une heure plus tard, des rampes avaient été creusées devant chacun d'entre eux, et les bulldozers purent s'occuper des dômes.

Ensuite, on dégagea et démarra les deux chariots élévateurs automatisés. Elston et Ophelia Troy avaient décidé qu'ils ne pouvaient pas prendre le risque de voir les dômes contenant les vivres ensevelis sous la neige. C'était pourtant ce qui risquait d'arriver en cas de blizzard aussi long et aussi intense que celui qu'ils venaient de vivre. Troy avait fait part de son inquiétude au colonel concernant les effets possibles de ces conditions hivernales sur les panneaux.

Le composite pour lequel ils avaient opté n'était pas fait pour ce type d'environnement, et elle craignait qu'il se rompe sous les charges importantes qu'il supportait.

Les bulldozers creusèrent donc une tranchée puis deux rampes autour de chaque dôme. Les chariots élévateurs descendirent lentement le long des rampes du premier dôme et, avec circonspection, glissèrent leurs longues fourches sous le plancher. Travaillant de concert, les pilotes automatiques synchronisèrent les actuateurs hydrauliques qui soulevèrent l'abri et le déplacèrent sur une nouvelle portion de neige, beaucoup plus proche de la clinique. Ophelia et Karizma inspectèrent le résultat, vérifiant que les panneaux ne s'étaient pas fissurés avant d'envoyer les machines s'occuper des cinq autres dômes.

Après cela, les bulldozers et les chariots élévateurs entreprirent de rapprocher les palettes des dômes. On déplaça aussi les biolabs. Les imprimantes furent mises à contribution, produisant des aérations modifiées et des panneaux hexagonaux plus petits destinés aux tunnels d'entrée de chaque dôme, terminant de les transformer en igloos. Les câbles d'alimentation électrique et réseau furent redéployés. Tout le monde regardait le ciel de crainte de voir les nuages revenir. Sauf les légionnaires, qui scrutaient les champs de neige à l'affût du moindre mouvement.

Vers le milieu de l'après-midi, l'équipe des VAA avait préparé une Chouette pour un décollage assisté par fusée. Ce dispositif était issu d'un kit standard, que Wukang possédait en trois exemplaires, censé pallier l'absence de piste de décollage, même courte, ou tout simplement de terrain dégagé. L'étendue de neige entourant le camp était libre de tout obstacle, mais Ken Schmitt, le chef de l'équipe des VAA, n'était pas certain de ce qui arriverait si la Chouette tentait de décoller de façon conventionnelle. Glisserait-elle et prendrait-elle les airs sans problème ou bien s'enfoncerait-elle dans la poudreuse ? Avec le soutien d'Elston, Ken Schmitt décida de ne prendre aucun risque. L'équipe fixa une paire de boosters à carburant solide de chaque côté du fuselage, et l'engin fut tracté loin des dômes par une Land Rover. À deux cents mètres du préfabriqué administratif, on positionna le drone à la verticale, la queue enfoncée dans la neige, le nez pointé vers le ciel.

Une fois le blizzard tombé, personne n'avait été surpris de constater que l'e-Ray qui avait passé les deux derniers mois à voler à trois cent cinquante kilomètres au sud du camp ne répondait plus. L'équipe des VAA espérait propulser la Chouette à une altitude suffisante pour qu'elle communique avec l'e-Ray le plus proche – en supposant qu'il ait survécu.

Le reste du camp cessa de se préparer à affronter le mauvais temps et se rassembla pour assister au modeste feu d'artifice. L'i-e de Ken ordonna aux cellules électriques jumelles eDyne de la Chouette de s'allumer. Lorsque le réseau eut confirmé avoir procédé à la vérification de tous les systèmes, Ken bascula en mode automatique et s'éloigna pour assister au compte à rebours.

— … sept, six, cinq, quatre…, scandaient les spectateurs regroupés dans le décor hivernal et sauvage.

Les deux boosters s'allumèrent avec force flammes orangées en libérant un grand nuage de fumée. Autour de l'engin, la neige fondit, produisant énormément de vapeur. La Chouette s'éleva rapidement dans le ciel iridescent. Deux colonnes de feu et de fumée s'enroulèrent l'une autour de l'autre, dessinant une tresse, tandis que le nez de l'engin s'orientait dans la bonne direction, virant vers le système annulaire gris qui dominait le ciel au sud. Les spectateurs enthousiastes applaudirent dans le bruit assourdissant. Soixante-quinze secondes plus tard, les fusées se retrouvèrent à court de carburant et se détachèrent du fuselage de l'appareil. La trajectoire du drone s'infléchit comme il entamait sa longue ascension en spirale à travers les torrents ioniques qui zébraient le ciel, les hélices coaxiales scintillantes de sa queue tournant en silence.

Quarante-cinq minutes plus tard, alors qu'il décrivait toujours une spirale autour de Wukang, il entra en contact avec un e-Ray. Deux des quatre relais positionnés entre Wukang et Sarvar n'avaient pas survécu au blizzard. Les deux autres volaient toujours, mais étaient en mauvais état. Ils perdaient lentement de l'hélium, de l'énergie, et donc de l'altitude. Même si le ciel était dégagé, la luminosité était trop faible pour recharger complètement les cellules. Néanmoins, les deux e-Rays réussirent à maintenir une liaison ténue.

— Il a tué Ericson cette nuit, annonça Vance à Vermekia. On a failli ne pas survivre au blizzard, et ce n'était que le premier. Soit vous nous sortez de là, soit vous nous envoyez des renforts.

— Ce n'est pas une décision facile à prendre. Vous avez des preuves de ce que vous avancez ?

— Oui ! Enfin !

Il envoya le fichier de l'enregistrement visuel d'Angela. À la faveur d'un éclair, Vermekia et lui virent le corps d'Ericson étendu dans la neige et Mohammed au-dessus de lui. Une silhouette vaguement humaine s'éloignait dans la tempête tandis que les ténèbres reprenaient possession de la scène. Puis il y eut un autre éclair, et le canon d'un fusil Heckler tira frénétiquement vers l'ombre grise.

— C'est l'enregistrement de Tramelo ? demanda Vermekia.

— Oui.

— Comment expliquez-vous qu'elle soit armée ?

— Vous rigolez ? Vous avez vu dans quelles conditions nous avons passé la nuit ? Elle montait la garde pendant que Paresh nettoyait l'aération de leur dôme.

— Oui, oui, je me rends compte de la difficulté de votre situation. Toutefois, vous devez comprendre que vos images ne sont pas très parlantes. De plus, leur provenance les rend automatiquement suspectes. Elle est toujours la seule à le voir ; c'est quand même bizarre…

— Il vaut mieux entendre ça que d'être sourd. Quoique… Ericson se fait arracher la gorge par cinq lames, nous voyons une silhouette humanoïde s'enfuir, et ça ne vous suffit pas ?

— Où était Tramelo à l'heure du crime ?

— L'enregistrement que je vous ai envoyé date de quelques secondes après le meurtre. Quelques secondes !

— Je vous pose la question parce qu'on va me la poser. Votre enregistrement est intéressant, mais il ne suffira sans doute pas. L'enquête de Newcastle est terminée.

— Ça ne suffira pas ? Un autre homme a été tué. Il est mort ! Il s'est fait arracher la gorge par cinq lames.

— Je sais, mais nous sommes d'avis d'attendre. Nous voulons en apprendre davantage sur les rivalités industrielles qu'il y a derrière tout ça. Dès que Reinert sera inculpé, le Bureau de régulation financière de la GE pourra fouiller le réseau de niveau un de Northumberland Interstellar. Il sera alors facile de découvrir dans quoi trempe la société. Scrupsis est persuadé d'y trouver des traces d'opérations clandestines.

— Scrupsis ! Et l'enquête de Ralph, où en est-elle ?

— Nulle part. Hurst continue à recueillir des données.

— L'extraterrestre nous traque. Vous devez absolument nous obtenir des renforts. Parlez-en au général. Montrez-lui l'enregistrement, expliquez-lui ce qui se passe ici.

— Vance… Il est au courant. C'est lui qui attend les résultats de l'enquête de Newcastle. Le déploiement des satellites lui a été fatal. Les politiciens lui en veulent beaucoup.

— Nous avions besoin de savoir si les taches solaires étaient en rapport avec le Zanth.

— Je sais. Maintenant qu'on est rassurés, tout le monde se plaint du coût de l'opération. Passam a coupé l'herbe sous le pied de l'expédition, et maintenant, elle cherche à se planquer et crie partout que la mission est terminée.

— Un Daedalus, un seul. Avec suffisamment de légionnaires pour me donner une chance de capturer cette chose. C'est tout ce dont j'ai besoin.

— Vance, ce n'est pas si simple, vous le savez. Avec toute cette neige, les Daedalus ne peuvent plus se poser à Wukang. Et vous l'avez dit vous-même : la situation va empirer. Dans de pareilles conditions, nous n'aurions d'autre choix que de construire un nouveau portail. Même pour l'ADH, ce ne serait pas une mince affaire.

— Le Daedalus peut être équipé de skis pour les conditions arctiques. Je le sais, c'est stipulé dans sa notice. Envoyez-nous-en un. Il n'aura qu'à retourner tout de suite à Abellia.

— J'en parlerai au général. J'insisterai sur le fait que c'est très urgent, vous avez ma parole.

— Et s'il répond « non » ? Qu'adviendra-t-il de nous ? Notre situation est très mauvaise. La chaîne d'e-Rays ne résistera pas très longtemps. Que va-t-on faire ?

— Mon bureau vous a préparé un plan d'évacuation. Je vous l'envoie tout de suite au cas où les relais lâcheraient.

— Un plan d'évacuation ?

— C'est tout à fait faisable. C'était d'ailleurs prévu dès le départ. À Sarvar, vous passeriez l'hiver sans problème. Le personnel y a été réduit au strict minimum, et vous auriez largement assez de provisions et de carburant pour tenir plus d'un an. Ce serait plus sûr, aussi. L'extraterrestre aurait du mal à suivre votre convoi.

— S'il se déplace à pied, sans doute. En tout cas, il n'a eu aucune difficulté à nous atteindre, ici, au milieu de nulle part. Comment a-t-il fait pour arriver jusqu'ici ? Quelqu'un, dans votre service, a-t-il analysé cette question ?

— Vance, je suis parfaitement conscient de votre situation, croyez-moi, mais qui aurait pu prévoir que Sirius virerait au rouge ? Je vous ferais également remarquer que vous n'êtes pas les seuls à être dans une situation délicate, sur cette planète. Encore une semaine de ce régime, et nous allons devoir gérer une crise humanitaire comme on n'en a jamais connu. Les Territoires indépendants vivent déjà sur des stocks qui ne dureront pas très longtemps. Les champs d'algues ne survivront pas à un refroidissement durable. Ils représentent tout de même dix pour cent des réserves en biocarburant de la GE. La majeure partie des habitants de Highcastle campe déjà devant le portail et exige de pouvoir rentrer. Et personne ne prend aucune décision, surtout dans la GE. Les commissaires font dans leur culotte. Pour le moment, ils se contentent de se réunir pour décider quand ils vont se réunir de nouveau. Jamais rien vu de si pathétique. Même les chaînes d'information homologuées se moquent d'eux.

Vance prit une profonde inspiration.

— Bien. Mais tout ça ne servira à rien s'il y a bien une nouvelle espèce hostile sur St Libra.

* * *

Vance convoqua Antrinell et Jay Chomik dans son bureau. Le chauffage n'avait pas fonctionné durant le blizzard, permettant à la vapeur d'eau de geler sur toutes les surfaces. Maintenant qu'il l'avait rallumé, la condensation dégoulinait sur les murs et gouttait du plafond. Son unique moniteur mural affichait les images du radar météo de la Chouette, qui montraient une énorme masse nuageuse venant du nord-ouest.

À moins d'ordonner le retrait de l'appareil dans l'heure, il serait anéanti par un blizzard apparemment aussi féroce que le premier. Vermekia ne leur avait toujours pas donné la réponse du général, mais à quoi bon attendre ? La teneur de cette réponse ne faisait aucun doute.

Vermekia était un type bien, un Guerrier de l'Évangile, comme lui, dépourvu de préjugés et décidé à chasser le Mal de cet univers. Toutefois, il n'en était pas moins humain. Coincé sous le désert australien depuis des mois, il avait pris les habitudes du QG de l'ADH, assimilant la culture de l'organisation. Il n'avait pas abandonné Jésus, mais il suivait la doctrine de la bureaucratie. Il pesait le contenu politique de chaque phrase qu'il prononçait et se donnait beaucoup de mal pour étendre son réseau parmi les personnalités de haut rang. Vermekia lui rétorquerait sans doute qu'une fois atteint le sommet de la pyramide de l'ADH, il lui serait plus facile de servir les intérêts des Guerriers de l'Évangile. Sans doute. Cependant, bloqué qu'il était dans un désert polaire nouvellement formé, isolé du reste de l'humanité, Vance éprouvait les plus grandes difficultés à appliquer les enseignements de Jésus, à pardonner. Vermekia avait manifestement succombé au plus ancien de tous les péchés : l'orgueil.

— Je pense que nous ne recevrons aucune aide pour l'instant, expliqua Vance à ses deux collègues principaux. Nous allons devoir affronter l'adversité avec tout notre courage et le réconfort que Jésus, dans sa grande sagesse, nous donnera.

— Vermekia nous aidera, affirma Jay.

— Si seulement il le pouvait. Il est prisonnier de la politique et de la bureaucratie de l'ADH comme nous sommes prisonniers de cette météo. Des renforts seraient certes les bienvenus, mais nous devons nous préparer au pire. Le bureau de Vermekia nous a envoyé les plans d'une évacuation vers Sarvar. Je dois avouer que, vu les circonstances, ils me paraissent tout à fait intéressants.

— Vous êtes sûr ? s'étonna Antrinell. Ça fait tout de même deux mille kilomètres. Et nous ne sommes pas du tout préparés à ce genre de terrain. Personne n'a encore eu à traverser une jungle recouverte de neige.

— Il faut être réalistes, rétorqua Vance. Même si les taches solaires apparues hier étaient les dernières, il leur faudrait un bon mois pour se dissiper – remarquez qu'aucune ne s'est encore dissipée. Et puis, combien de temps faudrait-il alors pour que toute cette neige fonde ? Personne ne peut le dire. L'albédo de cette planète a radicalement changé. En tout cas, je suis à peu près certain que nous aurions moins de mal à conduire sur de la neige gelée que dans de la neige en train de fondre. On peut y arriver, messieurs. J'ai jeté un coup d'œil aux données préliminaires, et nous avons les ressources nécessaires. Juste assez de ressources. Plus nous attendrons, plus nos chances de réussir seront faibles.

— D'accord, acquiesça Jay, de plus en plus inquiet. (Il semblait regarder dans le vide, ce qui signifiait qu'il était en train d'étudier les données dans sa grille.) Et la créature ? Ou les créatures ?

— Vermekia pense que le fait de voyager nous conférera un avantage sur elle.

— C'est stupide, lâcha Antrinell. Elle nous a bien rattrapés ici.

Jay serra les poings de frustration.

— Si seulement nous connaissions sa nature… Regardez-nous : nous sommes capables d'essaimer dans les étoiles, nous sommes venus avec les outils de recherche les plus sophistiqués qui soient, les meilleurs capteurs, d'excellents soldats, et nous n'avons… rien. Nous avons peur du croque-mitaine comme de vulgaires paysans du Moyen Âge. Comment est-ce possible ?

— Au contraire, rétorqua Antrinell. Nous savons beaucoup de choses sur elle. (Il leva la main pour empêcher

Jay de l'interrompre.) En dehors de sa psychologie, je vous l'accorde, qui est pour le moins étrange. Pour commencer, nous savons qu'elle n'est pas de ce monde. Il n'y a tout simplement pas de variance dans cette flore ; sa composition génétique est trop rigide. Pas de diversité, donc pas de vie animale. Tout comme nous, cette créature est ici une étrangère. Pour ma part, je pense qu'elle est seule. Si elle ne l'était pas, nous serions tous déjà morts, c'est aussi simple que ça. Nous ne comprenons peut-être pas ce qui la motive, mais nous connaissons son objectif : nous tuer. S'il y en avait plus d'une, nous serions submergés. Elle est plus rapide, plus forte que nous, et maîtrise suffisamment bien notre technologie pour se jouer de nos capteurs.

— Vous croyez que c'est un genre de protecteur envoyé par ceux qui ont bioformé ce monde ? demanda Vance.

— C'est la conclusion la plus logique. J'en ai considéré d'autres… Un chasseur dont nous serions le gibier ? Ou bien une créature solitaire quelconque ? La théorie du protecteur est la plus plausible. J'ignore pourquoi elle a massacré tout le monde dans la maison de Bartram. Peut-être à cause des dégâts causés par les North sur ce monde. En tout cas, on sait pourquoi elle a choisi de s'en prendre à Wukang plutôt qu'aux autres camps avancés. Nous détenons une arme capable de détruire St Libra.

— Comment expliquez-vous sa forme humanoïde ? L'évolution, telle que nous la comprenons, n'a aucune raison de dupliquer notre structure bipède ; il y a trop de variables possibles, trop de hasards. Et je ne parle même pas de sa main à cinq doigts.

— Cette forme lui permet d'évoluer parmi nous.

— Je l'ai vue, intervint Vance. Deux fois. J'ai vu l'image arrachée au cerveau d'Angela par notre scanner cérébral, et j'ai vu l'enregistrement des cellules intelligentes de ses iris. Elle est humanoïde, mais pas humaine.

— J'y ai réfléchi, dit Antrinell. C'est ce qui me dérange depuis le début de notre expédition, et c'est le plus gros défaut des théories que nos opposants politiques, tels que Scrupsis et Passam, peuvent utiliser contre nous. L'explication la plus simple doit être la plus probable : la créature prend forme humaine pour nous attaquer. Cela expliquerait quasiment tout ce qui est arrivé. Nous partons déjà du principe qu'elle est issue d'une civilisation technologiquement très avancée.

Vance regarda furtivement Jay, qui semblait très mal à l'aise. Son esprit tournait à plein régime, tentant de trouver une explication qui réfute cette idée. Toutefois, il avait voyagé au cœur d'un monde zanth, à la fois terrible et merveilleux, et il savait ce que pouvait signifier et impliquer le terme « extraterrestre ». Quand tout, même le plus improbable, était possible, l'idée d'une créature capable de changer de forme n'était pas si farfelue, au contraire.

— Mais qui ?

— Qui était là chaque fois qu'un meurtre a été commis ? demanda Antrinell.

— Ça ne peut pas être Tramelo, le contra Vance. Je n'y crois pas une seconde. Nous l'avons scannée, lui avons pris des échantillons d'ADN. Et puis, nous savons qu'elle n'est pour rien dans le meurtre de Newcastle.

— D'où vient-elle ? Pourquoi n'a-t-elle pas changé physiquement en vingt ans ? Savons-nous où elle se trouvait exactement au moment de chaque crime ? Quelle est la vitesse de cette créature ? À quel point est-elle furtive ? Elle n'a jamais été repérée par nos capteurs. Tout ce dont nous disposons, c'est le témoignage de Tramelo.

— Elle est humaine, insista Vance, qui regretta de s'entêter si ostensiblement.

— Bien sûr qu'elle est humaine. Quand ça l'arrange… Peut-être ne sait-elle pas elle-même ce qu'elle est. Peut-être la créature émerge-t-elle de l'intérieur quand elle a une raison de le faire.

— Jay ? demanda Vance.

— Vous savez que je n'ai jamais eu confiance en elle.

— Si ce n'est pas elle, alors qui ? demanda Antrinell.

Vance ne pouvait répondre à cette question. Ce type d'analyse et de processus interprétatif avait été à la base des opérations d'espionnage pendant des siècles. Il n'avait pas grand-chose à apprendre en la matière. S'il y avait une réponse, elle se cachait quelque part dans les dossiers personnels des membres de l'expédition. Il suffirait de les éplucher à la recherche de contradictions, de manipulations, d'inventions.

Cette idée surprenante le fit se raidir. Lorsqu'il avait permis à Angela de les aider en accomplissant des tâches administratives simples après la mort de Mullain, il avait chargé des programmes de surveillance discrets sur le réseau pour garder un œil sur ses activités. Une des premières choses qu'elle avait faites avait été de passer en revue les dossiers du personnel. Avait-elle déjà deviné tout cela il y a un mois ?

— Bien. Partons du principe que nous sommes tous les trois innocents. Si la créature est ici pour notre arme secrète… eh bien ! nous avons tous les trois accès à cette arme.

Jay et Antrinell hochèrent la tête à contrecœur.

— Il faut surveiller Angela d'encore plus près, dit Vance à Antrinell. Elle est équipée de logiciels capables de détecter les émissions des poussières intelligentes ordinaires ; il faut donc utiliser des microbes intelligents.

Jay sourit.

— D'accord, je peux m'occuper de ça.

— Je vais demander à Vermekia de passer nos enregistrements personnels à la moulinette du programme de confirmation d'une IA. Il devrait détecter toute anomalie. En attendant, poursuivit-il en désignant de la main les taches jaunes et violettes du radar météo sur le moniteur mural, je veux que nous nous préparions à affronter ce blizzard.

— Et l'évacuation ? demanda Antrinell.

— Je pense qu'elle est inévitable. Dès que le blizzard sera calmé, nous commencerons les préparatifs.

* * *

Vingt minutes plus tard, il parlait de nouveau à Vermekia.

— Je suis désolé, Vance, mais le général a dit « non ». Nous avons fait analyser votre enregistrement par une IA. Les proportions de la créature sont tout à fait humaines. *Idem* pour la démarche. Ce que Tramelo a vu était humain. Nous pensons que vous avez un psychopathe parmi vous, pas un extraterrestre. Sans doute son complice, d'ailleurs.

Vance prit quelques secondes pour penser à l'analyse de l'IA ; de nombreux facteurs convergeaient, ce qui le perturbait énormément.

— Tramelo lui a tiré dessus.

— Mais elle ne l'a pas touché, n'est-ce pas ?

Vance faillit éclater de rire. D'un rire qui aurait masqué sa colère.

— Très bien. Dans ce cas, j'aimerais que vous fassiez analyser les dossiers personnels de tous nos hommes. Cherchez tout ce qui pourrait relever d'une imposture visant à infiltrer quelqu'un parmi nous.

— Oui, c'est tout à fait possible.

— Nous allons organiser l'évacuation. Les e-Rays ne survivront sans doute pas au prochain blizzard, mais il me reste les fusées de communication d'urgence. Elles devraient être capables d'atteindre une altitude suffisante pour permettre une brève liaison avec le réseau d'Abellia. Je ne les utiliserai que si la créature est bien réelle. Peut-on au moins mettre en attente un Daedalus équipé de skis, dans le cas où… ?

— Je vais faire jouer mes relations. Je sais que l'un des nôtres est en poste au commandement tactique. Officiellement, ce sera un exercice.

— Merci.

— Prenez soin de vous, Vance. Jésus vous éprouve avec cette mission. Je prierai pour votre salut.

* * *

L'inspecteur Ian Lanagin était de retour au quatrième étage, au commandement central de la ville, d'où il contribuait à orchestrer la réaction de la police face au blocage du portail – ce qui était une bonne indication de sa popularité auprès d'O'Rouke. C'était un bon poste, surtout après tout le travail fourni dans l'enquête sur le meurtre du North. Ces deux derniers jours, il n'avait rien eu à faire. Les soldats de la douane de la GE étaient des durs ; personne n'était encore parvenu à s'échapper de St Libra, malgré des tentatives quasi quotidiennes. Chaque fois, cependant, les habitants de Highcastle étaient plus organisés et plus violents. Pendant ce temps, les commissaires de la GE étaient tranquillement assis autour de leur table ovale, à Bruxelles, à siroter de l'eau minérale en évitant soigneusement de prendre une décision concernant la population de St Libra. Les leaders nationaux commençaient à leur mettre la pression, à s'exprimer sur l'incapacité de la GE à accomplir quoi que ce soit.

Le biocarburant continuait à affluer des cuves de St Libra. Ian savait que c'était tout ce qui intéressait Bruxelles. Le principal restant que cela lui laissait le temps de boire du thé et de papoter avec ses collègues. La salle de commandement était circulaire et équipée de deux anneaux de consoles devant lesquelles étaient installés vingt inspecteurs et agents spécialisés placés sous la responsabilité de l'inspecteur de niveau six assis au centre. Assis dans l'anneau intérieur, Ian était censé gérer le déploiement des effectifs. Il avait envoyé vingt-trois gros GroundKing pleins d'agents de sécurité autour de Dunston Hill et le long de l'A1 au cas où quelque chose tournerait mal sur le Dernier Mile. D'après les données qui affluaient dans sa grille et les liens vers des maillages publics affichés sur sa console, les problèmes ne viendraient pas des habitants de St Libra. Une foule de réfugiés et de candidats au départ prenait son mal en patience dans les rues de Newcastle. La plupart avaient traversé des continents ou des océans pour atteindre le portail ; certains étaient même venus d'autres mondes. Jusque-là, Ian ne s'était jamais donné la peine de les écouter. Ils étaient un bruit de fond avec lequel il avait grandi ; tout comme le pont de la Tyne, ils appartenaient à Newcastle. À présent, toutefois, comme il cherchait quelque chose à faire pour occuper ses journées, il était constamment connecté aux informations du transnet, dont les reporters couvraient la fermeture du portail. Les pauvres réfugiés racontaient les épreuves qu'ils avaient traversées, expliquaient qu'ils avaient donné tout ce qu'ils possédaient pour échapper à la persécution, à la violence et à l'intolérance d'une idéologie mortifère, qu'on les avait forcés à tout abandonner derrière eux, parfois même des êtres aimés, des membres de leur famille. Les pays et les régimes politiques qu'ils accusaient et dénonçaient n'étaient pourtant pas, dans l'esprit de Ian, particulièrement corrompus ni répressifs, mais il est vrai qu'il n'avait jamais nourri le genre de convictions affirmées que désapprouvaient les gouvernements, les comités populaires, les agences de sécurité et autres polices religieuses.

Ces réfugiés, cependant, animés par la colère et la peur, étaient déterminés à atteindre le havre des Territoires indépendants, où ils espéraient commencer une nouvelle vie de liberté, où ils oublieraient définitivement leur passé.

Les diktats de bureaucrates invisibles et non élus, de simples taches solaires et une mauvaise météo les empêchaient de rejoindre leurs camarades, leurs frères ou leurs condisciples. Ils avaient échappé à la prison ou pis ; ils n'étaient pas le genre de personnes à s'arrêter devant une simple barrière en plastique érigée en travers de la route. La Croix-Rouge avait installé des abris temporaires pour les accueillir, mais leur mécontentement montait.

Ian avait parié 30 eurofrancs que les premières émeutes éclateraient le vendredi. D'après Merkrul, le *bookmaker* du commissariat, il ne risquait pas de gagner beaucoup d'argent.

À 9 heures, comme il était en train de siroter sa deuxième tasse de thé de la journée, son i-e l'informa que les programmes de surveillance de la gare ferroviaire avaient noté une certaine activité. Ian mit discrètement son journal de bord sur pause et compulsa dans sa grille les données recueillies par ses logiciels.

Boris Attenson s'apprêtait à monter à bord de l'express pour Londres. Ian eut un sourire en coin. Les maillages de la gare lui montraient Boris et deux collègues sur le quai incurvé. Ils semblaient se diriger vers les wagons de première classe situés en tête du train. Il détesta aussitôt l'arrogance de l'homme en costume, le luxe discret de ses chaussures cousues main et de son manteau sur mesure en poil de chameau. Il haït les rires tonitruants des trois comparses. Et ce visage…

Ian changea de programme de surveillance. Ce jour-là, Tallulah portait une jupe plissée couleur améthyste, un chemisier orange foncé et une veste blanche avec des boutons dorés et un large col. Ces couleurs lui allaient bien ; elles mettaient en valeur ses cheveux châtains. Elle avait pris le métro pour Gateshead à l'heure habituelle, puis avait marché jusqu'à son bureau de Bensham Road où elle était arrivée juste avant 8 h 30. Il regarda l'image produite par les particules intelligentes publiques saupoudrées sur les bâtiments, le long de la rue, heureux de voir qu'elle avait un sourire radieux lorsqu'elle croisa une collègue de travail et parcourut les vingt derniers mètres avec elle en discutant d'un air enjoué.

Sa surveillance s'arrêtait à l'entrée du bâtiment. Accéder aux maillages intérieurs ne serait possible qu'en s'enregistrant sur le réseau du commissariat, car il s'agissait d'un bâtiment privé. Impossible de procéder autrement, même avec les codes volés à Elston.

Tant pis. Il la reverrait à 12 h 40, lorsqu'elle prendrait sa pause-déjeuner. En général, elle et ses amies se rendaient dans le centre pour manger dans un des cafés ou petits restaurants qu'elles affectionnaient. Le lundi, comme il avait fait beau, elles avaient marché jusqu'au pont pivotant, où elles s'étaient installées à la terrasse d'un pub surplombant le fleuve. Elle portait une robe à fleurs, ce jour-là, ainsi que sa veste bleu marine boutonnée jusqu'en haut, à cause du vent frais qui soufflait de la Tyne. Il préférait sa jupe plissée, même si elle ne portait que des vêtements élégants et à la mode.

Une fois Tallulah sur son lieu de travail et Boris dans un train filant à trois cent vingt kilomètres par heure sur la côte est, Ian appela Mitchell Rouche, un inspecteur travaillant pour la police métropolitaine de Londres. Il leur était arrivé de collaborer sur des affaires qui les concernaient tous les deux. Et de boire quelques bières ensemble. Mitchell et lui étaient à l'aise l'un avec l'autre ; ils partageaient la même opinion sur le monde et les diverses strates de la société.

— J'aurais besoin d'une faveur, commença Ian.

— Rien de trop pénible, j'espère ?

— Non, non. Un type est monté dans le train pour Londres. Je ne l'aime pas. Un type qui se prend pour Dieu le père, qui pète plus haut que son cul. Et son cul, je le lui botterais volontiers.

— Qu'est-ce que vous attendez de moi, exactement ?

— Il viole la loi, alors il faut l'arrêter. C'est notre job.

— Quel genre de loi viole-t-il ?

— C'est là que ça devient intéressant. Il va faire la tournée des clubs, ce soir, comme d'habitude. Je fais surveiller son compte secondaire. Quand il achètera quelque chose d'interdit, je vous préviendrai.

— Ça marche. Je vais devoir revoir un peu notre planning, mais ça devrait pouvoir se faire.

— Merci, je vous revaudrai ça.

— J'y compte bien.

* * *

À 23 h 35, ce soir-là, Ian était connecté aux cellules intelligentes des iris de Mitchell qui, en compagnie de deux agents de sécurité, pénétrait dans l'hôtel Thames Europina, sur la rive sud de la Tamise. Ils s'engouffrèrent dans l'ascenseur extérieur en verre et montèrent au trente-troisième étage, où Boris avait loué une suite pour la nuit. Mitchell se tourna vers le Dôme du millénaire, à sept cents mètres de là, dont le troisième toit en plastique était en train de céder la place à une toile moléculaire directement imprimée sur place par des automates aux allures d'araignées géantes.

— J'ai envoyé l'ordre de transfert au réseau de Scotland Yard, dit Ian. Ça vous fera un prétexte pour vérifier son identité.

— D'accord. Qu'est-ce que je fais de la fille ?

— Rien. Vous allez l'interroger sur le transfert – officiellement dans le cadre d'une enquête sur le club et d'éventuels trafics. Attenson fera le reste, surtout si vous ne vous montrez pas assez déférent à son goût.

— Bon, vous allez me raconter ce qu'il a fait, ce type ?

— Il est banquier.

— Ah ! tout est dit.

Mitchell activa le badge de sa veste dans le court couloir et demanda à son i-e d'ouvrir la porte de la suite avec les autorisations fournies par la sécurité de l'établissement. Son i-e diffusa un message d'alerte générale comme il criait :

— Police, ne bougez plus, restez où vous êtes !

Les lumières s'allumèrent, et les deux agents de sécurité se précipitèrent dans l'appartement, Taser à la main. Mitchell les imita plus lentement. Des couinements lui parvinrent de la chambre à coucher.

Ian sourit en découvrant un spectacle ô combien ordinaire via les particules intelligentes des yeux de son collègue. La danseuse du club était assise sur le lit, le drap remonté sous le menton. Elle agrippait le tissu comme un bouclier. Une courte robe à paillettes gisait sur le sol. Quant à son string rouge, il trônait sur la tête de Boris. C'était d'ailleurs le seul vêtement qu'il portait.

Il avait attrapé un sachet de drogue sur la table de chevet pour le cacher derrière la tête de lit, mais les agents l'en avaient empêché avant de le relever de force. Il était à genoux, à présent, les mains derrière la tête, un Taser pressé contre le torse.

— Messieurs, du calme ! bredouilla-t-il. Inutile d'employer la force, vous vous trompez de personne.

— Ah bon ? s'amusa Mitchell.

Boris bougea la main pour écarter le string de son front, mais un des agents le retint.

— Vous êtes monsieur Song Lee Hoc ?

Boris grimaça à la mention du nom sous lequel était enregistré son compte secondaire.

— Je ne suis pas cette personne. Je peux vous expliquer.

— Je l'espère. Nous avons mis sous surveillance le compte du *Pink Apricot*. (Mitchell lança à la fille un regard appuyé.) Nous parlons trafic d'êtres humains. M. Song Lee Hoc leur a versé une importante somme d'argent depuis son compte nord-coréen, ce soir. Et vous voici en compagnie d'une employée de ce club…

— Quoi ? Non, non, vous faites erreur. Écoutez-moi, inspecteur… Nous pourrions peut-être poursuivre cette conversation de manière officieuse…

— Je suis désolé, je ne comprends pas, monsieur Hoc.

— Je ne suis pas Song Lee Hoc, lâcha Boris, écarlate. C'est ridicule. Vous savez très bien ce que je veux dire ! (Il essaya de se relever, mais un des agents lui donna un coup de matraque télescopique derrière le genou, et il s'écroula en criant.) Espèce d'enfoirés ! Mon avocat aura votre peau, bande de fascistes.

— Refus d'obtempérer, menace à agent, dit Mitchell. Je crois que vous allez nous suivre au commissariat.

— Merde, ne faites pas ça ! S'il vous plaît. Allez ! Pas ça !

— Comme je suis d'humeur généreuse, monsieur Hoc, je vais vous laisser enfiler votre pantalon avant de vous faire traverser cet établissement et de vous conduire à notre voiture. Ce string est à vous ?

* * *

Une heure plus tard, Tallulah Packer fut réveillée par la police de la capitale. Son i-e lui confirma l'authenticité de l'appel.

— Je suis vraiment désolé de vous déranger à cette heure, commença l'inspecteur Rouche, mais nous avons mis un homme en état d'arrestation suite à un incident survenu à l'hôtel Thames Europina. Son examen sanguin a révélé qu'il avait consommé des stimulants, et nous ne sommes pas tout à fait certains de son identité. Le profil que nous avons tiré de son i-e suggère que vous vous connaissez. Je me demandais si vous pouviez l'identifier pour nous.

Pas tout à fait réveillée, stupéfaite, Tallulah mit quelques secondes à répondre :

— Euh… oui…

Elle reçut alors une photo de son fiancé à genoux à côté d'un lit d'hôtel. Derrière lui se cachait une prostituée. Et il avait un string rouge sur la tête.

— Pouvez-vous me dire s'il s'agit de Boris Attenson ? demanda l'inspecteur Rouche.

— Oui. C'est bien lui.

— Merci, madame. Et encore désolé de vous avoir dérangée.

Jeudi 4 avril 2143

L'appel émanait du champ 12-GH-B2, mais il aurait pu s'agir de n'importe lequel des secteurs cultivés par Northumberland Interstellar. Après avoir quitté Highcastle, Adrian North2 roula vers le nord du lac d'Alnwick. La neige avait fini par atteindre le centre du continent d'Ambrose après un voyage de trois mille cinq cents kilomètres depuis la côte sud du gigantesque continent. Une semaine de vents hivernaux et de pluies glaciales avait précédé les flocons, aussi personne ne fut-il réellement surpris.

Adrian était au milieu de sa semaine réglementaire de permanence comme chef des opérations – laquelle avait été prolongée à cause des restrictions imposées au portail. Depuis les bureaux du centre-ville, il avait passé beaucoup de temps à suivre ce qui se passait à Abellia, à regarder avec stupeur les blizzards balayer le fief de Brinkelle, apportant un mètre de neige en trois jours. Plus rien ne pouvait décoller de l'aéroport, et les gens commençaient à se faire à l'idée de devoir survivre tout seuls jusqu'à la disparition des taches solaires. Les sites non homologués et les employés d'Abellia inquiets avaient colporté une rumeur selon laquelle des appareils équipés de skis pourraient venir d'Eastshield pour assurer le ravitaillement de la population, mais, ayant accès au réseau de niveau un de NI, Adrian savait que personne n'avait jamais eu l'intention de louer ce genre d'appareil et encore moins de lui faire traverser le portail.

Quand il avait reçu l'appel, il était assis dans la salle de contrôle du septième étage – où l'air ambiant était réchauffé par un climatiseur peu habitué à remplir ce genre de fonction –, d'où il veillait sur la gestion de leur vaste réseau de pipelines. Il neigeait depuis sept heures à ce moment-là, et le sol s'était suffisamment refroidi pour que la poudre blanche tienne par endroits. Adrian fixa son regard sur le manteau blanc qui couvrait les toits et appela le garage pour réserver une grosse Range Rover Elite – mais uniquement après s'être assuré que son livret d'entretien était à jour. Il envoya le superviseur chercher une boîte pleine de rations autochauffantes et une bouteille isotherme de deux litres pleine de café. Une des boutiques de vêtements encore ouvertes du centre vendait des manteaux d'hiver par brassées. Adrian en fit imprimer un à sa taille et monta à bord de la voiture.

À l'exception de l'autoroute A, la plupart des axes situés à l'extérieur des frontières de la ville devenaient rapidement de simples pistes de terre compactée. La route du Nord-Ouest n'était pas différente. Totalement recouverte de neige, la chaussée était invisible, si bien qu'il n'était pas possible de dire où s'arrêtait la piste et où commençait la brousse sablonneuse qui la flanquait. Le radar avant et les capteurs du maillage parvenaient à peine à pénétrer le manteau blanc, affichant les ornières jumelles dans sa grille. Si l'on ajoutait à cela le système de guidage inertiel de la Range Rover, il pouvait rouler en toute confiance, à condition de ne pas dépasser cinquante kilomètres par heure. Lui qui était habitué à foncer à cent cinquante quand il partait visiter les champs d'algues…

Rien ne bougeait autour de lui. Le personnel de Northumberland Interstellar s'était montré exceptionnellement loyal, continuant à travailler pendant que la majeure partie des habitants de la ville chargeait tout ce qu'elle possédait dans des camions ou des voitures et fonçait vers le portail.

Peut-être étaient-ils convaincus qu'Augustine North ferait le nécessaire pour les rapatrier si la situation s'aggravait. Citoyens de la GE, pour la plupart, ils n'étaient venus sur St Libra que parce qu'on n'y payait pas l'impôt sur le revenu et que les primes étaient intéressantes. Mais c'était là encore un sujet non évoqué sur le réseau de niveau un.

Les essuie-glaces repoussaient les flocons cotonneux sur les bords du pare-brise chauffé. Les faisceaux des phares longue portée transperçaient l'atmosphère. Le réseau de la Range Rover était connecté aux cellules transnet de Highcastle. Toutefois, son sentiment d'isolement croissait avec chaque kilomètre parcouru. Ce qui lui posait un problème, ce n'était pas tant la neige si peu familière en ces contrées, mais la luminosité. Adrian n'arrivait tout simplement pas à se faire à sa nouvelle étoile couleur corail.

Deux heures après avoir quitté le bureau, il atteignit le site 12-GH-B2, ensemble de douze champs d'algues, dont la production était en général légèrement modifiée pour produire du biodiésel. Gwen Besset, la directrice des lieux, l'attendait à l'extrémité de la piste à bord d'une Jeep dont le chauffage fonctionnait à plein régime. Elle était visiblement enceinte et enveloppée dans un épais poncho.

— Merci d'être venu, dit-elle. La direction régionale me répétait tout le temps que personne n'était libre.

— Pas de souci. Il est important que quelqu'un de mon niveau vienne se rendre compte sur place des effets des changements climatiques.

Adrian travaillait avec Gwen depuis sept ans, et il avait confiance dans son jugement. Si elle disait qu'il y avait un problème, alors il y en avait un. Grave, probablement.

Ils gravirent le talus du premier champ d'algues. Adrian contempla le cercle d'un kilomètre de diamètre couvert de neige fondue. Même dans la lumière rougeâtre de Sirius, il distinguait clairement les marbrures. Des taches sombres avaient émergé sur la surface ondulée, apparemment au hasard. Les plus petites mesuraient deux mètres de diamètre, les plus grandes jusqu'à cinquante mètres. La plupart se trouvaient juste derrière le bras géant qui tournait sans arrêt, un peu comme si c'était lui qui les disséminait.

— Les premières zones mortes sont apparues ce matin, expliqua Gwen. Ça n'a rien d'étonnant, car les algues n'ont pas été conçues pour survivre à ces températures. Leur rythme de croissance n'a cessé de baisser tout au long de la semaine. La production a chuté drastiquement.

— Oui, acquiesça Adrian. On en était à douze pour cent hier soir. Augustine lui-même l'a remarqué. Mais ça... Ce n'est pas bon.

Dans la neige tourbillonnante, ils contournèrent le champ jusqu'au bras mobile. L'odeur de soufre sucré des algues était moins forte que d'habitude, diluée dans l'air frais. Adrian regardait les flocons légers fondre à la surface du bassin.

— Vous allez nous évacuer, n'est-ce pas ? demanda Gwen. Si la situation s'aggrave, je veux dire. Les récoltes sont perdues... Ils disent que les orangeraies ne tiendront pas plus de deux semaines, voire moins, si le temps se dégrade. Tout devra être replanté lorsque les taches solaires auront disparu. En attendant les réserves sont maigres.

Adrian s'arrêta devant l'extrémité massive du bras, qui progressait sur son rail en béton, ses grosses roues tournant à peine. À l'abri de leur caisson, les moteurs grondaient bruyamment d'une manière qu'il n'avait encore jamais entendue, comme si les moyeux étaient couverts de sable.

— Si on devait en arriver là, nous organiserions l'évacuation de nos employés, répondit-il à Gwen, qui se tenait le ventre.

— Merci, Adrian. Ça me rassure.

— Qu'est-ce qui se passe, là-dedans ? demanda-t-il en désignant le carénage du moteur.

— De la résistance, répondit-elle simplement. Les algues commencent à geler. N'arrivant plus à les prélever, le bras s'est transformé en vulgaire lame de bulldozer. Le système n'est pas fait pour supporter ce type d'inertie. L'épreuve qu'on lui impose dépasse de loin son seuil de tolérance.

— Merde.

Ils gravirent quelques marches et se retrouvèrent sur la plate-forme qui courait sur toute la longueur du bras, soit sur cinq cents mètres. En contrebas, les algues gelaient, devenaient plus raides, plus épaisses, ce qui empêchait de les récolter. Des monticules irréguliers s'accumulaient, s'amalgamaient sur les grilles récolteuses, générant les difficultés rencontrées par le moteur du bras.

— Et c'est pareil partout ?

— Dans tous nos champs ; je les ai tous inspectés personnellement. Ce qui signifie que la situation est identique dans toute la plaine de Jarrow. Les champs meurent et le matériel souffre. Adrian, vous devez faire quelque chose. Une fois les taches solaires disparues, on pourra replanter des algues ; en revanche, remplacer les bras de tous les champs coûterait très, très cher. La société est-elle assurée contre ce genre de sinistre ?

L'air sombre, le front plissé, Adrian contempla les plantes en train de mourir. Il avait beau y réfléchir, force lui était d'admettre que Gwen avait raison. Il demanda à son i-e d'appeler Augustine en utilisant le plus sûr de leurs cryptages. Il n'aurait jamais cru devoir en arriver là, et il eut bien du mal à ne pas se dégonfler pendant que son appel franchissait les nombreuses barrières de sécurité. Tout North2 qu'il était, il ne pouvait pas déranger Augustine quand bon lui semblait. À la fin, l'i-e d'Augustine accepta enfin son appel.

— Adrian. Je vois que tu visites nos champs. Que puis-je faire pour toi ?

— Je suis désolé, père, mais nous devons interrompre la production de biocarburant. Partout.

* * *

À 17 h 53, le programme de surveillance reçut des données envoyées par les maillages de Bensham Road, informant Ian que Tallulah Packer avait quitté son bureau. Comme il pleuvait, elle ouvrit son parapluie, dit au revoir à ses collègues et se dépêcha de rejoindre la station de Gateshead.

Il savait qu'elle allait rentrer directement chez elle, dans son appartement de St James. Des logiciels intercepteurs tapis sur le transnet lui avaient donné un accès total à tous les appels que la jeune femme avait passés dans la journée. La plupart concernaient son travail ; il est vrai que ce n'était pas une journée comme les autres, NI et les grands producteurs de biocarburant de St Libra venant d'annoncer la fermeture de leurs champs d'algues. Cependant, elle avait également reçu quelques appels de copines qui lui proposaient de sortir. Elle avait décliné toutes leurs offres, arguant qu'elle n'était pas prête. Après ce qu'*il* lui avait fait, elle ne se sentait pas d'humeur. Même sa mère l'avait appelée, s'inquiétant maladroitement de la rupture de ses fiançailles avec Boris.

Les programmes de surveillance ne lâchaient pas non plus Attenson d'une semelle. Il avait payé sa caution dans la matinée avant de prendre l'express pour Newcastle. Les appels interceptés par Ian montraient à quel point ses patrons étaient mécontents, mais, étant donné l'état dans lequel se trouvait le marché financier, ses frasques n'étaient pas remontées jusqu'au conseil d'administration. Boris avait passé quelques heures au bureau, dans l'après-midi.

Les logiciels de Ian lui montrèrent le jeune homme entrant dans le macrobâtiment de St James par la porte de Barrack Road, s'installant à une table du *Travorl* et commandant un café. Le capteur du maillage de l'établissement était de qualité, ce qui permit à Ian de zoomer et de voir la fine pellicule de transpiration qui couvrait le front de Boris. Un homme nerveux et désespéré tentant de rassembler son courage. Son café à moitié bu, l'homme appela la serveuse et commanda un scotch.

C'était tout ce dont Ian avait besoin. Boris était bien parti pour se comporter comme un parfait abruti et ruiner définitivement sa relation avec Tallulah. Ian n'en demandait pas tant.

L'inspecteur ouvrit le tiroir du haut de son bureau et attrapa la grande enveloppe pleine d'indices qu'il avait trouvée dans le coffre du commissariat ce matin-là. Il quitta Market Street et marcha jusqu'à Monument, où il prit le métro jusqu'à St James, une station plus loin.

Le macrobâtiment ne possédait pas beaucoup de maillages internes dans les zones résidentielles. Toutefois, à cause du meurtre de l'appartement 576B, Sid avait ordonné qu'on vaporise des particules intelligentes dans le couloir, particules reliées en permanence au réseau de la police. Les chances pour que le meurtrier revienne sur les lieux de son crime étaient quasi nulles, mais les ressources allouées à l'enquête étaient tellement importantes qu'on n'était pas à un maillage près.

Ian arriva à St James sept minutes après que Tallulah fut rentrée chez elle. Il traîna un peu dans le lobby, surveillant Boris dans sa grille. Bientôt le banquier se leva, traversa une galerie marchande et se dirigea vers un groupe d'ascenseurs privés. Il avait gardé son code, apparemment, puisqu'une porte s'ouvrit pour lui. Ian fonça vers les ascenseurs du lobby, auxquels il avait accès grâce au code de la police.

Le maillage du couloir lui montra Boris en train d'hésiter devant la porte du 576B. Il ne pouvait plus contacter Tallulah directement ; après ses huit appels de la matinée, elle avait demandé à son i-e de refuser l'accès au code de son ex-fiancé.

Boris appuya sur la sonnette puis, comme rien ne se passait, frappa à la porte telle une relique du XIXe siècle. La porte s'ouvrit sur une Tallulah lasse, qui semblait hésiter entre colère et incrédulité. Boris se mit aussitôt à la supplier et s'engouffra de force chez elle. La jeune femme claqua la porte.

Ian attendit une minute avant de sortir de sa cachette, à l'autre bout du couloir, et de demander à son i-e d'appeler Tallulah. Le timing était parfait ; il entendait des voix étouffées, furieuses et cassées. Soudain, le silence.

— Oui ? demanda Tallulah.

— C'est l'inspecteur Lanagin. Je vous rapporte les objets saisis par la police scientifique. Le labo n'en a plus besoin.

— Oh !... d'accord.

La porte s'ouvrit. Les yeux rouges d'avoir trop pleuré, les épaules basses et crispées, Tallulah avait l'air si triste. On aurait dit qu'elle rentrait d'un enterrement. Ian n'avait qu'une envie : la prendre dans ses bras. Pour commencer...

Boris se tenait à côté d'elle. Il avait une tête de toxicomane en manque. Pressé de se justifier, il était agacé au plus haut point par cette interruption. Il lança un regard noir à Ian.

— Je me suis dit que vous voudriez les récupérer le plus vite possible, dit le policier en tendant la grande enveloppe en plastique à Tallulah.

Il ne s'était même pas donné la peine de lire la liste de son contenu ; le sachet contenait apparemment des vêtements et quelques petits objets.

La jeune femme regarda l'enveloppe sans la voir et l'accepta.

— Merci.

— Tout est OK. Et nettoyé, ajouta-t-il en souriant.

— Écoutez, inspecteur, ce n'est vraiment pas le moment ! lâcha sèchement Boris.

Ian sembla se rendre compte de sa présence.

— Le moment, dites-vous ?

— Oui. Nous sommes occupés. Nous avons besoin de discuter en privé, vous comprenez ?

— Je vois. (Il se tourna vers Tallulah, qui refusa de croiser son regard.) Tout va bien, mademoiselle Packer ?

— Oui, tout va bien ! répondit Boris.

— Mademoiselle ?

— Ma fiancée va bien. Vous voulez bien nous laisser ? Ne m'obligez pas à porter plainte pour harcèlement.

— Tu n'es plus mon fiancé, chuchota Tallulah.

L'enveloppe à la main, elle essaya tant bien que mal de retirer sa bague de fiançailles ornée de diamants et de rubis.

— Ne fais pas ça, protesta Boris. Chérie, s'il te plaît, laisse-moi t'expliquer. La police a…

Il grimaça et fit les gros yeux à Ian.

— Non, sanglota Tallulah. Va-t'en ! Je ne veux plus de toi ici. S'il te plaît !

— Je ne partirai pas tant que tu ne m'auras pas écouté.

— Je crois que ça suffit, intervint Ian. Monsieur, mademoiselle vous a demandé de partir. N'insistez pas.

Soudain écarlate, Boris pointa un index menaçant vers le visage de Ian.

— Restez en dehors de ça ! C'est votre faute, de toute façon.

Ian fronça les sourcils comme s'il ne comprenait pas. Il pencha la tête sur le côté, faisant mine de lire des données dans sa grille.

— Oui, vous avez été détenu par la police de Londres pour usurpation d'identité et refus d'obtempérer. Je vois que le magistrat vous a enjoint de ne pas vous faire remarquer en attendant votre procès. Je n'ai pas l'impression que vous respectiez les conditions de votre libération sous caution, monsieur. Qu'en pensez-vous ?

Pendant un long moment, les deux hommes se regardèrent sans rien dire. Ian attendit que Boris le frappe ; il était sans doute assez furieux pour faire quelque chose de si bête. Toutefois, un instinct primordial sembla retenir l'homme. Ian était plus jeune, plus grand et, à en juger par la manière dont sa chemise était tendue sur les muscles de son torse, en bien meilleure forme. Et puis, il était policier.

— Il faut qu'on parle, dit Boris, amer.

Tallulah se retourna, au bord des larmes.

Boris tendit la main, mais n'eut pas le courage de la toucher. Il sortit de l'appartement.

Ian se hâta de refermer la porte.

— Je suis vraiment désolé, mademoiselle Packer. On peut dire que je suis vraiment arrivé au plus mauvais moment.

— Non. Pas du tout. En fait, je vous remercie d'être venu. Vraiment. Je ne sais pas ce que j'aurais fait. J'ai été bête de le laisser entrer.

— Je… euh… J'ai vu le rapport de la police de Londres, et je comprends parfaitement que vous n'ayez pas envie de lui parler pour le moment.

— Ni maintenant ni jamais. Je ne veux plus jamais le revoir.

— Je sais ce que vous ressentez.

Tallulah le regarda avec étonnement. Ian haussa les épaules.

— J'ai été fiancé aussi, il y a deux ans. Elle m'a quitté. Pas de cette façon, remarquez. Enfin, si, un peu. Elle a trouvé quelqu'un d'autre. Et de plus belles perspectives, comme elle disait.

— Pourquoi les gens font-ils cela ? s'interrogea Tallulah avec amertume. Vous acceptez quelqu'un dans votre vie, vous lui donnez tout, et quand vous vous y attendez le moins, on vous plante un couteau dans le dos.

Ian supportait mal de la voir si abattue, d'autant qu'il était indirectement responsable de son état. Il aurait presque pu se sentir coupable, mais, tout bien réfléchi, il lui avait rendu service en la débarrassant de ce Boris.

— C'est une simple question de temps ; on finit toujours par découvrir la vérité. Le plus tôt est le mieux. Enfin, il n'y a jamais de bon moment pour ça, et c'est bien le problème.

— Ça fait mal. Pourquoi ça fait si mal ?

— Vous pourriez rendre visite à quelqu'un, appeler des amis ? Une copine, peut-être ? Vous passeriez la soirée à vous dire que les hommes ne servent à rien.

Tallulah réussit presque à sourire.

— Vous n'êtes pas comme Boris.

— Je n'ai pas envie de vous laisser vous morfondre toute seule dans votre coin après ce qui vient de vous arriver. Vous croyez que ça va aller ?

— Oui, je survivrai.

— Bien.

Il avait du mal à prendre congé, mais il le fallait. Surtout ne pas se précipiter. Pour le moment, seul comptait le contraste. Lui montrer qu'il y avait des types bien et qu'il était l'un d'entre eux.

— Écoutez, voici mon code adresse. S'il revient, s'il vous cause des ennuis, n'hésitez pas à m'appeler. À n'importe quelle heure du jour ou de la nuit. Je suis sérieux.

— Il ne m'embêtera plus. Il sait que c'est terminé. Il a juste du mal à l'accepter.

— D'accord, mais si vous avez besoin d'aide, appelez-moi, d'accord ? Promettez-moi que vous le ferez. J'ai besoin de savoir que vous êtes en sécurité.

— Oui, répondit-elle en souriant. S'il montre le bout de son nez, je vous appelle.

— Prenez soin de vous, mademoiselle.

Ian lui adressa son sourire le plus sérieux et quitta l'appartement 576B. Une fois dans le couloir, il se retint à grand-peine de danser de joie.

Lundi 8 avril 2143

La Chouette Raytheon 6-EB mesurait neuf mètres de long et dix-sept mètres d'envergure. Elle ressemblait beaucoup à un planeur – à un planeur particulièrement manœuvrable. Elle pesait à peine plus de trois tonnes et demie, sa vitesse de croisière – modeste – était de trois cent quinze kilomètres par heure et son autonomie de quarante-sept heures. En général, on l'utilisait pour des missions de surveillance anodines. Celle qu'on avait propulsée dans le ciel à l'aide de fusées, cet après-midi-là, avait transpercé l'atmosphère glacée et les aurores boréales de St Libra, décrivant une lente spirale au-dessus de Wukang. Elle rencontrait quelques difficultés à dépasser son altitude maximale officielle, soit huit mille trois cent quarante mètres. Ken Schmitt et son équipe avaient fait leur possible, chargeant des patchs dans les logiciels du pilote automatique, démontant plusieurs capteurs, désactivant les limiteurs de puissance dans les cellules électriques et les moteurs Passau qui faisaient tourner les hélices coaxiales de la queue afin d'augmenter sa puissance de huit pour cent et de lui permettre de voler à plus haute altitude.

Une fois atteints les neuf mille trois cents mètres, les ailes se révélèrent incapables de l'élever davantage, et les hélices tournèrent en vain dans l'air raréfié. Ce n'était pas une altitude suffisante. Son émetteur envoyait signal après signal sans recevoir de réponse des transpondeurs des e-Rays. Le radar n'avait rien repéré de solide dans le ciel, alors que sa portée était réglée au maximum. Le maillage de particules intelligentes qui couvrait la majeure partie du fuselage n'avait détecté aucune émission électromagnétique dans le ciel sud – il est vrai que les aurores boréales et l'ionosphère hyperchargée rendaient l'opération particulièrement délicate.

— Ce n'est pas l'altitude, conclut Ken Schmitt après que la Chouette eut tourné en rond pendant quatre-vingt-dix minutes. S'il y avait quelque chose là-haut, nous l'aurions trouvé. Les e-Rays sont tombés.

— Pas étonnant, avec ce blizzard, dit Vance.

— Nous avons les fusées de secours, fit remarquer Davinia Beirne, qui surveillait la télémétrie de la Chouette sur l'autre poste de contrôle du local des VAA. À leur apogée, elles devraient être capables d'envoyer un signal jusqu'à Abellia.

— Je l'espère, dit Vance, mais, franchement, on n'a pas grand-chose à leur annoncer.

— En dehors du fait que Norman Sliwinska a été assassiné, lâcha Davinia d'un ton acerbe. Pour l'instant, à part Dieu, personne n'est au courant.

Vance fit comme s'il ne l'avait pas entendue. Dans l'après-midi, durant une accalmie, Norman Sliwinska et quelques autres étaient sortis pour nettoyer la neige qui menaçait de faire s'écrouler l'atelier des VAA. Le vent soufflait moins fort, permettant aux hommes de travailler, mais il neigeait toujours autant, et l'électricité statique qui saturait l'atmosphère à cause des éclairs empêchait l'activation de tout réseau local.

Ce qui subsistait du réseau du camp avait capté l'alarme médicale intermittente de Sliwinska, mais trop faiblement et trop tard pour une intervention efficace. Les légionnaires censés protéger l'équipe de nettoyeurs contre ce genre d'incident avaient découvert du sang dans la neige. Ils avaient fait trois fois le tour des dômes et des véhicules sans retrouver le corps. Les nettoyeurs avaient fini par abandonner leur poste, au risque de voir le local des VAA s'effondrer.

Contrairement au pauvre Norman, l'atelier était toujours debout.

Vance avait gardé pour lui le seul aspect positif de cet événement : le microbe intelligent auquel ils avaient confié la surveillance d'Angela avait confirmé qu'elle se trouvait avec Paresh et les deux filles de la cantine au moment de l'attaque. Ce n'était donc pas elle. C'était une information importante, mais qui ne valait pas que l'on sacrifie une fusée de secours pour la partager. Il savait par ailleurs que cela n'intéresserait pas Vermekia.

— Ce front nuageux ne me plaît pas beaucoup, dit Ken.

Vance se tourna vers le moniteur qui affichait les données du radar météo de la Chouette. Les vagues colorisées jaunes et violettes avançaient vers Wukang à un rythme régulier.

— Dans combien de temps sera-t-il sur nous ? demanda-t-il.

— Le gros de la tempête sera là dans une heure, répondit Ken. On est déjà dedans, mais ça va sérieusement empirer. Mon colonel, nous devons penser à récupérer la Chouette ; il faut compter une bonne cinquantaine de minutes pour la descente.

— Tout à fait d'accord, intervint Davinia. On va cramer la moitié de notre carburant si on ne la ramène pas bientôt. De toute façon, il n'y a rien à contacter, là-haut.

— D'accord, céda Vance. Ramenez-la. Mais je veux que vous la posiez aussi près du camp que possible. Vous irez la récupérer avec trois légionnaires.

— Oui, mon colonel, acquiesça Ken.

* * *

Pendant que la Chouette descendait en spirale, Karizma Wadhai supervisait l'équipe chargée de surélever une nouvelle fois les dômes. Cette fois, il y avait un mètre de neige contre les panneaux. Les bulldozers la nettoyèrent, permettant aux chariots élévateurs de glisser leurs fourches en dessous. Le dôme de Josh Justic était le premier de la liste. Les chariots l'avaient soulevé d'à peine cinquante centimètres lorsque retentit un énorme « crac ». L'abri se fendit et menaça de basculer. Les chariots l'abaissèrent à la hâte tandis que les deux moitiés s'écartaient l'une de l'autre.

Après inspection, on constata que sept panneaux s'étaient cassés.

— C'est le froid, expliqua Ophelia en faisant le tour du dôme avec Elston. Nous ne nous attendions pas à ce genre de température.

Vance examina les fissures dentelées et, étrangement, pensa à un poussin incapable de sortir de son œuf.

— Risquent-ils tous de se fissurer ?

— Si nous essayons de les déplacer, oui. Ils sont devenus beaucoup trop fragiles.

— Si nous ne faisons rien, les panneaux céderont sous le poids de la neige.

— Probablement, mon colonel. Ça dépendra de l'importance des précipitations.

Tous les deux se tournèrent vers le nord-est d'où, comme le leur avait montré la Chouette, arriverait la prochaine tempête. Il neigeait déjà ; les flocons, petits et durs, s'accumulaient déjà sur le manteau existant. Le jour rosé cédait progressivement la place à la nuit, abandonnant le ciel aux vagues boréales incessantes.

— Comment pouvons-nous les protéger ? demanda Vance.

— Les bulldozers pourraient ériger une muraille autour des dômes avec la neige déjà tombée pour nous protéger contre le prochain blizzard. Nous n'avons pas de meilleure idée pour l'instant.

— Essayons. Et ce dôme-ci ? Est-il réparable ?

— Non, mon colonel. On ne peut pas rapiécer les panneaux. Il faut en fabriquer de nouveaux et tout rassembler, mais nous avons trop peu de temps devant nous.

Vance jeta un regard circulaire sur le camp. Force lui était d'admettre que la vue était déprimante. À un demi-kilomètre de là, à peine visibles, six personnes et une Land Rover Tropic attendaient que la Chouette termine sa descente. Les bulldozers et les chariots élévateurs parcouraient lentement le camp, creusant, semblait-il au hasard, de profondes ornières que le personnel était obligé d'emprunter lorsqu'il circulait à pied. Les autres véhicules étaient presque entièrement recouverts de neige, transformés en buttes blanches. Une piste compactée conduisait à la clinique, où les congères arrondies atteignaient le toit de la Qwik-Kabin. Pour accéder à l'entrée, il fallait emprunter une rampe taillée dans la neige et sécurisée grâce à des clôtures de fortune constituées de piquets et de sangles d'emballage. Dans le camp, tout paraissait avoir été rafistolé, constata-t-il. Un semblant de route menait à la microfacture ; de nombreux véhicules la parcouraient régulièrement. Vêtu de parkas et de pantalons molletonnés, ne se déplaçant jamais seul, le personnel du camp allait chercher des provisions sur des palettes qu'il fallait au préalable dégager à l'aide des pelles tout juste imprimées. L'équipe des systèmes généraux travaillait sur les cellules de carburant, s'assurant qu'elles fonctionneraient malgré la tempête.

Non seulement ils vivaient sous la menace d'une créature extraterrestre, mais ils devaient se préparer à affronter les éléments. Survivre au jour le jour était trop coûteux en énergie. Il convenait de sortir de cette stase mortelle, ce qui impliquait de quitter Wukang.

Vance prit sa décision et se connecta à Antrinell et Jay.

— Nous allons quitter cet endroit, partir en convoi pour Sarvar.

— Vous êtes sûr ? demanda Jay.

— Oui. Notre situation, ici, n'est plus tenable. Nous tournons en rond à ne rien faire, à attendre que le monstre attaque. Nous gaspillons une énorme quantité de carburant pour chauffer les dômes. Attendons encore une semaine ou dix jours, et nous n'en aurons plus assez pour rallier Sarvar. Il faut partir dans les plus brefs délais. Le plan que nous a envoyé Vermekia nous sera utile, mais il conviendra de le modifier considérablement.

— Vous avez fait le bon choix, acquiesça Antrinell. On ne pourra pas compter sur un ravitaillement avant un bon mois. Les politiciens qui ont organisé cette expédition nous ont lâchés en rase campagne.

— Et puis, on sera sans doute plus en sécurité en voyageant, ajouta Jay. Vermekia avait raison ; la créature aura du mal à nous suivre.

— Je n'ai pas encore fait une croix sur notre objectif premier, qui est la capture du monstre, dit Vance. Nous ne l'oublierons pas quand nous élaborerons notre plan de voyage.

— Compris.

Vance commença à donner ses ordres. Des bulldozers pour ériger des murailles de neige protectrices autour des cinq dômes restants. Reloger Justic et ses compagnons, qui n'avaient plus de toit sur la tête. Pendant la durée du blizzard, les opérateurs de la microfacture et les mécaniciens emménageraient dans le local technique renforcé afin de commencer à imprimer les objets dont ils auraient besoin pour voyager vers le sud. Quant aux véhicules, on devrait les rééquiper dès la fin de la tempête. Pendant celle-ci, les cadres resteraient en contact via un réseau local afin de finaliser les détails de l'opération.

* * *

Marvin Trambi continua à travailler pendant que le reste du camp s'activait et s'apprêtait à affronter un nouveau blizzard. À bord du biolab-2, la vie était calme et facile. Les cellules qui alimentaient les systèmes et le laboratoire du véhicule fonctionnaient à très haute température ; la chaleur dégagée était récupérée par le climatiseur, qui maintenait la température intérieure à vingt-trois degrés, ce qui était plutôt confortable. L'éclairage était blanc et puissant. La petite cabine habitable, coincée entre la cabine du conducteur et le laboratoire, était équipée de cinq couchages et d'un coin cuisine, et même d'une minuscule cabine de douche.

Des caisses, il en avait porté entre deux tempêtes, donc il connaissait les conditions extérieures aussi bien que les autres. Il se sentait un peu coupable de vivre dans le biolab, mais sa spécialité était la raison d'être de cette expédition. À cause des meurtres et des taches solaires, tout le monde semblait avoir oublié la nature de leur mission.

Il était assis devant la console qui courait sur toute la longueur du labo et écoutait un peu de jazz pendant que l'équipement analysait des échantillons génétiques. Le biolab était doté de cinq systèmes d'analyse RFLP[1]. Marvin avait passé des semaines derrière cette console à examiner des prélèvements de plantes rapportés par ses collègues. Le véhicule contenait la plus grande collection d'échantillons botaniques de St Libra – en dehors de celle de l'université de Highcastle. Lorsqu'on lui apportait un morceau d'écorce, de branche ou de feuille, il commençait par une identification visuelle. Tout ce qui ressemblait à une plante déjà contenue dans la base de données était immédiatement rejeté.

1. Le polymorphisme de longueur des fragments de restriction (en anglais : *restriction fragment length polymorphism*, ou RFLP) est une caractéristique des molécules d'ADN permettant d'évaluer la différence entre des échantillons. (*NdT*)

Les espèces dites « zébrées », celles dont les feuilles avaient la même forme mais des fonctions contraires – produisant de l'oxygène ou du CO_2 –, étaient également rejetées d'office. L'expédition cherchait des divergences beaucoup plus importantes. Même en n'analysant que les espèces totalement inconnues, les deux biolabs avaient autoradiographié plus de dix-neuf mille échantillons à la recherche d'un ancêtre différent, dans l'espoir de mettre en évidence une autre branche de l'arbre de l'évolution de cette planète. Pour le moment, ils n'avaient rien trouvé du tout.

Au sein de l'équipe de xénobiologie, tout le monde était d'accord pour dire que St Libra avait été bioformée. Mais quand ? C'était la seule véritable question. Marvin tenait toujours à poursuivre ses recherches. Vu le nombre de plantes découvertes dans une zone relativement réduite, la base génétique originelle devait être énorme. Ces plantes avaient forcément évolué quelque part, mais le fait qu'elles soient issues d'une souche commune ne laissait pas de l'étonner. Selon lui, elles provenaient d'un monde encore plus grand que St Libra, ce qui n'était pas sans poser des questions cosmologiques intéressantes.

Ce qu'il aurait aimé découvrir par-dessus tout, c'était un indice concernant les autres formes de vie qui auraient évolué sur la planète originelle. Les planteurs, par exemple. Pourquoi bioformer une planète avec une végétation qui ne serait pas compatible avec sa propre biochimie ? Si les planteurs avaient évolué en tandem avec les plantes de St Libra, alors celles-ci devaient être adaptées à une biosphère abritant des insectes et des animaux – ce qui ne semblait pas être le cas. Pour le moment, aucune recherche n'avait été faite dans ce sens, et cette flore ne donnait aucune indication sur la nature de la faune avec laquelle elle avait évolué sur son monde d'origine. Que les plantes de St Libra se soient développées si massivement sans l'aide d'insectes ou d'autres animaux était d'ailleurs curieux. Et si elles étaient naturelles, qui les avait transportées jusqu'ici et pourquoi ?

St Libra était un défi intellectuel. Une semaine après son arrivée, avant même de venir à Wukang, donc, Marvin se rendit compte qu'il était beaucoup plus heureux au milieu de cette mystérieuse jungle zébrée qu'à étudier le Zanth.

Il prépara avec soin une nouvelle série de feuilles pour la première étape de l'analyse, alignant les capsules qu'on lui avait confiées dans des processeurs automatiques, qui les déchiquetèrent avant de les baigner dans un agent réactif destiné à dissoudre les membranes des cellules pour libérer le matériau génétique. Après cela, les échantillons seraient autoradiographiés. Les scanners de l'expédition, fournis par l'Agence de génomique de Cambridge, étaient capables d'effectuer quinze mille comparaisons simultanément – ce qui était beaucoup plus que nécessaire.

Sauf que le biolab était à court d'agent.

— Merde, marmonna-t-il.

Son i-e se connecta à l'ordinateur du biolab. Le réseau défaillant du camp l'informa que les fournitures du labo étaient dehors, sur une des palettes qui avaient été rapprochées des dômes et des véhicules.

Marvin se leva et s'étira pour dénouer ses muscles raidis. Sortir du véhicule nécessitait une telle préparation, désormais. Il s'enferma dans le petit sas situé à l'avant du labo et lança un cycle de décontamination. Smara Jacka était dans la cabine du conducteur et sirotait un mug de thé en mangeant des bonbons au chocolat. Elle se retourna et, par la trappe ouverte de la cabine centrale, vit Marvin commencer à enfiler son pantalon matelassé imperméable.

— On est encore à court d'agent réactif, se plaignit-il.

— Merde. Je vous accompagne.

Elston l'avait dit et répété : personne ne devait sortir seul. Marvin regarda le ciel par le large pare-brise du véhicule.

Les aurores boréales transformaient les flocons de neige abondants en fleurs émeraude, cerise et topaze. C'était seulement le front du blizzard, lui avait-on dit. Le gros de la tempête serait bientôt sur eux. Les réseaux du camp résonnaient de bribes de commentaires, comme l'équipe des VAA aidait le conducteur de la Land Rover Tropic à ramener sa voiture. Les roues du véhicule patinaient sur la neige, et tout le monde était pressé de se mettre à l'abri. Des hommes terminaient de ravitailler les abris. Josh Justic et ceux qui avaient partagé son dôme transféraient leurs biens dans d'autres igloos. Les opérateurs de la microfacture se dirigeaient vers leur atelier. Une escouade de légionnaires patrouillait une dernière fois autour du périmètre, marchant à pas lourds et mécontents, incapables de voir à plus de dix mètres. Les responsables des systèmes et les techniciens en aéronautique finissaient d'installer l'éclairage qui leur permettrait de poursuivre leurs travaux de maintenance de nuit, espérant également inonder le camp tout entier de lumière pour ne pas se faire surprendre par l'arrivée éventuelle du monstre.

— Pas la peine, rétorqua Marvin en enfilant sa parka par-dessus sa veste protectrice. Notre palette n'est qu'à une vingtaine de mètres. (Il tapota son fusil Heckler en passant la sangle par-dessus sa tête.) Et ma petite copine prendra soin de moi ! En plus, vous pourrez presque tout voir par le pare-brise.

— Vous êtes sûr ?

— Mais oui.

Deux paires de gants, un bonnet avec des rabats sur les oreilles sous un casque blindé, la capuche de la parka, des lunettes de ski. Il était fin prêt. Il ordonna à son i-e de transmettre son code à la serrure. La portière externe se déverrouilla et glissa sur ses rails le long de la carrosserie. La neige s'engouffra à l'intérieur, et le froid l'enveloppa. Avec circonspection, Marvin descendit la courte échelle et mit les pieds dans la neige. Ils avaient déplacé le biolab dans l'après-midi, l'éloignant des congères qui s'étaient formées de part et d'autre du véhicule. Cependant, une nouvelle couche blanche s'accumulait déjà contre les roues.

Il regarda autour de lui tandis que la portière se refermait et se verrouillait automatiquement. Il devait y avoir une trentaine de collègues à l'extérieur, chacun se hâtant d'aller se mettre à l'abri, et pourtant, il ne voyait personne. La connexion entre son maillage corporel et le réseau de Wukang connaissait des ratés permanents. Les aurores boréales teintaient son univers peuplé de flocons d'un violet qui chassait le rose saumon de Sirius.

L'i-e de Marvin afficha un plan dans sa grille et mit en évidence la palette contenant les fournitures qui l'intéressaient. Il posa la main sur son fusil et se mit en marche. Dix pas plus loin, les phares du biolab clignotèrent deux fois. Il fit un signe de la main à la silhouette sombre, supposant que Smara le voyait.

Il lui fallut une minute pour atteindre la palette, après quoi il dut retirer la neige qui s'était accumulée contre les caisses de ses mains gantées et de plus en plus froides. Il sentait de moins en moins ses doigts. Il réussit enfin à dégager le couvercle, qu'il ouvrit, découvrant les fines boîtes rangées à l'intérieur. La lampe de son casque éclaira les étiquettes d'un faisceau blanc halogène, et son i-e envoya un message au matériel qui l'intéressait. Un symbole violet apparut dans sa grille, identifiant la boîte qu'il cherchait.

Loin au-dessus, l'aurore chatoyait, peignant le ciel en vert et baignant la palette d'une lueur bleu clair. Une ombre glissa sur les caisses, fluide et oppressante comme une éclipse lunaire. Marvin fit volte-face.

Le monstre se tenait devant lui.

—Non…

Malgré la peur qui le paralysait, Marvin ne put s'empêcher de détailler la créature avec intérêt et stupéfaction, cherchant ce que la silhouette imposante avait d'étranger, à l'affût de preuves scientifiques d'une divergence évolutionnaire avec les formes de vie terriennes. Comme le reste de l'équipe de xénobiologie, il avait eu accès aux rapports secrets concernant les interrogatoires que Tramelo avait subis sur Frontline. Elle l'avait bien décrite.

Sombre, en effet, avec ces fameuses lames menaçantes à la place des doigts. Du cuir pétrifié pour peau – pétrifié et couvert de neige, jusque dans les plus fines ridules. Un profil d'humanoïde bipède, nota-t-il, avec des articulations identiques à celles d'*Homo sapiens*. Son visage : un masque calcifié dépourvu d'expression. Profondément enfoncés dans des orbites protectrices, ses yeux – Angela n'avait jamais mentionné ses yeux – étaient indubitablement humains.

Il était *rapide*. Son bras jaillit, le frappant violemment à la poitrine, le projetant contre la palette. L'impact se prolongea plus longtemps que prévu, comme si le monstre évoluait dans un liquide visqueux, qui le ralentissait un peu.

Le bras de la créature se replia. Pour une raison mystérieuse, Marvin ne sentait plus rien. Son corps avait cessé de respirer ; même le grondement du vent n'était plus qu'un soupir. Une douce lumière gentiane scintillait autour de lui. Elle illuminait le liquide luisant qui gouttait des lames-doigts du monstre.

Marvin regarda sa poitrine. Du sang coulait abondamment sur sa parka déchirée. Les lames avaient transpercé le chaud tissu et la veste protectrice, en dessous.

Il ouvrit la bouche pour dire « Oh ! », mais son sang remonta dans sa gorge, noyant ses cordes vocales. Le liquide chaud jaillit entre ses lèvres comme ses jambes cédaient sous son poids. Il tomba en avant. Marvin Trambi était déjà mort lorsque son visage rencontra la neige.

* * *

Le printemps était bien installé à Newcastle. En avril, les nuits étaient toujours fraîches, mais, dans la journée, le soleil brillait vigoureusement dans un ciel sans nuages, montant un peu plus haut chaque midi. Les averses étaient toujours brèves et accompagnées d'un petit vent qui rafraîchissait agréablement l'atmosphère humide.

Ian avait toujours adoré le printemps. Le moral des troupes s'améliorait après une longue immersion dans l'hiver austère du nord-est de l'Angleterre. Les filles remettaient des robes. Les arbres bourgeonnaient, ajoutant un glacis verdoyant au gris du paysage urbain.

Tallulah étant entrée dans sa vie, ce printemps promettait d'être plus beau que les autres. À condition qu'il ne s'emballe pas.

À 11 h 45, ce matin-là, la pluie argentée avait cessé de tomber et le soleil brillait par intermittence à travers des nuages qui filaient vers l'horizon ouest. Ian s'approcha de la console d'Eva. La jeune femme travaillait désormais dans un autre bureau du troisième étage, enquêtant sur un drame survenu à Arthur's Hill – apparemment, à la suite d'une dispute, un père aurait tué un de ses enfants avant de se faire découper en morceaux par sa femme, rentrée du restaurant familial avec des couteaux de cuisine. Pouvait-on parler de préméditation ? Eva passait en revue les dépositions des témoins et les rapports psychiatriques pour déterminer ce qui s'était vraiment passé cette nuit-là.

— Je vous invite à déjeuner ? demanda Ian.

Eva le regarda avec étonnement. Puis son visage couvert de taches de rousseur s'éclaira d'un sourire.

— Oui, merci ! C'est vraiment trop horrible. Les enfants…

— Je croyais qu'il n'y en avait qu'un.

— Le garçon qui est mort avait un frère et une sœur. Ils ont tous les deux été placés en tutelle. Il n'y aura pas de gagnant dans cette histoire.

Ils s'engagèrent dans l'atmosphère légèrement humide de Grey Street, puis bifurquèrent vers le fleuve.

— Vous avez vu Sid ? demanda Eva.

— Pas pendant le week-end, non.

— On va bientôt pouvoir lancer les téléchargements.

— Je sais. J'ai cru comprendre que le dossier North partait pour le bureau du procureur demain. Si on ne trouve rien sur Sherman, tout sera réglé avant la fin de la semaine.

— Je ne sais pas pourquoi il attend si longtemps. Moi, j'aurais déjà tout chargé.

— Ouais, mais c'est pour ça qu'il est inspecteur de classe trois. Il sait prendre des risques.

— Sid ? Des risques ?

Ian sourit.

— Notre Sid est un mystère sur pattes. Je pensais que vous le saviez.

Ils longèrent Quayside et passèrent sous le pont de la Tyne.

— Où va-t-on, exactement ? demanda Eva.

— Là.

Ian la précéda dans le *Tollamarch Arms*, un des pubs qui occupaient les immeubles géorgiens situés à l'extrémité de Quayside. Donnant sur le trottoir, la salle principale était une relique des temps anciens, un exemple d'élégance grandiose, avec un plafond haut et le genre de parquet en chêne que plus personne n'avait les moyens de s'offrir. Là où, autrefois, des notaires et leurs clercs feuilletaient des registres, il y avait désormais un long bar, complété par de profonds fauteuils en cuir et des tables en résine polie aux pieds noueux. On y servait un vaste choix de snacks, et la vue sur le fleuve était incomparable. C'était l'établissement parfait pour les cadres moyens en pause-déjeuner. Ils trouvèrent une place près de la vitrine. Ian commanda de l'eau minérale, tandis qu'Eva choisit un sauvignon blanc.

— Vous êtes très occupé, au quatrième ? demanda la jeune femme en étudiant la carte.

— Ça s'est calmé depuis que la GE négocie avec le conseil de Highcastle pour laisser les gens passer. Les légionnaires de l'ADH sont partis ; le portail n'est plus surveillé que par les troupes de la douane et des agents de sécurité. En tout cas, je sais que le personnel de NI est autorisé à rentrer. J'étais sur le Dernier Mile samedi après-midi. En une heure, j'ai vu passer une bonne cinquantaine de bus.

— Parce qu'ils ont interrompu la production de biocarburant, fit remarquer Eva. Ils n'ont plus aucune raison de rester là-bas.

— Ils vont devoir les arroser pour les garder sous la main. Northumberland Interstellar et le reste du G8 auront besoin d'ingénieurs pour relancer la production quand les taches solaires auront disparu et que la situation de St Libra sera redevenue normale.

— J'imagine.

La serveuse leur apporta leurs boissons. Eva commanda une salade au foie de canard sauté, aux noix, aux pommes et aux raisins. Ian opta pour un pavé de saumon aux pommes de terre nouvelles.

— Vous savez quelle proportion du biocarburant de la GE vient de St Libra ? demanda Eva à voix basse. Mon mari dit que l'arrêt de la production va…

Tallulah et deux de ses collègues et amies apparurent. Elles poussèrent la porte en discutant joyeusement et en retirant déjà leurs manteaux de pluie. La jeune femme se figea et lança un regard étonné à Ian. Étonné, mais pas mécontent.

Le timing était parfait.

— Salut, commença-t-il en se levant. Je ne savais pas que vous fréquentiez cet établissement.

— Oui, ça m'arrive, admit-elle sans faire attention aux regards interrogateurs de ses copines.

Eva plissa son front couvert de taches de rousseur d'un air légèrement soupçonneux.

— Ça va mieux ? demanda-t-il.

— Oh ! oui, beaucoup mieux. Enfin, je crois.

— Tant mieux. (Il fit mine d'avoir une idée.) Écoutez, on se retrouve tous les deux ici, et ce n'est pas un hasard. Je suis en pause-déjeuner, donc, techniquement, je ne suis pas en service. Ça m'autorise à vous inviter à boire un verre avec moi ce soir. Après, on pourrait aller voir Bloxo au Sage.

Il agita la main en direction de la salle de spectacle, situé dans le complexe aux courbes argentées qui dominait la rive opposée.

— Bloxo ? répéta Tallulah sans parvenir à dissimuler sa surprise. Il n'y a plus de places à vendre depuis des semaines. Où les avez-vous trouvées ? Même Boris n'a pas réussi…

Elle pinça les lèvres, agacée.

— Il y a parfois des avantages à être dans la police. J'ai un ami qui a un ami… Enfin, je vous la fais courte : à la fin, on a réussi à me dégotter deux billets. Sauf que je suis célibataire, désormais. Si vous êtes intéressée…

Elle réfléchit pendant quelques secondes sans consulter ses amies.

— D'accord, c'est sympa, merci. Je vous rembourserai, bien sûr.

— Si vous voulez.

Ils se sourirent timidement comme s'ils venaient de partager un moment de complicité, complicité qui, peut-être, déboucherait sur quelque chose de plus prometteur.

Le temps de se rasseoir, le sourire de Ian s'était considérablement élargi. Tallulah tourna les talons et se dirigea vers une table libre, à l'autre bout de l'établissement, tandis que ses amies gloussaient en contenant à grand-peine leur excitation.

— Je n'apprécie pas trop d'être utilisée de la sorte, lâcha Eva d'un air et d'une voix sévères.

— Eh ! c'est juste le hasard.

— Ben voyons. Ian, la manière dont vous arrangez vos rencontres n'est pas joli-jolie. Je dirais même que ça fait un peu peur.

— Avec elle, c'est différent, se défendit-il.

— Oui, avec elle... Chaque fois, c'est exactement la même chose.

— Mais comment, alors ? siffla Ian, exaspéré. Comment, autrement, un type comme moi peut-il rencontrer une fille comme elle ? Je ne connais pas d'autre façon de faire. D'accord, peut-être bien que je savais qu'elle allait venir, mais tout ce qui s'est passé après était complètement naturel. Vous l'avez entendue, elle a dit « oui ».

— Certes, elle a dit « oui ». Sauf qu'elle a le statut de témoin dans la plus grosse affaire de votre carrière. Le meurtre a été commis chez elle !

— Et alors, c'est juste une coïncidence.

Eva secoua la tête et avala une gorgée de vin.

— Dans cette affaire, rien n'a été laissé au hasard ; j'ai assez bossé dessus pour pouvoir l'affirmer. Il y a forcément une raison, un lien. Si son appartement a été choisi, c'est pour une raison précise. Le coup de la beauté innocente ne fonctionne pas avec moi. Elle est très belle, mais ça ne veut rien dire. Pour moi, elle sait quelque chose. C'est sûr.

— Quoi ! ? Tout ce qu'il y a à savoir sur elle, on le sait. C'est une victime. Ils l'ont choisie au pif pour nous entraîner sur une fausse piste. C'était malin, mais ça s'arrête là.

— Vous êtes complètement aveuglé. On devrait interdire aux hommes de conduire les interrogatoires de ce type. Surtout aux hommes comme vous. Le coup des deux places pour Bloxo, c'est une coïncidence aussi ? Décidément, la vie de cette jeune femme en regorge. Ou alors est-ce l'histoire de sa vie ? Toutes ces coïncidences… une coïncidence, voyons !

— Ça n'a rien à voir. Vous avez vu comment elle s'est comportée, tout à l'heure ; elle n'a même pas songé à répondre « non ». Elle et moi, ça va marcher.

— Jusqu'au jour où elle découvrira que vous voulez vous taper sa meilleure amie ou sa petite sœur, voire sa mère, si vous vous ennuyez vraiment.

— Non, répondit fermement Ian. Pas avec elle. Dès la première fois que je l'ai vue, je…

— Mon Dieu, mon Dieu ! soupira Eva avant d'avaler une plus grande gorgée de vin. Je ne sais pas pourquoi je dis ça, parce que vous méritez vraiment qu'une femme vous fasse souffrir, mais faites attention. Une fille comme ça…

— Une fille comme ça, quoi ? Vous voulez dire qu'elle est trop bien pour moi ? C'est ce que vous pensez ?

— Elle joue en première division, alors que vous, vous vous débattez en division de district.

— C'est ridicule.

— Un conseil : calmez-vous en attendant qu'on charge les données sur l'équipe de Sherman.

— Il n'y a pas de lien !

— D'accord. Très bien. Prouvez-moi que je suis dans l'erreur. Si elle est vraiment innocente, ça vous conduira à faire des choix sérieux, pour une fois. Il est temps que vous grandissiez parce que – vous pouvez me faire confiance sur ce point – Tallulah n'acceptera jamais d'être traitée comme vous avez l'habitude de traiter les femmes. Vous dites que c'est du sérieux, cette fois ; eh bien ! prouvez-le en ayant un comportement exemplaire.

— Ouais, merci du conseil, maman.

Eva avait du mal à garder son air sévère.

— Elle et vous ? Sérieusement ? Je ne peux qu'admirer votre ambition.

— Eh ! je vole un peu plus haut que ce que vous imaginez.

— Vous pouvez toujours rêver, Roméo.

Mardi 9 avril 2143

Les dix semaines qui s'étaient écoulées depuis qu'il s'était posé à Town Moor avec son vaisseau à ondes lumineuses avaient été difficiles pour Clayton North2. La première nuit, lorsque l'équipe d'Ivan et lui avaient enlevé son frère-cousin Abner, avait sans doute été la pire. Comme Clayton avait bénéficié d'un rajeunissement, Abner, du fait de son âge, était le candidat idéal. Cela faisait bien longtemps qu'il n'avait rempli une mission sur le terrain. Quand ils avaient forcé la porte de l'appartement et investi la chambre, encerclant le lit, Clayton avait eu du mal à faire abstraction de la terreur et de la confusion du pauvre Abner. Heureusement, les North étaient prédisposés à prendre ce genre de distance.

Ils avaient une proposition intéressante à lui soumettre : sa coopération contre un rajeunissement dans l'habitat de Jupiter, traitement qu'il ne pourrait jamais recevoir sur Terre. Pour terminer de le convaincre, Clayton lui avait offert un reséquençage génétique 1/10. Abner avait tempêté, crié, juré, mais après cette démonstration de défiance destinée à prouver qu'il ne mangeait pas de ce pain-là, il avait fini par accepter – de fort mauvaise grâce – mille années de vie supplémentaires.

Le mardi 15 janvier, Clayton s'était donc levé pour aller travailler à la place d'Abner. Il avait une certaine marge de manœuvre. Son frère North2 venant d'être assassiné, il avait le droit d'être choqué, de n'être pas tout à fait lui-même. Grâce aux codes et aux informations personnelles fournis par un

Abner récalcitrant lors d'un court briefing, il avait rapidement adopté son identité d'emprunt. À partir de là, la seule autre victime de l'opération fut la pauvre Melissa Stosnoski, la petite amie d'Abner, plaquée sans cérémonie – mais ce n'était pas étonnant pour un North.

En dépit de tout ce qu'il avait accompli en jouant ce rôle, ces dix semaines s'étaient révélées incroyablement frustrantes. Force lui était d'admettre que l'inspecteur Sid Hurst menait une excellente enquête – sous la supervision et la surveillance de l'ADH. La détermination dont son équipe avait fait preuve en traquant ce taxi – véritable cauchemar de monotonie – était admirable.

Malgré tous leurs efforts, cependant, ces dix semaines de travail n'avaient débouché que sur l'arrestation d'Ernie Reinert, le nettoyeur jetable qui n'était au courant de rien. Difficile de parler de succès.

Quelque chose sur St Libra avait tué plusieurs North ; cette chose était de retour et se baladait à présent dans Newcastle en toute impunité. Étant donné le sérieux et l'implication de Sid, Clayton trouva cela particulièrement déstabilisant. Constantine était intimement persuadé qu'il n'y avait pas de conflit entre Augustine et Bartram, qu'il ne s'agissait pas d'une guerre interne. La réalité était encore plus étrange que cela. Depuis le meurtre de Bartram, Jupiter s'était fait discret, attendant que l'extraterrestre se manifeste de nouveau.

Suivant le procès d'Angela Tramelo – une farce, en réalité –, Constantine avait désigné Clayton pour diriger une enquête privée sur ces événements monstrueux. Ainsi avait-il passé dix-huit mois à travailler sans relâche, sans se soucier des guerres de juridictions qui opposaient Abellia et la GE, aidé par des spécialistes et des pirates informatiques capables d'extraire des informations d'endroits dont ils n'auraient même pas dû connaître l'existence. Clayton avait même visité New Washington pour s'entretenir avec Marlak, expérience beaucoup plus agréable que sa brève rencontre avec une Shasta Nolif grossière. Son investigation terminée, il avait présenté à Constantine un dossier complet sur la vie fascinante de Mme Angela DeVoyal-Matthews-Howard-Tramelo.

Elle n'était pour rien dans les meurtres, il en était convaincu – son interrogatoire brutal dans les locaux de l'ADH l'avait confirmé. Ce qui signifiait qu'une entité inconnue prenait pour cible la famille North. Par précaution, ils avaient fait venir Rebka sur Jupiter, opération clandestine dont Clayton n'était pas peu fier. Le fait qu'elle vive dans l'habitat et qu'elle appartienne à la communauté conférait un atout à Constantine. Au cas où. Après cela, il n'y avait pas grand-chose à faire à part attendre. Mais personne ne croyait devoir attendre si longtemps.

Sans compter que l'enquête de Newcastle était dans une impasse. On avait appris l'existence d'au moins un North2 inconnu, ce qui était déjà ahurissant. Personne, sur Jupiter, n'était au courant. La chose ou la personne qui avait décidé de s'en prendre aux North était retournée sur St Libra. Rebka avait été très claire à ce sujet lors de son dernier appel. Tout comme le reste du personnel de Wukang, elle était isolée et prise pour cible. Heureusement, il la savait capable de survivre à une attaque de la créature, dont l'image avait été extirpée du cerveau d'Angela. Rebka disposait des mêmes implants offensifs que lui, et elle était entraînée à se battre.

Ce que Clayton ne comprenait pas – chose qui l'inquiétait particulièrement –, c'était pourquoi le monstre avait choisi de s'en prendre à Wukang.

Alors que la police de Newcastle avait bouclé son enquête et envoyé le dossier complet au bureau du procureur, Clayton n'avait pas renoncé à poursuivre ses analyses. D'où sa présence à Market Street à 21 heures. Installé derrière une console d'un bureau du deuxième étage – bureau dont le maillage de sécurité avait été désactivé –, il consultait des fichiers censément inactifs. Le fait que le garage de Reinert ait été incendié alors que la police scientifique était encore sur place l'avait beaucoup étonné. Cela signifiait qu'il y avait dans ce garage quelque chose que le meurtrier ne voulait surtout pas voir tomber entre les mains de la police. D'où l'on pouvait conclure que l'assassin était en contact avec des criminels locaux capables d'organiser une attaque efficace.

Il ordonna à son i-e d'ouvrir les journaux de bord de l'enquête grâce à des infiltrateurs introduits dans le réseau du Bureau n° 3 le jour de son arrivée. L'architecture de l'enquête apparut dans sa grille, et il remarqua que dix-huit programmes d'observation étaient toujours actifs, qui utilisaient les logiciels de reconnaissance visuelle du commissariat et les systèmes de traque de l'IA. Il réussit à pirater leurs sous-programmes de gestion sans aucun problème et découvrit que les observations avaient été autorisées fin février par Vance Elston. Ce qui était intéressant, vu qu'Elston était à Edzell, sur St Libra, à cette époque.

Clayton effaça toute trace de son passage grâce à des programmes personnels. Comme il n'avait déclenché aucune alarme, il décida de creuser plus profondément. Celui qui avait mis en place ces logiciels d'observation savait ce qu'il faisait ; les données transitaient par de multiples croisements aléatoires et mémoires temporaires. Pour remonter sa piste, Clayton n'avait d'autre choix que de se connecter à l'IA utilisée par l'équipe de Newcastle.

Les données glanées étaient détournées vers une adresse familière : celle de la garçonnière de l'inspecteur Ian Lanagin. Plus intéressantes encore étaient les identités de ceux sur qui Ian recueillait des informations : Marcus Sherman, Ruckby, Jede, Boz. Les trois derniers avaient un casier judiciaire ; des délinquants de base, peut-être, mais, dans le cas de Boz, affilié au gang des Red Shields, même s'il n'y avait pas de preuves.

Marcus Sherman, en revanche, était inconnu des forces de police.

L'IA de l'équipe de Newcastle mit quatre minutes à trouver le nom. Il y avait quinze années de cela, Sherman travaillait pour la sécurité de Northumberland Interstellar. Puis il avait démissionné et disparu de la circulation. À en croire les données rapidement recueillies par les programmes d'observation, M. Sherman se donnait beaucoup de mal pour ne pas se faire remarquer.

Clayton s'adossa à son fauteuil et posa un regard serein sur la console. Ian Lanagin ne perdrait pas son temps libre à traquer des barbouzes à la solde des industriels. Seules deux activités l'intéressaient en dehors de son travail : la musculation et la drague. Là, il s'agissait d'autre chose, d'une opération infiniment plus importante, d'une mission qu'il n'aurait pas entreprise tout seul.

— Sid, murmura Clayton d'un ton admiratif dans le bureau désert. Qu'est-ce que tu nous mijotes ?

* * *

Pénétrer dans l'appartement de Falconar Street ne fut guère difficile. Clayton et Ivan s'y étaient rendus seuls pendant que Sophia et Holdroyd, les autres membres de l'équipe de Newcastle, attendaient dans la voiture, garée à trois maisons de là.

Il était 21 h 45, et les nuages s'accumulaient dans le ciel, oblitérant le croissant de lune. La rue était sombre et déserte. Sophia et l'IA vinrent rapidement à bout des maillages qui recouvraient les maisons mitoyennes en briques, tandis qu'Ivan piratait la serrure. Ils entrèrent calmement, sachant qu'ils avaient tout leur temps.

Ian n'était pas le seul à surveiller les gens pour son propre compte. Comme ils contrôlaient ses connexions au transnet,

ils savaient qu'il se trouvait au *Stravoss*, un restaurant du Gate. On y servait des plats de qualité, mais il était de notoriété publique que le service y était lent, ce qui signifiait qu'il n'en sortirait pas avant une bonne heure.

Clayton et Ivan découvrirent avec stupeur la décoration de l'appartement de trois pièces.

—Où sont les meubles ? demanda Ivan.

Clayton haussa les épaules et jeta un coup d'œil dans la chambre à coucher.

—Il a un lit. Et regardez cette console Apple ; elle pourrait presque faire tourner une IA.

Ivan appliqua un patch intercepteur au dos du mince appareil aux nombreuses LED vertes et violettes. Clayton vaporisa des microbes intelligents au plafond, avant de répéter l'opération dans le séjour et le coin cuisine.

—On a fini, annonça Ivan. J'ai chargé des relais miroirs dans la console. Ce qu'il apprendra, on l'apprendra aussi. Je vais demander à l'IA de lancer une analyse.

—Allons-y.

* * *

De retour dans l'appartement confortable d'Abner, dans le macrobâtiment de Fortin, Clayton s'installa pour attendre. Ivan et le reste de l'équipe relayaient vers son i-e les informations trouvées dans la console Apple de Ian. Des enregistrements d'appels montraient que Sherman et ses associés étaient impliqués dans un genre de transaction. Jusque-là, l'équipe de Clayton n'avait trouvé aucun lien entre Reinert et les hommes de Sherman, à part que ces derniers avaient tous disparu de la circulation le jour de l'incendie du garage d'Ernie.

C'était une simple coïncidence qu'aucun policier ne signalerait au service juridique, sans parler du bureau

du procureur. Mais Clayton savait ce que cela signifiait : Sherman et Reinert fréquentaient les mêmes gros poissons. Et Sid devait le savoir aussi.

Dans ce cas, pourquoi n'a-t-il pas inclus Sherman dans l'enquête officielle ?

Clayton eut sa deuxième surprise de la soirée quand Ian rentra chez lui. Grâce à leur programme de surveillance, ils l'avaient suivi à distance, depuis le centre commercial, où il avait pris un taxi, jusqu'à Falconar Street. Les maillages de l'appartement offrirent à Clayton une vue panoramique du séjour quand Ian y entra en compagnie de sa copine.

Il s'agissait de Tallulah Packer. Clayton regarda l'image avec une incrédulité grandissante. L'angle de vue lui jouait-il des tours ? Alors les tourtereaux se mirent à parler de cette façon à la fois détendue et pressée qui caractérisait les amants, et il n'y eut plus de doute possible. Elle le taquina au sujet de l'absence de meubles. Il ne le prit pas mal et lui proposa un verre de vin – un sémillon verdelho. Apparemment, c'était le vin préféré de son invitée. Ils s'embrassèrent. Commencèrent à se déshabiller mutuellement. Ian l'entraîna dans la chambre, oubliant le verre de vin sur le comptoir de la cuisine.

Clayton se déconnecta du maillage de la chambre. Il n'était pas voyeur.

Après dix semaines passées à travailler dans le même bureau que Ian, il pouvait être sûr d'une chose : son collègue ne jouait pas la comédie. Ian réfléchissait vraiment avec ses testicules, et Tallulah était d'une beauté stupéfiante. Il fallait être un idiot fini pour sortir avec un potentiel témoin, mais Ian était ce genre d'homme.

Clayton vérifia l'heure : 23 h 23. Les données transmises par les programmes d'observation furtifs de Ian continuaient à affluer lentement, car ils suivaient Sherman partout où il était numériquement possible de le faire. Rien d'important n'était en cours cette nuit. Clayton partit se coucher en se promettant d'étudier les enregistrements visuels de la police scientifique dans le garage de Reinert dès le lendemain matin.

Mercredi 10 avril 2143

Le logiciel de surveillance implanté dans l'interface transnet de Ian déclencha une alarme à 2 h 10. Son i-e réveilla Clayton, qui s'efforça de maintenir ouverts ses yeux ensommeillés et mit l'équipe en alerte. Les microbes intelligents vaporisés dans l'appartement de Ian lui transmirent leurs images.

* * *

La Toyota Dayon de Sid arriva devant l'appartement de Ian. Comme il roulait trop vite, il freina trop brusquement. Des icones de danger ambrés apparurent dans sa grille, tandis que l'ordinateur de bord calculait la position des véhicules garés devant et derrière lui. Ian l'avait tiré du lit vers 2 h 30 avec un appel pour le moins énigmatique. D'une humeur massacrante, Sid avait foncé vers Falconar Street, mais maintenant qu'il était arrivé, il se sentait surtout vidé. Il était épuisé, énervé d'avoir été réveillé, et voulait retrouver son lit au plus vite.

La porte de la maison s'ouvrit pour le laisser entrer, et il entreprit de gravir les marches d'un pas lourd. Vêtu d'un bas de pyjama et d'un vieux tee-shirt gris, Ian attendait dans le séjour.

— Je pourrais savoir pourquoi vous avez décidé de m'emmerder à cette heure pas possible ? Sherman va-t-il tuer quelqu'un ? J'ai dû raconter à Jacinta que le commissariat m'avait appelé.

Il s'interrompit. Tallulah Packer se tenait dans l'encadrement de la porte de la chambre. Ses cheveux auburn délicieusement ébouriffés, vêtue de la robe de chambre de Ian, elle était incroyablement sexy.

— C'est une putain de blague ! gronda Sid.

Les lèvres de Tallulah tremblotaient. Elle tentait de retenir ses larmes.

Ian la rejoignit et la serra dans ses bras rassurants.

— Tout ira bien, ma puce. Je t'ai promis que tout irait bien. Tu n'as rien fait de mal.

— Qu'est-ce que c'est que ce bordel ? demanda Sid.

— Tallulah m'a dit quelque chose, répondit Ian. Quelque chose que je n'aurais pas répété en temps normal, mais, patron… c'est vraiment important. Pour nous. Pour l'enquête.

— D'accord. (Sid inspira profondément pour se calmer.) De quoi s'agit-il ?

Tallulah resta muette et secoua la tête.

— On discutait, tout ça…, poursuivit Ian, gêné et hésitant. Enfin, vous savez, on apprenait à se connaître. On parlait de nos expériences sexuelles passées, de ce qu'on aimait faire, de ce qu'on voulait essayer ensemble…

— Ian…

Sid n'avait pas du tout envie d'entendre tout cela.

— Chef, continua Ian d'une voix plaintive, on a parlé de nos ex.

— J'ai eu une aventure, intervint enfin Tallulah, tête baissée, incapable de croiser le regard de Sid. Ça s'est arrêté quand je me suis fiancée. Enfin, presque. C'est fini depuis décembre, en tout cas.

— On s'est tous amusés quand on était célibataires, lâcha Sid qui ne savait pas trop quoi dire.

Tallulah inspira profondément comme si elle affrontait un prêtre particulièrement impitoyable dans un confessionnal.

— Je suis sortie avec Aldred North.

Sid ne possédait pas l'instinct qui lui aurait permis de réagir de façon appropriée à cette annonce. Il resta sans bouger, la mâchoire inférieure molle.

— Aldred North ? répéta-t-il, parce qu'il avait sans doute mal entendu. Vous étiez la petite amie d'Aldred North ?

La pauvre jeune femme hocha la tête. Elle semblait sur le point de pleurer. Ian la serra plus fort dans ses bras.

Sid se massa le front pour chasser sa migraine.

— Bien, Tallulah, écoutez-moi. Ian a raison : vous n'avez rien fait de mal. Nous avons juste besoin de connaître certains détails. L'enquête est terminée, et si vous nous dites tout ce que vous savez, nous vous épargnerons un tas de tracasseries administratives. C'est pour ça que Ian m'a appelé – pour s'assurer que vous serez couverte.

— C'est vrai ? Je ne vais pas avoir d'ennuis ?

— Non. Pas pour l'instant, la rassura-t-il, ce qui était en partie vrai. Toutefois, nous avons besoin de comprendre ce qui s'est passé. Combien de temps vous êtes-vous fréquentés ?

— Six mois. Non, attendez, plutôt huit. On s'est rencontrés en mars de l'année dernière. Il voulait rester discret – il voyait toujours Lady Jennifer, mais ça ne marchait plus très bien entre eux depuis un bon moment. Il était vraiment malheureux. Il disait qu'il ne voulait pas compliquer la situation, qu'il fallait laisser le temps à Lady Jennifer de mettre un terme à leur relation elle-même.

— Vous vous voyiez en secret ?

— Disons en privé, le corrigea Tallulah en faisant la moue. Je ne suis pas une briseuse de ménage ; je n'étais pour rien dans leurs problèmes. Quand on a commencé à sortir ensemble, leur histoire était déjà pratiquement terminée.

— Je vois. J'imagine qu'il venait chez vous.

— Oui, car elle vivait toujours là-bas.

— Comme il habite aussi St James, c'était facile.

— Oui. Au début. Et puis… j'ai rencontré Boris. Avec lui, on pouvait sortir au grand jour, faire des choses qui m'étaient interdites avec Aldred. Oh ! il nous est arrivé de partir un week-end ensemble, mais c'était toujours dans un chalet ou une villa isolée. Jamais en public. Au début, c'était excitant, puis je me suis rendu compte qu'il se servait de moi. Tout ce qu'il voulait, c'était coucher avec moi.

— Alors vous avez rompu ?

— Oui, renifla-t-elle.

— Si je comprends bien, en janvier, il disposait toujours des codes de votre appartement ?

— Je… Oui. Changer les codes est compliqué. Et Boris aurait voulu savoir pourquoi ; il était du genre possessif. À ce moment-là, Aldred voyait déjà quelqu'un d'autre. Lady Jennifer l'avait quitté.

— Bien. J'ai encore une question à vous poser, et elle est très, très importante : pourquoi ne nous avez-vous pas raconté tout ça quand on vous a conduite au poste ?

— Il était là, dans la salle d'interrogatoire.

— Merde.

Sid se rappelait bien cette journée, en apparence tout à fait normale. Le comportement d'Aldred n'avait aucunement attiré son attention, au contraire de celui de Ian.

— Que vous a dit Aldred ? reprit-il. Vous a-t-il menacée ?

— Non, non, pas du tout. Il s'est montré rassurant. Il a promis de me protéger, de me maintenir à l'écart de votre enquête et de garder le secret sur nous deux. Et… Et… Boris était là aussi ! Vous vous souvenez de Chantilly Sanders-Watson ?

— Et comment…

— Ce n'était pas vraiment *mon* avocate. C'est Boris qui la payait. Je ne pouvais pas lui dire pourquoi ce pauvre North avait été tué dans mon appartement. Boris aurait pu découvrir la vérité. Et nous étions censés nous marier !

— Alors vous avez fait l'innocente. Vous avez juré que vous ne saviez pas pourquoi votre appartement avait été choisi.

— Non, protesta-t-elle. Pas vraiment. Aldred m'a rappelée, après. Il disait qu'il était désolé, que quelqu'un voulait sans doute le discréditer ou lui tendre un piège, que l'affaire en question était liée à un conflit industriel, que je ne devais plus m'en faire, que vous, la police, me laisseriez tranquille. Il avait le pouvoir de me protéger ; c'est un homme puissant.

— Ouais, confirma Sid. Ce n'est pas faux.

* * *

Clayton continua à observer pendant que Sid se préparait une tasse de thé. Tallulah et Ian retournèrent dans la chambre, où la jeune femme se rhabilla. L'i-e de Ian appela un taxi.

— Monsieur, voulez-vous l'interroger ? demanda Ivan. On peut intercepter le taxi et l'embarquer dans un des nôtres.

— Les taxis sont très utiles, dans cette ville, pas vrai ? Tellement anonymes. Ils se ressemblent tous.

— Monsieur, le temps presse ; nous avons besoin de prendre une décision.

— Non. Laissez-la tranquille. Elle ne sait rien ; on se sert d'elle, c'est tout.

— Aldred est-il notre assassin ?

— Je l'ignore. Si c'est lui, c'est un sacré tordu. Faire ça dans l'appartement de sa petite amie, et de cette façon… Non, cela n'a pas de sens.

— Et s'il avait dit la vérité à Tallulah ? Si quelqu'un voulait vraiment le discréditer ?

— Peut-être. C'est vrai qu'Augustine a un paquet d'ennemis sur Terre. De l'extérieur, le vieux cartel a l'air très solide, mais le sol peut s'effondrer sous ses pieds à n'importe quel moment. Demandez à Angela. Dans la vie, rien n'est jamais certain.

— Mais la créature est bien réelle – elle tue des gens à Wukang.

— Je sais. Et nous ignorons pourquoi. (Tallulah et Ian étaient de retour dans le séjour.) Voyons ce que les policiers vont tirer de tout cela. Je les ai sous-estimés, semble-t-il.

* * *

Sid but son thé en faisant un effort pour ne pas écouter ce qui se disait dans la cage d'escalier, à l'extérieur de l'appartement. Les voix étaient étouffées par la porte, mais à entendre le ton suppliant et insistant de Ian, son collègue désespérait de revoir Tallulah.

Le taxi se gara devant la maison. Sid se tourna vers la fenêtre pour voir la jeune femme monter à son bord. C'était un taxi de la ville, remarqua-t-il. *La boucle est bouclée.* Ian resta sur le trottoir à regarder la voiture s'éloigner, puis disparaître.

— Quelle nuit, dit Sid comme Ian rentrait chez lui.

Son jeune collègue lui lança un regard défait.

— Ouais, on peut dire que j'ai merdé.

— Vous avez bien fait de m'appeler.

— Non, je parle d'elle.

— Ah !… Qu'est-ce qu'elle a dit ? Vous allez vous revoir ?

— Elle m'a promis qu'on pourrait se revoir pour discuter, mais je sais ce que ça veut dire.

— Vous vous trompez, Ian. Vous savez ce que ça veut dire quand les rôles sont inversés. Je suis sûr que vous allez vous revoir. Elle a besoin de vous pour l'aider à traverser cette épreuve.

— Elle n'est pour rien dans cette histoire. Je le sais. Ce connard d'Aldred s'est servi d'elle.

— Je ne pense pas.

— Quoi ?

— Un North a été assassiné dans l'appartement de la maîtresse du patron de la sécurité de Northumberland Interstellar. Vous imaginez ? Nous ne connaissons toujours pas l'identité de la victime, mais nous savons que ça s'est passé dans le contexte d'un conflit industriel. Je pense que le lieu du crime a été choisi pour compromettre Aldred. À mon avis, c'est lui qui a demandé à Reinert de se débarrasser du corps ; il connaît les gens qu'il faut pour ça. Le coupable ne devait pas s'attendre à ça.

Rien n'était moins sûr, et cela le tracassait. Augustine North lui avait paru sincère quand il avait affirmé vouloir mettre la main sur l'assassin de son fils. Et si Aldred avait su qu'on lui avait tendu un piège, il aurait demandé à Sid de se calmer sur son enquête.

Je l'aurais sans doute écouté.

— Qu'est-ce qu'on va faire ? demanda Ian.

— Officiellement, rien. Pour O'Rouke et le bureau du procureur, cette enquête est terminée. Je ne sais pas ce qui se trame, mais le match se joue dans une autre division que la nôtre. On va devoir faire très attention. Un North a été assassiné : celui qui a réussi un coup pareil n'a probablement rien à craindre de deux petits flics comme nous. Si on découvre le pot aux roses, ce sera uniquement pour nous, pour satisfaire notre curiosité, par acquit de conscience. Compris ?

— Ouais, et comment on va s'y prendre, patron ?

— Posons la question à Aldred.

— À Aldred ?

— Il a confiance en moi parce que je ne l'ai jamais laissé tomber.

— Attendez… Aldred est votre contact dans les hautes sphères de la ville ?!

— On ne peut pas atteindre le grade d'inspecteur de classe trois sans un peu d'aide et sans l'approbation de certaines personnes, Ian. Pas dans notre monde de merde.

— Bordel !

Sid lui mit la main sur l'épaule et serra fort.

— C'est la nuit de l'honnêteté, on dirait. Ça fait mal, hein ?

— Un peu. Vous allez vraiment lui demander ?

— Je vais peut-être avoir besoin de lui forcer un peu la main. On va devoir se préparer.

* * *

Sid arriva au *Jamaica Blue* de John Dobson Street juste après 11 heures et prit place dans un box vide, près de la vitrine. Il regarda les gens défiler dans la lumière printanière et envia leurs vies si simples. Ils vivaient dans le même monde que lui, mais sans en appréhender la complexité, inconscients des forces qui l'animaient. Il lui arrivait de regretter de n'être pas comme eux.

— Bonjour, lança Aldred en glissant sur sa banquette, en face de Sid.

Comme à son habitude, il portait un costume élégant mais pas voyant. Le North anonyme typique. Un cadre de Northumberland Interstellar, manifestement, mais personne n'aurait pu deviner dans quel service.

Un garde du corps était accoudé au comptoir et commandait un thé et un croissant ; un autre attendait dehors, à côté de la porte d'entrée, et filtrait les clients.

Suis-je le seul à les avoir remarqués ?

— C'est délicat, commença Sid.

— Mon Dieu ! Dites-moi ce que vous avez pour moi. Vous savez que je ne mords pas.

— J'ai appris que le bureau du procureur allait inculper Reinert aujourd'hui. Ce qui signifie que tout le monde va découvrir que votre frère n'a pas été victime d'un *car-jacking*.

— Cette version n'a jamais vraiment convaincu l'opinion.

— Dans le pire des cas, il sera inculpé pour complicité. S'il est jugé coupable, il fera vingt ans de camp de rééducation avant d'être débarqué sur Minisa sur ses cinq acres de terre, très, très loin du portail de la planète. Et on lui demandera gentiment de ne jamais revenir.

— Oui.

— Les médias vont se déchaîner quand les charges retenues contre lui seront rendues publiques. Beaucoup de politiciens, surtout ceux de l'opposition, demanderont pourquoi la police s'est montrée incapable de mettre la main sur l'assassin. O'Rouke promettra de ne pas clore le dossier, de continuer à chercher.

— Évidemment. Il n'a pas le choix.

— Mais l'enquête est finie. On a essayé tous les angles d'attaque imaginables. Sincèrement, je ne dispose plus d'aucune piste. Je suis désolé.

— Sid, j'ai parlé de tout cela à Augustine dès que le dossier de Reinert a été envoyé au bureau du procureur. Nous savons ce qui va se passer. Vous avez fait votre possible. J'étais là, je vous ai vu bosser.

Sid le regarda par-dessus sa tasse de thé. Aldred se moquait-il de lui ?

— Vous m'avez énormément facilité la tâche avec O'Rouke.

— Oui, c'est vrai qu'O'Rouke est un genre de dinosaure. Il est efficace, et il a beaucoup fait pour cette ville, mais je crois qu'il est temps pour lui de rendre son tablier et de prendre une retraite bien méritée.

— Et moi ?

— Non, Sid. Nous ne vous en voulons pas.

— Avant de partir, O'Rouke va sans doute proposer qu'on me passe inspecteur de classe cinq. Je sais que le dossier a déjà été rempli et soumis au conseil.

Aldred fit la moue.

— À une marche du sommet, hein ? Vous le méritez. Vous avez fait du bon boulot.

— Y a-t-il toujours une place pour moi dans votre service ? Une réponse honnête m'arrangerait. Ça aussi, je le mérite.

— Sid, nous ne sommes pas la mafia J'ai toujours été réglo avec vous. C'est ce que j'apprécie dans notre arrangement. Oui, il y a une place pour vous à Northumberland Interstellar, et il y en aura toujours une. Puis-je vous donner un conseil ?

— Et comment !

— Acceptez votre promotion et gardez votre poste pendant deux ans avant de songer à ce transfert.

— D'accord. Pourquoi ?

Aldred désigna la rue de l'autre côté de la vitrine.

— C'est une belle journée, hein ? Il fait doux. L'été promet encore d'être sec.

— Ils le sont systématiquement, désormais.

— Pas sur St Libra. Notre opération tout entière est sur le point d'être démantelée. Nous rapatrions notre personnel.

— Je suis au courant. C'est gentil de votre part.

— Sid, Northumberland Interstellar est une société à but lucratif. Nous ne donnons aux œuvres de charité que pour avoir droit à des abattements d'impôts. Nous ramenons ces gens parce que les fermes, là-bas, sont aussi mortes que les champs d'algues. Leur rapatriement nous coûtera moins cher que leur ravitaillement régulier par le portail. Il leur reviendra moins cher de louer une maison ici que, pour nous, d'isoler et de chauffer leurs appartements, normalement adaptés à des conditions tropicales. Quand tout sera terminé, quand les taches solaires auront disparu et que la neige aura fondu, la moitié de Highcastle sera balayée. C'est une ville très différente de Newcastle, Sid ; elle n'est pas censée résister à des hivers rigoureux. On devra la reconstruire, et il se pourrait bien que cela nous tue. Northumberland Interstellar ne s'en relèvera peut-être pas.

— Merde. Vous êtes sérieux ?

— Je ne sais pas, Sid. Mon père ne sait pas. Personne ne sait. Pas même les analystes qui pullulent dans nos bureaux. Quoi qu'il en soit, remonter la pente, revenir au niveau qui était le nôtre avant l'apparition des taches solaires prendra des décennies de dur labeur. L'argent sera plus rare. Nos concurrents profiteront de notre situation pour se développer. Et je ne parle même pas de la récession que nous venons de déclencher et que personne n'a encore remarquée.

— La récession ? répéta Sid en se maudissant d'être si ignorant.

— Sid, St Libra fournit soixante pour cent du biocarburant de la GE, mais aussi pas mal d'autres nations. Le robinet vient d'être fermé. Vous aurez du mal à chauffer votre maison, l'hiver prochain. Si vous avez une chaudière à bois, je vous conseille vivement de commencer à abattre des arbres cet été. On va connaître dix années très difficiles. Voilà pourquoi je vous conseille de garder votre emploi de fonctionnaire payé par l'argent du contribuable, éternel et inépuisable. Je peux vous garantir une place aujourd'hui ; en revanche, je ne sais si notre compagnie va survivre.

— Oh !…

— Comme vous dites.

— Je suis désolé. Je ne me rendais pas compte. Je n'étais pas suffisamment attentif à la situation.

— Je sais. Il y a trois semaines encore, le meurtre était la chose qui nous intéressait mes frères et moi. Qui obsédait mon père. À présent, je m'en fiche complètement. Merci du travail que vous avez accompli, Sid. Nous n'oublierons pas nos amis. Désormais, vous avez besoin de prendre soin de vous et de votre famille.

Sid suivit Aldred hors de l'établissement. Il resta sur le trottoir et regarda le North se diriger vers la limousine Mercedes garée sur la place réservée aux livraisons. Ses gardes du corps lui emboîtèrent le pas et, bientôt, la voiture s'inséra dans le trafic.

Quand elle atteignit St Mary's Place et qu'elle disparut, Eva et Ian rejoignirent Sid.

— Bruxelles a toujours refusé d'admettre à quel point on était dépendants de St Libra, commença Ian. C'est vraiment typique.

— Vous avez mis en place le microbe intelligent ? leur demanda Sid.

— Ouais, patron, pas de problème, répondit Ian. La cyberfourmi a tranquillement marché jusqu'à sa chaussure et s'est fichée dans son talon. Heureusement que le café désactive ses maillages chaque fois que vous vous rencontrez.

— Ouais, heureusement. Pour une fois qu'on nous facilite la tâche.

— On attend combien de temps avant de télécharger les données sur Aldred ? s'enquit Eva.

— Disons une semaine. S'il doit reparler à Sherman, ce sera bientôt. On téléchargera tout le monde simultanément, et on verra ce que ça donne.

— En espérant qu'il continuera à porter ces chaussures, ajouta Eva.

— On aura fait notre possible. D'une façon ou d'une autre, ce sera bientôt terminé.

— Tallulah a appelé, s'enthousiasma Ian avec un grand sourire. Pendant que vous étiez là-dedans à discuter. Elle a proposé qu'on se voie ce soir.

Sid passa un bras autour des épaules du jeune homme et le secoua joyeusement.

— C'est une bonne nouvelle, petit. Si elle survit aux révélations de la nuit dernière, votre histoire a de bonnes chances de durer.

— Ne fichez pas tout en l'air, dit Eva. Quand vous la sortirez, ce soir, évitez d'être vous.

— Eh !

— Je pense ce que je dis. Elle aura besoin de parler de tout ça, alors ne passez pas la soirée à essayer de la mettre dans votre lit. Si vous voulez que ça dure avec elle, soyez à l'écoute.

— Elle n'a pas tort, approuva Sid dans un sourire. Pour commencer, évitez de l'emmener dans les endroits où vous avez l'habitude d'aller.

— D'accord, d'accord, grogna Ian. J'adore quand des gens mariés m'expliquent comment faire pour sortir avec une fille…

Jeudi 11 avril 2143

Le dégel fut aussi rapide qu'inattendu. Des poches d'air chaud, qui, on ne savait trop comment, avaient résisté aux taches solaires et aux tempêtes, arrivèrent du sud-ouest dans la nuit du mercredi, chassant les aurores boréales. « Chaud » était certes un terme relatif quand il s'agissait de Brogal.

Quand le réchauffement arriva sur Wukang juste après le lever du jour, les murailles de neige qui entouraient les dômes mesuraient presque quatre mètres de hauteur. Le vent les avait sculptées, taillant d'impressionnantes arches suspendues, comme si la nature voulait reproduire la courbe des panneaux de composite. Le regain de chaleur s'accompagna de nouvelles corvées. Armés de longues perches, les hommes entreprirent de casser les blocs dégoulinants qui surplombaient chaque mur. La neige fondait déjà, les contraignant à travailler vite avant que tout s'écroule. Les blocs qui menaçaient de se détacher étaient si lourds qu'ils risquaient d'écraser les panneaux des dômes maintenus à une température inférieure à zéro sous une couche isolante de neige.

Autour des murailles qui entouraient les abris, les congères fondaient sous le soleil, dont les rayons rosés et faiblards transperçaient aisément le ciel dégagé. Des ruisseaux se formèrent, devinrent de plus en plus profonds, creusant des ravines instables. On aurait dit que la neige avait commencé à pourrir. On pouvait marcher dessus et, brusquement, s'y enfoncer jusqu'aux genoux. Les seuls véhicules capables d'y évoluer à peu près efficacement étaient les bulldozers équipés de chenilles. Vance Elston les envoya immédiatement au travail, leur confiant le déneigement prioritaire de la microfacture et des Qwik-Kabins.

Comme tout le monde s'activait, il convoqua les cadres de la base dans le local de la microfacture. L'espace long et rectangulaire était encombré. L'équipe d'Ophelia avait travaillé sans relâche, imprimant un prototype de traîneau destiné à être tracté par les véhicules, deux épaisses doubles lames en V qui seraient fixées à l'avant des JMT et des pneus très larges équipés de gros crampons.

— Ceux qui équipent nos engins actuellement sont trop étroits pour ce type de milieu, expliqua Leif Davdia, le responsable des véhicules. Ces nouveaux pneus pourront être montés sur les JMT et les Land Rover sans aucun problème. En revanche, les camions, notamment le camion-citerne, auront besoin d'être adaptés. À condition de pouvoir tailler un peu dans la carrosserie, je pense qu'on arrivera à monter des roues de taille décente.

Vance se tenait devant un pneu destiné à une JMT ; elle lui arrivait à hauteur de coude.

— Il y aura assez de brut pour tout ça ?

Leif et Ophelia échangèrent un regard.

— Nous le pensons, répondit cette dernière. Vu qu'on ne fera le voyage que dans un sens, on peut tout utiliser. On a élaboré un mélange qui supportera le froid et nous donnera la flexibilité dont on a besoin.

— Parfait. Quels véhicules va-t-on prendre ?

— Les trois Tropic, répondit Forster.

— Avec un peu de chance, ajouta aussitôt Leif. J'aimerais procéder à quelques modifications des systèmes avant notre départ.

— Il y a un souci ? demanda Vance.

— C'est le moins qu'on puisse dire, lâcha Karizma.

Vance lui lança un regard noir, mais ne réagit pas à son ton insolent. Ils travaillaient tous très dur dans des conditions difficiles et ne dormaient pas beaucoup. Cependant, il demanda à son i-e de lui rappeler de parler d'elle à Jay. Plus que jamais, ils avaient besoin d'une discipline sans faille.

— Davdia ?

— Euh… oui, c'est vrai de la plupart de nos équipements, mais les Tropic sont un exemple particulièrement frappant. Il n'y a même pas de chauffage dans l'habitacle. Il est tout à fait possible d'ajouter un module à la climatisation – j'aurai élaboré un système fonctionnel d'ici quelques jours –, mais reste la question de la carrosserie. Comme nous l'ont prouvé les dômes, le composite n'a pas été conçu pour résister à ces températures. Les carénages seront très fragiles.

— Et le châssis ?

— De ce côté-là, on n'a pas à s'en faire, mon colonel. Les châssis sont standard ; seuls les équipements changent en fonction de l'environnement.

— Et si nous nous passions des Tropic, tout simplement ?

— Impossible, mon colonel, répondit Forster. On manque déjà de place. Dans l'état actuel des choses, certains d'entre nous devront voyager dans les traîneaux.

— Je vois. Continuez, je vous écoute.

— Je propose que les JMT roulent en tête. Les chasse-neige nous tailleront une route dans les congères les plus profondes. Les véhicules pourront alterner pour permettre aux équipages de se reposer. Celui qui n'ouvrira pas la route devra tirer un traîneau, comme les trois Tropic. Puis viendront la citerne et les deux camions, qui transporteront des réservoirs additionnels pleins de carburant. Ils pourront également tracter du matériel sur d'autres traîneaux, à condition que nous ayons le temps de les imprimer, bien sûr. Nous abandonnerons sans doute les camions quand les cuves qu'ils transporteront seront vides. Seules deux personnes tiennent dans la cabine ; ça ne posera pas de problème.

Vance attendit quelques secondes.

— Et les biolabs ?

— On y a réfléchi, répondit Leif. Franchement, ils consomment beaucoup trop de carburant. Je crois qu'il est plus sage d'installer des passagers sur les traîneaux.

— Non, l'interrompit Vance d'un ton neutre. Nous emportons les biolabs. Je refuse que quiconque voyage sur un traîneau. Ça compliquerait les choses et mettrait notre personnel en danger. L'équipe de xénobiologie tout entière tient dans les biolabs ; il y a même de la place pour quelques passagers supplémentaires. Si c'est juste une question de carburant, eh bien, les biolabs n'auront qu'à tracter des réservoirs. Désolé, mais ma décision est prise.

— Oui, mon colonel.

— On n'aura peut-être pas assez de brut pour leur faire des pneus, intervint Karizma. En fait, je sais que nous n'en aurons pas assez.

— Les biolabs ont été conçus pour les terrains difficiles, lui dit Vance. En cas de besoin, ils sont capables d'évoluer sur le Zanth. Dans le convoi, ils rouleront au milieu, sur la neige compactée par les véhicules de tête. Ils en seront largement capables.

— Vous nous compliquez la tâche pour pas grand-chose.

— Pardon ?

— Ça suffit ! souffla Jay à la jeune femme.

— Non, ça ne suffit pas, insista Karizma, sûre de son fait, en faisant face à Vance. C'est vous qui nous avez foutus dans cette merde. Vous auriez pu exiger qu'on nous évacue dès que la situation a commencé à mal tourner, mais vous n'avez rien fait.

— Nous avons une mission à remplir, expliqua Vance avec calme et autorité, espérait-il. Et vous servez dans l'ADH.

— Foutaises. Ce n'est pas une mission, c'est un désastre.

— Wadhai ! tonna Jay.

— Quoi ? Je vais m'attirer des ennuis ? La belle affaire ! Ce convoi, c'est que de la connerie. Vous aggravez encore notre situation. Deux mille kilomètres dans une jungle recouverte de quatre mètres de neige ! C'est une putain de blague ! Personne ne peut réussir un truc pareil. Vous allez tous nous faire tuer, et pour rien.

— Je vais nous sortir d'ici. Au cas où vous ne l'auriez pas remarqué, cette créature nous tue tous un par un à Wukang.

— Nous avons les fusées de communication. Mon Dieu ! mais utilisez-les ! Envoyez-les en altitude d'où elles pourront atteindre Abellia et nous obtenir un Daedalus.

— Il y a quatre mètres de neige sur la piste, lui fit remarquer Jay.

— Vous avez dit qu'il existait des appareils munis de skis et que l'un d'entre eux allait traverser le portail. Qu'il pourrait se poser ici.

— L'ADH est en train d'étudier la question, reprit Vance. Si nous capturons l'extraterrestre, ils nous en enverront sans doute un.

— Quoi ?

— Il n'y a pas d'appareil de ce genre sur St Libra. La situation est plus complexe que vous le pensez.

— Vous avez menti ! Bordel de merde ! vous nous avez menti !

— Ça suffit ! intervint Jay. Ne commettez pas l'erreur de croire que vous êtes à l'abri de mesures disciplinaires parce que nous sommes dans la jungle.

— Cette idée de convoi est nulle, poursuivit Karizma. Vous nous demandez de risquer nos vies en parcourant deux mille kilomètres à bord de véhicules conçus pour la chaleur, la boue et les typhons. On a de quoi tenir des mois, ici : du carburant, de la nourriture, du brut. Mais pas si on crame tout notre biocarburant en prenant des risques inconsidérés. Les taches solaires se résorberont. Merde ! mais regardez ! La neige fond déjà ! Attendons tranquillement. Même un Daedalus normal est capable de se poser sur une piste humide. Et il nous reste les bulldozers ; la piste, on peut très bien la rallonger.

— Je suis désolé, dit Vance. Les taches solaires sont peut-être là pour des mois ou des années, nous n'en savons rien. Le commandement de l'ADH nous demande de nous rendre à Sarvar, où il y a suffisamment de vivres et de réserves pour tenir le restant de l'année. Et ce sont nos dernières instructions. La décision a été prise. Alors, soit vous accomplissez les tâches qu'on vous a confiées, soit je vous fais mettre aux arrêts. Il y a assez de techniciens spécialisés dans ce camp pour vous trouver un remplaçant.

Karizma lança un regard noir à l'assemblée et se leva.

— À vos ordres, mon colonel, siffla-t-elle avant de se réfugier dans le fond du local, où les imprimantes ronronnaient.

— Je vais lui parler, murmura Ophelia.

— S'il vous plaît, acquiesça Vance.

* * *

Le dégel ne dura pas longtemps. Vers midi, les vents étaient revenus, apportant dans leur sillage des rubans de nuages d'altitude qui zébrèrent le ciel rose. La température baissa rapidement. L'eau gela de nouveau, couvrant la neige d'une dangereuse pellicule de glace. Les groupes de travail se hâtèrent d'accomplir leur mission comme la phosphorescence froide des aurores boréales faisait son retour dans la haute atmosphère. Il n'y avait aucune trace de blizzard pour le moment, mais le personnel de la base avait appris à reconnaître les signes : la situation se dégradait. Tout le monde voulait avoir terminé avant la nuit.

Le capitaine Antrinell Viana choisit de passer ce temps à travailler dans le biolab-1. C'était sa façon de pleurer la mort de Marvin Trambi. Au début de la mission, l'équipe de xénobiologie comptait dix membres ; désormais, ils n'étaient plus que sept. Qu'on pense en termes de probabilités ou de pourcentage, ce n'était pas très encourageant. Ils se sentaient vulnérables, même s'ils étaient confinés dans le confort normal et rassurant de leurs laboratoires blindés, pendant que le reste du personnel du camp devait se terrer dans des dômes fragiles ou le local de la microfacture de crainte que le monstre revienne. Jusque-là, personne n'avait fait preuve d'hostilité à leur égard, même s'il avait eu vent de la rébellion de Karizma Wadhai. Comme tout le monde, d'ailleurs. Malgré les défaillances du réseau, les ragots continuaient à circuler.

L'idée de ce convoi ne lui plaisait pas trop non plus, mais il savait tenir sa langue. Elston faisait de son mieux dans des circonstances impossibles. En tant qu'officier en second, il était du devoir d'Antrinell de soutenir le colonel. En vérité, il était heureux de ne pas avoir eu à prendre la décision lui-même, mais à présent qu'elle avait été prise, il l'appuierait de toute son autorité.

Roarke Kulwinder et Smara Jacka travaillaient dans le biolab avec lui, préparant des échantillons de plantes prélevés avant que la température chute et que la jungle soit emprisonnée sous la glace. Smara passait de la country-électro ; le son de la *steel guitar* se réverbérait dans l'habitacle.

Antrinell ne protesta pas. Musicalement parlant, ce n'était pas sa tasse de thé, mais c'était assez inoffensif, et puis ça l'aidait à oublier leur situation. Sa console affichait les données génétiques qu'ils avaient collectées jusque-là. Pour commencer, ils s'étaient contentés de comparaisons rapides et faciles, de chercher des divergences. Antrinell en voulait plus, à présent ; il avait demandé à ses collègues de cartographier des génomes entiers et non plus de se limiter à de simples empreintes. Séquencer des génomes était bien évidemment beaucoup plus long, mais Antrinell était à la recherche d'indices qui n'apparaîtraient pas autrement.

La soirée passa. Roarke et Smara avalèrent un rapide repas à tour de rôle dans la cabine centrale. Tamisha Smith vint leur donner un coup de main. Antrinell resta à son poste, engloutissant expressos et snacks au chocolat pour tenir le choc. Il se retrouva bientôt tout seul. Comme Marvin avant lui. Les rubans holographiques colorés et complexes de l'ADN s'enroulaient autour de lui. Souvent, les hologrammes étaient un peu flous, car ses yeux fatigués avaient du mal à s'adapter aux images projetées sur ses rétines par les lasers de la console.

Marvin lui manquait. Ils se connaissaient depuis tellement longtemps. Et il n'avait rien du tout à pleurer. Comme avec Norman Sliwinska, la créature n'avait abandonné aucun corps derrière elle. Tout ce qu'ils avaient eu, c'était l'alarme intermittente de son maillage corporel, signal qui avait fini par disparaître dans la tempête. Et du sang dans la neige. Beaucoup de sang. Assez pour que le doc puisse confirmer qu'il s'agissait bien de l'ADN de Marvin. Assez pour affirmer qu'il était mort.

Une peur panique s'était diffusée dans la base beaucoup plus efficacement que le froid arctique. L'absence de cadavre déstabilisait tout le monde, générant trop de spéculations. Les hurlements du blizzard et les détonations de la foudre servaient de bande-son à l'imagination débordante du personnel.

La porte du labo vrombit en s'ouvrant. Vance Elston entra et s'assit sur un tabouret à côté d'Antrinell. Il avisa en silence les tasses vides et les emballages de nourriture.

— Il est tard, commença-t-il.

— Je sais. Comment ça va, dehors ?

— On se dirige allégrement vers les moins trente. Le blizzard se fait attendre, en revanche. Ce dont je lui sais gré.

— Avec ce qui nous est tombé dessus ces derniers temps, le ciel doit être à sec, non ?

— Il ne faut pas rêver. Ken dit que la hausse temporaire de la température a fourni les conditions idéales pour une évaporation des eaux océaniques. Les mers sont toujours chaudes et ne demandent qu'à alimenter les nuages. Nous n'en avons pas terminé avec la neige. Loin de là.

— Je le croirai quand je le verrai.

— Tout est plus grand, sur St Libra, vous le savez.

— Ouais, j'ai remarqué. Où en sont vos préparatifs ?

— Ophelia Troy et Leif Davdia accomplissent des miracles, mais ils ne peuvent équiper qu'un véhicule à la fois. Les imprimantes tournent jour et nuit. Et puis, les éléments produits doivent être montés et testés. On ne sera pas prêts avant une semaine, voire dix jours.

— À ce moment-là, on sera peut-être tous morts, dit Antrinell, amer.

— Vous comptez dormir un peu, cette nuit ?

— Oui. D'autant que je ne trouve pas grand-chose. Je n'y vois plus très clair. Je crois que j'ai besoin de faire tester ma vue par le doc.

— Sur quoi travaillez-vous ? Zhao dit que vous faites bosser tout le monde sur des séquençages de génomes complets.

— J'essaie de trouver un moyen de comparer l'échelle de l'évolution de St Libra avec celle des plantes terriennes. Ce qui m'intéresse, c'est le degré de complexité de ces plantes.

— Pourquoi ?

— Ça nous donnera une indication sur l'âge du monde d'origine, sur l'époque à laquelle la vie y est apparue. Je me suis dit que ça nous aiderait à comprendre à quoi nous avons affaire.

— Vos observations sont-elles probantes ?

— Peut-être. Difficile de comparer ; ces plantes sont beaucoup plus complexes que les nôtres. Je trouve étrange que nous n'ayons découvert aucun prédateur de type viral ou fongique. Du genre de ceux qu'on a sur Terre. Ici, l'équilibre est parfait. J'ai l'impression que les plantes ont évolué plus vite que les prédateurs et autres maladies microbiennes. Leur résistance aux attaques des bactéries indigènes est absolue.

— Vous voulez dire qu'elles sont vieilles ?

— En effet. Ce qui me surprend, en revanche, c'est qu'elles ont cessé d'évoluer.

— Qu'est-ce que vous en savez ?

— J'ai comparé les génomes de variétés rencontrées ici, au milieu de Brogal, à des spécimens de la même espèce poussant en Ambrose. Ils sont parfaitement identiques.

— N'est-ce pas normal ?

— Quand tout est pareil jusqu'au niveau génétique le plus fondamental, non. Je veux dire qu'elles sont vraiment identiques, ce qui ne devrait pas être le cas, même si ces plantes n'ont été importées sur ce monde qu'il y a quelques centaines de milliers d'années. C'est largement assez pour qu'apparaissent des mutations. Et pourtant non. Ce qui m'a mis la puce à l'oreille, c'est cette histoire de variance. Il n'y a pas de variété, même au sein d'une même espèce. Les buissons-bulles se ressemblent tous ; *idem* pour les roseaux toxiques, la vigne tombante, les herbes à tabac et les buissons mielleux. Ils sont tous pareils. Il n'y a pas de fertilisation croisée, les spores se contentant de reproduire les plants parents. La composition génétique de toutes les espèces de St Libra est fixée. Nous savions qu'elles étaient toutes parthénogénétiques, mais là, il s'agit d'un clonage parfait. Il n'y a qu'une version de chaque espèce. Vous comprenez ce que cela implique ?

— Il doit bien y avoir des variations, de menues différences génétiques. Regardez les North ; chaque génération est un peu différente de la précédente. Pire, en fait.

— Oubliez notre monde. La comparaison est impossible. Les plantes qui nous entourent ont des milliards d'années d'avance sur nous. Elles ne mutent plus, n'évoluent plus, car elles n'en ont pas besoin. Elles sont au pinacle de l'évolution de leur monde.

Il baissa la voix, poursuivant dans un murmure :

— Voilà ce que Dieu voulait créer : la vie sans aucun défaut. Nous marchons au milieu d'un modèle de perfection, Vance. La vie éternelle. C'est pour cela que les planteurs ont choisi cette planète et cette étoile jeune ; pour que la vie s'y perpétue pendant une bonne tranche d'éternité. Nous ne devrions pas être là. Nous ne devrions pas spolier cette nature. Voilà pourquoi Il nous punit.

— Qui a apporté ces plantes ici, Antrinell ? Si elles sont l'aboutissement de l'évolution de leur planète d'origine, où sont ces gens, les entités qui ont évolué avec elles ?

— L'un d'entre eux est là, quelque part. Nous pouvons l'affirmer.

— Oui, acquiesça lentement Vance. Sauf qu'il est humanoïde, et c'est bien le problème depuis le début.

— Vance, Il nous a faits à Son image. Nous l'avons enfin, nous avons la preuve que nous cherchons depuis le jour où Wan Hi Chan a publié sa théorie sur les connexions transspatiales. Les chrétiens ont vécu dans la crainte de ce moment, les athées se sont moqués de nous et nous, nous avons douté de Lui. Nous n'aurions pas dû. Gens de peu de foi que nous sommes ! Si nous rencontrions le gardien de St Libra, nous pourrions démontrer aux mondes transspatiaux la vérité de nos Évangiles. Les athées se repentiraient et nous rejoindraient devant notre autel, les fausses religions se rabougriraient, mourraient.

— Ce serait une annonce… énorme.

— Vous êtes croyant, un vrai croyant, comme moi. Nous sommes les Guerriers de l'Évangile, Vance. Nous portons le nom du Seigneur dans les ténèbres. Notre devoir sacré est de porter Sa lumière, dans tous les sens du terme. Nous ne pouvons pas faillir maintenant.

— Je ne faillirai pas, affirma Vance. Je ne suis tout simplement pas aussi enthousiaste que vous. Je n'ai pas envie de me tromper.

— Je sais. Vance, nous devons rencontrer le gardien, lui parler, lui expliquer.

— Nous le ferons. C'est le seul point qui fasse l'unanimité. Mais en attendant, nous devons faire preuve d'une grande prudence. Je ne veux pas que vous preniez le moindre risque, vous m'avez bien compris ?

— Oui, ne vous en faites pas. Je n'ai pas l'intention de m'aventurer dehors tout seul.

Lundi 15 avril 2143

L'alarme sonna bruyamment. Sid se retourna et chercha le bouton « *snooze* ». Trop tard. Son maillage corporel prit note du changement de statut et activa les cellules intelligentes de ses iris. Sa grille s'ouvrit dans son champ de vision brouillé, sa fonction agenda lui rappelant son planning de la journée. Il grogna, incrédule.

— Allez, chéri, dit Jacinta. C'est une journée importante pour toi.

— Ouais, marmonna Sid.

Il demanda à son i-e de réduire la grille. La chambre était confortablement sombre. Des rais de lumière pâle filtraient autour des serviettes épaisses qu'ils avaient suspendues devant les fenêtres. C'était temporaire, lui avait expliqué Jacinta ; les rideaux qu'elle avait commandés n'étaient pas encore arrivés. Quand ils seraient accrochés, ils révéleraient l'état dans lequel se trouvait la pièce. Il faudrait refaire la déco, changer la moquette. Et puis, leurs vieux meubles étaient trop… vieux.

— Tu as un planning chargé, cette semaine ? demanda-t-il en descendant du lit.

— Pas trop. J'ai un pontage demain, donc je rentrerai tard. Vendredi, je commence de bonne heure ; on fait une greffe de poumon. En dehors de ça, ce sera une semaine assez légère.

— Il n'y a pas encore de restriction sur les opérations, alors ?

Elle sourit et se mit une barrette dans les cheveux.

— Des coupes ?

— Oui.

— Excuse-moi, c'est une vieille blague de bloc opératoire. Non, on est dans la moyenne. Pourquoi ?

— Les gens parlent de récession. Je me demandais seulement si les compagnies d'assurances avaient commencé à limiter leurs remboursements.

— Les compagnies d'assurances essaient de faire ça tout le temps, chéri. Rien de nouveau sous le soleil. Si tu veux jauger la situation économique, intéresse-toi plutôt aux industries. La moitié des usines de la ville fabriquent des trucs pour Highcastle, les champs d'algues et les raffineries. Ce sont elles qui vont souffrir de l'arrêt de la production. En règle générale, le biocarburant profite à beaucoup de monde. Tu as vu le prix d'un plein d'essence ?

— Ouais. L'offre et la demande. Sans le biocarburant de St Libra, les producteurs peuvent imposer leurs prix.

— Les taches solaires ne dureront pas éternellement.

— Non, admit-il avec méfiance. J'aimerais qu'on réfléchisse à la manière dont on va passer l'hiver prochain, si la GE est plongée dans la récession.

— D'accord, on va y réfléchir.

— Merci.

Il se rendit dans la salle de bains de la suite parentale et prit une douche. Quand il en sortit, il découvrit que Jacinta lui avait préparé son seul costume correct, un Heron Trall imprimé sur mesure acheté deux années plus tôt.

— Il faut que tu sois bien habillé, aujourd'hui, dit-elle en examinant plusieurs cravates.

Sid rentra le ventre. Étrangement, son pantalon le serrait.

— Oui, c'est le grand jour.

Jacinta choisit sa cravate en soie violet foncé.

— Celle-ci, décida-t-elle.

— On dirait que je vais à un mariage.

— Mais non, tu es parfait.

Zara et Will étaient déjà attablés dans la cuisine. Ils avaient enfilé leur uniforme et s'étaient servis des céréales et du jus de fruit. La porte-fenêtre était ouverte pour laisser entrer de l'air frais.

— Papa ! Tu vas à un enterrement ? demanda Will.

— Non ! Ne sois pas insolent, merde !

— Sid ! siffla Jacinta, derrière lui.

Zara se mit à glousser.

— Une de mes affaires est jugée, aujourd'hui, expliqua Sid. C'est très important. Il y aura beaucoup de journalistes.

— C'est le *car-jacking* du North ? s'enquit Will.

— Oui, mais ce n'était pas un *car-jacking*.

— C'est ce que tu as dit, pourtant, insista Zara. Tu as dit que Bruxelles ne l'avait pas fait zigouiller.

— Effectivement, Bruxelles n'a rien fait.

— Alors qui ? demanda Will.

— On ne sait pas.

— Qu'est-ce que vous allez faire au tribunal, alors ?

— On va juger la personne qui a nettoyé le lieu du crime et s'est chargée de faire disparaître le corps. Bon, écoutez, c'est compliqué, alors... Je vous reparlerai de tout ça ce soir.

Il se prépara des toasts et profita de la porte-fenêtre ouverte pour sortir dans le patio. Ce n'était pas très gentil pour les enfants, mais il ne se sentait pas d'humeur à leur faire joyeusement la conversation. L'appréhension montait. Même son maillage corporel s'en rendait compte, ses fonctions médicales affichant son rythme cardiaque et sa glycémie dans sa grille. Son métabolisme s'accélérait, et son corps était saturé d'adrénaline.

Jacinta le rejoignit.

— Ça va, chéri ? Tu sembles un peu... distrait.

— Je vais bien. (Il leva les yeux vers le toit abrupt, avec ses tuiles couleur rouille et ses panneaux photovoltaïques noir de jais.) Tu sais, il y a de la place pour beaucoup plus de panneaux, là-haut. Des panneaux modernes, avec un bon pourcentage de conversion d'énergie.

— Oui, j'imagine.

— On pourrait faire installer une cellule à gel régénérateur et stocker l'énergie captée en été pour ne pas avoir besoin d'en acheter en hiver.

— Ça coûte une fortune, et on a toute la déco à faire.

— À quoi bon décorer si on n'a pas réglé les problèmes de base ? Tu as pensé au jardin ?

Il désigna d'un geste vague le gazon trop haut et couvert de touffes jaunes à cause du chien des propriétaires précédents qui urinait partout. Les parterres de fleurs qui ceignaient la pelouse étaient laissés à l'abandon et infestés de mauvaises herbes.

— Hein ? qu'est-ce qu'il a, le jardin ?

— Il n'est pas bien pour les enfants. On devrait déraciner les rosiers, raser les parterres de fleurs et mettre du gazon partout. On pourrait ajouter une cage de football pour Will. Et là, sur les côtés, il pourrait y avoir un potager. C'est assez grand. On devrait aussi acheter un nouveau congélateur, un gros, pour tout conserver. On aurait de quoi manger en hiver.

— Stop ! *Primo*, tout ça coûterait une fortune. *Secundo*, qu'est-ce qui t'arrive ?

Sid regarda la porte ouverte d'un air coupable.

— J'ai parlé à Aldred, la semaine dernière. La GE, et sans doute le monde entier, vont plonger dans la récession. St Libra fournissait soixante pour cent de notre biocarburant.

— Soixante ? Fait chier. Tu es sûr ? Je croyais que c'était quinze.

— Non, ça, c'est ce que Bruxelles voulait nous faire croire. Il semblerait que les compagnies productrices de biocarburant de la GE n'aient pas investi comme elles auraient dû. Elles n'ont pensé qu'à la distribution des dividendes, pas du tout à l'expansion de leurs infrastructures. La vie va devenir plus difficile pendant un certain temps. Peut-être même très longtemps.

— C'est pour ça que tu t'es transformé en survivaliste pendant la nuit ?

— J'ai reçu un bonus, ce week-end. Un truc imprévu. Aldred a voulu me remercier pour l'enquête. On a les moyens de devenir un peu plus autosuffisants.

— Ça ne nous fera pas de mal, chéri, acquiesça-t-elle en gonflant les joues.

— Excellent. Je vais faire faire quelques devis.

— Et pour le chiot ? Will me harcèle tous les jours. Il a été sage, ces derniers temps, enfin, aussi sage que possible. On ne peut pas différer la décision éternellement.

— C'est sûr. Pourquoi pas ? Le steak de chiot est excellent avec une bonne sauce.

— Oh ! (Jacinta porta la main à sa bouche et étouffa un gloussement, puis elle regarda par-dessus son épaule.) Arrête ! Ce n'est pas drôle du tout. Tu es vraiment diabolique.

Il sourit et la prit dans ses bras. Ils s'embrassèrent.

— Quelle race ? demanda-t-il. Un saint-bernard ? Un bobtail ?

— Non ! Un chien de race ? Tu n'y penses pas. Non, on va aller chercher quelque chose de petit à la fourrière.

— Les petits chiens aboient tout le temps. Je les déteste.

— Si les temps deviennent difficiles, on ne pourra pas se permettre d'avoir un gros chien. Tu sais combien ça coûte à nourrir ? Et je ne te parle même pas des soins vétérinaires.

— Et si on leur offrait un poisson rouge à chacun ?

Jacinta posa un nouveau regard circonspect sur la porte-fenêtre.

— Et on pourra préparer des chips avec les pommes de terre qu'on fera pousser dans le jardin.

Ils rirent tous les deux d'un air coupable et se serrèrent plus fort dans les bras.

Zara apparut dans l'encadrement de la porte et les regarda, la tête penchée sur le côté.

— Qu'est-ce qu'il y a de si drôle ?

— Rien, ma chérie, répondit Sid. Tu as fait tes devoirs, au moins ?

— Je les ai faits et je les ai mis en ligne, répondit-elle fièrement.

— Super, serre-moi la pince ! Ce matin, je vous conduis tous les deux à l'école. Je n'ai pas besoin d'être au tribunal avant 10 heures.

* * *

Market Street, cet après-midi-là, ressemblait à un internat chic à la fin de l'année scolaire, se dit Sid. On ne travaillait plus ; on se promenait. À la cantine, toutes les tables étaient occupées. On échangeait opinions et ragots. Les bureaux étaient vides, les enquêtes n'avançaient plus. Des cartons d'« effets personnels » étaient empilés devant les portes, attendant que le personnel technique les déplace, les porte à l'extérieur du bâtiment ou les monte à l'étage supérieur. C'était le seul sujet de conversation.

Comme si les audiences de la matinée ne concernaient pas Market Street. Comme si elles intéressaient encore moins le commissariat que l'incident qui avait déclenché cette révolution. À l'accusation de complicité de meurtre, Ernie Reinert avait plaidé coupable, tandis que Maura Dellington, Chester Hubley, Murray Blazczaka et Lucas Kremer avaient tous été inculpés de dissimulation de crime.

Prévenus par O'Rouke et le bureau du maire, les médias avaient afflué en masse. Il était revenu à Sid de les affronter, de leur expliquer que l'histoire du *car-jacking* avait été nécessaire pour permettre à la police de maintenir l'intégrité de l'enquête criminelle. Il s'était bien débrouillé, pensait-il, ne se démontant pas malgré l'agressivité de certaines questions. La plupart des journalistes voulaient savoir pourquoi le meurtrier n'avait pas été arrêté.

Bonne question, s'était-il répété avant de leur servir la version officielle : *L'enquête est toujours en cours !*

Quand il était retourné au commissariat, où l'attendait Jenson San, ceux de ses collègues qui avaient remarqué sa présence malgré le chaos ambiant l'avaient félicité d'avoir réussi à garder son calme.

Sid sortit de l'ascenseur au sixième étage et avisa des piles de boîtes en carton devant pratiquement toutes les portes. Celles-ci étaient ouvertes, leurs sceaux inactifs, noirs. Aucun secret ne serait révélé à l'étage administratif ce jour-là. Apathique, l'air morose, Chloe Healy se tenait à côté du distributeur d'eau fraîche situé à l'extrémité du couloir. Comme il se dirigeait vers le bureau du patron, leurs regards se croisèrent. Tout comme lui, elle avait mis son plus bel ensemble, un élégant tailleur en soie grise et un impeccable chemisier blanc. Son maquillage parfait était gâché par une coulure de mascara. Elle avait pleuré, semblait-il.

Jenson San l'accueillit dans l'antichambre du bureau d'O'Rouke. Son assistante personnelle semblait être absente.

— Il est prêt à vous recevoir.

Il n'y avait que cinq boîtes dans le bureau d'O'Rouke – remplies, fermées et scellées avec du ruban adhésif. À côté d'elles, Sid vit huit sacs en plastique verts pleins de feuilles de papier déchiquetées, de mémoires caches écrabouillées, de paquets de gel nettoyant semi-solide qui avait été appliqué sur les murs et le plafond afin d'en retirer les particules intelligentes.

O'Rouke était assis dans son fauteuil, derrière sa table de travail. Un ruban orange était noué à un pied de celle-ci, indiquant au transporteur que le meuble devait être descendu dans le camion qui attendait devant l'immeuble. La chemise blanche et parfaitement repassée du commissaire était déboutonnée, mais sa cravate était toujours serrée autour de son cou. Sid s'attendait à moitié à découvrir O'Rouke une bouteille de whisky à la main, au lieu de quoi celui-ci sirotait du thé dans une vieille tasse en porcelaine. Une théière assortie trônait sur le bureau.

— Vous pouvez nous laisser, dit O'Rouke à Jenson San.

Le représentant des officiers supérieurs quitta la pièce, et le sceau bleu s'activa autour de la porte. O'Rouke renifla en considérant la lumière pâle.

— Je ne sais pas pourquoi je m'emmerde à sceller l'entrée. Tout le monde va l'apprendre, de toute façon. Quelques heures de différence, qu'est-ce que ça peut faire ?

— Chef?

— Ce chieur de Milligan vous a-t-il contacté ?

— Non, monsieur.

L'annonce concernant le bureau du commissaire avait été faite à l'heure du déjeuner, juste après l'apparition de Reinert devant la cour. O'Rouke prenait sa retraite après quarante-trois années de travail au service de la ville de Newcastle. Sur le podium de l'hôtel de ville, le maire avait même réussi à prendre un air triste. L'inspecteur de classe six Trevor Milligan allait prendre la direction de la police de la ville, décision qui serait confirmée par le conseil municipal dans six mois.

— Ce mec est un tocard, grogna O'Rouke. Trouverait pas son propre cul avec ses mains. Et pourtant il est gros, son cul.

— Pas faux.

— J'ai travaillé main dans la main avec le maire, poursuivit O'Rouke. Je n'avais pas le choix, autrement, la ville serait partie à vau-l'eau. Mais j'ai toujours dû me battre pour obtenir un budget suffisant, pour que mes hommes aient les moyens d'accomplir leur mission correctement. Je n'ai jamais été l'homme du maire, contrairement à Milligan. Je ne vous dis pas dans quelle merde vous allez vous retrouver. Et cette putain de récession ne va pas arranger les choses. La moitié des revenus de la ville dépendent du biocarburant. D'où va venir le pognon, maintenant, hein ?

— Le maire va devoir le trouver quelque part, monsieur.

— Ouais, mais ce qui compte, c'est de savoir comment Milligan va le dépenser.

— Je suis sûr que le nouveau commissaire comprendra, monsieur.

O'Rouke lui versa une tasse de thé et la lui tendit.

— Tu parles ! Quand les ours apprendront à tirer la chasse d'eau, ouais ! Vous et moi, on s'est pas mal affrontés au fil des ans, mais vous êtes malin, vous savez comment tourne le monde. Vous n'êtes pas de ceux qui noient le poisson, qui passent leur temps à raconter des conneries, et je vous respecte pour ça.

— Je me contente de faire mon travail, dit Sid, qui se demandait où O'Rouke voulait en venir.

— Ouais. C'est de ça que nous avons besoin.

— Je ne suis pas certain de vous suivre.

— Ce fumier de maire veut faire croire à tout le monde que c'est un grand succès. C'est vrai qu'on a mis un type derrière les barreaux, mais nous savons tous les deux que c'est de la poudre aux yeux. Reinert n'est personne, il est transparent. Vous et moi ne saurons jamais qui a buté ce North, ni pourquoi il l'a tué. Ça se passe comme ça, dans notre ville. Chez nous, on n'a pas le droit de péter sans l'autorisation des North. Et les North vous apprécient, je le sais.

— On a tous nos contacts, c'est une nécessité.

— Exactement. J'ai des contacts aussi. C'est pour ça qu'on m'a nommé directeur non exécutif chez NorthernMetroServices. C'est comme ça que ça marche.

— Toutes mes félicitations, monsieur !

— Enfin, je ne suis pas encore parti. Je reste commissaire jusqu'à la fin de la matinée. À ce moment-là, je remettrai officiellement les codes du réseau à Milligan. Ce qui signifie que j'ai encore la possibilité d'offrir quelques promotions avant que Milligan et sa bande de branleurs viennent foutre le bordel. Le conseil municipal ne l'aura confirmé à son poste que dans six mois ; d'ici là, il sera bien obligé de faire avec mes décisions.

— Oui, acquiesça Sid avec précaution.

— J'emmène quelques gars bien avec moi, mais je souhaite que vous restiez ici. Vous êtes inspecteur de classe cinq, désormais, et donc qualifié pour diriger un service de l'étage administratif.

— Ça ne plaira pas à Milligan.

— Qu'il aille se faire foutre. Kressley vient avec moi. Milligan l'aurait envoyé patrouiller à vélo devant les écoles élémentaires ou une connerie de ce genre. Il part en retraite anticipée et aura un rôle de coordinateur à Northern Forensics. Je veux que vous repreniez la direction de son service, Sid.

— Ah !...

À présent, il comprenait. Kressley dirigeait le Bureau de coordination des agences privées de Market Street. Ce service se chargeait de la distribution de l'argent du contribuable aux agences ; NorthernMetroServices était le plus gros bénéficiaire de cette manne.

— Vous avez suffisamment confiance en moi pour ça ? demanda-t-il sèchement.

O'Rouke eut un sourire sauvage.

— C'est une route à double sens. J'ignore quel genre d'accord vous lie à Aldred, mais vous aurez besoin de plus d'un soutien de son calibre pour espérer un jour vous asseoir à ma place. Les agences arrosent abondamment les administrations de la ville. Elles s'occupent toujours bien de leurs amis.

— Commissaire en chef? Moi?

— Pourquoi? Vous croyez ne pas être assez bon?

— Je ne m'étais pas projeté si loin.

— Vous avez eu tort. Vous en êtes capable. Cinq ans à la tête du BCAP, à vous faire des alliés et un ennemi de Milligan, et vous serez dans une position idéale. Alors, vous la voulez cette place, oui ou non?

Sid n'avait aucune intention de devenir chef de la police un jour. Ce que le poste impliquait de négociations et de compromissions le dégoûtait. Il avait toujours visé un avenir tranquille et bien payé dans une société privée – chez Northumberland Interstellar et sous le patronage d'Aldred. Sauf que ses rêves s'envoleraient sans doute dès qu'ils téléchargeraient les données recueillies par les microbes intelligents concernant l'équipe de Sherman.

Sid tendit la main à O'Rouke.

— Merci, monsieur. J'accepte votre proposition.

— Parfait, très bonne décision, répondit le commissaire en chef en lui serrant vigoureusement la main.

Excellente décision, en effet, mais pas pour les raisons expliquées par O'Rouke. Le vieux chef partait du principe que le *statu quo* se perpétuerait, que les taches solaires et l'immigration de masse par le portail s'étioleraient. Sid, lui, savait que la vie à Newcastle allait changer radicalement. Aldred était impliqué dans un genre de dispute interne, et même s'ils échouaient à lui imputer le meurtre, les implications de cette lutte se feraient sentir. L'offre d'O'Rouke était la plus riche en options, en occasions ; l'instinct de survie chez Sid lui commandait donc de l'accepter.

* * *

— Chef du BCAP ? demanda Ian ce soir-là. Je n'arrive pas à y croire. C'est comme gagner à la loterie. Les agences vous donneront tout ce que vous voudrez. On raconte que Kressley a une baraque à Cannes et une autre à Auckland, en plus du manoir de North Shields où il habite.

— Cinq gosses instruits dans des écoles privées, puis inscrits à l'université, dont deux dans des facs de la côte Est américaine, enchérit Eva. Je préfère ne pas savoir combien tout ça lui a coûté.

— Il paraît qu'il entretient une maîtresse, qu'elle vit dans un macrobâtiment. Et qu'elle est plus jeune que sa fille, ajouta Ian.

— Ouais, acquiesça Sid. Je sais ce qui se raconte sur Kressley.

— En tout cas, bien joué, patron, dit Eva.

— C'est une question de survie, vous savez. J'ai accepté parce que ça me met en position favorable pour la suite. Ce n'est pas Milligan qui me donnerait ce genre de promotion ; il ne sait même pas qui je suis.

— Maintenant il sait.

— Ouais, ouais.

Ils avaient passé cinq minutes en privé après la cérémonie de passage de relais, au sixième. Milligan avait l'intention de refiler le poste de Kressley à Oni Schwalbe, comme il avait mis des alliés loyaux aux postes-clés de tous les étages de Market Street. Toutefois, il n'avait pas eu le courage de discuter une nomination toute fraîche, et encore moins de l'annuler. Milligan s'était montré plus flegmatique que prévu. Ils étaient très vite parvenus à s'entendre : ils se consulteraient pour les contrats les plus importants. Après tout, Milligan avait reçu le soutien du maire grâce au lobbying intense de Security Dynamic. Ils s'étaient même serré la main avant que Sid quitte le bureau du coin. Oni Schwalbe, en revanche, s'était montrée moins généreuse, le frôlant en lui lançant un regard noir, avant de redescendre au quatrième pour reprendre le poste qu'elle pensait pouvoir enfin abandonner dans la gestion du trafic.

— Il a le pouvoir de vous évincer ? demanda Ian.

— Ce serait un long processus, et O'Rouke a toujours beaucoup d'influence. Milligan n'a pas envie de se lancer dans une bataille comme celle-là la semaine de son arrivée. Par ailleurs, ajouta Sid avec un sourire en se rappelant leur entrevue, il vient tout juste de découvrir combien nous avons dépensé dans l'enquête sur le North, et l'ADH n'a pas encore payé la facture.

— C'est vrai ? s'étonna Eva.

— Eh oui ! Je pense que Ralph attend que nous lui révélions tout ce que nous savons.

Ils se retournèrent tous les trois vers la console Apple.

— Vous êtes certain de vouloir le faire ? demanda Eva. On s'est tous plutôt bien débrouillés dans cette enquête, et il semblerait qu'une récession se profile.

— Il faut en terminer, répondit Sid. On n'est pas arrivés jusque-là pour rien. Cette affaire ne sera peut-être jamais jugée, mais au moins nous saurons.

— Il est parfois plus sûr de ne pas savoir, murmura Eva.

— Écoutez, téléchargeons, et nous verrons bien. Il sera toujours temps de prendre une décision plus tard. En tout cas, on ne peut pas s'arrêter en si bon chemin.

Eva hocha la tête d'un air peu convaincu.

— Vous savez que je ne suis plus célibataire, intervint Ian d'un ton neutre. Je dois m'occuper d'elle.

Sid ne fit pas de commentaire. Ian était complètement accro. Tallulah était manifestement la femme fatale ultime. Étrange ce que l'amour – ou plutôt une obsession – pouvait faire à un homme.

— Alors qu'on en finisse, lança Sid.

Ils chaussèrent tous les trois leurs lunettes interfaces. Les programmes d'observation de la police, vieux et obsolètes, traquaient toujours Sherman et ses hommes du mieux qu'ils pouvaient. Sid vérifia la position d'Aldred : il était dans son appartement de St James. Eva confirma que Sherman se trouvait dans une voiture roulant vers la marina de Dunston. Ian chassa Jede. Boz soulevait de la fonte dans sa salle de sport préférée. Ruckby était en route pour Quayside, où l'attendait Valentina.

Des points représentant les véhicules s'affichèrent sur un plan de Newcastle. Les cellules proches de toutes les résidences connues de Sherman furent mises en attente.

— Tout le monde est prêt ? demanda Sid.

— Allons-y ! s'enthousiasma Ian.

Leur instruction traversa en un éclair le transnet de Newcastle. Toutes les cellules publiques situées dans les environs de leurs cibles émirent un code. Aussitôt, les microbes intelligents transférèrent sur le transnet le contenu de leurs caches, soit tout ce qu'ils avaient enregistré grâce aux liens des maillages corporels de leurs hôtes. Le chargement ne dura que quelques millisecondes, mais Eva n'en surveilla pas moins Ruckby avec attention. Le hacker de la bande, le type susceptible de détecter la brèche dans leur sécurité, c'était lui.

Les résultats s'affichèrent dans la grille de Sid. Ils avaient placé des microbes sur cinq voitures et onze chaussures ; quatre voitures et neuf chaussures répondirent, dont celle d'Aldred.

— Bon pourcentage, murmura Eva.

— Ruckby a-t-il détecté quelque chose ? demanda Sid.

Marcus Sherman tourna dans Colliery Road sans passer aucun coup de téléphone paniqué.

— J'ai l'impression qu'on a réussi, commenta Eva.

Sid ordonna à son i-e de passer en revue la liste des appels désormais stockés dans la mémoire de la console Apple et de les corréler. Le résultat de la recherche s'afficha dans sa grille sous la forme d'un cadre vert fluorescent.

— La main dans le sac ! lâcha Sid avec satisfaction.

Aldred North2 avait appelé Marcus Sherman à trois reprises au cours de la semaine passée.

Jeudi 18 avril 2143

Saul Howard guida le groupe de pilleurs le long de la rue Balzac[1], qui serpentait paresseusement sur le versant ouest de la vallée de Pinsappo. La couche de neige atteignait plusieurs mètres d'épaisseur sur la côte abrupte, recouvrant les buissons et habillant les palmiers plantés par les propriétaires pour délimiter leurs terrains. Seul le haut des panneaux de signalisation dépassait de la neige, pierres tombales délimitant la route.

Cela faisait des années – des décennies, en fait – que Saul n'avait pas skié. Après quelques chutes et dérapages, il avait réveillé son corps, recouvré sa technique, et cela lui faisait plaisir. Alors qu'il n'avait pas pratiqué depuis vingt-cinq ans, il était un des meilleurs skieurs de fond de Camilo.

Ils étaient cinq à glisser avec circonspection au milieu des montagnes imposantes. Otto et Lewis le flanquaient, tandis qu'Ayanna et Markos fermaient la marche. Ils étaient tous vêtus de plusieurs couches de vêtements épais qui les protégeaient des lents tourbillons de neige tombant des nuages d'altitude. Saul était trop couvert, si bien qu'il transpirait abondamment en gravissant la montée modeste. Ils avaient mis environ deux heures pour arriver là, à trois ou quatre cents mètres au-dessus du niveau de la mer. Ils n'avaient connu aucun répit, le vent qui balayait la vallée semblant vouloir les gêner à tout prix, quelle que soit la direction prise. Depuis que

1. En français dans le texte. (*NdT*)

le climat s'était altéré, la douce brise qui soufflait de la mer sur la péninsule d'Abellia était devenue violente, impitoyable.

Des lunettes protégeaient son visage contre les minuscules grains de glace qui, portés par le vent, martelaient le moindre centimètre carré de peau découverte. Les rafales modelaient sans cesse la surface de la couche neigeuse, sculptant de façon apparemment aléatoire d'étranges vagues et arêtes incurvées, transformant les versants des montagnes en mers qui se mouvaient au ralenti. Au cours de ces sorties, Saul faisait particulièrement attention aux terrains instables et aux fissures. Dans le meilleur des cas, on risquait de se briser la jambe, dans le pire, de tomber dans un précipice. Il convenait aussi de se méfier des avalanches, de ces grands glissements de neige qui pouvaient vous tomber dessus à l'improviste. Tout en suivant la route, ils ne lâchaient pas des yeux les crêtes dentelées qui les surplombaient, à l'affût du moindre tas de poudreuse un peu trop instable. Plus d'une fois, Saul avait renoncé à poursuivre sa route à cause du risque d'avalanche.

Et la lumière n'arrangeait pas les choses. Rose, polluée par les aurores boréales en perpétuel mouvement, elle déformait les ombres et rendait compliquée l'évaluation des tailles et des distances. Pour évoluer dans un paysage tel que celui-là, mieux valait ne pas avoir le cœur fragile. Trop de vies avaient été perdues durant les premières semaines pour que Saul puisse se détendre et profiter de l'expérience, et ce quelle que soit la quantité de nourriture rapportée.

— Celle-là a l'air bien ! cria Otto par-dessus les sifflements des rafales.

Saul suivit du regard la direction qu'il indiquait. À environ trois cents mètres, droit devant eux, se dressait une villa de style romain au milieu d'un jardin en terrasses : murs chaulés, larges balcons et fenêtres noir de jais. Son habit de neige adoucissait la rigueur de ses angles, surplombait ses balcons, s'appuyait contre ses colonnades, se pressait contre les fenêtres du premier étage. Par endroits, le toit s'était écroulé. Le faîte s'était affaissé, remarqua Saul, produisant une dépression dans la couverture de panneaux photovoltaïques. Personne ne semblait avoir visité la villa avant eux.

— Ouais, acquiesça-t-il en changeant de direction.

La propriété était dotée d'un grand portail en fer fixé sur des colonnes de pierre, et ceinte d'une haie haute de trois mètres renforcée avec un grillage de sécurité en carbone. Saul glissa sur la haie dont seul le sommet mort et noirci par le gel était encore visible.

Ils retirèrent leurs skis juste devant le balcon et mirent leurs sacs à dos en tas. Markos cassa une des grandes fenêtres avec un pot en terre, et ils entrèrent à l'intérieur. C'était une chambre à coucher. Ils ne s'y attardèrent pas, sortant directement sur la galerie qui surplombait l'atrium central. Il y faisait si sombre qu'ils durent allumer leurs torches. Les puissants faisceaux blancs balayèrent la demeure, révélant que, par miracle, la grande verrière avait survécu. Recouverte de plusieurs mètres de neige, elle ne laissait passer aucune lumière. Le toit avait cédé et s'était affaissé en une demi-douzaine d'endroits, si bien que les chambres du haut étaient enneigées, elles aussi. Une fois à l'intérieur, elle s'était engouffrée par toutes les portes ouvertes, recouvrant également le palier. Des stalactites longues et dures comme de l'acier pendaient de la rampe et se répandaient même sur les marches. Sous les lourdes bottes de Saul, la moquette avait disparu sous un centimètre de givre scintillant, finissant de transformer la villa en crypte hivernale. Rien ne répondait aux émissions de son i-e ; les systèmes de la villa étaient complètement morts. Il actionna un interrupteur sur le mur, mais rien ne se produisit. Même l'éclairage ne fonctionnait plus.

Ils descendirent au rez-de-chaussée sans rien dire. Une certaine routine s'était installée ; chacun savait ce qu'il avait à faire. Ils étaient là pour la nourriture, et celle-ci était stockée dans la cuisine ou le garde-manger, parfois au sous-sol. Beaucoup de maisons de ce style possédaient également une cave à vin. Il s'agissait principalement de résidences secondaires, habitées très occasionnellement par leurs riches propriétaires. Les plats de gourmet étaient livrés au dernier moment, garantie de fraîcheur, mais il y avait aussi de la nourriture en sachet et des surgelés. Les quantités stockées dans les maisons les plus grandes étaient parfois phénoménales. Deux des demeures qu'ils avaient visitées étaient la propriété de survivalistes, Saul en était persuadé. En plus de provisions, ils y avaient trouvé des imprimantes 3D, des cuves de brut et des réservoirs souterrains de biocarburant. Évidemment, ces gens avaient fui la planète dès qu'on avait parlé du Zanth, et ce même s'ils avaient construit des toits capables de résister à des tonnes de neige.

Les maisons plus petites et les bungalows tels que ceux de Camilo avaient été plus faciles à renforcer. Après les premières chutes importantes, plus de cinquante habitants s'étaient rendus dans le petit bois de sparpins indigènes situé de l'autre côté de la rue du Ranelagh pour y abattre des arbres. Le village accueillait des travailleurs et des artisans, le genre de personnes qui savaient se servir de leurs mains. Saul avait mis deux jours à acheminer chez lui les imprimantes et les cuves de brut de sa boutique avant que les routes soient abandonnées. Il avait aussitôt conçu et microfabriqué une chaudière à bois dans une résine résistant aux hautes températures. Elle trônait désormais au centre de leur vaste séjour, poêle rustique, qui dégageait énormément de chaleur grâce aux morceaux de bois que les enfants continuaient à rapporter de ce qui restait de la forêt.

Dès les premiers blizzards, on avait fait venir un bulldozer d'un chantier situé en bordure de la rue du Ranelagh, à une dizaine de kilomètres du village. Quotidiennement, l'engin déneigeait les voies et les abords des bungalows, poussant la neige jusqu'à la mer. Presque chaque jour, les enfants sortaient avec des balais munis de très grands manches pour nettoyer les flocons qui recouvraient les panneaux PV. Ils avaient toujours l'électricité, mais le réseau du bungalow devait faire des choix, déterminer des priorités.

Ce qui leur manquait, à eux comme à tous les habitants restés à Abellia, c'était du biocarburant. En véritable baronne, Brinkelle distribuait le carburant dans sa cité-État comme elle l'entendait. Les services médicaux étaient également rationnés. Ces ressources, et non pas l'argent, lui permettaient de continuer à faire la loi. En vérité, personne ne protestait ; dans des conditions si hostiles, la dissidence politique s'inclinait devant la nécessité de la survie. Et puis, force lui était de l'admettre, Brinkelle se débrouillait plutôt bien. Une partie du réseau de la ville fonctionnait toujours, et Camilo était connecté à ce qui restait de l'administration publique. Tous les dix jours, on leur livrait une cuve de biocarburant pour le bulldozer, dont le travail – protéger les bungalows – était essentiel. Quand Nerys avait perdu les eaux, un hélicoptère de la protection civile était venu la chercher pour la conduire à l'Institut. Elle avait eu un petit garçon. Les communautés s'organisaient et coopéraient, n'attendant pas l'aide directe du gouvernement. Bartram et Brinkelle avaient d'ailleurs toujours favorisé une certaine forme de laisser-faire en la matière.

Le fait qu'elle et sa famille ne les aient pas complètement abandonnés étonnait Saul. Il aurait été très facile pour eux de voler jusqu'à Highcastle et de traverser le portail. Et pourtant, Brinkelle était restée. Peut-être pour garder le contrôle de l'Institut, dans lequel sa branche de la famille s'était totalement impliquée. Sans celui-ci, elle n'aurait été qu'une milliardaire parmi tant d'autres.

En restant, en garantissant le fonctionnement de l'Institut et le salaire de ses dix-sept mille employés, elle renforçait son statut et sa position. La manière dont elle pourrait ou non continuer à garantir la survie d'Abellia à moyen terme faisait l'objet de conversations nombreuses et tardives au village. Si on pouvait restreindre la consommation d'énergie pour tenir encore quelque temps, la question de la nourriture était beaucoup plus problématique.

Brinkelle avait été très claire à ce sujet : il reviendrait aux différentes communautés de trouver de quoi se nourrir. Ce qui n'était pas sans causer de très sérieux problèmes. Le blizzard était parfois si violent que personne ne pouvait s'aventurer dehors pendant une semaine entière. Ces derniers temps, heureusement, la météo avait été plus clémente, et Camilo avait profité de la situation, envoyant quatre ou cinq équipes fouiller les grandes demeures abandonnées par leurs riches propriétaires.

Arrivé en bas de l'escalier, Saul traversa l'atrium. Après une semaine passée à visiter d'étranges maisons, il commençait à s'habituer à leur organisation et n'avait aucun mal à trouver la cuisine, notamment. L'obscurité semblait agir comme un tampon, étouffant les bruits. Les faisceaux de lumière la transperçaient, explorant portes et arches. Les pièces aperçues au-delà étaient enrobées de glace, les fenêtres obstruées par les congères.

La cuisine de la villa était plus grande que le salon de Saul. Il avisa deux grandes cuisinières et un îlot central doté d'un four à pain, d'un cuiseur à vapeur et d'un four à pizza, surplombé d'une panoplie d'excellentes casseroles en cuivre accrochées à une suspension carrée.

Saul braqua sa torche sur toutes les surfaces couvertes de givre. Son faisceau s'arrêta un instant sur un étrange monticule hérissé – des chats morts de froid sous une cuisinière dont la chaleur n'était qu'un lointain souvenir. Pour le moment, personne n'en était encore réduit à manger cette viande-là.

Cinq faisceaux blancs se braquèrent sur l'énorme double porte du réfrigérateur. Lewis en força l'ouverture, révélant huit étagères pleines à craquer. Il y avait des plats en sachet de bonne qualité, des briques de lait et de jus de fruit, beaucoup de viande et de poisson, des yaourts, des confitures et du beurre.

— Ne perdons pas de temps, lança Saul.

Markos ouvrit la glissière d'un grand sac en toile et commença à vider les étagères. Tout était complètement congelé. On ne faisait pas attention aux dates de péremption ; dans le pire des cas, tout serait cuit.

Ayanna et Saul se rendirent dans une petite pièce attenante.

— Bingo ! s'exclama la femme.

Dans le fond, il y avait deux gros congélateurs-bahuts. Ils en cassèrent les serrures et découvrirent qu'ils regorgeaient de toutes sortes d'aliments.

— Une semaine de nourriture pour tout le village, annonça Saul. Au moins.

Il ouvrit son propre sac et entreprit de le remplir. Il leur faudrait faire plusieurs voyages jusqu'à l'étage. Alors ils assembleraient les traîneaux conçus par Saul qu'ils avaient apportés dans leurs sacs à dos. Il les avait d'ailleurs imprimés avec ce qui lui restait du brut rapporté du *Hawaiian Moon*. Ils n'étaient pas très faciles à tracter, mais les équipes d'exploration s'arrangeaient toujours pour que le chemin du retour soit en descente. Pour transporter des charges moyennes, les traîneaux s'étaient révélés extrêmement précieux.

Saul souleva le sac en gonflant les joues, tant il était lourd. Il le porta néanmoins sans se plaindre. Cette expédition, comme celles auxquelles il avait déjà participé et celles auxquelles il participerait à l'avenir, permettrait aux siens de survivre à ce terrible hiver. Il savait que ce degré d'entraide n'était observable que dans une communauté de la taille d'un village. Camilo resterait uni jusqu'à la disparition des taches solaires et au retour à la normale. Cette foi en la communauté, cette certitude, était son moteur. Elle faisait également de lui un leader naturel pour les habitants du village. Son calme et sa détermination avaient surpris Emily, qui ne connaissait pas cette facette de sa personnalité.

Elle ignorait quelles épreuves il avait traversées avant de la rencontrer. Les circonstances actuelles étaient bien différentes, mais son but était le même : survivre. Il se savait capable de continuer quoi qu'il arrive, car il avait déjà connu tous les malheurs imaginables dans le passé. Saul et l'adversité étaient de vieux amis.

Dans la cuisine de la villa, Markos et Otto avaient presque terminé de vider le réfrigérateur. Le faisceau de la lampe de Saul se balada dans la pièce équipée de façon extravagante. La vitesse à laquelle le décor avait perdu sa valeur et sa pertinence était surprenante.

— On a presque fini, annonça Otto.

— Il faudra deux voyages pour vider les congélateurs, dit Saul. Ils sont pleins à craquer.

Otto hocha la tête et contempla la cuisine luxueuse illuminée par la torche de Saul. Il se posait manifestement les mêmes questions que celui-ci.

— Et après ? Qu'arrivera-t-il quand il n'y aura plus de maisons à piller ?

— Les taches solaires disparaîtront bien un jour, répondit Saul comme il le faisait chaque fois que ses enfants lui posaient cette question. Mais ça prendra peut-être un an.

— On ne tiendra jamais un an.

— Il y a toujours l'Institut.

— Et alors ?

— Ils ont des cuves de clonage. J'imagine qu'ils pourraient cultiver un tas de protéines monocellulaires pour nous nourrir.

— Exactement, acquiesça Markos. Brinkelle a aussi une centrale à fusion, là-bas. On aura de quoi tenir le temps qu'il faudra.

— Dans ce cas, pourquoi Brinkelle ne nous a-t-elle rien dit ?

— Je ne sais pas, répondit Saul, que la façon dont tout le monde avait de se tourner vers lui commençait à fatiguer. Peut-être qu'elle ne veut pas faire de nous des assistés.

Je m'en passerais bien, figure-toi…

— Vous croyez qu'ils pourraient cultiver de la nourriture ? insista Otto.

— Dix-sept mille chercheurs en biogénétique crèveront de faim s'ils ne le font pas. Ça devrait suffire à les motiver.

— Ouais, dit Otto, comme pour se convaincre lui-même. Ouais, c'est sûr, ils vont trouver un moyen.

Markos et Saul échangèrent un regard, puis ce dernier attrapa son lourd sac plein de nourriture congelée et se dirigea vers l'escalier.

* * *

Les réunions et conférences à distance avec le service juridique et le chef des opérations de Market Street se prolongèrent bien après 20 heures. Ne restait plus à Sid qu'à terminer son travail sur les données recueillies. Une journée de disputes, de négociations, d'accords et de discussions sous le regard impitoyable de Milligan et de ses lieutenants, qui adoraient créer des problèmes et les pousser dans sa direction. Il avait promis à Jacinta d'être de retour à la maison pour 18 heures, « 19 heures au plus tard, chérie, promis ». Mais c'était avant l'annonce par la GE d'un accord au sujet des résidents de St Libra. Il commençait à se dire que le salaire de Kressley était bien mérité, après tout.

Toute la journée, le transnet n'avait brui que de commentaires concernant l'accord. Les négociateurs de la GE avaient finalement autorisé un retour limité des résidents de Highcastle ne travaillant pas pour l'industrie du biocarburant. On leur remettrait des permis de séjour humanitaire temporaires et leur demanderait de payer une somme rondelette pour obtenir leur bon de retour. Le permis expirerait automatiquement un mois après la fin de l'éruption de taches solaires.

Cela signifiait que deux cent mille personnes allaient déferler par le portail, et que les premiers réfugiés arriveraient le samedi. Newcastle n'avait donc que trois jours pour se préparer à les recevoir.

Le maire, suivant les recommandations de la GE, avait opté pour une dispersion. Toutes les chambres d'hôtel de la ville étaient déjà occupées par les employés de l'industrie du biocarburant qui avaient déjà reçu l'autorisation de traverser le portail. Comme il n'y avait plus de place en ville, les prochains rapatriés seraient mis dans des cars et des trains, puis répartis dans toute l'Europe. Cette perspective n'enchantait pas les États du Sud de la GE ; la population de Highcastle était principalement originaire de France et des États du Nord, qui exploitaient tous le biocarburant du monde géant. Il fallut faire d'autres concessions, notamment promettre d'aider les réfugiés à s'installer sur les mondes transspatiaux de la GE, où la place ne manquait pas. Tout, plutôt que de les voir rester sur le vieux continent. À ce titre, Newcastle serait une forme de test. Par décrets, le conseil renforça les lois interdisant le vagabondage et donna à la police et aux agences de sécurité privées le pouvoir de déplacer les gens. Afin de fluidifier encore la circulation des réfugiés, on fit également appel à différents fonds humanitaires, ONG, services gouvernementaux et agences d'assistance.

Pour que personne ne disparaisse entre la sortie du portail et celle de la ville, l'organisation devrait être sans faille et les forces de l'ordre très strictes. Des centaines de policiers et plus de deux mille agents seraient déployés pour sécuriser les routes. Les troupes de la douane de la GE seraient également en alerte.

Comme il incombait au service dirigé par Sid d'examiner et d'autoriser toutes ces actions, son i-e avait été noyée sous un déluge d'appels – cadres des agences de sécurité, amis ayant des contacts dans celles-ci, collègues devenus des intermédiaires… Son agenda était déjà plein de dîners pour les deux prochains mois – les agences fournissant chaque fois une baby-sitter agréée –, et il avait refusé cinq voyages d'agrément, dont deux sur des mondes transspatiaux. Jacinta avait moyennement goûté tous ces changements, même si, comme par hasard, trois agences médicales lui avaient déjà proposé un poste de cadre et un bon salaire.

Argent et pouvoir faisaient un cocktail enivrant, mais Sid avait pris très au sérieux la gestion de cette logistique, et il était très satisfait du travail fourni par son service. Lorsque les réfugiés glacés, affamés et ruinés arriveraient le samedi matin, la ville serait prête à les accueillir.

Sid souhaita une bonne nuit à sa nouvelle équipe et prit l'ascenseur pour descendre au premier sous-sol. Là, dans une aile en béton dotée de portes en acier et d'un éclairage bleu-vert agressif, se trouvaient une dizaine de salles sécurisées, dont l'armurerie et sa grande voisine : la salle de tir. Sid passa devant celles-ci et se dirigea tout droit vers le dépôt de matériel. La zone était divisée en cinq sections, dont Ian avait piraté les maillages, créant des boucles avec les enregistrements, si bien que personne ne pouvait voir que Sid marchait dans le couloir qui conduisait au coffre de moyenne sécurité contenant l'équipement de surveillance mobile. Son i-e envoya à la serrure l'identité et le code de l'inspecteur Brannagh. Celui-ci travaillait pour la police des polices ; il était de ceux qui avaient enquêté sur les pratiques de Sid, l'année passée. Il n'avait pas beaucoup d'alliés à Market Street, et personne ne le protégerait au cas où il viendrait à l'idée de quelqu'un d'organiser un audit des stocks. La serrure cliqueta et la porte s'ouvrit.

La salle était renforcée avec des poutres en béton et contenait cinq rayonnages en grilles métalliques. Les antiques ventilateurs de la climatisation revinrent à la vie, brassant l'atmosphère viciée. Sid s'avança jusqu'au deuxième rayonnage et examina les caisses soigneusement empilées. Il manquait pas mal de choses, remarqua-t-il. Il est vrai que la plupart des inspecteurs de classe deux et plus savaient comment entrer dans les coffres de moyenne sécurité.

Il trouva les boîtes qui l'intéressaient sur la troisième étagère : des rectangles d'aluminium noir – trente centimètres par vingt, sur dix d'épaisseur. Une fois de plus, son i-e donna au programme de gestion de l'inventaire du coffre les codes de Brannagh. Il prit trois boîtes et se retourna.

— Bonsoir, patron, lança Abner North2.

Sid sursauta. Il n'avait pas entendu Abner entrer, et comme Ian avait désactivé les maillages, il n'avait aucun moyen de surveiller les alentours. Tant pis, il devrait y aller au bluff.

— Bonsoir, répondit-il en souriant. J'avais besoin de microcoptères pour une enquête. Et vous ?

— Vous n'êtes pas très convaincant, patron. Vous êtes à la tête du BCAP, maintenant ; les enquêtes, les microcoptères, c'est terminé pour vous. Vu que vous avez désactivé les maillages de surveillance, si ça ne vous fait rien, je vais être franc avec vous. Ian a laissé tourner un paquet de programmes de surveillance en utilisant les codes et l'autorité de Vance Elston. J'imagine que vous menez un genre d'opération secrète. Eva est sans doute elle aussi dans le coup. Notez que ça ne m'embête pas outre mesure ; on fait tous ce genre de choses. Mais c'est mon frère qui a été tué. J'ai le droit de savoir si vous avez découvert l'identité de son assassin.

— Fait chier. (Il aurait dû se douter que quelqu'un finirait par remarquer quelque chose, surtout un inspecteur formé aux méthodes d'enquêtes scientifiques tel qu'Abner.) À qui en avez-vous parlé ?

— À personne.

— D'accord. Mais pas maintenant, il faut qu'on sorte d'ici.

— Pas de problème. Laissez-moi vous aider à porter ces boîtes.

Abner tendit la main d'un air neutre étudié. Sid hésita. Ce visage… Il le revoyait, blanc et figé, sur une table de la morgue. Et puis Augustine, furieux et déterminé ; Aldred, calme et calculateur. C'était vrai : d'une façon ou d'une autre, les North étaient partout à Newcastle. Sid soupira en prenant conscience de cette évidence et confia une boîte à Abner.

— Merci.

— Brannagh, hein ? C'est un bon choix.

Sid haussa les épaules.

— Ben oui, Jenson San n'est plus là, alors…

* * *

Pour une fois, Ian avait dû se connecter au maillage de l'escalier qui conduisait à son appartement, car il ne parut aucunement surpris en voyant Abner entrer avec un Sid légèrement nerveux. Eva, en revanche, considéra le North d'un air inquiet.

— Il a trouvé les programmes d'observation, expliqua aussitôt Sid.

— Merde, marmonna Ian, les lèvres pincées de colère. Désolé, patron, j'aurais dû faire plus attention.

— Et maintenant ? demanda Eva.

— Je veux découvrir qui a tué mon frère, répondit Abner.

— La réponse risque de ne pas vous plaire, dit Sid.

— C'est pour ça que vous poursuivez l'enquête officieusement ?

— Ouais.

— Écoutez, je n'ai aucune intention de vous balancer à Milligan ou à Aldred, mais j'ai besoin de contribuer à... À quoi, d'ailleurs ? s'enquit-il en les regardant tour à tour.

— Ça ne va pas être très agréable, le prévint Sid.

— Allez, dites-moi ce qui se passe.

Sid n'avait pas le choix ; il le savait depuis qu'Abner l'avait pincé dans le coffre. Pour être tout à fait honnête, le North2 devait être au courant de leurs agissements depuis un moment déjà.

— Nous avons découvert pourquoi votre frère a été tué dans cet appartement de St James.

— Oh !...

— Tallulah Packer a eu une liaison avec Aldred, l'an dernier. Il a les codes de sa porte.

Sid attendit une réaction. Comme Abner ne disait rien, il lui révéla le reste, le pire, à savoir qu'Aldred connaissait Marcus Sherman, qu'il s'agissait de manœuvres internes, que des North combattaient d'autres North. Il lui expliqua qu'ils avaient affublé les hommes de Sherman, mais aussi Aldred, de microbes intelligents.

— Que vous ont appris les données téléchargées ? demanda doucement Abner.

Sid était impressionné. Si on lui avait appris que des membres de sa propre famille étaient impliqués dans quelque chose de si terrible, il aurait été bien en peine de garder son calme. Toutefois, Abner savait exactement à quoi s'attendre de la part de ses frères.

— Les téléchargements n'ont pas été aussi riches en informations que prévu. Dans beaucoup de conversations, il nous manque un des deux interlocuteurs. Il semblerait que l'équipe de Sherman prépare un raid sur Trigval Molecular Solutions, une société spécialisée dans la très haute technologie installée à Jarrow. Elle fait dans les chambres d'assemblage moléculaire. À quoi sont utilisées ces chambres ? Nous n'en savons rien. Cette information n'est pas disponible sur le transnet, ce qui est intéressant en soi. En tout cas, la société travaille pour la défense.

— J'ai entendu parler d'eux, dit Abner.

— Comment ça ? s'étonna Eva.

— C'est une société capitale pour Northumberland Interstellar. Avant d'entrer dans la police, je suivais de près les affaires de la famille.

— Capitale comment ? demanda Sid.

— Les systèmes moléculaires de Trigval peuvent produire de la matière active. C'est un genre d'état intermédiaire capable de déclencher les effets de la matière négative. Laquelle est à la base de la technologie transspatiale.

— Donc ce raid pourrait menacer le portail ? conclut Ian.

— Pas vraiment. Pas directement, en tout cas. La matière active n'est pas rare ; de nombreuses compagnies en produisent. Elle nécessite cependant un brut très spécial qu'on ne trouve pas au marché noir. J'avoue que je ne comprends pas.

— C'est peut-être simplement un vol de technologie ? proposa Eva. Sherman a peut-être trouvé un acheteur sur un monde lointain.

— Pourquoi Aldred tremperait-il là-dedans ? demanda Abner. Northumberland Interstellar a déjà un portail. Cette technologie, nous la possédons, nous n'avons pas besoin de la voler.

— À cause d'une autre affaire, sans doute, intervint Sid. C'est notre problème, justement ; nous ignorons ce qui se trame exactement.

Abner fixa son regard sur la petite boîte noire qu'il tenait entre les mains comme s'il la voyait pour la première fois.

— Quel est votre plan ? demanda-t-il.

— Ils sont en train d'organiser leur raid. Nous allons utiliser les microcoptères pour les surveiller, et cette fois, nous saurons exactement ce qu'ils préparent.

— Cette fois ?

— Ils ont déjà été impliqués dans d'autres activités similaires, expliqua Sid. Une transaction. Et ils ont parlé d'une nouvelle acquisition. Par ailleurs, nous sommes certains que ce sont eux qui ont mis le feu au garage de Reinert. Si nous parvenions à les suivre pour voir à qui ils vont remettre ce machin, ça éclairerait notre lanterne.

Abner hocha lentement la tête.

— Oui, les microcoptères sont parfaits pour ce boulot. J'ai été formé au pilotage de ces joujoux. Je veux participer à cette mission d'observation.

— Et après ? le provoqua Eva. Si on découvre qu'Aldred est derrière le meurtre, qu'est-ce que vous allez faire ?

— Je vous aiderai à le coffrer et je ferai en sorte qu'il paie.

— Vous êtes pareil que lui, pareil que tous vos autres frères, dit Sid. Vous croyez-vous capable de tuer l'un des vôtres ?

— Non, j'en serais incapable. Cependant, nous sommes tous légèrement différents. Nous ne sommes parfaitement identiques que dans les légendes urbaines. Il doit avoir une raison d'agir comme il le fait, et je suis curieux de l'entendre.

Dimanche 21 avril 2143

Vance devait se pencher pour avancer dans le vent qui faisait voler à l'horizontale des particules de glace minuscules et dures. Il se félicitait que les opérateurs de la microfacture aient réussi à produire des lunettes de protection décentes. Les grains qui frappaient les quelques portions de peau non protégée faisaient très mal. Très vite, heureusement, le froid anesthésiait les zones meurtries.

Le soldat Omar Mihambo était à ses côtés qui l'escortait, marchant stoïquement dans la tempête de neige et la lumière toujours changeante des aurores boréales. Son fusil d'assaut enveloppé dans un fourreau thermique était prêt à tirer, tandis que le soldat scrutait les alentours du mieux qu'il pouvait. Sa joue guérissait doucement sous sa couche de peau de synthèse. Le patch était protégé contre les éléments par diverses membranes, autour desquelles il avait enroulé plusieurs couches de fin tissu tel un turban. Par-dessus, il portait le passe-montagne que lui avait tricoté Angela pour protéger sa joue des frottements de son casque. Et puis, il disposait de lunettes spécialement modelées pour lui. Le lieutenant Botin pensait qu'il était trop tôt pour l'envoyer en patrouille, mais Omar l'avait supplié, et Vance avait fini par donner son accord.

Plus personne ne voulait sortir. Il ne s'agissait pas uniquement de la créature tapie dans l'ombre ; le froid agissait comme une drogue virale sur leurs pensées et leur attitude. Le moral des troupes était en berne. Enfiler les vêtements nécessaires à une sortie dans la neige demandait un effort insurmontable pour beaucoup. D'autant que, très souvent, le vent soufflait si fort qu'il était difficile de marcher. La visibilité était réduite à quelques mètres. La plupart des hommes préféraient rester à l'intérieur, regroupés autour d'un radiateur à préparer leur départ, même s'il fallait pour cela accomplir des corvées inintéressantes.

Si Omar, par quelque miracle, était immunisé contre le mal qui rongeait le reste du camp, il n'était pas question pour Vance de ne pas en tenir compte. Plus que jamais, ils avaient besoin d'une protection armée.

Vance repéra enfin la cabane, droit devant, avec ses parois en épais tissu orange clair. Les responsables de la microfacture n'auraient pas pu trouver plus simple : il s'agissait d'un ballon de quinze mètres de diamètre gonflé par la chaleur produite par une cellule électrique. Horriblement coûteux en énergie, mais efficace.

La neige qui tombait dessus ne pouvait ni s'accumuler ni menacer la structure, car elle fondait aussitôt. L'anneau de glace cassante qui se formait autour du dôme s'élevait lentement, mais Vance espérait bien lever le camp avant la fin de la journée, aussi n'était-ce pas un sujet de préoccupation.

Ils s'engouffrèrent dans le court tunnel d'accès, fermant la première porte à glissière avant d'ouvrir la seconde afin de ne pas perdre de pression. À l'intérieur, l'air chaud les frappa de plein fouet, lourd d'un mélange de biocarburant, de polymère neuf et de transpiration, qui trouva le chemin des narines de Vance dès qu'il eut déroulé de son visage son écharpe. La neige qui recouvrait sa parka et son pantalon imperméable commença à fondre, gouttant sur le sol. Il retira ses lunettes et son casque, mais s'arrêta là ; en réalité, il faisait à peine plus de zéro.

Éclairées par de puissants projecteurs, deux des Tropic occupaient une grande partie de la surface disponible.

Quatre ou cinq personnes travaillaient sur chaque véhicule. Vance sourit avec enthousiasme en voyant les voitures modifiées. Les nouvelles roues étaient incroyables – au moins un mètre trente de hauteur, et autant de largeur. Une machine de rêve pour le petit garçon qui sommeillait en lui. Surtout avec la mitrailleuse robotisée montée sur le toit.

Tous les véhicules du convoi avaient été équipés d'une arme identique, ce qui expliquait le retard pris par les préparatifs. Vance avait insisté. Il s'était agi de remonter le moral des troupes après les derniers incidents.

Depuis longtemps déjà, personne n'était autorisé à sortir seul.

Mackay, de l'équipe des VAA, et Juan-Fernando, un pilote d'hélicoptère, avaient respecté cet ordre lorsqu'ils étaient sortis dans le blizzard, le jeudi précédent, pour vérifier les lanceurs de fusées de communication. D'après Davinia et Leif, qui occupaient le même dôme, ils avaient même pris des armes de poing.

Aucun des deux n'était rentré.

Vance avait été contraint de modifier les ordres : désormais, plus personne ne s'aventurerait dehors sans la protection d'un légionnaire armé. Aucune exception ne serait tolérée. Il avait également décidé d'équiper les véhicules de mitrailleuses. Si jamais ils croisaient le monstre sur leur route, ils pourraient faire feu immédiatement sans attendre que les légionnaires s'équipent pour le prendre en chasse.

Ravi Hendrik et Ophelia Troy étaient juchés sur le toit d'une Tropic, où ils terminaient d'installer la mitrailleuse, la reliant à un petit radar à micro-ondes pulsées fixé sur le côté du canon. L'arme pivota de gauche à droite, puis de haut de bas.

— Eh ! chef, lança Ravi en souriant. On va montrer à ce fumier qu'il ne faut jamais sortir un couteau dans un combat à mains nues.

— Est-elle prête ?

— Il reste encore un peu de boulot avec le logiciel de visée, et les servomoteurs sont assez rustiques, mais tout sera prêt pour accueillir le monstre.

— Excellent.

Vance se dirigea vers l'arrière de l'autre Tropic, où Darwin Sworowski était en train de serrer les écrous de la roue côté conducteur. Jay se tenait à côté d'une desserte à roulettes et tendait à Darwin les outils dont il avait besoin. Pour tout dire, il ne servait pas à grand-chose.

— Mon colonel…

— Ça avance ? demanda Vance.

Jay se tourna vers Darwin, qui réussit à hausser les épaules malgré les combinaisons superposées qu'il portait.

— Les véhicules seront prêts dans trois heures, répondit Jay.

— Je croyais qu'ils l'étaient déjà…

Vance essaya de ne pas montrer son agacement, même s'il espérait, en venant au garage, pouvoir donner l'ordre du départ.

— Nous avons fait notre possible, mais nous avons rencontré quelques problèmes d'adaptation, expliqua Darwin en tapotant l'énorme pneu aux sillons profonds. Changer la taille des roues, surtout dans des proportions si importantes, implique de remplacer les engrenages, de recalibrer le couple de chaque essieu. Ça signifie également qu'on va utiliser beaucoup plus d'énergie pour faire tourner les roues.

— Plus d'énergie, donc plus de carburant, je suppose ?

— Oui, mon colonel.

— Avez-vous révisé les estimations que nous avions faites ?

— Nous devrions atteindre Sarvar avec vingt pour cent de réserve. Dans le pire des cas, s'empressa-t-il d'ajouter. J'espère, pour ma part, qu'on ne descendra pas en dessous de trente.

— Vous lui dites ce qu'il a envie d'entendre, c'est tout, intervint Karizma en interrompant son travail sur l'autre voiture pour les rejoindre. On aura de la chance si Jésus nous laisse arriver à mi-chemin de Sarvar avant qu'on se retrouve à sec. Et après ? J'imagine que vous avez prévu toutes les éventualités, mon... colonel...

— Si le responsable des véhicules de mon camp pense qu'il nous restera trente pour cent de carburant quand nous arriverons à bon port, je n'ai aucune raison de ne pas l'écouter.

— Ce n'est qu'une supposition ! Une estimation sans fondement ! Le Seigneur lui-même ignore quel genre de problèmes on rencontrera sur notre route.

— Eh ! intervint Darwin. J'ai fait deux sorties avec les Tropic et une avec une JMT pour les tester. Je sais très bien dans quel milieu on va évoluer.

— Vous avez seulement fait le tour du camp, vous n'avez rien appris du tout. Merde ! on n'a même pas de carte !

— L'équipe des VAA a dessiné une carte en se fondant sur les données des e-Rays, dit Jay.

— C'est des conneries ! Leur résolution ne dépasse pas cinq mètres. Leurs cartes sont fondées sur des gradients, c'est tout. On n'a pas la moindre idée de ce que votre Dieu a planqué sous cette canopée. Si ça se trouve, il y a un million de gorges entre ici et Sarvar. Votre histoire de vingt pour cent, elle sort de nulle part. Vous n'avez aucune connaissance réelle de ce terrain. Il faut qu'on reste ici.

— Personne ne viendra nous chercher, rétorqua Vance. Ici, la créature nous tue un par un.

Il trouvait intéressant que Karizma blasphème si librement quand il était dans les parages. Elle mettait l'accent sur la foi religieuse de Vance pour conduire les autres à se poser des questions sur sa capacité de jugement, mais il en avait l'habitude.

— Les créatures, le corrigea Ravi.

— Quoi ? lâcha Vance, agacé par l'intervention du pilote.

— Il y en a forcément plus d'une. Regardez ce qu'elles nous ont fait. Elles ont embarqué Mackay et Juan-Fernando comme si de rien n'était. Je connaissais Juan – jamais il ne se serait laissé attraper sans combattre. Elles sont là, dehors, autour du camp, elles se rassemblent. Un jour, quand elles seront en nombre suffisant, elles viendront nous cueillir tranquillement, et rien, ni nos patrouilles de légionnaires ni nos mitrailleuses n'y pourront rien. Restez là si ça vous amuse, moi, en tout cas, je me tire.

— Personne ne reste, affirma Vance. Je veux que les Tropic soient chargées et prêtes à partir dans trois heures. Nous quitterons le camp, que les véhicules soit réglés ou non, compris ?

— Oui, mon colonel, dit Darwin. Nous serons prêts.

— Bien. Remettez-vous au travail. Jay, rassemblez votre équipe. Je veux lancer une fusée pour prévenir Abellia de ce que nous préparons.

* * *

Le lanceur de fusée de communication d'urgence Aero-Roe HA-5060 était une boîte oblongue de cinq mètres de longueur et deux de largeur juchée sur une petite remorque. Ils utilisèrent la JMT-1 pour la tracter, ou plutôt la traîner, à l'écart du camp. Les petites roues de la remorque ne cessaient de s'enfoncer dans la neige, mais la JMT était assez puissante pour la dégager. Installé dans l'habitacle, Vance eut un avant-goût désagréable du voyage qu'ils allaient entreprendre dans un paysage hostile et glacé. Il faillit même revenir sur sa décision. Toutefois, Ravi avait capturé l'essence de la pensée de ses camarades. Il se racontait, aux quatre coins du camp, qu'il y avait plus d'une créature tapie dans cette jungle vêtue de blanc. Tout le monde voulait se tirer d'ici. Autrement, maintenir la discipline du camp deviendrait impossible. L'idée de capturer le monstre avait été officiellement abandonnée. Vance lui-même reconnaissait à quel point leur situation était difficile. Sa stratégie était simple : rejoindre Sarvar au plus vite, puis – lorsque les taches solaires auraient disparu et que le climat serait redevenu normal – envoyer une nouvelle expédition, mieux équipée que la première, à Wukang. Pour le moment, cependant, la créature avait l'avantage. Vance avait du mal à l'accepter, mais il était réaliste avant tout.

Avec Oleg au volant, ils conduisirent le lanceur à six cents mètres de la Qwik-Kabin administrative. Le sergent Raddon et Leora Fawkes montèrent la garde dans la neige qui tombait dru, tandis que Ken Schmitt et Chris Fiadeiro préparaient le lanceur, mission assez simple, puisqu'il s'agissait simplement de déplier les pieds situés à chaque coin et d'enfoncer les patins dans la neige. Après quoi, la boîte oblongue se dressa lentement à la verticale.

De retour dans le local des VAA, Davinia Beirne confirma qu'ils recevaient la télémétrie du HA-5060. Les hommes remontèrent à bord de la JMT, et Oleg reprit le volant.

Ils se garèrent à trois cents mètres du lanceur. Tout le monde plissa les yeux et étira le cou pour tenter de voir la fusée malgré la tempête de neige.

Davinia lança le bref compte à rebours. Une puissante lumière orange s'alluma dans le blizzard, oblitérant les fluctuations pastel des aurores boréales. Soudain, le grondement des trois moteurs heurta la JMT, projetant plus de neige sur le véhicule. La source invisible de cette lumière fonça vers le ciel et disparut rapidement.

Vance ferma les yeux et murmura une prière. La fusée de communication d'urgence HA-5060 avait été conçue pour être lancée dans des conditions extrêmes, mais peut-être pas si extrêmes que celles-ci. Sa grille brillait de données fluorescentes comme il étudiait, les yeux fermés, la télémétrie du projectile.

À dix-sept kilomètres, les trois boosters se retrouvèrent à court de carburant et se détachèrent. La fusée était toujours entourée de nuages et de particules de glace, ce qui risquait de devenir problématique. La vitesse du projectile augmentait, et son nez commençait à souffrir de la friction. L'étage principal s'alluma à son tour et, grâce à ses sept tonnes de poussée, envoya la fusée à vingt et un kilomètres d'altitude, soit bien au-dessus de la couche nuageuse.

Trente-trois secondes plus tard, le moteur s'éteignit, faute de carburant, et la cargaison de quatre cents kilogrammes se sépara, continuant de s'élever du fait de l'élan phénoménal imprimé par les fusées.

Vance n'avait plus qu'à attendre en surveillant la télémétrie. Au moins recevaient-ils les données, même si l'antenne consommait énormément d'énergie à cause de la tempête.

Passé la barrière des trois cents kilomètres, la charge utile commença à émettre des paquets de données vers Abellia et l'antenne mise en service à l'arrivée de l'ADH au mois de février. Tout le monde espérait que les tempêtes n'en étaient pas venues à bout.

Soixante-dix secondes plus tard, ils reçurent une réponse d'Abellia.

Dans l'habitacle, les cris de joie furent assourdissants. Une ligne d'icones apparut dans la grille de Vance comme s'établissait une liaison avec le réseau de la base. Le seul qui l'intéressait était celui du major Griffin Toyne.

La charge utile atteignit trois cent cinquante kilomètres et continua à monter. Des messages préenregistrés par le personnel de Wukang affluèrent sur le réseau d'Abellia. L'i-e de Vance l'informa que Toyne lui répondait.

— Heureux d'entendre de vos nouvelles. Quelle est votre situation ?

— Elle est mauvaise. Il a tué quatre d'entre nous. Nous partons pour Sarvar. Tout est dans mon rapport. J'aimerais seulement que vous me confirmiez rapidement qu'il y a assez de provisions et de carburant pour nous tous.

— Oui. L'équipe de Sarvar a été réduite au minimum – quinze personnes seulement –, mais les stocks sont toujours sur place.

— Bien. Le rapport contient l'itinéraire que nous avons prévu. Si la situation changeait dans la semaine qui vient…

L'i-e de Vance l'informa que la charge utile avait atteint quatre cents kilomètres d'altitude et qu'elle ralentissait drastiquement. Elle était proche de son apogée.

— C'est peu probable, le coupa Toyne. Les taches solaires semblent s'être stabilisées. Plus rien ne bouge.

— Merde. Les astronomes ont-ils une idée du temps que ça va durer ?

— Pas la moindre. Écoutez, Vance, Highcastle est en train de se vider ; les habitants quittent la planète. Nous allons rester, évidemment ; pas question d'abandonner nos hommes. Une opération d'évacuation finale a été planifiée pour tous les camps avancés, mais elle ne sera pas lancée avant quelques mois. Vous serez en bien meilleure posture une fois à Sarvar. Nous viendrons vous chercher ; le général lui-même l'a promis.

— Merci.

— Avez-vous de nouvelles données sur la créature ?

— Non. La météo est cataclysmique. Nos capteurs se dégradent de jour en jour. Les particules intelligentes sont pratiquement inutiles. On se croirait revenus au XXIe siècle.

La charge utile atteignit son apogée à quatre cent trente-sept kilomètres, s'arrêta un instant au milieu des ions superchargés de l'ionosphère supérieure, enregistrant un déluge de particules dures en provenance de Sirius. Plusieurs processeurs connurent des ratés sous les coups de boutoir radioactifs, mais les logiciels compensèrent rapidement.

— Je suis désolé que nous ne puissions rien faire pour vous, mais le personnel de l'ADH devrait être à même de supporter ce que vous vivez.

— Comment s'en sortent les autres camps avancés ? demanda Vance tandis que la charge utile commençait à tomber.

— Nous avons perdu le contact avec eux aussi. À part vous, cependant, personne ne semble avoir vu la créature.

— Quelqu'un a une théorie à ce sujet ?

— Non. Alice Springs travaille sur la question.

De nouveaux processeurs rendirent l'âme. La télémétrie montrait un problème dans le circuit d'alimentation principal. Le niveau de radiations dépassait largement le seuil de tolérance de la machine. L'électricité statique accumulée sur le carénage menaçait de transpercer la couche isolante.

— D'accord. Où en est l'enquête de Newcastle ? s'enquit Vance.

— Elle est terminée. Ils ont inculpé Ernie Reinert de complicité d'homicide. Le verdict tombera cette semaine. Toutefois, l'identité du commanditaire demeure mystérieuse.

— Vraiment ? J'attendais mieux de l'inspecteur Hurst.

— On ne peut pas dire que l'expédition ait été un succès non plus.

— Elle n'est pas encore terminée. La créature est ici, et elle nous tue.

— C'est ce que vous dites, en tout cas. Officiellement, il s'agit de Tramelo et de son complice.

— Bordel de merde !

Le poing de Vance s'abattit sur la banquette située devant lui. Tout le monde, dans l'habitacle, le regarda avec des yeux ronds, car c'était la première fois qu'ils l'entendaient jurer.

— Vous savez que ce n'est pas vrai, ajouta-t-il.

— Nous allons vous sortir de là, Vance. Vous avez ma parole. Nous ne vous abandonnerons pas.

— Un largage nous ferait du bien.

— Certainement. Dès que les tempêtes se calmeront. Les météorologues pensent que ce ne sera plus très long. L'atmosphère est en train de se stabiliser.

— Je n'avais pas remarqué…

La liaison fut interrompue pendant quelques secondes. Quand elle fut rétablie, la télémétrie lui montra que l'accumulation d'électrons sur le boîtier de l'émetteur devenait critique. Comme la gravitation attirait le dispositif vers le sol, la charge se mit à augmenter substantiellement.

— On va le perdre, annonça Davinia.

À Wukang, certains avaient eu de la chance. Leurs i-e étaient parvenues à envoyer leurs appels à travers le portail, puis sur le transnet, leur permettant de passer quelques brèves minutes avec leurs familles. Le journal officiel du camp fut transféré avec succès vers le quartier général de l'ADH. Angela fut la seule à ne pas s'émouvoir de cet événement. Saul, la seule personne qu'elle aurait pu avoir envie de contacter pour lui dire au revoir, risquerait d'avoir de très gros ennuis s'il était établi qu'ils se connaissaient. Et puis, son vieux mari craquerait sans doute en l'entendant une nouvelle fois lui faire ses adieux.

Après onze minutes exceptionnelles de contact avec la civilisation, le halo d'électrons qui entourait le carénage finit par transpercer la couche isolante et par se décharger dans le dispositif. La masse morte poursuivit sa chute de trois cents kilomètres en silence.

* * *

— Certains d'entre vous se sont-ils connectés au site officiel de la base d'Abellia ? demanda Karizma à tout le personnel de l'ADH sous le grade de sergent via un réseau local. Ils préparent un plan d'évacuation finale. On n'a qu'à rester ici, et ils viendront nous chercher dans un mois.

— Aucune date n'était annoncée, rétorqua Angela. C'était seulement pour le moral des troupes, de la propagande de base destinée aux stupides et aux faibles. Parce que vous y avez cru ?

— Bien sûr que c'est vrai.

— Plus vrai que le monstre ? demanda Paresh.

— Allez vous faire foutre. Tout le monde sait que c'est votre amie « et plus si affinités » qui nous tue.

— Fermez-la !

— Elle vous tient par les couilles. Vous êtes aveugles ou quoi ?

— Pour moi, notre seule chance de survie est de nous barrer d'ici.

— Vous avez tort, tous autant que vous êtes. Ou pourrait survivre ici jusqu'à la fonte des neiges, si nécessaire. Les imprimantes pourraient nous faire de vrais abris, si ce fou de Dieu d'Elston n'utilisait pas tout notre brut pour modifier les véhicules. Il est en croisade, ce type. Ce qu'il veut, c'est cirer les pompes de son Dieu, et il est prêt à nous faire tous tuer pour ça.

— C'est trop tard, dit Angela. On part. Vivez avec cette idée ou vous mourrez.

— On n'y arrivera jamais. On ne peut pas emporter assez de carburant.

— Continuez comme ça, et je vous mets aux fers moi-même, lança Paresh. Dernier avertissement.

Son i-e montra à Karizma que les participants de sa petite conférence s'en allaient un à un. Elle se retourna vers Davinia Beirne et Leif Davdia.

— Les idiots ! Ils ont de la merde devant les yeux. Elston va tous nous faire tuer avec son putain de convoi.

— Ils ont peur, rétorqua Davinia. Ils ont peur du monstre et ils sont intimidés par la structure de commandement. Après tout, on a tous été entraînés pour obéir aux ordres, quelles que soient les circonstances. C'est comme ça que fonctionne l'ADH.

— Si on part, on mourra.

— C'est clair, acquiesça Leif. Les modifications que nous avons apportées aux véhicules ne suffiront pas. Pas sur un terrain de ce type. S'il croit le contraire, Elston se fourre le doigt dans l'œil.

— C'est sans doute Dieu en personne qui lui a dit de partir, se moqua Davinia.

— Vous restez tous les deux ici avec moi ? demanda Karizma. On aura largement assez de vivres et de carburant pour tenir jusqu'à ce que la mission de secours vienne nous récupérer.

— Les légionnaires obéiront à Elston, dit Leif. Quelle bande de cons ! Ils lui obéiront jusqu'au jour où ils se feront déchiqueter le cœur par cinq lames. Vous avez entendu Paresh : s'il le leur demande, ils nous taseront et nous jetteront dans un traîneau. Il faut qu'on se montre plus malins que ça. Il faut choisir le bon moment.

Karizma hocha la tête à contrecœur.

— Ouais, mais on ne peut pas se permettre d'attendre trop longtemps.

* * *

Le convoi de Wukang se forma enfin vers 14 heures. Comme tout le monde, Angela eut le droit d'emporter un petit sac contenant ses effets personnels. Elle choisit quelques vêtements propres, des chaussettes et des sous-vêtements – personne n'était encore mort d'avoir porté des habits trop sales, et elle portait la plupart des siens en couches. Elle fourra également dans son sac l'équipement qu'elle avait acheté au *Birk-Unwin* : la torche, son module de guidage inertiel, une mémoire cache et une paire de lunettes de soleil. Cela fit rire Paresh, mais elle rétorqua que les lunettes intelligentes pourraient servir dans l'atmosphère sombre de St Libra. En revanche, elle renonça à prendre ses précieux flacons d'huile solaire. Elle portait sa ceinture multifonction sous son sweat-shirt et sa veste de protection. La place qui restait dans le sac était occupée par des pelotes de laine et des aiguilles à tricoter.

Elle sortit de son dôme en pataugeant plus qu'en marchant. Le vent s'était considérablement calmé, mais la couverture nuageuse était toujours aussi opaque. Les flocons flottaient dans tous les sens, teintés de rose par la lumière délicate du soleil. Les aurores boréales s'étaient retirées ; seuls quelques rubans effilés serpentaient occasionnellement sous les nuages, tel le sillage d'un organisme aéroporté géant.

Derrière les dômes étaient alignés les dix véhicules formant le convoi, les faisceaux blancs de leurs phares transperçant joyeusement la pénombre. Angela les considéra avec un soulagement certain tandis que leurs échappements exhalaient une douce vapeur blanche. Ils n'étaient plus passifs, ce qui était une source de satisfaction pour elle. Elle s'était personnellement impliquée dans l'organisation. Elston et Forster considéraient son travail comme essentiel, à présent, et ils ne se donnaient plus la peine de le vérifier. Elle avait donc centralisé les doléances de chaque chef d'équipe, dressant des listes, répartissant les cargaisons en fonction de leur taille, de leur poids et de leur importance. Elston avait eu le dernier mot, évidemment, mais la majeure partie de ce qu'elle voyait était là parce qu'elle l'avait décidé.

La plupart des véhicules étaient recouverts de filets sous lesquels on distinguait *pods*, caisses et boîtes. Sur le toit de chaque voiture se dressait une véritable montagne de matériel.

Les traîneaux étaient chargés de réservoirs souples de biocarburant qui lui semblaient bien instables.

— Eh ! l'interpella Paresh. Prends soin de toi !

— Ce n'est pas moi qui vais voyager sur une bombe.

— Ah ! ce n'est pas faux.

— Fais attention.

Leurs casques se rencontrèrent bruyamment, geste infantile qui fit sourire Angela. Paresh se retourna et s'en fut vers le camion-citerne. Atyeo et lui se partageraient la cabine de l'engin qui, Elston l'avait décidé, serait conduit et gardé par des légionnaires.

Il n'y avait qu'une citerne, mais les deux camions élévateurs étaient également chargés de réservoirs souples pleins de biocarburant. Ravi Hendrik et Bastian North2 se relaieraient au volant du premier, tandis qu'Ophelia Troy et Gillian Kowalski voyageraient dans le second.

Les trois Tropic et les deux biolabs tracteraient des traîneaux. Avec leurs lames, les JMT ouvriraient la route pour les véhicules moins puissants et plus maladroits. Les tronçonneuses qui leur avaient été si utiles lorsqu'ils exploraient la jungle un mois plus tôt étaient repliées, mais pourraient être facilement déployées quand la végétation les gênerait plus que la neige.

Angela s'était réservé une couchette dans la Tropic-2, à côté de Forster Wardele, Madeleine et le sergent Raddon. Elle secoua autant que possible la neige qui maculait sa parka et son pantalon, ouvrit la portière et se hissa sur la banquette arrière à côté de Madeleine. L'endroit était assez exigu ; Madeleine était certes engoncée dans sa parka et plusieurs couches généreuses de vêtements. Elles étaient collées l'une contre l'autre. Angela posa son sac par terre entre les boîtes qui contenaient sept jours de rations. Elle grimaça à la vue de la bassine en plastique, des entonnoirs féminins et autres sachets flexibles vides qui jonchaient le plancher. Malheureusement, ils feraient partie de sa vie pendant les deux semaines ou davantage que durerait leur voyage vers Sarvar.

— Bouclez la portière, lança Raddon depuis le siège du conducteur. Quelques règles simples : une fois les portières fermées, on monte le chauffage et tout le monde peut retirer quelques vêtements. On n'ouvre pas sa portière sans avoir prévenu les autres au préalable, d'accord ? On se relaiera toutes les trois heures au volant. Le passager de devant jouera le rôle de la vigie ; il devra être à l'affût de tout : d'une attaque de monstres, d'un éventuel accident, d'une possible avalanche. Il lui reviendra aussi de faire feu en cas de nécessité. Les passagers de derrière pourront contribuer à la surveillance des alentours en se connectant aux capteurs.

— Comment on fera pour changer de place le moment venu ? demanda Madeleine.

— On va tous devoir réveiller le gymnaste qui sommeille en nous. Pas question d'ouvrir les portières sauf en cas d'absolue nécessité.

Angela était tout à fait d'accord. Les aérations soufflaient de l'air chaud depuis une minute, mais elle n'avait encore senti aucun changement de température. On avait collé de gros morceaux de mousse sous la carrosserie en guise d'isolant thermique, mais la Tropic n'avait tout simplement pas été conçue pour ce genre de conditions climatiques.

— Tout devra être fait lentement et méthodiquement, c'est tout, dit Forster.

— Je n'ai jamais conduit un engin pareil, remarqua Madeleine. Et surtout pas dans ces conditions.

— La conduite par temps froid n'est pas si compliquée. On s'y fait rapidement, promis.

Madeleine retira son passe-montagne et adressa à Angela un sourire circonspect.

— Ouais, je suppose qu'on est tous capables de choses qu'on ne soupçonnait pas.

— Quand on est au bout du rouleau, ajouta Angela.

Elle vit les yeux plissés de Raddon dans le rétroviseur ; le sergent se demandait manifestement s'il ne s'agissait pas d'un genre de message codé.

Son i-e l'informa qu'un réseau local était établi qui connectait tous les véhicules et leurs passagers. Elston surveillait son fief. Le colonel avait choisi de voyager à bord du biolab-1. Angela constata avec intérêt que Karizma et ses disciples, Leif et Davinia, étaient tous les trois à bord de la JMT-2, celle qui était tombée dans le ravin.

— Chacun est dans le véhicule qui lui a été assigné, et Darwin me confirme que toutes les voitures sont opérationnelles, commença Elston. Je tiens à tous vous remercier des efforts fournis cette semaine. Avec l'aide de Notre-Seigneur, nous devrions atteindre Sarvar dans une quinzaine de jours. Là-bas, nous aurons assez de vivres et de carburant pour attendre la fin de cette anomalie climatique. Bien, allons-y tranquillement. Je veux que tout le monde arrive à bon port en un seul morceau. Leif, prenez la tête, je vous prie.

— Oui, mon colonel.

Dans sa grille, Angela vit la JMT s'ébranler, ses roues tournant vite en essayant d'accrocher la neige. La lame fixée à l'avant écartait des vaguelettes de neige, produisant une piste plane. Suivait la JMT-1, qui accueillait le docteur Coniff et les infirmiers, ainsi que tout l'équipement médical qu'ils étaient parvenus à fourrer dans l'habitacle. Le pauvre vieux Luther Katzen était là aussi, qui pestait parce qu'il n'était qu'un fardeau, sa cuisse et sa hanche se remettant lentement. Trop lentement au goût du médecin, à en croire les informations que Madeleine était parvenue à soutirer à Mark Chitty.

Suivaient les deux biolabs, qui tractaient tous des traîneaux chargés de nourriture, d'équipement et d'un peu de carburant. Puis venaient la citerne et les deux camions élévateurs. Les trois Tropic fermeraient la marche.

Madeleine entreprit de retirer ses gants. Les flocons de neige qui couvraient sa parka avaient fondu, dégoulinant sur la banquette et le sol.

— Je peux retirer la veste de protection ?

— Désolé, répondit Forster, mais le colonel veut que nous gardions nos protections personnelles, même à l'intérieur des véhicules.

— On se demande bien pourquoi, grogna Angela en retirant son passe-montagne.

Raddon s'était débarrassé de sa parka et de ses gants, mais avait gardé un petit bonnet en laine gris foncé. Ils regardèrent tous la Tropic qui transportait le lieutenant Botin, Dean Creshaun, Fuller Owusu et Chris Fiadeiro passer devant eux en tirant son traîneau.

— À nous, lança Raddon en démarrant.

La Tropic se mit en route. Angela se connecta au maillage de l'arrière du véhicule et vit le câble se tendre et le traîneau s'ébranler. Raddon changea de différentiel, et les grosses roues cessèrent de patiner, accrochant davantage la neige.

Angela et Madeleine échangèrent un regard nerveux, puis sourirent comme la voiture accélérait progressivement. Pour une fois, Angela se sentait un peu optimiste. Les véhicules modifiés fonctionnaient, ses collègues étaient fatigués mais déterminés, ils avaient assez de carburant et sans doute suffisamment de vivres. Sarvar n'était pas si loin. Après cela, eh bien !... En tout cas, elle ne retournerait pas à Holloway.

Mardi 23 avril 2143

Les immeubles qui subsistaient au milieu des monceaux de gravats de la ZSSP de West Chirton étaient pour la plupart en ruine. Ceux qui n'avaient pas été réduits à l'état de carcasses calcinées avaient les fenêtres cassées et un squelette de bois nu en guise de toiture. Même les graffitis disparaissaient sous les plaques de mousse, les algues et les plantes grimpantes omniprésentes. Le vieux réseau routier se fondait lui aussi dans la décrépitude sous des dunes de débris et des buddleias rampants.

De jour, les enfants s'amusaient sur les piles de briques cassées et les morceaux de béton, cherchaient le plus petit morceau de métal et jouaient à des jeux violents. La nuit, même les jeunes délinquants évitaient de sortir. Des gens bien plus dangereux que ces apprentis gangsters prenaient possession des rues à la faveur des ténèbres.

Ian et Abner surveillaient une partie de la ZSSP grâce à la connexion du premier avec le réseau de Market Street. Le samedi précédent, un des microcoptères avait survolé la zone en silence et à basse altitude. Pour les capteurs et les maillages mis en place par les gangs, l'engin suivit la trajectoire légèrement erratique d'une chauve-souris. Il n'avait pas eu besoin de se poser, se contentant de libérer un nuage de particules intelligentes sur un monticule de gravats juste en face d'une ancienne boutique. Une simple observation visuelle n'aurait révélé aucune activité dans la structure décrépite, mais ses vitrines brisées avaient été recouvertes de tôle ondulée. Les volets roulants situés sur le côté n'étaient, eux, pas endommagés. Les vagabonds qui parcouraient la ZSSP savaient qu'ils ne devaient pas s'en approcher.

Lorsque Ian se connecta au maillage à 21 heures ce soir-là, il constata que les plaques de tôle ondulée et les portes sécurisées émettaient de la chaleur. Ruckby était arrivé une heure plus tôt, en même temps que deux mécanos qui, selon les fichiers de l'antigang, avaient l'habitude de travailler sur des véhicules volés.

— Elle arrive, annonça Abner.

Ian la vit dans sa grille : une camionnette roulant avec circonspection sur ce qui restait de la route. Le grand rideau métallique était ouvert, permettant à l'engin d'entrer dans le bâtiment et de se garer à côté d'un véhicule presque identique.

— Celle-là a changé de couleur depuis hier, remarqua Ian.

Boz et Jede faisaient voler les camionnettes à la demande, avant de les conduire dans la ZSSP, où des mécaniciens les maquillaient, changeant la couleur et les plaques.

On referma rapidement le volet roulant.

— Je ne sais pas ce qu'ils vont piquer à l'occasion de ce raid, dit Abner, mais ça doit être gros pour nécessiter l'usage de plusieurs camionnettes de ce genre.

Ian ordonna à son i-e de réduire les images du maillage et de les reléguer dans un coin de sa grille. Il se tourna vers Abner, assis contre le mur du salon, à la place habituelle d'Eva. Ce qui l'embêtait un peu. En dépit de l'aide qu'il leur avait apportée, Abner n'appartenait pas vraiment à la bande. Ils n'avaient pas vécu assez de choses ensemble. Et Ian ne comprenait toujours pas ce qui le motivait.

— Je ne comprends pas, dit-il à haute voix.

— Quoi ?

— Pourquoi vous nous aidez.

— Vraiment ? Il me semble que c'est évident, non ? Quelqu'un tue mes frères. Ç'a commencé il y a vingt ans, et nous ne savons toujours pas qui est coupable. Ça me tracasse. Ça me tracasse même énormément.

— Maintenant, vous savez que c'était une dispute interne.

— Je ne sais rien du tout. Pas encore. J'admets que ça ne sent pas très bon, surtout pour Aldred, mais j'ai vraiment besoin de comprendre ce qui se trame réellement et qui est impliqué. C'est à cause du flic qui est en moi. C'est pour ça que j'ai abandonné les affaires pour rejoindre les forces de l'ordre.

Ian renifla.

— Tout le monde pense que vous êtes à Market Street pour nous empêcher de mettre notre nez dans les affaires de votre famille, justement.

— Non. Nous, les North, nous adorons les défis. Toutefois, ce trait de caractère se manifeste de diverses manières. Pour ma part, je suis obsédé par les énigmes.

— Comme Sid.

— Non, pas à ce point. Il est bon, et c'est un fin politicien. Il pourrait vraiment devenir le prochain commissaire.

— Ouais, sans doute. Ce serait la meilleure chose qui pourrait arriver à Market Street.

— Le cas échéant, j'espère qu'il simplifiera un peu la bureaucratie. C'est le gros point noir de ce métier, et j'avoue que je ne m'attendais pas à ça quand je me suis engagé.

— Il y a toujours une manière de contourner.

— Oui. Pourquoi avez-vous observé Sherman secrètement ? Ç'aurait pu se faire dans le cadre de l'enquête – on avait le pouvoir de faire presque tout ce qu'on voulait.

— À cause de l'origine des informations que Sid a obtenues. Il ne voulait pas dévoiler ses sources.

— Je vois. Et il a le sens de l'honneur, par-dessus le marché. Remarquez, ça lui coûtera peut-être sa place de commissaire.

— Et vous ? demanda Ian. Qu'allez-vous faire si jamais nous découvrons qu'Aldred est impliqué ?

— Impliqué dans quoi, là est la question.

— À quoi devons-nous nous attendre, Eva et moi ? Serons-nous couverts si ça tourne mal ? Nous fera-t-on regretter d'avoir mis notre nez là où il ne fallait pas ?

— Non, Ian. J'ai l'adresse privée d'Augustine et je ferai en sorte qu'il comprenne. Vous faites ce qu'il y a à faire. Il faut résoudre cette énigme.

— Et si c'était Augustine le commanditaire…

— Impossible.

— Vous semblez sûr de vous.

— Je le suis. Cette affaire est singulière. Vous avez vu ce qui s'est passé sur St Libra ? Quelque chose a tué quatre personnes à Wukang.

— Vous n'allez pas me ressortir cette histoire d'extraterrestre !

— Qu'est-ce qui a tué ces gens, alors ?

— Pas Sherman, en tout cas, répondit Ian en secouant la tête. Les deux affaires ne sont peut-être pas liées.

— J'aimerais le croire. En tout cas, nous serons bientôt fixés, n'est-ce pas ?

— Ouais. (Ian regarda longuement le North2. Il n'était toujours pas certain de pouvoir lui faire confiance.) Vous ignoriez vraiment l'existence de ce North2 ? De celui qui ne figurait sur aucun registre, je veux dire. Vous savez, celui qu'on a repêché dans la Tyne.

— Personne n'était au courant. Pour mes frères et moi, c'est d'ailleurs le détail le plus inquiétant de cette affaire. J'ai toujours du mal à croire que l'un d'entre nous puisse être impliqué dans sa mort. Nous ne sommes pas des saints, c'est évident, mais je n'aurais jamais pu faire une chose pareille. Et comme nous nous ressemblons tous beaucoup…

— En même temps, je me rappelle vous avoir entendu affirmer que vous étiez tous différents.

— Certes, mais pas dans ce sens-là. Là, ça dépasse les bornes.

— D'accord.

Un icone apparut dans la grille de Ian, qui afficha de nouveau les images du maillage.

— Oh ! encore une camionnette, regardez.

* * *

Ralph avait repris une chambre à l'hôtel Central Arcade afin d'être en ville lorsque le verdict serait rendu. Sid s'assit sur une chaise pendant que l'agent sortait une bouteille de Newcastle Brown du réfrigérateur.

— Ce truc est bon ? demanda-t-il en montrant la bouteille courtaude.

— Conseil d'ami, si vous voulez survivre dans cette ville, ne reposez plus jamais cette question.

Ralph sourit et s'assit en décapsulant la bouteille.

— Enfin une condamnation. Ça doit vous faire plaisir, j'imagine.

— Ernie Reinert… Il avait plaidé coupable. Vingt ans, puis l'exil. Ce n'est rien, et vous le savez.

— Oui. Et vous, où en êtes-vous ?

— Je n'ai pas été aussi malin que je le pensais. Abner nous a pris la main dans le sac. Il s'est joint à nous.

Ralph se figea un instant, le goulot de la bouteille posé contre les lèvres.

— Il en a parlé à Aldred ?

— Non, et c'est là que ça devient intéressant.

Le fait que Ralph le laisse raconter son histoire sans l'interrompre une seule fois impressionna beaucoup Sid. L'agent ne voulait pas perdre une miette de son récit, sans doute stocké dans son intégralité dans une mémoire cache.

— Trigval ? répéta Ralph en fronçant les sourcils, lorsque Sid eut terminé. Vous êtes sûr ?

— Oui. Les hommes de Sherman sont en train d'organiser le raid au moment où nous parlons. Ils maquillent des véhicules et rassemblent du matériel dans la ZSSP. C'est sûrement pour bientôt.

— Que comptez-vous faire ?

— Je veux que le raid ait lieu, répondit Sid en tentant de deviner la réaction de Ralph. Envoyer une unité d'assaut pour les prendre le museau dans le pot de confiture serait facile, et ça mettrait Market Street sur le devant de la scène, mais ça ne donnerait rien de plus que l'arrestation de Reinert. Ce serait prématuré. Si nous voulons résoudre cette affaire, nous n'avons d'autre choix que de suivre les camionnettes jusqu'au lieu de la transaction. Il n'y a pas d'autre manière de comprendre ce qui se trame. Aldred est trop malin pour prendre part lui-même à l'opération, mais si nous parvenons à les suivre assez longtemps, nous devrions être capables de glaner assez de preuves.

— Excellent, mais vous allez devoir modifier un tout petit peu votre plan.

— Comment cela ?

— Je viens avec vous.

* * *

Darwin et Leif avaient estimé leur vitesse moyenne à cent cinquante kilomètres par jour. À l'abri de leur dôme orange pressurisé, tandis qu'ils changeaient les pneus des véhicules et réglaient les moteurs, cela paraissait à la fois raisonnable et faisable, d'autant qu'ils étaient parvenus à ce résultat après l'étude de nombreux graphiques et plans.

Ils étaient partis depuis deux jours, et ils n'avaient parcouru que cent deux kilomètres. Vance en aurait pleuré s'il avait cru pouvoir amadouer le Seigneur, mais il savait que celui-ci n'aidait que ceux qui s'aidaient eux-mêmes. À bord du biolab-1, personne ne disait rien, évidemment, mais il sentait le mécontentement monter dans la JMT-2 qui, avec Karizma et ses disciples à son bord, avait la lourde mission de leur ouvrir la voie. Très lourde mission, surtout dans la jungle. Personne n'aurait pu prévoir que leur tâche serait si difficile. Avec quatre ou cinq mètres de neige, cela signifiait que les véhicules s'enfonçaient de près d'un mètre avant de trouver un terrain relativement stable. Dans ces circonstances, les chasse-neige étaient pour ainsi dire inutiles. Le chauffeur de la JMT ne l'abaissait que lorsqu'ils rencontraient un amoncellement plus haut que les autres, afin de l'écarter plutôt que de tenter de passer par-dessus.

Le problème de la neige aurait pu être surmonté s'il n'y avait eu la jungle – une jungle noyée sous tant de neige que les véhicules roulaient presque dans la canopée. Celle-ci était prise dans la glace et retenait encore plus de neige. L'enchevêtrement de branches était si dense que la visibilité ne dépassait pas cinq mètres. Ils avaient l'impression de se trouver à l'intérieur d'un cristal de neige, avec toute sa scintillante complexité tridimensionnelle et ses croisements tous différents.

Certaines sections étaient relativement dégagées, pareilles à de la savane sans arbres, et le convoi pouvait s'y déplacer relativement facilement. Toutefois, cela ne durait jamais longtemps, ne faisant qu'ajouter à la frustration des voyageurs.

Lorsqu'ils rencontraient un nouvel écheveau végétal d'arbres entremêlés, la JMT-2 devait déployer sa tronçonneuse pour leur tailler une route. La croûte gelée qui enveloppait les branches explosait littéralement au contact des lames, mitraillant le pare-brise. Et quand la machine attaquait le bois aussi dur que de la roche, les violentes vibrations secouaient le véhicule tout entier. Les essuie-glaces étaient mis à rude épreuve, balayant le mélange de glace et de sciure, permettant à ceux qui se trouvaient dans l'habitacle de voir la prochaine strate de branches ou de plantes grimpantes à découper. Après avoir dégagé un mètre de route, le pilote pouvait lancer la voiture en avant, foncer dans la neige, les grosses roues avant s'élevant avant de s'enfoncer de nouveau comme la poudreuse blanche se comprimait sous leur poids. Puis la voiture s'arrêtait, et les tronçonneuses, dont les chaînes n'avaient pas été conçues pour couper du bois gelé, étaient remises à contribution. L'épreuve qu'ils leur infligeaient rendait Leif très nerveux, aussi sortait-il régulièrement afin de vérifier leur tension.

Le rythme saccadé de leur progression était épuisant. Les autres véhicules attendaient derrière pendant que la JMT nettoyait quelques centaines de mètres, avant de démarrer ensemble pour rattraper leur retard.

Leur seconde difficulté était tout aussi importante et chronophage. Du fait de leur poids, les biolabs avaient tendance à s'enfoncer dans la piste tracée par la JMT. Chaque fois, il fallait creuser autour des roues pour étendre des tapis, puis faire venir la JMT-1 en renfort. C'était tout un apprentissage ; sentir le moment où, une fois le câble tendu, les deux conducteurs, en contact permanent par souci de synchronisation, devaient accélérer de concert.

Dans la jungle, le problème était bien pire, car la piste était étroite, empêchant la JMT de faire demi-tour pour secourir le second biolab s'il restait coincé. Ils devaient alors utiliser le treuil situé à l'avant et fixer le câble à l'arrière du premier biolab en espérant que les fixations tiennent.

Après la troisième fois, Vance réorganisa le convoi, faisant rouler les camions élévateurs et la citerne derrière les deux JMT. Ils étaient lourds mais, contrairement aux biolabs, ils étaient équipés de pneus larges qui contribuaient à compacter la neige de la piste. Malgré cela, les biolabs continuèrent à s'enfoncer avec une régularité déprimante.

Comme Sirius disparaissait derrière la ligne d'horizon, Vance établit un réseau local pour s'entretenir avec ses cadres.

Il était temps d'envoyer la JMT-1 ouvrir la route pour permettre à la JMT-2 de souffler un peu. Le docteur Coniff, les infirmiers et Luther seraient transférés dans le biolab-2, changeant de place avec Antrinell, Camm Montoto, Omar et Vance lui-même.

— Il faut sortir de cette jungle, dit Leif lorsqu'ils se furent mis d'accord.

— J'espère que vous ne nous suggérez pas de faire demi-tour, le mit en garde Vance.

— Non, mon colonel, pas du tout, mais nous ne pouvons pas continuer comme ça. À ce rythme, nous allons nous retrouver à court de carburant dans une dizaine de jours, et nous n'aurons même pas parcouru cinq cents kilomètres.

— J'en suis parfaitement conscient, merci. Vous avez des idées ?

— Nous roulons vers le sud-est, tout droit vers Sarvar. En virant vers le sud, nous croiserions un affluent du fleuve Lan dans environ deux jours. Nous pourrions alors utiliser les cours d'eau comme un réseau routier et traverser cette jungle sans avoir à tailler notre route à coup de tronçonneuses.

— Le Lan se jette dans le Jaslin, remarqua Jay. Il coule vers le sud-ouest.

— Oui, mais le Dolce se jette dans le Jaslin au nord du Lan. Il nous permettrait de nous rapprocher de Sarvar.

Vance ouvrit la carte dans sa grille. Elle était rudimentaire, composée d'images prises par les e-Rays et de photos d'observation datant de l'époque où un premier portail avait été ouvert dans ce système solaire. Il distinguait parfaitement la route que proposait de prendre Leif. Si on voyait les cours d'eau comme des voies carrossables, ce n'était pas une mauvaise idée. Cependant, ce ne serait pas un trajet direct, loin de là.

— Combien de kilomètres ?

— Plus de trois mille, mon colonel.

— Et nos réserves de carburant ?

— On peut y arriver. À condition que les rivières nous permettent de rouler librement et à une vitesse décente. J'ai vérifié les chiffres. On pourra abandonner les camions quand les réservoirs souples seront vides. *Idem* pour la citerne, sur la dernière partie du voyage.

— Envoyez-moi vos estimations de consommation, demanda Vance.

— Si on continue comme ça, on échouera, dit Leif. On sait tous qu'on devra faire demi-tour dans cinq jours. Allons au moins voir à quoi ressemblent les cours d'eau. Si la voie est dégagée, alors le convoi pourra poursuivre sa route. Autrement, on aura toujours la possibilité de faire demi-tour, et on n'aura rien perdu.

Le problème, se dit Vance comme les fichiers de Leif apparaissaient dans sa grille, c'était que le carburant qu'ils avaient laissé à Wukang ne leur permettrait pas de tenir plus de six semaines. D'autant qu'ils risqueraient de rentrer au camp avec des réservoirs vides. S'ils faisaient demi-tour sans attendre, ils pourraient sans doute tenir jusqu'en juillet.

— Je vais étudier vos données, répondit-il à Leif. Je vous ferai part de ma décision quand les équipages auront fini de changer de véhicules.

Vance aurait pu répondre tout de suite, mais il préférait les faire attendre pour montrer qu'il restait le patron, qu'il prenait le temps de réfléchir, de peser le pour et le contre. Leif avait tout à fait raison ; continuer dans la jungle de cette façon ne les mènerait nulle part. Oui, il était primordial de vérifier si les cours d'eau étaient praticables.

Dimanche 28 avril 2143

Une sensation de déjà-vu s'était emparée de Sid, lourde comme un épais manteau d'hiver. Il était minuit passé de trois minutes et, garé dans une voiture de police banalisée près du coin nord-est de Campbell Park, il attendait de voir ce que tramait l'équipe de Sherman. Ralph était assis à côté de lui. De fins nuages de pluie arrivaient du sud, rafraîchissant les rues après cinq jours d'un ciel parfaitement dégagé. Malgré l'heure tardive, son i-e continuait à refouler des appels de représentants d'agences privées. La semaine avait été folle. La ville avait fait appel aux agences pour distribuer de la nourriture aux réfugiés de Highcastle qui déferlaient par le portail. Les adjoints du maire s'étaient énormément déchargés sur le bureau de Sid, car il avait l'habitude de rédiger des contrats pour les agences et pouvait finaliser les accords en un temps record.

Des trains fournis par Bruxelles quittaient la gare centrale de Newcastle à toute heure du jour et de la nuit et traversaient le tunnel sous la Manche, conduisant les exilés vers diverses villes de la GE. Des bus faisaient constamment la navette entre le Dernier Mile et la grandiose entrée en pierre de la gare sur Neville Street grâce au concours de la régulation du trafic, qui leur ouvrait la voie, et à des escortes policières, qui étaient surtout là pour s'assurer que personne ne saute d'un véhicule en marche pour se cacher dans Newcastle. Car la ville ne pouvait plus se permettre d'accueillir de nouveaux migrants. Elle avait déjà du mal à absorber les travailleurs de l'industrie du biocarburant qui, pourtant, bénéficiaient de l'aide financière de leurs employeurs.

Loin de l'agitation provoquée par ces opérations humanitaires, l'équipe de Sherman se réunissait sous la direction précautionneuse de Jede. Trois camionnettes avaient été maquillées dans leur cache de la ZSSP de West Chirton. Les véhicules roulaient vers l'est, sur l'A194, en respectant scrupuleusement les limitations de vitesse, ne faisant rien qui pourrait attirer l'attention des autorités.

Un des trois microcoptères volait au-dessus de la camionnette de tête, à bord de laquelle étaient installés Ruckby et deux as de l'informatique embauchés pour l'occasion. La deuxième camionnette était conduite par Boz, qui était accompagné de deux soldats des rues, des durs armés et prêts à faire face à toutes les situations. Jede conduisait le troisième véhicule lui-même.

Face à eux, Sid et Ralph étaient ensemble, Abner et Eva étaient garés près de la limite nord de Jarrow, tandis que Ian attendait tout seul dans le parking de la station de Simonside. Les dossiers de l'antigang concernant les deux spécialistes recrutés par Jede montraient qu'il s'agissait d'experts en alarmes et en logiciels de surveillance, aussi l'équipe de Sid devait-elle se passer des maillages et de leurs programmes pour suivre les trois camionnettes. Pas question de prendre le moindre risque. Malgré la bruine, Sid préférait se contenter des microcoptères pour suivre le raid. La météo n'était pas si difficile, et les capteurs des petites machines pouvaient largement s'accommoder de la brise qui soufflait dans le nord de l'Angleterre.

— Vous croyez qu'ils vont tuer les gardes ? demanda Eva sur leur réseau local sécurisé. Les gars qui accompagnent Boz sont armés.

— J'en doute, répondit Sid. Sherman ne voudra pas attirer une attention excessive sur leur opération de ce soir. Je le connais bien, et je pense qu'il va embarquer un maximum de trucs en plus de ce qui les intéresse afin de brouiller les pistes. De cette façon, le raid passera pour un cambriolage classique destiné à alimenter le marché noir.

— Mais s'ils tuaient des gens ? Si ça tournait mal ?

— Dans ce cas, on saurait qui arrêter.

— Ça ferait une belle jambe aux familles des victimes. On aurait pu prévoir une équipe d'intervention, au cas où.

Ralph se tourna vers Sid. Dans l'éclairage jaune qui filtrait par le pare-brise, sa peau avait un aspect gris cadavérique, accentuant son expression.

— Cela fait beaucoup de conditionnels, Eva, lui fit remarquer Sid.

— Ces gens sont des professionnels, intervint Abner. Ils utiliseront des Taser et des tranquillisants, pas des balles ni des décharges EM.

— Génial, dit Eva. On n'a plus qu'à espérer que Sherman connaisse son métier.

— Il n'en est pas arrivé là en se faisant remarquer, rétorqua Ralph. Par ailleurs, ceci est une opération officielle de l'ADH, et vous êtes tous sous ma responsabilité. J'ai personnellement pris la décision de n'impliquer personne d'autre, donc vous êtes couverts.

C'était au tour de Sid de regarder Ralph sans comprendre. L'agent répondit d'un haussement d'épaules.

— Ça la fera taire, marmonna-t-il.

Sid laissa échapper un long soupir et se concentra sur l'affichage de sa grille.

Trigval Molecular Solutions dominait la zone industrielle de Bede et occupait un immeuble de sept étages noir carbone tout en angles aigus bizarres et en arêtes, architecture en cristaux subtilement improbable. Il trônait au milieu d'un parc bien entretenu, avec gazon fraîchement tondu, buissons soigneusement taillés, arbustes dotés de tuteurs, et aires de détente équipées de bancs et de tables, où les employés pouvaient venir se reposer durant les mois les plus doux.

Les camionnettes conduites par Boz et Jede s'arrêtèrent devant la barrière rouge et blanc de l'entrée, qui se leva aussitôt. Les véhicules contournèrent le bâtiment et se dirigèrent vers une aire de chargement située à l'arrière.

— Ils n'ont déclenché aucune alarme sur les réseaux de la police, annonça Ian. Ils sont en règle.

— Ce sont des bons, confirma Ralph.

Les deux sbires qui accompagnaient Boz étaient déjà sortis de la camionnette lorsqu'un vigile émergea d'une porte latérale pour s'enquérir de la nature de cette activité imprévue. Les capteurs du maillage du microcoptère détectèrent un minuscule éclair ainsi qu'un pic électromagnétique. Le vigile s'effondra. Une des brutes le traîna dans le bâtiment, bientôt suivi par Ruckby et les informaticiens.

— Un Taser, dit Ian. Soulagée ?

— En extase, répondit Eva.

Ils attendirent et observèrent pendant dix-sept minutes, tandis que Boz patientait dans la camionnette sous la pluie de plus en plus fine. Sid essaya de ne pas penser à la violence silencieuse de la scène qui se jouait dans les murs de l'immeuble noir. Les craintes d'Eva commençaient à le contaminer.

Jede arriva à son tour devant la barrière, qui se souleva pour le laisser passer. Il rejoignit les deux autres véhicules, après quoi Boz et lui entrèrent dans l'immeuble. Onze nouvelles minutes s'écoulèrent avant qu'un des rideaux métalliques de l'aire de chargement se lève, dépliant sur le bitume mouillé un éventail de lumière orangée. Boz sauta de la plate-forme et se précipita vers la camionnette de Jede, l'aidant à s'approcher du quai en marche arrière. Des ombres entreprirent alors de charger le véhicule, faisant des allers et retours dans la lumière.

— Ouais, admit Sid à contrecœur. Ces types-là savent ce qu'ils font.

— On pourrait voir ce qu'il y a dans ces caisses ? demanda Ralph.

— Pas sans envoyer le microcoptère juste au-dessus, ce qui est exclu. Abner, faites décoller les deux autres drones, s'il vous plaît. Il ne faudra pas lâcher la camionnette de Jede d'une semelle quand elle partira.

— Ils décollent immédiatement.

Quatre minutes plus tard, le véhicule était chargé. Les portières et le rideau métallique se refermèrent, les lumières de l'aire de chargement s'éteignirent, et les trois camionnettes démarrèrent.

— Bien, commença Sid. Abner, Ralph, nous allons suivre Jede. Concentrons-nous sur cette tâche. On a les codes des autres ; en cas de besoin, on les retrouvera sans problème.

— D'accord, patron, répondit Abner.

Sid se tourna vers Ralph, mais celui-ci avait fermé les yeux et murmurait des instructions à son i-e, qui contrôlait le vol du microcoptère. Comme il ne voulait pas lui donner l'impression de le traiter avec condescendance, il décida de ne pas harceler l'agent.

Les trois véhicules se séparèrent dès la barrière de sécurité de Trigval franchie. Boz et Ruckby retournèrent vers la ville à bord de leurs camionnettes respectives, tandis que Jede prit la direction du tunnel sous la Tyne.

Sid mit la voiture de police en pilotage automatique et lui ordonna de suivre Jede. Abner envoya un des microcoptères vers la rive nord du fleuve pour être sûr de ne pas manquer Jede lorsque celui-ci émergerait du tunnel.

— À moins qu'ils procèdent à une substitution, remarqua Sid. Le tunnel serait l'endroit idéal pour ça. Nous savons qu'ils maîtrisent parfaitement ce genre de subterfuge. Ils nous ont bien eus avec le taxi.

— C'est peu probable, rétorqua Ralph.

— Nous approchons du tunnel, dit Sid. S'il y a une autre camionnette, nous la verrons.

Ils s'engagèrent sur la rampe et descendirent dans le tunnel. Le regard rivé sur sa grille, Sid s'autorisa un petit sourire lorsqu'il vit le véhicule de Jede ressortir de l'autre côté.

— Pas d'embrouille pour l'instant.

Son i-e relaya une alerte transmise par le pilote automatique, l'informant que le macromaillage du croisement situé à la sortie du tunnel était défaillant et lui conseillant de passer en conduite manuelle.

— Comme si c'était une coïncidence… Qu'est-ce qu'il fait ? Abner ?

— Il refait le tour du rond-point. Ah ! non, il s'engage sur l'A19.

Sid bascula en conduite automatique.

— Et je parie que la camionnette a changé de code, reprit-il.

— Pari non tenu, dit Ralph.

Derrière eux, Eva et Abner s'engouffraient sous le tunnel avec une minute d'avance sur Ian. Le trafic était réduit, qui se limitait surtout à des taxis. Sid eut un sourire ironique.

Abner et Ralph maintenaient les microcoptères en formation triangulaire à deux cents mètres d'altitude. Leurs trois voitures gardaient sept cents mètres de retard sur la camionnette. Jede suivit l'A19 jusqu'au bout, puis entra sur l'A1.

— Intéressant, commenta Sid comme leur cible prenait la route du Nord et accélérait sur l'axe quasi désert. Où peut-il bien aller comme ça ?

Ils suivirent la camionnette sur l'A1, où Sid roula à vitesse constante pendant quelque temps, laissant l'écart se creuser et atteindre trois kilomètres, après quoi il accéléra pour rouler à la même allure que Jede.

Six kilomètres plus loin, l'autoroute n'était plus éclairée, et ils se retrouvèrent dans les ténèbres. Autrefois, il y avait beaucoup de champs de part et d'autre de la route, mais les fermiers avaient depuis longtemps accepté l'argent de la GE dans le cadre d'un plan de réversion naturelle. Les forêts avaient repris leurs droits, tapissant le paysage vallonné de robustes arbres à feuilles caduques, qui accueillaient une vie sauvage foisonnante.

— On va bientôt devoir recharger les microcoptères, annonça Ralph. Ils pourront redescendre un par un.

— Ouais, acquiesça Sid. Qui aurait cru qu'il irait si loin ?

Ils dépassèrent un panneau indiquant la sortie vers Alnwick.

— Augustine vit dans le coin, non ? demanda Sid.

Ralph lui lança un regard noir.

— Impossible. Augustine pourrait racheter Trigval, s'il le souhaitait. Il n'aurait que faire d'un type comme Sherman.

— Je disais ça comme ça…

— Non, non, non.

— À quoi peut servir cette matière active ? s'enquit Sid. En dehors des portails, je veux dire.

— C'est une information classée, désolé.

— La société travaille pour la défense, nous avons vérifié. On imagine qu'elle fabrique des composants pour les armes de l'ADH.

— Logique, en effet.

— Des portails de guerre ? Ils sont censés être beaucoup plus stables que ceux qu'on utilise en exploration. En attendant d'envoyer le mécanisme d'ancrage de l'autre côté, je veux dire.

— Désolé, Sid, mais je ne peux vraiment rien vous dire. Très peu de gens sont au courant.

— D'accord, grommela Sid.

Ils gardèrent le silence pendant les dix minutes suivantes. La camionnette atteignit North Charlton. Grâce aux microcoptères, ils virent ses feux de stop puis ses clignotants s'allumer.

Sid étudia la carte projetée sur le pare-brise. Trois minuscules routes dépourvues de maillages s'éloignaient du hameau.

— Fait chier !

— Comme vous dites.

— Ces routes sont trop étroites, et personne, en dehors des locaux, ne les utilise à cette heure de la nuit. Si c'est là que doit avoir lieu l'échange, elles seront surveillées.

— On vient de dépasser la B6347. On n'a pas le choix, il faut continuer. Eva, Ian, prenez la 6347. On verra bien où il va.

— Compris, patron.

Avec inquiétude, Sid regarda le véhicule traverser un pont au-dessus de l'autoroute et se diriger vers l'est sur une route étroite.

— Merde, cette route revient vers la B6347. Eva, Ian, arrêtez-vous.

Sid passa sous le pont que Jede venait d'emprunter et résista à la tentation de se tordre le cou pour tenter d'apercevoir la camionnette. De toute façon, il voyait sur sa grille que celle-ci avait déjà filé vers le sud.

La camionnette roulait sur la route de campagne à trente kilomètres par heure à peine. Soudain, ils virent ses feux de stop transpercer la nuit. Le véhicule quitta la route.

— Où est-ce que tu vas, maintenant ? demanda Sid.

Immédiatement, son i-e afficha des images satellite sur le pare-brise, les superposant à la carte. La photo datait de l'été précédent ; les prés et les bosquets étaient un camaïeu de verts foisonnants. La route prise par la camionnette conduisait à un groupe de vieilles bâtisses sises en bordure de la forêt bourgeonnante.

— Une ferme, dit Ralph. Il y a beaucoup d'émissions infrarouges dans le coin. Intéressant. D'après mon i-e, les granges sont en cours de réaménagement pour le compte de la société English Countryside Retreats. Ils en font des bungalows.

— Rappelez les microcoptères, ordonna Sid. S'il s'agit du QG de l'opération conduite par Aldred, l'endroit doit être surveillé par des capteurs très perfectionnés.

— Les coptères sont furtifs, protesta Ian.

— Je m'en fous. Ces types sont malins. Rappelons-les.

Sid n'avait qu'une envie : faire demi-tour et rejoindre les autres sur la B6347, mais c'était impossible. Il devrait laisser s'écouler une bonne heure avant de traverser North Charlton en sens inverse sans éveiller de soupçons.

— Qu'est-ce qu'on fait ? demanda-t-il à Ralph.

— On appelle des renforts. Beaucoup de renforts. Cette affaire est devenue très grave. Il n'est apparemment pas question de revendre ces systèmes sur le marché noir. Il s'agit bel et bien d'une opération clandestine impliquant de la matière active.

— On dirait. Merde ! moi qui commençais à m'amuser.

— Sid, vous avez fait un boulot remarquable. Vraiment. Ça ne passera pas inaperçu.

— Merci. Justement, j'ai une faveur à vous demander…

— Laquelle ?

— Laissez-nous participer à la suite de la mission. On sera assis derrière, évidemment, mais je crois qu'on mérite d'être là. Peut-être même qu'on pourra vous aider un peu.

— Une dernière pour la route, hein ? Vous êtes censé être un bureaucrate, maintenant.

— Ça reste mon enquête, non ? Vous me devez bien ça.

— Nous allons avoir besoin d'un contact de haut niveau dans la police locale. Je suggérerai votre nom à certaines personnes.

* * *

Le convoi de Wukang était parvenu à sortir de la jungle le vendredi, soit avec deux jours de retard sur les prévisions certes optimistes de Vance. Comme pour compenser, le temps s'était progressivement amélioré. Les aurores boréales dominaient toujours l'atmosphère de St Libra, mais les nuages étaient plus élevés, s'effilochaient parfois, leur laissant voir un ciel cuivré où Sirius continuait à briller de son éclat rosé peu naturel. Il leur arriva même d'apercevoir les anneaux. La température était montée de deux degrés. Les vents soufflaient toujours, mais moins fort.

Dans des conditions si favorables, ils auraient dû avancer plus vite. Toutefois, le terrain plus dégagé était également source de problèmes, qui les empêchaient de parcourir une distance plus grande chaque jour.

Vance conduisait la JMT-1 et ouvrait la route. Pour lui, il s'agissait presque d'une activité de substitution. Conduire sur ces champs de neige infinis requérait une concentration sans faille. Il ne pouvait tout simplement pas se permettre de penser à autre chose, ce qui le reposait.

Le paysage immaculé scintillait d'un éclat criard tour à tour rouge et vert comme la neige reflétait les gigantesques rivières phosphorescentes des aurores boréales. La lumière changeante ne lui facilitait pas la tâche, l'empêchant d'évaluer correctement les distances, de distinguer les arêtes, les dunes et les ravins. Parfois, une butte dont il avait estimé la hauteur à seulement un mètre se révélait aussi haute que la voiture, qui, au lieu de l'écarter facilement à l'aide de son chasse-neige, s'encastrait si profondément dans la masse de neige que les roues de l'engin étaient incapables de l'en extirper. Alors il était nécessaire de la libérer à l'aide d'un câble tiré par l'autre JMT, ce qui prenait vingt minutes à une demi-heure. Après quoi il fallait trouver un endroit où la neige était plus basse et donc plus facile à franchir. En l'absence de passage moins élevé, ils n'avaient d'autre choix que de se frayer un chemin dans la dune par la force, ce qui pouvait prendre des heures.

En conséquence de quoi ils zigzaguaient dans la neige et mettaient un temps fou à atteindre la rivière. Vance commençait à douter de la fiabilité de leurs cartes et de leurs systèmes de navigation inertielle. D'après ses estimations et celles de Ken, ils auraient dû croiser le cours d'eau la veille. Un problème de plus que le stress de la conduite lui permettait d'oublier.

Ils roulaient dans un paysage légèrement vallonné, serpentaient dans de larges vallées, contournant les bosquets et ces traîtresses étendues de neige irrégulières, dont ils avaient découvert depuis longtemps qu'elle dissimulait de vastes champs de fougères. La couverture neigeuse étrange et dentelée n'était pas très stable, et les frondes des fougères cassaient comme du verre quand on roulait dessus, se transformant en granules de glace dans lesquels les véhicules s'enfonçaient, véritable mer de schiste poudreux dans laquelle les roues tournaient inutilement.

Droit devant, une dune scintillait d'un éclat vert comme une vigoureuse aurore boréale transperçait les nuages. Vance l'étudia avec soin tandis que la JMT avançait régulièrement, le chasse-neige taillant une voie parfaitement nette dans la neige ondulée, tandis que les gros pneus projetaient de la poudreuse en tous sens et aplanissaient la piste. Il estima sa hauteur à un mètre, tout au plus. La pitoyable image radar affichée sur son pare-brise confirmait ce qu'il voyait, même s'il n'y prêta pas beaucoup d'attention. La neige, avec ses différences de densité, avait des effets étranges sur l'écho radar, avaient-ils découvert. Il accéléra et tourna un peu le volant de façon à attaquer la dune de front. Vance ne comprit qu'il s'était trompé que lorsque la pointe de la lame fut sur le point de heurter sa cible. À présent qu'il pouvait voir par-dessus la crête, la dépression que celle-ci dissimulait lui apparaissait clairement.

— Merde !

La lame entra en contact avec le monceau de neige. Le véhicule plongea dans la poudre blanche, mais fut rapidement ralenti. Vance savait qu'il n'avait pas assez de puissance sous le capot pour passer. Des obstacles comme celui-là, ils en avaient rencontré des centaines. La neige projetée par-dessus la lame et le capot dessinait dans les airs un arc paresseux, maculant le pare-brise et martelant bruyamment le toit. Il décéléra doucement, si bien que le moteur cessa de tourner au moment où la voiture s'immobilisait. Les essuie-glaces tournaient à plein régime.

— Bien joué, le félicita Camm Montoto quand le convoi se fut arrêté.

— Voyons voir, dit Vance.

Il enclencha la marche arrière et accéléra doucement. S'il s'y était mal pris, s'il s'était précipité, la voiture se serait enfoncée dans la dune pour de bon. La JMT recula un peu. Vance accéléra très légèrement, s'assurant que les pneus ne patinaient pas, qu'ils ne glissaient pas sur la neige compactée. Lentement mais sûrement, la Jeep recula, émergeant de la dune en marche arrière.

— Tout va bien ? demanda Davinia sur le réseau local.

— Oui, on n'est pas coincés, confirma Vance. Il y a une descente de l'autre côté. Aucune idée de la profondeur.

— On contourne ?

Vance regarda Omar, assis à la place du passager. Le légionnaire sourit, froissant la membrane protectrice qui lui couvrait le visage.

— On peut y arriver, murmura le soldat.

— Non, on va tout droit, répondit Vance sur le réseau local.

La JMT finit de s'extraire de la dune, et Vance continua à reculer, s'arrêtant à une vingtaine de mètres de la butte blanche. Il ajusta la hauteur du chasse-neige, remit la marche avant et accéléra violemment. Il agrippa fermement le volant pour que le véhicule file droit et empreinte la voie déjà tracée.

Ils heurtèrent encore la neige, s'enfonçant davantage. Instinctivement, Vance savait qu'ils n'y arriveraient pas, aussi cessa-t-il rapidement d'accélérer. Il recula encore une fois, se remit dans l'axe et chargea en s'assurant que la lame était bien braquée vers le centre de la brèche.

La troisième fois fut la bonne. Ils traversèrent la dune, passant sous un véritable rideau de neige. Une fois de l'autre côté, la voiture poursuivit sa route en cahotant, tandis que les essuie-glaces s'efforçaient de dégager le pare-brise. Il y avait des arbres devant eux, un grand agglomérat de fouettards, de cozpals et de trinnades festonnés de plantes grimpantes, qui soutenaient un véritable toit de glace et de neige. Autour des arbres, le terrain blanc et chiffonné trahissait la présence de fougères, en dessous.

Vance ralentit et vira à gauche, évitant la mauvaise neige et immobilisant la voiture. Très peu de capteurs et de particules intelligentes étaient toujours fonctionnels sur la carrosserie de la Jeep, mais il en restait assez pour afficher dans sa grille une vue de la brèche qu'il venait de créer. La seconde JMT était en train de passer, Davinia en profitant pour tailler un passage plus large dans la paroi pour les camions et les biolabs.

Pendant qu'ils attendaient que le reste du convoi les rejoigne, Vance demanda à son i-e d'afficher une carte de la région. C'était bizarre. Le problème venait soit de la carte, soit du guidage inertiel. Sauf que les véhicules avaient des systèmes de guidage indépendants et qu'ils étaient tous d'accord sur leur position. C'était donc la carte, conclut-il.

Il étudia longuement les profils et contours pour tenter d'identifier des points de repère dans le paysage, mais, en dehors du cours d'eau lui-même, il n'y avait rien de particulier dans le coin. Comme l'avait affirmé Leif, il suffisait d'aller vers le sud pour croiser cette rivière. Toutefois, ils allaient devoir réévaluer leurs réserves de carburant…

— Putain ! merde ! s'exclama Ophelia sur le réseau local.

— Il bascule ! ajouta Gillian.

Vance se connecta juste à temps au maillage arrière de la JMT pour voir le camion-2 s'enfoncer dans la neige et pencher doucement sur le côté. Il retint son souffle. Heureusement, l'engin se figea avant de se renverser, mais ses roues étaient à moitié enfoncées dans la poudreuse. Son traîneau glissa tranquillement le long de son flanc, puis fit un tête-à-queue brutal lorsque le câble se tendit.

— Fait chier, se plaignit Omar. On va mettre la journée à le dégager.

— J'en ai peur, acquiesça Vance d'un ton las.

Ils étaient quatre dans un habitacle exigu, aussi leur fallut-il dix minutes pour enfiler leurs vêtements et se préparer à sortir. Vance passa un pull à col roulé par-dessus ses chemises matelassées et ses sous-vêtements thermaux. Puis vinrent deux autres pulls, son armure de protection, un surpantalon thermal, un pantalon imperméable et deux paires de gants. Surprise : Angela ne lui avait pas tricoté de passe-montagne. Il se contenta donc d'une version imprimée qui lui érafla les oreilles, et d'un bonnet épais qui rentrait tout juste sous son casque. Une fois toutes ces couches enfilées, il était libre de mettre sa parka. Et ses lunettes.

— Comment on fait si on a besoin de sortir à toute vitesse ? bougonna Camm qui, assis derrière, se débattait avec sa parka. Un protocole d'urgence a été prévu pour ces situations ?

— En cas d'urgence, vous sortez, répondit Antrinell d'un ton neutre. Et vous pensez au froid après. On peut tenir dehors deux bonnes minutes avant que ça devienne dangereux.

— C'est bon à savoir, grogna le xénobiologiste, sarcastique.

Ils sortirent dans l'atmosphère mordante. Vance longea la piste qu'ils venaient de tracer, ses bottes s'enfonçant de dix centimètres dans la neige vierge, ce qui ne lui facilitait pas la tâche. Une fois dépassés le camion-1 et la citerne, il marcha dans les ornières creusées par leurs pneus.

Ophelia Troy était déjà dehors qui tentait de comprendre ce qui s'était passé. Écœurée, Gillian était restée à bord du camion-2.

— Pourquoi n'avez-vous pas suivi la piste ? demanda Vance à Ophelia.

En effet, il venait de constater que le camion-2 s'était écarté de la voie tracée par la JMT-2.

— Le camion s'est déporté dans la descente, expliqua Ophelia. Gillian n'a pas résisté, pensant qu'on pourrait rejoindre la piste en marche arrière une fois sur le plat. C'est d'ailleurs ce qu'on était en train de faire. On n'y était presque. Si vous étiez passés trois mètres plus loin, la neige vous aurait avalés aussi.

Vance hocha lentement la tête. Elle avait raison. La neige, là où le camion s'était enfoncé, ne semblait pas différente de celle sur laquelle il avait roulé. Peut-être était-elle un peu moins lisse. En tout cas, rien n'indiquait que le terrain était si instable. Vance avait beau se creuser les méninges, il ne comprenait pas ces différences de densité. Un obstacle de plus jeté sur leur route par une planète impitoyable.

Les autres membres du convoi les rejoignaient progressivement. Vance était satisfait de constater que les légionnaires étaient sortis avec leurs fusils enveloppés dans leurs fourreaux thermiques. Leif et Darwin regardaient dans les trous où s'étaient enfoncées les roues du camion.

—Il y avait de l'eau là-dessous, décida Darwin. Je pense qu'elle a rongé la neige par en dessous. Le camion a transpercé le toit d'une petite grotte. Je vois plein de glace écrasée là-dessous.

—Pas étonnant, acquiesça Antrinell. Nous sommes au pied d'une descente. Un ruisseau devait couler par ici.

—Peut-être, lui concéda Vance d'un ton qu'il savait agacé et peu concerné.

Une semaine de frustration et de retard accumulés, et ne subsistait plus en lui la moindre trace d'humour.

D'abord, il fallait dégager les roues. On ouvrit le traîneau tiré par la Tropic-2 et produisit des pelles. Deux personnes par roue se mirent à creuser. C'était un travail difficile; les rampes devraient être deux fois plus larges que les pneus pour éviter tout éboulement.

Sur le traîneau du biolab-2, Karizma trouva les grilles flexibles qu'ils mettraient sous les roues du camion. Erius et elle les fixèrent les unes aux autres pour former quatre longues bandes. Leif attacha le traîneau chargé de biocarburant à la JMT-2 et l'éloigna du lieu de l'accident.

Pendant qu'on libérait les roues, Vance donna l'ordre de faire le plein de tous les véhicules. Il aidait à dérouler le tuyau de la citerne lorsque Angela le rejoignit.

—Je surveille notre consommation de carburant, commença-t-elle, et on s'en sort étonnamment bien.

—Au contraire, ça ne m'étonne pas du tout, sachant qu'on passe le plus clair de notre temps à attendre que la JMT de tête nous ouvre la route. On consomme deux fois moins de carburant en chauffant l'habitacle qu'en roulant.

—Oui, mais on prend notre temps pour aller nulle part.

—La rivière ne peut pas être à plus d'une journée d'ici, que la carte soit fiable ou non.

— Excellent.

— Dites-moi, Angela, qu'est-ce qui vous tracasse ?

Il embrassa le convoi du regard. La plupart des hommes étaient sortis des véhicules ; certains remplissaient les réservoirs, d'autres travaillaient à dégager le camion-2. Cinq légionnaires patrouillaient, scrutant du regard le désert blanc. La créature ne s'était pas manifestée depuis qu'ils avaient quitté Wukang.

— Les réserves de carburant ne sont pas trop entamées, mais je n'en dirai pas autant de la nourriture.

Il ferma les yeux. *Mon Dieu, faites que les choses se passent bien, pour une fois.*

— Vraiment ?

— Elston, on est partis depuis une semaine, et on a parcouru à peine trois cents kilomètres. Avant de partir, on parlait de deux, voire trois semaines. J'ai calculé les réserves de nourriture en me fondant sur cette estimation et en ajoutant une semaine de gelée nutritive d'urgence.

Vance regarda de nouveau autour de lui, mais cette fois pour s'assurer que personne ne les écoutait.

— Êtes-vous en train de me dire que nous n'avons pas emporté assez de vivres ? demanda-t-il avec une frustration grandissante.

— Je vous dis seulement que si ça devait prendre plus de deux semaines, ça deviendrait très difficile. Ordonnez aux hommes de se rationner. Ils bouffent tous comme si on attendait un largage de charcuterie. Et puis, nous devons commencer à nous habituer à la gelée nutritive. Une fois préparé, un sachet représente une dose de deux mille calories. Un par jour et par personne, ça suffit largement. Si ça devait prendre encore plus longtemps, rien ne nous empêcherait de nous mettre au régime pendant une semaine ; j'en connais certains à qui ça ferait le plus grand bien.

— D'accord. J'annoncerai ça dès qu'on aura fini de dégager le camion. À partir de ce soir, on alternera entre gelée nutritive et sachets rations.

— Merci.

— Vous avez déjà goûté de la gelée, une fois préparée ? demanda-t-il.

— Non.

— Estimez-vous heureuse.

Poursuivant le ravitaillement en carburant des véhicules, Vance tira le tuyau jusqu'à la JMT-2. Autour de lui, le champ de neige grouillait d'activité ; les hommes déroulaient des tuyaux et emplissaient les réservoirs. On avait fini de dégager les roues avant du camion-2. Couché sur le ventre, Erius se tortillait pour essayer de mettre en place les grilles récalcitrantes sur les rampes de fortune glissantes. Leif avait déjà fixé deux câbles à l'avant du camion-2 et attendait qu'on ait terminé de ravitailler les JMT pour entamer la manœuvre. La puissance conjuguée des trois véhicules serait suffisante, du moins Leif le pensait-il.

Après quatre-vingt-dix minutes de dur labeur, le camion-2 était prêt à être libéré. Les JMT avancèrent lentement sur la neige, tirant sur les câbles pour le redresser. Leif conduisait la JMT-2, tandis qu'Antrinell était au volant de la 1. Gillian, pour sa part, pilotait le camion-2, bien décidée à se faire pardonner son erreur.

Vance et un groupe d'observateurs se tenaient à l'écart et regardaient les câbles se tendre. Ophelia Troy était à genoux devant le camion, côté conducteur, juste au-dessus de la rampe, afin de s'assurer que les grilles étaient bien positionnées. Elle était en communication constante avec Gillian. Paresh Evitts marchait à côté de la JMT-2 pour surveiller ses performances ; Dean Creshaun faisait de même pour la JMT-1. Vance vit les véhicules commencer à trembler sous l'effort qui leur était demandé. Une des roues arrière de la JMT-2 se mit à patiner. Le camion avança de quelques centimètres.

— Les roues touchent la grille, annonça Ophelia. Allez-y doucement, on y est presque.

Les visages s'éclairèrent d'un sourire, tandis que le camion se redressait lentement. Pendant quelques secondes, la tension diminua dans les câbles. Les deux JMT bondirent, additionnant leurs puissances de traction le temps d'une seconde.

Soudain, le câble de la JMT-1 céda. Le bruit, comparable à un coup de feu, fit sursauter Vance. Ses muscles se contractèrent, et il s'accroupit instinctivement. Les deux moitiés du câble fouettèrent les airs en sifflant d'une manière menaçante, libérant l'énergie de la tension. Ce bruit, toutefois, ne suffit pas à alerter ceux qui se trouvaient à proximité.

Libre de ses mouvements, la JMT accéléra subitement et décrivit un virage incontrôlé. En tournant, l'arrière du véhicule heurta Dean Creshaun et le projeta sur le côté. Dans le même temps, la moitié de câble toujours attachée à la voiture décrivit un arc parallèle à la neige et frappa Paresh Evitts à la poitrine. La veste de protection qu'il portait sous sa parka lui épargna d'être coupé en deux, mais les filaments tressés de la plaque thoracique se tordirent et craquèrent sous l'impact, dissipant l'énergie à travers les couches de pulls et de chemises. Son bras fut également touché par le câble. Là aussi, la veste lui épargna toute lacération, mais son humérus fut cassé en deux et son épaule disloquée. Il fut projeté dans les airs et, déjà inconscient, retomba dans la neige vierge.

Ophelia Troy était agenouillée à côté de la rampe de glace taillée pour accueillir la roue avant du camion. Le véhicule avançait laborieusement. Son châssis et la tête de la jeune femme étaient à la même hauteur lorsque le câble céda. La moitié fixée au camion fendit les airs avec un sifflement caractéristique. Le cerveau d'Ophelia avait à peine eu le temps de noter qu'il se passait quelque chose d'anormal lorsque le câble la frappa à la gorge, juste au-dessus du col de sa veste de protection, la décapitant à la manière d'une guillotine. Les muscles de son corps mirent quelques secondes à perdre leur tonus, si bien que le corps sans tête resta droit, tandis que les derniers battements de son cœur faisaient jaillir une fontaine de sang de sa carotide sectionnée. Quand le flot rouge et écœurant se tarit, le corps d'Ophelia se ramollit et bascula dans la neige.

Dans l'habitacle, Gillian ignorait ce qui s'était passé; tout juste avait-elle remarqué un tremblement inexpliqué. Le camion faisant mine de s'arrêter, elle accéléra, décidée à ne pas perdre l'élan qui lui avait permis d'agripper les grilles flexibles disposées dans la neige.

—Allez! cria-t-elle au véhicule récalcitrant.

Du coin de l'œil, elle vit l'arrière de la JMT-1 glisser et se déporter. Puis heurter le pauvre Dean Creshaun.

—Merde!

Elle continua néanmoins à accélérer pour libérer son camion. Paresh Evitts vola dans les airs, et un véritable feu d'artifice d'icones explosa dans sa grille. C'est alors qu'elle comprit ce dont son subconscient se doutait déjà, à savoir que quelque chose avait mal tourné.

Le camion-2 finit de gravir ses rampes, et Gillian relâcha l'accélérateur. Elle put alors se concentrer sur la signification de tous ces icones rouges. Dans le même temps, des cris et des hurlements lui parvinrent malgré l'isolation de fortune de la cabine.

Angela ne se rappelait pas avoir couru. Alors qu'elle assistait à la manœuvre avec les autres, elle se retrouva soudain, tout essoufflée, à contempler le corps inconscient de Paresh. Le devant de sa parka était ouvert comme si quelqu'un lui avait donné un coup de couteau, taillant la doublure et mettant en évidence sa veste de protection. Celle-ci avait souffert, elle aussi, comme l'attestaient les fissures en toile d'araignée sur le devant – des fissures qui, ironiquement, n'étaient pas sans rappeler la structure du givre. Son i-e se connecta aux cellules médicales du maillage de Paresh. Il était en vie. Elle lui retira ses lunettes et redressa son passe-montagne vrillé. Une fine volute de buée s'échappa de ses lèvres. Un filet de sang s'écoula du coin de sa bouche.

— Paresh !

Le docteur Coniff émergea de la foule et s'agenouilla à côté d'Angela.

— Poussez-vous ! lâcha-t-elle en retirant ses gants.

Angela s'écarta, permettant au docteur d'atteindre le visage de Paresh, de chercher son pouls.

— Les voies respiratoires sont ouvertes, pas de signe d'obstruction. Mark, le scanner !

Mark Chitty s'agenouilla face à elle et sortit un petit scanner manuel de son sac. Coniff commença à l'agiter au-dessus de la victime.

Angela était désemparée, et elle détestait cette sensation. Elle se retint à grand-peine de poser des questions au médecin et se contenta de regarder.

— Merde ! grogna Coniff. Le scanner n'arrive pas à traverser la veste. Il a le bras cassé, mais la fracture semble bien nette. Son épaule est luxée. Je ne peux pas voir s'il a un volet thoracique. En tout cas, ses tissus mous doivent être sérieusement touchés. Le masque !

Chitty avait déjà préparé un masque à oxygène, dont le tuyau en plastique était relié à son sac.

— Il nous faut une civière ! lança Coniff. Mark, stabilisez-lui le bras et emportons-le dans le biolab.

Elle se releva et se tourna vers l'endroit où Dean Creshaun était assis, sonné, entouré de ses amis Oleg et Lance.

— Attendez ! protesta Angela comme le docteur s'éloignait vers Dean. Et Paresh ?

— Mettons-le à l'abri, répondit Coniff par-dessus son épaule. Je m'occuperai de lui quand on l'aura scanné. Son état semble stable.

— Fait chier ! (Angela prit la main de Paresh et la serra à travers son gant de protection.) Je suis là, chéri, tu m'entends ? Je suis là. Tu vas t'en tirer. Ça va bien se passer.

Mark Chitty découpa la parka autour du bras de Paresh avec une lame électrique et lui enfila un manchon gonflable.

Il sembla s'écouler des heures avant que Juanitar Sakur et le sergent Raddon arrivent avec une civière en traînant les pieds dans la poudreuse. Ils posèrent Paresh sur la toile. Angela attrapa un des coins, et ils se dirigèrent aussi vite que possible vers le biolab-2. Des éclats de voix attirèrent son attention. Une dispute avait éclaté : un Erius hystérique criait après Leif. Tout le monde savait qu'Erius et Ophelia s'étaient rapprochés à Wukang. Erius accusait Leif d'avoir mal fixé les câbles. En plus, l'idée était de lui...

— C'est ta faute, connard ! hurlait Erius en tentant de le frapper.

Du fait des nombreuses couches de vêtements qu'il portait, son attaque fut ridicule, lente et maladroite. Toutefois, son poing atteignit sa cible, et Leif tituba en arrière, avant de se jeter à son tour sur son agresseur pour lui rendre la monnaie de sa pièce. Plusieurs légionnaires intervinrent pour les séparer.

À ce moment-là, les porteurs de la civière passèrent devant le cadavre d'Ophelia. Quelqu'un l'avait couvert d'une feuille de plastique, mais celle-ci n'était pas assez large pour dissimuler complètement les éclaboussures de sang gelé sur la neige piétinée. À deux mètres de là, un morceau de plastique plus petit recouvrait la tête de la victime. Angela sentit son sang bouillonner et faillit vomir.

Paresh grogna et toussa, crachant des gouttelettes de sang dans son masque.

— Tout ira bien, lui cria Angela en se penchant vers son visage et en avançant tant bien que mal.

Evitts cligna des yeux. Angela se demanda s'il était conscient.

— Tu m'entends ? Tout ira bien. Le doc arrive pour s'occuper de toi. Tu vas t'en tirer.

Ils atteignirent le biolab et parvinrent à faire entrer Paresh par la petite porte du sas. La portière extérieure se referma, et Angela resta dehors à piétiner d'impatience pendant que les hommes installaient le blessé dans la cabine centrale. La portière se rouvrit au moment où arrivaient Coniff et Ken Schmitt, qui aidait un Dean Creshaun boitillant à marcher. Angela laissa passer son tour et attendit encore.

Quand elle émergea enfin du sas, la cabine centrale était surpeuplée. Ils avaient installé Luther à la place du passager de la cabine du conducteur. Les autres membres de l'équipe de xénobiologie qui voyageaient dans le véhicule s'étaient réfugiés dans le labo pour faire de la place à l'équipe médicale. Dean était assis dans un coin, où Juanitar l'aidait à se débarrasser de ses vêtements. Mark Chitty et Antrinell retiraient à un Paresh étendu sur un brancard ce qui subsistait de sa veste de protection. Le blessé avait toujours son masque à oxygène sur le nez et ne saignait plus, semblait-il.

Le docteur Coniff lança à Angela un regard agacé.

— Il n'y a plus de place. Attendez à l'extérieur, s'il vous plaît.

— Essayez de me foutre dehors, pour voir ! vociféra Angela.

Antrinell se tourna vers elle, exaspéré.

— Il y a de la place à côté de moi, intervint Luther en tapotant le siège du conducteur.

Angela hocha la tête, surprise par l'air toujours aussi maladif du superviseur de la cantine, et se glissa par la petite écoutille ovale en perdant un peu partout la neige restée accrochée à ses bottes et ses guêtres. La poudre blanche se mit aussitôt à fondre, formant des flaques qui hypnotisèrent une Angela hébétée. La vie, à bord du biolab, semblait se dérouler dans un autre monde. Lumière blanche, air chaud et sec. Elle luttait contre le froid depuis si longtemps, à présent, que ce milieu lui était devenu étranger.

Avec l'aide circonspecte de Luther, elle entreprit de se déshabiller. Coniff fit glisser un gros scanner articulé au-dessus de Paresh et ferma les yeux pour se concentrer sur les images. Chitty découpa le dernier tee-shirt. À la vue des marques violettes et noires qui zébraient le torse du blessé, Angela eut le souffle coupé.

— Ça ira, la rassura doucement Mark Chitty. La structure alvéolée de la veste a absorbé une grosse partie de l'impact. C'est du bon matériel. Sans la veste, il serait sans doute mort.

— Il a plusieurs côtes cassées, annonça Coniff, les yeux toujours fermés. Je ne vois aucun signe de contusion pulmonaire, mais c'est à surveiller. Répétez le scan toutes les heures pour voir s'il y a des changements.

— Entendu.

— Je passe au cœur. Vu la violence du choc, il doit y avoir des contusions myocardiques. On lui fait un ECG. Je veux les résultats très vite.

Chitty vaporisa un gel saturé de particules intelligentes sur le torse violacé de Paresh.

— Maillage créé et connecté à notre réseau. On surveille son rythme cardiaque.

Paresh gémit et inspira longuement en sifflant.

— Bon, ça suffit pour l'instant, dit Coniff. Il lui faut des analgésiques. Après, on lui remet l'épaule en place et on lui redresse le bras. (Elle se retourna vers Angela.) Votre petit ami a eu de la chance. Il est jeune et bâti comme un bœuf, ce qui l'aidera pas mal. On va réparer les dégâts et lui injecter des stéroïdes anti-inflammatoires. Ses côtes cassées vont beaucoup le gêner pendant quelques semaines. On pourra le soulager un peu en lui injectant du tissu de synthèse, mais il faut attendre que ses meurtrissures aillent un peu mieux.

— Il va bien ? demanda Angela, écœurée par son ton suppliant.

Un coin de la bouche de Coniff se souleva en un semblant de sourire.

— Oui. Maintenant, laissez-nous. Je ne veux pas que vous soyez là quand nous lui remettrons l'épaule en place. C'est trop violent pour les amis et la famille. De toute façon, il sera sous anesthésie pendant quelques heures. Mark vous préviendra quand il sera réveillé et que vous pourrez lui parler.

— Merci.

Elle prit le temps d'enfiler ses diverses couches extérieures pendant qu'on anesthésiait Paresh. Chitty entreprit alors de disposer des pinces impressionnantes autour du torse et de l'épaule de Paresh. Angela plissa le nez, donna une brève accolade à Luther pour le remercier et s'en fut.

La transition la laissa comme engourdie pendant un long moment. Le froid vicieux de St Libra s'immisça dans les coutures de ses vêtements et, tels de minuscules doigts glacés, lui picota la peau. Des éclairs verts polluaient la lumière rosée du soleil, donnant une teinte désagréable gris-violet à la neige. Elle resta devant le biolab et jeta un coup d'œil alentour. On faisait le plein de carburant comme si de rien n'était. Des véhicules garés en file indienne. Des gens transportant du matériel. Darwin et Oleg rangeant les sections de grille souple sur un traîneau. D'autres gars rattachant son traîneau au camion-2. Des légionnaires en patrouille. Et aucun signe du cadavre d'Ophelia.

Angela serra les dents et marcha sur la neige ondulée vers le camion-2. Quand elle l'eut atteint, elle constata que la cabine était vide et que les câbles avaient été décrochés. Une silhouette massive la rejoignit.

— Comment va-t-il ? demanda Elston.

Il était déjà au courant, évidemment, mais il voulait lui donner l'occasion de s'épancher, de parler pour faire retomber la pression et chasser la peur accumulée. À n'importe quel autre moment, elle aurait apprécié son initiative.

— Il va s'en tirer. Ils sont en train de lui réparer le bras. Le doc n'a pas voulu que j'assiste à ça.

— Je vois. Tant mieux.

— Où est le câble ? demanda Angela en désignant le camion.

— On l'a rangé. On en a d'autres, alors ça ne pose pas vraiment de problème.

— Je veux le voir.

— Angela…

— Je veux examiner l'endroit où il a cassé. Je veux savoir comment un câble censé pouvoir supporter une charge de cinquante tonnes a pu céder parce qu'une JMT a un peu tiré dessus.

— Venez avec moi.

Elston la prit par le bras – il essaya, en tout cas, car, vu le nombre de couches de vêtements qu'elle portait, ce n'était pas vraiment possible. Elle choisit néanmoins de le suivre comme il se dirigeait vers le biolab-1.

— Vous avez raison, dit-il doucement.

— Quoi ?

— J'ai examiné les extrémités. Les câbles sont constitués de multiples filaments de carbone tissés et recouverts d'une triple couche de polymères. Quelqu'un les avait coupés. Pas complètement, mais juste assez pour que le câble lâche d'un seul coup.

— Ce fils de pute nous a rattrapés.

— Ça fait une semaine qu'on roule, et le monstre ne s'est pas manifesté. On s'est servis de ce câble des dizaines de fois

toute une collection d'intéressants champignons topaze et orange. Son père ne lui avait toujours pas trouvé de remplaçant, car sa mère et lui n'arrivaient pas à choisir. Il ne faisait aucun doute qu'ils ne planteraient plus jamais d'arbre si près de la maison, mais, ce point d'accord mis à part, Rebka avait l'impression que leur débat à ce sujet ne finirait jamais.

Elle traversa lentement la chambre, traînant les pieds au milieu des vêtements et sous-vêtements sales, des accessoires de sport, des tasses et des bouteilles vides, des morceaux du kit de neumanomique qu'elle avait assemblé pour son projet de science en dixième année d'école, des sculptures en pierre liquide, des carnets à dessins, des pinceaux et boîtes de maquillage et…

Elle gonfla les joues, incrédule, à la vue du bordel qui tapissait sa moquette. Peut-être le moment était-il venu de faire un peu de ménage. Sa mère avait renoncé à la harceler depuis bien longtemps, mais elle refusait de l'aider, arguant qu'elle devait se prendre en main. Ah ! maman, toujours à lui faire la morale sur les responsabilités d'un vrai citoyen.

Aujourd'hui, je deviens une vraie citoyenne.

Dans un tiroir, elle trouva une culotte et un soutien-gorge propres. Le jean qu'elle portait la veille et depuis quelques jours n'était pas trop sale. Il y avait trois tee-shirts lavés et repassés dans le panier en osier qu'elle avait récemment rapporté de la buanderie. Orange avec des fleurs brodées sur les manches, ce serait parfait.

— J'ai besoin d'un miroir, dit-elle à son i-e.

Une section de la fenêtre devint argentée, lui permettant de se contempler d'un air critique. Grâce à ses longues jambes, elle était grande, ce qui était plutôt bien. Ses cheveux blonds étaient presque châtains, mais faciles à teindre ; ses pointes étaient toujours violettes et roses, et sa frange arborait une raie horizontale vert zombie. Son visage allongé était relativement joli, malgré un nez trop fin.

Malheureusement, il la rajeunissait de deux ans. Rebka fronça les sourcils et rapprocha son visage du miroir, exhalant un soupir d'exaspération. Comme pour célébrer sa jeunesse, deux nouveaux boutons lui avaient poussé sur le menton durant la nuit. Elle redressa ses épaules et remonta un peu son soutien-gorge. Puis elle sourit. Son père levait toujours les yeux au ciel d'un air faussement tolérant lorsqu'elle portait des décolletés de ce genre.

Elle se rendit dans sa petite salle de bains, se remplit la bouche d'un peu de gel dentaire et cracha. Elle se nettoya consciencieusement le visage avant de fouiller dans ses boîtes et de trouver quelques patchs à appliquer sur ses boutons. Des boutons… *Pourquoi aujourd'hui !* Du *liner* violet et doré. Un coup de brosse pour redonner forme à sa tignasse – pas le temps de prendre une douche ni de faire un shampooing. Un peu de parfum dans les endroits stratégiques. Elle était prête à affronter cette grande journée.

Ses parents l'attendaient, accoudés au comptoir, avec son petit déjeuner. Les fenêtres arquées du rez-de-chaussée étaient grandes ouvertes, permettant à l'atmosphère matinale de circuler dans la maison. L'air était frais et chargé de la brume que les services atmosphériques répandaient dans l'habitat chaque nuit entre 1 heure et 4 heures. Des oiseaux voletaient dans les arbres, et des geckos grimpaient sur les murs de la maison.

Tout bien réfléchi, pensa Rebka, la vie ne pouvait pas être tellement plus belle. Elle avait de quoi remercier la providence. Elle aurait peut-être pu faire preuve d'un peu plus de gratitude au fil des ans. Cet afflux soudain d'émotions la prit par surprise, et elle avala la boule qui s'était formée dans sa gorge. Notamment à la vue de sa mère et de son père, qui dissimulaient tant bien que mal leur fierté et leur tristesse.

Puis ils eurent un grand sourire et lui tendirent les bras en chantonnant :

— Joyeux anniversaire, chérie !

Rebka les serra dans ses bras sans se soucier des larmes qui emplissaient ses yeux.

— Je vous aime, couina-t-elle.

Ils lui avaient préparé son petit déjeuner préféré. Du bacon et une pile de pancakes avec des fraises, des dussulpoires et de la crème, du sirop d'érable. Un grand verre de jus de mangue et de canneberge versé sur un lit de glace pilée. Une tranche de pain de campagne grillée agrémentée d'une épaisse couche de marmelade d'oranges sanguines.

— Je ne pourrai pas manger tout ça, protesta-t-elle comme ils prenaient place tous les trois autour de la grande table du patio.

Son père sourit et déboucha une bouteille de champagne, versant le breuvage glacé et pétillant dans les verres à jus.

— Il n'y a pas meilleure façon de commencer la journée, promit-il. On n'a pas dix-huit ans tous les jours.

À travers ses gloussements, elle vit ses parents échanger un regard étrange, qu'elle mit sur le compte de l'imminence de son départ, son déménagement dans un appartement à elle, dans la nouvelle coque de l'habitat, deux fois plus longue que celle-ci, et avec un lac presque aussi grand qu'une mer. Elle avait même songé à demander une de ces capsules mobiles que les gens commençaient à utiliser, mais peut-être s'agissait-il seulement d'une mode. De toute façon, elle serait indépendante, comme Raul et Krista depuis qu'ils étaient majeurs. Cette maison serait trop grande pour ses parents après son départ, pensa-t-elle. C'était sans doute la raison pour laquelle ce palmier n'avait pas été remplacé tout de suite. Pour sa part, elle n'arrivait pas à imaginer la maison sans les palmiers.

Ils firent tinter leurs verres et avalèrent une gorgée de leur jus fortifié.

— Merci à tous les deux, dit-elle, toute larmoyante. Je sais que je n'ai pas été la meilleure fille de l'univers…

— Mais non, mais non, la coupa son père en passant un bras autour de ses épaules. Je ne veux pas que tu gâches le déballage de tes cadeaux. Ça fait des mois que je prépare le mien !

En dépit des émotions qui l'étreignaient, la réponse de son père piqua la curiosité de Rebka.

— Ah ?

Il mit la main sous la table et produisit un genre de fine boîte rectangulaire enveloppée dans un papier bleu et argenté et entourée d'un ruban rose. Rebka s'en saisit. Son poids l'intrigua davantage encore.

— Allez, ouvre, la pressa son père avec enthousiasme.

Elle défit le ruban et déballa la boîte. L'objet qu'elle découvrit la déstabilisa quelque peu. Elle mit quelques instants à comprendre.

— Un livre ! s'exclama-t-elle.

Elle le retourna et avisa le titre imprimé en lettres dorées : *Alice au pays des merveilles*. À présent, elle pleurait vraiment. Cette histoire avait été sa préférée pendant des années. Des aventures incroyables et bizarres, même pour elle, une fille vivant dans un habitat qui orbitait autour de Jupiter. Ou peut-être surtout pour elle ; l'étrangeté du voyage d'Alice attisait tout particulièrement son intérêt.

— Merci, papa, dit-elle en le serrant fort dans ses bras.

— Ce n'est pas une première édition ou un truc comme ça, la prévint-il. Mais il date du XXe siècle. J'ai demandé à Clayton de me le rapporter de son dernier séjour sur Terre.

— C'est très gentil.

Sa mère lui tendit une boîte plus petite en velours noir. Elle contenait un anneau en or.

— C'est l'alliance de ma grand-mère, expliqua-t-elle. Jamais tu ne dois oublier que tu es de la famille.

Comme elle embrassait sa mère, Rebka commença à craindre de passer sa journée à pleurer. Des larmes de joie, mais quand même…

Finalement, elle posa le livre sur la table, décidée à le lire plus tard, et, sans lâcher des yeux l'anneau passé à son doigt, elle se jeta sur la pile de pancakes.

— Raul et Krista viennent déjeuner, reprit son père. La famille uniquement. Un moment de tranquillité avant la fête de ce soir.

Rebka eut un sourire carnassier en pensant à celle-ci. Cela faisait des mois qu'elle organisait cette soirée avec ses amis.

— Tu sais ce que tu vas porter ? demanda sa mère.

— Euh… non.

— On pourrait regarder quelques catalogues ensemble, choisir quelque chose à imprimer.

— Ouais, je veux bien. Ce serait sympa.

Son père se racla la gorge.

— Tu n'as pas oublié ce que tu devais faire ce matin, n'est-ce pas ?

— Non ! J'ai rendez-vous avec Constantine.

— Voilà.

— De quoi va-t-il me parler ? Raul et Krista ne veulent rien me dire. Pourquoi tous ces mystères ? C'est stupide.

— Il va simplement te demander ce que tu veux faire de ta vie, histoire de s'assurer que tu seras heureuse ici. Après tout, cet habitat est fragile, et on ne peut pas se permettre d'avoir des résidents mécontents.

— Oh ! ça va être chiant.

— Sans doute, ma chérie, acquiesça sa mère avec sagesse. Essaie seulement de ne pas le montrer. C'est son habitat, quand même.

— Et si je lui dis que je déteste cet habitat, qu'est-ce qu'il va faire ? Me mettre à la porte ?

Son père enfouit son visage dans ses mains.

Rebka pinça les lèvres dans un geste d'autocensure. Son père était tellement facile à énerver.

— Ne t'en fais pas papa. Je sais me tenir. Je te le promets.

— Ce sera une première à tous les niveaux.

* * *

L'i-e de Rebka la dirigea sur le flanc de l'habitat dans la zone à faible pesanteur. Elle s'en était toujours voulu de ne pas apprécier le zéro *g*. Cela avait pourtant l'air très amusant : voler, virevolter avec plus de grâce qu'une gymnaste ou une ballerine, rebondir sur les murs telle une balle de squash imparable. Et puis, il y avait le sexe en apesanteur, un délice inégalé, disait la rumeur. Sauf que son oreille interne n'était pas d'accord, d'où des vomissements répétés. Elle était têtue, obstinée, mais elle avait renoncé à tenter de s'acclimater lorsque, pour la cinquième fois, sa mère lui avait demandé de laver elle-même ses vêtements et d'aller présenter ses excuses à toutes les personnes présentes à ce moment-là dans la salle de gymnastique.

L'ascenseur qui conduisait à l'axe s'arrêta sept cents mètres au-dessus du plancher incurvé, là où la pesanteur était d'un tiers du standard terrestre. À cause de l'inertie, elle se mit à marcher lentement, décrivant de longs arcs dans les airs pour chaque pas qu'elle faisait dans le couloir. Tous les quelques mètres, il y avait des anneaux sur les murs si elle avait eu le besoin de ralentir, de s'arrêter ou de changer de direction à un croisement. Elle avançait les bras tendus, simplement au cas où. Jusque-là, son estomac tenait le coup.

La porte devant laquelle la fit s'arrêter l'i-e ne semblait pas différente des autres dans cette section qui, à en croire le plan, dissimulait surtout des locaux de maintenance. La porte s'ouvrit en glissant, et Rebka entra dans une pièce sombre.

Celle-ci était beaucoup plus grande que prévu, semblable à un hangar, avec un plafond incurvé situé à une dizaine de mètres au-dessus de sa tête. Un peu partout, elle avisa des structures semblables à des rubans d'ADN, mais avec des hélices multiples vrillées et boursouflés, constituées d'une substance proche de la nacre. Des arêtes multiples, incurvées et de tailles diverses s'y croisaient de façon aléatoire, leur donnant des allures de coquillages, finissant de la convaincre que ces choses étaient vivantes plutôt que de nature technologique. Mais c'était difficile à dire, car ces structures ne cessaient d'entrer et de sortir de l'espace-temps. Des sections se dématérialisaient, cédant la place à des étincelles émeraude et orange qui traçaient des esquisses du profil originel, comme si des photons venaient remplacer les atomes. La lumière diffuse qu'elles émettaient n'aidait pas Rebka à scruter la pénombre de la salle.

Lorsqu'elle plissait les yeux, elle voyait le fond de la pièce, constitué d'une grande vitre rectangulaire qui offrait une vue sur l'espace. Une silhouette se découpait sur la toile de fond tournante du champ d'étoiles.

— Rebka, merci d'être venue, commença Constantine North.

— C'est la tradition, répondit-elle en marchant vers lui avec circonspection, car elle ne voulait pas toucher les structures irréelles et déformées.

Lorsqu'elles se matérialisaient pleinement, leurs arêtes paraissaient dures et coupantes.

— Je ne voulais pas être la première à la bafouer, ajouta-t-elle.

Tandis qu'elle le rejoignait, la face sombre de Jupiter apparut derrière la vitre. Comme chaque fois, la jeunesse apparente de Constantine lui fit un choc. Elle lui donnait deux ans de plus que Raul, pas plus, alors qu'il avait plus d'un siècle.

— J'aurais cru le contraire…

— Je ne suis pas si mauvaise, rétorqua Rebka en faisant la moue.

— Non, bien sûr. Les adolescents sont toujours un défi pour les parents, mais bon, on arrive à se débrouiller en général.

— Maman m'a dit que vous vouliez savoir si j'étais heureuse ici.

La lumière pâle émise par les bandes de nuages de Jupiter peignait des ombres grises sur le visage de Constantine.

— Pas tout à fait. Ce que je veux savoir, c'est si tu *seras* heureuse ici.

— Je suppose que oui.

— Cette conversation, c'est un peu le *rumspringa* des Amish.

— Ça veut dire quoi, en clair ?

— Les Amish sont une société à l'intérieur d'une société. Ils vivent aux États-Unis d'Amérique. Ils ont rejeté la modernité pour vivre une existence douce et pastorale. Et cela dure depuis des siècles. Toutefois, lorsqu'ils sont adolescents, leurs familles les encouragent à aller goûter les délices diaboliques de la culture dominante qui les entoure : le *rumspringa*. Contre toute attente, quatre-vingt-dix pour cent des jeunes gens choisissent de rentrer à la maison et de rejoindre pour de bon l'Église amish. Cela en dit beaucoup sur notre arrogance, notre confiance dans la supériorité de notre mode de vie. Cela nous enseigne l'humilité, ce qui est salutaire.

— C'est ça, que vous me proposez ? demanda-t-elle, incertaine.

— En un sens, oui. Ce moment est ton *rumspringa*. J'aimerais t'offrir une explication et un choix. J'essaie de bâtir sinon une démocratie, du moins un consensus fondé sur un idéal commun. Je vais me conduire un peu comme un patriarche, excuse l'ironie. Les vieilles habitudes refusent de mourir. Sais-tu pourquoi j'ai décidé d'installer cette société ici ?

— Nous sommes une arche, le dernier espoir de l'humanité si les mondes transstellaires devaient être défaits par le Zanth.

— Nous sommes en partie cela, oui. Mais je désire quelque chose de beaucoup plus grand que cela. Ce que je veux, au bout du compte, c'est battre le Zanth.

— Waouh ! Effectivement, c'est... énorme.

Elle commençait à se demander combien de temps cette conversation allait durer. Elle avait tant de choses à faire avant la fête.

— En effet, confirma-t-il, amusé. Pour accomplir ce prodige, pour découvrir les théorèmes purement scientifiques qui nous permettront d'atteindre ce but, nous devons être libres de l'économie débilitante et des contingences matérielles qui brident la créativité humaine depuis des siècles. Il y a soixante ans de cela, j'ai regardé autour de moi, et je n'ai vu que stagnation. L'ADH, en dépit de la noblesse de sa mission, s'efforce tant bien que mal d'empêcher l'ennemi d'avancer, mais c'est tout. Voilà pourquoi j'ai fondé Jupiter. Avec les microfactures et l'énergie de la fusion atomique, nous avons déjà la technologie qui pourrait nous permettre de nous affranchir des contraintes économiques qui nous gouvernent depuis deux siècles. Et pourtant, nous ne le faisons pas. L'inertie de notre société et les intérêts des élites financières nous retiennent, en tant qu'espèce. Ils nous gouvernent pour pouvoir continuer à nous gouverner.

— L'histoire se répète, commenta Rebka avec enthousiasme.

— Précisément. Mes frères et moi, nous avons participé de cette stagnation en ouvrant St Libra à la colonisation, en fondant Northumberland Interstellar, en cherchant à dominer le marché du biocarburant. Mieux que n'importe qui, je sais à quel point cette stagnation peut être forte, avec quelle facilité elle contamine et absorbe tout ce qui diverge de la norme. Pendant des années, nous nous sommes disputés tous les trois au sujet de la nécessité d'une libération. Mon regretté frère Bartram pensait que si on permettait à tout un chacun de vivre des milliers d'années l'homme comprendrait la véritable valeur de la vie et que le changement viendrait de là. Pauvre Bartram. Il voulait être le premier d'entre nous à atteindre cet objectif, le premier être humain à commencer un traitement de rajeunissement. Son assassinat a été une cruelle ironie du destin. Augustine… Augustine, lui, croyait que l'évolution serait naturelle, que le progrès et la prospérité se généraliseraient naturellement et inévitablement. Il nous a accusés de favoriser l'option la plus facile et la plus rapide, d'être les pires des rentiers, d'être égoïstes, capricieux, de ne vouloir ni souffrir ni travailler pour atteindre nos objectifs. Alors il est resté pour continuer à développer son géant industriel, persuadé que la richesse qu'il créait était la réponse à tout. Pour ma part, j'ai choisi l'isolement qui m'a permis de suivre une route sociale différente. Cet emplacement, plus que n'importe quel autre, plus qu'un monde lointain ou une cité-État comme Abellia, oblige ses résidents à apprécier la science et la technologie. Du bon fonctionnement de ces machines dépend notre survie. Cela nous aide à nous concentrer sur la réalité de l'univers en général. Néanmoins, avec Jupiter, nous n'en sommes qu'à un stade intermédiaire. Notre projet est le pivot d'une révolution. Rebka, tu as grandi pour ainsi dire dans une enclave de la Renaissance peuplée de marxistes millionnaires décidés à faire avancer la science dans de nouvelles directions, car les anciennes se sont révélées être des impasses. C'est la raison pour laquelle j'oblige les jeunes gens à venir discuter avec moi dans cette salle particulière, ajouta-t-il en désignant d'un geste du bras les structures enroulées, réalités incertaines et éphémères.

— D'accord, j'accepte de mordre à l'hameçon, dit-elle. Que sont ces choses ? C'est la première fois que j'en vois.

— C'est de la matière active. On en trouve assez facilement, mais nous en avons fait quelque chose de différent. Ceci est un moteur à ondes lumineuses capable de déplacer l'habitat tout entier, de le mettre à l'abri en cas de menace.

— L'habitat est un vaisseau spatial ? demanda-t-elle, ravie. C'était une notion très excitante.

— J'ai toujours dit qu'il s'agissait d'une arche, répondit Constantine d'un ton neutre.

— Waouh !

— Avec un peu de chance, on n'aura jamais besoin de la déplacer, mais ce système de propulsion est exactement le genre d'innovation que notre société a été capable d'engendrer. La théorie a été développée et les machines construites sans qu'on se soucie du prix ni des conséquences politiques et économiques.

— Vous n'avez pas l'intention de partager vos trouvailles, alors ?

— Franchement, je ne vois pas pourquoi je le ferais. Ce n'est pas une arme contre le Zanth, même si nous avons beaucoup de chances que nos vaisseaux soient équipés de la sorte. Donner cette technologie aux mondes transstellaires ébranlerait leur économie et provoquerait un chômage de masse. S'ils la voulaient vraiment, cette technologie, ils la développeraient. Laissons-les se vautrer dans leur torpeur.

— D'accord, acquiesça Rebka, peu convaincue. Mais ça pourrait être utile contre un essaim zanth. Des chasseurs équipés de la propulsion à ondes lumineuses seraient meilleurs que les Thunderthorn, non ?

— Oui, cette technologie améliorerait considérablement leur domaine de vol. Mais cela n'empêcherait pas le

Zanth d'essaimer. Et, je te l'ai dit, les conséquences seraient très importantes, les mondes transstellaires connaîtraient une nouvelle et longue récession. Sans compter que tous les regards se tourneraient vers nous et nos travaux. Un tel système de propulsion compromettrait définitivement notre isolement. Ne pas partager cette technologie est donc une décision politique de notre part.

— Je vois. Enfin, je crois.

Le sourire de Constantine se fit compatissant.

— Malheureusement, ce n'est pas tout. Jupiter, comme tout État marxiste – les pires de tous –, ne peut se permettre d'abriter des dissidents. Cet habitat est un environnement artificiel fragile. Nous ne connaissons pas de conflit wellsien entre l'instruction et la barbarie, parce qu'on ne peut pas se permettre d'avoir des barbares. Notre Constitution est très simple : citoyenneté est synonyme de responsabilité. Notre société est fondée sur un dogme unique, et si ce dogme ne te plaît pas, si tu n'approuves pas notre objectif, si tu veux vivre ton propre rêve, si tu n'as pas foi dans mon projet, alors tu n'es pas simplement libre de partir : nous t'encouragerons à partir où tu voudras et nous t'aiderons même à t'y installer.

— Je ne suis pas vraiment accro aux sciences, remarqua Rebka, presque submergée.

Ce n'était pas la surprise qu'elle espérait pour son anniversaire, même si, force lui était de l'admettre, elle trouvait tout cela plutôt excitant.

— Je sais, reprit Constantine. Notre véritable objectif est la compréhension, la connaissance totale, non pas seulement son aspect abstrait, mais aussi physique et pratique. Chacun peut contribuer selon ses besoins et ses aptitudes.

— Vous êtes en train de me dire que je pourrais contribuer au versant physique du projet ?

— Oui. Rebka, j'ai besoin de résoudre une énigme. Jusque-là, malgré les efforts de Clayton et d'autres, la solution persiste à m'échapper. Je crois que tu pourrais m'être d'une aide considérable dans cette mission. En fait, c'est même la raison première de ta présence ici. J'ai beaucoup de manies ; par exemple, je crois au karma, et nos familles sont profondément impliquées dans cette affaire.

— La mienne ?

— En effet. (Il lui tendit une petite fiole de verre suspendue à une chaîne en argent.) Au fait, joyeux anniversaire.

— Merci, dit-elle automatiquement. Euh… qu'est-ce que c'est ?

La fiole semblait à moitié pleine d'une poussière très sèche, à en juger par ses mouvements quasi fluides.

Constantine lui mit la chaîne autour du cou.

— C'est un objet très rare, de nos jours. C'est de la terre de ta planète natale. Je me suis dit que tu pourrais t'y raccrocher en des temps incertains. Pour te remettre les pieds sur terre, si tu veux.

— Ah !…, fit-elle en examinant les grains gris-brun. De la terre de la Vraie Jérusalem ? Cool.

— Non, Rebka. Pas la Vraie Jérusalem. Tu vivais là-bas avant de venir ici, mais ce n'est pas ta planète de naissance.

* * *

Ralph impressionnait beaucoup Sid. Il l'intimidait, même. Après qu'ils eurent identifié la ferme dans laquelle se déroulait l'opération de Sherman, Sid avait continué à rouler sur l'A1 pendant une demi-heure avant de faire demi-tour. Une demi-heure plus tard, il était de retour au croisement de la B6347, au sud de North Charton. À ce moment-là, il était 2 h 30. Ralph avait passé la majeure partie du trajet les yeux fermés, à murmurer à son i-e. À présent, il scrutait la campagne plongée dans les ténèbres à travers la projection d'une carte satellite.

— Continuez tout droit après le premier croisement. Il y a des fermes le long de cette route. Nous nous rendons dans la deuxième.

Ian et Eva avaient garé leur voiture au bord de la B6347, près dudit croisement. Dès que Sid les eut dépassés, ils démarrèrent. Une minute plus tard, ils arrivèrent à la ferme du Coucou, maison hexagonale moderne au toit solaire incurvé. Le champ, derrière, accueillait de gigantesques serres illuminées de l'intérieur par de puissantes lampes jaune-vert.

— Un producteur de chrysanthèmes, annonça Ralph. Très bon pour nous. Les serres sont hydroponiques et automatisées, mais il y a pas mal de va-et-vient dans la journée. Mes hommes pensent que c'est l'endroit idéal pour installer un poste d'observation avancé.

— D'accord.

— Dépassez la maison et roulez jusqu'à la grange.

La grange était deux fois plus haute que les serres, et un de ses volets métalliques était déjà ouvert. Les faisceaux des phares mirent en évidence deux berlines garées parmi les machines agricoles, les palettes d'engrais et les seaux dans lesquels on transportait les fleurs. Vers le fond de la bâtisse, Sid avisa des machines de paillage et des stérilisateurs de sol.

— Ce sont vos gars ? demanda-t-il.

Ils étaient six à se tenir sur le sol en béton sale. Ils portaient tous un costume et un long manteau. C'était leur uniforme, semblait-il. Il crut reconnaître un de ceux qui étaient venus en l'hélicoptère récupérer Ernie Reinert.

— Oui, confirma Ralph. Ils étaient stationnés à Newcastle, au cas où. Je vous avais bien dit que nous aurions besoin de renforts, ajouta-t-il en ouvrant la portière et en sortant.

— C'est clair, marmonna Sid dans sa barbe.

Eva, Ian et Abner sortirent de leurs voitures en jaugeant les agents de l'ADH.

La famille Micklethwaite, qui exploitait cette ferme, formait un groupe compact, somnolant et ahuri. Tous portaient d'épais manteaux par-dessus leurs pyjamas. Les trois enfants, âgés de sept à douze ans, s'accrochaient à leurs parents. Une vieille femme, que Sid supposa être la grand-mère, s'adressa à un agent d'une voix rauque. Le ton monta. Elle avait des droits, disait-elle. Et puis, il était question de nazis et de fonctionnaires corrompus.

Par son caractère ordinaire, son discours avait quelque chose de rassurant pour un policier. Sid se détendit enfin.

— Merci de votre coopération, dit Ralph en interrompant sa tirade. Nous avons besoin de votre ferme, mais vous serez indemnisés, bien entendu. Des chambres ont été réservées à votre nom dans un hôtel cinq étoiles.

Il désigna la plus grosse des voitures. Un agent ouvrit la portière arrière.

— J'espère que ce n'est pas la Ville qui paie, murmura Ian à Eva, comme les Micklethwaite montaient à bord du véhicule, obéissants.

— C'est ce que j'appelle une superorganisation, dit Sid à Ralph, tandis que la famille était évacuée.

— Merci. Je me targue d'avoir un peu d'influence. Visitons la maison et voyons où nous allons installer notre poste de commandement.

Ils finirent par opter pour le salon. Les autres agents entreprirent alors de décharger des caisses de matériel des voitures, notamment une console laser sécurisée capable de les relier directement à la constellation de satellites géostationnaires de l'ADH.

—Au cas où les hackers de Sherman surveilleraient le réseau, expliqua Ralph. Je n'ai pas envie qu'ils remarquent un trafic inhabituel sur le réseau de la ferme du Coucou.

Il était 3 heures. Sid et son équipe rentrèrent chez eux. Ils ne pouvaient plus vraiment contribuer à l'opération.

* * *

Il était presque 8 heures, et Sid roulait vers Market Street. Jacinta lui avait reproché de retourner au bureau un dimanche ; en tant que cadre supérieur, il n'aurait pas dû être obligé de travailler le week-end. Alors, comme tout le monde – comme tous les hommes mariés, plutôt –, il s'était plaint de son patron et avait promis de protester. Cette fois.

La Toyota Dayon était en pilotage automatique parce qu'il ne se sentait pas capable de conduire. Trop peu dormi. Malgré la fatigue, cependant, il était excité et plutôt satisfait. Il avait suivi son intuition, pris un énorme risque pour sa carrière, et était, semblait-il, sur le point de récolter les fruits de son travail. Que cette ferme soit ou non liée au meurtre du North, il bénéficiait de l'aide de l'ADH. Avec l'approbation et le soutien de celle-ci, il n'était pas irréaliste de viser le poste de chef de la police. À condition de commencer à tisser des liens avec le maire.

Sid sourit en admirant les magnifiques et anciens bâtiments de pierre éclairés par le soleil du centre-ville et rêva tout éveillé d'un monde où tout fonctionnerait comme sur des roulettes. Il était si proche de découvrir la vérité. À ce stade, il était vraiment curieux d'apprendre quel genre de conflit interne avait été à l'origine du meurtre du North. Ralph le lui dirait sûrement, ne serait-ce qu'officieusement.

Son i-e l'informa que celui-ci cherchait à le joindre.

—Bonjour, répondit Sid d'un ton enjoué.

—J'ai besoin de vous tout de suite à la ferme du Coucou.

Il n'était plus qu'à trente secondes de Market Street.

— Vraiment ?

— Oui.

— D'accord. J'arrive. Je serai là dans moins d'une heure.

— Non. Je ne veux pas que vous veniez dans votre propre voiture. Sherman doit avoir la liste de tous les codes des véhicules des officiers de la ville. Et si ce n'est pas le cas, Aldred, lui, en a une.

De la vraie paranoïa d'espion, se dit Sid, mais il n'avait pas l'intention de discuter.

— Bon, comment je viens, alors ?

* * *

Il se rendit donc à la base de l'ADH de Shipcote, où il emprunta la voiture civile d'un agent. Celle-ci le conduisit jusqu'à une zone d'activité commerciale située le long de l'A19, où il changea de nouveau de véhicule, montant à bord d'une camionnette appartenant à *Allison's Floral House*. On lui demanda même d'enfiler une combinaison.

Ils arrivèrent à la ferme du Coucou juste après 9 heures. Pour un observateur éventuel, ou un logiciel espion, c'était une camionnette parmi d'autres venant chercher des fleurs.

Des visites comme celle-là, la ferme en avait reçu plusieurs cette matinée-là. Lorsque Sid entra dans le salon, il découvrit que celui-ci était empli de consoles et de gros panneaux holographiques – bien plus de matériel que ce qui avait été déchargé avant son départ. La ferme dans laquelle s'était rendu Jede apparaissait sur tous les moniteurs et panneaux, quoique sous différents angles et dans des couleurs couvrant tous les spectres – visuel, thermique ou électromagnétique. Il y avait même une image monochrome fortement agrandie mais instable. Dix agents occupaient les consoles, dont quatre assis sur des chaises pliantes, supervisant les opérations.

Des programmes de reconnaissance faisaient défiler des visages sur deux écrans plus petits.

Comme il fixait son regard sur l'image monochrome, quelqu'un sortit du bâtiment principal et se dirigea vers une dépendance.

— Ennemi trois, annonça quelqu'un. Chevelure identifiée.

— Merci d'être venu, lui dit Ralph.

— Pas de problème. Comment avez-vous obtenu ces images ? demanda Sid en désignant le moniteur noir et blanc. Je croyais que vous craigniez qu'ils détectent les émissions de systèmes aéroportés.

— En effet. Il s'agit d'une vue par satellite. Nous altérons la trajectoire de la flottille de capteurs volant en orbite basse afin d'obtenir une couverture constante. Un satellite passe au-dessus de la ferme toutes les trois minutes.

— Putain !... Ça doit coûter une fortune ! J'ignorais qu'il y avait tant de satellites, là-haut.

— C'est une information classée.

— Je ne comprends pas... En quoi puis-je vous aider ?

— Il s'est passé quelque chose. Je veux que vous conseilliez Linsell, qui va former une équipe pour moi à la base de Shipcote. Nous avons besoin de mettre Sherman, Aldred et tous leurs complices sous surveillance constante. Comme vous les connaissez bien, vous élaborerez les protocoles, fournirez des informations tactiques.

— D'accord, mais Sherman est rusé. Et Aldred est couvert par la sécurité de sa compagnie.

— Vous êtes plus malin qu'eux, vous l'avez déjà démontré. Aucune limite de budget. Linsell vous donnera toutes les ressources dont vous aurez besoin. Il nous faut des données en temps réel sur ces types. J'ai besoin que vous commenciez dès cet après-midi.

Sid regarda de nouveau les moniteurs qui emplissaient la pièce ; l'ampleur de cette opération commençait à l'inquiéter.

— Oui, je peux vous conseiller. Pourquoi faites-vous tout cela ? Qu'est-ce qui a changé ?

Ralph se tourna vers un des petits écrans sur lesquels défilaient des visages. L'image se figea, montrant un homme que Sid pensait reconnaître. Pas loin de la quarantaine, le visage long, le front haut, des lunettes démodées. Son nom, en revanche, lui échappait.

— Cette nuit, nous avons déployé des insectes commandés à distance, expliqua Ralph. Ils ont traversé le bois et établi des maillages avant d'installer des téléobjectifs sur la cime des arbres. Nous sommes reliés à ces derniers grâce à des fibres optiques. Pas d'émissions à détecter, donc.

— Des insectes ? Vraiment ?

— Des versions améliorées de ceux que vous utilisez, oui. Nous disposons d'une bonne couverture de la ferme et des bâtiments qui l'entourent. Il y a deux heures, nous avons vu cet homme. Il est sorti de la maison et s'est dirigé vers la plus grande grange. Il n'en est pas encore ressorti.

Sid examina le visage avec attention.

— Qui est-ce ? Il me dit quelque chose.

— En effet, confirma Ralph d'un ton neutre. Il s'agit du professeur Sebastian Umbreit. Il est recherché sur toute la planète.

— Vous vous fichez de moi ? C'est le concepteur de la bombe D, celui qui a disparu !

— Oui, il a été enlevé en même temps que toute sa famille. Ceux qui l'ont conduit jusqu'ici lui ont fourni du matériel de microfacture de qualité militaire capable de produire de la matière active. C'est cela qu'ils ont pris chez Trigval, cette nuit. Il y a là de quoi fabriquer une bombe D.

— Nom de Dieu ! qu'est-ce qu'ils veulent faire de cette bombe D ?

Ralph secoua la tête avec tristesse.

— Aucune idée. Mais nous devons absolument le découvrir.

MARDI 30 AVRIL 2143

La couche nuageuse s'était affinée à mesure que la matinée avançait, avant de disparaître complètement. Pour la première fois depuis des semaines, Angela pouvait admirer le système annulaire dans toute sa majesté, même si, à cause de la nouvelle teinte de Sirius et des aurores boréales, il brillait d'un éclat mauve maladif comme il s'incurvait au-dessus de l'horizon sud. En dessous, à trois kilomètres, au pied d'une petite colline, se trouvait l'affluent du Lan. Angela n'arrivait pas à détacher son regard du cours d'eau, car elle avait besoin de se rassurer sur le fait que quelque chose, dans ce maudit voyage, pouvait se dérouler comme prévu. Comme l'avait prédit Leif, il était plat, gelé et relativement rectiligne ; une véritable autoroute dans ce paysage impitoyable fait de jungles et de vallées. Plus que trois kilomètres. C'était si peu.

Elle remonta péniblement la colonne de véhicules arrêtés. L'atmosphère était suffisamment claire pour lui permettre de distinguer le sommet des rubans boréaux situés à des dizaines de kilomètres au-dessus de sa tête. Plus loin encore, elle voyait par intermittence la phosphorescence mauve et diffuse qui enveloppait l'atmosphère. L'ionosphère, bombardée par les particules émises par Sirius, brillait comme une enseigne de magasin, comme un panneau criant la détresse de cette planète au reste du système solaire. Des éclairs fins zébraient les couches hautes de l'atmosphère, qui essayaient d'égaliser leurs niveaux d'énergie.

En dépit de son étrange beauté, c'était un spectacle déprimant. Le climat n'était pas près de changer. Pas à court terme, en tout cas – alors que le convoi évoluait dans ce court terme, justement. Ils commençaient même à manquer de temps. Elle dépassa le garage orange qui abritait la JMT-1, bulle que l'équipe de maintenance s'apprêtait à dégonfler et d'où le véhicule était sur le point de sortir.

Deux des moteurs des essieux de la voiture étaient tombés en panne en l'espace de trois heures, le lundi après-midi. Tout le monde commençait à parler de sabotage. Sauf Leif et Darwin, qui s'y attendaient un peu. Comme ils l'avaient dit à Elston, un véhicule qui avait connu l'expérience d'une chute dans un ravin risquait d'avoir des soucis de fiabilité au cours d'un voyage de deux mille kilomètres. Un diagnostic rapide leur permit de conclure que la meilleure solution était un remplacement pur et simple. Ils avaient mis onze heures à démonter et à remplacer les vieux roulements dans le garage gonflable.

Angela arriva devant le biolab-2. Son i-e ordonna à la portière coulissante de s'ouvrir. Elle attendit que le sas se soit refermé avant de retirer son passe-montagne et ses gants. Comme d'habitude, la lumière et la chaleur lui semblèrent bizarres. L'atmosphère lui donna un peu la nausée. Il y avait neuf personnes dans le compartiment, sans compter une forte odeur d'antiseptique, aussi les filtres de la climatisation avaient-ils le plus grand mal à accomplir leur mission.

Paresh était réveillé et assis contre des coussins, si bien qu'elle oublia rapidement cette sensation désagréable. Il avait les joues rouges, comme un enfant en train de jouer. C'était une bonne chose, sans doute.

— Salut, commença-t-elle en se faufilant entre son brancard et celui de Luther.

Ce dernier semblait toujours mal en point ; sa peau était grisâtre, et toute une panoplie de tubes sortait de sous sa couverture. La couleur des fluides qui y circulait, emplissant des sachets en plastique, lui parut étrange.

— Eh ! salut, toi.

Angela embrassa Paresh furtivement, consciente d'être observée par les personnes présentes dans l'habitacle et la cabine du conducteur.

— Comment tu te sens ?

— Assez bien. Le doc me donne les médicaments qu'il faut.

— Tu en as de la chance. Nous, on est passés à la gelée nutritive.

— Ouais, je sais.

Il désigna une petite alcôve contenant une de ces machines à préparer des repas ; de l'adhésif industriel l'empêchait de glisser sur la surface en acier inoxydable de l'étagère.

Angela la regarda en plissant le nez. On aurait dit une de ces machines à café franchisées qu'on trouvait dans les bars, sauf qu'il n'en sortait aucune vapeur ni aucun sifflement. Leur fonctionnement était relativement simple : on glissait le pack de gelée par le haut et on choisissait le plat, qui sortait, coloré de façon idoine, dans un petit carton argenté. Ragoût de bœuf, crumble à la pomme, purée de pommes de terre, soupe, poulet au curry, etc. On avait le choix entre une vingtaine de plats. La machine mélangeait à la gelée des arômes ainsi que diverses gélatines en poudre destinées à en altérer la texture pour aboutir à une approximation raisonnable du plat demandé – à en croire l'extravagante brochure numérique du constructeur. Comme l'avaient découvert Angela et ses camarades ce jour-là, à l'heure du déjeuner, ce qui jaillissait du tuyau de la machine ressemblait à une crème graisseuse mal mélangée à des grains de colorants alimentaires et des arômes artificiels amers.

— Je n'arrive pas à croire que j'ai mis ce truc sur la liste des provisions, lui dit-elle. Si c'était pour embarquer moins de poids, j'aurais mieux fait de laisser Karizma derrière.

Penser à la nourriture lui donna des frissons dans le dos. Malgré la chaleur du biolab, elle avait froid.

Paresh sourit.

— Je dois t'avouer que le doc me donne de la vraie nourriture.

— Merde, je vais regretter de ne pas être blessée.

— Non, tu te lasserais vite du bouillon de poule, parce qu'il n'y a que ça. Et en quantités industrielles.

Angela se retourna vers Coniff, assise à côté de Luther.

— Dans combien de temps pourra-t-il se lever ?

— Disons quelques jours. Cette pause inopinée a été une bénédiction. Grâce à elle, le tissu de synthèse a eu une chance de stabiliser les fractures de ses côtes, de les solidifier.

— Tu vois, tu seras bientôt guéri, dit Angela à Paresh en lui serrant la main.

— Ouais. On repart quand ?

— Darwin va faire un tour avec la JMT-1 pour la tester. Ils étaient en train de dégonfler le garage quand je suis passée devant. Si les roulements fonctionnent comme prévu, on foncera vers la rivière au petit matin.

— On m'a dit que le colonel y avait déjà jeté un coup d'œil.

— Ouais. La JMT-2 et la Tropic-1 sont descendues jusqu'au cours d'eau ce matin. Il est complètement gelé, et il n'y a qu'un mètre de neige dessus. On pourra rattraper une partie de notre retard, et puis ce sera beaucoup moins difficile pour les véhicules.

— Enfin des bonnes nouvelles.

Elle souleva son sac.

— Un nouveau pull pour toi, annonça-t-elle. Pour quand tu pourras te lever. Comme j'étais pressée, les mailles ne sont pas très régulières.

Un nouveau frisson involontaire lui parcourut les muscles, faisant trembler son bras lorsqu'elle lui tendit son épais pull rouge et bleu.

— Merci.

Le doc lui lança un regard appuyé.

— Bon, j'y retourne, dit Angela. J'ai un tas de passe-montagne à tricoter. On dirait que j'ai découvert mon vrai talent.

Paresh toussa. Une grimace lui déforma le visage.

— Tout le monde aime ce que tu fais.

— Apparemment. Prends soin de toi. Je reviendrai te voir dès qu'on s'arrêtera pour faire le plein.

Il semblait si diminué, allongé comme cela. Tellement diminué qu'elle avait du mal à le regarder. Elle n'avait jamais été très douée pour affronter la maladie – la sienne ou celle des autres – et avait un peu honte de sa faiblesse. Elle s'efforça de ne pas voir Luther lorsqu'elle se faufila entre les deux brancards. Il avait apparemment souffert d'avoir été déplacé dans la cabine du conducteur pour faire de la place et accueillir les urgences. Elle avait entendu Juanitar Sakur parler des dommages internes importants dont souffrait Luther et du fait que le voyage ne l'aiderait pas à guérir.

— Je vous accompagne, dit Mark Chitty. Je vais rendre une petite visite à Dean Creshaun.

Angela attendit poliment que l'infirmier enfile ses vêtements. Ils entrèrent dans le sas ensemble. Dehors, la JMT-1 décrivait lentement des cercles autour des véhicules du convoi, frôlant un bois situé à l'est. Le garage dégonflé formait une étrange flaque de tissu par terre. Dans la lumière instable, il était plus gentiane qu'orange.

Chitty la salua de la main et se dirigea vers le biolab-1, où Dean récupérait de ses blessures. Ses quelques contusions et meurtrissures au flanc ne nécessitant pas la même surveillance que Luther, le docteur l'avait installé sur une couchette de l'autre biolab, où il serait tranquille pendant quelques jours.

Comme Angela retournait à la Tropic-2, son estomac se remit à bouillonner. Elle commençait à avoir la migraine, et sa bouche s'emplissait de salive. Elle craignait d'être sur le point de vomir. Quelque chose la rendait étrangement sensible aux changements de l'air. Soudain, elle ressentit un besoin pressant d'une tout autre nature.

— Putain ! gémit-elle en se mettant à courir aussi vite que possible vers la Tropic.

Elle aurait besoin d'une bassine, et très vite. Son i-e établit une liaison avec Madeleine, qu'elle supplia de tout lui préparer. Au diable sa dignité ; elle n'en pouvait plus et transpirait de partout.

— Vous aussi ? répondit Madeleine.

Angela se moquait de savoir qui d'autre souffrait des mêmes symptômes qu'elle. Tout ce qu'elle voulait, c'était entrer dans la Tropic.

* * *

Mark Chitty sortit du biolab-1 au moment où Sirius disparaissait derrière la ligne d'horizon. Dean allait très bien, désormais, et les visites étaient devenues des formalités. Dès le lendemain matin, lorsque tout serait prêt, il pourrait monter à bord de la Tropic-1.

De fins flocons de neige tourbillonnaient sur le sol comme le vent se levait. Il regarda les mécanos transporter le garage roulé vers le traîneau du biolab-1, et leur fit signe lorsqu'ils passèrent devant lui. La JMT-1 était de retour dans la file de véhicules. Plusieurs hommes étaient occupés à fixer des caisses sur son toit. Autrement, tout le monde retournait à son véhicule. Il avisa deux personnes en train de courir, leurs jambes battant l'air et soulevant des plumets de neige. Chacun ayant terminé son travail ou presque, Mark commençait à croire qu'ils allaient vraiment rallier la rivière le lendemain matin. De là, le chemin serait direct jusqu'à Sarvar. Encore une semaine environ, et ils seraient en sécurité.

— J'ai une course à vous confier, lui annonça le docteur Coniff lorsqu'il fut à mi-chemin du biolab-2. Nous avons cinq cas avérés de grippe intestinale, sans compter de nombreux symptômes préliminaires. Ils vont tous avoir besoin de taraxophane.

— D'accord, je serai là dans une minute.

— Occupez-vous des trois Tropic ; Juanitar visitera les camions et les JMT.

— Et les biolabs ? Dans le 2, personne ne semblait souffrir. Pourquoi n'avons-nous rien attrapé ?

— Euh… Miya et Zhao l'ont aussi, et je ne me sens pas très bien non plus, pour vous dire la vérité.

— Zut ! Quelle est l'origine de l'épidémie, à votre avis ?

— J'opte pour un empoisonnement alimentaire. Les malades sont trop nombreux pour qu'il puisse s'agir d'une simple contagion.

— C'est cette saleté de nourriture reconstituée, conclut immédiatement Mark. Il doit y avoir un souci avec les machines.

— Sans doute. Nous isolerons la cause plus tard. Pour l'instant, je veux que tout le monde prenne ses médicaments et s'hydrate.

— Bien sûr.

Mark chercha le biolab-2 du regard. La météo s'aggravait, et Sirius avait presque complètement disparu. La nuit serait longue et désagréable. Il n'avait pas envie de penser aux conditions qui régneraient dans les voitures, le nombre de bassines étant limité. Dans l'idéal, les gens sortiraient des véhicules, baisseraient leur pantalon et s'accroupiraient, mais, avec toutes les couches qu'ils portaient, ce ne serait pas si simple. Et puis, il y avait le monstre, pensa-t-il.

Comme il dépassait le camion-1, il aperçut un cylindre dans la neige, entre deux grands arbres. Il avait dû tomber de la JMT-1 pendant les essais du véhicule. Il savait que ces cylindres contenaient d'importantes pièces détachées, chaque véhicule transportant les siennes, y compris les biolabs. S'il continuait à neiger de la sorte, le tube serait rapidement recouvert.

— Fait chier, marmonna-t-il dans sa barbe.

Cela ne prendrait pas plus d'une minute. Les traces laissées par les roues de la JMT conduisaient directement au cylindre.

Mark fit donc un détour et se dirigea vers l'objet abandonné. Lequel s'avéra plus éloigné que prévu. Juger des distances dans la neige immaculée n'était pas chose aisée. La piste de la JMT s'incurvait, frôlant les fouettards et les métacoyas. Les arbres l'avaient trompé aussi ; ils étaient plus grands qu'il ne l'avait pensé, contribuant autant que le paysage blanc et infini à déformer les distances.

Il n'était plus qu'à deux mètres du cylindre lorsqu'il avisa l'empreinte de pas. Elle se trouvait à côté des lignes parallèles laissées par les pneus basse pression de la Jeep, à un endroit où la neige était vierge. Sa forme surprenante attira son attention. Le fait qu'une JMT soit passée par là ne suffisait pas à expliquer sa présence. Il s'arrêta, se pencha et retira ses lunettes pour pouvoir l'examiner correctement. Cela lui prit quelques secondes, mais il finit par comprendre ce qu'il y avait de choquant dans la forme imprimée dans la neige.

— Des orteils ?

L'empreinte avait été laissée par un pied et non une botte. Quelqu'un s'était baladé pieds nus dans la neige. Quelle idée !

Un paquet de neige tomba avec un bruit mat.

— Hein ?

Mark se retourna. Une importante quantité de poudre blanche tombait du fouettard le plus proche, un énorme spécimen culminant à soixante mètres dans le ciel iridescent. En dessous se découpait une silhouette qui attira l'attention de Mark. Une des branches enroulées du fouettard vibrait et tremblait, se débarrassant de son manteau de glace, mais l'homme ne la remarqua pas, hypnotisé qu'il était par la forme qui se dressait à une cinquantaine de mètres de là – une silhouette sombre, humanoïde, mais en rien humaine.

— Nom de Dieu ! cria Mark.

Il ordonna à son i-e d'établir une connexion d'urgence avec le réseau du convoi. La créature ne bougeait pas, ne le chargeait pas.

— Au secours, supplia Mark. À l'aide !

Devant lui, la créature leva les bras et agita élégamment dans les airs ses mains munies de cinq longues lames.

— Que se passe-t-il ? demanda Elston.

Stupéfait, bouche bée, Mark regarda les bras du monstre décrire des gestes rapides et complexes. Il pensa aussitôt à un chef d'orchestre dirigeant une symphonie folle et discordante.

La branche du fouettard libérée de son linceul blanc se déroula dans un mouvement serpentin. À la base, elle était aussi épaisse qu'un tronc humain, puis elle s'affinait progressivement jusqu'à ne mesurer que quelques centimètres de diamètre à la pointe. Elle fendit l'atmosphère comme une tornade folle, relâchant d'un seul coup toute l'énergie accumulée et retenue depuis que l'arbre avait envoyé ses spores dans la nature pour la dernière fois, plusieurs mois plus tôt. Au lieu de se dérouler à l'horizontale pour lancer les spores le plus loin possible, la branche, à cause de ses fibres déformées, siffla vers le bas.

Mark Chitty n'eut le temps ni de la voir ni de l'entendre. La section de la branche qui le frappa au-dessus du pelvis était plus épaisse que sa cuisse.

Son maillage corporel envoya aussitôt une alerte médicale frénétique, déversant sur le réseau du convoi les détails horribles des dommages qu'il avait subis.

Elston :

— Chitty !

Coniff :

— Que se passe-t-il ? Qu'est-ce que… ?

Juanitar :

— Mark !

Mark tomba dans la neige et roula sur lui-même deux fois. Sa respiration était sifflante et saccadée. Sa vision brouillée s'éclaircit un peu. L'incroyable douleur commença à se dissiper comme si on lui avait injecté des analgésiques. Une brume rouge foncé comprimait son champ de vision. Sa grille devint illisible, puis disparut. Loin au-dessus de lui, il vit la branche de fouettard s'enrouler et reprendre sa position horizontale, les poils blancs de son écorce ondulant comme les plumes d'un animal agité.

Sa tête tomba sur le côté, et il se retrouva de nouveau face à la créature. Celle-ci continuait à agiter les bras, poursuivait sa folle danse, dirigeant, *crescendo*, une symphonie que personne n'entendait.

— Elle est vivante, annonça un Mark sonné à ses collègues paniqués. Tout entière.

Une autre branche de fouettard se déroula vers le bas, lui cassant les deux jambes et le projetant à dix mètres de là. À peine eut-il cessé de glisser qu'il reçut un nouveau coup. Après le troisième impact, sa conscience commença à l'abandonner. Il ne sentait plus du tout son corps fracassé. Et la créature se tenait toujours là où il l'avait vue la première fois. Les lames de ses doigts étaient écartées dans un geste de triomphe exubérant, leur surface noire et brillante réfléchissant la faible lumière rouge de Sirius à travers la neige tourbillonnante, manipulant les fouettards comme des marionnettes.

Le corps inerte de Mark fut projeté encore et encore contre les gros troncs. Les fouettards frappèrent sans retenue, le réduisant à l'état de masse informe de chair inerte et de membres brisés et flasques. Son sang imbiba ses couches multiples de vêtements là où ses os cassés avaient transpercé son épiderme. Des gouttelettes dessinèrent des taches sombres sur la neige immaculée, seules preuves de son passage de vie à trépas. La plupart de ses cellules intelligentes étaient détruites, et ce qui restait de son maillage corporel n'émettait qu'un faible signal.

Le dernier coup l'envoya au loin, à côté d'un énorme fouettard, hors de vue des véhicules du convoi. La moitié des branches enroulées de l'arbre se mirent à trembler, fracturant leur manteau de glace cassante. Une avalanche de neige tomba sur la victime, bloquant les dernières émissions de son maillage. D'autres fouettards s'agitèrent, couvrant les traces de sang et les diverses marques laissées dans la neige par le brutal voyage de Mark vers l'oubli.

* * *

Vance se força à participer aux recherches alors même que, malade comme un chien, il avait peine à tenir debout. Seuls huit des hommes du convoi n'étaient pas affectés, dont Paresh Evitts et Dean Creshaun. La raison en était claire : aucun des deux blessés n'avait mangé de gelée alimentaire. Luther, au contraire, avait insisté pour être traité comme les autres, avalant fièrement des cuillerées de ragoût préparé par le distributeur du biolab. Les six autres – Lorelei, Lulu MacNamara, Leora Fawkes, Antrinell, Karizma Wadhai et Leif Davdia – s'étaient tous abstenus de manger de la gelée à l'heure du déjeuner.

Vance leur donna l'ordre à tous de sortir dans la nuit scintillante – sauf à Lulu. La pauvre jeune femme ne leur aurait servi à rien sur le terrain, et ce même si elle avait obéi à ses ordres.

En une demi-heure, Vance était tombé à genoux deux fois pour vomir faiblement dans la neige. Il tremblait continuellement, tandis que, sous ses vêtements trempés, sa peau était brûlante et humide. L'intensité de ses maux de tête était fluctuante, l'obligeant parfois à rester immobile et à inspirer profondément, tandis que les vrilles de douleur devenaient trop difficiles à supporter. Raddon et Mohammed avaient insisté pour participer aussi, affirmant que leurs symptômes n'étaient pas trop graves. Le docteur Coniff s'était connecté à leurs cellules intelligentes médicales avant de refuser de les laisser sortir. Vance n'avait pas écouté son avis.

Tous les huit formaient donc une ligne lâche en bordure de la forêt. Dans la lumière étrange des aurores boréales le vent générait des tourbillons de neige autour des troncs. Au-dessus des hommes, les silhouettes sombres des arbres semblaient encore plus menaçantes que d'habitude. Dans leur dos, les véhicules du convoi faisaient face à la vaste zone de recherche, qu'ils illuminaient de leurs phares. Les faisceaux multiples créaient des ombres trompeuses et déconcertantes. Vance surveillait par télémétrie les mitrailleuses robotisées des voitures, qui suivaient les membres de l'équipe, à l'affût du moindre mouvement inexpliqué.

Bien que toutes les précautions imaginables aient été prises, Vance avait l'impression de marcher au bord d'un précipice. La créature était là. Il le savait. D'une manière ou d'une autre, elle les avait rattrapés.

Les maillages des véhicules leur avaient fourni les coordonnées approximatives de la dernière position connue de Chitty. Ils n'avaient rien trouvé à cet endroit, évidemment. Durant l'attaque, il y avait eu une série de dégradations brutales de la connexion et de la bande passante. Quoi que la créature lui ait fait, elle avait agi par étapes. Le docteur

Coniff avait expliqué que les dernières données reçues confirmaient la mort de Chitty. Les hommes s'étaient donc dispersés dans ce sombre paysage arctique à la recherche d'un cadavre. Comme son corps le lâchait, Vance commençait à se demander si se fatiguer de la sorte avait réellement un sens.

Mohammed laissa échapper un gémissement grave et tomba à quatre pattes. Il se balança d'avant en arrière à deux ou trois reprises. Vance se dit que le légionnaire allait encore vomir. Au lieu de quoi Mohammed s'affaissa contre le tronc massif et couvert de glace d'un métacoya. Il gémissait de plus belle. Leora et Antrinell se précipitèrent vers lui. Vance aurait aimé les aider, mais il n'avait tout simplement pas la force de bouger. Le regard rivé sur les faisceaux des phares, il se demanda s'il serait capable de rejoindre les véhicules sans aide. La lumière blanche semblait nourrir sa migraine.

— Bon, il est temps de rentrer, dit Antrinell à Mohammed.

— Ramenez-le-moi, demanda Coniff. Je reçois les données de ses cellules médicales. Son rythme cardiaque devient erratique. Colonel, Raddon et vous devez rentrer aussi.

— D'accord, acquiesça Vance d'une voix rauque.

Un spasme puissant le secoua. Il n'avait même plus la force de lever les bras. Il ne restait aucune trace de Chitty, ni aucun indice de ce qui lui était arrivé.

— Il faut y aller, mon colonel, lui répétait Lorelei. Les recherches sont terminées.

Il ne l'avait même pas vue arriver, mais son icone était bien là, dans sa grille, et son bras glissait sous son épaule. Un nouvel icone d'identité apparut tout près de lui. Leif attrapait son autre bras.

— Vous avez besoin de vous allonger.

Vance eut envie d'acquiescer vigoureusement de la tête, au lieu de quoi il perdit connaissance.

* * *

Après les vomissements incontrôlables. Après la diarrhée humiliante. Après la fièvre et le froid. Après la transpiration et les tremblements. Après avoir inhalé la puanteur et partagé la souffrance des autres passagers de la Tropic-2. Après avoir bu de l'eau épaissie par les minéraux de réhydratation et s'être appliqué sachet sur sachet de taraxophane, Angela fut enfin capable de s'intéresser de nouveau à ce qui l'entourait. Elle avait dû s'assoupir, pensa-t-elle ; il faisait nuit noire.

L'habitacle de la voiture était plongé dans les ténèbres, mais les phares étaient allumés, faisant briller d'un éclat fluorescent les gouttelettes de condensation qui couvraient le pare-brise. Elle était assise à l'avant, à la place du passager. Elle se rappelait vaguement être remontée dans le véhicule après s'être précipitée dehors pour répondre à l'appel urgent et ô combien familier de son sphincter.

— Comment ça va ? coassa Forster, assis à l'arrière.

— Très mal, répondit-elle en clignant des yeux pour tenter d'y voir clair. À peu près aussi mal que vous, je dirais.

— Ouais, confirma-t-il en fermant aussitôt les paupières.

Il avait le teint luisant et grisâtre. Ses bras étaient secoués de spasmes sous sa couverture maculée de filets de vomi encore frais et puant. Mais il y avait largement pire dans l'habitacle.

— Où sont les autres ? demanda-t-elle.

— Raddon est dans le biolab-2, dit-il les yeux clos. Ils l'ont embarqué là-bas après la recherche. L'idiot a voulu jouer au macho. Juanitar le soigne aussi bien que possible, mais il souffre encore, comme la plupart d'entre nous. Madeleine s'est vite remise, mais elle est jeune. Elle est à bord de la Tropic-3 pour aider Garrick, Winn et Darwin, qui sont dans un sale état.

— Bien.

Angela jeta un coup d'œil circulaire à l'habitacle à la recherche de quelque chose à boire. Sa gourde était à sa place habituelle, dans le rangement prévu à cet effet, sur la portière. Par chance, ce n'était que de l'eau. Elle se rappelait avoir eu des haut-le-cœur quand quelqu'un lui avait fait avaler une solution de réhydratation. Elle avala quelques gorgées avec circonspection de peur d'être reprise de nausées. Après avoir attendu quelques minutes, elle eut le courage d'étancher sa soif.

Forster avait de nouveau sombré dans un sommeil agité, tremblant régulièrement sous sa couverture crasseuse.

— Je veux voir la localisation de tout le monde, dit-elle à son i-e.

Sa grille apparut en même temps qu'une constellation d'icones d'identité. Elle remarqua le vrombissement des servomoteurs, au-dessus de sa tête. La mitrailleuse robotisée était armée et balayait les environs, prête à réduire en bouillie tout ce qui approcherait d'un peu trop près le convoi.

— Tout le monde répond à l'appel, annonça l'i-e.

— Parfait. (Elle sélectionna l'icone d'Elston et avisa avec inquiétude les données de ses cellules médicales.) Qui dirige les opérations, alors ?

Elston étant indisponible, Antrinell était le patron. Il avait organisé efficacement les opérations, distribuant du travail à tous ceux, même diminués, qui n'étaient pas affectés au soin des malades. L'intoxication alimentaire, s'il s'agissait bien de cela, avait fait des ravages.

Avant de succomber à une fièvre horrible qui lui avait fait perdre sa lucidité par intermittence, le docteur Coniff leur avait fait comprendre que la réhydratation devait être leur priorité. La femme leur avait également distribué de grandes quantités de taraxophane, un médicament censé renforcer le système immunitaire et donc susceptible d'aider l'organisme à combattre la maladie, mais un médicament connu pour mettre les organes à rude épreuve.

En dehors de cela, Antrinell avait donné l'ordre que les mitrailleuses soient prêtes à tirer, aussi devait-il toujours y avoir quelqu'un pour surveiller les données recueillies par les quelques capteurs encore fonctionnels. Sa politique était de tirer d'abord et d'aller voir après.

L'i-e d'Angela se connecta à celle du capitaine.

— Je me sens un peu mieux. Y a-t-il quelque chose que je puisse faire pour aider ?

— Vraiment ? Vous vous sentez bien ?

— Je ne dirais pas cela. Je me sens comme un ballon de football après une prolongation, mais ça va quand même mieux.

— Dieu merci. C'est la meilleure nouvelle de la semaine. Vous êtes la deuxième à vous remettre. Pour plusieurs d'entre nous, c'est de pire en pire. Je commençais à me demander si nous allions nous en tirer.

Angela s'abstint de lui dire que ses organes génétiquement modifiés lui conféraient de meilleures chances de vaincre la fièvre, que son foie et ses reins étaient capables de résister à des niveaux de toxines qui tueraient n'importe quelle femme de vingt ans. Néanmoins, vu leur situation, quelques faux espoirs ne leur feraient pas de mal.

— Savons-nous de quoi il s'agit ? demanda-t-elle.

— Non. J'ai demandé à Camm de faire subir quelques tests à la gelée. À moins qu'il parvienne à identifier ce qui nous a frappés, nous devrons nous contenter du traitement générique prescrit par Coniff.

— D'accord. Qu'y a-t-il à faire ? Je parle de choses pas trop difficiles, évidemment.

— Il y a des gens très mal en point dans la JMT-2. Leif est débordé et votre aide serait la bienvenue.

— Laissez-moi dix minutes. Et faites gaffe de ne pas pointer vos mitrailleuses sur moi quand je serai dehors.

— Merci, Angela. Heureux que vous soyez de retour parmi nous.

Elle trouva un sachet de toasts beurrés et mit le rectangle de plastique argenté dans le four à micro-ondes. Pas de confiture ; il était encore trop tôt pour imposer cela à son estomac. Elle posa sur le sachet de chocolat chaud un regard mouillé, mais préféra se contenter d'une gorgée d'eau plate de sa bouteille isotherme, telle une maniaque du *fitness*.

— Montre-moi les données visuelles de Chitty et remonte une minute avant le début de l'attaque, ordonna-t-elle à son i-e.

L'image apparut dans sa grille, et elle vit l'homme emprunter la piste tracée par la JMT-1 durant son petit tour d'essai. Il se dirigeait manifestement vers un cylindre de pièces détachées tombé du véhicule. L'image, déjà mauvaise, était rendue calamiteuse par les lunettes que portait l'homme et par les tourbillons de neige, mais Angela se retint de la passer à la moulinette de programmes correcteurs, car elle voulait voir la même chose que ce pauvre vieux Mark.

Il s'arrêta et se pencha en avant en relevant ses lunettes. Tout comme Mark, Angela fronça les sourcils, incrédule, en découvrant une empreinte humaine. Le tissu qui lui couvrait le visage étouffa le « Oh ! » étonné de la victime. Mark se retourna vers les arbres. Le monstre était là, clairement visible et bien plus distinct que la nuit où il avait tué Tork Ericson, silhouette sombre et humaine dotée, à la place des doigts, de lames menaçantes qui scintillaient dans la lumière pâle des aurores boréales. La créature agitait les bras, décrivait des cercles bizarres. Soudain, la liaison s'interrompait et l'enregistrement se terminait. Quelques secondes plus tard, le contact se rétablissait, mais la bande passante était si réduite que seules les données de base étaient disponibles.

Angela ouvrit le sachet et grignota un toast. Quelque chose, dans les arbres, avait attiré l'attention de Chitty. Le monstre était à une cinquantaine de mètres de là, aussi n'avait-il pu frapper l'infirmier.

Et puis, il y avait les dernières paroles, pour le moins énigmatiques, de la victime : « Elle est vivante. Tout entière. » De quoi pouvait-il bien parler ?

— Montre-moi une vue du convoi à ce moment-là, demanda-t-elle à son i-e. Et marque la position de chacun.

Treize personnes étaient à l'extérieur lorsque Chitty avait été attaqué, dont elle. Elle s'était précipitée frénétiquement hors de la Tropic pour baisser son pantalon, comme l'attestaient les engelures de son postérieur. Ou bien était-elle sortie un peu plus tard ; elle ne s'en souvenait plus. Les autres... L'icone de Chitty était facile à repérer, seul, à l'écart des véhicules du convoi. Tout le monde était regroupé autour des engins ; les mécanos étaient en train de remballer leur matériel, d'autres vomissaient dans la neige. Ou pire.

Elle compta les icones. Personne ne manquait. Personne n'était à proximité de Chitty. C'était impossible, car quelqu'un devait avoir laissé cette empreinte de pied nu dans la neige.

— Je veux une confirmation visuelle de la position de chacun. Je veux confirmer que tout le monde était bien là où il était censé être.

— Les données sont incomplètes, répondit l'i-e. Seules les JMT et les Tropic disposent de maillages internes accessibles. Ceux des biolabs sont protégés. Les habitacles des camions élévateurs et de la citerne ne disposent d'aucun maillage.

— Bon, dans ce cas, essayons les mémoires caches visuelles du personnel ; elles ont dû être chargées sur le réseau.

Elles ne l'avaient pas été. Ses collègues avaient pris l'habitude d'interrompre leurs enregistrements à bord des véhicules, où ils étaient ensemble et en sécurité. Angela elle aussi était coupable ; son propre enregistrement s'arrêtait au moment où elle remontait à bord de la Tropic après avoir rendu visite à Paresh. Il n'existait aucune image d'elle sortant plusieurs fois dans la neige pour déféquer ou vomir. Elle s'était connectée aux maillages de la Tropic, mais ils n'avaient que deux brèves séquences la montrant furtivement en train de jaillir par la portière, alors que, si sa mémoire ne lui faisait pas défaut, elle était sortie au moins quatre fois cette nuit-là.

Angela entreprit de se changer tout en compulsant les données disponibles et en réfléchissant à celles qui ne l'étaient pas. Le chaos régnait dans le convoi au moment de la mort de Chitty. Le personnel était affairé, chargeant la JMT après les réparations. La maladie commençait à gagner du terrain, et tout le monde était agité – comme des fourmis perturbées dans leur travail. Aurait-elle pu s'éclipser dans de telles circonstances ? Oui, facilement. Il aurait suffi de quelques particules intelligentes émettant le bon code d'identification sur la banquette, et tout le monde l'aurait crue dans le véhicule. Le maillage corporel désactivé, elle aurait alors pu rejoindre Chitty en silence.

Physiquement – technologiquement –, cela n'aurait pas posé de problème. Toutefois, le *pourquoi* restait déconcertant. Le monstre avait-il un complice au sein du convoi ? Le sabotage du câble avait certes déjà démontré qu'un de ses collègues désapprouvait cette expédition. Elle ne croyait pas à une simple coïncidence ; il devait s'agir de la même personne.

Elle se tourna vers Forster. Les cheveux collés au crâne par la transpiration, il frissonnait sous sa couverture. Il semblait gravement malade, mais, maintenant qu'elle avait réveillé sa paranoïa, elle n'était plus sûre de rien.

Ne sois pas idiote, se dit-elle. S'il avait voulu la tuer, Forster aurait eu de nombreuses occasions de le faire. *À qui faire confiance, alors ?*

Elle se concentra sur sa tâche, retirant une à une ses couches de vêtements horriblement humides et tachées et les fourrant dans des sacs en plastique en attendant Sarvar et des machines à laver en état de marche. Elle parvint à faire un brin de toilette avec du gel hydroalcoolique et une serviette, après quoi elle se contorsionna comme elle en avait désormais l'habitude pour aller chercher ses derniers vêtements propres.

Le fusil de Forster était posé sur la banquette, à côté de lui. Elle le vérifia, se le suspendit dans le dos, puis fourra dans la poche de sa parka le pistolet automatique que Raddon gardait toujours dans la boîte à gants. Elle déverrouilla enfin la portière.

—Je suis prête, annonça-t-elle à Antrinell.

—Je surveille vos arrières, répondit-il.

Angela sortit dans la lumière vicieuse de la nuit de St Libra. Le vent agita la fourrure qui doublait sa capuche, tandis que la neige traversait les faisceaux des phares à toute vitesse. Au-dessus d'elle, les énormes replis fluctuants d'une aurore boréale brûlaient d'une phosphorescence bleue et froide devant le champ d'étoiles. Elle examina nerveusement les environs et prit la direction de la JMT-2.

À qui faire confiance ? À qui ?

Jeudi 2 mai 2143

En présence de l'agent Sarah Linsell, Clayton North s'efforçait de ne pas se faire remarquer. Officier de l'ADH, Linsell était intelligente, extrêmement professionnelle et, au travail, ne souriait jamais. Son épaisse chevelure auburn lui arrivait à hauteur d'épaules. Exactement. Quant à son tailleur bleu marine porté avec un chemisier blanc, il aurait pu être un uniforme tant il était peu original. Elle semblait se méfier énormément de tous ceux que Sid avaient fait venir pour participer à l'opération de surveillance. Ou bien désapprouvait-elle tout simplement leur présence. Clayton était forcé d'admettre que Ian, Eva et lui ne servaient pas à grand-chose.

L'opération était conduite depuis la base de l'ADH, construite sur les coteaux qui surplombaient le Dernier Mile. La longue salle choisie par Linsell se trouvant au centre de la forteresse de béton, au deuxième sous-sol, le portail et l'immense conglomérat de sociétés et de commerces étaient évidemment invisibles.

Clayton était à peine toléré au sein d'une équipe forte de trente-sept hommes venus spécialement pour surveiller les agissements de Sherman et de ses acolytes. Chacun d'entre eux – Sherman, Aldred, Boz, Jede et Ruckby – avait sur le dos une sous-équipe, dont le rôle consistait à savoir où ils se trouvaient et ce qu'ils faisaient. Même Valentina était filée par deux observateurs, au cas où elle aurait un rôle plus actif que celui mis en évidence par l'enquête de Sid.

Des microdrones voletaient en silence au-dessus de la ville, observant leurs proies. Des voitures, changées toutes les heures, sillonnaient discrètement les rues, suivant leurs cibles lors de tous leurs trajets inhabituels. Des agents déployés sur le terrain se rendaient dans les boutiques, les clubs, les hôtels, les bureaux et les salles de gymnastique fréquentés par les suspects, se fondant dans la masse tels des caméléons. Un nouveau bateau était amarré à la marina, à trois pontons du *Maybury Moon*. Une des plus grosses IA de l'ADH avait dissimulé des programmes de surveillance dans les profondeurs des cellules transnet de la ville, passant en revue la moindre émission de maillage corporel.

L'agent Linsell était soit paranoïaque, soit très compétent. Dans tous les cas, Clayton préférait faire profil bas. Ses systèmes moléculaires quantiques étaient également en alerte, à l'affût de la présence d'un éventuel microbe intelligent utilisé par Linsell contre lui. Jusque-là, elle n'avait rien tenté, mais il était trop tôt pour qu'on puisse lui faire confiance. De fait, Ivan avait repéré les logiciels de surveillance sophistiqués qu'elle avait chargés sur le réseau de Newcastle pour les avoir à l'œil : Sid, Ian, Eva et lui. Une heure à peine après l'arrivée de l'agent en ville, les programmes étaient actifs. Ralph lui avait manifestement expliqué que l'enquête initiale des policiers était officieuse.

Par conséquent, Clayton était contraint de vivre scrupuleusement la vie d'Abner, à défaut de quoi il risquerait d'attirer l'attention de Linsell. Communiquer avec Ivan devint extrêmement difficile. Il n'avait d'autres moyens que d'envoyer ses données à des adresses choisies par avance quand il était dans les transports en commun ou dans la rue. Ainsi, Jupiter fut mis au courant de la découverte du professeur Umbreit et du possible projet d'assemblage d'une bombe D. Le vaisseau à ondes lumineuses attendait au point de Lagrange situé derrière la Lune.

Non qu'il eût beaucoup d'informations à transmettre. Depuis que, le dimanche précédent, Sid les avait tous fait venir à la base de l'ADH, Linsell avait mené les opérations de façon exemplaire. Les sous-équipes avaient ciblé leurs proies avec précision et en toute discrétion. Comme ils disposaient désormais de ressources véritablement infinies, aucune d'entre elles ne leur avait échappé, ne serait-ce qu'un bref moment.

Malheureusement, les hommes de Sherman s'étaient comportés en citoyens modèles depuis le début de la mission. Jede était retourné à Newcastle en milieu de matinée pour abandonner la camionnette dans une ZSSP. Cinq minutes plus tard, le véhicule s'était enflammé, à la grande joie de la jeunesse sauvage du quartier. Après cela, il n'y avait eu aucun contact entre Sherman et Aldred. Le premier avait repris ses activités habituelles et illégales. Le dossier monté par Linsell était suffisant pour le mettre derrière les barreaux pendant vingt ans – transferts d'argent depuis des comptes secondaires, commandes de stupéfiants, vols de données d'entreprises et deux tentatives de chantage. Toutefois, Linsell voulait autre chose. Sherman devait détenir la famille d'Umbreit quelque part. C'était leur moyen de pression sur le scientifique, le levier grâce auquel ils lui faisaient faire ce qu'ils voulaient dans cette grange. Ralph et Linsell voulaient à tout prix les retrouver.

Ni Clayton ni personne sur Jupiter n'avait la moindre idée de ce qui pouvait bien se tramer dans cette ferme isolée ni de la raison de l'implication apparente d'Aldred. Rien, dans leur analyse des marchés du biocarburant et des manœuvres générales des acteurs de la filière, n'expliquait son comportement. Ils devaient se contenter d'un lien hypothétique avec l'assassinat étrange d'un North inconnu, lui-même lié à la mort de Bartram, vingt ans auparavant.

Ne serait-ce qu'à cause de cela, Clayton prenait cette histoire avec encore plus de sérieux que Linsell.

Il était 18 heures. Tout autour de la grande salle souterraine voûtée, les agents levèrent les yeux vers le moniteur central. On y voyait un plan de la ville et des icones violets représentant leurs cibles. Aldred venait de recevoir un appel en provenance de la ferme – un appel qui transitait par de multiples cellules sur toute la surface de la planète et changeait de circuit deux cents fois par seconde de façon aléatoire.

— Il a terminé la machine, tonna une voix dans les haut-parleurs.

— Excellente nouvelle, répondit Aldred. Avez-vous procédé aux diagnostics ?

— Oui, monsieur. Les paramètres que vous nous aviez donnés correspondent bien. Tout est parfait.

— Bien. Dites à Sherman qu'il faut procéder à l'installation. Je vous reverrai tous sur les lieux de l'assemblage.

Linsell et Sid reçurent immédiatement un appel. Clayton savait qu'il devait s'agir de Ralph Stevens ; poliment et de conserve, ils hochaient la tête, acquiesçant à ce qui leur était dit. Clayton et Ian échangèrent un regard entendu. Ian travaillait avec l'équipe qui surveillait Boz.

Les icones, sur le plan, leur montrèrent que Sherman recevait à son tour un appel en provenance de la ferme. Eva rejoignit Clayton.

— Nous n'avons pas encore retrouvé la famille, murmura-t-elle.

— Je crois que ça n'a plus beaucoup d'importance.

— Abner, réfléchissez, si cette machine, quelle qu'elle soit, fonctionne vraiment, alors les otages ne leur sont plus d'aucune utilité.

— Ouais, je sais, je sais, mais nous n'avons pas la moindre piste. Et Sherman ne semble pas en savoir beaucoup plus que nous. Il se peut très bien qu'Aldred ait eu recours à quelqu'un d'autre pour enlever les Umbreit.

— Nous devons essayer, insista-t-elle.

Les icones leur montraient que Sherman appelait Jede, qui, à son tour, appelait tous les autres.

— Tout le monde se met en branle, annonça Ian, satisfait.

Les hommes de Sherman se dirigeaient vers leurs voitures.

Sid se joignit à Clayton et Eva.

— Elle est d'accord pour que nous participions à l'assaut, annonça-t-il, satisfait.

— Que fait-on de la famille du professeur ? demanda Eva.

— On ne fera rien tant qu'Aldred et la machine ne seront pas au même endroit. Alors, l'assaut sera donné. Quand les survivants seront en état d'arrestation, on leur proposera un contrat de coopération. Ils nous disent où se trouve la famille, en échange de quoi la cour fera preuve de clémence lors de leur procès. Dans le cas où personne ne voudrait parler, Ralph les embarquerait pour les interroger. Nous avons vu comment ce bon vieil Ernie nous est revenu. Nous les trouverons.

— Ça pourrait prendre des jours, protesta Eva, dont la peau pâle commençait à se teinter de rouge.

— On ne peut pas faire plus pour l'instant. Les équipes de surveillance resteront ici pour tenter d'isoler les communications de ceux qui détiennent la famille. Une équipe d'intervention se tient prête au cas où.

— D'accord, marmonna-t-elle.

Sid sourit et lui posa une main sur l'épaule.

— Vous n'êtes pas obligée de venir, vous pouvez rester ici pour vous assurer que tout soit fait pour retrouver la famille.

— Vous essayez de vous débarrasser de moi, patron ?

— Sûrement pas. Pas après tout ce que nous avons vécu, ajouta-t-il en gloussant. Et vous, Abner, vous venez ?

— Il faut que je sache ce qui se trame, chef. Un de mes frères – peu importe que nous ignorions son identité – a été tué à cause de tout ça.

— Parfait. Dans ce cas, nous nous équipons et accompagnons l'équipe d'intervention. Notre mission : observation et soutien.

* * *

Sid précéda son équipe dans la fraîche soirée printanière. Sous son épaisse veste pare-balles et sa chemise réglementaire matelassée, sa transpiration lui picotait les aisselles et le cou. Il faisait chaud sur le parking de la base, car le bitume continuait à diffuser la chaleur accumulée durant la journée. Les étoiles étaient des têtes d'épingle lumineuses dans le crépuscule dégagé.

Beaucoup de décisions avaient conduit à ce moment-là ; néanmoins, il avait encore la possibilité de tourner les talons et de rentrer chez lui. De laisser Linsell et son équipe se débrouiller seules. Après tout, c'était leur boulot. Il était à la fois fier d'être là et terrorisé, comme n'importe quel être humain sain d'esprit.

Lorsqu'il leva les yeux vers les constellations, il reconnut les silhouettes de trois Mil US-22 noirs à décollage vertical sur le toit du bâtiment principal. Des escouades de l'équipe d'intervention de l'ADH embarquaient par les larges portes latérales, tandis que les hélices tournaient afin de vérifier l'état des systèmes. Les US-22 étaient silencieux et furtifs, capables d'approcher des cibles urbaines sans se faire remarquer. Dans une vingtaine de minutes, lorsque l'horizon doré aurait fini de disparaître, ils deviendraient invisibles à l'œil nu et pour la plupart des capteurs. Leurs cibles ne se rendraient compte de leur présence que lorsque des silhouettes en armure leur pleuvraient dessus.

Sid s'était vu prêter une grosse Mercedes 4 × 4 Allclime, un des douze véhicules identiques garés devant la base et prêts à transporter les hommes de Linsell. Tandis qu'il ouvrait la portière, elle arriva vers lui vêtue d'une tenue de protection qui semblait avoir été taillée pour elle comme son costume bleu marine.

— J'apprécie votre aide, commença-t-elle. Vous ne bougerez pas de votre position et respecterez le protocole tactique. Vous ne dévierez pas de ce plan. Vous aurez le statut d'équipe de soutien secondaire.

— Ouais, pas de problème, acquiesça Sid avec un accent du Nord à couper au couteau.

— Bien, fit-elle avant de tourner les talons et de filer vers le véhicule de commandement, une Jeep Hassar dix places.

— Waouh ! lâcha Abner. Ça, c'est de l'attitude. Ian, vous avez essayé de... ?

— Non ! Ce n'est pas mon genre. C'est fini, ces conneries. Je suis avec Tallulah, maintenant.

— Ça se passe comment entre vous ? demanda Eva d'un ton détaché.

— Très bien. On se voit tous les soirs. Chez elle, pas chez moi. Je ne veux pas qu'elle soit mêlée de près ou de loin à ce que nous faisons. On parle de s'installer ensemble. Vous croyez que c'est prématuré ?

Sid étouffa un gloussement. Ian songeant à s'installer avec sa petite amie – c'était surréaliste.

— Si vous êtes prêt, vous êtes prêt, répondit-il. Il n'y a pas de règle.

— Au contraire, patron, intervint Abner en montant dans la voiture. Je crois qu'il y a une loi européenne à ce sujet.

— Oui, la législation prévoit un délai minimal de quinze semaines, intervint Eva avec sérieux.

— N'écoutez pas les cyniques, reprit Sid. Vous avez fait le bon choix. C'est une fille bien.

— Par contre, il faut bien la traiter, hein ? ajouta Eva. Elle a beaucoup souffert. Son fiancé, son implication dans notre affaire…

— Eh ! ayez un peu confiance en moi, protesta Ian.

Le visage toujours éclairé d'un sourire, Sid demanda à son i-e de connecter l'ordinateur de bord de l'Allclime au réseau du coordinateur tactique de la mission. Sa grille lui montra une vue aérienne de la ferme. Une camionnette Ford Telay à six roues s'éloignait du groupe de bâtiments.

— Cible A en mouvement, annonça le coordinateur. Ils ont chargé une grosse caisse à l'arrière de la camionnette avant de partir. Umbreit est à bord avec quatre suspects.

— Ce serait embêtant, s'ils faisaient exploser la bombe D ? demanda Ian. Ce sont de grosses bombes ?

— Elles ont des détonateurs à fusion, répondit doucement Abner.

— C'est une bonne chose, non ? La fusion, c'est de l'énergie propre, il me semble.

— Ian, intervint Sid avec lassitude. Il veut dire que le détonateur est une bombe à fusion.

Ian eut un rire nerveux.

— Euh… ouais, je le savais. Il n'y aura pas de retombées, alors ?

— Vous voulez retourner dans la salle de commandement, peut-être ? demanda Sid. C'est dans les sous-sols de la base. Il n'y a pas plus sûr.

— Non, non. On va finir le job ensemble. Et vos enfants ?

— Ils sont chez leurs grands-parents, dans le Rutland.

Dès qu'il avait appris pour Umbreit, le dimanche, il avait demandé à Jacinta de quitter la ville. Il n'avait pas bafoué les règles de sécurité, ne lui avait donné aucune explication. Il lui avait simplement dit que son enquête avait avancé et que, du fait de ces derniers développements, il préférait que les enfants et elle ne soient pas exposés. Avant l'heure du déjeuner, elle roulait déjà vers le sud sur l'A1.

— Oh!..., fit Ian, avant de se tourner vers Eva.

— Les miens sont au pays, dit-elle. Culturellement, c'est une période très importante en Islande. Ils ne doivent pas rater ça.

Ian se retourna vers Abner, qui haussa les épaules.

— C'est mon frère que vous avez repêché dans la Tyne. J'ai besoin de savoir.

La voiture se mit en branle, s'insérant dans la file des véhicules qui sortaient de la base. Sid regarda à travers le pare-brise et distingua à peine les silhouettes des US-22 qui décollaient dans le ciel de plus en plus sombre. Dans sa grille, il vit que Sherman et Boz approchaient du Dernier Mile. Jede et Ruckby se dirigeaient dans la même direction, mais ils avaient du retard.

— Logique, remarqua Abner. Ce portail fait une cible parfaite pour une bombe D.

— Pourquoi ? demanda Eva, comme ils sortaient de l'enceinte de la base. Aldred a passé sa vie à travailler pour la société familiale. St Libra, c'est sa vie. Vous avez tous travaillé si dur pour que ce projet réussisse.

Sid vit le front d'Abner se plisser, comme s'il venait de se rendre compte de quelque chose.

— Tous, sauf un, murmura Abner avant d'articuler en silence un nom dont il parut goûter l'étrangeté.

— Zebediah ! répéta immédiatement Sid.

Il se rappela avoir compulsé le dossier qu'Elston leur avait fourni. Zebediah était bizarre, même pour un North. Peut-être parce qu'il avait assisté au massacre de Bartram.

— Certains de vos frères ont-ils épousé sa cause ? s'enquit-il.

— Non, aucun. Notre richesse nous vient de St Libra. Cette planète a fait de nous ce que nous sommes.

— Les disciples fraîchement convertis sont toujours les plus zélés, remarqua Eva. Ils sont près à tous les sacrifices.

Abner secoua la tête.

— Non.

Sid voyait bien que le North n'était pas convaincu. Il jeta un coup d'œil à sa grille.

— Apparemment, on n'aura pas beaucoup de chemin à faire.

La voiture de Boz avait ralenti et bifurqué dans la Onzième Avenue Nord, dans le coin sud-est du Dernier Mile.

Les véhicules du groupe d'intervention se dispersèrent, prenant les routes transversales indiquées par le coordinateur pour fondre sur le Dernier Mile.

Un microdrone leur montra la voiture de Boz disparaissant sous le rideau métallique d'un genre d'entrepôt. Deux minutes plus tard, Sherman arriva à son tour.

— On a notre site, semble-t-il, dit Sid.

Des données concernant l'entrepôt défilèrent dans sa grille. La bâtisse appartenait à Mountain High, une société spécialisée dans les vêtements et la literie destinés aux climats tropicaux. L'i-e de Sid lui afficha le plan des lieux, dont le tiers du rez-de-chaussée était occupé par une boutique de produits à bas prix. Défilèrent ensuite la liste des employés, les comptes de la société et ses fournisseurs. Les données furent croisées, mais aucun lien avec leur enquête ne fut mis en évidence.

Leur Allclime sortit de l'A167 et commença à descendre vers le Dernier Mile. Elle se gara sur Marquis Way devant un magasin qui vendait des éoliennes en kit et des cellules régén. La rue était quasi déserte. Des hologrammes publicitaires projetaient des taches turquoise et rouge sur la carrosserie sale du 4 × 4. Les lumières de la vitrine étaient toujours allumées, exposant avec optimisme des produits que personne n'achetait. Les autres véhicules de l'équipe prenaient position, se garant dans diverses rues relativement proches de l'entrepôt de Mountain High.

Jede et Ruckby arrivèrent et s'engouffrèrent à l'intérieur. Des microdrones suivirent la camionnette Ford Telay sur l'A1. Elle contournait Newcastle par l'ouest. Ralph et les agents de son équipe d'observation les filaient, avec un kilomètre et demi de retard, au milieu d'un trafic dense.

— C'est parti, lança Eva.

L'équipe qui surveillait Aldred montra son coupé Mercedes noir sortant du parking du macrobâtiment de St James. Un escadron de microdrones le prit en chasse dans le torrent des voitures qui circulaient sans encombre dans les rues du centre-ville.

Sid se rendit compte qu'il transpirait malgré la climatisation. Personne ne parlait. Assis sur les sièges en cuir, les paupières fermées, ils examinaient les images ou les données qui leur étaient envoyées par le coordinateur. Tandis que les protagonistes principaux de l'opération arrivaient devant le hangar, Sid avait l'impression qu'un nœud coulant se resserrait autour de son cou. Dans la voiture, l'air était trop fin, difficile à respirer, accélérant son rythme cardiaque. Sid était policier depuis des années ; il avait participé à de nombreux raids, arrestation et poursuite. Mais à rien de ce genre, toutefois. Il ne se sentait pas prêt, ne voulait pas y aller. S'il était là, c'était uniquement à cause de son *ego*. À cause de lui, il avait refusé de laisser la main, de se contenter de respecter la procédure et de toucher son salaire mensuel sans se poser de questions. Pour quels bénéfices ? Pour avoir le privilège de s'asseoir à côté d'une putain de bombe à fusion. Il ne survivrait à la prochaine demi-heure que si tous les autres membres de l'équipe d'intervention suivaient la procédure à la lettre et n'oubliaient pas leur entraînement. Et si le matériel fourni par le gouvernement fonctionnait correctement.

Il se retourna et vit que Ian et Eva vivaient cet instant de la même façon que lui, qu'ils étaient au bord de la panique. Il leur adressa un sourire peu convaincu, auquel ils répondirent d'une manière similaire. La connexion fut poignante, presque intime.

Abner, en revanche, se concentrait sur les données affichées dans sa grille, apparemment immunisé contre la tension et le stress dont ils souffraient tous. Sid secoua la tête, incrédule. Comment pouvait-on être absorbé par son activité au point de n'être pas du tout affecté sur le plan émotionnel ? Mais les North étaient ainsi : toujours ridiculement déterminés.

— Cible B en approche, annonça le coordinateur tactique. Cible A en route. Arrivée estimée dans cinq minutes.

Sid regarda la Mercedes d'Aldred pénétrer le chaos du Dernier Mile et tourner dans la Onzième Avenue Nord. La cible A, à savoir la Ford Telay roulant sur l'A1, n'était plus qu'à trois minutes.

— La cible B est entrée dans le bâtiment, poursuivit le coordinateur d'une voix neutre.

— Vérification des armes, ordonna calmement Sid.

Il portait un pistolet Walther 9 mm avec capteur de visée. Le graphique de ciblage nocturne bleu et vert s'afficha dans sa grille. Il vérifia le chargeur, s'assura que le cran de sûreté était enclenché. Son Taser était chargé, ses cinq bobines prêtes à l'emploi. Il l'accrocha à une bande Velcro de sa veste de protection.

Les autres passagers du 4 × 4 procédaient aux mêmes vérifications méthodiques. Sid s'enfonça des bouchons dans les oreilles ; ils étaient conçus pour filtrer les fréquences des paralyseurs soniques. Un casque compléta son équipement.

— Tout le monde est prêt ? demanda-t-il.

Oui, tout le monde était prêt.

— Cible A en approche, annonça le coordinateur tactique. Passage en code rouge. Attaque prévue quinze – un-cinq – secondes après l'entrée de la cible A dans le bâtiment.

Sid alluma le communicateur militaire ceint dans le tableau de bord, petite boîte de plastique noir dotée d'un simple écran LCD. Il ordonna à son i-e de se mettre en attente. Sa grille disparut au moment où le volet métallique de Mountain High se soulevait ; il avait besoin d'une vue parfaitement dégagée. La Ford Telay était à une vingtaine de mètres de là.

— Cible A sur le point d'entrer dans le bâtiment. À mon signal… Maintenant !

Sid commença le compte à rebours, ses lèvres articulant les chiffres en silence.

— Dix secondes, dit le coordinateur tactique, dont la voix provenait du haut-parleur du communicateur militaire.

Linsell savait ce qu'elle faisait, pensa Sid. Il avait vu le plan de l'assaut qu'elle avait élaboré avec Ralph et d'autres officiers de la division d'intervention. On lui avait même demandé s'il avait quelque chose à ajouter. Après l'avoir examiné deux fois et avoir passé en revue le matériel qu'ils comptaient déployer, il avait simplement secoué la tête et répondu :

— Ça me semble parfait.

— Cinq secondes.

Sid enfila un masque à gaz et prit une profonde inspiration. Son monde se teinta de vert comme l'affichage tactique du masque s'activait et se connectait aux cellules intelligentes de ses iris. Des icones représentant les membres de l'équipe apparurent un peu partout.

Ce plan était la raison principale de sa présence. Il avait confiance dans le professionnalisme des autres – une belle ironie, compte tenu de ce qu'il pensait habituellement des mécanismes gouvernementaux. Toutefois, ni Ralph ni Elston ni même Linsell ne fonctionnaient comme les *apparatchiks* qu'il devait gérer à Market Street ou à la mairie.

— On donne l'assaut !

Trois Lockheed F-7009 avaient décollé de leur base écossaise dès que Ralph avait confirmé qu'une caisse avait été chargée dans la camionnette Ford Telay. Les appareils patrouillaient à deux mille mètres d'altitude au-dessus de Newcastle, invisibles pour les radars civils. Ils plongèrent soudain et atteignirent rapidement Mach 1,8, distançant leurs ondes sonores. Même si des capteurs étaient braqués vers le ciel à la recherche d'aéronefs hostiles, ils ne remarqueraient leur présence que bien trop tard.

De leur nez sortirent des canons qui se braquèrent sur le bâtiment de Mountain High et tirèrent des impulsions électromagnétiques à superfréquence. Ils étaient conçus pour surcharger tous les systèmes électroniques actifs et brouiller les communications. S'ils laissaient à l'ennemi le temps de réagir, celui-ci risquait de se suicider en utilisant le dispositif du professeur Umbreit. Toutefois, Linsell pensait que, quinze secondes après l'arrivée de la camionnette dans le bâtiment, les hommes de Sherman n'auraient même pas ouvert la portière du véhicule et encore moins armé la machine du professeur. Les impulsions électromagnétiques rendraient inutilisables les systèmes qui contrôlaient cette dernière.

Linsell ne se contenterait pas d'un assaut électronique. Redressant leur trajectoire à une centaine de mètres d'altitude et volant en rase-mottes, les F-7009 tirèrent chacun trois missiles préprogrammés et dotés de systèmes de guidage intelligents. Comme ils fendaient les airs à Mach 2,1, transpercer les murs de la bâtisse n'était pas un problème. L'un d'entre eux, un Smartbuster, prit pour cible le volet métallique, qu'il réduisit à l'état de nuage d'éclats mortels. Deux autres Smartbuster percèrent des trous béants dans les murs du rez-de-chaussée. Les missiles restants s'engouffrèrent dans le bâtiment et dispersèrent leurs capsules de sous-munitions selon un schéma calculé de façon à couvrir le moindre centimètre cube. Ainsi, personne ne pourrait se cacher nulle part.

Les capsules libérèrent des décharges incapacitantes, des ondes brûlantes, des flashs stroboscopiques incandescents dont les fréquences étaient calculées pour générer des surcharges neurologiques. Un épais gaz blanc et vert se répandit partout, piquant la chair exposée et provoquant des quintes de toux incontrôlables. Une nouvelle rafale d'impulsions électromagnétiques frappa les systèmes électroniques qui auraient survécu à la première attaque.

Toutes les fenêtres du bâtiment furent soufflées par la pression des décharges incapacitantes, projetant des éclats de verre à l'horizontale dans tout le quartier. À cause de l'énergie libérée par ces mêmes décharges, les lampadaires environnants se mirent à émettre une pluie de gouttelettes de soleil, avant d'exploser en des cascades de morceaux de verre fumants, qui se répandirent sur le trottoir. Les hologrammes publicitaires s'embrasèrent une ultime fois avec l'intensité d'une nova, avant s'éteindre à jamais.

Cinq secondes après les impacts synchronisés des missiles, les trois US-22 tombèrent du ciel étoilé et se positionnèrent en vol stationnaire devant les ouvertures créées par les Smartbuster. Les hommes de l'équipe d'intervention glissèrent sur leurs cordes telles des araignées, avant de foncer dans les trous sombres emplis d'une brume verdâtre parcourue de décharges phosphorescentes inquiétantes.

Des voix amplifiées tonnèrent dans le décor infernal.

— On ne bouge plus !

— Pas de liaisons électroniques ! Ne parlez plus !

— Vous ! Lâchez ça !

— Ne bougez plus ! Dernier avertissement !

Des coups de feu assourdissants emplirent l'atmosphère. D'abord des coups de pistolet isolés, très vite suivis par les rafales d'armes automatiques. Des éclairs blanc-bleu illuminèrent l'intérieur de la bâtisse.

Dix secondes après l'entrée des premiers hommes, les gros 4 × 4 arrivèrent à leur tour, freinant violemment et prenant position autour de l'immeuble comme le leur demandait le coordinateur tactique. Les portières s'ouvrirent. Les agents bondirent en tenant leurs fusils courtauds à deux mains, plongèrent dans les brèches aux contours irréguliers. L'équipe technique, forte de huit hommes, se précipita vers la Ford Telay en portant de lourdes caisses, prête à s'occuper de la machine d'Umbreit, quelle que soit sa nature.

Depuis son véhicule, l'agent Sarah Linsell assista au déploiement de ses troupes à l'intérieur du bâtiment via sa grille, dirigeant les opérations avec l'aide du coordinateur tactique. Dès le début, les agents rencontrèrent un problème. La structure interne n'avait rien à voir avec celle décrite par les plans. Les propriétaires de l'entrepôt avaient construit une myriade de petites pièces dans l'espace de stockage originel, sous-louant à des dizaines de sociétés désireuses de vendre leurs produits scintillants et inutiles à des réfugiés désespérés.

— Putain de merde ! murmura-t-elle, incrédule, tandis que les radars des US-22 tentaient de pénétrer les parois composites montées par des automates de façon totalement aléatoire, semblait-il.

En fait, il s'agissait de répondre aux nécessités commerciales du moment. Les binômes de soldats se dispersèrent dans un labyrinthe tridimensionnel de couloirs en escaladant des échelles à l'allure fragile. Par endroits, il y avait jusqu'à huit étages, dont les murs avaient gêné la dispersion des capsules de sous-munitions. Ce qui signifiait que les lieux étaient loin d'être aussi sécurisés que prévu.

— Dispositif sécurisé, annonça le chef de l'équipe technique d'une voix triomphante. Nous sommes en train de l'isoler. Je confirme la présence de matière active. Dépose prévue dans trois minutes.

Un camion à dix roues équipé pour le risque nucléaire apparut dans la cour et s'approcha du rideau métallique détruit, s'y créant un passage par la force brute. Le métal crissa et les lattes déchirées s'écartèrent.

L'Allclime de Sid Hurst déboula dans la cour à son tour. Les quatre officiers de police en sortirent en courant. Des coups de feu retentirent quelque part dans l'entrepôt. Dans sa grille, Sarah Linsell vit que l'échange de tirs se déroulait dans les profondeurs du premier étage. Les soldats identifièrent bientôt Ruckby, dont l'icone confirma bientôt qu'il n'était plus de ce monde.

Deux agents sortirent un corps du bâtiment au milieu d'un tourbillon de brume verte. Ralph Stevens les rejoignit et examina le visage de la victime.

— Merde ! c'est Umbreit.

— Ils l'ont abattu, dit Linsell.

— Les fumiers.

— Bon, tout le monde m'écoute, reprit-elle. Nos deux cibles principales – Marcus Sherman et Aldred North – sont toujours en fuite. Nous sommes en train de nous figurer la structure de ce satané labyrinthe. Visitons-en les salles une à une.

* * *

L'assaut aérien sur l'immeuble de Mountain High, avec les dégâts infligés au réseau du Dernier Mile, fut l'occasion rêvée pour Clayton d'entrer en contact direct avec Ivan et l'équipe. Même l'IA de l'ADH ne comprendrait rien aux liaisons fugitives émises par des cellules publiques endommagées.

— On vous a suivis jusqu'à la base, dit Ivan comme le 4 × 4 se mettait en branle.

Devant eux, les F-7009 traversèrent le ciel du Dernier Mile. Deux secondes plus tard, l'Allclime fut secouée sur ses suspensions comme le bang supersonique balayait les rues, terrorisant les chats et soufflant les fenêtres. Entre les aéronefs et les missiles, toutes les alarmes du quartier s'étaient mises à hurler.

— C'est une sacrée opération que nous ont organisée Stevens et Linsell, poursuivit Ivan.

— Une opération tout à fait justifiée, répondit Clayton. Aldred est ici. Nous devons le soustraire à l'ADH. Qu'un vaisseau à ondes lumineuses prenne position au-dessus de la ville. À mille mètres d'altitude. Quand nous aurons besoin de lui, nous en aurons besoin très vite.

— Entendu, monsieur.

— À partir de maintenant, vous devrez être totalement opérationnels. Approchez-vous au maximum, mais surtout, faites attention aux soldats. Je vous rappellerai.

Le 4 × 4 freina devant l'immeuble de Mountain High. Il y avait des véhicules tout autour. Un US-22 menaçant attendait en vol stationnaire juste au-dessus, ses minces canons pointés vers les murs sombres et les fenêtres cassées.

Sid les guida jusqu'au rideau métallique que le camion de l'ADH avait terminé de transpercer. Clayton aurait beaucoup aimé mettre la main sur le dispositif construit par Umbreit, mais cela n'arriverait malheureusement pas. Alors il se souvint de rester concentré sur Aldred, car celui-ci était la clé de toute cette affaire.

Le gaz vert s'enroulait autour de ses chevilles comme Sid les entraînait vers la brèche.

— Qu'est-ce qu'on doit faire ? demanda Ian.

— On est là en soutien, répondit Sid. Vous voyez, j'ai bien appris ma leçon.

Une fois à l'intérieur, ils virent l'équipe technique s'affairer sous le regard de Ralph Stevens. Les hommes avaient sorti la caisse de la camionnette et la poussaient sur un chariot vers le flanc ouvert du camion de l'ADH.

— On dirait qu'on a gagné, dit Sid à Ralph.

L'agent tourna vers lui la visière étroite, opaque et indéchiffrable de son masque à gaz.

— Nous n'avons toujours pas mis la main sur Aldred. Il se cache quelque part dans ce fichu labyrinthe.

Clayton étudia le mur détruit situé derrière la camionnette Telay. Le trou, dans le composite tissé, révéla des couloirs étroits qui s'enfonçaient dans une structure complexe et plongée dans les ténèbres. Des fissures, dans les parois endommagées, laissaient deviner des salles mystérieuses. Si l'entrepôt tout entier avait été transformé de la sorte, l'opération ne serait pas simple. Fouiller l'ensemble de ces salles prendrait des heures. Comme Aldred l'avait sans doute prévu.

— Eh ! intervint Ian. C'est sûrement une idée à la con, mais… quelqu'un a fait attention aux chaussures que portait Aldred ?

Son masque à gaz cacha le sourire admiratif de Clayton. Il n'avait toujours pas appris à ne pas sous-estimer la police.

— Ça vaut le coup d'essayer, admit Sid.

— Bonne idée, Ian, dit Ralph.

— Nous devrions être en pointe, s'empressa de proposer Clayton. Je crois que nous le méritons. C'est nous qui vous avons mis sur cette piste.

Il y eut un moment d'hésitation.

— Voyons d'abord si votre idée fonctionne, temporisa Ralph.

La mise en place prit une minute. Ian et Eva se connectèrent à tous les véhicules qui ceignaient le bâtiment et programmèrent leurs maillages pour qu'ils détectent une émission spécifique.

— On est prêts, patron, annonça enfin Ian.

Sid transmit le code destiné à démarrer le téléchargement des données recueillies par le microbe intelligent fixé au talon d'Aldred trois semaines plus tôt, au *Jamaica Blue.*

— Oui ! s'écrièrent Eva et Ian à l'unisson.

L'émission n'avait duré qu'une demi-seconde, mais les maillages étaient parvenus à la détecter par triangulation. Des coordonnées s'affichèrent dans leur grille près du sommet du plan en 3D de l'entrepôt de Mountain High. Comme un seul homme, ils levèrent les yeux vers le plafond, situé cinq mètres plus haut et caché par une couche de fumée verte.

— Huitième étage, juste au-dessus de nous, dit Ian.

— Il y a des soldats au sixième, lança Eva. En cas de besoin, on pourra toujours les appeler à l'aide.

Ralph dégaina un pistolet automatique à l'air particulièrement agressif.

— Allons-y.

Il n'y avait plus d'électricité dans le bâtiment. Même l'éclairage d'urgence alimenté par batterie avait cessé de fonctionner, et il était absent dès le quatrième étage. Trois monte-charge traversaient la structure tout entière ; ils étaient destinés à transporter du brut et des biens de consommation, mais les impulsions électromagnétiques les avaient immobilisés. L'équipe de Sid dut escalader ce monde de ténèbres en utilisant des escaliers et des échelles de fortune.

Des décennies plus tôt, lorsqu'il vivait sur Terre, Clayton avait trouvé un nid de guêpes dans le jardin. Sa beauté malfaisante lui avait fichu une peur bleue. Comment quelque chose de si beau et de si élégant avait-il pu être créé par des créatures si déplaisantes ? Cet entrepôt était l'équivalent humain de ce nid. Les pièces, pareilles à des cellules, semblaient avoir été conçues par un programme aberrant influencé par des structures organiques. Escaliers et échelles ne traversaient pas des puits rectilignes ; ils étaient séparés par de longs et tortueux couloirs ou, comme l'équipe le découvrit au cinquième étage, par un genre de cloître plein de vieilles imprimantes à vêtements installées dans des alcôves surplombées d'arches. De l'eau ou un fluide similaire s'écoulait par le tube qui reliait le sixième et le septième étage. Enfin, ils arrivèrent au huitième. La chaleur émise par les panneaux solaires situés à peine cinquante centimètres au-dessus de leurs têtes rendait étouffante l'atmosphère immobile. Dès qu'il eut fini d'escalader l'échelle, Clayton sentit son tee-shirt et son pantalon s'imbiber de transpiration. Le dispositif de vision nocturne de son masque à gaz enveloppait d'une aura bleu-vert étrange le couloir sinueux. Avec le concours de sa vision à infrarouge, les ombres se teintèrent de rose.

Les radars des US-22 qui bourdonnaient à l'extérieur avaient capturé le plan du huitième étage. Il était découpé en salles hexagonales séparées les unes des autres par des couloirs.

Ian avait pris la tête et se dirigeait vers le lieu où avait été détectée l'émission du microbe intelligent. Il avançait lentement, l'arme levée, prêt à viser et à faire feu. Il examinait le sol avant de faire un pas.

Excellente procédure, reconnut Clayton. Ils approchaient de la porte sans faire le moindre bruit.

— Tenez-vous prêt, envoya-t-il à Ivan. S'il est ici, j'aurai besoin du vaisseau pour une extraction.

— Oui, monsieur.

Clayton commença à activer l'armement métamoléculaire qu'il avait apporté de Jupiter.

* * *

Sid avait trouvé difficile l'attente à bord de la Mercedes Allclime au début de l'assaut, mais ce n'était rien comparé à leur progression dans les boyaux sombres et oppressants d'un entrepôt transformé à la recherche d'un fantôme.

Ils ne se trouvaient plus qu'à une dizaine de mètres de la porte derrière laquelle se cachait peut-être leur proie. Il serra plus fort la crosse de son arme et regretta que son masque à gaz ne lui permette pas d'inspirer profondément une bonne bouffée d'air frais. Ian avait deux mètres d'avance sur lui, silhouette jade et violet recréée par sa grille. Avec une très grande prudence, il glissait vers la porte. Bien que celle-ci soit très légèrement entrouverte, ils ne voyaient ni n'entendaient rien bouger de l'autre côté. Eva, qui fermait la marche, ne cessait de se retourner de crainte qu'Aldred les prenne à revers. L'environnement se serait prêté à une telle manœuvre.

— Monsieur, appela Linsell sur un réseau local sécurisé. Nous avons détecté une émission non autorisée dans votre périmètre.

— Ça doit être Aldred, dit Ralph.

— Non, monsieur, c'est juste à côté de vous. Le codage est extrêmement complexe.

Sid sursauta et leva aussitôt les yeux vers le plafond, tandis que son rythme cardiaque s'accélérait, déversant des litres d'adrénaline dans son corps. Ralph désigna le mur en silence. Sid hocha la tête. Aldred était de l'autre côté ; peut-être à moins d'un mètre.

— Monsieur, je vous conseille d'attendre, dit Linsell. Je ne comprends pas ce qui se passe là-haut. Des hommes sont déjà en route.

Ian était arrivé devant la porte. Il leva une main. Les autres se regroupèrent derrière lui, leurs armes prêtes à être utilisées. Sid se crispa et changea la position de ses pieds sur le sol.

— On y va ! cria Ralph.

Ian fonça dans la porte en composite et l'écarta violemment. Les torches montées sur leurs casques s'allumèrent, les larges faisceaux illuminant la pièce au hasard. Des ombres bondirent, l'entourant comme il entrait dans la salle.

— Personne ne bouge ! hurla Ian.

Ce furent ses dernières paroles.

Le monstre était là qui les attendait, devant la porte. Il était exactement comme l'enregistrement secret de l'ADH le lui avait montré en janvier : de la taille d'un homme, le cuir plissé, comme pétrifié. Le bras de la chose jaillit avec la brutalité d'une batte, ses cinq lames mortelles atteignant la gorge de Ian sous le casque et au-dessus de la veste protectrice, taillant dans la chair, les muscles, les tendons, les veines, les artères, la trachée – seule sa colonne vertébrale ne fut pas sectionnée.

Les bras de Ian battirent les airs dans un geste macabre et théâtral, tandis que son corps basculait en arrière, tombant sur Eva, l'entraînant dans sa chute. Cinq lames sifflèrent dans les airs là où elle se tenait un instant plus tôt.

Sid avait pris tellement d'élan qu'il ne parvint pas à s'arrêter. Rien, ni l'incrédulité induite par l'impossibilité qui se dressait devant lui ni son instinct de survie ne réussit à stopper ses jambes durant les secondes critiques qui suivirent son entrée dans la pièce sombre. Il continua sur sa trajectoire, l'inertie le propulsant inexorablement vers le monstre. Eva heurta le sol en criant juste à côté de lui. Le sang artériel de Ian jaillissait de sa gorge, éclaboussant le plafond, décrivant un arc avant de maculer les murs et le sol, tandis qu'il s'écroulait sur une Eva gémissante.

Sid parvint à altérer légèrement sa course, évitant une collision frontale. Croisant le monstre, il pointa son pistolet sur lui et tira deux fois, mais manqua complètement sa cible. La créature tourna sur elle-même avec une fluidité parfaite et lui donna un coup de coude dans le flanc. L'impact fut terrible. Sous sa veste, Sid sentit une de ses côtes céder. Il perdit l'équilibre et tourna sur lui-même dans un mouvement chaotique pour atterrir sur le bras. Ses poumons se vidèrent douloureusement lorsque le plancher en fibre de carbone lui écrasa la poitrine.

Ralph réussit à stopper sa course effrénée et leva son arme, dont le canon se retrouva à quelques centimètres du torse du monstre. Il tira trois fois. Les balles ricochèrent. Sid les entendit traverser les parois en composite. Le corps de Ralph se raidit. Comme Sid, il n'arrivait pas à croire ce qu'il voyait. Il leva son arme pour viser la tête.

Le bras de la créature jaillit de nouveau avec une célérité impossible, emportant le pistolet de Ralph et une partie de sa main. L'homme tituba en arrière, hurlant de terreur et de douleur, comme un flot de sang s'écoulait de ses doigts sectionnés.

Cela donna à Sid juste assez de temps pour brandir encore une fois son arme et viser malgré la douleur et sa vision fluctuante. Mais il savait que cela ne servirait à rien, qu'il avait atteint le terme de sa vie. Il hurla son défi rageur au monstre, qui fondit rapidement sur lui.

Soudain, Abner se matérialisa entre la bête et sa proie. Le bras du monstre se déplia avec une force surhumaine, et ses lames plongèrent à l'horizontale vers le cœur du North.

Sid ne comprit pas grand-chose à ce qui se passa alors – le système de vision nocturne et l'imagerie à infrarouge de son masque à gaz saturaient à cause des projecteurs aveuglants de leurs casques. Il vit simplement les contours d'Abner trembloter comme s'il l'observait à travers une masse d'air surchauffée. L'instant d'après, l'officier se retrouva dans un genre d'armure sombre et lisse construite d'un bloc. Des vêtements qu'il portait jusque-là, il n'y avait aucune trace.

Un « clang » étrange résonna dans l'espace confiné. Les lames mortelles rebondirent, et le monstre fit un pas en arrière.

— Surprise ! gazouilla Abner d'un air joyeux.

Vive comme l'éclair, le bras tendu, la créature décrivit une pirouette parfaite et abattit furieusement ses doigts sur le bras d'Abner.

Cette fois, le « clang » résonna comme une cloche d'église dans toute la pièce. Le monstre tituba une nouvelle fois.

— À mon tour, maintenant, annonça Abner avec calme.

Il décrocha de sa ceinture un pistolet cylindrique courtaud. Il visa et tira.

Des claquements de fouet emplirent l'atmosphère. Soudain, le monstre se débattit dans un genre de filet qui réagissait à ses gestes frénétiques en bouillonnant et en grossissant comme un être vivant. Quelques secondes plus tard, le monstre s'écroulait au sol, complètement emmêlé dans les cordes ondulantes.

— Putain ! mais qu'est-ce que… ? réussit à bafouiller Sid en étouffant un gémissement hystérique.

— Extraction ! cria Abner. Maintenant !

Eva gisait là où elle était tombée et pleurait de façon incontrôlable en essayant, sans succès, d'écarter le lourd cadavre qui l'empêchait de se relever. Ralph se tortillait en agrippant ce qui restait de sa main, incapable de stopper l'hémorragie.

— Abner ? supplia Sid. Qu'est-ce que… ?

— Désolé, patron. En fait, je m'appelle Clayton. Abner est parti en congé il y a quelque temps. Il va bien, ne vous en faites pas pour lui.

Bouche bée, Sid dévisagea le C North. Même dans ce moment terrible, même au milieu de cette boucherie et de la terreur qui l'entravait, cette révélation éveilla son intérêt.

— Jupiter était derrière tout ça depuis le début.

Le plafond se fissura comme d'étranges ondes déformaient les panneaux solaires et les poutrelles qui les soutenaient. Une force invisible finit par le faire céder. Une lumière blanche aveuglante s'engouffra par la brèche de plus en plus importante. Des fragments de matériau composite s'élevaient vers le ciel, défi à la gravitation. Sid releva lentement son masque à gaz et leva les yeux vers la lumière, une main placée en visière sur son front. L'air frais de la nuit emplit la pièce dévastée. Même le monstre avait cessé de se débattre pour regarder son destin.

Derrière les puissants faisceaux, un véhicule massif descendait très lentement vers le toit endommagé de l'entrepôt de Mountain High. Sid éclata d'un rire nerveux. Un vaisseau spatial. Un vaisseau spatial venait de surgir du ciel étoilé pour flotter juste au-dessus de lui. Conique, haut de trente mètres et constitué d'un métal anthracite lisse, il était entouré à mi-hauteur de cinq larges anneaux qui s'écartaient vers l'extérieur telles des ailes déformées. On n'entendait rien, ni grondement de moteurs, ni sifflement de turbines dissimulées. Sid comprit que l'engin fonctionnait sur un principe qu'il ne pouvait pas comprendre. Cette chose était tellement merveilleuse qu'il faillit s'entendre dire : « Emmenez-moi avec vous ! »

— Non, Sid, dit Clayton avec sérieux. Ce n'était pas Jupiter. Il ne s'agit pas d'une guerre entre North. Nous ignorons ce qu'est cette chose et d'où elle vient, mais nous comptons le découvrir.

Le monstre s'éleva en tournoyant vers une trappe qui – Sid l'avait vu – venait de s'ouvrir sur le flanc de l'appareil.

Ralph lâcha un genre de grognement incohérent, douleur et indignation mêlées en un même cri. Clayton se pencha sur lui et lui vaporisa quelque chose sur les moignons.

— Prenez soin de vous, Sid, poursuivit Clayton. C'était un privilège de faire partie de votre équipe.

Puis il s'éleva à son tour, disparaissant dans la lumière aveuglante, tel un ange déchu réclamé par les siens.

Soudain, les lumières s'éteignirent. La silhouette resta visible sur la toile de fond des étoiles scintillantes, avant de se brouiller et de s'allonger vers le haut. Sid l'encouragea avec enthousiasme. Puis il y eut un « boum » énorme comme seul un objet pesant plusieurs centaines de tonnes transperçant l'atmosphère pouvait en créer. Restèrent dans son sillage des US-22 totalement perdus, par les portières desquels se déversaient des soldats dont les lasers de visée rouges semblaient chercher quelque chose de compréhensible parmi ce carnage et ces débris.

* * *

La clinique de campagne de l'ADH était un camion de cinquante tonnes à vingt roues doté de cinq centres de triage et de deux blocs opératoires d'urgence. Il était garé devant le bâtiment de Mountain High. Les modules de triage, prêts à accueillir toutes les victimes de l'assaut, étaient des excroissances posées sur des pieds télescopiques.

On y avait transporté Sid sur une civière, ce qu'il trouvait dégradant. Toutefois, il était quasiment en état de choc et incapable de parler ou de se défendre. Sa peau était brûlante ou froide, il n'aurait su le dire. Il ne parvenait pas à chasser de sa mémoire la terrible courbe décrite par les lames de la bête. Et puis la tête de Ian basculant en arrière, son sang jaillissant dans le faisceau de sa torche. Son collègue et ami était mort. Tué par un monstre extraterrestre qui, depuis le début, se cachait dans les rues de Newcastle.

De jeunes et prévenants infirmiers en blouse verte et masque blanc l'avaient entouré, pressés de s'occuper d'un patient. On lui avait retiré sa veste de protection, on avait découpé ses vêtements pour exposer son torse. Comme il n'avait qu'une côte cassée et quelques meurtrissures, il n'eut pas droit au bloc. Le docteur le soigna dans le centre de triage, glissant des tubes brillants et flexibles à travers une minuscule incision dans sa poitrine, enveloppant sa côte cassée de tissu de synthèse.

Physiquement, il se sentait bien. Peut-être à cause des très nombreuses substances qu'ils lui avaient injectées.

— Ça vous aidera, le rassura le docteur.

C'était un mensonge. Les drogues gommèrent les contours de son mal et calmèrent son corps. Elles l'abrutirent, aussi. En revanche, elles ne pouvaient rien contre sa douleur interne, rien contre le film de la mort terrible de Ian qui ne cessait de défiler dans sa tête. Il vivait dans une boucle temporelle où ils fonçaient dans la salle hexagonale, tous les cinq, excités par la promesse de la fin prochaine de leur chasse. Ils avaient senti le parfum de la victoire. Ce n'était pas uniquement la satisfaction de pouvoir boucler l'affaire. Ils étaient aussi en colère, furieux contre Aldred, le méchant, depuis le début, celui qui avait réussi à gagner leur confiance, qui les avait bernés et à qui ils avaient, tous les cinq, révélé leurs secrets.

Enfin, plutôt tous les quatre. Abner n'était pas Abner, cet officier que Sid connaissait bien et respectait. Ce Clayton s'était immiscé dans leur vie comme l'avait fait Aldred.

Clayton avait menti. Il s'agissait bien d'une guerre entre North. Depuis le début. Comme il le craignait depuis bien longtemps, il n'en connaîtrait jamais la raison, il ne saurait jamais vraiment ce qui s'était passé.

— Comment vous sentez-vous ? lui demanda une infirmière.

Sid se concentra sur le visage jeune et souriant qui le surplombait. Sans son masque, elle était très jolie. Il se demanda si tous les patients de Jacinta tombaient aussi amoureux d'elle.

— Mon ami est mort, répondit-il.

— Je sais. Je suis désolée, mais vos autres amis vont bien.

— Je veux les voir.

— D'accord, mais juste un peu.

— Oui, oui. Ma femme est infirmière aussi.

— C'est super. Vous pouvez marcher ? Sinon, je vais vous chercher un fauteuil roulant.

— Oui, je peux marcher.

Eva se trouvait dans le centre de triage adjacent. On l'avait débarrassée de ses vêtements imbibés de sang, et on lui avait lavé les cheveux. Nettoyer le sang était très important, expliqua l'infirmière à Sid, car la vue du liquide vital avait des effets très néfastes sur le moral des patients. Eva était assise sur son brancard, enveloppée dans deux couvertures, les yeux dans le vague. Son teint nordique était encore plus blanc que d'habitude, au point que même ses taches de rousseur avaient pâli.

Sid s'assit à côté d'elle.

— C'est terminé, dit-il.

— Il est mort, Sid. Mort.

— Je sais.

— D'où est venu ce monstre ?

— Je l'ignore. Mais nous avons la machine.

— Umbreit est mort aussi.

— Ouais. Boz et Ruckby aussi.

Des larmes dégoulinèrent sur ses joues.

— J'ai besoin d'arrêter. Ce métier, je veux dire. Je ne veux plus faire ça.

— Je comprends.

Il passa un bras autour de ses épaules. Il n'y avait rien à ajouter. Eva se colla contre lui, accueillant avec plaisir sa chaleur et sa compréhension.

Ils restèrent ainsi un bon moment avant que Sid reprenne :

— Je vais aller voir Ralph.

Sarah Linsell était déjà dans le bloc opératoire avec Ralph. Elle se tenait à côté de son lit, le casque à la main, la veste protectrice ouverte sur le devant. Sid regarda la main de Ralph enveloppée dans une boule de gel gris-vert translucide reliée par des fils et des câbles à un empilement d'appareils.

— Heureux de vous voir, Sid, commença Ralph d'une voix exubérante un peu trop forte et joyeuse vu les circonstances.

— Moi aussi. Alors, comment ça va ?

— Plutôt bien, mais il faut dire que je nage dans les analgésiques.

— Désolé pour votre main.

— Ça ira, répondit Ralph en souriant. Ils vont arranger ça.

Sid leva un sourcil interrogateur.

— On a récupéré tous les doigts sur la scène, expliqua Sarah Linsell. On va bientôt le transférer à l'hôpital de la base. Une équipe de chirurgiens spécialisés dans les greffes va arriver de France. L'opération aura lieu dans la foulée. Avec un peu de chance, il n'aura besoin d'aucun remplacement bionétique.

— Excellent. Alors, dites-moi, quelle machine Umbreit avait-il fabriquée ?

— C'est une information classée.

— Je veux savoir, insista Sid d'un ton plus calme, mais qui ne souffrait aucune discussion.

— Un genre de bombe D modifiée, répondit Ralph, désinvolte. D'après l'équipe technique, elle aurait endommagé les champs quantiques à l'intérieur du portail, ce qui aurait rendu presque impossible l'ouverture d'un autre portail pour Sirius avant une bonne centaine d'années, le temps que ces champs se stabilisent.

— Et c'est là qu'ils comptaient la faire exploser, dans le portail, je veux dire ?

— Jede a lâché le morceau, continua Sarah Linsell. Malin de sa part, vu que tous les autres, à part Sherman, sont morts.

Aldred était censé leur permettre à tous d'atteindre le portail. Il était le chef de la sécurité de Northumberland Interstellar, après tout ; cela ne lui aurait posé aucun problème. Il leur a dit qu'il voulait transporter la bombe lui-même, dans le coffre de sa voiture.

— Même s'il avait survécu je ne sais comment, il aurait été coincé de l'autre côté pendant un siècle…, s'étonna Sid. Et encore, à condition que quelqu'un décide de rouvrir un portail là-bas. Tout cela ne me semble pas très logique

— Rien ne l'est dans cette affaire, conclut Ralph.

— Et Aldred ? Vos hommes l'ont-ils retrouvé ?

— Non, répondit Sarah Linsell, en colère. On a fait venir des renforts pour passer le bâtiment au peigne fin et on a répandu des particules intelligentes partout ; à tel point que l'entrepôt est devenu un maillage géant. On est en mesure de surveiller toutes les sections simultanément et, de toute évidence, il n'est plus ici. On suppose qu'il a profité de la confusion générée par l'arrivée du vaisseau spatial pour s'éclipser. Il a dû recevoir l'assistance d'une équipe dont la présence nous a échappé. On a lancé un avis de recherche ; il n'ira pas loin.

— Ha ! s'esclaffa Sid. C'est un North. Il ressemble à tous les autres North. Je n'ai rien remarqué lorsque Clayton a pris la place d'Abner, alors que je travaillais avec ce dernier depuis cinq ans.

— Je ferai ce que j'ai à faire, rétorqua Linsell.

— Ouais, c'est ce que je me suis dit quand on m'a confié cette affaire, et ça ne m'a pas mené bien loin. Je ne croyais même pas en l'existence de cet extraterrestre, qui, apparemment, se cachait dans l'entrepôt de Mountain High depuis le mois de janvier. Aldred devait être au courant. C'est lui qui l'a couvert, qui s'est arrangé pour que le cadavre soit jeté à l'eau. Les North ont forcément conclu un genre de marché avec cette créature.

— Il semblerait bien, acquiesça-t-elle en haussant les épaules.

— Il faut vérifier si Mountain High a importé des marchandises de St Libra, poursuivit Sid. Merde ! on était sur la bonne voie, en janvier, quand on a passé en revue les caisses qui ont transité par ce portail. Pourquoi n'a-t-on rien remarqué ?

— Peu importe, intervint Ralph. En tout cas, pour une première, c'est une sacrée première, Sid. Vous avez attrapé un assassin extraterrestre. Vous entrez dans l'histoire de l'humanité. Vous êtes célèbre, désormais.

— Je n'ai rien attrapé du tout, c'est Clayton. Et si vous me parliez un peu de ce vaisseau ? Je ne savais même pas que des trucs comme ça existaient.

— Nous non plus, se défendit Sarah Linsell d'un ton acerbe. Je pense que le général Shaikh va avoir quelques questions à poser à Jupiter.

— Et nous ne savons toujours rien de ce qui se trame réellement, dit Sid.

— Nous connaissons l'objectif, le contra Ralph. Il s'agissait de fermer le portail de St Libra.

— D'accord, mais pourquoi ? Je ne vois que Zebediah North pour vouloir une chose pareille.

— Peut-être Zebediah est-il bel et bien soutenu par certains de ses frères, contrairement à ce que les North prétendent, proposa Sarah Linsell.

— Peut-être.

L'effet des médicaments commençait à s'estomper, car Sid se sentait trop fatigué pour se soucier de ces questions.

— Je voudrais rentrer chez moi, reprit-il. Vous pourriez nous faire raccompagner, Eva et moi ?

— Bien sûr.

— On se voit demain, lança Sid à Ralph. Après votre opération. Je vous rendrai visite pour m'assurer que tout s'est bien passé.

— Merci, Sid. Je suis vraiment désolé pour Ian.

— Oui.

Sid grimaça un sourire et sortit du bloc.

Chloe Healy l'attendait dans le couloir étroit. Elle était élégante et impeccable, comme d'habitude, alors qu'il était 23 heures passées. Elle portait un grand sac en plastique, semblable à ceux dans lesquels son blanchisseur livrait ses costumes à Sid.

— Ah ! fait chier, lâcha-t-il. Bon, ne perdons pas de temps. Je vous écoute…

Il aurait bien aimé savoir comment elle s'y était prise pour passer les cordons de sécurité. Toutefois, accomplir ce type de prodige faisait partie du travail de Healy.

— C'est O'Rouke qui m'envoie.

— Qu'il aille se faire voir.

— Il savait que vous diriez cela.

— Et il vous a dit quoi me répondre ?

— Non, j'ai ma propre réponse.

— Je n'ai pas envie de l'entendre. Ian est mort.

— Je sais. Tous les sites d'info de la planète ne parlent que de cela, qu'ils soient homologués ou non. Sid, ils ont des images d'un vaisseau spatial suspendu au-dessus du Dernier Mile. Ils disent que quelqu'un a essayé de faire exploser une bombe à fusion.

— Non, une bombe D. Écoutez, je vous demande de me laisser tranquille.

— Je ne vous ai pas encore livré ma réponse… Me suis-je déjà montrée déloyale à l'égard de la personne que je représentais ?

Les épaules de Sid s'affaissèrent.

— Je croyais que vous aviez trouvé un boulot dans une agence.

— En effet. Je travaille pour NorthernMetroServices, qui m'a assignée à votre service.

— Non, merci, sans façon. Rentrez chez vous. Moi, c'est ce que je vais faire.

— Impossible, Sid. Cette affaire est trop énorme ; c'est l'histoire de la décennie. Les North ont essayé de faire sauter Newcastle !

— C'est faux.

— Dans ce cas, il faut que vous l'expliquiez. Les gens vous écouteront et vous croiront. Sid, cinq cents journalistes se pressent contre le cordon mis en place par l'ADH autour de cet endroit. Cette affaire va continuer à grossir. C'est une chance incroyable ; vous devez la saisir.

— Pour quoi faire ? aboya-t-il.

— Une chance de vous faire un nom. Avec l'objectif de devenir le prochain commissaire en chef.

— Vous vous foutez de ma gueule ?

— Pas du tout. De nombreuses personnes pensent comme moi. C'est la raison de ma présence ici. Nous avons foi en vous. C'est exactement ce dont vous avez besoin pour marquer l'esprit des gens. Vous l'avez bien mérité, non ? Vous avez bossé dur, vous avez été traité comme de la merde pendant assez longtemps.

— Par O'Rouke, notamment. Et vous.

— À votre tour de passer à la caisse.

— Vraiment ?

C'était idiot, il le savait pertinemment, et pourtant, une petite part de lui avait envie d'y croire. Il venait de brûler les ponts qui le reliaient à Northumberland Interstellar, et Ian avait perdu la vie en menant leur enquête à son terme. Personne n'était venu le féliciter pour le travail accompli. Oui, une part de lui-même ne pouvait s'empêcher d'y penser, cette part de lui-même qui avait refusé d'abandonner cette enquête, qui avait continué à chercher des indices et des preuves dans des endroits où il n'avait pas le droit de se trouver.

—Je ne vois pas comment, reprit-il.

—Tout d'abord, même O'Rouke ignorait que vous étiez toujours sur le coup. S'agissait-il d'une enquête officieuse ?

—Oui. J'avais eu vent de rumeurs selon lesquelles les gangs étaient impliqués, alors j'ai voulu suivre cette piste.

—Excellent. Milligan n'était au courant de rien, ce qui signifie qu'il ne pourra tirer aucun bénéfice de votre travail. C'était votre initiative, votre succès. Vous avez sauvé la ville en empêchant une bombe D de sauter.

—Je ne sais pas…

—Vous êtes ici ce soir. Vous avez été blessé sur la ligne de front. Vous êtes un héros, Sid. Milligan n'est qu'un gros porc qui ne quitte jamais son bureau. Vous, vous êtes un vrai policier qui descend dans la rue pour protéger les citoyens, qui risque sa vie pour les autres. Nous avons besoin de vous. Qui ferait un meilleur chef de police que vous ? Qui serait davantage soutenu ? Qui permettrait à la population de se sentir plus en sécurité ?

—Je n'ai pas les contacts politiques nécessaires.

—Vous avez des fondations, et ce qui s'est passé ce soir peut vous aider à bâtir quelque chose de très grand dessus. De très, très grand. Je suis là pour vous donner un coup de main. Haïssez-moi et méprisez-moi tant que vous voudrez, mais c'est mon boulot, et je suis très forte à ce jeu. Je comprends les médias. Je sais à qui parler et comment choisir mon angle d'attaque. Sid, vous avez besoin de contrôler les informations, ou bien elles vous embarqueront dans la mauvaise direction. Vous devez absolument diriger le transnet, dicter le cycle des informations et interdire aux sites d'information de vous utiliser.

—Comment ?

— Commençons par une conférence de presse. Je vous ai déjà vu à l'œuvre ; vous êtes bon. Ce soir, nous avons le monopole absolu de l'information. Le bureau du maire et Market Street sont dans le brouillard. L'ADH refuse de parler. Vous pouvez devenir le représentant de cette ville ici et maintenant. Vous pouvez aider la population à comprendre, à se sentir de nouveau en sécurité. Les gens sont inquiets, Sid. Ils ont vu un vaisseau spatial, mais ils ne savent pas quoi penser. Des centaines de rumeurs courent déjà, et il en naît de nouvelles chaque seconde. En l'absence de faits avérés, les gens les écoutent. Aidez-les à comprendre.

Il hocha lentement la tête tandis que les options se cristallisaient dans son esprit. Il y avait des possibilités à saisir. Seul un idiot, un homme qui ne comprendrait rien à la marche du monde pourrait penser le contraire.

— J'aurais besoin qu'on m'aide à formuler tout cela.

Chloe Healy eut un sourire malin. Elle brandit son grand sac en plastique comme s'il contenait une arme secrète, de quoi prendre le contrôle de l'univers tout entier.

— Pour commencer, nous allons soigner votre apparence. Pas question que vous vous montriez dans une blouse d'hôpital qui laisse voir votre caleçon.

Sid saisit le sac. Inutile de lui demander ce qu'il contenait. Chloe Healy avait forcément choisi les vêtements les plus appropriés pour cette occasion.

— Je ferais mieux de me changer, en effet.

Vendredi 3 mai 2143

Le général Khurram Shaikh, commandant suprême de l'Alliance pour la défense de l'humanité, entra dans le Centre de crise transstellaire d'Alice Springs accompagné des majors Vermekia et Fendes. Les officiers de la section Sol le saluèrent rapidement comme il prenait place dans le fauteuil situé derrière leurs consoles. Jamais ils ne l'avaient vu si furieux.

— Sommes-nous prêts ? demanda-t-il.

— Oui, mon général, répondit le capitaine Toi. Le Cap est en attente.

— Parfait. Procédez à l'ouverture du portail de guerre, capitaine.

Le capitaine Toi se retourna vers sa console et laissa le fin moniteur s'incurver autour de son visage.

— Mise en service, lança la femme au commandant de la base du Cap.

Le général Shaikh se concentra sur le grand écran mural où s'affichaient les données recueillies par les cinq satellites de l'ADH les plus proches de Jupiter. Des données loin d'être satisfaisantes. Les concepteurs et les trésoriers du réseau de surveillance de l'espace profond avaient négligé les capteurs optiques haute résolution, car ils ne s'intéressaient qu'aux perturbations des champs quantiques, prémices systématiques de l'arrivée du Zanth. Les images rassemblées par l'équipe de la station à l'aide du quintette de satellites montraient la constellation North comme une nébuleuse argentée un peu terne et surtout très floue. En dehors de l'habitat principal, il était difficile de distinguer les éléments qui composaient la colonie, dont les dimensions impressionnèrent cependant le général.

— Combien… d'éléments composent la constellation, désormais ? demanda-t-il.

— Plus de cent, mon général, répondit Toi. Plus quelques astéroïdes – de type métallique, mais aussi des chondrites carbonées, plus un iceberg. Ils leur fournissent sans doute les métaux et les minéraux nécessaires à la création de brut. Ils ont beaucoup travaillé, semble-t-il.

— En effet.

Le général examina la colonne de données qui défilait sur un côté de l'écran, montrant la mise en service du portail de guerre du Cap. La connexion transspatiale s'étirait afin de comprimer les quarante minutes-lumière qui séparaient la Terre de Jupiter, les réduisant à zéro. Demander à la fabuleuse machine d'établir une connexion sur une distance si courte était presque insultant – elle avait été conçue pour atteindre les étoiles, pour aider l'humanité à combattre le plus terrible ennemi de l'univers. Dire qu'il s'apprêtait à l'utiliser dans la seule intention d'avoir une conversation – sans doute animée – avec un reclus entêté…

Plusieurs sections, dans les données affichées, virèrent au rouge. Le dos du capitaine Toi se raidit. Elle demanda aussitôt des explications aux techniciens qui contrôlaient le portail du Cap. Les données recouvrèrent leur couleur ambrée normale avant de redevenir rouges.

— Capitaine ? demanda le général à voix basse.

La femme se tourna vers lui, le front couvert de transpiration.

— Mon général, nous ne pouvons pas ouvrir notre portail à proximité de Jupiter. Quelque chose bloque notre connexion de l'autre côté.

— Savons-nous quoi ?

— Les opérateurs du portail pensent qu'il pourrait s'agir d'un dispositif comparable aux stations de déformation quantique du Bouclier de la Terre, mon général.

Le général Shaikh lança à Fendes un regard impassible.

— Comment, au nom d'Allah, Constantine a-t-il pu mettre la main sur cette technologie ?

— J'opterais pour de l'espionnage industriel, répondit le major.

— Je ne suis pas d'accord, rétorqua Vermekia. Soit Jupiter l'a développée de son côté, comme son propulseur spatial sans réaction, soit Constantine s'est inspiré de la technologie d'une autre espèce intelligente.

— Originaire de St Libra ?

Vermekia haussa les épaules.

— Ce serait la conclusion logique.

— Capitaine, reprit Shaikh, à quelle distance de Jupiter pouvons-nous ouvrir le portail ?

— Dans les sept millions de kilomètres, mon général.

— Très bien, je suppose que nous devrons nous contenter de…

Il s'interrompit, sidéré, car son i-e venait de lui envoyer un message d'alerte de niveau un. Deux des moniteurs muraux de la salle affichèrent soudain des graphiques d'urgence. L'armada de satellites capteurs positionnée en orbite haute au-dessus de la Terre avait enregistré un changement dans l'espace-temps au-dessus de l'océan Pacifique, à environ cinquante mille kilomètres.

— Il ne s'agit pas d'une brèche ! aboya Toi. Je répète : il ne s'agit pas d'une brèche ! Ce n'est pas le Zanth !

— Qu'est-ce que c'est ? demanda Shaikh.

— Une connexion transspatiale, mon général. Remarquablement stable, d'ailleurs. Tout juste a-t-on noté un très léger vacillement au moment de l'émergence. Et elle mesure approximativement un mètre de diamètre.

— Pardon ?

— Je crois que la montagne vient de venir à Mahomet, dit doucement Vermekia.

— Mon général, reprit Toi, incrédule. Elle émet un signal vers notre escadron de satellites de communication stratégique. L'appel utilise le cryptage diplomatique de Jupiter.

— Utilise ma clé, ordonna Shaikh à son i-e. Et dirige l'appel vers cette station.

Dans la salle, tout le monde vit le visage juvénile de Constantine North apparaître devant le général Shaikh.

— Général.

— Monsieur North.

— Vous désiriez me parler ?

— En effet. Il semblerait que vous ayez développé des technologies extraordinaires ces derniers temps.

— Merci, mais je vous retourne le compliment. Je suis un grand admirateur de votre Bouclier.

— Je faisais allusion au moyen de propulsion de vos vaisseaux.

— Bien sûr.

— Votre agent a emporté *quelque chose* en quittant Newcastle.

— Mon fils a mis aux arrêts un extraterrestre qui pourrait bien être le meurtrier de mon frère et de mes neveux.

— L'heure n'est pas aux affaires personnelles, Constantine. C'est la première fois que nous rencontrons une espèce extraterrestre intelligente. Nous devons tenter d'établir un dialogue, non pas nous venger de façon aveugle. Nous ne pouvons pas nous permettre de nous faire un nouvel ennemi interstellaire.

— Je suis désolé que vous me jugiez de la sorte, général. Les morts sont morts, et rien ne pourra les ramener à la vie.

Tout ce qui m'intéresse, c'est le sort des vivants, tous les vivants, sans exception, où qu'ils vivent.

— Moi aussi. C'est même la raison d'être de l'Alliance pour la défense de l'humanité.

— Général, comprenez bien que je n'ai aucune raison de me quereller avec vous. J'ai simplement la conviction d'être le mieux placé pour gérer cette incursion. C'est nous, les North, qui avons attiré son attention. Il nous veut, semble-t-il.

— Vous n'avez pas le droit de monopoliser cette découverte. Nous avons besoin de savoir à quoi nous avons affaire.

— Je n'ai pas l'intention de garder pour moi les informations que nous recueillerons.

— Bien. Puis-je envoyer sur Jupiter une équipe pour confirmer la rencontre ?

— Malheureusement non.

— Pourquoi ?

— Je n'ai pas entièrement confiance dans l'ADH.

— Je trouve cela insultant. Mes hommes sont prêts à sacrifier leur vie pour protéger les humains où qu'ils se trouvent, y compris sur Jupiter si cela s'avérait nécessaire.

— Je vous en prie, général. Vous saviez que l'extraterrestre était réel. Vous le saviez déjà il y a vingt ans, et pourtant, vous n'avez rien dit. Délibérément. J'ai vu les enregistrements de l'interrogatoire pour le moins musclé de la pauvre Angela Tramelo. J'ai vu ce que vous avez sorti de sa mémoire. Cette information, vous l'avez reléguée dans la plus profonde de vos caches, et vous avez pris le parti de l'oublier. Vous êtes donc assez mal placé pour me donner des leçons en matière de responsabilité.

— Des images extirpées de l'esprit d'une jeune femme dérangée ne constituent pas des preuves. Il aurait très bien pu s'agir d'une fiction, d'un cauchemar ou d'une psychose. Nous ne pouvions pas savoir. Annoncer officiellement l'existence de ce monstre aurait effrayé la population. Ç'aurait été la panique. Notre protection n'est pas seulement physique. La civilisation a besoin d'ordre pour se perpétuer, et nous avons la responsabilité du maintien de cet ordre.

—Certes. Vous devez rendre des comptes aux politiciens qui vous paient et dont la seule obsession est le maintien... du *statu quo*. Ce n'est heureusement pas mon cas. Je compte bien découvrir la nature exacte de cette créature et d'où elle vient. Ses intentions, aussi. Alors je rendrai ces informations publiques. Avec ou sans votre approbation. Je pense que nous sommes à la veille d'un grand changement à la fois matériel et philosophique. J'espère que vous saurez vous adapter, général, je l'espère vraiment, car je vois en vous un homme d'honneur et de cœur. Les gens comme vous sont devenus très rares.

—Constantine...

—Je vous contacterai dès que nous en saurons plus. Vous avez ma parole.

La liaison fut coupée. Sur les grands moniteurs, les satellites capteurs confirmèrent la fermeture de la connexion transspatiale.

—Qu'est-ce qu'on fait ? demanda le capitaine Toi.

—On attend, répondit le général. Et on prie.

* * *

Constantine prit le *pod* de transit jusqu'au tore trois. La roue se trouvait à l'extrémité de l'amalgame, près de l'habitat originel. Elle était séparée du reste de la structure par un axe en treillis long de trois cents mètres. Comme il ne voulait faire courir aucun danger aux habitants de la colonie, Constantine avait même fait équiper l'axe de fixations explosives. Au cas où.

Le tore trois avait été construit en huit ans avec un alliage de carbone et de titane développé sur Jupiter. Sa coque était fixe, mais ses systèmes internes étaient en perpétuelle évolution ; depuis le début, il s'agissait de disposer des technologies les plus avancées en prévision de ce moment.

Constantine se dirigea vers le centre de contrôle de la réception, simple pièce circulaire au centre de laquelle trônait un unique fauteuil de bureau en cuir noir. Grâce à son cerveau reséquencé et à sa multitude de connexions et programmes de visualisation, il n'avait pas besoin des écrans, moniteurs et autres consoles de zone nécessaires au reste de l'humanité. Constantine s'assit dans le vieux fauteuil, qu'il avait rapporté de la Terre cinquante-cinq ans plus tôt, et attendit. De l'autre côté de la paroi métamoléculaire, l'aire de réception principale était une chambre hémisphérique de dix mètres de diamètre, dont le sol et les murs avaient été configurés pour avoir la texture et le moelleux de l'éponge. Les seuls objets solides qu'elle contenait étaient un lit de camp, un lavabo et des toilettes. Un anneau situé près du sommet de l'hémisphère émettait une lumière blanc-bleu calquée sur le spectre de Sirius. Avant que l'étoile vire au rouge.

Les satellites qui tournoyaient autour de la constellation transmettaient directement les données qu'ils captaient au cerveau de Constantine, lui montrant l'arrivée du vaisseau à ondes lumineuses. L'appareil accosta près du moyeu du tore trois.

Constantine établit une liaison avec Clayton.

— Alors, comment ça va ?

— Waouh ! J'adore cette façon de voyager, répondit Clayton. Heureusement que je ne suis pas sujet au vertige ; je voyais le soleil rapetisser à vue d'œil dans mon dos.

— Et ton passager ?

Constantine n'avait posé la question que par courtoisie, car plus de la moitié de ses récepteurs augmentés étaient reliés directement aux scanners qui encerclaient l'extraterrestre.

— Il s'est bien comporté. Tu as vu cette structure interne ?

— Oui. C'est très intéressant.

— Je pourrais descendre avec lui ?

— Tu connais déjà la réponse. C'est à mon tour de sortir pour jouer un peu.

— Papa…

— Oui ?

— Sois prudent.

— Je ne crois pas que cette situation se réglera par la violence, mais, oui, je serai prudent.

— Une équipe médicale et des marines se tiendront prêts au cas où.

— Les marines, carrément ! Avec un peu de chance, nous n'aurons bientôt plus besoin de marines. C'est en substance ce que je viens de dire au général Shaikh.

— Comment l'a-t-il pris ?

— Pas très bien, répondit Constantine avec un sourire satisfait.

— Tu m'étonnes ! Tu es prêt ?

— Oui. Envoie-le-moi, s'il te plaît. Ah ! au fait, joli travail.

— Merci.

Une minute plus tard, le centre du plafond de la salle de réception se distendit, et une excroissance bleue translucide se forma, s'étirant lentement jusqu'au sol. L'extraterrestre était à l'intérieur, parfaitement immobile dans sa prison de fluide intelligent. Il toucha bientôt le sol et ne bougea pas tandis que la substance bleue remontait vers le plafond telle une goutte de pluie tombant à l'envers.

Constantine attendit quelques instants, mais la créature resta dans la même position. Vue de là, elle aurait très bien pu n'être qu'une statue de cuir pétrifié. Il zooma pour l'examiner, et ses yeux la trahirent. Des globes oculaires humains tournaient dans tous les sens, scrutant la salle.

La voix de Constantine résonna, amplifiée :

— Je m'appelle Constantine North. Je dois avouer que, d'un point de vue purement quantique, votre composition est remarquable.

Au cas où la créature ne l'entendrait pas, les paroles de Constantine défilèrent en caractères violets de cinquante centimètres de haut sur la paroi incurvée. Généreusement, Constantine montra ce qu'il percevait, projetant un hologramme juste à côté de son visiteur : une silhouette humanoïde avec un semblant de structure interne.

— Vos molécules ont une étrange signature quantique ; elles ne semblent pas tout à fait en phase avec l'espace-temps. Elles imitent notre structure physiologique. Comme si vous étiez à un stade embryonnaire, prêt à devenir l'un d'entre nous, ou bien le contraire.

L'extraterrestre tourna la tête. Constantine étudia la fluctuation de l'état quantique des molécules, qui, apparemment, permettait à la peau solide de devenir fluide. C'était un processus extraordinairement complexe. Grâce auquel des doigts rigides et tranchants pouvaient se plier pour déchiqueter un cœur humain.

— J'ignore quelles sont vos aptitudes, mais nous ferons notre possible pour vous empêcher de nuire. Si vous parveniez à rompre vos liens, nous serions contraints d'utiliser nos armes contre vous. Je ne vous ai pas fait venir jusqu'ici pour vous faire du mal. Je voudrais m'entretenir avec vous. Si vous n'êtes pas capable de sortir de cette chambre, vous y resterez jusqu'à ce que vous vous décidiez à communiquer. Je n'ai rien à ajouter pour le moment.

Il se rassit dans son fauteuil et se balança doucement en attendant.

La signature quantique de la créature s'altéra de nouveau brusquement. Ses molécules devinrent normales et parfaitement adaptées à l'espace-temps. Réelles, en somme. La manifestation visuelle de ce bouleversement fut impressionnante. Son épiderme se colora et changea de texture en moins d'une seconde, se transformant en un costume bleu-gris élégant, en une chemise rayée blanc et gris et en une coquette cravate violette. Son visage se couvrit de peau humaine et son crâne d'une chevelure brune coupée à la mode.

Un North adulte inspira lentement et jeta un coup d'œil circulaire sur la salle d'un air légèrement dédaigneux.

— Ah ! s'exclama Constantine, ravi. Mon neveu Aldred, je présume ?

* * *

Des arcs de neige jaillissaient de part et d'autre de la lame de la JMT-1, comme Angela avançait pleins gaz. Les essuie-glaces balayaient le pare-brise avec vigueur, écartant la bouillie cristalline qui ne cessait de pleuvoir sur la vitre. Elle était concentrée sur le ruban de neige plat et dégagé qui se déroulait devant elle, s'assurant qu'aucun rocher ne se dressait sur sa route. L'image radar parcellaire affichée devant elle ne lui était pas d'une grande aide, le dispositif étant recouvert de gros morceaux de glace. Se concentrer de la sorte l'aidait à ne pas faire attention à la puanteur qui régnait dans l'habitacle. Omar était assis à côté d'elle. Les dents serrées, il luttait contre sa nausée en essayant de s'intéresser à la rivière gelée. Cela faisait trois jours qu'ils roulaient sur le cours d'eau, et les membres du convoi commençaient à peine à se remettre de leur maladie. Elston et Garrick étaient assis derrière elle. Enveloppés dans des couvertures, ils s'efforçaient d'oublier leur malaise, de récupérer, chacun à son rythme.

Camm Montoto n'avait pas mis longtemps à isoler et identifier le poison. Des spores de narsberry avaient été injectées dans la gelée. Cette annonce avait fait peur à tout le monde, même à Angela. Les narsberry étaient extrêmement toxiques. Leurs spores étaient microscopiques et dispersées par le vent. Chaque année, des dizaines de personnes étaient hospitalisées pour avoir ingéré des aliments mal lavés. Les quantités avalées par le personnel du convoi étaient très importantes – bien plus que celles qu'on pouvait trouver dans une laitue non lavée –, et même les reins d'Angela risquaient de ne pas s'en remettre totalement. Qui que soit le coupable, il avait bien failli tuer le convoi tout entier.

Aussi Angela accélérait-elle autant que possible, remontant le cours d'eau à toute vitesse, comme si cela pouvait l'éloigner du danger, de l'apprenti tueur en série et du monstre dans les arbres. Leif ne s'était pas trompé : la rivière était une véritable autoroute dans cette jungle, plane et droite, large de deux cents mètres par endroits. Angela avait appris à faire attention dans les sections les plus dégagées, car l'eau y était moins profonde, ce qui signifiait qu'il y avait des rochers sous la glace et la neige. À plusieurs reprises, elle avait frôlé la catastrophe parce qu'elle ne surveillait pas suffisamment son radar, ne découvrant les bosses anormales qu'au dernier moment, presque trop tard. Alors la lame de la JMT taillait dans le rocher avec des couinements effroyables, le véhicule se cabrait et finissait par retomber, poursuivant sa route, car il était conçu pour encaisser ce type de choc. Angela adorait conduire une telle brute à tombeau ouvert. Elle avait l'impression de prendre sa revanche sur la planète et sur toutes les embûches que celle-ci avait jetées en travers de leur route. Elle conduisait ses camarades loin du danger et du passé.

Soudain, des icones rouges apparurent dans sa grille. Elle serra les dents.

— Merde !

Sans cesser de scruter la neige couleur de pêche à l'affût de la moindre bosse suspecte, elle réduisit lentement les gaz.

— On freine ! annonça-t-elle aux autres conducteurs sur le réseau local.

Elston se réveilla en grognant.

— Hein ? Qu'est-ce qui se… ? Oh !…

— Je suis désolée, dit-elle. Nous savions qu'il n'en avait pas pour longtemps.

Les icones rouges concernaient le maillage corporel de Luther. Ses organes déjà mis à rude épreuve par l'accident n'avaient pas résisté à la maladie. Angela se demandait même comment il avait pu tenir jusque-là. Le pauvre avait énormément souffert. Mais c'était terminé. Les icones rouges virèrent au blanc, devinrent neutres. Comme celles de Mohammed dix heures plus tôt.

— De toute façon, on a besoin de refaire le plein, ajouta Elston.

Angela tourna le volant et s'arrêta. Les autres véhicules du convoi l'imitèrent, formant un cercle. Capteurs et mitrailleuses robotisées étaient pointés vers la nature sauvage et glacée de St Libra. Alors qu'il restait deux bonnes heures de jour, ils allumèrent leurs phares pour éclairer les rives vallonnées et couvertes d'arbres au tronc cristallin. Les radars furent également mis à contribution, scrutant du mieux qu'ils pouvaient cet environnement. Rien ne pourrait les approcher par surprise, et Antrinell avait interdit à quiconque de s'aventurer à l'extérieur du cercle.

Angela mit plusieurs minutes à se vêtir pour sortir. Il n'y avait pas de vent, mais la température avait chuté de façon alarmante ces deux derniers jours. Tout le monde était épuisé. Ceux qui avaient échappé à la maladie s'étaient relayés au volant et chargés de la quasi-totalité du remplissage des réservoirs. Il était facile de commettre des erreurs. Lors de leur pause précédente, Leif avait retiré ses gants pour brancher un tuyau récalcitrant. Sa peau était entrée en contact avec le collier métallique de ce dernier, et le froid l'avait immédiatement engourdie, aussi ne s'était-il rendu compte de rien. Toutefois, lorsqu'il avait voulu lâcher le tuyau, il s'était arraché un long ruban de chair.

— Faites attention, dehors, dit faiblement Elston.

— Vous me connaissez.

Le ton léger de Vance ne la trompait pas. Il frissonnait encore énormément sous sa couverture. Comme elle surveillait l'alimentation des malades, elle savait qu'ils étaient loin de s'alimenter suffisamment.

Elle descendit sur la rivière gelée et contourna le véhicule pour entrer dans le cercle. La lumière des feux de position arrière s'additionnait à celle, saumon, de Sirius, tapissant le monde de taches vermillon. Ils étaient neuf, qui se tenaient dans la faible lueur : les chanceux. Quoique, c'était une question de point de vue : ceux qui avaient échappé à l'empoisonnement – Lorelei, Lulu, Leora, Antrinell, Karizma et Leif – et ceux qui s'étaient assez remis pour pouvoir conduire et s'occuper des malades – Madeleine, Josh et elle-même.

— Nous sommes à un tournant en termes de logistique, annonça Antrinell. J'ai vérifié nos réserves de carburant, et je pense qu'il est temps d'abandonner le camion-2. Ce qui reste de son carburant ira dans la citerne et dans les réservoirs souples du camion-1. Avec moins de cellules à alimenter, on pourra aller beaucoup plus loin.

Angela se tourna vers Karizma, dont le visage était dissimulé derrière plusieurs couches de tissu et une paire de lunettes. La jeune femme n'émit aucune protestation.

— Bien, reprit Antrinell, qui s'était manifestement préparé à devoir faire passer son idée de force. Josh, vous et moi allons mettre Luther avec les autres, dans le traîneau.

— Pour quoi faire ? demanda Josh.

— Je vous demande pardon ?

— À quoi bon ? Pourquoi brûle-t-on du carburant précieux pour trimballer des cadavres dans la campagne ? On devrait les laisser ici. On les récupérerait quand les Daedalus viendraient pour nous sauver. Après tout, ce n'est pas comme si la jungle grouillait d'animaux sauvages ; personne ne va les manger.

Angela ne pouvait qu'admirer cette logique implacable, même si elle avait quelque chose de dérangeant.

— À ce propos, intervint Leif, si le monstre me tue, laissez-moi sur place. Je ne veux pas retarder les survivants.

— Ce sont nos camarades, rétorqua Antrinell d'une voix rauque. Ils se sont sacrifiés et méritent notre respect.

— Sacrifiés, mon cul ! lâcha Karizma. Ils ont été assassinés, c'est tout. Et si nous traînons trop, nous serons les prochains sur la liste.

Angela comprenait, à présent. Il s'agissait de mettre une nouvelle fois en cause la pertinence de ce voyage, de ronger davantage l'autorité des officiers de l'expédition. De faire naître le doute dans la tête de ceux qui n'étaient pas pleinement convaincus. Elston aurait facilement maté la fronde. Antrinell était différent ; c'était un excellent officier en second, mais il manquait de charisme.

— Qu'est-ce que le monstre leur a fait ? demanda Angela d'un ton calme. À Mark Chitty et aux autres ? S'il les a embarqués, c'est qu'il avait ses raisons. Lesquelles, à votre avis ? Personne ne se lance ? Pour ma part, je refuse d'être abandonnée à une créature qui pratique peut-être la vivisection ou bien des genres de rituels sataniques. Avec des victimes mortes ou vivantes. Et puis, on a encore largement assez de carburant. Le poids de nos morts sur ce traîneau ne fait aucune espèce de différence.

C'était faux, évidemment. Elle savait bien qu'il leur restait juste assez de biocarburant pour rallier Sarvar. En réalité, elle espérait en secret se rapprocher suffisamment de leur but pour que l'équipe réduite restée sur place puisse venir à leur rencontre avec une citerne pleine ou, mieux encore, avec un hélicoptère Berlin.

— Savoir ce que nous allons faire de ces corps est une question qui ne se pose même pas, intervint Antrinell, profitant de l'occasion. Remplissez les réservoirs. Je veux que tout soit terminé avant la nuit. Les aurores boréales sont intenses. Nous devrions pouvoir avaler quelques kilomètres ce soir.

Le groupe se sépara, chacun marchant à contrecœur et d'un pas lourd vers les tâches qui l'attendaient. Angela ne pouvait s'empêcher de regarder du côté des arbres qui bordaient la rive la plus proche. La glace scintillante qui les emprisonnait en même temps que les plantes grimpantes donnait aux troncs des airs de défenses d'éléphants gelées. Le ciel et la terre étaient les mâchoires qui allaient se refermer sur eux pour les écraser. Malheureusement pour elle, elle avait l'imagination fertile.

— Merci, lui glissa Antrinell.

— Je veux juste me tirer de cet endroit.

Elle regarda Madeleine s'éloigner péniblement vers le camion-citerne, dans lequel elle voyageait en compagnie d'Atyeo. La jeune femme aurait dû se trouver dans la JMT avec elle, où elle aurait été plus en sécurité. Toutefois, Angela n'y pouvait rien pour le moment. Peut-être dans quelques jours, lorsque les malades seraient rétablis et que les tâches seraient de nouveau équitablement réparties.

— J'avais compris, acquiesça Antrinell. Nous devrions atteindre le Dolce dans un jour ou un peu plus. Après cela, Sarvar ne sera plus très loin.

— Bien sûr, répondit-elle avant de partir s'occuper de la distribution des repas.

* * *

Aldred avait disparu dans une torsion quantique aussi rapidement qu'il était apparu. Constantine étudia l'entité alchimique qui avait imité son neveu en mettant à profit tous les capteurs dont avait été dotée la salle de réception. De nouveau, sa structure atomique n'était plus en phase avec l'espace-temps. Les senseurs de Jupiter n'avaient pas la capacité de détecter l'origine de cette anomalie. Constantine ne s'attendait pas à connaître un succès rapide, mais il ne pensait pas non plus devoir s'avouer vaincu si vite sur le terrain technologique.

— J'aimerais savoir à quel genre d'avatar je m'adresse. En supposant que vous en soyez un. Ou bien vous contentez-vous de contrôler Aldred à distance ?

La chose, dans la salle de réception, pencha la tête sur le côté et émit vers le réseau de la salle une demande de connexion utilisant le code d'identité d'Aldred.

— Je suis Aldred tel qu'il est apparu dans mon miroir.

— Votre maîtrise de notre langue et de sa syntaxe est excellente. Pourriez-vous m'expliquer votre nature un peu plus en détail ?

— Ceci est une copie d'Aldred. Elle incorpore ses structures biologique et neurale, ainsi que sa mémoire. Toutefois, il ne s'agit pas de lui, seulement d'un pont entre votre espèce et moi.

— Qui est ce « moi », au juste ? Cette question m'intrigue beaucoup…

— Je suis la vie de St Libra.

— C'est-à-dire ?

— J'ai évolué il y a des milliards d'années de cela, sur une autre planète, dans une autre région de la galaxie. Je suis le pinacle de la vie telle qu'elle a évolué sur ma planète, je suis son stade ultime. Je suis devenu un. Je réside désormais sur

St Libra. Son étoile est jeune et me dispensera sa chaleur pendant longtemps.

— Puis-je savoir où vous vivez ? Nous n'avons trouvé aucun signe de vie intelligente sur St Libra. Autrement, nous n'aurions pas colonisé cette planète.

L'avatar d'Aldred pencha la tête de quelques degrés comme s'il entendait des bruits étranges.

— Constantine, je crois que nous savons tous les deux que ce n'est pas tout à fait vrai. Depuis le tout début, vous saviez que je n'étais pas originaire de St Libra.

— Vous parlez de la jungle, des plantes ? Oui, nous pensions que St Libra avait été bioformée.

— Vous ne parlez que du physique, de l'individuel. Je suis au-delà de tout cela.

— Comment ?

— Les plantes, mes plantes, sont mes composants biologiques. Je réside en elles.

Constantine se rendit compte que sa bouche était figée en un sourire émerveillé.

— Les plantes ont une conscience de groupe ? Nous n'avons jamais trouvé de cellule équivalente à un neurone.

— Parce qu'il n'y en a pas. Comme je l'ai dit, les plantes sont mes composants biologiques. J'ai de nombreuses facettes, mais il est vrai que je suis issu du biologique. Les plantes sont en quelque sorte mes racines dans cette réalité quantique.

— Si j'ai bien compris, la vie, sur votre planète d'origine, a évolué en une conscience unique ?

— Oui. Votre espèce est obsédée par le progrès technologique. Vos machines pourraient bien devenir vos dieux et vos esclaves, la singularité dont vous rêvez. De leur côté, mes ancêtres ont préféré laisser la vie évoluer seule. Comme vous pouvez l'imaginer, c'est une option beaucoup plus lente, mais aussi plus sûre. Il me semble que, sous leur forme animale, ces ancêtres ne vivaient pas aussi brièvement que vous. Ils n'avaient pas votre impatience compréhensible.

— Une singularité de type Gaïa, dit Constantine avec une crainte mêlée de respect.

— C'est une définition un peu facile quoique assez juste. Oui, je crois que nous sommes parvenus à me définir dans vos termes. Félicitations.

Constantine grimaça, soudain las et découragé, comme les implications de cette révélation se faisaient jour.

— Depuis notre arrivée, nous n'avons cessé d'empoisonner votre environnement. De vous polluer.

L'avatar d'Aldred s'avança jusqu'à la paroi, sur laquelle il fit glisser la pointe d'un doigt dans un geste rappelant une caresse.

— Vous faites cela à tous les mondes que vous colonisez, alors pourquoi ne regretter que ce que vous m'avez fait ?

— Parce que vous êtes différent et que vous le savez. Vous savez comment nous aurions réagi si nous avions été conscients de votre existence. Pourquoi ne nous avez-vous rien dit ? Pourquoi avoir envoyé cet avatar quatre-vingt-dix ans après l'ouverture du portail ?

— Vous êtes tellement rapides, tellement pressés dans ce minuscule corps animal. Ne pouvez-vous concevoir aucun point de vue en dehors du vôtre ? Je ne perçois pas comme vous le faites, je ne pense plus à cette vitesse, je ne réagis plus en un instant. Quand j'ai senti que les plantes étaient polluées, qu'elles mouraient, que de nouvelles cellules qui ne me convenaient pas avaient été importées sur St Libra, je suis intervenu. J'ai cherché le plus fort des esprits étrangers et je vous ai trouvés, vous, les North. Tous ces esprits similaires qui, pour moi, ne faisaient qu'un. J'ai regardé dans le miroir pour vous trouver, pour prendre votre forme. Ce n'est pas quelque chose que j'ai fait très souvent. Le premier avatar généré n'était pas totalement réussi. Il était un peu perturbé par sa propre existence, il ne comprenait pas ce qu'il était. Mes pensées et les siennes, d'origine humaine, sont entrées en conflit. Alors l'avatar s'est révolté d'une manière très humaine, car telle était sa forme.

— Le massacre du manoir de Bartram, murmura Constantine, stupéfait.

— Oui. Le monstre. Changer de forme, d'état, est intuitif, chez moi, une ancienne aptitude dont j'imprègne l'avatar. Celui-ci a choisi ce qu'il souhaitait être. Vous êtes ainsi, vous, les North. Ce que vous voyez devant vous est un monstre issu de votre propre subconscient.

— Zebediah ! L'avatar était Zebediah.

— Oui. Qui d'autre aurait pu dire que les humains étaient des abominations, qu'ils devaient être bannis de St Libra ? Ceci est mon point de vue, articulé de façon parcellaire par votre esprit.

— Qu'est-il arrivé à Barclay ?

— Barclay fut le premier à mourir. Il ne peut y avoir deux Barclay dans un même univers, n'est-ce pas ?

Constantine connaissait la vérité, mais il se devait de poser la question. Ne serait-ce que pour se prouver que, malgré ses nombreuses améliorations et altérations, il était toujours humain.

— Le cadavre repêché dans la Tyne, c'était celui d'Aldred, n'est-ce pas ?

L'avatar d'Aldred s'éloigna de la paroi.

— Bien sûr. Ils ne pouvaient être deux. Cet avatar-ci est beaucoup plus enclin à vivre une existence humaine. J'ai appris de mes erreurs avec le premier. Les pensées de celui-ci sont moins antagonistes et sources de conflits. Une fois les altérations nécessaires conçues, Aldred fut dupliqué à la faveur d'un séjour sur St Libra. Il a beaucoup d'habileté politique et la sécurité de Northumberland Interstellar n'a aucun secret pour lui. Malheureusement, il a retraversé le portail sans me laisser le temps d'émerger complètement. Mais je n'ai eu aucun mal à le suivre sur Terre ni à l'attirer dans l'appartement de son ancienne petite amie. Ses contacts dans le milieu m'ont été précieux lorsqu'il a fallu se débarrasser du corps.

— Pourquoi ? Pourquoi ne pas nous avoir contactés et révélé votre véritable nature ?

— J'en avais l'intention. Les avatars ont été créés pour vous comprendre, pour me permettre d'évaluer la situation. Mon but était de les disséminer dans votre civilisation afin de l'étudier et de m'aider à prendre une décision. Ce travail, je l'avais entamé avec Aldred ; j'avais commencé à bâtir un pont. Et puis, tout a changé.

— Qu'est-ce qui a changé ? demanda sèchement Constantine.

— L'arme. Vous avez apporté une arme sur St Libra. J'ai senti sa présence bien que nos références temporelles soient différentes.

L'avatar joignit ses mains épaisses en une prière humaine. Ses lames se plièrent.

— Je la sens, même d'ici, poursuivit-il. Elle m'est tellement hostile. Si vous vous en serviez, je serais brisé. Oh ! je ne cesserais pas d'exister, mais je ne serais plus entier.

— Quelle arme ? demanda un Constantine choqué.

— Un virus, une pestilence. Elle est sur St Libra, charbon ardent brûlant dans ma conscience. J'ai fait ce que j'ai pu, j'ai réagi comme j'avais réagi lorsque, dans le passé, une autre espèce est venue pour faire de mon monde le sien. J'ai souhaité que le soleil devienne froid et que la jungle gèle, qu'elle hiberne en sécurité. J'ai rendu mon monde inhabitable pour vous, je vous ai chassés en grand nombre. Cet avatar avait pour mission de détruire le portail afin d'empêcher la répétition de cette violation. De cette façon, l'arme elle-même aurait fini par mourir dans le froid.

Constantine se leva. Sur son ordre, les métamolécules de la chambre de réception s'écartèrent, formant une arche.

— Papa, qu'est-ce que tu fais ? demanda Clayton.

Constantine fit comme s'il n'avait rien entendu et s'avança sur le sol doux vers le monstre immobile.

— Nous devons avoir confiance l'un en l'autre, dit-il.

L'avatar d'Aldred baissa la tête pour lui présenter son visage. Constantine vit que la créature n'avait plus d'yeux, simplement des plis de cette chair rocheuse qui le constituait.

— Constantine North. Le visionnaire rêveur, comme disait le père d'Aldred.

— Laissez-moi vous aider. Cette arme, quelle que soit sa nature, a forcément été développée par l'ADH. Je vais leur demander de la récupérer immédiatement.

— Ils ne le peuvent pas.

— Pourquoi ?

— Ils n'en ont plus le pouvoir.

— Je ne comprends pas.

— Mon autre avatar – le premier – est avec l'arme en ce moment même. L'ADH a envoyé l'arme à Wukang avec le colonel Elston. À l'heure qu'il est, le convoi est perdu quelque part entre Wukang et Sarvar. Le premier avatar s'est lentement rapproché de l'abomination. Il a peur ; depuis sa création même, il est effrayé. De nombreux humains la gardent, et ils sont armés. Malgré notre force et nos aptitudes, nos créations miroirs ne sont pas invulnérables. L'avatar a donc entrepris d'éliminer les soldats un à un. Il ne restera bientôt plus personne pour protéger l'abomination. Ne restera plus alors que le portail. Maintenant, je comprends la situation, je sais ce qui doit être fait. Le portail doit être détruit aussi.

— Comment ?

— Je vous dupliquerai une nouvelle fois. Je créerai mille North. Un million, s'il le faut.

— Ne faites pas ça. Je fermerai le portail pour vous prouver que nous regrettons. J'ai ce pouvoir.

— Vous oubliez que je suis Aldred, si l'on peut dire, et que je connais parfaitement Augustine. Je sais qu'il ne sera pas d'accord avec vous.

— Je ne compte pas lui demander sa permission. Je peux fermer ce portail moi-même. Sans bombe D ni armées d'entités miroirs. Je peux fermer ce portail sans tuer qui que ce soit.

— Et pourquoi le feriez-vous ?

— Parce qu'il y a déjà eu assez de morts comme ça. Parce que vos jungles et vos plantes ont assez souffert. Parce que nous sommes en vie tous les deux et que la vie est précieuse. Et nous sommes différents, ce qui est encore plus important. Par ailleurs, j'aimerais vous demander votre aide.

— Dans quelle intention ?

— Vous ne craignez pas le Zanth. Vous avez le pouvoir de diminuer la lumière des étoiles. Vous devez également avoir la capacité de vous défendre contre le Zanth, de l'empêcher de déferler sur Sirius. J'ai besoin de savoir comment vous faites.

— Je le fais, c'est tout. Le Zanth est… étrange, même pour moi. Toutefois, son pouvoir n'est pas infini. Je me contente de souhaiter qu'il s'en aille, et il s'en va.

— Il doit y avoir un mécanisme, une manipulation particulière du champ quantique.

— Je ne pense pas en ces termes.

— Autrefois, si, et cet avatar est un pont. Le transfert de connaissances n'est qu'une question de langage et de mathématiques. C'est une constante universelle. Votre aide serait inestimable. Malgré ses défauts et ses fautes, l'humanité ne mérite pas d'être détruite par le Zanth.

— Non. Vous ne le méritez pas. Aucune forme de vie ne le mérite.

— Dans ce cas, je vais contacter l'ADH. Le général Shaikh m'écoutera.

— Ils ont fabriqué cette arme. Ils l'ont fabriquée dans l'intention de détruire toute vie endogène sur St Libra. Ils l'ont conçue *au cas où*. Vous imaginez ? Préparer l'oblitération d'une planète et de son évolution comme un simple exercice tactique… Imaginez alors la méfiance qui sera la leur ; car ils verront en moi une version réduite et moins agressive du Zanth, mais néanmoins une créature capable d'éteindre une étoile. Ils auront peur, et à cause de cette peur, les politiciens et les militaires chercheront toujours des moyens de me détruire. Je ne vous étonnerai pas en vous disant que je n'ai pas confiance en eux.

— J'ai dit sensiblement la même chose au général il y a environ deux heures.

— Pour cette raison, je continuerai d'éliminer les membres du convoi et je finirai par détruire cette arme.

— Ne faites pas cela, je vous en conjure. Arrêtez de les tuer et laissez-moi chercher une autre solution. Une fois le portail fermé, vous n'aurez plus rien à craindre de la Terre ni des humains. Vous dites que vous êtes connecté à l'autre avatar, à Zebediah ? Laissez-moi lui parler, laissez-moi m'adresser, à travers lui, à mon agent infiltré dans le convoi de Wukang.

— C'est impossible.

— Pourquoi ? Laissez-moi faire, et je résoudrai notre problème.

— Ce n'est pas possible, car, bien qu'il soit moi, le premier avatar refuse de m'écouter. Il entend vos paroles en même temps que moi.

— Mais pourquoi, alors ?

— Il y avait trop de défauts dans le processus de création originel. Il est devenu indépendant. De façon ironique, il est désormais plus vous que moi.

Samedi 4 mai 2143

La carte produite à partir des données recueillies par les e-Rays de reconnaissance, mêlées aux images des premiers vols d'exploration, puis réduites pour mettre en évidence les contours, occupait la moitié du pare-brise de la JMT-1. Le guidage inertiel les plaçait au sud du Dolce. Dans la vraie vie, cependant, Angela conduisait toujours sur le Lan en attendant de déboucher sur un cours d'eau plus large. Elle avait appris à haïr leur système de navigation bourré de défauts.

Toute la matinée, des vrilles de brume rose corail s'étaient déroulées sur les deux rives, serpentant avec une fluidité animale sur la neige carmin. Au fil des heures, l'humidité produite par la jungle s'était rapprochée des véhicules du convoi pour finir, en milieu d'après-midi, par recouvrir toute la rivière. La lame qui taillait une piste pour les autres véhicules envoyait dans les airs deux jets jumeaux de neige et de brume mêlées. Angela voyait dans le rétroviseur le sillage déroulé par le véhicule, comme si un Léviathan des mers remontait une rivière.

— Le temps se couvre, annonça Paresh, à la place du passager.

Il avait pris la place d'Elston la veille, après qu'ils eurent abandonné le camion-2, permettant au colonel de retourner dans le biolab-1.

Angela avait été consternée par l'attitude macho de Paresh, encore convalescent, mais le doc avait donné son aval, précisant que ses côtes allaient beaucoup mieux. Il est vrai qu'il n'avait pas mangé de la gelée nutritive. À bord du biolab-2, il avait passé son temps à soigner les malades en utilisant son bras valide, plutôt que de se reposer pour récupérer.

Elle leva les yeux vers le haut du pare-brise, toujours couvert de condensation. Les anneaux couleur cerise avaient disparu derrière des nuages d'altitude roux qui arrivaient du sud. Des frondes boréales vertes et indigo s'agitaient juste en dessous du ciel chiffonné.

— Pas assez sombre pour qu'il neige, dit-elle.

Elle était devenue experte en prévisions météorologiques.

Paresh sourit. Angela s'efforça de ne pas sourire à son tour. Avait-il le droit d'être si heureux ? En tout cas, elle était contente d'avoir retrouvé sa compagnie. Elle regrettait simplement que Madeleine ne puisse voyager avec eux.

Ils avaient bien avancé depuis leur dernier arrêt. Pendant la matinée, elle avait cédé sa place en tête de cortège à la JMT-2 avant de la reprendre après le déjeuner. Cet après-midi-là, ses seuls problèmes étaient les rochers qui affleuraient à la surface et que dissimulait la brume huileuse. Des rochers que le radar ne révélait pas toujours à temps. À en croire Darwin, un caillou qui ne dépassait pas la hauteur du tapis de brume n'était pas assez gros pour endommager la JMT, mais Angela n'avait pas envie de vérifier sa théorie.

Comme la brume avait avalé la surface enneigée de la rivière, les rives, de part et d'autre, s'étaient faites de plus en plus hautes et de plus en plus escarpées. Désormais, le convoi progressait au fond d'une large vallée tapissée d'une jungle épaisse. Sans le cours d'eau, ils seraient contraints de tailler laborieusement une route dans ces paysages hostiles, comme ils l'avaient fait pendant la première partie de leur périple. D'après les estimations les plus optimistes, le confluent du Lan et du Dolce se trouvait à mi-chemin de Sarvar, et elle savait qu'ils avaient utilisé plus de la moitié de leur carburant.

Abandonner le camion restant serait une bonne solution ; cela réduirait leur consommation, même s'il faudrait installer ses conducteurs dans d'autres véhicules. Luther et Mohammed n'étant plus de ce monde, cela ne poserait pas de problème. Et puis, les réserves de nourriture diminuaient, et il y avait de moins en moins de poids à transporter. Elle voulait suggérer à Elston de lancer une nouvelle fusée de communication pour prévenir Sarvar qu'ils auraient bientôt besoin d'aide.

Droit devant, une falaise marron foncé leur bouchait la vue, comme si la rivière décrivait une courbe brusque. Angela fronça les sourcils. Si le cours d'eau s'incurvait, pourquoi donc cette paroi verticale se trouvait-elle droit devant ? La muraille de roche nue parsemée de neige était plongée dans l'ombre, car ni les rayons de Sirius ni ceux du système annulaire ne l'atteignaient. D'où sa couleur si sombre. Les interprétations visuelles étaient très difficiles dans ce monde, camaïeu de roses et de rouges. Le flot de brume semblait s'interrompre brusquement, comme s'il était bloqué par la paroi lointaine – ce qui n'avait pas de sens. Et le radar ne montrait rien. *Rien.*

Sa perspective changea, exposant brutalement la réalité de ce qui se trouvait devant eux.

— Merde !

Angela freina des deux pieds et inversa les gaz à l'aide de la commande située sur le volant, passant un peu trop sèchement la marche arrière, ce qui fit apparaître des messages d'alerte rouges sur le pare-brise. De son autre main, elle appuya sur le levier de commande du chasse-neige, pointant son V métallique vers la neige. Puis elle hurla sur le réseau local qui reliait les conducteurs :

— Freinez ! Freinez !

La JMT tressauta. Une large vague de neige décrivit un arc spectaculaire au-dessus du capot, déferla sur le pare-brise, martelant le toit. Des messages de perte de traction orangés s'affichèrent, tandis que les roues glissaient sur la glace. Le véhicule fit un tête-à-queue en secouant violemment ses passagers.

Paresh agrippa le tableau de bord de sa main valide en jurant à pleins poumons. À l'arrière, Garrick et Omar s'accrochaient à la banquette et aux poignées des portières. Le harnais d'Angela se resserra en préparation d'un crash éventuel, la plaquant contre son siège. Tant bien que mal, elle lâcha le volant et fut tentée d'appuyer sur le bouton de dégonflage d'urgence des pneus ; cela augmenterait leur prise sur la neige, mais risquerait de les faire déjanter.

La JMT s'arrêta enfin. Son train arrière se souleva, puis retomba lourdement, tandis que la lame s'enfonçait profondément dans la neige qui couvrait la rivière de glace.

— Bordel de merde ! beugla Paresh.

Le cœur battant la chamade, Angela resta sans bouger, craignant que la voiture se remette à glisser. Les essuie-glaces balayaient le pare-brise de façon monotone, écartant la masse de neige qui le maculait. Lorsque la vitre fut nettoyée, Angela pointa un doigt tremblant vers l'extérieur, trop choquée pour parler.

Paresh scruta le paysage.

— Le bon Dieu a décidé de nous emmerder jusqu'au bout, on dirait, gémit-il doucement.

* * *

Tout le monde sortit des véhicules pour voir, longeant avec précaution la JMT-1, comme des écoliers se lançant un défi. Ils avaient trouvé le confluent des deux cours d'eau. Le Dolce, avec son important réseau d'affluents, alimentés notamment par les glaces du massif de l'Éclipse, à l'est, auquel venait s'ajouter le Zell, qui coulait du nord, était un fleuve extrêmement impressionnant. Il avait taillé un canyon massif dans le décor, avec des parois de roche nue hautes d'au moins deux kilomètres et séparées, au fond, de plus d'un kilomètre. C'était ce qu'Angela avait vu sans comprendre. Avant de se jeter dans le Dolce, le Lan devenait une chute large de trois cents et haute de mille mètres.

La JMT-1 s'était arrêtée à une dizaine de mètres du précipice. Aligné devant le véhicule, ce qui restait du personnel de Wukang regardait la brume tomber en silence avant de se dissiper, plusieurs centaines de mètres plus bas, dans de puissants courants ascendants. L'eau du Lan devait avoir gelé lentement, continuant de s'écouler pendant des semaines en quantités de plus en plus réduites pour finir par se figer complètement. La chute n'était plus qu'un glaçon géant. Pour le groupe pétrifié, le cours d'eau donnait l'impression d'avoir succombé à l'hiver en un instant.

Vance lâcha un long soupir et remercia le Seigneur en silence de les avoir épargnés. Du regard, il suivit le canyon vers l'est, où se trouvait Sarvar. Puis il se tourna vers l'ouest. Il n'y avait aucune variation. Le canyon était une cicatrice énorme et impitoyable dans le paysage.

— Est-ce que votre Dieu débile va nous aider à descendre ?! demanda Karizma.

Vance prit quelques secondes pour se calmer. Ces attaques récurrentes contre sa foi auraient bientôt raison de sa patience.

— Nous allons chercher le point le plus bas. Les JMT vont explorer les environs dans les deux directions pour trouver le meilleur passage. Nous verrons bien.

À sa grande surprise, Karizma n'insista pas. Sans attendre, il distribua les tâches.

* * *

Le convoi recula avec circonspection, s'arrêtant à deux cents bons mètres de la chute. Il était temps de refaire le plein des véhicules, en commençant par les JMT.

— J'aimerais partir avec mon équipe originelle, dit Leif à Elston. Ils sont tous en assez bonne forme, désormais. Je sais que Karizma est insupportable, mais elle est compétente. S'il y a une voie possible, elle saura nous dire si le matériel dont on dispose nous permettra de l'emprunter ou non.

C'était logique, en effet, même si Vance n'était que moyennement enthousiaste. L'équipe originelle de la JMT-2 comportait Karizma, Davinia et Erius, soit ceux qui s'étaient le plus opposés à ce voyage. Toutefois, même avec le plein de carburant et deux réservoirs souples à l'arrière, ils n'auraient pas de quoi retourner à Wukang.

— Oui, bonne idée, finit-il par répondre.

Il assigna Antrinell, Camm, Darwin et Josh Justic à la JMT-1.

Les deux voitures furent équipées de radios à ondes courtes imprimées par Oleg avant leur départ de Wukang. C'était un système primitif, mais au moins leur permettrait-il de rester en contact dans cette atmosphère surchargée d'électricité et, avec un peu de chance, de faire part d'une heureuse découverte au reste du convoi.

— Roulez une journée, puis revenez, quoi qu'il arrive, leur ordonna Vance. La question du carburant commence à devenir critique. Si vous ne trouvez aucun passage, nous serons contraints de faire demi-tour, ajouta-t-il sans lâcher des yeux Karizma.

Cependant, le visage de la jeune femme était invisible sous ses multiples couches de vêtements. Elle n'avait certes aucune raison de manifester trop ouvertement sa satisfaction, la vue seule de ce canyon étant une affirmation de sa victoire.

Les JMT quittèrent le camp à 17 heures, transperçant la brume qui persistait à suinter de la jungle couverte de neige.

Sirius les éclairerait de sa lumière rosée encore une heure. Si les aurores boréales se révélaient aussi vigoureuses qu'à l'accoutumée, ils seraient en mesure de poursuivre leur route de nuit. En réalité, personne ne croyait qu'ils le feraient ; rouler au bord d'un canyon profond de deux kilomètres à la lueur des aurores boréales serait suicidaire.

* * *

Presque aussitôt après le départ des deux voitures, de gros flocons commencèrent à tomber du ciel encombré, faisant mentir Angela. Comme il n'y avait presque pas de vent, la neige se posait doucement sur les véhicules et les traîneaux, apportant le silence et vidant le ciel de St Libra de ce qui subsistait de sa faible luminosité. Déjà limitée par la brume épaisse, la portée des phares était devenue ridicule. Quelques minutes seulement après le début de l'averse, la neige était devenue invisible de part et d'autre du convoi.

Ravi Hendrik détestait la matière délicate et duveteuse qui tombait tout autour de lui. Il aimait l'atmosphère dégagée et fine qu'on trouvait en très haute altitude, là où le regard portait à des kilomètres et des kilomètres, où l'horizon de la planète s'incurvait, où la lumière était blanche et puissante, donnant des reflets dorés aux océans comme aux nuages. Cela faisait tellement longtemps qu'il n'avait pas volé et cela lui manquait. Voler était sa raison d'être, sa liberté. Ils étaient dans le pétrin, et cela lui faisait peur, inutile de se voiler la face. Il faudrait être complètement fou pour ne pas être conscient du caractère critique de leur situation. Sans ses années d'entraînement et d'expérience, il aurait été tenté de dire au colonel Elston où se fourrer son satané convoi. Karizma Wadhai ne pouvait s'empêcher de se rebeller et de dire ce qu'elle pensait, ce pour quoi il l'admirait et la haïssait à la fois. Un soldat se devait d'obéir aux ordres ; sans cela, sans cette discipline, c'était le chaos. Ce n'était pas comme si Elston merdait volontairement ; personne n'aurait rien pu faire contre les pelletées de merde que St Libra leur déversait sur la tête depuis qu'ils étaient arrivés. À son avis, cependant, la décision d'entreprendre ce voyage avait été une catastrophe. Il n'aimait pas du tout la façon dont les choses avaient évolué pour eux : ils avaient brûlé la moitié de leur carburant, ils se fiaient à des cartes totalement aberrantes et affrontaient un terrain susceptible de jeter sans prévenir n'importe quel genre d'obstacle en travers de leur route.

— J'espère qu'ils ne trouveront aucun passage, dit-il.

— Qu'est-ce que vous dites ? demanda Bastian North.

— Si on ne peut pas descendre jusqu'au Dolce, on sera bien obligés de faire demi-tour. Même Elston sera forcé de l'admettre.

— Pas faux.

Ravi et Bastian faisaient équipe pour ravitailler les véhicules en carburant. Clone North ou pas, Ravi considérait Bastian comme un type bien. D'accord, c'était un cadre supérieur superfriqué, mais il était coincé ici avec eux, et il ne rechignait pas à donner un coup de main. Ensemble, ils déroulaient l'épais tuyau noir du traîneau et le tiraient vers la Tropic-2. Comme d'habitude, le dérouleur coinçait régulièrement, les obligeant à faire de nombreux allers et retours pour le tourner à la main et nettoyer la glace qui obstruait les roulements. Ce n'était pas facile, habillés comme ils l'étaient. Ravi transpirait abondamment. Bientôt, ils devraient attendre que le réservoir se remplisse, et il aurait le temps de se refroidir. Une partie de sa sueur gèlerait et l'irriterait.

L'icone du réservoir devint vert et se mit à clignoter dans la grille de Ravi, lui signifiant que le plein était fait. Il ordonna à son i-e d'éteindre la pompe située sur le traîneau. Bastian dévissa le tuyau et reboucha le réservoir de la Tropic.

— Reste la Tropic-3, annonça Bastian. Après, on pourra se reposer et avaler un truc chaud.

— À condition qu'ils nous aient laissé quelque chose.

Ils agrippèrent le tuyau ensemble et le tirèrent dans la neige vers la Tropic-3. Ravi distinguait à peine ses phares allumés. La brume et la neige constituaient une combinaison bien étrange. Unique à St Libra, pensa-t-il. Nul doute que les éclairs zébreraient bientôt le ciel.

Sa grille lui montrait la position de l'autre équipe composée de Forster Wardele et Leora Fawkes, près du biolab-2. Jay et Raddon distribuaient des rations de nourriture – et il s'agissait de véritables rations à présent, car ils devaient se contenter d'un repas par jour. Le lieutenant Botin et Atyeo patrouillaient, les couvrant en cas d'attaque surprise de la créature. On ne pouvait pas dire qu'ils se sentaient sécurité, mais c'était mieux que rien.

Ravi fit signe à Winn Melia et Omar Mihambo, installés à bord de la Tropic-3. Ils lui sourirent à travers la vitre couverte de condensation et levèrent le pouce. Un Omar malicieux brandit un mug tout droit sorti du four à micro-ondes. Les trois paires de gants que Ravi portait l'empêchèrent de lui adresser un majeur bien dressé.

Sur le toit de la Tropic, la mitrailleuse tournait avec fluidité, tandis que la neige s'accumulait sur son canon. Ravi se demanda si ses capteurs lui étaient d'une quelconque utilité dans une averse si dense. Ce temps le démoralisait. C'était parfait pour un monstre souhaitant se cacher. Il vérifia une nouvelle fois que le fourreau de son fusil Folkling était ouvert et que l'arme n'était pas gelée, comme cela pouvait facilement arriver sous ce genre de climat.

Bastian ouvrit le réservoir de la Tropic, et ils emboîtèrent le tuyau dedans. L'i-e de Ravi se connecta au réseau de la voiture. Le réservoir était vide aux trois quarts. Son i-e actionna la pompe à distance. L'icone devint vert. Les bruits étaient tellement étouffés qu'il ne pouvait pas entendre la pompe fonctionner. La brume était si épaisse qui s'enroulait autour de lui qu'il ne voyait même pas la buée qu'il exhalait.

— Je ne comprends pas, dit Bastian.

— Quoi ? Qu'est-ce qu'il y a ? demanda Ravi en portant aussitôt la main à son fusil.

Merde, je suis sacrément sur les nerfs.

— Ça ne remplit pas.

— Hein ?

— Regardez. Le réservoir n'enregistre aucune entrée de biocarburant.

— La pompe fonctionne, rétorqua Ravi, têtu.

Il serra le tuyau aussi fort qu'il le pouvait. Malgré ses trois paires de gants, il aurait dû être capable de sentir les vibrations du carburant circulant dans le conduit.

— Rien, admit-il finalement.

— Merde, ça doit être bloqué quelque part, grommela Bastian.

L'i-e de Ravi désactiva la pompe.

— Sans doute une soupape sur le traîneau. Les réservoirs souples sont reliés les uns aux autres, mais le boulot a été fait à la va-vite.

— Pas plus que le reste, non ?

— Allons vérifier.

D'un pas lourd ils contournèrent les véhicules. Ceux-ci formaient une nouvelle fois un cercle – un cercle qui comportait deux brèches, à savoir les places vacantes laissées par les JMT. Le traîneau accroché au camion-2 paraissait effectivement avoir été monté à la hâte. La plate-forme était constituée de poutrelles de composite assemblées pour former des cubes : deux en largeur, trois en longueur, sur trois niveaux. La structure était parcourue de conduits, comme si une pieuvre y avait emmêlé ses tentacules. Tous étaient reliés à la pompe, de part et d'autre de laquelle étaient fixés deux tuyaux.

Quand Ravi arriva devant le traîneau, le dispositif complexe tout entier était recouvert de plusieurs centimètres de neige. Son i-e se connecta au minuscule réseau du système et en afficha le plan dans sa grille. Après un diagnostic rapide apparut devant ses yeux une volée d'icones verts ; tous les moteurs et toutes les pompes fonctionnaient. Puis il remarqua que l'une des cuves souples, au sommet, était pleine, ce qui était anormal, toutes les cuves du haut étant supposées se vider les premières pour ne pas déséquilibrer le traîneau.

— Attendez ici, je vais aller voir, lança Ravi à Bastian.

Il entreprit d'escalader la structure légère avec circonspection, car il risquait de la faire basculer. Ces traîneaux ne lui avaient jamais semblé très stables.

Une fois au sommet, il décrocha une petite torche de sa ceinture. Le bouchon de la cuve était bien fermé. Il l'agrippa de toutes ses forces et parvint à l'ouvrir difficilement. Ravi se pencha sur l'orifice et pointa le faisceau puissant de sa torche à l'intérieur.

— Merde, Bastian, elle est vide !

Dans sa grille, les icones verts disparurent soudain.

Parce qu'il était un soldat, parce qu'il était à l'affût du danger, parce que la neige et la brume le rendaient nerveux, parce qu'il craignait que le monstre les prenne par surprise, Ravi réagit instinctivement et s'accroupit. Il était plus en sécurité sur la pile de cuves souples qu'au sol, où il se passait manifestement quelque chose.

— Bastian ? Faites at…

Bastian avait disparu. Ravi se rapprocha avec circonspection du bord et regarda en bas. Le monstre était là.

Son intuition et son entraînement prirent le relais de sa réflexion. Il roula sur le dos et se redressa hors de vue et de portée de l'ennemi. La vision de ses cinq lames s'étirant vers lui l'avait terrifié. Le traîneau se mit soudain à trembler. Cette satanée créature était en train d'escalader la structure pour venir le chercher. L'instinct, de nouveau : il exécuta une roulade rapide, plongea et tomba dans la neige du côté opposé. Celle-ci était plus dure que prévu, mais le manteau épais amortit sa chute. Il se releva et courut à perdre haleine. Il sortit son fusil Folkling de son fourreau et tira une rafale vers le ciel. Le monstre avait réduit au silence le réseau du convoi, comme il l'avait fait à Wukang. Personne ne savait ni où il était ni ce qu'il faisait. Les coups de feu alarmeraient ses camarades.

— Trouve-moi un maillage corporel ! cria-t-il à son i-e. Et demande une connexion.

— Trois maillages détectés, répondit l'i-e d'un ton imperturbable désagréable. Lequel préférez-vous ? voulut-elle savoir en affichant des icones d'identité dans la grille de Ravi.

— Celui qui émet le signal le plus fort.

De cette façon, le contact durerait plus longtemps.

Il continua à courir, sachant que les véhicules du convoi étaient derrière lui, qu'il était seul sur la rivière gelée, dans la lumière crépusculaire, la brume impénétrable et cette neige qui étouffait le moindre bruit. Quelque part, devant lui, la glace s'arrêtait, cédant la place à un gouffre profond d'un kilomètre, à l'oubli. Ravi essaya de réfléchir : le traîneau se trouvait près de la rive ouest de la rivière. En théorie, cela aurait dû signifier qu'il se dirigeait vers les arbres.

— Qu'est-ce qui s'est passé ? demanda Raddon. On a entendu des coups de feu.

— C'est moi qui ai tiré. Le monstre est là. Il a eu Bastian. Je suis sorti du cercle de véhicules. Je ne sais pas où je suis.

— D'accord. Restez où vous êtes. Nous allons vous trouver.

Ravi regarda frénétiquement par-dessus son épaule. Il ne voulait pas rester où il était ; il voulait s'enfuir. Et pourtant, il s'arrêta, fit volte-face et s'accroupit en scrutant la direction d'où il pensait être venu. Le paysage était vierge de tout repère. La neige et la brume avaient réduit son univers, limitant sa visibilité à quelques mètres. Il pointa son arme droit devant lui.

— Je ne sais pas où je suis, dit-il d'un ton pitoyable qu'il ne chercha même pas à dissimuler.

— Ravi, ici le colonel Elston. Raddon relaie votre communication. Restez calme. Nous allons vous trouver par triangulation.

— Oui, mon colonel.

Ravi déplaçait le canon de son fusil de gauche à droite, imitant les mouvements des mitrailleuses montées sur les voitures. Lentement, il leva la main et baissa ses lunettes. L'air glacial mordit aussitôt dans sa chair, et ses yeux s'emplirent de larmes. Il cligna des paupières et bascula en vision à infrarouge. Les nuages de neige et de brume devinrent verts et bleus. Il se concentra, scruta le paysage et attendit.

Là ! À peine visible, une tache rosée, une très faible source de chaleur.

— L'un d'entre vous est-il proche de moi ? murmura Ravi, les dents serrées.

— Je sors tout juste du cercle de véhicules, annonça Raddon.

— Il est là. Je vais tirer.

Il appuya sur la détente de son doigt ganté. Un bouquet d'éclairs orange et brûlants emplit son champ de vision. Des bruits étranges résonnèrent au milieu des grondements du fusil, des genres de sifflements suraigus. Des ricochets. Quelques balles avaient rebondi sur une surface solide.

Ravi se leva et tenta de voir quelque chose en plissant les yeux. Il avait touché sa cible.

Le monstre courait vers lui, silhouette humanoïde écarlate dans la brume vert-bleu. Ses lames mortelles décrivirent un arc rapide dans les airs. Ravi fit un pas sur le côté, fruit d'une expérience glanée au cours de trop nombreuses bagarres et autres rixes dans les bars de Las Vegas, théâtre privilégié de leurs permissions. Il contra, utilisant le canon de son fusil comme un gourdin, frappant la créature au flanc. Puis il tira de nouveau, visant à trois reprises le cuir pareil à de la pierre malléable. Sans aucun résultat. Au contraire, le monstre lança son bras à la façon d'une rapière, comme si les projectiles ne lui avaient rien fait. Alors que Ravi réappuyait sur la détente, les lames s'enfoncèrent profondément dans le canon, provoquant l'explosion de l'arme, l'arrachant des mains du soldat, lui cassant les doigts aussi facilement que s'ils étaient faits de glace. Le bras de la créature fut également repoussé par le souffle. Ravi tituba en arrière, hurlant de douleur.

Il n'y avait plus de stratégie, à présent, plus d'attaques ni de contre-attaques réfléchies. Ravi recouvra son équilibre et courut. Le monstre était la mort. Immortel. Irréel.

— Où êtes-vous ? Que s'est-il passé ?

Les questions d'Elston étaient déconnectées, vague bourdonnement de moustique dans sa lutte pour sa survie. Ravi fonça, créant des tourbillons de neige et de brume, trébuchant sur des buttes traîtresses, se relevant tant bien que mal, courant encore, titubant. Il fila droit devant lui, s'éloignant du monstre, du convoi, d'une assistance éventuelle. Son fusil était parti, détruit par ces lames diaboliques. De la main gauche, Ravi sortit son pistolet Weston de son étui d'épaule et en défit le cran de sûreté avec la base du pouce droit, le reste de sa main étant inutile et brûlant de souffrance.

Une lumière bleue clignota faiblement derrière les flocons très denses. Les aurores boréales étaient de retour et la brume s'affinait. La neige, en revanche, tombait toujours dru. Comme il progressait dans la poudreuse, Ravi sentit le sol s'élever sous ses bottes. Il avait atteint la rive et grimpait vers les arbres. La lumière bleu éther tremblota une nouvelle fois dans le ciel. La jungle apparut devant lui, ses troncs noirs et massifs enveloppés dans des linceuls cristallins et délicats, reliés entre eux par une dentelle impénétrable de lianes et de plantes grimpantes ployant sous le poids de millions de stalactites. L'aurore, on ne savait comment, s'était faufilée sous la canopée, entre les branches noueuses, transperçant l'atmosphère mouchetée, projetant de longues ombres sur le sol soyeux de la rive. Les phosphorescences s'intensifiaient puis disparaissaient complètement de façon aléatoire, comme si des spectres vadrouillaient entre les arbres. Soudain, il y eut un bruit – celui mat et lourd d'une importante masse de neige tombant par terre.

Un bruit bien réel. Ravi interrompit sa course folle tandis que le ciel s'assombrissait de nouveau. Quelque chose, devant lui, avait bougé. Quelque chose avait déplacé des monticules de neige. Dans sa paranoïa alimentée par un flot d'adrénaline, il imagina des milliers de créatures s'extrayant de tombeaux antiques pour fondre sur lui. Instinctivement, il sut que la forêt représentait un danger. Une force invisible alliée au monstre en était sortie pour frapper le pauvre Mark Chitty. Cette force venait de poser son regard sur lui.

Accroupi sans bouger, pris de panique, ne sachant où se situait le plus grand danger, derrière ou devant lui, il activa sa fonction infrarouge. Son Weston balayait le paysage de gauche à droite, couvrant un maximum de terrain.

Ses sens en éveil le prévinrent. Du coin de l'œil, il aperçut un très faible mouvement, déplia les jambes et bondit au pied de la pente. Comme il atterrissait sur le ventre, l'extrémité d'une branche de fouettard fendit l'éther iridescent et le frappa dans le dos, l'enfonçant profondément dans la neige.

L'impact lui fit penser à un accident de la route. Il le priva de ses forces. La douleur approcha dangereusement ce qui lui parut être les limites du possible. Complètement désorienté, il avait l'impression que le temps s'étirait, prolongeant cet horrible moment, le faisant résonner encore et encore. Durant ces terribles instants, sa seule compagne fut son incrédulité. L'arbre ! L'arbre l'avait frappé. Il était vivant. Mark les avait prévenus.

Ravi tourna très légèrement la tête et vit la branche se relever avec élégance, remonter avec la légèreté d'une queue de chat et s'enrouler lentement pour reprendre sa position horizontale initiale.

Il avait entendu sa veste de protection couiner et craquer au moment de l'impact. Elle lui avait sauvé la vie, mais elle était brisée, désormais. Il ne survivrait pas à un autre coup. Et il y avait des arbres partout.

Il faut continuer. Comme il l'avait fait, il y avait tant d'années, dans le ciel de New Florida. Ses chances de survie étaient aussi maigres aujourd'hui qu'elles l'étaient à l'époque. Cela n'avait aucune importance. Il se devait de faire son possible, de ne pas abandonner. Toujours donner le meilleur de soi, comme les soldats le faisaient depuis la nuit des temps.

Ravi Hendrik s'extirpa de l'empreinte laissée par son corps dans la neige. Son hurlement de peur et de détermination fut assez puissant pour repousser la neige et la brume. Un cri certainement entendu jusqu'à Abellia.

Il ne pouvait même pas se redresser ; son dos était trop grièvement touché. Son maillage corporel lui montrait une bonne dizaine de plaies où des fragments de sa veste de protection étaient entrés dans sa chair. Il tituba vers le cours d'eau gelé tel un Neandertal terrorisé. Il avançait en regardant derrière lui, de peur que… Une autre branche de fouettard jaillit de la jungle. Ravi sauta aussi loin que son corps meurtri le lui permettait. L'extrémité de la branche souleva avec colère un plumet de neige à quelques centimètres seulement de sa cheville. Il glissa, roula, rebondit encore et encore, et finit par être stoppé par un obstacle inamovible. Il leva la tête pour voir ce qui l'avait arrêté.

Entouré par le halo couleur saphir d'une aurore boréale, le monstre, dont il avait heurté les jambes, le regardait. La manœuvre d'évitement désespérée de Ravi ne suffit pas ; les cinq terribles lames plongèrent dans sa direction. Il hurla de douleur comme l'une d'elles lui transperça le bras, entaillant l'os, le clouant sur la neige gelée.

Comme mû par une décharge électrique, le bras gauche de Ravi se déplia et pivota. Le canon du Weston s'arrêta à cinq centimètres du visage inflexible du monstre. Le pilote appuya sur la détente. Pour une fois, la balle parut avoir un effet, projetant la tête en arrière. Alors il tira encore. Et encore ! Une puissante étincelle orange éclaira la pénombre tandis que le projectile ricochait sur le front de la créature et disparaissait dans la nuit. Une fois de plus, la tête de la créature fut projetée en arrière. Ravi tira de plus belle.

La lame se retira, permettant au monstre de reculer pour éviter ces tirs à bout portant. Sa folie et sa colère donnèrent à Ravi la force de se relever. De suivre la créature. Et de tirer, tirer, tirer. La tête sombre se balançait d'un côté et de l'autre, tentant d'éviter les impacts.

Comme Ravi s'y attendait, l'arme cliqueta à vide. Il n'y avait plus de cartouches dans le chargeur. Le monstre et lui se figèrent pendant une seconde, s'observant. Ravi aurait pu jurer que la créature était aussi surprise que lui par le silence soudain et écrasant. Alors, il fit la seule chose qui lui restait à faire : il jeta son Weston au visage du monstre et se mit à courir pour sauver sa peau. Comme il tournait les talons et prenait ses jambes à son cou, les cinq lames sifflèrent furieusement dans sa direction. Deux pointes tranchantes comme des rasoirs l'atteignirent à l'épaule, traversèrent sa parka, taillèrent dans sa chair en bordure de son armure. Ravi remarqua à peine cette nouvelle douleur, simple message dans son cerveau. Il avait déjà tellement mal partout.

Il courut sans s'arrêter. Sa grille était toujours désactivée. Les liens étaient tous morts. Un incendie faisait rage dans sa colonne vertébrale, mais il n'y prêta aucune attention. Son bras était couvert du sang qui suintait de ses entailles. Il continua à mettre un pied devant l'autre en soulevant la poudreuse, car rien d'autre ne comptait. Il courut au hasard, ou presque, puisqu'il était hors de question de retourner vers la forêt.

Le monstre était derrière lui. Tout près. Il entendait ses pieds inhumains soulever et écraser la neige derrière lui.

Des ténèbres plus profondes grossirent devant lui et la brume bouillonna autour de ses jambes, glissant dans la même direction que lui, comme poussée par une force naturelle. Il neigeait toujours autant, mais des courants d'air soudains faisaient tournoyer les flocons autour de lui. Ces courants d'air, Ravi les connaissait bien.

Dix pas plus loin, il s'arrêta devant le précipice en glissant dangereusement sur la glace nue. La brume basculait dans le vide, plongeait dans le noir canyon, accompagnant la myriade de flocons qui voletaient, légers, dans les courants d'air ascendants irréguliers.

Ravi risqua un regard par-dessus son épaule. Le monstre n'était plus qu'à quatre mètres, les bras tendus, prêts pour une ultime accolade.

— Va te faire foutre ! cria Ravi, bravade dont seul un pilote des Wild Valkyries était capable.

Il lui tourna le dos, se raidit et sauta.

* * *

La mission de secours trouva quelques éclaboussures de sang, ce qui était en soi un miracle vu la densité de l'averse de neige.

Elston avait envoyé deux équipes sur le terrain : une première composée de Botin, Atyeo et Leora, et une seconde constituée d'Omar, Raddon et Jay. Il les autorisa à sortir du périmètre formé par les véhicules du convoi ; en revanche, ils devraient toujours rester connectés au réseau local, si lamentable soit-il.

À l'abri des voitures, Dean, Miya et Ken s'efforçaient de réparer le réseau endommagé.

Les transmissions passant de maillage en maillage, tout le monde vit à travers les yeux de Botin les éclaboussures de sang éclairées par sa torche tout près de la rive. Des flocons de neige leur tombaient lentement dessus, effaçant les dernières traces de l'existence de Ravi Hendrik.

L'équipe de Botin se trouvait à cent vingt-trois mètres des véhicules, et la puissance de ses émissions était tombée à dix pour cent.

— Vous voyez quelque chose ? demanda Elston.

— Non, mon colonel, répondit le lieutenant. À part des traces dans la neige et trois étuis de 9 mm. C'est ici qu'ont été tirés les derniers coups de feu que nous avons entendus. Il y a manifestement eu un genre de lutte à cet endroit.

— Lieutenant ! appela Leora.

Tout le monde put alors voir le pistolet Weston qu'elle regardait fixement. L'arme gisait par terre, et son canon était déjà recouvert totalement de flocons tout frais. Elle le ramassa.

— Le chargeur est vide. Il a tiré toutes ses cartouches.

— Savez-vous dans quelle direction ils sont partis ? s'enquit Elston.

— Des traces conduisent vers le sud, mon colonel, répondit Botin. Deux personnes. Elles se dirigeaient vers le canyon.

— Ne les suivez pas, ordonna Elston. Pas question que vous sortiez du réseau local. Tirez une fusée de détresse.

Botin pointa vers le ciel un pistolet courtaud et tira. Un point blanc magnésium rosé brilla au milieu de la neige, à peine perceptible dans les papillonnements bleu électron de l'aurore boréale qui transperçaient la canopée de la jungle.

— Il ne risque pas de la voir, dit Atyeo.

— De toute façon, des yeux morts ne voient rien, murmura Leora. Ne nous voilons pas la face.

— Restez sur place encore cinq minutes, leur ordonna Elston. Tirez une fusée par minute. Si Hendrik ne réapparaît pas, regagnez vos véhicules.

— À vos ordres, mon colonel.

Dean et son équipe mirent un bon quart d'heure à redémarrer les maillages et processeurs, redonnant vie au réseau du convoi, avant d'envoyer des messages spécialement codés pour le maillage corporel de Ravi. Qui ne répondit jamais.

Frappé de stupeur, Elston vit l'icone de Bastian s'allumer dans sa grille restaurée. Accompagné d'Omar et Jay, Raddon fonça vers le traîneau dès que le symbole leur fut apparu à tous. Omar se mit à quatre pattes et regarda sous les patins.

— Eh ! mec, on ne pensait pas vous revoir vivant.

— Il est parti ? demanda Bastian North. Mon Dieu ! c'était terrible.

Il leur raconta comment Ravi et lui avaient connu quelques soucis avec les pompes du traîneau, comment ils étaient venus voir ce qu'il en était. Puis Bastian avait entendu des bruits bizarres au-dessus de sa tête. Voyant le monstre émerger de la neige et de la brume au moment où le réseau tombait en panne, il avait plongé sous le traîneau. Trop effrayé pour bouger, il était resté là, entendant d'abord des coups de feu, puis le silence. Enfin, tandis que le froid commençait à mordre dans sa chair, le réseau du convoi était revenu en ligne.

Les légionnaires l'escortèrent jusqu'à la Tropic-1, où il retira sa parka et sa veste de protection et commença à se réchauffer. Son visage était meurtri, qui saignait par endroits.

— Je me suis cogné contre le traîneau en plongeant, leur expliqua-t-il.

À ce moment-là, Botin et son escouade étaient revenus. Tout le monde savait que Ravi était mort comme les autres avant lui.

* * *

Le moral des troupes atteignit son nadir cette nuit-là. Les conversations se ressemblaient dans tous les véhicules. Chaque fois que le convoi s'arrêtait, le monstre frappait. Ils n'étaient en sécurité que lorsqu'ils se déplaçaient, ce qui était impossible pour le moment. Le canyon constituant un obstacle infranchissable, ils ne pouvaient qu'attendre et espérer que les JMT auraient trouvé quelque chose. Ils restèrent donc dans les véhicules, incapables de dormir, le regard perdu dans ces ténèbres que les phares avaient les plus grandes difficultés à transpercer, conscients de la vulnérabilité de leur réseau. Et ils écoutèrent les vrombissements des servomoteurs des mitrailleuses, dont ils savaient pertinemment que les capteurs étaient presque aveugles dans cet environnement. Ils attendaient l'aube et le retour des JMT. Attendaient que cette maudite neige cesse de tomber. Attendaient une lueur d'espoir.

Dimanche 5 mai 2143

La neige se calma un peu quelque temps après minuit, permettant aux capteurs de scruter les alentours plus efficacement. Ils ne trouvèrent aucune trace du cadavre de Ravi, mais cela ne surprit personne.

Avec l'aube rosée vinrent de nouvelles vrilles de brumes qui se déroulèrent de la forêt, serpentant sur la rivière gelée avant de disparaître dans le vide. Comme tout le monde avalait son maigre petit déjeuner, la radio à ondes courtes se réveilla en crachotant. C'était Antrinell. Sa voix s'entendait par intermittence entre des sifflements parasites produits par des tempêtes lointaines.

— Il y a un passage. Nous sommes à une quinzaine de kilomètres à l'ouest de votre position. La paroi du canyon plonge brusquement, et il y a des éboulis au fond. Ç'a l'air praticable. Camm et Darwin ouvrent une voie ; ils sont déjà à mi-chemin.

— Restez où vous êtes, répondit Vance. Nous allons vous rejoindre.

Ils ne parvinrent pas à contacter la JMT-2.

— Cette radio n'est pas comme un réseau local, expliqua Oleg à Vance. L'atmosphère a des effets imprévisibles sur les ondes courtes.

— Si on peut communiquer avec une JMT, on devrait être capables de communiquer avec l'autre, protesta Vance.

Oleg n'était clairement pas d'accord, mais il s'abstint de contredire ouvertement le colonel.

— Et puis, les deux équipes étaient censées nous informer de leurs progrès toutes les deux heures, ajouta Vance.

— La JMT-2 nous a contactés hier après-midi pour nous confirmer que tout se passait bien, mon colonel. Après quoi la météo s'est dégradée, l'empêchant sans doute d'avancer.

Vance n'était pas convaincu. S'il s'était agi de l'autre voiture, s'il avait perdu le contact avec Antrinell, il se serait contenté d'attendre que la JMT revienne au camp le lendemain, comme prévu, mais avec Leif et Karizma, c'était différent. Il demanda à son i-e d'ouvrir une liaison sécurisée avec le lieutenant Botin.

— Je veux qu'Atyeo et vous preniez la Tropic-1 et suiviez la piste de la JMT, vers l'est. Voyez si vous les retrouvez.

— Mon colonel, ils sont partis hier soir ; la neige doit avoir complètement recouvert leurs traces.

— Je sais, mais j'ai besoin de confirmer qu'ils ont suivi le plan, qu'ils n'ont pas croisé la route de l'extraterrestre. Roulez deux heures, puis rentrez au camp.

— Entendu, mon colonel.

* * *

Il se remit à neiger avant le départ de la Tropic, des flocons épais et doux planant dans le ciel vermillon foncé. Regardant successivement le ciel et la voiture qui s'éloignait lentement en longeant le canyon, les hommes échangèrent des remarques dans leur barbe. La bonne nouvelle de la découverte d'une voie menant vers le fond du canyon avait été gâchée par les derniers développements. Pendant les recherches, ils allaient devoir attendre, et le monstre rôdait dans les parages.

De derrière le traîneau du biolab-2, Angela suivit des yeux la Tropic sur le paysage vallonné et enneigé. Elle semblait avoir trouvé un sens à son existence : la distribution des sachets-repas – dont les stocks s'épuisaient de façon alarmante.

À sa droite, Oleg, Chris Fiadeiro et Raddon s'affairaient sur la structure fragile du traîneau tracté par le camion. Apparemment, il y avait un souci avec le carburant ; Ravi et Bastian l'avaient remarqué la veille. À en juger par les jurons qui emplissaient l'atmosphère statique, il s'agissait d'un problème sérieux.

Elle fourra douze sachets dans le sac qu'Omar maintenait ouvert. Ils étaient destinés au biolab-1, qui n'aurait rien d'autre tant que le convoi n'aurait pas atteint le fond du canyon.

— À tout à l'heure, lui dit-il en s'éloignant.

Angela souleva son sac, tout aussi lourd que l'autre, et se dirigea vers le camion-citerne. Son i-e l'informa que Ravi essayait de la contacter sur un canal sécurisé. Elle se figea, un froid qui n'avait rien à voir avec la météo faisant se hérisser le duvet de ses bras et de ses épaules.

— Ouvre le lien, ordonna-t-elle à son i-e.

— Angela ?

— Qui êtes-vous ?...

— Angela, c'est moi, Ravi. Je vous le jure.

— Où êtes-vous ? Qu'est-ce que c'est que ce bordel ? On pensait que le monstre vous avait eu.

Son i-e peinait à déterminer la position exacte de son interlocuteur, qui s'y connaissait en piratage de programmes de gestion du réseau.

— Il a essayé. Je me suis échappé. Je ne peux pas bouger, Angela. Je suis coincé sur la chute d'eau. Il a cru que j'étais tombé au fond, mais j'ai atterri dix mètres plus bas, sur une saillie. Par pitié, sortez-moi de là.

— D'accord. J'appelle Elston, et on vient vous chercher.

— Non ! Personne d'autre. Venez seule. S'il vous plaît.

Elle fit un tour sur elle-même pour s'assurer que personne ne la regardait. La neige continuait à tomber doucement sur les véhicules, ajoutant aux vingt centimètres qui s'étaient accumulés durant la nuit. Des plumets de vapeur se déroulaient en silence depuis les aérations des cellules, tandis que les mitrailleuses poursuivaient leur danse mécanique.

— Pas question. Je ne sais pas qui vous êtes. Cette saloperie a désactivé le réseau hier soir. Notre sécurité est compromise. Vous pourriez être elle. J'appelle Elston.

— Non ! Je ne fais confiance à personne d'autre. Angela, vous êtes la seule à avoir survécu à une rencontre avec cette chose. La seule. J'ai confiance en vous. Et nous savons tous les deux que quelqu'un essaie de faire foirer cette entreprise. Cette personne aide l'extraterrestre, bordel ! Putain ! j'ai peur et j'ai froid. Si froid que je n'ai plus mal nulle part. Je n'en ai plus pour longtemps.

— Non.

— Angela, les arbres sont en vie. C'est ce que Mark Chitty a voulu dire. Les fouettards. Ils ont essayé de m'avoir, hier soir. Ces saloperies de branches se sont déroulées pour me cogner comme un vulgaire palet de hockey. Et le monstre le sait. La jungle lui file un coup de main, elle nous tue, Angela.

C'était fou. Il était victime d'une psychose paranoïaque, forcément. Et pourtant… La JMT tombée dans le ravin. Mark Chitty. Plus une dizaine d'incidents mineurs. À condition, d'y croire, tout s'expliquait.

Angela avait vu le monstre. L'avait repoussé de ses propres mains. Elle avait senti sa réalité, solide sous sa peau – expérience à la réalité de laquelle le reste de l'humanité avait refusé de croire pendant vingt ans. Elle avait été punie pour cela, parce qu'elle avait refusé de revenir sur son témoignage et de douter d'elle-même.

— Les fouettards ? murmura-t-elle.

S'ils faisaient partie de l'évolution de la créature, de sa haine, s'ils étaient liés à elle, alors ce monde tout entier était contre eux. Elle pencha la tête en arrière et regarda l'étoile rouge qui brillait faiblement derrière l'épaisse couche nuageuse. *Sirius aussi ?* Oui, elle était capable d'y croire.

Rien ne l'étonnerait de la part de ce démon. En esprit, elle le vit agiter les bras comme un fou, ordonnant à quelque chose d'attaquer Mark.

— Oui, confirma Ravi. L'un d'entre eux m'a eu par-derrière. Angela, aidez-moi, mais restez à l'écart des arbres.

— D'accord. Donnez-moi dix minutes. Je ne sais pas encore comment je vais m'y prendre.

Elle déposa son sac de nourriture près du camion-citerne, échangea quelques mots avec Forster et Roarke, qui se succédaient au volant. Puis elle retourna à la Tropic-2, longeant le cercle de véhicules. Il y avait une large brèche là où auraient dû être garées la JMT-2 et la Tropic-1, qui venait de partir en mission. Il neigeait de plus en plus, ce qui réduisait l'efficacité des capteurs des mitrailleuses. Elle demanda à son i-e de se connecter à la mémoire cache solide qu'elle avait dans la poche. Passant en revue la liste des programmes subversifs de Zarleene, elle trouva le logiciel dont elle avait besoin et le chargea sur le réseau du convoi.

La mitrailleuse de la Tropic-2 continua à balayer les environs, mais ses capteurs ne voyaient plus rien. Angela s'approcha de la Land Rover cabossée couverte de neige et dissimula la mémoire cache derrière une des grosses roues arrière. Au-dessus de l'aile du véhicule étaient sanglés deux sacs lourds et robustes spécialement imprimés pour ce voyage. Elle en ouvrit un et en sortit un minitreuil – « l'arpenteur de murs », comme on l'appelait –, une bobine motorisée et du ruban ultrarésistant. D'après l'inventaire qu'elle avait fait à Wukang, le sac contenait également des pitons à ancrage automatique. Elle finit par les trouver et les fourra dans les grandes poches de son pantalon.

Les voix désincarnées de l'équipe chargée de régler le problème du traîneau résonnèrent dans le camp. Angela jeta un dernier regard circulaire sur les environs. Personne en vue.

— Déconnecte mon maillage corporel du réseau, ordonna-t-elle à son i-e. Et active la mémoire.

La mémoire cache se mit à émettre son code d'identité, bernant les programmes de surveillance, pour lesquels elle se trouvait désormais à bord de la Tropic.

Confiante dans le fait que la densité de l'averse de neige la rendrait rapidement invisible aux yeux humains, Angela s'engouffra dans la brèche béante laissée dans la couverture des capteurs.

Au-delà des véhicules, là où il n'y avait que de la neige, le paysage était déconcertant, car parfaitement identique dans toutes les directions. Son maillage corporel resta en communication avec le module de guidage inertiel qu'elle avait acheté chez *Birk-Unwin* une éternité plus tôt, dans une autre vie. Il était sa seule boussole à présent que les flocons tourbillonnaient autour d'elle et que la sinistre brume s'enroulait autour de ses jambes.

Angela n'avait parcouru qu'une centaine de mètres sur la rivière lorsqu'elle se rendit compte que quelqu'un la suivait. Elle ne fut guère étonnée. Cette histoire de saillie sur laquelle Ravi serait tombé était vraiment tirée par les cheveux. Il y avait deux possibilités : il s'agissait soit du monstre, soit du saboteur. Dans tous les cas, elle était prête à l'accueillir.

D'un geste rapide et fluide, elle sortit son fusil de son fourreau et en défit le cran de sûreté. Les bruits de bottes écrasant la neige molle se rapprochèrent. Angela se mit en position et demanda à son i-e de se connecter aux capteurs de visée de son fusil. Cette fois, elle avait les codes, Elston les lui ayant attribués lui-même. Des graphiques verts et violets glissèrent dans la grille de ses iris avec la fluidité de poissons néons.

Une silhouette sombre émergea du rideau de neige.

— Fils de pute ! grogna Angela.

C'était un piège ! La chose était humanoïde, avec une peau lisse et brillante comme du pétrole brut sur laquelle la neige ne tenait pas. Son apparence ne correspondait pas vraiment à ses souvenirs. Ses mains semblaient ordinaires, dépourvues de ces lames terribles.

— Qu'est-ce que vous êtes ? beugla-t-elle en brandissant son arme.

Étrangement, la créature leva une main aux doigts tendus dans un geste universel bien connu – elle lui demandait d'attendre un instant. La peau lisse se mit à vaciller, à onduler en se retirant, découvrant d'abord la tête, puis une parka et un pantalon imperméable en tout point identiques à ceux que portaient ses camarades. Une main gantée déroula une longue écharpe en laine bleue, exposant le visage du mystérieux personnage.

Angela laissa échapper un cri de surprise.

— Salut, Angela, lança Madeleine. Qu'est-ce que vous faites si loin du camp ?

Angela pointa son fusil vers le ciel comme si elle faisait un salut militaire. Après le stress provoqué par l'organisation de sa petite expédition solitaire, après la certitude d'avoir été trompée, être confrontée à cette jeune femme était presque trop difficile. Ses yeux s'emplirent de larmes, symptôme de sa profonde nostalgie. Comment continuer à faire semblant, à jouer ce jeu, ici et maintenant ?

— Salut, Rebka, bredouilla-t-elle. Enfin, je ne sais pas si tu es au courant, mais…

— Évidemment. Je connais mon propre prénom, maman.

* * *

Cette matinée fatidique de 2119, Angela était sortie faire un footing. Elle aimait courir tôt, quand le soleil n'était pas trop haut et que l'humidité des bayous d'Oakland n'avait pas encore rendu l'atmosphère irrespirable. Avant le réveil de la petite Rebka et la première des inévitables minicrises de la journée. Tôt le matin, elle avait l'impression d'être loin de ses problèmes. C'était seulement une impression, bien sûr, mais elle en avait besoin.

Elle courait sur la piste caillouteuse parfaitement rectiligne tracée par les compacteurs. Depuis deux ans, les machines de Massachusetts Agrimech avaient taillé un important réseau, une grille qui permettait aux tracteurs, foreuses et moissonneuses de se rendre dans tous les vastes champs de l'exploitation. Durant ces deux années, la production avait été excellente, le soleil oppressant et l'eau abondante garantissant quatre récoltes par an. Saul avait déjà confirmé la viabilité de la ferme auprès du bureau gouvernemental, et ils attendaient l'autorisation d'exploiter trois mille hectares supplémentaires situés au nord de leurs terres. Dans cette région, le sol était plus humide, et il leur faudrait creuser des canaux de drainage. Saul, évidemment, avait déjà tout prévu : pompes, écluses et fossés. Le pauvre se tuait à la tâche pour ne pas penser aux soucis de Rebka. Elle ne lui en voulait pas ; leur vie était suffisamment difficile comme cela.

Un des gros tracteurs vert et bleu arrivait lourdement à sa rencontre. Angela sauta sur le talus tapissé d'herbe baguette afin de faciliter la tâche du pilote automatique. Elle était fière du travail accompli par les engins de Massachusetts Agrimech, mais certains de leurs programmes avaient un grand besoin d'être mis à jour, comme le lui rappelait constamment Noah. La machine la dépassa, ses énormes pneus asséchant les ornières. Angela respira la vapeur de biocarburant qui s'échappait en chatoyant des cellules. Elle décela un problème de combustion. Ce tracteur devrait passer au garage avant la fin du mois.

Angela courait en bordure du champ dix-sept, où les moissonneuses-batteuses avaient terminé de récolter le maïs à pain Syntel. Très bientôt, il serait labouré en profondeur afin de recevoir de l'orge GM à forte teneur en azote. Au-delà du carré d'un kilomètre et demi de côté se déroulait l'échiquier de leur exploitation. Voilà une chose à laquelle elle n'arrivait pas à s'habituer ; les terres infinies d'Oakland n'étaient pas vraiment un paysage. Elle avait envie de montagnes, de quelques falaises, de vallées. D'autre chose que ces everglades interminables, ces rivières paresseuses et ces champs si plats cuisant sous un vaste et intense ciel saphir.

Arrivée au coin du champ dix-sept, elle tourna à gauche. La piste colonisée par les herbes conduisait à une station de pompage située à l'extrémité d'un fossé. Un demi-kilomètre plus loin, parallèle à la piste, passait l'autoroute 565, qui traversait le comté et conduisait à Yantwich, la capitale de l'État, à quatre-vingts kilomètres de là. Elle voyait la ferme, à présent, à trois cents mètres des granges et des Qwik-Kabins dans lesquelles ils vivaient depuis deux ans. La maison n'était pas terminée, et des automates s'accrochaient aux échafaudages pointant vers le ciel. Ils attendaient toujours la cuve de brut destinée au plancher, que le fournisseur leur avait promise dix jours plus tôt. Angela ne se sentait pas la force de le harceler comme elle aurait dû. S'occuper de Rebka lui prenait tout son temps.

Le visage ruisselant de sueur, la veste gris clair trempée, elle s'engagea sur l'allée qui conduisait à la cour. Lorsqu'elle s'était remise à courir, cela avait été l'enfer pendant quelques semaines – muscles raides, et migraines. Sans compter que son corps exigeait de grandes quantités de nourriture, comme lorsqu'elle était enceinte ou qu'elle allaitait. Toutefois, elle avait serré les dents et persisté, récupérant presque sa ligne de jeune fille. Ses cuisses molles n'étaient plus qu'un horrible souvenir, son visage avait fondu, remettant en évidence sa belle structure osseuse. Et puis elle avait le ventre plat. Saul et elle avaient même refait l'amour, ces nuits où ils ne veillaient pas, inquiets, à côté du lit de la petite Rebka. Ces quelques nuits qu'elle ne passait pas à pleurer de rage et d'autoapitoiement à cause des épreuves que lui imposait l'univers.

Des gyrophares bleus attirèrent son regard. Une ambulance fonçait sur l'autoroute. Son cœur s'emballa, et elle se mit à courir vers l'empilement de Qwik-Kabins. Elle avait laissé ses lentilles interfaces dans la chambre à coucher. Son footing lui permettait de s'évader, de ne plus penser aux souffrances de Rebka. Elle ne laissait la maison que pendant quarante-cinq minutes. Même Saul pouvait se débrouiller seul pendant quarante-cinq minutes, non ?

Angela accéléra, survolant l'allée.

Comme elle le craignait, l'ambulance sortit de l'autoroute et s'engagea sur la longue allée de pierre concassée. Angela faillit arriver devant les préfabriqués avant la voiture. Les infirmiers entraient dans la maison lorsqu'elle contourna, en courant dans les nombreuses flaques, la cabane où ils faisaient sécher le grain.

Encombré de matériel médical, le salon avait des airs de service pédiatrique. Un des infirmiers était penché au-dessus de l'unique lit en métal austère et équipé de roues rétractables. Angela ne put s'empêcher de porter la main à son cœur en découvrant la scène. Saul se tenait derrière l'infirmier, un masque de douleur pathétique sur le visage.

— Qu'est-ce qui s'est passé ? cria-t-elle.

Saul leva les mains pour la calmer et vint à sa rencontre.

— Ne t'en fais pas. Elle avait du mal à respirer ; les fibres de surveillance disaient que sa prise d'oxygène chutait, alors j'ai préféré appeler avant que ça s'aggrave.

Elle écarta son mari sans lui répondre ni le blâmer, comme elle le faisait trop souvent depuis quelque temps. Elle savait qu'elle n'aurait pas dû, que ce n'était pas sa faute, mais il était son seul moyen d'évacuer un peu sa colère.

— Tout ira bien, rassura-t-elle la petite silhouette étendue sur le lit métallique.

Vêtue d'un pyjama une pièce orné de jolies fleurs, Rebka était beaucoup trop petite pour ses huit mois. Des tuyaux et des fibres de transmission des données serpentaient autour de son col, de ses poignets et de ses chevilles. Un module de dialyse gris argenté était posé sur le matelas à côté du bébé, soulageant ses reins assiégés. Rebka était frêle, fragile, malade. Le visage déformé par une grimace, elle s'agitait, mal à l'aise, un gargouillis à peine audible sortant de sa bouche. Elle était trop faible pour pleurer vraiment. Dans son nez, l'alimentation en oxygène sifflait doucement.

À la vue de sa fille luttant pour respirer, les yeux d'Angela s'emplirent de larmes.

— Elle absorbe toujours assez d'oxygène, annonça David, l'infirmier.

Familière de tous les services d'urgences du comté, Angela connaissait chacun par son prénom.

— On n'a pas besoin de l'intuber, la rassura-t-il.

— D'accord. Tant mieux, dit-elle en se tamponnant les yeux, reconnaissante. Qu'est-ce qu'on fait, alors ?

— La capacité d'extraction d'oxygène de ses poumons décline depuis quelque temps, intervint Alkhed, l'autre infirmier, occupé jusque-là à étudier les moniteurs. On va l'emmener et ils vont trouver pourquoi.

Angela ferma les paupières. L'emmener. À l'hôpital général de Palmville. Dans ce service de pédiatrie qu'elle connaissait mieux que sa propre maison en construction. Avec sa peinture bleu trop foncé, ses dessins lumineux d'animaux gais aux postures et habits humains, son linge de lit orné d'abeilles et de dinosaures, son salon des parents – l'antichambre de l'enfer, un endroit plein de personnes éplorées au regard mort où elle n'avait pas sa place.

— Allons-y, dit Angela.

La mâchoire crispée, elle s'efforça de garder le contrôle de ses émotions tumultueuses. Un autre problème. Un nouveau souci pour ce petit corps si vulnérable. Elle qui croyait que les poumons de Rebka étaient hors de danger, que les stéroïdes faisaient leur effet depuis que, deux semaines plus tôt, le respirateur avait été débranché.

La grossesse s'était bien passée ; jamais elle n'aurait cru que… Elle avait subi des dizaines d'examens, et on lui avait toujours affirmé que sa fille et elle se portaient à merveille. New Florida était un nouveau monde américain qui ne manquait pas d'installations médicales, et Oakland était un État à part entière, à présent, avec des sénateurs à Washington. L'hôpital de Palmville bénéficiait d'un service pédiatrique très efficace. L'assurance médicale des Howard, contractée auprès d'une société basée sur Terre, était excellente, qui payait l'intégralité des soins.

Les heureux parents ne soupçonnèrent pas un instant ce qui attendait leur si belle petite fille. La jaunisse de Rebka, parfaitement normale chez un bébé, s'aggrava, aboutissant à une déficience grave du foie et nécessitant une transplantation d'organe de cochon génétiquement modifié. Ce fut la première des calamités médicales qui s'abattirent sur la pauvre enfant. Chaque fois, l'hôpital et son dévoué personnel étaient parvenus à trouver la solution. Jusqu'à l'apparition d'une nouvelle pathologie. Leur accumulation avait conduit les médecins à suspecter une incapacité systémique passée inaperçue lors des examens prénataux.

Pour les parents désespérés, la croissance ralentie de la petite était très anxiogène. À neuf mois, elle pesait cinq kilos et demi et mesurait à peine cinquante-trois centimètres. Avec son hypoplasie du cœur, ses reins polycystiques, sa déficience en protéines provoquant un faible développement musculaire, son système immunitaire défaillant et ses diverses allergies, un retard de croissance était inévitable, avait expliqué le chef du service pédiatrique. Par chance son développement neurologique ne semblait pas affecté. Saul avait juré qu'il l'avait vue sourire, il y avait à peine dix jours.

David et Alkhed poussèrent le lit vers la porte. Le matériel médical indispensable était rangé sur une étagère, sous le matelas. Il était conçu pour être compatible avec la base de traitement de l'ambulance. Une fois le lit bien ancré au plancher, David entreprit de connecter ses systèmes à l'alimentation et au réseau de la voiture.

Angela attrapa le sac tout prêt qu'elle gardait en permanence à côté de la porte d'entrée. Saul prit le sien, et ils montèrent tous les deux à l'arrière de l'ambulance à côté de David, qui s'occupait de la jeune patiente, tandis que, assis à l'avant, Alkhed supervisait le fonctionnement du pilote automatique.

Comme il était tôt, le trafic était très peu dense, et ils purent rouler à cent vingt kilomètres par heure sans avoir besoin d'allumer la sirène. Les fermes et panneaux familiers défilèrent derrière les vitres fumées. Angela les regarda sans réfléchir, refusant de laisser son désespoir prendre le dessus et emporter sur son passage ce qui lui restait de pensée rationnelle. Elle détestait ce sentiment, cette gratitude pathétique chaque fois que l'équipe pédiatrique parvenait à contrer une nouvelle crise. Elle se haïssait lorsqu'elle se surprenait à se demander quel malheur leur tomberait dessus la prochaine fois, car elle aurait préféré être optimiste pour son petit amour. Sa haine la plus farouche, cependant, elle la vouait au cœur de cet univers impitoyable, capable d'infliger toutes ces souffrances à un être si précieux et si innocent.

Ils dépassèrent la sortie de Stamford, et Angela attrapa automatiquement son sac. Elle était dans un état… Elle portait un short et une veste de *fitness*, ses cheveux étaient attachés avec des élastiques et ses chaussettes humides dans ses baskets boueuses. Dans le sac, il y avait une veste en peau retournée et un pantalon de sport, ainsi que des lentilles et écouteurs interfaces, et même un peu d'argent mêlé à ses affaires de toilette dans une vieille trousse usée. Comme elle cherchait une paire de chaussettes, elle redécouvrit la trousse avec étonnement. C'était sa possession la plus ancienne. Elle l'avait prise avec elle en quittant New Monaco. Avec un morceau de savon…

Cette vie-là était terminée. Elle se la rappelait vaguement, comme une fiction. Difficile de croire qu'elle avait été un genre de princesse milliardaire. Elle avait su se relever, elle avait triomphé là où nombre de ses semblables auraient échoué ; elle avait recommencé une nouvelle vie, non pas une vie fabuleuse, mais une vie avec du potentiel, suffisant. Après tout, elle avait des siècles pour faire fructifier sa mise sur une nouvelle planète, pour bâtir un empire que même son père aurait approuvé. Saul, gentil et fleur bleue, faisait un compagnon plutôt agréable.

Jusque-là, cela avait été parfait. Deux années d'un bonheur idéal, pendant que la ferme croissait. Ils avaient des amis et, presque tous les soirs, étaient pressés de se retrouver nus au lit.

— Qu'est-ce que c'est que ce bordel ? lâcha Alkhed.

Angela regarda à travers le pare-brise. Dehors, le soleil semblait plus brillant qu'à l'accoutumée. En réalité, quelque chose d'autre brûlait dans le ciel nuageux d'Oakland. De part et d'autre de la chaussée, les arbres avaient deux ombres, dont une qui tournait rapidement autour de leur tronc. Quelque chose de plus lumineux qu'une facule solaire traversa le ciel et tomba vers le sud, derrière la ligne d'horizon.

Elle se tourna vers Saul, dont la mâchoire inférieure s'était décrochée.

Son i-e attira soudain son attention. L'ADH venait d'annoncer l'apparition d'un essaim zanth dans le système de New Florida. Chaque citoyen allait recevoir des fichiers contenant les procédures d'évacuation. Angela était trop choquée pour parler.

— Il faut faire demi-tour, dit Saul. La… La ferme. C'est tout ce que nous avons. Il faut… Il faut…

— Désolé, mais je n'irai nulle part, rétorqua Alkhed. Je passe chercher ma famille. Il faut qu'on se tire d'ici, qu'on quitte cette putain de planète.

— On ne peut pas y retourner, intervint Angela comme si elle n'avait pas entendu Alkhed, en regardant Saul droit dans les yeux. C'est le Zanth. Tu comprends ce que ça signifie ? Dans une journée, il ne restera plus rien. Rien ! C'est terminé. Il n'y a plus de ferme. Fini.

La lumière du jour changea une nouvelle fois. Un éclair aveuglant zébra le ciel est au ralenti.

— Qu'est-ce qu'on fait ? demanda David, affolé. Je dois passer chez moi.

— Sûrement pas, mec ! vociféra Alkhed. On va chercher les miens.

— Ma copine est enceinte.

— Je te déposerai pas loin.

— Mais tu habites de l'autre côté de la ville !

— Arrêtez, tous les deux ! On a plusieurs jours devant nous avant que ça devienne critique, mentit Angela. Les Thunderthorn vont bientôt décoller pour dégommer ces saloperies. Ils vont faire en sorte qu'on ait tous le temps d'atteindre le portail.

— Je vais chercher ma famille, s'obstina Alkhed.

— Vous allez nous conduire à l'hôpital. Vos voitures sont garées là-bas. Quand vous les aurez récupérées, vous pourrez aller chercher vos familles. Comme ça, on sera tous contents.

— Non. Vous pouvez venir avec nous si vous le voulez, il y a de la place. En tout cas, je ne ferai pas de détour.

— Va te faire foutre, connard ! beugla David.

— J'ai dit que je te déposerai.

Angela n'avait pas de temps à perdre avec ces conneries, et Saul ne lui serait d'aucune aide – il était tellement raisonnable… L'heure n'était plus à la raison. Elle savait exactement comment les gens réagissaient lorsque leur vie s'écroulait subitement. Dans le fond de son sac, il y avait quelques sachets de drogue, pour les moments où rester à l'hôpital devenait trop difficile, où elle ne pouvait plus supporter de voir son bébé parcouru de tubes en tous genres, où cinq médecins s'activaient autour de lui. Elle en attrapa trois et les plaqua sans réfléchir contre le cou exposé d'Alkhed.

—Eh ! glapit l'homme. (Il agrippa frénétiquement son cou tandis que Saul et David la regardaient avec des yeux ronds.) Putain ! mais qu'est-ce que… ? Hein ? Oh !… (Il se mit à cligner rapidement des paupières.) Mais… pourquoi ?

Sa tête pendilla d'un côté puis de l'autre, comme si les muscles de son cou avaient perdu toute tonicité.

—Angela ! tonna Saul.

Elle lui lança un regard froid.

—Oui ? Tu as envie d'aller chez lui, peut-être ? Tu veux qu'on nous abandonne sur le trottoir quand sa famille se rendra compte qu'il n'y a pas de place pour tout le monde et que les machines de Rebka doivent continuer à fonctionner ? C'est ce que tu veux ?

Saul devint écarlate.

—Non.

Alkhed s'affaissa sur le volant.

—Aidez-moi à le dégager de là.

Ensemble, David et Saul poussèrent l'homme à demi conscient et délirant de la place du conducteur. Angela s'installa derrière le volant et enclencha la conduite manuelle.

—Je vous dépose tous les deux à l'hôpital, d'accord ?

—D'accord, acquiesça nerveusement David.

Angela eut un sourire sauvage en entendant le ton doux de l'homme. Elle alluma la sirène et accéléra, roulant à cent cinquante kilomètres par heure. Les lunettes de soleil d'Alkhed étaient posées sur le tableau de bord. Elle les chaussa, alors que la couche nuageuse s'épaississait et qu'un rideau de pluie avançait vers Palmville. Ce fut une bonne décision. Quelques minutes plus tard, les premières explosions atomiques fleurirent au-dessus de leurs têtes, à cinq cents kilomètres du sol, comme les Wild Valkyries entreprenaient de remplir une mission impossible, à savoir intercepter les monceaux de Zanth qui fondaient sur la planète. Les nuages filtrèrent la lumière aveuglante, mais leurs ventres gris s'embrasèrent d'une puissante lueur monochrome.

L'ambulance atteignit les faubourgs de Palmville avec leurs alignements de bungalows blancs posés sur des carrés de pelouse bien verte. Des voitures sortaient de voies privées coquettes et se dirigeaient vers l'entrée de l'autoroute la plus proche. Les gens ne se souciaient plus des limitations de vitesse ni des feux tricolores, tandis que les bombes à fusion explosaient au-dessus de l'atmosphère. À trois reprises, Angela monta sur le trottoir pour passer des carrefours encombrés dans un concert de coups de klaxon furieux. Néanmoins, il était plus facile d'entrer dans la ville que d'en sortir.

L'ambulance arriva devant l'hôpital en même temps que la pluie. Angela fonça directement vers le parking du personnel et freina.

— Dehors !

Pendant un instant, David parut vouloir protester, mais Saul, qui avait changé d'attitude, ouvrit la portière arrière et poussa un Alkhed en train de rêver sur l'asphalte détrempé.

— Bonne chance ! cria Saul à David tandis que la pluie se mettait à tomber dru.

L'infirmier lui répondit d'un regard assassin.

Angela n'attendit pas. Elle plaqua la main sur le bouton de fermeture automatique des portières et accéléra. Ils sortirent à toute allure du parking et se dirigèrent vers l'artère principale et l'autoroute.

— Comment va-t-elle ? demanda Angela.

— Angela ! Tu as agressé Alkhed.

— Il l'avait bien mérité, et on n'avait pas le temps. Alors, comment va-t-elle ?

Saul inspira profondément et se pencha sur leur fille.

— Assez bien, je crois. Ses poumons fournissent assez d'oxygène à son système sanguin.

— Bien. On va directement à Yantwich et au portail, ce n'est qu'à soixante kilomètres. Si son état s'aggrave, tu devras gérer tout seul d'accord ?

— Putain ! mais je suis fermier, moi ! On avait besoin d'eux ; on avait besoin de David et Alkhed.

— Ça fait huit mois qu'on s'occupe d'elle. On en a fait autant qu'eux. Tu as appris les bases. On a reçu une formation pour assumer seuls les urgences, alors concentre-toi, merde. On ne peut pas faire plus urgent que ça. Tu vas devoir la maintenir en vie jusqu'à ce qu'on arrive à Miami et qu'on trouve un hôpital.

— Je... oui, oui, d'accord. Merde ! Angela, tu l'as camé jusqu'aux yeux !

— Je n'avais pas le choix. Ce monde va mourir, Saul. Le Zanth déferle sur New Florida, et il n'y aura pas de *happy end*. Mais nous trois, notre famille, on va survivre.

— D'accord, j'ai saisi. Je t'assure. Conduis, prends l'autoroute le plus vite possible. Charge-toi de nous emmener à Miami, moi, je m'occupe d'elle, je te le promets.

— Parfait.

Comme tout le monde conduisait en mode manuel, ils ne tardèrent pas à se retrouver dans un embouteillage. En plus, les conducteurs étaient tous de mauvaise humeur.

— Fait chier ! lança Angela avant de tourner brusquement le volant.

Toutes sirènes hurlantes, le gyrophare allumé, l'ambulance roula par-dessus le terre-plein central et fila à contresens. Les quelques voitures qui arrivaient en face d'elle changèrent de file pour l'éviter. Plusieurs véhicules l'imitèrent, se mettant dans sa roue.

À trois reprises, elle passa tout près d'une collision frontale. Une fois les faubourgs dépassés, elle constata qu'elle n'était pas la seule à avoir eu l'idée de rouler à contresens. Il n'y avait pas un policier en vue. Le trafic redevint très dense, et les véhicules avancèrent bientôt au pas.

Angela regarda autour d'elle. Devant eux, à environ deux kilomètres, elle avisa le ruban fin de l'autoroute surélevée. Ils roulaient à une allure d'escargot, tandis que la pluie battante martelait l'asphalte et les carrosseries, éclaboussant les faisceaux des phares. La sirène et les gyrophares ne faisaient plus aucune différence ; personne ne bougeait, personne n'avait l'intention de céder sa place dans la queue géante.

Quelque chose transperça le ventre d'un nuage, un débris de Zanth ou de Thunderthorn, impossible d'être affirmatif, déroulant un sillage de flammes et de fumée. Le débris heurta le sol là où se trouvait la ferme des Conolley, estima-t-elle.

Ce fut la goutte d'eau qui fit déborder le vase. Angela tourna de nouveau le volant. La voiture monta sur le talus et descendit dans le fossé avec force cahots.

— Angela ! gémit Saul.

— Nous sommes dans une région rurale. Les ambulances sont censées pouvoir rouler sur des terres vierges. Ce fossé ne nous arrêtera pas.

Elle accéléra, les pneus du véhicule roulant de part et d'autre du ruisseau qui s'écoulait dans le fond du fossé herbeux. Des souvenirs très anciens émergèrent pour l'aider – un rallye de mille kilomètres sur Nagpur, auquel elle avait pris part avec Shasta. Elle se revit au volant d'un 4 × 4 luxueux dans les plaines de Slapan, puis dans le massif de Donrital, où des antrodyiils majestueux planaient dans les courants ascendants. Cela n'avait pas été facile, mais elle avait appris à maîtriser les fondamentaux de la conduite dans la nature.

Cinq minutes plus tard, ils avaient atteint l'autoroute. Là où le fossé décrivait une courbe, Angela engagea l'ambulance sur le talus en mettant à contribution l'assistance électronique du véhicule, qui escalada la pente couverte d'herbe pointue pour émerger de l'autre côté. À la vue de l'ambulance massive, les autres conducteurs firent des embardées, permettant à Angela de s'insérer dans le trafic sans se soucier des coups de klaxon ni des insultes. Au moins, personne n'avait encore eu l'idée de leur tirer dessus.

Sur l'autoroute, l'allure était plus vive, même si les voitures roulaient beaucoup trop près les unes des autres. Au-dessus de la planète, là où volaient les Thunderthorn, la tempête lumineuse ne semblait pas près de se calmer. Ils étaient à encore trente kilomètres de Yantwich lorsque la première véritable volée de débris transperça le plafond nuageux. La masse, quelle que soit sa nature, avait commencé à se disloquer sous l'effet d'impacts multiples. Trente ou quarante boules brûlantes tombaient en déroulant de longs sillages crasseux et en générant des ondes de choc ondulantes. Les vibrations, dans les couches inférieures plus denses de l'atmosphère, fracturaient le matériau encore plus violemment, le réduisant en morceaux plus petits et incandescents qui s'écrasèrent au sud de l'autoroute en soulevant d'énormes plumets de terre et d'eau. Angela vit une moissonneuse-batteuse tourbillonner lentement à trente mètres du sol. Alors les ondes de choc et les bangs supersoniques balayèrent la route.

Au début, Angela pensa que quelque chose avait heurté le flanc de l'ambulance. Le véhicule se déporta vers la gauche, l'obligeant à faire une embardée pour ne pas s'écraser contre la barrière de sécurité. Devant elle, deux voitures plus petites se renversèrent. Plusieurs autres heurtèrent la barrière ; l'une d'entre elles tourna comme une toupie sur la chaussée, tandis que les autres froissèrent seulement leur carrosserie. Une camionnette cogna le coin arrière gauche de l'ambulance, menaçant de la renverser. Après un long dérapage latéral, Angela réussit à reprendre le contrôle du volant.

Personne ne s'arrêta pour aider ceux qui étaient en panne ou accidentés. Deux kilomètres plus loin, des blessés qui étaient parvenus à s'extraire de la carcasse de leur voiture et à se réfugier sur le talus firent de grands signes à l'ambulance, mais Angela poursuivit sa route.

La couche nuageuse s'étiolait et la pluie cessa de tomber autour de Yantwich. Angela distinguait les quelques gratte-ciel du centre-ville à l'horizon. Le ciel de plus en plus dégagé était pollué par la lumière fluctuante des bombes à fusion et par la radiance écarlate et persistante des brèches qui grossissaient en dépit des efforts des pilotes de Thunderthorn. Les brèches avalant lentement l'espace autour de la planète, le soleil de New Florida dominait de moins en moins les cieux. Okeechobee avait complètement disparu.

D'autres débris enflammés, résultat de la bataille dans le ciel, tombaient un peu partout. L'i-e d'Angela l'informa qu'elle ne trouvait aucun réseau auquel se connecter. Et le trafic était toujours plus dense. Toutes les voies d'accès à l'autoroute étaient saturées. Les voitures de tête s'inséraient comme elles pouvaient. Angela remarqua que de plus en plus de véhicules roulaient à contresens de l'autre côté du terre-plein central.

— Angela, appela Saul. Le taux d'oxygène baisse.

La jeune femme jura comme un gros pick-up lui faisait une queue-de-poisson. Une comète brûlante dessina une courbe au-dessus de la chaussée, crachant une pluie de graviers incandescents sur l'asphalte. Elle entendit deux impacts sur la carrosserie. À sa gauche, une voiture vira brusquement.

— Débrouille-toi ! lui répondit-elle.

Des panneaux indiquant la direction du portail étaient apparus sur le côté de la route. Elle laissa échapper un petit soupir de soulagement en découvrant qu'il ne leur restait plus que dix kilomètres à parcourir. La comète s'écrasa chez un marchand de bois situé à un kilomètre de l'autoroute, au milieu des everglades. Elle assista à la scène dans son rétroviseur. Le site tout entier fut oblitéré en une seconde, disparaissant sous une vague de terre et de flammes.

À huit kilomètres du portail, ils croisèrent un convoi de transports de troupes blindés et de Jeep Terrain géantes. Leurs gyrophares rouges et phares puissants étaient là pour prévenir les voitures qui roulaient à contresens, leur intimant de repasser le plus vite possible du bon côté du terre-plein central.

Quand elle rencontra la première Jeep, Angela reconnut l'emblème de l'ADH sur la portière et eut envie d'applaudir. Le convoi s'étirait à l'infini ; il y avait des centaines de véhicules transportant des milliers d'hommes. Un peu plus loin, des engins de l'ADH étaient garés sur le talus, et des soldats armés de fusils d'assaut étaient positionnés de part et d'autre de l'autoroute, surveillant le trafic. Les conducteurs se calmèrent aussitôt, ralentissant et augmentant les distances de sécurité. Les klaxons se turent, aussi. La civilisation et l'ordre étaient de retour.

Ils mirent neuf minutes à parcourir les cinq kilomètres qui les séparaient du portail. Le ciel s'assombrissait, le rouge maladif des brèches obscurcissant le soleil. Angela savait que l'astre ne s'en remettrait jamais. La seule lumière blanche visible, désormais, était celle des explosions nucléaires, toujours plus nombreuses. Les couches inférieures de l'atmosphère étaient saturées de fumée et de particules fines. Des matériaux continuaient à pleuvoir ; la plupart se désintégrèrent en vol, dessinant des traînées qui enflaient lentement, éparpillant des éclats plus petits, multipliant les lignes noires.

L'ADH avait pris le contrôle de la voie d'accès au portail, canalisant les voitures qui, après avoir fui la ville, arrivaient par l'autoroute. Il n'y avait plus de *check points* ni de barrières, seulement un alignement de bornes en acier rouge au milieu de la chaussée. L'ambulance ralentit et prit sa place dans la queue qui s'étirait sur le dernier kilomètre. Des hommes et des blindés de l'ADH continuaient à affluer de la Terre pour aider les citoyens de New Florida.

Après cinq minutes passées à rouler au pas, ils émergèrent en Floride, où le ciel était étoilé et où il restait deux heures avant le lever du jour. Le quartier du portail, situé à Weston, à l'ouest de Fort Lauderdale, occupait tout le district de Shenandoah, au sud de l'Interstate 595. De très nombreuses routes conduisaient à l'échangeur de la 75. De ce côté-ci, la circulation était réglée par les soldats locaux, beaucoup plus nerveux que les hommes de l'ADH, qui agitaient leurs armes tels des lycéens pour faire signe aux véhicules de se diriger vers la 595.

L'i-e d'Angela l'informa qu'elle s'était connectée au transnet, lui permettant d'étudier les itinéraires disponibles. L'ordinateur de bord de l'ambulance la mit en garde contre les règles de circulation très strictes mises en place et lui conseilla de basculer en pilotage automatique pour ne pas commettre d'erreur. Le macromaillage régulant la circulation du Grand Miami libérait les autoroutes de tout trafic local, ce qui, vu l'heure très matinale, n'était pas difficile. La priorité était donnée aux convois de l'ADH qui, venus des bases de la région, se dirigeaient vers les trois portails. Et aux réfugiés. L'objectif premier du gouverneur était de garantir la fluidité de la circulation. Les deux autres portails reliés à New Florida, ceux de Kendall et de Boca Raton, étaient soumis aux mêmes règles. Les sorties des autoroutes étaient fermées, forçant les réfugiés à rouler vers le nord, où des bases militaires abandonnées avaient été transformées en centres de transit et en camps prêts à accueillir ceux des vingt millions d'habitants de New Florida qui parviendraient à s'échapper. En dépit de leur compassion, les maires de la région et le gouverneur voulaient à tout prix éviter que les réfugiés déferlent sur Miami.

L'i-e trouva le meilleur service pédiatrique de la région, le centre Dan Marino, rattaché à l'hôpital de Cleveland. Il se trouvait en bordure de la 75 à seulement quatre kilomètres du portail. Toutefois, le métamaillage, les forces de l'ordre et les voitures de la police de l'autoroute interdisaient l'accès de la route 75 en direction du sud.

Angela demanda l'autorisation de passer, déclarant une urgence médicale, mais l'IA du métamaillage refusa de la lui donner. Puis elle reçut un fichier dans lequel on lui expliquait que des installations médicales seraient disponibles dans les centres d'accueil et de transit. Tous les réfugiés étaient d'ailleurs invités à s'y rendre.

— Fait chier !

L'Interstate 95 était déjà interdite jusqu'à Palm Bay. Le temps d'arriver là-bas, l'interdiction serait sans doute étendue plus loin. Vers l'ouest, la 75 était ouverte aux réfugiés ; ils pourraient traverser la réserve nationale de Big Cypress jusqu'à Naples, où il y avait un hôpital correct, mais cela prendrait des heures. Alors que le centre Dan Marino n'était qu'à quelques minutes de route. Quelques minutes.

— Comment va-t-elle ? demanda Angela.

— J'ai mis en route le réanimateur, répondit Saul d'une voix chevrotante. Je crois que j'ai bien fait. Son sang est toujours oxygéné.

— Bien. On va trouver un hôpital. Accrochez-vous.

Elle était à deux doigts de forcer le passage et de défoncer les voitures de patrouille garées en travers de la route, mais les soldats étaient armés et sur les nerfs, et il n'en faudrait pas beaucoup pour qu'ils se mettent à tirer. Au lieu de quoi elle ordonna au pilote automatique de prendre la 75 vers l'ouest.

— Qu'est-ce que tu fais ? cria Saul. Nous devrions aller vers le nord. Il y a un hôpital à une heure de route en roulant bien.

— Un hôpital avec une unité spécialisée qui s'occupera bien de Rebka ? vociféra-t-elle. Tais-toi et laisse-moi faire. Il faut que je passe un appel.

Elle n'aurait jamais cru devoir réutiliser ce code d'accès un jour. Elle ne savait même pas pourquoi elle l'avait toujours dans son répertoire cache. Huit ans qu'elle aurait dû l'effacer. Huit ans. Son i-e appela.

— Angela ? répondit Housden. Mon Dieu ! cela fait une éternité. Comment vas-tu ? Où es-tu ?

Le visage d'Angela se durcit. Une boule se forma dans sa gorge. Il avait répondu. Il n'avait pas rejeté son appel. Elle s'était préparée à voir son i-e lui dire d'aller se faire voir. Tous les résidents de New Monaco n'étaient donc pas des pourritures.

— Je suis à Miami. Je suis désolée de te déranger, mais c'est très urgent. Housden, j'ai besoin d'aide.

— Miami ? Merde ! Angela, fais attention. Un essaim zanth est apparu au-dessus de New Florida. J'ai appris la nouvelle il y a à peine deux heures. La planète tout entière ne va pas tarder à frapper à ta porte.

— Housden, je fais partie de ces réfugiés.

Il y a deux heures ? ne put-elle s'empêcher de se répéter. *Comment pouvait-il savoir depuis si longtemps ?* Elle n'avait même pas commencé son footing, à ce moment-là. Elle avait oublié tant de choses de la vie sur New Monaco.

— Oh ! fit-il. Évidemment, j'aurais dû m'en douter. Un nouveau monde. Ce n'est vraiment pas de chance.

— Housden, j'ai besoin de me rendre au centre Dan Marino de l'hôpital de Cleveland, mais la Garde nationale a fermé toutes les sorties. Connaîtrais-tu quelqu'un au bureau du gouverneur ?

— Non, mais la machine familiale peut arranger ça, comme tu le sais. Qu'est-ce que tu veux, exactement ?

Angela étudia la carte projetée par son i-e sur ses lentilles interfaces.

— J'ai besoin de sortir de la 75 à Glades Parkway.

— C'est fait. Enfin, le temps que tu arrives là-bas, ce sera arrangé. Envoie-moi le code de licence de ton véhicule.

— Merci, Housden. Vraiment. Tu étais mon seul espoir.

— Eh ! ce n'est rien du tout. Le fichier vient d'arriver. Angela, c'est une ambulance. Tu es blessée ?

— Non, Housden, c'est pour ma fille. Il faut que je l'emmène chez le pédiatre.

— Tu as des enfants ? Eh ! Angela, c'est génial. Moi aussi. Deux. Ils pourraient se rencontrer un de ces jours.

Il ne comprend pas, enragea-t-elle en silence. *Il me connaît, mais il ne sait pas comment on vit dans le monde réel.*

— Elle est malade, Housden. Très malade.

— C'est ta fille, Angela. Elle s'en sortira. Il n'y a jamais eu plus costaude que toi. C'est ce que j'ai toujours aimé en toi.

— Au revoir, Housden. C'est toi le meilleur.

— Au revoir, Angela. Bonne chance.

L'ambulance roulait à une vitesse constante dans l'aube naissante. Cette section de la 75 était appelée l'allée des Alligators. C'était une deux fois trois voies bordée au nord par un large fossé de drainage qui constituait une des frontières du parc naturel des Everglades.

— C'était qui ? demanda doucement Saul.

Angela en conclut qu'elle avait parlé à voix haute au lieu de murmurer dans sa gorge. Saul avait donc entendu sa moitié de la conversation, ses émotions retenues.

— Un vieil ami, répondit-elle, la bouche sèche. J'ai utilisé mon dernier atout

— Sérieusement ? Tu connais des gens qui ont le pouvoir de contourner les décisions d'un gouverneur ?

— Ça ne marche pas comme ça, pas à leur niveau. Tout est toujours réciproque.

— Mais…

— Laisse tomber. Rebka avait besoin de lui. C'est la seule chose qui compte.

Cinq voitures de patrouille bloquaient la sortie de Glades Parkway. Deux transports de troupes de la Garde nationale étaient également là en renfort. Angela ralentit et s'arrêta devant le premier véhicule. Un officier en uniforme blindé les attendait sur le bord de la route. Angela abaissa sa vitre.

— Madame DeVoyal ? demanda-t-il.

— C'est moi.

Elle imagina le visage de Saul, derrière elle, blessé, perdu.

— J'ai reçu l'ordre de vous escorter jusqu'au centre Dan Marino, dit l'officier sans parvenir à dissimuler son incrédulité.

— Merci.

— Vous devez avoir un patient très important, là-derrière. L'ordre est venu directement du bureau du gouverneur.

— Ma fille.

Cela parut le satisfaire, même s'il aurait aimé savoir pourquoi elle était assise derrière le volant du véhicule.

— Bien. Suivez-moi.

* * *

Quatre jours plus tard, tandis que le commandement de l'ADH mettait un terme à sa mission sur New Florida et rapatriait ses derniers hommes par les portails, Angela et Saul étaient assis dans le bureau du docteur Elyard, le chef généticien de Dan Marino. Le médecin arriva vêtu de sa blouse blanche, l'air vaguement débordé, comme tout chef de service qui se respectait. Il était petit, obèse, et son front dégarni était couvert de gouttelettes de sueur malgré la climatisation.

Il prit place derrière son bureau rétro-Coulsmith et les gratifia d'un sourire pincé.

— L'Institut de génomique de Pékin nous a renvoyé les résultats des tests génétiques de votre fille hier seulement. Comme la moitié de mon service s'est portée volontaire pour soigner les réfugiés, leur interprétation a pris plus de temps que prévu. Je m'en suis d'ailleurs chargé moi-même. Je dois vous dire que je n'avais jamais vu une chose pareille.

— C'est-à-dire ? demanda Saul.

Le médecin retira ses lunettes interfaces dépourvues de monture et entreprit de les nettoyer.

— L'équipe qui soignait Rebka à l'hôpital général de Palmville ne s'était pas trompée : il y a bien un problème systémique sous-jacent. Nous l'avons déterminé après avoir séquencé vos génomes respectifs.

Angela sentit ses joues se vider de leur sang. Après avoir mis de côté les problèmes respiratoires de Rebka en laissant ses petits poumons se reposer grâce à la mise en place temporaire d'un oxygénateur, l'équipe de Dan Marino s'était attaquée aux multiples problèmes de la patiente avec une vigueur certaine. Même l'assurance de première catégorie d'Angela ne suffit pas à couvrir tous les examens qui furent pratiqués, aussi dut-elle payer la différence avec le portefeuille secondaire dans lequel elle avait investi l'argent de ses bijoux de New Monaco.

— Qu'avez-vous découvert ? s'enquit-elle froidement.

— Madame Howard, excusez-moi d'être si direct, mais c'est la première fois que je vois un génome comme le vôtre. Vous êtes une un-sur-dix, n'est-ce pas ?

— Oui.

— Quoi ? grogna Saul.

— L'un-sur-dix fait référence à une séquence artificielle spécifique, expliqua le médecin. Celle-ci réduit le vieillissement du corps humain après la puberté.

— C'est arrivé comment ? demanda Saul sans comprendre.

— Il s'agit d'une technique d'ingénierie génétique, poursuivit le docteur. Nous avons également noté des améliorations importantes apportées à vos fonctions organiques et à votre système immunitaire. Vous avez un profil génétique impressionnant, madame Howard.

— Qu'est-ce que cela a à voir avec Rebka ? N'a-t-elle pas hérité de toutes ces améliorations ?

— Justement non, j'en ai peur. Vous devez être une des toutes premières...

— En effet.

— Ah !... Vous comprenez, les séquences dont vous avez été dotée peuvent être ajoutées à l'ADN par intervention germinale sans générer aucun problème de développement. Toutefois, malgré leur viabilité, elles sont extraordinairement complexes. On ne peut les transmettre sans les altérer, contrairement au gène des cheveux roux, de la taille, de la densité osseuse, bref, à tout ce qui fait qu'une personne est ce qu'elle est. Les séquences artificielles des un-sur-dix, en particulier celles des premiers patients à avoir subi ces traitements, peuvent être sujettes à des instabilités durant le processus de réplication qui suit une fertilisation naturelle. Je suppose que Rebka a été conçue naturellement et n'a reçu aucune correction de son patrimoine génétique ?

— Oui, elle a été conçue de façon naturelle, chuchota Angela.

— C'est bien le problème. Je suis étonné que votre généticien ne vous ait pas mise en garde.

— Vous voulez dire que Rebka a été contaminée par de l'ADN pourri ?

— C'est une façon un peu brutale de dire les choses, mais, oui, une grande partie de ses soucis actuels est due à des constituants génétiques inhabituels. Si vous l'aviez fait tester juste après la conception, un traitement génétique aurait pu corriger le problème en reconstruisant les séquences. Cela aurait coûté très cher, mais je ne vous apprends rien. Ce traitement initial vous aurait donné l'occasion de l'équiper de séquences plus modernes, moins sujettes aux… erreurs.

— Vous voulez dire que mes gènes sont en cause ?

— Dans ce cas précis, je crains que oui.

— D'accord, intervint Saul d'une voix tremblante. Qu'est-ce qu'on peut faire ? Comment peut-on la soigner ? Comment peut-on réparer les gènes endommagés ?

— Monsieur Howard…, commença le médecin d'un ton compatissant.

Tout, dans sa posture, montrait qu'il était sur le point d'annoncer une très mauvaise nouvelle, du genre de celles que les parents refusaient toujours d'entendre.

— Vous avez une excellente assurance, continua-t-il. Rebka sera très bien à Dan Marino. Certains des systèmes dont on l'a équipée à Palmville sont un peu rustiques – efficaces, rassurez-vous, mais nous pouvons les remplacer par des versions plus discrètes. Elles lui simplifieront l'existence et rendront les choses moins stressantes pour elle et vous jusqu'à la fin.

— Vous parlez de soins palliatifs ? aboya Angela. C'est tout ce que vous avez à nous offrir ? des putains de soins palliatifs ?

Elyard écarta les bras, faisant l'étalage de sa totale compréhension.

— Je sais que c'est très difficile à accepter.

— Non. J'imagine que vous voyez ça tous les jours, mais il s'agit de *ma* fille. Je ne veux pas entendre parler de soins palliatifs. Je veux savoir ce qui peut être fait pour la soigner.

— Madame Howard… Je suis navré, mais nous n'avons pas ce pouvoir.

— D'accord. Qui l'a dans ce cas ?

— Vous devez comprendre que ce que vous demandez est extrêmement rare et, à vrai dire, interdit dans la plupart des États américains, y compris la Floride. C'est également très cher. Votre assurance sera très, très loin de suffire.

— Donc il existe un traitement ? De quoi s'agit-il ?

— Pour corriger des distorsions génétiques si importantes, il faudrait une variante du processus dit « de rajeunissement ». Un processus qui, pour ce que j'en sais, n'en est qu'à ses balbutiements. Les gens qui auraient subi ce traitement refusent de nous laisser voir le résultat. Ce sont tous des milliardaires, évidemment.

— Alors il reste un espoir ? demanda Saul.

— Nous parlons de reséquencer l'ADN de toutes les cellules d'un corps. Cela prendrait des années, et le coût serait astronomique, même pour quelqu'un de si petit.

— Parfait, dit Angela. Il me faut la liste des endroits qui pratiquent ces thérapies.

— Madame Howard, vous les connaissez très certainement mieux que moi. Les lois en vigueur dans cet État nous interdiraient d'introduire vos séquences dans un zygote. Je vous conseille de consulter l'équipe qui… vous a créée, ajouta-t-il avec un sourire sans joie.

— En admettant que je puisse entrer en contact avec eux, combien cela nous coûterait-il ?

— Je n'en sais rien. Ce n'est pas mon domaine.

— Foutaises. C'est exactement votre domaine. Donnez-nous une estimation. Je ne vous poursuivrai pas en justice si elle se révèle fausse.

— Je ne vous recommande pas cette option.

— J'ai bien compris. Alors, combien ?

— Il semblerait que, pour un adulte, un reséquençage cellulaire complet coûte un peu moins d'un milliard de dollars. Pour un bébé de la taille de Rebka – mais ce n'est qu'une estimation grossière –, il faudrait compter dans les soixante-dix millions.

— Merde…

Dans ses rêves les plus fous, la thérapie n'aurait coûté que deux millions de dollars, somme qu'elle aurait réunie en liquidant tous ses portefeuilles d'actions. Entre cinq et sept millions – somme qu'elle avait envisagée plus sérieusement –, elle serait allée supplier Housden, voire Shasta, sa dignité étant devenue le dernier de ses soucis. Mais soixante-dix… Jamais elle ne pourrait réunir tant d'argent, surtout en quelques mois.

— J'aimerais parler à mon mari, s'il vous plaît.

Le docteur Elyard sembla soulagé de leur laisser son bureau. Saul regarda fixement son épouse pendant un long moment avant de prendre la parole :

— Tu es une un-sur-dix ?

— Oui, Saul, je suis une un-sur-dix.

Il allait vouloir revenir sur l'intégralité de la conversation qu'ils venaient d'avoir afin de confirmer tout ce qu'il avait cru comprendre. Et c'était cela le pire. Il était adulte ; pourquoi ne tirait-il pas tout seul les conclusions qui s'imposaient ?

— Euh… ça te fait quel âge, alors ?

— Je n'ai pas vingt et un ans, c'est sûr. J'ai à peu près ton âge. Ne t'inquiète pas, je ne suis pas beaucoup plus vieille que toi.

— Massachusetts Agrimech n'a jamais appartenu à ta mère ; c'était toi depuis le début ?

— Mon Dieu… Saul, reprends-toi ! Nous ne sommes pas ici pour parler de moi, mais de Rebka. Notre fille est très malade, tu te rappelles ? Concentre-toi un peu.

— Je n'y arrive pas, répondit tristement Saul, au bord des larmes.

— Tu as entendu le docteur. Son mal n'est pas incurable.

— Soixante-dix millions ? lâcha-t-il dans un rire amer. Même en vendant tout ce qu'ils possèdent, mes parents ne pourraient pas réunir plus de dix millions. Je le sais, je travaillais dans leur société.

— On va devoir se débrouiller tout seuls.

Elle avait déjà commencé à réfléchir pour déterminer à qui et comment elle pourrait prendre une somme pareille. En travaillant avec son père, elle avait appris tout un tas de techniques financières pour faire de l'argent illégalement. À présent qu'elle avait un but à atteindre, une partie de son cerveau, depuis longtemps en sommeil, s'était remise en branle. Cette part de son esprit qui appartenait à Angela DeVoyal, la princesse de New Monaco, portée disparue depuis huit ans. Jusqu'à ce que l'officier de la police de la route l'appelle par son ancien nom. Angela DeVoyal était intelligente, impitoyable et dangereuse ; elle prendrait le taureau par les cornes sans la moindre hésitation.

Comme il est bon d'être moi. Comme j'ai été stupide de me vautrer dans la tristesse, de m'apitoyer sur mon sort quand j'aurais dû me prendre en main et chercher des solutions.

— Comment ? demanda Saul.

Angela détesta le désespoir écœurant contenu dans sa voix.

— Écoute-moi bien. C'est pour notre fille. Tu dois comprendre que rien ne m'arrêtera, que je ferai tout ce qu'il faudra pour réunir cet argent. Tout. J'ai seulement besoin de savoir si tu vas m'aider. Parce que je peux me débrouiller toute seule, mais ce sera évidemment plus facile si tu me donnes un coup de main.

— B… Bien sûr.

— Parfait. Je te dis tout de suite que ça ne va pas te plaire. Il se pourrait même que tu ne veuilles plus entendre parler de moi après ça, mais peu importe, car notre fille sera sauvée.

— Je t'aiderai. Évidemment. C'est ma fille à moi aussi.

— Bien.

Il commençait cependant à se demander de quoi elle parlait, et cela se voyait dans ses yeux, à son air incertain.

— Comment as-tu pu bénéficier de ce traitement génétique ? demanda-t-il enfin. Je croyais que c'était une vulgaire rumeur qui traînait sur le transnet.

— Mon père était très riche, et je l'ai été aussi, mais c'est fini. (Elle eut un sourire dénué d'humour.) Et ceux qui sont responsables de cet état de fait, ceux qui m'ont empêchée de faire traiter le zygote de Rebka, les fils de ce fumier sans couilles, vont devoir payer pour réparer tout ça.

* * *

Et il en fut ainsi. L'argent de l'administration civile d'Abellia fut transféré avec succès sur le compte de GiulioTransstellar. De là, il emprunta un chemin alambiqué pour finir sur un compte anonyme et sûr, dans une banque de la Vraie Jérusalem, où la sœur orthodoxe de Saul gardait la petite Rebka et où seuls les juifs les plus dévots étaient acceptés. Où leur fille bénéficierait de la thérapie génique qui réparerait son ADN abîmé et ferait d'elle une enfant normale en mesure de profiter de la vie.

Angela avait vu le transfert de ses propres yeux, elle avait risqué sa vie, elle avait passé vingt ans en prison pour que l'arnaque ne soit jamais découverte. Quand elle avait vu cette version plus jeune d'elle-même servir des repas sous la tente du mess, à l'aéroport d'Abellia, elle avait été si profondément choquée qu'elle avait perdu connaissance. Aucun doute possible ;

tous ses traits étaient là, mêlés au regard doux et aux cheveux plus foncés de Saul. Sa fille.

En vie. En bonne santé. Heureuse. Participant à cette putain d'expédition sur St Libra en tant que cuisinière.

Il ne pouvait s'agir d'une coïncidence, ça non !

Angela regarda son visage adorable encadré par une écharpe, tandis que la neige tombait autour d'elle.

— Comment ? supplia-t-elle. Comment peux-tu être ici ?

Rebka la gratifia d'un sourire espiègle.

— Il fallait bien que quelqu'un veille sur toi, maman. Constantine pensait que j'étais la mieux placée pour ça.

— Constantine ? Constantine North !

— Oui. Ne le prends surtout pas mal. Il est au courant de tout. Il sait que papa et toi êtes responsables de cette arnaque sur Abellia.

— Mais comment ? demanda Angela dans un souffle.

— Il a vite compris que la version officielle du massacre ne tenait pas debout. Il voulait à tout prix savoir ce qui était arrivé à son frère cette fameuse nuit, et pour ça, il devait d'abord en apprendre davantage sur toi. Son équipe est allée au fond des choses, pas comme ces flics stupides qui t'ont arrêtée. Il sait que tu n'as tué personne ce soir-là.

— Il savait que j'étais innocente ? Un North le savait ?

— Maman, tu leur as quand même volé 108 millions d'eurofrancs.

— Pour toi ! Pour te soigner. Pour que tu puisses vivre normalement.

— Je sais, acquiesça Rebka, le regard humide. Tu ne peux pas savoir ce que ça m'a fait quand ils m'ont tout raconté. Entendre parler de toi était déjà incroyable, mais apprendre en même temps ce que tu avais fait pour moi, que tu t'étais sacrifiée…

— S'il te plaît, je peux te prendre dans mes bras ? Ça fait vingt et un ans que je ne t'ai pas serrée dans mes bras. J'ai eu tellement de mal à te laisser partir.

Angela tomba presque dans les bras ouverts de sa fille.

— Je n'ai jamais su, poursuivit Angela. Je n'ai jamais su si le traitement avait fonctionné. Si tu avais survécu. Rien. Mais j'ai espéré. Espéré pendant vingt ans. Tu es ma fille. Si quelqu'un était assez fort pour survivre, c'était bien toi.

— Je t'aime, maman.

Angela tint sa fille à bout de bras, lui serra fort les épaules en étudiant son visage tellement familier.

— Regarde-toi ! Tu es si jolie.

— C'est vrai ? Celle qui m'a servi de modèle n'est pas mal non plus.

— Le traitement a fonctionné ? Tu vas bien, maintenant ? Ton père croyait que tu étais morte, mais j'ai toujours su qu'il se trompait.

— Oui, maman, le traitement a fonctionné. Les généticiens de Jupiter ont fait du bon boulot. Je pourrai avoir des enfants sans complications.

— Attends ! Jupiter ?

— Oui. Dès qu'il a appris pour moi, Constantine m'a fait venir dans son habitat.

— Pourquoi ?

— Il voulait être certain que la thérapie fonctionnerait, et la technologie de Jupiter est la meilleure. Entre autres choses, Constantine étudie la façon dont on peut améliorer l'intelligence. Il espère que ça nous permettra de vaincre le Zanth. C'est pour ça que leurs généticiens travaillent de concert avec leurs physiciens.

Angela eut un reniflement de mépris.

— Peu importe. Tu es en vie et ici avec moi. Le reste de ton histoire va probablement me mettre hors de moi, mais le moment que nous vivons n'a pas de prix.

Rebka eut le même sourire que sa mère.

— Et si tu me disais ce que tu fabriques ici ? lui demanda-t-elle.

— Merde !

Angela se retourna vers la rivière gelée. La neige tombait si dru que la visibilité était réduite à quelques mètres.

— Ravi est vivant.

— Quoi ? Où est-il ?

— La chute d'eau. Viens.

Elles se mirent en marche en se tenant par la main.

— Comment savais-tu que je m'étais éloignée du camp ? s'enquit Angela.

— Je te suis à la trace à l'aide d'un mouchard moléculaire intelligent.

— J'aurais dû m'en douter. Je suppose que ce truc que tu portes vient de Jupiter aussi.

— Effectivement. C'est une cape métamoléculaire capable de modifier son apparence et sa fonction. Tu viens de voir sa variante « armure ». Je craignais que le monstre soit toujours dans les parages.

— Elle te tient chaud aussi ?

— Oui !

— Veinarde. À quoi te sert cet équipement ? Depuis que je t'ai reconnue, je n'arrête pas de me demander ce que tu fais ici.

— Tu m'as vraiment reconnue ? Dès que tu m'as vue ?

— Bien sûr. Tu es ma fille. Tu ressembles aussi à Saul. Dieu merci. C'est ce qui m'a permis de te reconnaître si facilement, à Abellia. Je peux te dire que ça m'a fait un sacré choc.

— Saul ? Mon père ?

— Oui. Ce n'est pas un… Disons qu'il est plus doux que moi. Il te plaira. C'est un charmeur, tu sais. J'imagine que Constantine a découvert qu'il était toujours sur St Libra ?

— Oui. Je veux le rencontrer.

— Tu le rencontreras. Moi, je l'ai déjà revu. Ça… Ça ne s'est pas aussi bien passé que je l'espérais. Il a payé le même prix que moi, en pire peut-être, car Constantine, lorsqu'il t'a fait enlever sur la Vraie Jérusalem, s'est arrangé pour faire croire que tu étais morte. Rien ne rendrait Saul plus heureux que de te voir, ça, tu peux en être certaine.

— Vingt ans, maman. Je ne sais pas quoi dire…

— Je ne regrette rien.

— Dès l'instant où j'ai appris la vérité, je n'ai cessé de demander à Constantine de te faire sortir de Holloway. Il a toujours refusé, prétextant que ça attirerait trop l'attention.

— Satanés North.

— Ils ne sont pas si mauvais. Pas ceux que je connais.

— Tu crois ? Qu'es-tu censée faire d'autre pendant cette expédition ?

— Capturer le monstre.

— Pas question que tu approches ce fils de pute. Tu n'imagines pas à quel point il est dangereux.

— J'imagine très bien. Ne t'inquiète pas pour moi. Tu as vu mon armure ? J'ai aussi apporté des armes de Jupiter.

— Vraiment ? J'espère que ta puissance de feu est suffisante pour balayer tous les arbres de cette planète.

— Qu'est-ce que tu veux dire ?

— Ravi m'a dit que les arbres l'avaient frappé. Les fouettards. Cette chose les contrôle.

— Nom de…

— Je ne te le fais pas dire. Tu es jeune et enthousiaste, mais fais très attention. Nous sommes loin d'être en sécurité.

Le module de guidage inertiel d'Angela la prévint qu'elles approchaient de la chute. Confirmant la proximité du canyon, la neige se mit à tourbillonner sous les assauts des courants ascendants. Angela ordonna à son i-e d'envoyer un signal à Ravi. Il n'avait pas répondu à ses quelques dernières tentatives de le contacter.

— Si tu as des capteurs rapportés de Jupiter, c'est le moment de les utiliser. On est très vulnérables au bord d'un précipice comme celui-ci.

— Oui, maman, j'ai ce qu'il faut.

Angela admira le ton de sa voix – à la nuance près, le même que le sien. Elles s'avancèrent avec circonspection jusqu'au sommet de la chute, où la glace s'incurvait brusquement et où le vent sifflait de façon inquiétante. Angela se mit à quatre pattes et regarda par-dessus le rebord en s'efforçant de dominer son vertige, mais n'y parvenant pas vraiment. Elle ne voyait que la paroi glacée et la neige qui plongeaient vers des profondeurs rosées.

Son i-e l'informa que Ravi répondait à son appel.

— Je pourrais savoir pourquoi vous n'arrêtez pas de vous déconnecter ? demanda-t-elle.

— J'ai du mal à rester éveillé. Désolé.

— Activez votre maillage corporel ; j'ai besoin de vous localiser avec précision.

Son i-e lui confirma que c'était fait. Ravi était à une quarantaine de mètres de là.

Angela et Rebka progressèrent avec circonspection sur la glace irrégulière et s'arrêtèrent juste au-dessus de lui. Les émissions de son maillage corporel avaient pour origine un point situé sept mètres cinquante en contrebas. Angela s'allongea sur le ventre et regarda par-dessus le rebord de la falaise. L'énorme cours d'eau gelé plongeait sous elle. La paroi n'était pas lisse comme la rivière ; il y avait des plis et des nœuds dans la glace, comme si elle regardait l'image figée des rapides écumants. Angela plissa les yeux et, malgré la faible luminosité et la neige qui tombait abondamment, distingua une tache argentée. Que Ravi soit tombé et resté sur cette saillie était miraculeux.

— Ça y est, annonça-t-elle. C'est un sac thermique, que je vois ?

— Oui, répondit Ravi. Autrement, je serais déjà mort.

— D'accord. J'ai un minitreuil avec moi ; vous allez devoir le clipper à votre ceinture. Vous allez y arriver ?

— Oui, je vais essayer. Merci, Angela.

Elle utilisa les pitons à ancrage automatique pour fixer le treuil à la glace dure comme de la pierre. Le ruban se déroula, et Angela le guida vers le bas. En voyant le mousqueton tournoyer et se balancer dans le vent, elle se prit brièvement pour une pêcheuse. Chaque fois qu'elle bougeait le bras pour tenter de rapprocher le mousqueton de Ravi, elle ne faisait que l'éloigner. Ravi, quant à lui, ne semblait pas capable de bouger beaucoup. Elle commençait à craindre d'avoir à descendre pour l'attacher elle-même.

— J'ai réussi, lança soudain Ravi.

Le minitreuil ronronna bientôt, remontant le blessé le long de la paroi irrégulière et couverte d'aspérités. Le pilote heurta plusieurs proéminences, faisant grimacer Angela. Lorsqu'il fut à leur hauteur, Rebka et elle l'agrippèrent et le tirèrent sur la glace.

— Mon Dieu ! Ravi ! s'exclama Angela.

Ravi avait baissé le sac thermique jusqu'à sa taille pour pouvoir fixer le mousqueton à sa ceinture. Dans la lumière rose de Sirius, sa parka était presque noire tant elle avait absorbé de sang. Ses manches étaient déchirées, révélant de la mousse cicatrisante bleue appliquée sur des blessures. L'homme tremblait violemment, et pas uniquement de froid, semblait-il. Ses paupières enflées s'entrouvrirent. Ravi sourit avec reconnaissance.

— Merci.

— Remettons-le dans le sac, intervint Rebka. On va devoir le traîner jusqu'au doc.

— Angela ? demanda faiblement Ravi. Qui est-ce ?

— Tout va bien, répondit-elle. Il n'y a que moi. (Elle se hâta de remonter le sac jusqu'à son col et lui remit sa capuche.)

Tu devras t'éclipser avant qu'on atteigne le convoi, chuchota-t-elle à Rebka. Je préfère ne pas avoir à expliquer ce que tu faisais hors du camp.

— D'accord.

— S'il te plaît, ne te laisse pas surprendre par la créature.

Elles prirent Ravi sous les bras et entreprirent de le traîner sur la rivière gelée. L'homme gémit de douleur et finit par perdre connaissance.

— Pourquoi es-tu partie à son secours toute seule ? voulut savoir Rebka.

— Ravi me l'avait demandé. Il a dit qu'il n'avait confiance dans personne d'autre. Que j'étais la seule à avoir survécu à une rencontre avec le monstre.

— Ah ! j'attends avec impatience le jour où tu me raconteras cette histoire.

— Tu l'entendras. Plus tard.

Lorsqu'elles furent à cinquante mètres du cercle de véhicules, Angela serra une nouvelle fois – quoique trop brièvement – Rebka dans ses bras. Puis les vêtements de la jeune femme redevinrent une armure, et Angela la regarda s'éloigner dans la neige abondante avec un sentiment d'incrédulité et un enthousiasme un peu étrange compte tenu de la situation qui était la leur et des dangers qu'ils devaient tous affronter. Toutefois, sa fille et elle s'étaient retrouvées, et le soulagement qu'elle ressentait était phénoménal.

Angela traîna Ravi toute seule vers le camp. Elle avait désactivé le maillage corporel du blessé, aussi ne pouvait-elle accéder aux données de ses cellules de surveillance médicale, mais elle n'en avait pas réellement besoin pour voir qu'il était dans un état très grave.

Lorsque son module de guidage inertiel l'informa qu'ils n'étaient plus qu'à trente mètres des véhicules du convoi, elle se connecta au réseau. Son i-e désactiva la mémoire cache qu'elle avait laissée derrière le pneu de la Tropic-2 et effaça le programme subversif installé dans le système de la mitrailleuse avant de contacter Elston.

— Qu'est-ce que vous faites ? Comment êtes-vous sortie du périmètre ? s'enquit le colonel.

— Je ramène Ravi, répondit Angela en souriant de l'avoir mis en colère. Il est très grièvement blessé. Prévenez le doc.

— Ravi ?

— Oui. Il est vivant, mais ça ne va peut-être pas durer. Bon, vous comptez me filer un coup de main ou vous allez vous contenter de gueuler ?

* * *

Vance Elston avait personnellement guidé le sergent Raddon et Leora Fawkes hors du périmètre. Comme prévu, ils avaient trouvé Angela en train de tirer Ravi dans un sac de survie.

Même le docteur Coniff avait posé un regard inquiet sur le pilote blessé lorsque Juanitar et elle avaient découpé son enveloppe thermique.

— Du fluide, dit-elle simplement.

Le silence s'installa alors pendant cinq minutes, durant lesquelles ils tentèrent de déterminer la gravité de son état.

Juanitar lui appliqua un col de dérivation intraveineuse, injectant du plasma et du sang artificiel directement dans son système circulatoire diminué. Puis il vaporisa un solvant sur la mousse cicatrisante. Les croûtes artificielles se décollèrent, et les plaies des avant-bras de Ravi se remirent à saigner. L'infirmier lui fit des garrots et commença à réparer ses muscles et ses veines.

— La colonne vertébrale a été endommagée, annonça Coniff. L'armure a évité le pire. Qu'est-ce qui a pu lui faire un truc pareil ?

— Les arbres, répondit Angela.

Adossée contre la paroi de l'habitacle du biolab, elle regardait avec intérêt les deux soigneurs s'occuper du blessé.

— Comment ça, les arbres ? demanda sèchement Elston.

— Il me l'a dit avant de perdre connaissance. Les arbres l'ont attaqué hier soir, surtout les fouettards. Le monstre les contrôle, apparemment.

— C'est ridicule, rétorqua-t-il automatiquement.

En même temps qu'il prononçait cette phrase, le doute et la peur l'étreignaient, la crainte que pareille chose puisse bel et bien exister dans le vaste et étrange univers que le Seigneur avait créé pour ses enfants.

Angela rit et désigna du doigt le long fragment de composite que le docteur Coniff extrayait de la chair pâle du dos de Ravi.

— À votre avis, en dehors d'une branche de fouettard, qu'est-ce qui peut provoquer ce genre de dégât ?

Du regard, Vance chercha l'aide de Coniff, qui se contenta de hausser un sourcil avant de s'intéresser aux blessures ouvertes de son patient.

— Vous l'avez retrouvé sur une saillie de glace, non ? Il a très bien pu tomber sur le dos.

Angela se contenta de secouer la tête, un sourire satisfait au coin de la bouche. Elle avait gagné et elle le savait ; Elston doutait sérieusement. Quelque chose avait heurté la JMT, la faisant tomber dans un ravin. Quelque chose avait projeté Mark dans les airs. Et les autres, ceux qu'ils avaient perdus, avaient-ils été avalés par la forêt ? Si la créature était vraiment la gardienne de cette planète, tout était possible.

— Je vous raccompagne à la Tropic, dit-il.

— Bien sûr.

Angela entra dans le sas et enroula son écharpe humide autour de sa tête.

Dehors, il ne neigeait plus. Des nuages effilochés, minces volutes autour desquelles s'enroulaient les rubans d'une aurore boréale, dérivaient lentement vers le nord. Sirius la rouge était à son zénith, point aveuglant entouré de pointillés lumineux qui lui donnaient des allures de point de fuite, de gueule consommant toute la lumière de l'atmosphère.

— Bon, commença Vance, comment avez-vous fait pour le rejoindre sans que je le sache ?

— J'ai un peu trafiqué le réseau, c'est tout.

— Cela signifie que je ne peux pas avoir confiance en vous.

— Pour changer…

— Notre réseau nous a lâchés hier soir.

— Ce n'était pas moi. Je vous rappelle que j'ai risqué ma peau pour aller récupérer Ravi.

— À ce propos, pourquoi ? Pourquoi vous, et pourquoi y être allée seule ?

— Il n'avait confiance qu'en moi. Je suis la seule à avoir croisé la bête sans y passer, alors il s'est tourné vers moi pour demander de l'aide. Demandez-lui si vous ne me croyez pas.

— Comment vous a-t-il appelée ?

— Par liaison sécurisée. J'ai essayé d'en localiser l'origine, mais Ravi n'est pas né de la dernière pluie.

Elston la regarda fixement avec une exaspération montante.

— Vous avez pensé aux risques ? Aller là-bas toute seule…

— Il n'y avait que trois options : c'était soit Ravi, soit le saboteur, soit le monstre. Dans tous les cas, ajouta-t-elle en tapotant son fusil sur sa poitrine, j'étais prête.

— Je devrais vous confisquer cette arme.

— Vraiment ? Personnellement, je pense que Ravi a pris la bonne décision. En qui pouvez-vous vraiment avoir confiance dans ce convoi ? Pour de vrai, je veux dire ? En Karizma ?

— Ne commencez pas, la prévint-il en brandissant un index menaçant. Vous auriez dû m'appeler, et vous le savez.

— Peut-être. Au fait, vous allez continuer à nier la possibilité que le monstre puisse contrôler les arbres ? Je vous ferais remarquer que tout le monde est déjà au courant dans le camp.

— Nous tiendrons compte de toute menace potentielle et prendrons les précautions nécessaires.

— Arrêtez un peu avec votre jargon de bureaucrate à la noix. Il est de votre devoir d'informer vos hommes du danger que représente cette jungle. Surtout quand on est à pied. Et puis, il est temps que vous lanciez une nouvelle fusée de communication.

Vance suivit du regard l'alignement de voitures, puis examina les grands arbres habillés de glace sur la rive. La perspective lui joua des tours et, pendant un traître instant, il eut l'impression de voir une armée de créatures indigènes prêtes à charger son camp assiégé.

— Je connais mon boulot.

— Je l'espère. Autrement, on est tous morts.

Ils atteignirent la Tropic-2. Vance ouvrit la portière côté passager. Le caporal Evitts était assis à la place du conducteur, un bonnet tricoté par Angela vissé sur la tête, le bras cassé en bandoulière. Son visage était un masque d'appréhension.

— Elle ne devra plus sortir seule, ordonna Vance. À partir de maintenant, vous l'escorterez partout où elle ira.

— Entendu, mon colonel, aboya Evitts.

— Angela…

Sur le point de monter à bord du véhicule, elle se figea.

— Merci d'avoir ramené Ravi. C'est la première fois que quelqu'un survit à une attaque du monstre. C'est excellent pour le moral, malgré le caractère critiquable de votre sortie en solo.

Angela hocha la tête.

— La deuxième, le corrigea-t-elle. C'est la deuxième fois que quelqu'un survit à une attaque du monstre.

— Oui, désolé. La deuxième.

Dès qu'elle fut installée, il claqua la portière. Angela restait une énigme pour lui. Son instinct lui criait que cette femme était partie seule à la rescousse de Ravi pour des raisons qui lui étaient propres. Le regard rivé sur la jungle, il admit qu'il était peut-être trop effrayé pour croire. Si c'était vrai, si les arbres eux-mêmes étaient utilisés contre le convoi…

Son i-e l'informa que le réseau du camp venait d'entrer en contact avec la Tropic-1. Il fronça les sourcils en la voyant apparaître dans sa grille. La voiture arrivait par la rivière gelée, alors qu'elle aurait dû longer le canyon. Elle n'était plus qu'à six cents mètres.

— Que s'est-il passé ? demanda-t-il au lieutenant Botin via une connexion sécurisée.

— Nous avons suivi le canyon comme vous nous l'avez ordonné. Un kilomètre après avoir perdu le contact visuel avec le convoi, nous avons découvert une route qui s'enfonçait dans la jungle. Les tronçonneuses d'une JMT taillent une piste très caractéristique. Nous l'avons suivie et nous nous sommes retrouvés rapidement sur la rivière.

— Ils sont retournés à Wukang, conclut Vance. Karizma a saisi sa chance, elle est partie.

— La JMT n'a pas assez de carburant pour aller si loin, mon colonel, remarqua Botin.

Un instant plus tard, Vance avait tout compris. Il se tourna vers le camion et le traîneau chargé de réservoirs souples qu'Oleg, Chris et Raddon étaient en train d'examiner. Son i-e invita Oleg à se joindre à leur conversation.

— Que s'est-il passé avec les réservoirs pleins ? demanda Vance.

— En réalité, deux d'entre eux étaient vides, expliqua Oleg, le regard perdu dans le lointain. Les capteurs étaient défaillants. Nous sommes en train de vérifier les autres réservoirs pour éviter toute mauvaise surprise.

— Le carburant qui manque pourrait-il permettre à une JMT de retourner à Wukang ?

— Je pense que oui, mon colonel, mais les JMT ne transportaient aucun réservoir.

— Contrairement au camion et au traîneau que nous avons abandonnés en route.

— Ils n'ont pas transféré tout le carburant du camion quand nous l'avons abandonné, comprit Botin.

— En effet. Karizma a laissé deux réservoirs pleins derrière nous. Elle va retrouver le camion sur son chemin. Ils vont charger les réservoirs sur la JMT et rouler droit vers le camp. Nous avons déjà taillé une piste à travers la jungle pour trouver la rivière ; ils auront la voie libre.

Vance mit quelques secondes à encaisser la nouvelle. Que des membres de l'ADH en viennent à se mutiner le dépassait totalement. Sans compter que, en volant une JMT équipée de tronçonneuses et d'un chasse-neige, ils mettaient le reste du convoi en danger. On frôlait la trahison antihumaine.

Elston se dirigea vers le camion, à côté duquel se tenait un Oleg un peu inquiet.

— Avez-vous découvert d'autres anomalies ? s'enquit Vance.

— Non, mon colonel. Rien en dehors des deux réservoirs sur le traîneau.

— Bien. (Vance ordonna à son i-e de créer un réseau local incluant tout le personnel du convoi.) J'ai le regret de vous annoncer que les occupants de la JMT-1 se sont mutinés et sont repartis vers Wukang. Il nous reste néanmoins la JMT-2, qui devrait être en mesure de nous ouvrir une voie dans le peu de jungle qu'il nous restera à traverser entre l'affluent de la rivière Zell, qui est notre cible, et Sarvar. En conséquence de quoi nous repartons dans quinze minutes. À tous les conducteurs : procédez à la vérification de vos véhicules.

Vance coupa la communication et s'en fut d'un pas décidé vers le biolab-1, trop en colère pour en dire davantage. Il ne demanda même pas au Seigneur de les guider dans sa grande sagesse, ce qui était une grave négligence, mais le Seigneur comprendrait. Face à une provocation si outrancière, il arrivait à l'homme de faire montre de faiblesse et de réagir de façon excessive.

Lundi 6 mai 2143

Le blizzard durait depuis trois jours. Le matin du quatrième, Saul Howard mit deux bûches dans le poêle situé au centre du séjour. Il s'était levé plusieurs fois durant la nuit pour alimenter le feu, aussi la pièce était-elle assez chaude pour qu'il puisse se passer de la couverture dont il s'était enveloppé les épaules. Cependant, à la vue de la neige amoncelée contre la vitre de la porte-fenêtre du patio, un frisson lui parcourut l'échine. Il préférait ne pas savoir combien il y en avait sur le toit. Le réseau du bungalow lui confirma que les panneaux PV ne généraient aucune énergie. Pour le moment, Saul et sa famille devraient se contenter de l'électricité stockée dans les cellules régén.

Durant la journée, la lumière, rouge ou autre, était de toute façon trop faible pour produire de l'électricité. Il s'approcha de la porte coulissante et sentit le froid qui transperçait le verre. Les éclairs pastel occasionnels qui traversaient la couche de neige lui confirmèrent que les aurores boréales étaient toujours actives au-dessus des nuages épais et sombres.

— Ça ne durera plus très longtemps, dit Emily.

Saul se retourna et la découvrit dans l'encadrement de la porte.

— Non, admit-il. On a dû épuiser les stocks de neige de cette planète.

Saul était convaincu que leur proximité avec la mer leur valait des averses particulièrement grosses.

— Je mets de l'eau à bouillir. On va avaler un peu de porridge ; ça nous donnera un coup de fouet.

— Ouais.

Dans le poêle, les bûches qu'il venait d'ajouter commençaient à brûler avec force sifflements. Le sparpin ne faisait pas un très bon bois de chauffage, mais ils n'avaient pas vraiment le choix.

— Combien nous reste-t-il de bois ? demanda Emily.

— Ah ! tu lis dans mes pensées. On en a pour une bonne semaine. La chambre d'ami en est pleine. D'ici là, le blizzard sera tombé.

— Après quoi il faudra repartir en quête de nourriture. Le village a presque épuisé ses réserves.

— Je sais.

— Vivement que Brinkelle commence à produire cette viande clonée dont tout le monde parle.

Saul grimaça. Il ne savait trop comment les habitants de Camilo s'étaient mis cette idée dans la tête.

Emily versa de l'eau dans la bouilloire. Saul s'installa dans le canapé et s'abîma dans la contemplation des flocons qui filaient à l'extérieur. Il se sentait inutile, incapable de faire quoi que ce soit. Passif. Il était terrifié à l'idée de n'être pas capable de s'occuper de sa femme et de ses enfants. Il ne savait même pas exprimer sa peur. Un peu comme la dernière fois qu'il avait vécu une crise grave, vingt ans plus tôt.

La dernière fois qu'il avait parlé à Angela, aussi, qu'il l'avait regardée dans les yeux. Ce fameux jour, il avait eu peine à reconnaître la magnifique et adorable jeune femme qu'il avait épousée trois ans auparavant.

La dernière fois… avant qu'elle lui fiche une trouille bleue en réapparaissant, au début du mois de février. Il avait reconnu en elle cette étrangère, cette personne inconnue qui avait pris la place de sa femme lorsque le Zanth avait déferlé sur New Florida. Celle qui l'avait envoyé sur St Libra pour l'aider à réaliser son plan complètement fou. Celle à qui il avait dit « oui » parce qu'il n'avait rien d'autre à offrir à sa minuscule et pauvre Rebka…

* * *

Ce matin-là, comme tous les autres matins depuis qu'il avait reçu le message, Saul était assis sur une banquette du *Maslen Café*, tandis que les haut-parleurs diffusaient une musique démodée et horriblement guillerette. En plus de se trouver tout près de la sortie de secours, il avait une très bonne vue sur la porte d'entrée. Angela était à cheval sur les détails de ce genre. C'était un « métier », disait-elle ; Saul, lui, avait l'impression de jouer dans une fiction d'espionnage bas de gamme. Elle ne lui avait jamais clairement expliqué comment il était censé réagir si la sécurité de Bartram débarquait en pleine nuit en défonçant sa porte.

Il lui obéit néanmoins, car ce plan maudit élaboré par son épouse était tout ce qui lui restait. Il était le spectateur passif de sa propre vie, il contemplait le monde à travers les grandes fenêtres de ses yeux, il commandait à son corps de bouger et à sa bouche de parler en respectant la partition qu'Angela avait écrite.

En milieu de matinée, Maslen lui-même alla chercher, dans la cuisine située à l'arrière du café, des plateaux chargés de délicieux gâteaux et pâtisseries qu'il disposa avec art sur des présentoirs en verre. Chacun d'entre eux était un chef-d'œuvre miniature. Saul les considéra longuement, songeant à reprendre de la tarte aux fruits confits. Une de plus ne lui ferait pas de mal. Il avait pris beaucoup de poids depuis son installation à Abellia. Quand il ne travaillait pas chez Abellia TeleNet, où il acceptait toutes les heures supplémentaires que les autres refusaient, il était complètement oisif. Il n'avait envie de rien, et surtout pas de s'entretenir. Il était d'humeur lugubre, ces derniers temps, et ne voyait pas l'intérêt de se forcer. Quand il rentrait dans son minuscule appartement, aménagé dans un entrepôt du port converti en résidence, il s'asseyait et lisait. Des biographies de personnages historiques, notamment, qui l'intéressaient un peu plus que le reste. Celles des présidents américains et des dirigeants russes surtout.

Il sirotait son expresso en hésitant à reprendre de la tarte quand elles entrèrent. Angela était superbe dans une courte robe verte, sa chevelure blonde tressée en une natte épaisse et enroulée dans des lanières de cuir. Elle semblait tout juste sortie de l'adolescence, comme le jour où il l'avait rencontrée pour la première fois dans les bureaux de Massachusetts Agrimech. Peut-être même paraissait-elle plus jeune. Non pas à cause de ses gènes modifiés, mais grâce à son enthousiasme débridé, à son sourire permanent et magnifique, à son émerveillement permanent devant la beauté de l'univers. Sa jeunesse, son énergie, comparées à la morosité morbide de Saul… C'était injuste.

Il y avait une autre fille avec elle. Une autre *petite amie.* Une autre putain. Celle-ci avait sans doute vraiment vingt ans. Elle avait la peau plus sombre, les cheveux plus épais, et portait un haut en coton blanc vaporeux et une jupe assortie. Avec beaucoup de chair nue entre les deux.

Elles riaient, chuchotaient, tout excitées. Les meilleures amies du monde, et depuis des années, aurait-on dit. Angela commanda un thé au citron, tandis que l'autre fille demanda un *smoothie.* Puis elles se mirent au défi de goûter une pâtisserie avant de renoncer et de s'asseoir près de la vitrine.

Saul fit de son mieux pour ne pas les regarder fixement, alors que tous les clients mâles de l'établissement reluquaient les deux jeunes femmes dès qu'ils pensaient qu'elles ne les voyaient pas. Personne ne ferait attention à un triste *loser* portant une salopette aux couleurs de son employeur. Pas dans cet univers en tout cas.

Après que leurs rires et leur joie l'eurent tourmenté pendant trop longtemps, l'autre fille se leva, serra Angela dans ses bras et l'embrassa sur la joue.

— On se retrouve à la voiture dans une heure, dit-elle en disparaissant dans un tourbillon de tissu blanc et de parfum fleuri.

Angela termina tranquillement son thé et, deux minutes plus tard, s'en fut à son tour. Saul attendit un peu avant de la suivre.

Dans la vieille ville, les rues étaient étroites et courtes, avec des croisements brusques et des allées transversales encore plus étroites s'étirant entre de gros bâtiments industriels. Saul longea un entrepôt désaffecté dans lequel, lisait-on sur de grandes pancartes, on allait bientôt créer plusieurs lofts. Angela l'attendait dans la troisième aire de chargement, une cuvette humide de béton et de panneaux de composite affaissés, que les rayons blanc-bleu de Sirius n'éclairaient jamais.

Ils s'examinèrent pendant un long moment. Saul constata qu'elle avait abandonné sa vitalité juvénile de façade, révélant la femme impitoyable et froide dissimulée derrière une enveloppe trompeuse. Elle lui lança un regard interrogateur.

— Comment t'en sors-tu ? lui demanda-t-elle d'un ton qu'elle parvint à rendre intéressé.

— Je suis là. J'ai fait tout ce que tu m'as demandé.

Angela se rapprocha et le prit dans ses bras, ne trahissant aucune déception lorsqu'il ne répondit pas à son étreinte.

— Je savais que tu serais prêt, mais je ne parlais pas de ça.

— Qu'est-ce que tu crois ? Tu es ma femme, je t'aime, et toi, tu… tu fais… ça.

— C'est-à-dire ?

— Bartram. Les *petites amies*. Ce que tu as dû faire à Londres pour les convaincre de t'embaucher.

— Saul, s'il te plaît, arrête de te torturer de la sorte. Ce n'est que du sexe.

— Oui, que du sexe, acquiesça-t-il en luttant pour ne pas se mettre à pleurer comme cela lui arrivait presque toutes les nuits, quand il était seul dans son misérable appartement. Tu n'imagines pas comme je souffre.

— C'est moi qui dois me taper un vieillard de cent neuf ans, alors, oui, j'imagine très bien ce que tu ressens.

— Excuse-moi. C'est juste que… c'est tellement dur pour moi.

Elle desserra son étreinte et scruta son visage.

— Je sais, mais pense à notre objectif. Notre fille, vivante et en bonne santé. Je sacrifierais tout pour ça. Tout. Je ne pensais pas être capable de tant d'amour avant d'avoir cet enfant avec toi. Elle est nous, Saul. Notre bébé. C'est toi qui me l'as donnée.

Il sourit tant bien que mal et hocha la tête.

— J'y arriverai. Pour elle.

— Tu es un type bien, Saul Howard. Je suis fière d'être ta femme.

— Ma sœur a appelé. Elles sont arrivées. Rebka est dans le meilleur hôpital de la Vraie Jérusalem. Tout est prêt. Ne manque plus que l'argent.

— Parfait. J'ai vu Barclay North2 au manoir, l'autre jour. Il m'a remarquée. Cette partie de la mission sera très facile.

— Bien, acquiesça-t-il, la gorge sèche.

— Tu as trouvé les boutons de manchettes ?

— Oui.

Il sortit de sa poche la petite boîte contenant les boutons de manchettes en forme de bananes qu'il avait achetés dans un magasin *Birk-Unwin*.

— Waouh ! fit Angela en gonflant les joues, incrédule. De mauvais goût, en effet. Exactement le genre de truc qu'un homme choisirait.

— Les capteurs sont chargés et prêts à fonctionner.

— D'accord. J'en achèterai une autre paire et on procédera à l'échange, comme prévu, au café.

— Pourquoi ne les prends-tu pas maintenant ?

— J'aurais du mal à fournir une explication à Marc-Anthony. Une vraie fouine, ce Marc-Anthony. Tenons-nous-en à notre plan, d'accord ? Il se peut même que j'aille à la boutique avec Olivia-Jay ; ça me fera une couverture supplémentaire.

— Très bien. Tu connais le manoir et ses habitudes mieux que moi.

— En effet. Bon, tu as pensé au sachet ?

— Angela, on est déjà assez compromis comme ça, non ? Alors, des armes… Tu penses vraiment que c'est nécessaire ? Il n'est pas trop tard pour changer d'avis.

— Ces armes ne feront aucune différence si je me fais attraper. Ce que j'ai dégotté à Tokyo pourrait bien être ma seule chance de m'enfuir. Alors, s'il te plaît…

Elle tendit la main et fixa sur lui un regard qui ne souffrait aucune discussion.

Il lui remit le sachet d'activateurs, qu'elle se plaqua sur la nuque.

— Voilà une bonne chose de faite.

— Je t'en prie, Angela, sois prudente. Promets-moi.

— Je te le promets. Ne t'en fais pas pour moi. Quand tu m'auras donné les boutons de manchettes, ta part du boulot sera terminée. Inutile qu'on soit bloqués tous les deux ici. Pourquoi tu ne retournerais pas m'attendre sur Terre ? Je serais soulagée de te savoir en sécurité.

— Si tout se déroule comme prévu, on sera en sécurité tous les deux, et il est hors de question que je parte sans toi. Je vis très mal ce que tu es en train de faire, mais je ne compte pas t'abandonner. Je ne suis pas ce genre d'homme, Angela.

Elle lui caressa la joue.

— Quand ce sera terminé, toi et moi, on sera de nouveau ensemble. Un nouveau départ sur un nouveau monde, et, cette fois, on aura plus de chance.

— Oui, j'espère.

Angela l'embrassa tendrement et s'éloigna d'un pas vif. Saul eut néanmoins le temps de lire sa peur et son incertitude sur son visage, exactement comme le matin où il l'avait demandée en mariage. Deux époques différentes, mais deux conclusions identiques pour ce qui le concernait : l'amour ne se décrète jamais seul.

— Je t'attendrai, promit-il dans le vide.

Mardi 7 mai 2143

Lorsque le convoi retrouva enfin la JMT-1, dans l'après-midi du lundi, et que Vance découvrit la « voie » décrite par Antrinell via leur radio à ondes courtes, il crut à une mauvaise blague. La paroi du canyon était certes moins haute et moins escarpée. Le véhicule était garé au bord d'une chute d'eau gelée moins imposante que la précédente, car moins large et haute de seulement sept cents mètres.

D'un côté des rubans de glace massifs qui se déroulaient vers le fond de la vallée se trouvait un genre de talus composé de rochers et d'éclats de pierres à peine moins abrupt que la chute d'eau elle-même. L'opinion de Vance était largement partagée. Les gens sortaient de leur véhicule pour voir de plus près cette « voie » à l'inclinaison impressionnante. Camm et Darwin, minuscules silhouettes sombres évoluant sur une neige meuble et traîtresse, étaient en train de remonter péniblement vers le camp de base.

Comme ils n'avaient pas le choix, ils élaborèrent un plan impliquant les treuils dont étaient équipés tous les véhicules. Les câbles seraient attachés à des rochers gros et stables permettant aux engins de s'engager sur la pente en marche arrière, avant de laisser les treuils faire le gros du travail. Le restant de la journée fut donc passé à étudier le chemin emprunté par Camm et Darwin et à tester les rochers qui leur serviraient de points d'ancrage.

Il neigeait faiblement ce mardi matin quand ils commencèrent leur descente dans une aube pâle. Vance insista pour qu'une Tropic se lance la première, car ils ne pouvaient se permettre de perdre ni leur seule JMT ni la citerne ni le dernier camion.

Antrinell se porta volontaire pour conduire. Il recula lentement et se retrouva bientôt sur une pente inclinée à soixante-dix degrés. À ce stade, seul le câble du treuil retenait le véhicule. Ses roues, quasi inutiles, n'étaient là que pour lui offrir une meilleure stabilité. Les hommes restèrent à une distance respectable, le souvenir du câble se rompant encore frais dans leur mémoire.

Le treuil déroula tranquillement cinquante mètres de filin, soit bien moins que la longueur maximale conseillée. Oleg et Darwin descendirent pour ancrer la Tropic à des rochers tout proches, après quoi le câble fut fixé plus bas, et la voiture put parcourir cinquante nouveaux mètres en marche arrière.

Cela prit plus de deux heures, mais la Tropic atteignit le fond du canyon sans incident et sous des applaudissements nourris. Chacun savait que s'ils atteignaient le fleuve, ils auraient toutes les chances d'arriver sains et saufs à Sarvar.

On guida la Tropic-2 jusqu'au sommet du talus et accrocha son câble à un gros rocher. Vance préférait que les véhicules descendent chacun à leur tour. Qu'un câble cède pendant une descente groupée, et ce serait une catastrophe qu'il refusait d'envisager.

L'après-midi touchait à sa fin lorsque le dernier véhicule se retrouva sur la glace qui tapissait le fond du large canyon. Restait à faire descendre les traîneaux. Vance donna le signal. Toute la journée, les flocons s'étaient faits plus denses. Comme les nuages noircissaient continuellement et que la lumière déclinait, il craignait de devoir attendre le matin pour récupérer les traîneaux. On démonta les treuils et les utilisa pour mettre en place un relais jusqu'en bas. De cette façon, la descente serait beaucoup plus rapide que pour les véhicules.

Le déroulement des opérations était encourageant.

Le docteur Coniff l'appela pour le prévenir que Ravi Hendrik s'était réveillé.

Dans le sas du biolab-2, Vance secoua la pellicule de neige qui collait à sa parka et à son pantalon imperméable. Lorsque la porte intérieure s'ouvrit et que l'atmosphère chaude le frappa, ce qui restait de glace sur ses vêtements fondit instantanément, formant des taches sombres. Des gouttelettes dégoulinèrent sur ses bottes.

Ravi Hendrik avait toujours l'air mal en point, mais il était éveillé et buvait du bouillon dans un mug que Juanitar tenait pour lui.

Vance retira son passe-montagne imprimé en envoyant des gouttelettes en tous sens et se força à sourire.

— Vous avez l'air en forme, mentit-il.

— Colonel, je m'estime heureux d'être en vie.

— J'ai regardé le contenu de votre mémoire cache visuelle pendant que le docteur s'occupait de vous. Vous avez eu de la chance. Ce fut un combat dantesque.

— Alors vous l'avez vu ? Vous avez vu le monstre ?

— Oui, je l'ai vu.

— Et les arbres, les fouettards ? C'est ce que Mark Chitty a essayé de nous dire.

— Je sais. Plus question de retourner dans la jungle.

Ravi éclata d'un rire quasi hystérique.

— On fera comment pour traverser la jungle qui nous sépare de Sarvar ?

— Ils vont devoir nous envoyer un hélico, au minimum. J'ai donné l'ordre de lancer une fusée de communication. Ken et Chris sont en train d'en déballer une.

— Excellente initiative, l'approuva Ravi en se détendant sur son fin matelas.

— Ravi, j'ai besoin de savoir. Avez-vous demandé à Angela de venir vous chercher ?

— Oui.

— Je vois. Pourquoi ? Pourquoi elle ?

— Le monstre l'a déjà loupée une fois. Je pouvais avoir confiance en elle. En elle seule.

— Vous auriez pu m'appeler, moi aussi.

— Il y a un saboteur parmi nous. On vient de me dire que Karizma avait déserté à bord de la JMT-1, mais je ne suis pas sûr que ce soit elle la coupable. Il y a peut-être quelqu'un d'autre. Avant qu'on songe à quitter Wukang, notre situation était déjà mauvaise.

Vance se retint à grand-peine de ne pas crier au visage du pilote blessé et assommé par les médicaments. Il n'aurait pas cru que le fait de ne pas inspirer une totale confiance à tous ses hommes puisse le toucher à ce point. Maudites soient Karizma et sa trahison !

— On peut légitimement penser qu'il s'agissait de Karizma, dit-il à Ravi.

— L'extraterrestre est toujours dans la nature, rétorqua le pilote. Il ne nous laissera pas quitter ce monde en vie.

— Si c'est ce qu'il a prévu pour nous, il risque d'être déçu. Maintenant, reposez-vous.

— Un Berlin n'a pas l'autonomie suffisante pour venir de Sarvar nous récupérer. Et les Daedalus ne voleront pas au-dessus des montagnes, assena Ravi en s'animant tant que plusieurs icones de son moniteur de surveillance virèrent à l'ambre. On ne s'en sortira pas. On est coincés ici, et il va venir nous cueillir un par un jusqu'à ce qu'il ne reste plus personne. Personne ! Il n'y a pas de porte de sortie.

— On n'en arrivera pas là, tenta de le rassurer Vance en demandant, du regard, l'aide de Coniff.

— Je lui ai tiré dessus. À bout portant. Dans le visage. Et il n'a rien remarqué.

— Vous vous trompez. J'ai étudié vos enregistrements. Il a essayé d'éviter vos balles.

Ravi éclata d'un rire haut perché et désagréable.

— Oui, c'est ça ! Il a essayé d'éviter mes balles ! Et c'est tout ! Du 9 mm à pointe creuse… Elles n'étaient pas à son goût, apparemment.

— Docteur, appela Vance.

Coniff s'était déjà levée, qui étudiait les fonctions vitales du blessé. Son i-e donna sans doute des instructions à l'équipement, car le pilote laissa échapper un long soupir et eut un sourire d'extase.

— Ouiiii… La réponse à tout…

Sa tête bascula sur le côté, et il s'endormit.

— Il va s'en sortir ? demanda Vance au médecin.

— Oui, à condition que nous continuions à lui administrer le traitement nécessaire. Je suis préoccupée par l'état de sa colonne vertébrale. Son dos, en revanche, va beaucoup mieux. L'hémorragie et l'hypothermie ont laissé des séquelles, mais son état s'améliore maintenant qu'il est sous assistance. Il a eu de la chance qu'Angela le ramène si vite. Quelques heures de plus, et il ne serait plus de ce monde.

— Merci.

Vance se demanda si toute la profession médicale avait toujours une attitude si négative. Il s'enferma dans le sas, remit ses multiples couches de vêtements et ses gants avant de visser son casque sur sa tête. La météo ne s'arrangeait pas. Quelque part au-dessus de la masse noire et cotonneuse qui les surplombait, des éclairs zébraient le ciel, fissures incandescentes sur le ventre des nuages, accompagnés de grondements graves qui se réverbéraient sur les parois du canyon. La neige tombait dru, les flocons atteignant désormais dix centimètres de diamètre. Le vent qui balayait le fond de la vallée forcissait également, projetant la neige contre les véhicules à une vitesse toujours plus grande.

Sur le talus, le dernier traîneau avait parcouru la moitié du chemin. Vance ne voyait même plus le sommet de la paroi. Son i-e appela Ken.

— Dans combien de temps pourrez-vous procéder au lancement ?

— Une quinzaine de minutes, mon colonel. Le lanceur est prêt. Les dernières vérifications sont en cours.

— La météo ne va pas le gêner ?

— Je ne crois pas. En revanche, je ne suis pas sûr que nous puissions maintenir le contact. Nos maillages sont dans un piteux état, et l'orage électrique qui menace ne va pas arranger les choses. Mais le pire, ce sont les parois du canyon ; elles ne manqueront pas de bloquer le signal.

— Mais Abellia va bien le recevoir ?

— Oui, mon colonel. Normalement. Enfin, si leurs paraboles sont toujours opérationnelles.

— Compris. Poursuivez.

Ken lui ayant déjà fait part de ses réserves concernant l'efficacité de la fusée, Vance avait préparé un message destiné à Vermekia et à quiconque stationnait encore à Abellia. Il contenait la mémoire cache visuelle de Ravi ainsi que son appel au secours. La communion étrange du monstre et des fouettards avait énormément secoué le colonel. Un tel pouvoir frisait le surnaturel. Il ne l'avait dit à personne, mais il partageait la conviction de Ravi : jamais ils ne sortiraient vivants de cette jungle, à moins que Vermekia les écoute et leur vienne en aide. Le temps des manœuvres politiciennes et des négociations de couloir était révolu. Personne, pas même lui, ne pourrait plus écarter d'un revers de la main les preuves réunies par Vance.

Il traversa le cercle formé par les véhicules et monta dans le sas du biolab-1. Il y avait plus de neige accrochée à ses vêtements que lorsqu'il était monté à bord du biolab-2. Il la nettoya vigoureusement et entra dans l'habitacle principal.

Antrinell, Tamisha et Roarke buvaient un café. Fort heureusement, les boissons chaudes n'étaient pas encore rationnées. Tous les trois avaient passé de longues heures dehors pour aider les véhicules à descendre du sommet du canyon. Leurs lèvres étaient bleues, craquelées, et tous présentaient des marques rouges sur le visage, là où le froid s'était engouffré sous les passe-montagnes et autres écharpes.

Vance se débarrassa de ses couches externes dégoulinantes de neige fondue et prit place autour de la petite table escamotable. Tamisha lui proposa un mug de café, qu'il accepta avec reconnaissance.

— J'ai vérifié les réserves de carburant, commença Antrinell. Ce sera juste, quoique faisable, à condition qu'il n'y ait plus d'imprévu.

— Oui.

— Mais… nous savons tous qu'il y aura des imprévus. La créature court en liberté, et elle est capable d'utiliser la jungle contre nous. Pour résumer notre situation, je dirai que nous n'atteindrons jamais Sarvar.

— Je ne m'attendais pas à cela de votre part, dit Vance d'un ton léger. De toute façon, j'ai joint une demande d'évacuation au message que la fusée va transmettre.

— Message dont on ignore s'il passera ou non.

— Il nous reste encore trois fusées, en plus de celle-là.

— Excusez-moi, mon colonel, mais j'ai l'impression que vous sous-estimez la puissance de notre adversaire. Nous savons désormais que la jungle réagit aux injonctions d'un extraterrestre intelligent. Cette planète abrite une force dont nous ne soupçonnions pas l'existence.

— Êtes-vous en train de me dire que j'aurais dû agir différemment ? demanda Vance.

Le fait qu'Antrinell l'ait appelé « mon colonel » devant les autres membres de l'équipe de xénobiologie était un très mauvais signe. Ils se connaissaient depuis trop longtemps pour cela. Ses hommes avaient peur, ce qui était compréhensible, mais cette défiance de la part d'un officier en second était sans précédent et inacceptable.

— Nous avons tous les mêmes informations, mon colonel, intervint Tamisha. Nous sommes tous arrivés aux mêmes conclusions. Nous étions tous d'accord pour essayer de rallier Sarvar. À l'époque.

— Et vous avez changé d'avis ? Vous auriez dû y penser avant de descendre dans ce maudit canyon, car Dieu sait que nous ne pouvons plus faire demi-tour.

— Nous ne remettons pas en question cette expédition ni le fait qu'elle nous ait entraînés jusqu'ici, reprit Antrinell. Toutefois, vous vous devez de prendre en considération notre situation actuelle.

— Vous croyez peut-être que je ne suis pas conscient de notre situation ? Vous vous fichez de moi ?

— Mon colonel, commença Roarke d'un ton incertain. Ce n'est pas la question ; tout le monde sait ce qui nous arrive. En réalité, nous parlons des implications…

— Vance, nous sommes en guerre, lâcha Antrinell. Je ne suis pas sûr que vous l'ayez vraiment compris. Cette guerre a commencé de façon subtile et progressive, et nous n'avons sans doute pas répondu comme nous aurions dû. Notre ennemi, quel que soit sa nature, a décidé de nous exterminer. La planète réagit à notre présence, les arbres eux-mêmes essaient de nous tuer. Pour ma part, je suis intimement convaincu que l'apparition des taches solaires n'a pas été fortuite. Nous sommes manifestement opposés à des forces qui nous dépassent. Des forces phénoménales. Peut-être même comparables au Zanth. Et elles nous sont résolument hostiles.

— Oui. Je suis entièrement d'accord avec vous.

— En conséquence de quoi nous devrions déployer l'arme qu'on nous a confiée précisément pour répondre à ce genre de situation.

— Antrinell, je ne peux pas autoriser une chose pareille. Le métavirus zéro a été créé pour tuer toute vie sur St Libra, tout ce qui contient des molécules génétiques endogènes. Vu les liens qui semblent l'unir à la flore de cette planète, cela inclut nécessairement la créature, le gardien. Nous ne pouvons pas faire ça. Vous et moi, nous savons que le Seigneur ne pardonnerait pas un crime pareil.

— Si nous ne réagissons pas, si nous ne déployons pas l'arme, St Libra gagnera. Nous n'arriverons jamais à Sarvar ; pas avec la créature et la jungle en travers de notre chemin. Nous avons tous regardé la mémoire visuelle de Ravi. Les balles ne lui font rien du tout. Il n'y a pas d'autre solution. Le métavirus détruira cette chose. C'est notre unique chance de survie. Et si nous ne le faisons pas, qui pourra prévenir l'ADH et les mondes transspatiaux ? Le métavirus zéro a été créé parce que nous ne pouvons pas affronter deux menaces extraterrestres simultanément. Surtout pas des menaces de cette ampleur. Nous nous devons d'éliminer celle-ci avant qu'elle nous détruise.

Vance regarda d'un air incrédule son collègue officier et Guerrier de l'Évangile. Qu'une personne puisse prendre une décision si contraire à ses convictions et au serment qu'elle avait prêté le dépassait complètement. Antrinell n'avait apparemment pas idée de la profondeur de la foi de Vance dans son Seigneur. Sa religion était tout pour lui. Elle était sa raison d'être. Il savait que l'apparition de la vie dans l'univers n'était pas le fruit du hasard. Dieu seul savait pourquoi et comment il avait créé le cosmos. Vance ne s'était jamais imaginé comprendre un jour, car il se savait trop insignifiant pour cela ; il se satisfaisait d'avoir sa place dans un si glorieux projet. Il s'efforçait de vivre une existence digne de la création du Seigneur.

— Non, assena-t-il fermement. Et je ne reviendrai pas sur ma décision. Nous ne libérerons pas le métavirus. Je ne crois pas que l'hostilité d'un gardien égaré justifie à elle seule un génocide.

— Un génocide ? cria Antrinell. Nous parlons de plantes !

— S'il s'agissait seulement de plantes, nous n'aurions pas cette conversation.

— Vous nous condamnez à une mort certaine. Sans le métavirus zéro, nous n'arriverons jamais à Sarvar.

— S'il doit en être ainsi, le Seigneur nous montrera la voie. Par ailleurs, rien ne dit que le métavirus fonctionnerait dans ce climat. Les missiles le disperseraient dans les courants-jets, mais cela s'arrêterait là. Une fois au sol, à quoi s'accrocherait-il ? Rien ne vit plus. Le froid le tuerait aussi sûrement que du feu. Cela prendrait sans doute un peu plus de temps, mais le résultat serait le même. Il n'y aurait pas de croissance exponentielle, donc pas de contagion.

— Peut-être, mais vous oubliez qu'une des formes de vie de St Libra est bel et bien vivante et active, insista Antrinell. Il se peut que nous ne puissions rien contre la jungle, mais nous pouvons au moins régler son compte au fumier qui nous assassine. Laissez-nous essayer. Nous aussi, nous avons le droit de vivre.

Vance réfléchit à sa proposition. Puis il se retourna vers Tamisha.

— Est-il possible de fabriquer un pistolet ou un vaporisateur, enfin quelque chose qui permette de cibler le monstre et seulement le monstre ?

— Pourquoi pas, répondit-elle, pensive. Je devrais pouvoir concevoir une charge qui viendrait se nicher dans nos munitions à pointe creuse. Nous disposons de deux imprimantes de microprécision, ici, au labo. Elles sont conçues pour fabriquer des pièces détachées, mais devraient faire l'affaire.

— Commencez à travailler sur ce projet. Si vous réussissez, j'envisagerai l'idée de désactiver un missile et d'extraire le métavirus pour le charger dans nos balles.

— Entendu, mon colonel.

— Si votre système est viable, ajouta Vance en brandissant un index décidé, je porterai cette arme personnellement à la ceinture.

— Atteignez votre cible, et tout le monde sera content, dit Antrinell.

— Bien. (Vance termina son café d'une traite.) J'ai un lancement de fusée de communication à superviser. Si vous n'avez rien à ajouter, cette conversation est terminée.

Mercredi 8 mai 2143

Selon l'i-e d'Angela, il était 8 h 42 du matin. Sirius la rouge s'était levée deux heures plus tôt. Sans l'horloge violette affichée dans un coin de sa grille, elle n'aurait pas pu le deviner. Le fond du canyon était secoué par un violent blizzard. Comprimés et accélérés par les parois verticales, le vent et la neige assaillaient la carrosserie de la Tropic-2, compliquant la tâche du véhicule, le secouant dans tous les sens. La Tropic-1 n'avait que dix mètres d'avance, et ses feux arrière étaient à peine visibles. À en croire les données projetées sur le pare-brise, l'engin réfléchissait à peine les ondes radar. Sans les éclairs qui zébraient régulièrement le ciel, le canyon aurait été un monde de ténèbres. Les faisceaux de leurs phares se dissolvaient dans la neige à quelques mètres de la voiture seulement.

Forster, qui conduisait à côté d'elle, devait se contenter du réseau pour piloter, coordonnant la position des autres véhicules et les données du système de navigation inertielle. Quelque part devant eux, Elston était au volant de la JMT-1. Angela savait pourquoi il voulait à tout prix continuer à avancer, même si, en toute honnêteté, rouler dans ces conditions était ridicule, voire téméraire.

— Nous devrions nous arrêter, dit Paresh, assis sur la banquette arrière. À ce train-là, nous n'allons pas tarder à heurter la paroi du canyon.

— Ce ne serait pas bien grave, remarqua Angela. Beaucoup moins, en tout cas, que de foncer tête baissée dans le vide comme nous avons failli le faire.

— Nous n'avons plus assez de carburant pour nous permettre des pauses, expliqua Ken.

L'homme était le quatrième passager de la Tropic depuis qu'Elston avait formé de nouvelles équipes, après le lancement de la fusée.

Angela préféra ne pas aborder le sujet épineux des réserves de carburant. Elle commençait à douter de leurs chances d'atteindre l'affluent de la rivière Zell le plus proche de Sarvar. Quant au camp lui-même, il semblait hors de portée. Elle avait entretenu l'idée de voler une Tropic avec Rebka pour retourner à Wukang, comme Karizma. Et puis, elle avait vu les images du combat qui avait opposé Ravi au monstre. Et aux fouettards. Faire demi-tour était désormais exclu. Et puis la fusée de communication avait décollé dans un nuage de fumée et de flammes, disparaissant en une seconde dans le ciel noir. Ken avait perdu tout contact avec elle trente secondes plus tard. Le dernier paquet de données à se déverser sur le réseau du convoi avant que les parois du canyon empêchent toute réception révéla l'épaisseur, la densité et le caractère chaotique des strates nuageuses qui les surplombaient. Elles n'endommageraient pas la fusée et ne l'empêcheraient pas de décrire un arc balistique au-dessus de l'atmosphère. Toutefois, la question de savoir si les messages arriveraient à bon port restait ouverte. Ils n'avaient plus qu'à espérer que le signal aurait été reçu et que les images de Ravi suffiraient à convaincre l'ADH d'organiser une mission de sauvetage ou au moins un largage.

Au goût d'Angela, il y avait beaucoup trop d'incertitudes dans cette chaîne d'événements. Elle avait passé la majeure partie de la nuit éveillée à côté de Paresh à essayer d'élaborer un plan qui leur permettrait, à Rebka et à elle, de se sortir de là. À part voler toute la nourriture et tout le carburant en abandonnant le reste du convoi, elle ne voyait aucune solution. Elles n'auraient donc d'autre choix que de suivre l'idée d'Elston, de se rapprocher le plus possible de Sarvar, en espérant que ce qui restait du personnel de la base serait toujours en mesure de leur envoyer un Berlin pour les récupérer. Tant qu'il y avait de la vie… Elle pouvait tolérer d'être dans une situation désespérée, mais savoir Rebka quasi condamnée était impossible à accepter. Elle ressentait le besoin impérieux d'agir, de trouver une solution, de faire la différence. Mais elle avait beau se creuser les méninges, l'idée de génie dont elle aurait eu besoin persistait à lui échapper.

Un icone violet brillait, réconfortant, dans sa grille. L'icone qui montrait à tout le monde la position d'une Madeleine Hoque apeurée, quoique étonnamment résistante, dans la Tropic-3, avec Lorelei, Darwin et une Lulu MacNamara éplorée. La seule source d'espoir d'Angela.

Une lumière intense et ambrée brilla à l'extérieur. Angela sut immédiatement qu'il ne s'agissait pas d'un éclair, car elle persista. Puis le bruit les frappa, une onde qui fit glisser la Tropic sur plusieurs mètres dans la neige. Trois des vitres latérales se craquelèrent, et l'une d'entre elles fut soufflée. Une pluie cristalline de verre trempé tomba en cascade sur Paresh. Un vent glacial s'engouffra dans l'habitacle, en chassant toute chaleur en quelques secondes. Forster freina brusquement, et la voiture s'arrêta avec force secousses.

Sonnée, Angela mit plusieurs secondes à réagir. Sa peur initiale fut rapidement balayée par une inquiétude enfiévrée. Une explosion. La lumière jaune vif brillait toujours quelque part derrière eux, filtrant à travers le blizzard.

Elle étudia frénétiquement sa grille. Les icones du camion avaient disparu, tout comme les émissions du maillage corporel de Josh Justic, qui le conduisait. Rebka était toujours là, en vie.

— Putain ! c'est quoi ces conneries ! s'exclama Paresh.

Une nouvelle explosion souleva la neige dans leur dos.

— Nom de Dieu ! le biocarburant ! cria Ken. C'est le camion. Le monstre a fait sauter le camion.

Des icones d'identité affichèrent des alertes médicales ambrées dans la grille d'Angela. Leora Fawkes, Winn Melia, Chris Fiadeiro et Juan-Fernando, qui voyageaient dans la Tropic-1, présentaient tous de nombreuses blessures – lacérations, meurtrissures et plusieurs fractures. Les capteurs du véhicule révélèrent qu'il était couché sur le flanc et que sa carrosserie était gravement endommagée.

Paresh ouvrit sa portière et sauta dans le blizzard en sortant son fusil Heckler de son fourreau avec son bras valide.

— Attends ! beugla Angela.

Trop tard. Le légionnaire courait vers la carcasse enflammée du camion.

— Merde !

Elle attrapa son passe-montagne et sa parka et sortit le rejoindre en titubant dans la neige et le vent mordant.

Il ne restait pas grand-chose du camion – quelques panneaux chiffonnés et un châssis aux poutrelles tordues au centre d'un cratère fumant. La carcasse brûlait vigoureusement, tandis que l'empilement de réservoirs souples s'effondrait lentement en sifflant et en bouillonnant. La chaleur était telle qu'il était impossible de s'approcher à moins de vingt mètres de la cabine déformée.

Un rapide coup d'œil au squelette de composite noirci dépourvu de vitres suffit à Angela pour conclure qu'il aurait été vain de tenter quoi que ce soit. Josh était mort.

Il y eut une nouvelle détonation, derrière le camion, comme une cuve explosa sur le traîneau. Tous ceux qui s'étaient précipités pour aider se baissèrent immédiatement comme des fragments mortels volaient en tous sens en crachotant des étincelles. Angela tomba à genoux tandis que la boule de feu enflait, avalant la neige, avant de faner, de céder la place à un nuage de fumée crasseuse qui se dissipa rapidement dans l'atmosphère.

— Restez en arrière ! criait Elston. Botin, postez un garde près de la citerne. Vite !

Angela tourna un regard incertain dans la direction supposée de la citerne, mais elle ne voyait rien à cause de la neige qui balayait le décor. La Tropic-1, qui suivait le camion, s'était retournée, et sa carrosserie sombre luisait dans les flammes. Angela s'accroupit derrière le biolab-2 au cas où une nouvelle explosion secouerait le camion. Le lourd véhicule des xénobiologistes avait lui aussi été déplacé par le souffle, creusant des sillons de plusieurs mètres dans la neige. Toutefois, ce n'était rien comparé à ce qu'avait subi son traîneau, réduit à l'état de ruine ensevelie sous la neige au centre d'un vaste cercle de débris. Des boîtes déchirées et des emballages en aluminium éventrés étaient ballottés par le vent.

— Bordel, grogna-t-elle. (Se hâtant de fourrer ses bras gelés dans sa parka, elle demanda à son i-e de contacter Elston.) Le traîneau du biolab-2 a été complètement éparpillé.

— Angela, il faut faire sortir les blessés de la Tropic. À moins que le traîneau ait heurté quelqu'un, je me fous de savoir ce qui lui est arrivé.

Elle réussit enfin à mettre ses lunettes et se concentra sur la Tropic-1 cabossée. Plusieurs personnes étaient réunies autour, certaines vêtues de parkas, d'autres non. Deux hommes étaient juchés sur le capot du véhicule et sortaient une Leora sonnée par le pare-brise cassé.

— Elston, je parle de notre nourriture.

— Quoi ?

— La majeure partie de nos réserves de nourriture se trouvait sur le traîneau du biolab-2.

Elle tira sur la fermeture à glissière de sa parka et mit sa capuche. Ses oreilles étaient complètement insensibles – lui manquaient son passe-montagne et son écharpe. Devant elle, des centaines de sachets-repas se répandaient progressivement sur le sol glissant.

— Seigneur, murmura Elston avant d'activer le réseau local. Que ceux qui ne sont pas en train de secourir les passagers de la Tropic-1 aident Angela à ramasser les rations de survie. Légionnaires, postez-vous sur le périmètre. Personne ne doit s'éloigner du convoi.

Angela entreprit de rassembler les sachets les plus proches d'elle. Elle n'avait rien fait de plus pathétique depuis des années. Quand elle eut une dizaine de sachets oblongs dans les mains, elle se précipita vers la Tropic-2, dont la portière était restée ouverte. Son sac, celui qu'elle utilisait normalement pour faire ses distributions de rations, était sur la banquette. Elle s'en saisit et commença à le remplir. Tout autour d'elle, des gens couraient dans tous les sens pour récupérer les sachets en train de rouler tels des pêcheurs de coquillages affamés à marée basse.

Des colonnes de chiffres défilaient dans sa grille, tandis qu'elle attrapait les rations enveloppées dans des emballages en aluminium, jurant de colère lorsque ses doigts rigides refusaient de lui obéir. Elle avait l'impression de regarder son sang s'écouler par une plaie ouverte. Chaque ration qui disparaissait dans les ténèbres impénétrables et la neige omniprésente amputait leur espérance de vie dans ce paysage hostile.

Son attitude semblait avoir déteint sur les autres. Tout le monde luttait contre le vent, se jetait sur les sachets, les fourrait dans sa parka ouverte ou les jetait dans les véhicules. Chacun dans *son* véhicule, remarqua-t-elle.

Le temps du partage était terminé, elle le savait. Nombre de ces sachets ne figureraient plus sur aucun inventaire, même ordonné par Elston.

Angela passa plus de quinze minutes à l'extérieur à courir après les rations, jusqu'à ce que Paresh lui demande d'arrêter. Les derniers sachets avaient roulé et glissé à l'extérieur du périmètre sécurisé par les six légionnaires qui restaient. Et c'était tant mieux ; comme elle ne portait qu'une seule paire de gants, elle ne sentait plus du tout ses doigts. Courbée dans le vent, elle retourna d'un pas lourd et misérable vers la Tropic-2. Ken collait déjà un panneau en lieu et place de la vitre cassée. Forster était à l'intérieur qui balayait la neige des sièges et du tableau de bord, tandis que Paresh montait la garde.

Angela referma la portière derrière elle et vida le contenu de son sac sur la pile de sachets déjà coincés entre les sièges avant et arrière.

— On a de quoi tenir une bonne semaine, non ? demanda Ken d'une voix incertaine depuis le siège du passager.

— Sans doute, acquiesça-t-elle.

Forster alluma le chauffage. Angela posa ses mains sur les aérations et regarda la poudreuse fondre et goutter. Sa parka était couverte d'une croûte de glace épaisse de près d'un centimètre, qui dégoulinait sur les sachets, le sol et la banquette. Impossible de s'en débarrasser, car elle ne pouvait pas se servir de ses mains. Ses gants enveloppés dans de la glace, eux aussi, agissaient comme des congélateurs miniatures. Elle craignait d'être obligée de les retirer avec un couteau, et que ses doigts ne survivent pas.

— Putain ! j'ai froid !

— Je vais vous enlever ces gants, dit Ken. Je sens un peu mes doigts.

— Merci.

Une minute plus tard, l'autre portière arrière s'ouvrit, et Paresh émergea d'un nuage de neige pour se réfugier dans la voiture. La portière se referma, les coupant du monde extérieur. Seul bourdonnait désormais le système de ventilation du chauffage.

— Elston nous ordonne de former un cercle défensif, annonça Forster. Finalement, on l'a, notre pause.

— On va devoir rester ici, conclut Ken. On n'a même plus assez de carburant pour arriver à mi-chemin de Sarvar. Nos vivres sont en train de glisser sur le glacier, poussés par le vent. Et voici que le monstre nous balance des grenades.

— On ne sait pas ce qui est arrivé au camion, remarqua Paresh.

— Finalement, Karizma n'était peut-être pas notre saboteur, poursuivit Forster. Le coupable est peut-être encore parmi nous.

— Non, c'était le monstre, le contra Angela.

— On n'en sait rien.

— Si c'était bien un saboteur, alors il vient de se condamner à mort en même temps que nous. Karizma voulait nous obliger à faire demi-tour. Faire sauter le camion, c'est tout autre chose.

Forster démarra la voiture, décrivit une courbe, évitant la carcasse retournée de la Tropic-1, et prit sa place dans le cercle de véhicules. Les six engins subsistants braquèrent les faisceaux de leurs phares sur la surface de glace irrégulière du fond du canyon, tandis que des éclairs sporadiques illuminaient la masse nuageuse qui les surplombait. Seules deux mitrailleuses restaient fonctionnelles, qui pivotaient de gauche à droite, vigilantes. Les actuateurs des quatre autres étant bloqués par la neige, elles ne pouvaient plus tirer que dans une direction.

* * *

Vance était assis à la place du conducteur du biolab-1, le regard rivé sur la danse incessante des essuie-glaces qui s'évertuaient à nettoyer le pare-brise incurvé. Les phares blanc-bleu et les projecteurs additionnels fixés sur le toit ne permettaient pas de voir à plus de dix mètres dans le maelström de neige qui déferlait dans le canyon. Le vent était désormais si puissant qu'il arrachait des blocs entiers au tapis recouvrant la rivière gelée, sculptant des formes étranges dans les congères les plus dures, avant de les pulvériser et de les transformer en pluie de glaçons horizontale. Ainsi s'envolèrent leurs derniers espoirs de récupérer les rations éparpillées.

Toutes les quelques secondes, le biolab tremblait et grondait sous les assauts d'un banc de neige plus dense que les autres. Vance attendait le monstre. Il n'aurait pas été surpris de le découvrir émergeant du blizzard et s'arrêtant devant le biolab pour le provoquer. Voir la moitié de leurs réserves de carburant partir en fumée avait été difficile à supporter, et la perte quasi collatérale de leurs vivres avait donné le coup de grâce à leur moral. Pour la première fois, il envisageait sérieusement la victoire du monstre. Les gens qu'il avait sous ses ordres ne survivraient pas à cette mission. Cette prise de conscience fut assassine, rongeant son âme même. Toutefois, il ne devrait rien laisser paraître, il devrait faire montre d'un optimisme à toute épreuve. Les vingt-huit survivants de l'expédition étaient sous sa responsabilité ; ils se tourneraient vers lui, espéreraient qu'il trouve une porte de sortie, une manière de les sauver d'une mort glaciale et certaine.

Il fouilla une nouvelle fois dans les tourbillons de neige, mais ne trouva rien. Peut-être le Seigneur lui-même avait-il des limites. Vance comprendrait parfaitement qu'Il ne les retrouve pas dans cette purée de pois. Après tout, personne dans le convoi ne savait plus où ils étaient. Ils étaient perdus de bien des façons.

Son autoapitoiement le rendait malade. Heureusement, sa colère l'aidait à repousser sa tristesse et son sentiment d'insécurité. Une colère surtout dirigée contre lui-même, car il avait échoué dans sa mission. La fin était proche, à présent ; le monstre les aiguillait lentement mais sûrement vers une confrontation finale. Plus que jamais, on aurait besoin de Vance Elston, et c'était la raison pour laquelle le Seigneur l'avait fait venir ici. Le test ultime.

Il retourna dans la cabine principale, où Smara Jacka inventoriait la modeste collection de sachets argentés que Tamisha, Antrinell et elle avaient récupérés dans le blizzard.

— Laissez tomber, lui dit-il.

Son i-e envoya un code au réseau du biolab, et la porte du petit sas de décontamination se déverrouilla.

Antrinell, Tamisha, Roarke et Camm étaient alignés sur le banc qui courait sur la longueur du labo. Tamisha avait passé la majeure partie de la journée précédente à concevoir un mécanisme de dispersion logeable dans les munitions à pointe creuse. L'imprimante 3D de précision du labo avait fabriqué les minuscules éléments, que la jeune femme avait passé des heures à assembler en un genre de pastille intelligente qui n'exploserait que quelques millisecondes après l'impact. Ils savaient tous que toucher la peau étrangement solide du monstre ne servirait à rien. Pour atteindre son corps, et donc ses cellules, il leur faudrait passer par sa bouche ou ses yeux, ce qui serait extrêmement difficile, à moins de tirer à bout portant, comme l'avait fait Ravi.

Tandis que Tamisha terminait ce travail, Vance avait autorisé l'accès aux courts tubes de lancement dissimulés dans la carrosserie du biolab. Antrinell et Camm avaient retiré un des missiles, dont il avait démonté la tête avec précautions. Il leur avait fallu des heures pour extraire les fioles de métavirus zéro du système de libération censé le répandre dans les courants-jets de l'atmosphère. Il y avait des explosifs très dangereux dans le dispositif, et on était au milieu de la nuit ; personne ne voulait commettre une erreur fatale.

Une des fioles se trouvait à présent dans une petite chambre blanche. Roarke transférait les gouttelettes de liquide verdâtre en suspension dans la fiole vers les pastilles intelligentes qui seraient insérées dans les balles.

— J'en ai pris trois au hasard et je les ai mises sous pression, expliqua Antrinell, tandis que Vance regardait par-dessus l'épaule de Roarke les bras commandés à distance avec une précision de l'ordre du micron. Elles étaient toutes parfaites. Il n'y aura pas de fuite.

— Excellent travail, dit Vance à Tamisha.

— Merci, colonel. Les pastilles peuvent résister à n'importe quel impact ordinaire, au cas où vous laisseriez tomber l'arme ou quelque chose comme ça. Et elles nécessitent un code d'activation.

— Qu'en est-il de l'exposition au froid ? Savons-nous à quelle température le métavirus devient inopérant ?

— La plupart des virus offensifs perdent toute efficacité en dessous de moins dix degrés Celsius, répondit Antrinell. Et ils meurent à moins quinze. (Il brandit un fourreau à l'apparence caoutchouteuse et translucide.) Nous avons imprimé cette chaufferette pour votre pistolet. Sa batterie dure une quinzaine d'heures. Elle devrait garder vos munitions à bonne température quand vous serez dehors.

— Excellent. Combien en avez-vous remplies ? demanda-t-il à Roarke.

— Pour l'instant, sept, mon colonel.

— Préparez-en encore trois. Dix balles suffiront. Ou pas. À la onzième, de toute façon, je serai mort.

— Entendu, acquiesça Roarke dans un hochement de tête sec.

— J'ai décidé que nous resterions ici, annonça Vance. La logique la plus élémentaire l'exige. En restant sur place, nous brûlerons beaucoup moins de carburant qu'en roulant ; nous n'aurons besoin que d'électricité et de chauffage. De toute façon, nous ne pouvons pas atteindre Sarvar avec nos réserves, alors je ne vois pas l'utilité d'avancer davantage.

— Et la nourriture ? demanda doucement Antrinell.

— En nous rationnant, nous devrions pouvoir tenir entre dix et quinze jours. Dès que le blizzard sera tombé, nous lancerons une nouvelle fusée pour leur faire savoir que nous avons été attaqués et que nous n'avons plus ni carburant ni vivres. L'ADH sera bien obligée d'envoyer une mission de sauvetage. Les Berlin sont parfaitement capables de nous atteindre, même sans ravitaillement en vol. Cela prendra quelques jours, mais il leur suffira d'installer des dépôts de carburant sur la route.

Antrinell acquiesça à contrecœur.

— Donc tout dépendra de la fusée de communication et du message qu'elle sera parvenue ou non à transmettre à Abellia.

— À Abellia ou à Sarvar. Nous la programmerons pour qu'elle émette dans les deux directions, évidemment. Ils ont reçu le contenu de la mémoire cache visuelle de Ravi depuis plusieurs jours, maintenant. Ils savent que le gardien est bien réel, qu'il est ici avec nous. Dès que le blizzard sera tombé, on devra s'attendre à voir arriver une mission de sauvetage – et c'est un minimum. Vermekia s'est déjà arrangé pour qu'un Daedalus équipé de skis se tienne prêt au cas où. L'enregistrement de Ravi devrait suffire à convaincre le général d'ouvrir un portail de guerre au-dessus de nous et d'envoyer un escadron de Daedalus spécialement équipés dans le canyon avec des renforts assez puissants pour terminer le travail une fois pour toutes.

— Ils ne se sont pas trop souciés de nous, jusque-là, remarqua Tamisha.

— Nous disposons à présent de preuves autrement convaincantes, rétorqua Vance. On va bientôt nous sortir de là.

— Comme nous allons rester ici, nous devrions réfléchir à une stratégie défensive, proposa Antrinell. On est répartis dans deux Tropic, une JMT, les biolabs et le camion-citerne – où il n'y a que deux personnes. En résumé, nous sommes tous très vulnérables, d'autant qu'il ne reste que six légionnaires et deux mitrailleuses robotisées.

— Bien, que suggérez-vous ? demanda Vance, satisfait de la réaction générale suscitée par son annonce.

— Les biolabs sont nos véhicules les plus sûrs. Nous savons que le monstre a déjà essayé d'en forcer un et qu'il a échoué. Dès que nous en aurons terminé avec cette procédure, il faudra mettre les hommes à l'abri. Le maintien de l'intégrité du labo importera peu, après cela. Et s'il n'y a pas assez d'espace, nous n'aurons qu'à utiliser la JMT, son système de chauffage étant bien meilleur que celui des Tropic. Il conviendra aussi de réparer les mitrailleuses défaillantes. À en croire Oleg, les actuateurs seraient gênés par la glace.

— Il faudrait aussi ordonner à tout le monde de rapporter les rations récupérées, intervint Camm. Comme ça, on aura une idée plus précise du temps que nous avons devant nous.

— Oui, oui, fit Vance. Je vais demander au docteur combien d'entre nous peuvent s'installer dans le biolab-2 sans compromettre la santé de ses patients. Après quoi, nous nous retrancherons ici jusqu'à l'arrivée des renforts.

* * *

L'orage électrique qui faisait rage au sein du blizzard commença à produire des éclairs sphériques vers la mi-journée.

Angela vit le premier filer au-dessus de sa tête pour frapper la paroi du canyon à seulement deux cents mètres du convoi. L'impulsion EM provoqua immédiatement la panne de leur réseau fragile. Des vrilles électriques brûlantes jaillirent du point d'impact, dansant sur la rivière gelée pendant plusieurs secondes, y creusant des sillons sinueux qui sifflèrent et fumèrent avant d'être avalés par le blizzard. Après quoi, le réseau se remit à fonctionner.

— Manquait plus que ça, marmonna Angela depuis le siège du passager de la Tropic-2.

Ken était sur le toit qui tentait de réparer les actuateurs de la mitrailleuse ou au moins de les nettoyer pendant que Paresh montait la garde. Elle n'aimait pas le savoir dehors avec un seul bras valide, d'autant que tout le monde avait pu voir que leurs armes à feu étaient inefficaces contre le monstre. Heureusement, Elston leur avait donné l'ordre de se replier dans les biolabs et la JMT – sa seule bonne idée depuis le début de leur périple. Et elle allait se retrouver dans le même biolab que Rebka, ce qui serait un plus indéniable.

Atyeo, Bastian et Garrick avaient reçu pour mission de remplir les réservoirs des biolabs avec le carburant transporté sur le traîneau du camion-citerne. Quand elle essuyait les vitres et qu'elle plissait les yeux, elle pouvait tout juste distinguer leurs silhouettes lourdes drapées de blanc, pareilles à des yétis de légende. Omar et Botin montaient la garde autour d'eux.

Rebka, Lulu et Lorelei venaient d'abandonner la Tropic-3 et, penchées dans le vent, avançaient péniblement vers le biolab-1, escortées par Leora. Angela suivit la progression de leurs icones dans sa grille, les voyant approcher de la sécurité du biolab.

Elle entreprit d'enfiler sa parka. Ce serait bientôt leur tour d'abandonner leur véhicule. Leurs rations argentées étaient déjà rangées dans des sacs, prêtes à être transportées. Le reste, ses effets personnels, ce qui ne rentrait pas dans ses poches, resterait dans la Tropic dans l'attente d'un hypothétique sauvetage.

Elle enfila son passe-montagne et attrapa ses gants. Ces derniers avaient mis un temps fou à sécher sur la soufflerie de la voiture, mais Angela ne pouvait plus se permettre de les voir geler comme lorsqu'elle était sortie ramasser les sachets éparpillés dans la neige. Elle mit la première paire, puis la deuxième, plus épaisse, et enfin la troisième, imperméable. Elle eut le plus grand mal à saisir la sangle de son sac, mais au moins ses doigts resteraient-ils au sec et relativement au chaud.

L'icone de Rebka brillait désormais à l'intérieur du biolab-1. Une nouvelle boule de feu tomba du ciel bouillonnant, explosant comme un lever de soleil coronal de l'autre côté du camp. Angela essuya une nouvelle fois la condensation et regarda à l'extérieur.

Quelqu'un était en train de contourner le traîneau de la citerne chargé de réservoirs souples. Une silhouette sombre et massive, vêtue d'une parka, semblait-il. Sa connexion avec le réseau venant de nouveau de s'interrompre, les icones d'identité avaient disparu de sa grille.

— Montre-moi toutes les dernières positions connues, ordonna-t-elle à son i-e.

Il n'y avait personne à proximité du traîneau en question. Les hommes chargés de remplir les réservoirs étaient à côté du biolab-2.

— Il est revenu ! cria-t-elle.

Assis à la place du conducteur, sa parka à moitié retirée, Forster la regarda avec des yeux ronds.

— Qui ?

— Le monstre ! Il va s'en prendre à ce qui reste des réserves de biocarburant. (Angela ouvrit la portière et sauta sur la neige durcie qui couvrait la rivière gelée.) Paresh ! hurla-t-elle.

Le blizzard la déséquilibrait, la neige lui mordait le visage, l'aveuglait à moitié. Courbée dans le vent, elle courut le plus vite qu'elle pouvait vers le traîneau. Un nouvel éclair illumina le sommet du canyon et frappa la paroi nord. Un arc-en-ciel de plasma enfla, explosant en tentacules électriques qui se déroulèrent sur la roche telle une chute d'eau incandescente, se déchargeant dans les pierres dentelées et noires situées dans le fond du canyon.

Angela retira ses gants externes et mit en attente ses implants offensifs. Les cellules étrangères qui, durant les deux mois passés, s'étaient multipliées dans son cubitus et avaient développé des frondes dans ses doigts, se réveillèrent enfin. Elle ressentit alors exactement les mêmes picotements que deux décennies plus tôt. Elles fonctionnaient ! Angela craignait que la vieille technologie ait perdu son intégrité pendant son séjour en prison, même si, à l'époque, elle avait vu le meilleur spécialiste de New Tokyo. Tout ce dont elle avait eu besoin, c'était les bons activateurs pour les sortir de leur sommeil.

* * *

Le chiot docile qu'était Paresh avait été aux anges quand ils avaient couché ensemble dans cet hôtel d'Abellia, au mois de février. Angela avait été impressionnée par sa vigueur. Quatre clubs, de la bière et encore de la bière, plusieurs sachets de drogue, puis de nouveau de la bière. Et danser, oui, danser pour que les narcotiques se répandent rapidement dans tout son système sanguin. Puis le vin et d'autres drogues...

Dans le taxi, il l'avait pelotée comme le capitaine de l'équipe de football ramenant la reine du bal de fin d'année chez lui. Rien ne semblait avoir d'effet sur son corps jeune et si musclé.

Collés l'un à l'autre, ils titubèrent dans leur chambre d'hôtel. La langue de Paresh était dans sa bouche – voulait-il lui lécher les bronches ? Dans le deuxième club de la soirée, son i-e avait utilisé quelques-uns des logiciels pirates de Zarleene pour se connecter au maillage corporel du légionnaire, confirmant qu'il avait désactivé ses cellules intelligentes de surveillance médicale. Alors elle avait imité sa passion, l'attrapant par le cou pour l'embrasser à pleine bouche et en profitant pour lui plaquer contre la carotide un sachet de sédatif volé à la clinique juste après son embarrassante perte de connaissance devant le chapiteau du mess – le jour où elle avait revu Rebka pour la première fois.

Paresh s'amusait comme un fou sous son chemisier. Elle le repoussa et lui adressa un sourire lubrique.

— Donne-moi une minute, lui dit-elle d'une voix rauque en se dirigeant vers la salle de bains. Paresh…

— Ouais, demanda-t-il en clignant des yeux fatigués.

— Tu as intérêt à être à poil quand je reviendrai.

Elle referma la porte et commença à compter. À neuf, elle entendit le bruit lourd et mat du légionnaire inconscient heurtant la moquette.

Lorsqu'elle jeta un coup d'œil circonspect dans la chambre, elle eut du mal à étouffer une bouffée de compassion pour lui. Son adorable petit chiot était étendu par terre, le pantalon baissé jusqu'aux chevilles.

— Désolée, mon poussin, s'excusa Angela en contemplant le légionnaire en train de ronfler.

Elle prit quelques instants pour remettre de l'ordre dans ses vêtements et sa coiffure, pour recouvrer une allure plus respectable. Son i-e appela un taxi en usant d'un programme effaceur de traces provenant également de la cache de Zarleene. Le temps de descendre dans le lobby, la voiture l'attendait devant la sortie.

L'ordinateur de bord du véhicule demanda un acompte. Angela se connecta à un des petits comptes d'appoint ouverts par Saul à Abellia vingt ans plus tôt et constata avec satisfaction qu'elle n'avait pas oublié le code. Il n'y avait que 200 eurofrancs dessus, mais c'était largement suffisant pour aller à Camilo.

Elle ordonna au taxi de l'attendre au-dessus du village, juste à côté de la rue du Ranelagh, et descendit vers la plage. Là, respirant l'air marin, elle longea un alignement de bungalows chaulés qui brillaient d'un éclat spectral gris dans la lumière du système annulaire. Cette communauté ressemblait tellement à Saul. Un bien bel endroit qui accueillait à n'en pas douter des gens bien qui s'efforçaient d'élever leurs enfants du mieux qu'ils pouvaient.

Elle arriva devant sa maison, avec sa minuscule cuisine donnant sur un patio ouvert sur la plage. Pauvre vieux Saul – se remettrait-il de son apparition ? D'après le dossier qu'elle avait réuni sur lui, il avait une femme et des enfants. Avec un peu de chance, il ne serait pas assez stupide pour leur parler d'elle et justifier sa venue. Rien n'était moins sûr, cependant.

Elle s'assit sur le muret qui entourait le patio pendant que son i-e appelait leur code d'urgence.

— Qui est-ce ? demanda Saul trente secondes plus tard.

Au moins n'avait-il allumé aucune lumière. Il n'était pas complètement retourné. Pas encore.

— C'est moi, Saul. C'est Angela.

— Mais tu es… C'est impossible.

— Ils m'ont libérée pour que je conseille l'expédition, chéri. Je suis officiellement en liberté surveillée. Liberté surveillée que je viens de piétiner allégrement pour venir te voir.

— Me voir ? Où ?

— Je suis dans ton patio. Je ne voulais pas réveiller ta famille.

— Nom de… Attends, j'arrive…

Elle ne put s'empêcher de sourire en l'imaginant paniqué, essayant de sortir du lit sans réveiller Emily. Angela avait dégotté une photo de Mme Howard n° 2 – une vraie beauté. Et jeune, aussi. Le charme de Saul fonctionnait toujours, apparemment.

La grande porte de verre glissa latéralement, et il sortit dans la nuit en titubant et en se hâtant d'enfiler un vieux pull de cricket. Son apparence la choqua, effaçant son sourire. Son mari avait tellement vieilli. Quand elle avait revu Elston, à Holloway, elle s'était réjouie de découvrir ses joues rondes, ses cheveux poivre et sel, son front dégarni et sa silhouette épaissie. Cette même maladie, l'entropie, avait touché son Saul, et elle n'avait aucune envie de s'en réjouir. L'heure n'était pas au triomphe. Avec tristesse, elle comprit que son destin était d'abandonner les gens qu'elle aimait dans son sillage. *Mais pas Rebka.*

— Mon Dieu ! c'est vraiment toi, coassa Saul. Tu n'as pas vieilli. Même pas d'une journée. Tu es vraiment une un-sur-dix, alors. Tout est vrai.

S'efforçant d'avoir un comportement digne, Angela eut un sourire chaleureux et écarta des bras accueillants.

— Salut, chéri.

Ils se prirent dans les bras, mais ce n'était plus pareil. Son contact était celui d'un frère retrouvé après une longue séparation, non pas celui d'un mari, du père de son enfant.

— Je ne pensais pas te revoir un jour, dit-il d'une voix étouffée.

Il tremblait. Il allait se mettre à pleurer.

— Tout va bien, le rassura-t-elle. Et, avant que tu dises quoi que ce soit : je sais.

— C'est vrai ? demanda-t-il en s'essuyant les yeux. Comment ?

— Tes dossiers de l'Administration civile d'Abellia sont libres d'accès ; je me suis empressée de les récupérer dès mon arrivée. Emily est adorable, félicitations. Vous avez trois enfants, c'est bien ça ?

Son visage se fripa. Il était de nouveau au bord des larmes.

— Non, non, je ne parlais pas de ça... Angela, c'est Rebka... Elle n'a pas survécu. Ma sœur m'a appelé un an après ton arrestation. Les médecins ont fait leur possible, mais... Je suis désolé.

— Qu'est-ce que tu me racontes ?

— Je n'ai pas pu te le dire. Il y a eu le jugement, la prison. J'ai tout suivi dans les infos du transnet. C'était horrible. J'ai failli... Je ne sais pas comment je m'en suis sorti.

— Saul, Rebka est en vie. C'est la raison pour laquelle j'ai pris le risque de venir te voir. Elle fait partie de l'expédition. Je ne sais ni pourquoi ni comment, mais elle est là. Ta fille est vivante et se trouve en ce moment dans l'enceinte de la base de l'ADH, à l'aéroport d'Abellia. Je l'ai vue de mes propres yeux. J'ai d'ailleurs failli avoir une crise cardiaque. Elle est magnifique, Saul. La pauvre a hérité de mes cheveux récalcitrants, mais elle a ton sourire, ça compense.

— S'il te plaît, Angela...

— Non ! (Elle repoussa la main hésitante qui faisait mine de lui caresser la joue. Elle ne voulait surtout pas de sa compassion.) Saul, tu ne comprends rien, je sais ce que j'ai vu.

— D'accord...

Elle lui lança un regard haineux et méprisant. Il ne la croyait pas. Il avait poursuivi son chemin – avec une bonne dose de culpabilité, sans doute – sans sa fille perdue et son épouse suspectée d'être une tueuse en série.

— Putain !... (Elle ne s'attendait pas à ce qu'il organise une sauterie pour fêter son retour, mais de là à l'accueillir de cette façon…) Ne t'en fais pas, je vais bientôt sortir de ta vie, Saul, et pour de bon, cette fois. J'ai seulement besoin d'un petit quelque chose avant.

— Bien sûr. J'ai un peu d'argent. Pas beaucoup, mais tu peux tout prendre si tu veux.

— Je n'ai pas besoin d'argent, cracha-t-elle. Je dois m'assurer que Rebka restera en sécurité. Le monstre existe, Saul, et il est sur St Libra. Tu imagines ?

— Je savais que tu n'étais pas coupable de ce dont ils t'accusaient. Pas toi. Je te connais mieux que tu le penses.

— Cool, ça me fait plaisir. En tout cas, tu n'as pas commis l'erreur d'essayer de traverser le portail. Il faut dire que je ne t'avais pas vraiment laissé le choix, dans mon dernier message, hein ?

— En effet.

— Une vraie salope castratrice… En tout cas, je suis heureuse que tu t'en sois tiré et que tu aies refait ta vie. Après tout ce que tu avais traversé, tu le méritais.

— Angela, reprit-il doucement, si tu ne veux pas d'argent, qu'est-ce que tu veux ?

— Je suis venue pour les activateurs, Saul.

— Quoi ? lâcha-t-il un peu trop fort, avant de lancer un regard coupable vers le bungalow.

— Les activateurs. On en avait fait préparer quatre paquets à New Tokyo. Je te connais, tu gardes tout. Comme tu as dû tout abandonner à cause de moi, tout ce que tu possédais, tout ce qui faisait que tu étais toi, je parie que tu as conservé toutes les reliques que tu as pu, même les plus petites, les plus douloureuses.

— Tu ne peux pas les utiliser. Angela, ils ont vingt ans. Ils sont sans doute toxiques. *Idem* pour les armes…

— Les noyaux sont toujours dans mes cubitus. Il n'y a pas de raison. Ils ont juste besoin qu'on leur demande de croître.

— Angela, s'il te plaît, ne fais pas ça.

— Saul, nous savons tous les deux que tu vas finir par aller me chercher ces activateurs. Je te propose donc de sauter tes mises en garde et autres menaces pour aller directement au dernier chapitre. Allez, retourne à l'intérieur et sors-les du coffre à secrets où tu ranges tes vieux machins. Après, je m'en irai.

— Angela…

— Ils ne l'ont pas annoncé, bien sûr, mais le monstre a buté un autre North ; c'est la raison d'être de cette expédition. Il est réel, Saul, et il a fait un saut sur Terre en janvier dernier. L'ADH s'inquiète. Elle s'inquiète tellement qu'elle m'a fait sortir de taule pour que je les aide.

Saul laissa échapper un soupir défait.

— Attends-moi ici.

Il disparut pendant une dizaine de minutes. Apparemment, il avait caché les souvenirs de son ancienne vie dans un endroit difficilement accessible, ce qui était sage de sa part. Il réapparut avec une petite boîte en plastique.

— Merci, Saul, dit-elle avec une gratitude non feinte.

La boîte était prévue pour quatre sachets, dont un avait déjà été utilisé. Il en restait donc trois. Elle en prit un et se le plaqua contre le cou.

Saul grimaça.

— Tu vois, je suis toujours en vie !

— Angela…

— Oui, je sais. Dès que je serai revenue de cette jungle, j'irai voir un psy. C'est à ça que tu pensais, pas vrai ?

— Je suis heureux que tu l'envisages. Angela, ils t'ont enfermée pendant *vingt ans*.

— Ça se voit ?

C'était un coup bas, convint-elle intérieurement.

— Promets-moi seulement de faire très attention, d'accord ?

— Je te le promets.

Ils se prirent mutuellement dans les bras. Ils s'embrassèrent, même. Sur la joue. Puis elle s'éloigna sur la route couverte de sable. Sans se retourner. *Comme la dernière fois.*

* * *

Le blizzard qui soufflait dans le canyon du Dolce soulevait de véritables vagues de neige qui déferlaient sur Angela comme elle se précipitait vers le traîneau du camion-citerne. Plusieurs fois, elle faillit tomber et se retrouver plaquée au sol. Ses nombreuses couches de vêtements ne lui facilitaient pas la tâche, rendant le moindre geste très éprouvant. Ayant oublié ses lunettes dans la Tropic, elle devait plisser les yeux pour se protéger des flocons de glace qui tourbillonnaient dans l'air.

À moins de vingt mètres de là, le monstre déplia le bras. Ses lames mordirent dans l'assemblage de composite, tranchant sans effort les poutrelles et transperçant les réservoirs souples. Le biocarburant coula à flots, liquide noir et visqueux qui se répandit sur la croûte de neige durcie, formant une flaque toujours plus grande. Des ruisselets noirs se formèrent sur le cours d'eau gelé.

— Va te faire foutre ! hurla Angela au monstre qui enfonçait ses lames dans d'autres réservoirs.

Elle poussa sur ses jambes, s'efforçant de parcourir au plus vite la distance qui la séparait de la créature. Le monstre la considéra pendant un instant avec un dédain très humain avant de se retourner et de s'éloigner, laissant le biocarburant se répandre librement sur le sol, derrière lui.

Un nouvel éclair sphérique frappa le fond du canyon de l'autre côté du cercle de véhicules. Il rebondit, se transforma en hémisphère féroce et oscillant, avant de se désintégrer en une cascade globulaire de vrilles aveuglantes. Pendant quelques secondes, le convoi tout entier fut illuminé comme au temps de la splendeur blanche et pure de Sirius.

La liaison d'Angela avec le réseau fut coupée. Près du biolab-2, elle vit deux silhouettes étendues dans la neige et séparées par le serpent d'un tuyau crachant du biocarburant. Des mares de sang écarlate grossissaient paresseusement autour d'elles. Les légionnaires – le lieutenant Botin et Omar Mihambo n'étaient pas loin – accouraient dans la tempête, les armes dégainées, les lasers de visée balayant le décor à la recherche d'une cible. Les deux hommes virent le monstre au même moment. Leurs fusils d'assaut se levèrent de conserve comme la créature s'éloignait du traîneau, créant des microtourbillons dans le blizzard apocalyptique.

— Non ! cria Angela à s'en déchirer les poumons.

Elle agita les bras de façon frénétique pour les arrêter, mais elle était trop loin, invisible.

Les fusils crachèrent le feu. Des plumets de glaces jaillirent du sol tout près du traîneau, dessinant rapidement une ligne en direction du monstre. Avec force flammes, les munitions à pointe explosive capable de transpercer des blindages firent éclater comme de la pierre la neige et la glace durcies. Trois d'entre elles touchèrent le biocarburant, tandis que la couronne de lumière du dernier éclair se dissipait.

Un feu bleu vif s'alluma et ronfla aussitôt, avalant les rus dessinés sur le sol blanc, se propageant inexorablement vers les réservoirs éventrés. Comprenant ce qu'ils venaient de faire, les légionnaires cessèrent le feu. L'un d'entre eux se figea et contempla les flammes avec horreur. L'autre se lança en avant sous le regard incrédule d'Angela, se précipitant vers la mare enflammée. Il s'arrêta en dérapant, jeta son fusil et fourra ses gants dans la neige, tentant de créer une brèche dans le biocarburant tel un enfant bâtissant des barrages à la plage. Pendant quelques secondes, il sembla sur le point de réussir. Les flammes crachotèrent. Soudain, la silhouette leva les mains, transformées en deux boules de feu turquoise.

Effrayée, Angela ralentit, voulut faire demi-tour, mais se heurta à Paresh, venu donner un coup de main. Tous les deux s'écroulèrent sur le sol impitoyable. Tandis que la lumière de l'éclair mourait, de hautes flammes bleues illuminèrent la scène. Elles avaient contourné les légionnaires et fonçaient vers le traîneau. La silhouette aux mains transformées en torches se jeta délibérément sur la vague lisse pour l'étouffer. Le personnage se tortilla en soulevant de la neige saturée de biocarburant. Les flammes se propagèrent latéralement.

L'autre légionnaire courut jusqu'au traîneau et attrapa un extincteur accroché à l'empilement de réservoirs souples. La mousse jaillit, inondant le front de l'incendie. Puis il dirigea son jet vers les mares et les éclaboussures enflammées.

La connexion d'Angela avec le réseau du convoi se réveilla. Des cris incohérents emplirent soudain ses oreilles. Elle découvrit dans sa grille que le légionnaire qui s'était jeté dans le feu était le lieutenant Botin. Ses bras étaient la proie des flammes et le biocarburant brûlant lui dégoulinait sur les jambes. Le combustible, d'une manière perverse, gicla sur sa capuche, englobant sa tête dans un halo que le blizzard avivait.

Paresh roula sur lui-même et se releva rapidement pour aller secourir le lieutenant. Il attrapa un second extincteur avec son bras valide et l'inonda de mousse, tandis qu'Omar Mihambo se battait contre la mélasse enflammée qui se répandait sur le sol. Les flammes rampèrent sur les bottes du caporal, qui braqua son extincteur vers le bas.

Angela se rabougrit honteusement de crainte que le traîneau explose. Son sentiment de culpabilité était intense, mais pas assez pour qu'elle se redresse. Tout ce qu'elle pouvait faire, c'était rester accroupie au milieu du blizzard à regarder les trois légionnaires risquer leur vie pour protéger le biocarburant dont les autres auraient besoin pour survivre quelques jours.

Et puis tout fut terminé ; les flammes furent étouffées et la mousse bouillonnante commença à geler. La voix d'Elston était forte sur le réseau, mais couverte par les cris d'agonie de Botin. Cela finit de la galvaniser. Elle baissa la tête et fonça vers Paresh dans la neige qui tombait à l'horizontale. Avec Omar, ils tirèrent le lieutenant vers le biolab-2.

Coniff et Sakur aidèrent Angela, Paresh et Omar à soulever Botin sur un brancard libre. On déplaça un peu Ravi, tandis que Leora, Winn, Chris et Juan-Fernando, avec leurs blessures graves mais non mortelles, furent répartis sans cérémonie dans le laboratoire pour faire de la place.

La chaleur de la cabine fit fondre la glace et la neige, laissant apparaître les dégâts causés par les flammes aux mains et aux bras du lieutenant. Angela resta à l'écart, sa parka dégoulinant d'eau, comme Sakur découpait le passe-montagne durci sur la tête de Botin. Deux sachets de sédatifs furent rapidement plaqués contre la peau calcinée de son cou, calmant instantanément ses gémissements.

— Il faut lui retirer ses vêtements et lui appliquer une membrane de protection, commença Coniff. Omar, pourriez-vous nous aider ? Retirez-lui sa veste en composite et les vêtements qui lui couvrent le torse ; les flammes semblent les avoir épargnés. Utilisez un cutter, n'essayez pas d'ouvrir les boutons ou les glissières.

— Oui, madame, acquiesça Omar d'une voix étouffée, à contrecœur.

Il se débarrassa de ses gants et de sa parka et se rapprocha du brancard.

— Je m'occupe des bras et des mains, ajouta-t-elle. Sakur, chargez-vous des jambes et des pieds, s'il vous plaît.

De l'eau et des paquets de mousse tachée de sang gouttaient sur le sol. Suivirent bientôt des bandes de tissu maculées, qui formèrent un monticule imbibé sur le plancher. Angela détourna les yeux. Une odeur monta dans la cabine principale du biolab que le climatiseur ne parvenait pas à faire disparaître, même s'il fonctionnait à plein régime.

La porte de la cabine s'ouvrit en glissant. Elston s'engouffra à l'intérieur et retira sa parka.

— Comment va-t-il ?

Il se tourna vers le brancard du lieutenant et pâlit à la vue de la chair ruinée de ses membres et de son visage. Coniff vaporisait les brûlures à vif d'huile antiseptique. Elle croisa le regard du colonel et, les lèvres pincées, secoua la tête.

À la grande surprise d'Angela, Elston se retint de donner un coup de poing dans la paroi. Elle l'avait déjà vu en colère, mais la rage qui semblait le consumer était différente.

— Cette… *chose*, vociféra-t-il.

— Qui a-t-elle eu ? demanda doucement Angela.

En réalité, elle le savait déjà grâce aux icones affichés dans sa grille, mais un instinct primitif profondément enraciné la poussait à demander une confirmation, comme si elle n'avait pas confiance dans les machines.

Elston lui lança un regard noir, puis se radoucit.

— Atyeo et Garrick sont morts. Vous les avez vus dehors. Bastian est porté disparu. Le monstre a dû l'emporter.

— Qu'est-ce qu'il leur fait ? demanda Omar, le visage ruiné et fripé en une grimace de terreur et d'incrédulité. Il les mange ou quoi ?

— Je ne crois pas que nous soyons biocompatibles à ce niveau-là, rétorqua Coniff sans lâcher son patient des yeux. Même si le monstre est carnivore, la structure de nos protéines ne lui conviendrait pas.

— Mais alors que… ? tenta de poursuivre un Omar misérable.

— Je n'en sais foutre rien ! beugla Elston.

Angela se rendit compte qu'elle avait du mal à accuser le coup. Sa peau commençait à rougir. Quelque part sous ses couches de vêtements, ses bras tremblaient. Elle aurait voulu demander à Elston comment il comptait faire le plein des véhicules, à présent, comment il sécuriserait la citerne et le dernier traîneau de biocarburant. Mais ils n'en étaient plus là. Tout ce qu'ils pouvaient faire, c'était se réfugier dans leurs véhicules et attendre que le terrible blizzard se calme, tels des paysans primitifs, en espérant que le monstre ne reviendrait pas les chercher. Il n'y avait pas d'autre solution, et cela l'agaçait.

Angela jeta un regard circulaire sur la cabine à l'atmosphère lourde et humide et, voyant que Ravi la regardait avec un calme déstabilisant, elle se faufila jusqu'à lui.

— Merci encore, dit le vieux pilote au visage anguleux.

— C'était normal, répondit-elle avant de regarder le brancard par-dessus son épaule. Qu'est-ce qu'on fait maintenant ? Vous êtes un vrai soldat ; tactiquement, quelle est la meilleure option ?

— Il va finir le boulot. C'est ce que je ferais à sa place. Sans carburant, on est fichus. Restent les fusées, mais il va revenir pour s'en occuper, et quand ce sera fait, on sera tous morts. Notre plus gros désavantage, c'est l'inefficacité de nos armes. Comment arrêter une créature que nous ne pouvons ni tuer ni blesser ?

— Vous avez tort, car nous possédons une arme mortelle pour ce fils de pute, rétorqua Elston sans se retourner, en enfilant ses gants externes avec colère. Je vais aller la chercher et je n'hésiterai pas une seconde à m'en servir contre ce fumier. Si l'ADH veut un spécimen vivant, elle n'a qu'à venir le chercher elle-même. Considérez que celui-ci est mort.

D'un pas décidé, il s'engouffra dans le sas.

Angela expira doucement. Elle regarda Ravi et fléchit les doigts ; ses implants commençaient à la chatouiller.

— Si j'avais une arme capable de le tuer, que devrais-je faire ?

— Il n'y a qu'une option possible, expliqua le pilote d'un air entendu. Il faut passer à l'offensive. Comme vous l'avez déjà fait…

Angela eut un sourire pincé.

— Ouais.

Enfin, à l'offensive, c'était une façon de parler.

* * *

Après le choc de la découverte des cadavres des trois North et de Suski dans le salon du manoir, Angela s'accrocha à l'encadrement de la porte – et à la vie – le temps de reprendre ses esprits. Il y avait un psychopathe dans la maison, et les lumières, comme les alarmes, ne fonctionnaient pas. Elle jeta un coup d'œil dans le long couloir central. Les anneaux étant invisibles, la seule lumière était celle qui se déversait du salon. Elle regarda à gauche, puis à droite. À cinq mètres de là, la porte de la chambre de Bartram s'ouvrait en silence.

Ce mouvement réveilla complètement Angela et lui donna la capacité de se concentrer. Sa survie était devenue son unique objectif. Quel qu'en soit le prix. Elle activa les implants offensifs de ses mains et sentit huit douleurs vives lorsque des serres pointues jaillirent des frondes qui s'étaient développées dans les os de ses doigts et lui transpercèrent la peau. Son sang coula, s'ajoutant à la mer rouge qui entourait ses pieds.

Il y en avait tant qu'elle ne réussirait jamais à garder l'équilibre, comprit-elle. Elle se précipita dans le couloir, ses pieds claquant sur le marbre propre, gagnant de l'adhérence.

La porte de Bartram s'ouvrit grande d'un coup sur un monstre humanoïde. Le temps s'arrêta pour Angela devant cette impossibilité pourtant bien réelle. Il était aussi grand qu'elle, quoique beaucoup plus massif, avec une peau pareille à du cuir pétrifié – une peau qu'elle n'oublierait jamais.

Derrière lui, elle avisa les cadavres de Mariangela, Coi et Bartram dans la lumière faible du salon. Massacrés par les lames qu'elle voyait écartées devant elle, par les mains du monstre. Celui-ci bougea, la sortant de sa paralysie.

Elle se mit en position de combat, comme un instructeur depuis longtemps oublié le leur avait enseigné, à Shasta et à elle – un caprice parmi d'autres. Elle étudia les mouvements de la créature, attendant le geste qui trahirait l'imminence d'une attaque.

Étrangement, il n'essaya pas de l'attraper ou de la couper en deux avec ses horribles lames, prêtes à donner la mort. Il pencha la tête sur le côté et laissa échapper un soupir d'amoureux transi, comme s'il était à la fois surpris et heureux de la voir.

Angela bondit de côté – une posture appelée « l'essor du léopard » –, se glissa sous le bras levé du monstre, planta ses doigts dans son torse et déclencha ses implants…

Des implants dont on l'avait dotée à New Tokyo et qu'elle avait réveillés avec des activateurs derrière le café de Maslen. Ils avaient grandi en elle ces dernières semaines, les cellules quasi vivantes enveloppant ses cubitus d'un fourreau synthétique inspiré des anguilles. Des vrilles de conducteur semi-organique s'étaient développées dans ses mains jusqu'aux embryons de serres.

Cinq mille volts se déversèrent dans le monstre avec un éclair blanc-violet aveuglant. La créature fut projetée en arrière dans le couloir du septième étage, atterrissant dans la flaque de sang luisant et macabre, glissant jusqu'au mur.

Angela n'assista pas à cet impact final ; elle était déjà en train de dévaler l'escalier. Le monde était devenu fou, il explosait autour d'elle, mais cela n'avait aucune importance, car le transfert avait réussi. Rebka bénéficierait de sa thérapie. Rien d'autre ne comptait. Un rire hystérique monta dans sa gorge serrée. *Pas même un monstre extraterrestre.*

Elle n'avait plus qu'à rester en vie et échapper aux autorités. Quant aux événements de ce soir, personne ne la croirait. Impossible de tout expliquer à moins de donner les raisons véritables de sa présence dans cette maison, ce qui était exclu. Pas question de mettre en péril l'avenir de Rebka. Sa propre vie n'avait aucune importance.

Elle descendait les marches quatre à quatre. Elle n'entendait rien dans son dos. Pas encore. Peut-être la décharge l'avait-elle tué ? Sans doute que non.

Dans sa chambre, il y avait un sac contenant le nécessaire pour s'éclipser en cas de force majeure. Elle arriva au sixième et, pendant une milliseconde, se demanda si elle avait le temps d'aller le prendre. Le monstre devait être à ses trousses, pas de doute là-dessus. Cependant, elle avait vraiment besoin du contenu de son sac si elle voulait avoir une chance de s'en tirer.

Alors elle courut le chercher.

* * *

Dans le sas du biolab, Angela ordonna à son i-e d'activer le code d'identité logé dans sa mémoire cache. Elle posa l'objet sur une étagère et désactiva la connexion entre son maillage corporel et le réseau du convoi. Celui-ci était d'ailleurs quasi inutile dans le chaos électrique généré par les éclairs.

Elle sortit dans le blizzard. Sirius, affaiblie, n'avait toujours pas pénétré la couche nuageuse, laissant le canyon immergé dans un crépuscule épais. Des flocons de neige gros comme des galets assaillirent sa parka et son pantalon molletonné, crépitant contre son casque. En jetant un regard autour d'elle, elle vit les faisceaux des phares blancs pointés, inefficaces, vers la tempête, disparaissant à quelques mètres seulement de l'anneau protecteur pathétique formé une nouvelle fois par les véhicules.

Atyeo et Garrick étaient toujours étendus sur le sol, à côté du biolab-1, et la neige commençait à s'accumuler le long de leurs corps qui formaient un barrage contre le vent incessant. La majeure partie du tuyau qu'ils avaient déroulé était ensevelie sous des ondulations blanches, tandis que la mousse carbonique gelée des extincteurs ressemblait à une arête dentelée, élément de plus dans un paysage tourmenté. Aucune des mitrailleuses ne bougeait plus ; le convoi était sans défense. Comme il l'avait toujours été, pensa-t-elle.

Angela se dirigea entre les Tropic-2 et -3. Les vitres latérales des deux engins étaient couvertes d'une pellicule de glace blanche que les lumières intérieures rendaient légèrement fluorescente. Les essuie-glaces continuaient à balayer péniblement des triangles de verre toujours plus petits. À ce rythme, les pare-brise seraient complètement obstrués dans une demi-heure.

Personne ne la vit, pas même lorsqu'une nouvelle boule de feu traversa la couche de nuages enflés loin au-dessus de sa tête, illuminant brièvement le canyon. Elle avança tranquillement dans ce désert arctique à la recherche du monstre. Cette solitude était presque rafraîchissante, tout comme sa sérénité recouvrée. Elle avait pris sa décision ; il était temps d'affronter la bête.

Elle longea lentement le convoi, faisant un tour sur elle-même tous les quelques mètres afin de ne pas se faire surprendre lorsqu'il viendrait pour elle. Sporadiquement, des éclairs filaient dans le ciel, révélant un paysage morne, tout en plis brisés et en fissures irrégulières, encadrées par des murs infranchissables. Si elle voulait éviter de geler sur place, elle n'avait d'autre choix que de marcher. Les faisceaux des phares lui indiquaient l'emplacement des voitures. Un icone, dans sa grille, lui montrait que le réseau ne cessait d'avoir des défaillances, comme s'il n'était pas plus sophistiqué qu'une simple radio à ondes courtes.

Angela avait parcouru la moitié du cercle formé par le convoi quand elle vit quelque chose bouger dans les tourbillons de neige. Une silhouette humanoïde massive qui avançait, courbée dans le vent et les flocons abrasifs. Et qui se dirigeait droit vers elle. Angela se hâta de retirer sa première paire de gants.

Lorsque la silhouette ne fut plus qu'à cinq mètres, un nouvel éclair sphérique passa dans le ciel du canyon. Elle était recouverte d'une peau noire et luisante qui masquait ses traits. La neige glissait sur elle. Plusieurs protubérances dépassaient de sa taille, dont deux étaient des crosses d'armes à feu.

— Rebka ?

La silhouette mystérieuse émit un message via une connexion sécurisée.

— Maman ? Que diable fais-tu ici ?

Angela entreprit de renfiler ses gants. Après quelques secondes d'exposition seulement, le froid intense s'était immiscé dans le matériau de ses deux premières paires pour lui mordre le bout des doigts.

— Je te protège. Il va venir me chercher. Je vais m'occuper de lui.

Rebka vint tout près d'elle. Seuls quelques centimètres séparaient leurs visages – l'un enveloppé d'un passe-montagne et d'une écharpe, l'autre couvert d'une armure métamoléculaire.

— Je ne pense pas que tu en sois capable. S'il te plaît, retourne à l'abri.

— Tu veux que j'attende dans le biolab jusqu'à ce qu'il arrache la porte et qu'il nous égorge dans notre sommeil ? Pas mon style.

— Les biolabs sont solides. Mettons-nous à l'abri en attendant la fin du blizzard.

— Il va s'en prendre aux fusées. On a autant besoin d'elles que du biocarburant.

— Maman ! Je t'en prie, laisse-moi m'occuper de lui.

— Je ne te laisserai pas l'affronter. Je ne peux pas. Pas après tout ce que nous avons fait pour que tu vives.

— Pourquoi ne me fais-tu pas confiance ? Ces systèmes sont parfaitement capables de… Merde !

— Quoi ?

Angela se retourna pour scruter le blizzard en se demandant ce que les capteurs de sa fille avaient détecté.

— On dirait que tu as deux microespions sur toi. Le mien et un autre. Le second vient d'être activé.

— Ce fils de pute d'Elston ne m'a jamais fait confiance !

— On se demande bien pourquoi…, dit Rebka en lui donnant une tape sur l'épaule. Il sera bientôt là. Comme si on avait besoin qu'un Guerrier de l'Évangile vienne foutre le bordel !

* * *

Dès que Vance eut donné l'ordre à tout le monde de s'abriter dans les biolabs, il découvrit qu'Angela avait disparu. D'après son icone d'identité, elle se trouvait dans le biolab-2, mais Paresh avait essayé de communiquer avec elle pour vérifier si elle avait atteint la Tropic en un seul morceau.

Vance ignorait ce qu'Angela tramait, mais il ne pouvait pas lui faire confiance, pas alors que son convoi subissait une attaque extraterrestre. Il ordonna à son i-e d'activer le microbe intelligent dont Antrinell l'avait affublée.

Malgré ses défaillances récurrentes, le réseau restait capable de la localiser par triangulation, aussi Angela apparut-elle immédiatement dans la grille de Vance. À en croire le faible signal émis par le microbe intelligent, elle se tenait à vingt-cinq mètres du cercle de véhicules, mais rien n'était moins sûr, car aucune donnée médicale ne le confirmait.

Antrinell et Jay le regardèrent fixement comme il glissait son pistolet dans son fourreau chauffé. Son i-e se connecta au chargeur de l'arme et transmit le code d'activation des munitions.

— J'y vais, annonça-t-il.

— Maintenez une connexion ouverte, intervint Antrinell. Nous avons besoin de savoir ce qui se passe.

— Et soyez prudent, ajouta Jay. Soit elle est notre tueuse, soit elle aide ce salaud. Il n'y a pas d'autre explication à sa présence là-bas.

— Je sais, acquiesça Vance, le cœur lourd.

En dépit de ses disputes avec Angela, il avait appris à lui faire confiance. Et puis, si elle avait vraiment conspiré contre le convoi, pourquoi avait-elle sauvé la vie de Ravi ? Le vieux pilote était-il de mèche avec elle ? Vance détestait la peur alimentée par sa paranoïa.

— Mon Dieu, protégez-moi, je vous en prie, murmura-t-il.

Un éclair sphérique frappa le fond du canyon à quelques centaines de mètres du convoi, explosant en un écheveau de vrilles électriques agressives, qui éclairèrent brièvement les véhicules d'une lumière froide et vacillante. Elston vit Lorelei monter dans le sas du biolab-2 et ordonna à son i-e d'entrer en contact avec elle.

— Tout le monde est bien à l'abri ? demanda-t-il.

— Lulu et Darwin sont à l'intérieur, répondit Lorelei. Madeleine est retournée chercher quelque chose. Je n'ai pas pu l'arrêter.

Vance étudia sa grille, mais l'icone de Madeleine était manquant.

— Il est revenu, gronda-t-il. Mettez-vous vite à l'abri.

La lumière se dissipa, laissant Vance seul dans la pénombre et le blizzard sauvage. Il se jeta dans le vent et marcha aussi vite que possible. Le mouchard d'Angela n'avait pas bougé. Son i-e activa la fonction infrarouge des cellules intelligentes de ses iris, recouvrant son champ de vision d'un lavis saphir et bleu-vert. Une faible lueur rosée apparaissait par intermittence devant lui, derrière les déferlantes de neige.

Elston agrippa la crosse de son pistolet et avança d'un pas lourd et résolu dans le paysage désolé et infernal de la rivière gelée. Rien ne pourrait l'arrêter, ni la météo ni aucun monstre. Angela Tramelo lui dirait toute la vérité ; il ne lui laisserait pas le choix. Le Seigneur comprendrait et lui pardonnerait les mesures extrêmes qu'il prendrait peut-être.

Comme il se rapprochait, la lueur rouge devint plus intense, grossit, gagna des contours plus nets dans le chaos coloré. Un autre éclair s'écrasa dans le fond du canyon, derrière lui. Une intense lumière blanche parcourut la vallée, révélant la présence de deux silhouettes.

Angela était facile à identifier ; elle portait une parka et une des écharpes épaisses qu'elle avait tricotées. Le monstre se tenait à côté d'elle. Sa peau était plus lisse que sur l'image qu'il avait vue, et il n'était pas aussi grand que prévu.

—Je t'ai contemplé, gronda-t-il dans la tempête, et j'ai vu le diable !

Il dégaina son arme et avança. Il tira. Une fois. Deux fois.

Le monstre se retourna et s'accroupit. Comme celles de Ravi, ses balles n'eurent aucun effet sur lui. *Je dois m'en approcher davantage. Je dois le toucher à l'œil.* Alors Vance se rendit compte que la créature n'avait pas des lames à la place des doigts. En fait, elle semblait très humaine, en dépit de son manque de traits distinctifs. *Il y en a de différents types.*

—Arrêtez, arrêtez ! hurlait Angela en courant vers lui et en agitant les bras frénétiquement. Elston, putain ! cessez le feu !

—Vous êtes son alliée ! cria-t-il, consterné.

Il pointa son pistolet vers la traîtresse, vers celle qui hantait ses rêves depuis trop longtemps. La putain de Satan. L'archimenteuse.

— C'est ma fille ! beugla Angela.

Vance n'aurait pas cru que quelque chose aurait pu l'empêcher d'appuyer sur la détente. Et pourtant, son doigt refusait de bouger.

— Quoi ?

Savoir, enfin savoir !

— Madeleine ! Madeleine est ma fille. C'est pour ça que j'étais dans ce putain de manoir.

— C'est… Je ne…

Vance était assailli par le doute. Son i-e l'informa que la créature sombre cherchait à le contacter. Le code d'identité était celui de Madeleine Hoque.

— C'est impossible…, bredouilla-t-il.

— C'est moi, confirma Madeleine. Je suis un agent infiltré. Mon véritable nom est Rebka DeVoyal, et Angela est ma mère.

— Vous êtes le monstre ?

— Merde, non ! C'est une armure métamoléculaire. C'est Constantine North qui m'envoie. Jupiter veut savoir ce qui se passe.

— Mon Dieu…, gémit Vance. Mais… une fille ? Comment ? supplia-t-il.

— J'avais besoin d'argent pour la sauver, expliqua Angela. J'ai piqué du pognon aux North.

— Vous ne les avez pas tués, alors.

Il s'agissait d'une révélation quasi spirituelle. En dépit de sa situation, il avait envie de rire de joie, car il comprenait enfin.

— Évidemment que je ne les ai pas tués, espèce de crétin.

Vance sourit. C'était Angela, la seule, la vraie…

Quelque chose bougea derrière Rebka.

— Attention ! cria-t-il en levant son arme.

Un bras terminé par cinq lames s'abattit sur le flanc de la jeune femme.

* * *

Rebka avait ruiné sa couverture, mais cela n'avait plus d'importance. *Ça ne change rien, maintenant.* En tout cas, révéler son identité avait empêché cet abruti de colonel de la descendre. Il suppliait Angela de lui expliquer, mais celle-ci était trop en colère.

Rebka fronça les sourcils tandis que les deux anciens ennemis s'aboyaient l'un après l'autre. Ses récepteurs à infrarouge lui montraient que le pistolet d'Elston était beaucoup plus chaud que le reste de sa personne. Soudain, il cria et brandit son arme…

Quelque chose la frappa. Même les fonctions musculaires amplifiées de son armure ne parvinrent pas à la protéger complètement. Rebka fut projetée au sol et glissa sur la glace dure comme de la pierre. Des icones rouges s'embrasèrent dans sa grille, lui montrant les dégâts causés à son pistolet lance-filet. Il était inutilisable et ce n'était pas un hasard. Le monstre l'avait détruit dans son fourreau. *Mais pourquoi ?*

Des programmes d'analyse de combat se faufilèrent dans ses nerfs optiques, compilant toutes les données recueillies par ses capteurs externes et proposant différentes options – les attaques possibles, mais aussi les options de défense. Elle pivota sur elle-même, utilisant son élan pour augmenter sa vitesse et se relever en position accroupie. Pas tout à fait assez vite, cependant.

Le monstre, qui l'avait suivie, la frappa dans le cou sans lui laisser le temps de reprendre son équilibre. Les métamolécules la protégèrent du tranchant des lames, mais cela ne l'empêcha pas d'avoir mal. Des icones ambrés de mise en garde clignotèrent dans sa grille. Les métamolécules étaient mises à rude épreuve.

— Merde ! grogna-t-elle.

Elle tomba de nouveau, roula sur elle-même et donna l'impression d'avoir du mal à se relever.

Le monstre la dominait de toute sa taille. Le bras levé, il s'apprêtait à frapper encore. Il était très proche.

Le pied de Rebka jaillit. Les métamolécules amplifièrent et corrigèrent légèrement son mouvement, comme sa jambe décrivait un vecteur parfait. Son talon rencontra la cheville de son adversaire dans un geste idéal, décollant sa jambe du sol, l'envoyant s'écraser lourdement sur la glace impitoyable. Le monstre se releva aussitôt.

Avec l'aide de son armure, Rebka fut plus rapide et eut le temps de voir Angela se précipiter pour lui venir en aide.

— Non ! cria-t-elle en essayant d'écarter sa mère.

C'était la distraction dont le monstre avait besoin.

Son coup de pied atteignit Rebka à la base de la colonne vertébrale. La jeune femme fut projetée dans les airs, décrivant un demi-soleil dans la neige et le vent.

Une boule de feu atterrit juste derrière les véhicules du convoi, explosant en une fontaine électrique, dont les frondes se déroulèrent sur une vingtaine de mètres dans le blizzard. Grâce à ses sens améliorés, Rebka voyait toute la scène en monochrome.

Le monstre se retournant pour la suivre. Angela le chargeant, les bras tendus. Elston marchant pesamment en essayant de pointer son pistolet réchauffé vers le monstre.

— Reste à l'écart ! ordonna-t-elle à sa mère comme si cela changerait quelque chose.

Incrédule, elle vit Angela retirer ses gants.

Son i-e lui proposa différentes options de combat. Ses armes s'activèrent. Elle se maudit d'avoir été si lente, d'avoir permis à ses émotions d'interférer dans ses réactions. Sans le pistolet lance-filet, capturer le monstre n'était plus envisageable. Elle ne devait plus penser qu'à une chose : survivre. Elle entreprit de se relever.

La lumière de l'éclair se dissipa, avalée une nouvelle fois par les ténèbres. Grâce à sa vue assistée, Rebka vit l'arme d'Elston cracher une grande flamme. Le monstre se retourna vers le soldat. Et vers Angela. Ses lames mortelles se déplièrent en scintillant. Angela bondit sur son adversaire.

— Non ! hurla Rebka.

Les capteurs de Rebka perçurent d'étranges impulsions électriques le long des bras tendus de sa mère.

* * *

Ils fonctionnaient. Ses vieux implants offensifs. Angela sentit les pointes transpercer la pulpe de ses doigts, tandis qu'elle bondissait en tentant d'attirer l'attention du monstre qui s'en prenait à sa fille. La douleur fut vive, mais elle la remarqua à peine. Le monstre lui fit face et étira ses lames, répétant leur ancienne danse. Comme vingt ans plus tôt, elle visa son épaule, mais le toucha un peu plus bas.

Les cellules se déchargèrent. Comme la première fois, il y eut un éclair aveuglant, et la créature tituba dans les ténèbres. Tout ne se passa toutefois pas comme prévu, car un isolant ne s'était, semblait-il, pas développé correctement dans son bras. Un incendie s'alluma dans son poignet gauche. Elle fut si surprise que son cri resta bloqué dans sa gorge. Le temps d'un instant, ses sens cessèrent de fonctionner et elle se retrouva au sol, les bras en croix, le cœur battant la chamade.

Cinq lames brillèrent parmi les flocons de neige. Angela était incapable de bouger.

Elston émergea alors du blizzard, l'épaule baissée dans une posture de footballeur américain. Il se jeta contre le flanc du monstre, et tous les deux roulèrent par terre à côté d'Angela. Le colonel voulut pointer son arme vers le visage de la créature, mais ne fut pas assez rapide. Cinq lames jaillirent vers le haut, pénétrant la parka et la veste de protection d'Elston, s'enfonçant profondément dans son abdomen.

— Non ! gémit Angela.

Le visage d'Elston n'était qu'à quelques centimètres du sien et ses yeux pleins de stupeur, comme il inspirait un mince filet d'air. Les lames ressortirent de son corps. Tremblant de façon incontrôlable, il s'affaissa sur la glace.

* * *

Horrifiée, Rebka vit Elston se sacrifier pour empêcher l'extraterrestre de planter ses griffes dans le cœur de sa mère. Sans perdre de temps, la terrible créature repoussa le cadavre du colonel pour administrer le même coup fatal à Angela. Celle-ci gronda avec un air de défi sauvage et attaqua une nouvelle fois avec ses mains équipées d'implants.

Rebka sauta, parcourant la distance qui la séparait d'eux sans effort, et atterrit juste en face du monstre, les genoux fléchis, les poings serrés. Des projections de profils cinétiques violettes et dorées apparurent dans son interface optique, tandis que les logiciels de combat passaient les options en revue. L'armure se figea, se préparant à repousser les cinq lames qui décrivaient une courbe mortelle dans les airs. Les griffes l'atteignirent, inefficaces, sur le dessus de l'épaule, et le bras de la créature fut projeté en arrière. D'autres projections fluorescentes s'affichèrent. Trois possibilités de contre-attaque s'offraient à elle. Le poing de Rebka suivit la trajectoire calculée par son logiciel de combat et atteignit sa cible à l'endroit prévu, au milieu du torse, profitant du fait que son adversaire n'avait pas fini de reprendre son équilibre. Son ennemi s'envola et tomba lourdement deux mètres plus loin.

— Ça suffit, maintenant ! dit-elle froidement.

Elle dégaina un fusil électromagnétique capable, en théorie, de couper en deux une colonne de métallocéramique de deux mètres de diamètre. Toutefois, Rebka en limita la puissance avant de tirer. Un rayon aveuglant blanc-violet jaillit, touchant la créature à la taille, la secouant violemment. Rebka relâcha la détente.

— On n'aime pas l'électricité, hein ?

Puis elle tira de nouveau. Les poings et les talons du monstre martelèrent la rivière de glace. De fins serpents de courants électroniques se tortillèrent autour de l'extraterrestre, formant une cage magnifique de lumière aveuglante. Là où elle touchait le sol, sa peau fumait, de minces volutes noires se mêlant à la vapeur qui s'élevait de la glace en train de bouillonner.

— Ils vous veulent vivant, mais ce ne sera pas possible si vous gardez cet état d'esprit. (Elle désactiva de nouveau son fusil électromagnétique.) Alors, qu'est-ce que vous en dites ?

Son i-e l'informa que le monstre prostré essayait de la contacter en utilisant le code d'identification de Bastian North.

— Je reconnais votre supériorité, lui concéda-t-il.

* * *

Angela s'agenouilla à côté d'Elston et eut un sourire malheureux.

— Qu'est-ce qui vous a pris ? C'était stupide. J'avais la situation bien en main.

Il essaya de répondre à son sourire et lui prit la main, la retournant lentement pour voir le bout de ses doigts ensanglantés et ses serres.

— Une jeune fille se défendant toute seule contre un monstre extraterrestre… Jamais cru à cette histoire…

— C'est du bon matos. Des implants. Mais je suis sûre que vous en avez de meilleurs, aujourd'hui.

— En effet.

— Je m'en souviendrai pour la prochaine fois.

— Angela ?

— Oui, je suis là.

Il voulut sourire de nouveau, mais un filet de sang s'écoula de sa bouche.

— Vous vous devez de voir la fin de cette histoire. J'ai confiance en vous. Le Seigneur m'a montré qui vous étiez vraiment. Vous êtes digne de Son amour. Finissez ce boulot proprement. Pour moi.

— Elston.

Son i-e tentait de contacter Coniff, les autres, n'importe qui. Puis elle l'informa que le maillage corporel d'Elston lui envoyait un fichier via une connexion sécurisée.

— Je comprends, maintenant, dit-il. Elle est formidable. Une surprise, tout comme vous. Vous avez bien fait.

— Tenez bon, le pressa-t-elle en lui serrant la main.

Une grande quantité de sang s'écoula de sa bouche.

— Mon Seigneur m'appelle. Je vous attendrai, Angela. Nous nous rencontrerons de nouveau dans Sa grâce.

— Vance…

— Ah ! c'est la première fois…

Angela vit le coin de ses lèvres se soulever en un demi-sourire, puis son regard se river sur un point situé bien au-delà d'elle. Le soulagement et l'espoir remplacèrent la souffrance dans ses yeux. Dans sa grille, les icones physiologiques du colonel virèrent au rouge, avant de devenir blancs. Angela se retourna brusquement vers le monstre qui se tenait, passif, à côté de Rebka.

— Espèce de fils de pute…

Elle leva des serres menaçantes. Au diable l'isolation défectueuse.

— Il a essayé de détruire mon monde, tout ce que je suis, envoya la créature sur le réseau.

— Vous l'avez tué. Vous avez tué tous ces gens.

Être confrontée au cauchemar qui hantait ses nuits depuis vingt ans lui glaçait le sang bien plus que le blizzard. Elle n'était pas certaine de pouvoir se retenir beaucoup plus longtemps.

— Ouvrez le fichier qu'il vous a envoyé. Voyez l'arme dissimulée dans le biolab et dites-moi qui est mauvais, qui est le meurtrier. Vous préparez un génocide !

— Quoi ? Qu'est-ce que vous racontez ?

Les bras croisés sur la poitrine pour protéger ses mains du froid mordant, Angela considéra avec incrédulité le monstre à la conversation étrangement posée. Elle n'avait même plus mal au bout des doigts. Le sang avait gelé autour de ses plaies.

— Tu étais si pleine de vie, Angela. Autrefois. L'être humain le plus délicieux qu'il m'ait été donné de connaître, en dépit du mensonge dans lequel tu vivais. Tu ne pouvais pas dissimuler ton âme. As-tu perdu cet entrain ? Vais-je être jugé par une créature au cœur de glace ?

— Qu'est-ce que vous êtes, bordel ? cria-t-elle dans le vent.

La silhouette du monstre changea, se radoucit.

Angela eut un mouvement de recul. Elle s'attendait à tout, mais pas à voir apparaître un North en parka et pantalon matelassé.

— Non, vous n'êtes pas Bastian North, assena-t-elle, comme pour se convaincre. Vous êtes autre chose.

— Je parle pour ce monde.

— Zebediah North !

— J'ai longtemps été Zebediah.

Au milieu de la neige épaisse et de la pénombre traîtresse, la silhouette humanoïde perdit de sa cohésion, comme si le North n'avait été qu'un spectre. Angela douta même de sa mémoire.

— C'est impossible, reprit-elle. Pour commencer, Zebediah ne peut pas être Barclay. Vous avez assassiné Barclay, il y a vingt ans, chez Bartram. Dites-nous ce que vous êtes ! Un autre genre de clone ?

— Je suis l'image miroir de Barclay North. D'une certaine manière, je suis lui, car je contiens son essence. Vous m'avez aimé, autrefois, Angela. Du moins l'ai-je cru. Même dans ma rage, et malgré ce que vous m'aviez fait, j'ai toujours chéri cette pensée.

— Vous avez hésité, se souvint-elle, stupéfaite. Cette nuit, il y a vingt ans, quand vous êtes sorti de la chambre de Bartram, vous avez hésité. Voilà pourquoi j'ai survécu.

— Oui, tout comme les humains, il m'arrive de commettre des erreurs. Et puis, contrairement aux apparences, vous savez cogner.

— Pourquoi les avoir tous tués ? Les North, ces pauvres filles… Pourquoi ?

— Pourquoi me tuez-vous ? Vous taillez, vous brûlez, vous empoisonnez. Et maintenant, vous voulez libérer une arme qui détruira toute ma vie sur cette planète.

— Je… Je l'ignorais.

Elle demanda à son i-e d'ouvrir le fichier d'Elston.

* * *

Angela entra la première. Lorsqu'elle sortit du sas du biolab-1, elle découvrit quatre fusils braqués sur elle. Jay, Roarke, Omar et Paresh étaient ivres de peur et d'adrénaline, mélange délétère s'il en était. Angela se retrouva donc face à quatre canons qui tremblaient tous plus ou moins.

— Eh ! les gars, ce n'est que moi, commença-t-elle en déroulant son écharpe avec précaution.

Dès qu'elle fut en contact avec l'atmosphère chaude du biolab, ses gouttelettes de sang gelé se mirent à fondre, colorant la glace accrochée à ses mains. Comme elle sentait de nouveau ses extrémités, elle avait l'impression d'avoir été piquée par une guêpe à chaque doigt.

Ils ne l'écoutaient pas ; ils avaient le regard rivé sur les deux autres occupants du sas : Rebka, dans son armure métamoléculaire, et l'avatar de Barclay, massif, avec des lames à la place des doigts.

— Couche-toi ! la supplia Paresh, désespéré.

— Arrête, tu n'as rien à craindre, c'est Rebka et…

— Qui ?

— Madeleine. Pour toi, elle s'appelle Madeleine.

L'armure de Rebka ondula, lui découvrant le visage.

— Salut, lança-t-elle en souriant, stoïque.

Mais Paresh continua à regarder Angela fixement.

— S'il te plaît, baisse-toi, chuchota-t-il.

— Écoutez-moi, dit Angela doucement. Écoutez-moi tous. Rangez vos armes. Il n'y aura plus de violence. Nous nous sommes mis d'accord.

— Il a tué Elston, la contra Jay. Et vous êtes dans le coup. Vous êtes sa complice.

— Vous racontez n'importe quoi, Jay. (Elle étudia le visage apeuré de l'homme et comprit qu'elle ne le ferait pas changer d'avis.) Paresh. Omar. Écoutez-moi. Le temps des armes et des massacres est révolu. Sortons de ce conflit par le haut. Réfléchissons et agissons comme des créatures rationnelles. S'il vous plaît, baissez vos armes. Nous savons tous qu'elles sont inefficaces contre l'avatar. Les seules choses que vous risquez d'endommager ici, c'est nos crânes et la carrosserie.

Omar regarda Paresh du coin de l'œil, comme elle s'y attendait. Elle maintint le contact visuel avec son amoureux transi et dévoué, lui souriant pour l'encourager.

— C'est moi, Paresh. Crois-moi, il n'y a qu'une manière de sortir de cette merde. Tu sais que je ne te mentirais pas. Tu le sais, non ? S'il te plaît, aie confiance en moi. (Elle voyait son incertitude grossir, son besoin de la croire.) C'est moi, Angela, OK ? Moi !

— Qu'arrivera-t-il si nous baissons nos armes ? demanda-t-il.

— Caporal ! cria Jay. Gardez cette chose dans votre ligne de mire !

— Pour vous laisser le temps de tirer les missiles ? lâcha Angela. Ça n'arrivera pas. Pas sans les codes d'Elston.

— Qui vous a mise au courant ?

Elle lança à Paresh un regard implorant.

— Ça va bien se passer. Je te le promets.

Paresh lâcha un long soupir, mit le cran de sûreté de son fusil et en baissa le canon.

— C'est fini, dit-il à Omar.

— Non ! rétorqua Jay.

Paresh posa la main sur le canon de l'arme de Jay et le força à le baisser.

— Tout est fini. Ni vous ni moi ne prendrons cette responsabilité.

— Merci, souffla Angela.

Elle se retourna vers le sas de la cabine de décontamination située à l'arrière du compartiment. Son i-e l'informa qu'il était verrouillé et que le code d'Elston ne pouvait pas l'ouvrir. Alors elle appela Antrinell.

— Ouvrez-le, je vous prie.

— J'ai toujours su que vous étiez dans le coup.

— Vous avez toujours été dans l'erreur. Je ne suis pas dans le coup. Je ne l'ai jamais été. Même Elston l'a compris, à la fin.

— Pourquoi avez-vous conduit cette créature jusqu'ici ?

— Parce qu'il faut mettre un terme à tout cela. Il faut détruire le métavirus zéro.

— Ce virus est notre seul atout. Depuis le début, le monstre a essayé d'entrer dans ce biolab ; j'en conclus qu'il craint cette arme. C'est tout ce que nous avons contre lui.

— Non, Antrinell, nous avons notre humanité. Nous pouvons encore montrer à St Libra ce que nous valons vraiment. Nous pouvons lui prouver que nous sommes suffisamment mûrs pour nous aventurer dans la galaxie et prendre la place qui nous revient parmi les créations du Seigneur.

— Que savez-vous du Seigneur, meurtrière ?

— Je n'ai jamais tué personne, et je sais que, pour vous, la vie sous toutes ses formes est sacrée. Croyez-vous que Dieu souhaite l'anéantissement de toute forme de vie sur cette planète ?

— Nous avons capté une partie de ce qui s'est dit dehors. Nous avons entendu la créature. Elle serait une partie de cette planète, de cette jungle ?

— Oui, répondit l'avatar de Barclay.

— Dans ce cas, vous êtes un genre de macrovie, comme le Zanth. Vous n'avez pas été créé par Dieu.

— Je n'ai rien en commun avec le Zanth. Je ne comprends même pas d'où il vient. J'ai évolué à partir d'une forme de vie biologique, comme vous êtes en train de le faire.

— Qu'est-ce que vous voulez ? Pourquoi avez-vous tué tellement de nos hommes ?

— Parce que vous me détruisez. À cause de cet avatar humain, j'ai réappris à haïr, alors que je n'avais pas haï depuis un milliard d'années.

— On est responsables, intervint Angela. On foire toujours tout ce qu'on entreprend, c'est vrai, mais vous avez l'occasion de racheter nos erreurs, Antrinell. C'est pour ça que Dieu nous a fait cadeau de la plus précieuse des libertés : celle de penser. C'est pour ça qu'Il nous a conduits jusqu'ici : pour vous donner l'occasion de prendre la bonne décision. Nous pouvons nous allier à St Libra, à la vie. Ou bien nous pouvons continuer à affronter le Zanth seuls, dans la peur.

— Vous avez le pouvoir de manipuler les étoiles, reprit Antrinell. De répliquer les êtres humains. Dieu seul sait de quoi vous êtes capable encore. Et vous n'avez eu aucun scrupule à nous massacrer. Qui nous dit que vous ne finirez pas par vous allier au Zanth ?

— Il faut être humain pour avoir ce genre d'idée, rétorqua l'avatar de Barclay.

— Peut-être. Alors ? Répondez.

— Nous devons faire confiance pour inspirer confiance, remarqua Angela.

— Commencez donc par me faire confiance.

— Je suis supposé être un genre de pont, poursuivit l'avatar de Barclay. Expliquez-moi pourquoi je vous ferais confiance. Vous qui détruisez tout ce que vous ne comprenez pas, tout ce qui se dresse en travers de votre route. Vous qui avez abusé de ce monde dans l'intérêt de votre seule espèce, pour le profit, vous qui avez reproduit ce même schéma sur de nombreuses planètes. Alors, oui, ni de scrupules ni de remords. Jusque-là, je n'ai vu que de la vermine – de la vermine qui se multiplie et qui profane ce monde, mon monde, le recouvrant de ses excréments. Et pourtant, je me suis retenu pendant vingt ans, j'ai essayé de communiquer avec vous. Et j'essaie toujours. Enfin, je veux dire : ce qu'il y a d'humain en moi. Je dois vous avouer que je commence à me lasser de mon insuccès.

Angela grimaça. Ce genre d'argument, elle le savait, ne fonctionnerait pas avec quelqu'un d'aussi têtu qu'Antrinell. Alors elle décida de mettre les pieds dans le plat, de ne pas lâcher des yeux son objectif final – la victoire –, d'agir comme l'aurait fait la vraie Angela DeVoyal. Son i-e envoya l'enregistrement de la mémoire visuelle d'Elston sur le réseau local, notamment le passage où, mourant, il l'avait regardée en lui disant : *« Vous vous devez de voir la fin de cette histoire, Angela. J'ai confiance en vous. Le Seigneur m'a montré qui vous étiez vraiment. Vous êtes digne de Son amour. Finissez ce boulot proprement. Pour moi.* »

— Il m'a donné ses codes de commandement, assena-t-elle, s'adressant aux autres membres de l'expédition. Antrinell ne peut pas tirer les missiles sans eux, mais je ne peux pas désarmer les têtes sans ses codes à lui.

» Vance Elston a fait le premier pas, Antrinell. Un homme de foi, comme vous, un coreligionnaire. Un homme qui donnait tant de valeur à la vie humaine qu'il s'est sacrifié pour que je vive. Je vous en prie, Antrinell, ne trahissez pas ce sacrement.

Il y eut une longue pause.

— Qu'arriverait-il si nous détruisions les têtes ? finit par demander Antrinell.

— Constantine et moi nous sommes mis d'accord pour que je vous explique comment repousser le Zanth des systèmes que vous habitez, répondit l'avatar de Barclay. En retour, il organiserait l'évacuation de St Libra.

— L'évacuation ? Il y a des millions de gens, ici, dont une majorité de réfugiés politiques. Ils ne voudront pas partir. Personne, pas même les North, ne pourra les convaincre de quitter cette planète.

— Si Sirius reste dans cet état, combien survivront ? Les réserves de nourriture s'épuisent. Rien ne pousse sous ce climat, et celui-ci ne changera que quand je l'aurai décidé.

— Même si nous détruisons les armes que nous avons ici, l'ADH s'empressera de les remplacer dès qu'elle sera au courant de votre nature.

— Constantine fermera le portail. Cela mettra un terme définitif à cette menace.

— Ce sera la première étape, intervint Angela. Nous savons tous les deux que le métavirus est inefficace dans un froid pareil. On ne vous demande pas grand-chose, Antrinell. La destruction de ces missiles sera un geste purement symbolique qui marquera le début d'une longue amitié. Une amitié qui durera des éons. Nous sommes tous à l'orée de quelque chose d'extraordinaire. Antrinell, vous ne trahirez personne, ni vous-même ni l'ADH. Vous serez en phase avec votre foi, avec le cœur de votre religion. Toute vie est sacrée, vous le savez.

Elle inspira profondément et se surprit à prier.

Le sas de décontamination siffla et s'ouvrit.

— Merci.

Ses jambes tremblaient tellement qu'elle craignait de tomber. Paresh vint à son secours. Elle se tourna vers son visage fatigué et soucieux, vers sa peau noircie par le gel et sa barbe sale, et parvint à lui sourire un peu, reconnaissante. Il lui fit un clin d'œil.

L'avatar de Barclay traversa la cabine, s'arrêta devant le sas et regarda Angela avec des yeux humains profondément enfouis dans des orbites de pierre.

— Est-ce que je... ? A-t-il compté un peu pour vous ? demanda-t-il.

— Je le voyais comme un moyen de parvenir à mon objectif.

Elle ne se rappelait même plus les moments qu'elle avait passés avec Barclay. Avant l'expédition, elle avait vécu deux décennies sans jamais penser à lui, ce qui en disait long sur la manière dont il l'avait marquée.

— Au début, en tout cas. À cette époque, j'étais vraiment désespérée. J'aurais fait n'importe quoi, j'aurais sacrifié n'importe qui pour parvenir à mes fins. Quand vous étiez lui, vous étiez un peu différent de vos frères clones. Dans d'autres circonstances, en d'autres temps, il aurait peut-être pu se passer quelque chose entre nous.

— Je vous remercie de votre réponse. Cette question m'a tracassé plus qu'elle aurait dû ces vingt dernières années. C'est peut-être pour cela que j'avais des sentiments contrastés. Il y a tellement de conflits dans l'esprit humain. J'ai un peu de mal à appréhender l'univers à travers vos yeux.

—Ouais, ne m'en parlez pas, acquiesça Angela en lançant un regard à Rebka.

Jeudi 9 mai 2143

Le nouvel uniforme était raide ; il lui grattait le cou et les poignets. Quant au pantalon, il était mal taillé.

— Arrête un peu d'ajuster ton uniforme, le gronda Jacinta. Avec les maillages, ça ne passera pas inaperçu.

Sid retira sa main de son entrejambe. À l'autre bout de la limousine, Chloe Healy regardait ailleurs, diplomate. C'était elle qui avait apporté l'uniforme, ce matin-là. Et fait venir la limousine. Le tout étant payé par NorthernMetroServices. Sid ne voulait pas d'une nouvelle tenue. L'ancienne lui convenait très bien, même si, force lui était de l'admettre, elle était un peu miteuse à côté de la nouvelle, d'un noir profond, d'un lustre qui trahissait son coût sans doute astronomique. Avec les rubans colorés discrets accrochés à sa poitrine, il était vraiment très élégant. Un vrai chef compétent, dynamique et digne de confiance.

Au moins la chemise blanche était-elle à lui.

La limousine remonta Collingwood Street, avec sa chaussée flanquée de bâtiments en pierre gris-brun. Il y avait un portrait de Ian orné d'un ruban noir dans toutes les vitrines.

— C'est vous qui avez organisé ça ? demanda Sid à Chloe.

— Non, c'est spontané.

La seconde moitié de Collingwood Street, avant le croisement de Cathedral Square, était équipée de barrières de sécurité. Beaucoup de gens attendaient le passage du corbillard derrière les grillages en métal hauts d'un peu plus d'un mètre.

— Mon Dieu, murmura Jacinta.

— Il a quand même empêché une bombe D d'exploser dans cette ville, expliqua Chloe.

Sid et Jacinta se regardèrent, puis détournèrent les yeux. La limousine vira à droite dans St Nicholas Street et s'arrêta devant la cathédrale. Le vieux et majestueux bâtiment était isolé par de nouvelles barrières, le long desquelles étaient postés des agents de sécurité en uniforme. Sid se demandait combien de personnes étaient venues rendre un dernier hommage au héros qui s'était sacrifié pour sauver la ville. Des milliers, au moins.

— N'oubliez pas, pas plus de trente secondes avec le maire, le prévint Chloe tandis que les portières se déverrouillaient.

— Oui, acquiesça Sid d'un ton exagérément docile.

La limousine qui les précédait venait de déposer le maire. Après d'âpres négociations, Chloe et l'équipe du magistrat étaient convenues que ce dernier arriverait le premier, mais qu'il ne monopoliserait pas Sid sur le chemin de la cathédrale. Et puis, ils ne seraient pas assis l'un à côté de l'autre durant la cérémonie pour éviter toute rumeur de connivence, car les deux hommes n'étaient pas encore alliés.

Sid sortit sur le trottoir. Le soleil était haut dans le ciel azur et un air chaud s'engouffrait dans les rues anciennes de Newcastle, charriant l'odeur de la ville. Au nord de la cathédrale, les chênes avaient conservé leur vivacité printanière, produisaient une lueur émeraude un peu floue dans la lumière du soleil. Après l'ambiance stérile et feutrée de la limousine, cela faisait un véritable déluge de sensations. D'autant que des centaines de personnes le regardaient.

Soudain, des applaudissements. Sid mit quelques secondes à comprendre que c'était lui qu'on applaudissait. Il adressa un sourire discret à la foule et hocha la tête pour montrer sa gratitude. Il passa devant les gens sans les regarder, craignant de croiser le regard d'une ancienne petite amie de Ian.

— Inspecteur Hurst.

Le maire était devant lui, la main tendue. Les nombreux journalistes massés de part et d'autre de la cathédrale ne rataient pas une miette de cette rencontre.

Sid lui serra la main.

— Monsieur le maire, merci d'être venu.

— C'est normal. La ville doit énormément à l'inspecteur Lanagin. Il a démontré, si besoin en était, que nous avons raison de soutenir notre police comme nous le faisons.

Sid s'imagina le sourire moqueur de Ian, s'il avait été là pour entendre le politicien, et les gestes qu'il aurait faits dans le dos de l'homme. Avant de sonder la foule pour repérer des proies potentielles.

Jacinta s'approcha discrètement et tendit la main au maire, qui la serra de bonne grâce.

— Nous devrions y aller, dit-elle.

— Bien sûr, acquiesça le maire, véritable épitomé de dignité.

Ils se séparèrent. Les porteurs du cercueil attendaient à côté de l'énorme double porte ; il y avait là Eva, Lorelle, Ari et Royce O'Rouke qui avait une nouvelle occasion de montrer aux reporters du transnet son vieil uniforme. Sid leur sourit, les lèvres pincées, et sentit Jacinta lui serrer fort la main. Il avait besoin de ce contact. Remonter la nef en saluant tout ce monde se révéla beaucoup plus difficile qu'il ne l'aurait cru possible. Toutefois, c'était son travail, désormais : être vu et créer des liens. Ralph Stevens et Sarah Linsell étaient là, dans le fond, discrets, comme le leur imposait leur profession. Jenson San, la petite merde. Hayfa Fullerton, Reannha Hall, Tilly Lewis, assis sur le banc réservé au personnel de Market Street. Milligan et ses hommes, juste derrière, car il s'agissait d'être vu. Même la commissaire Passam était là, mais personne ne faisait attention à elle.

Tant de personnes qu'il ne connaissait pas. Qui n'avaient jamais croisé la route de Ian. Des gens importants à saluer, des gens qui tenaient à remercier, à soutenir les héros de la ville en ces temps troublés.

Tallulah était assise à quelques rangées de l'autel. Tête baissée, elle sanglotait en silence, essayant de ne pas se faire remarquer. Des grands personnages la flanquaient et, le visage figé, faisaient leur possible pour ne pas la regarder. Même dans son état, même avec les yeux et les joues maculés de maquillage et de larmes, elle était magnifique.

Sid s'arrêta et lui tendit la main.

— Venez avec moi, lui dit-il gentiment.

Il y eut un peu d'agitation, comme elle se faufilait jusqu'à lui. Sid l'accompagna jusqu'au premier rang, où étaient installés les parents effondrés de Ian.

— Non, protesta faiblement Tallulah.

— Vous le connaissiez. Vous teniez à lui. Nous ne sommes pas si nombreux. Restons ensemble.

Elle lui sourit avec une gratitude pathétique et prit place à côté de lui. Il serra la main des parents, dont il avait fait la connaissance la veille. Il avait passé une heure et demie horrible dans leur chambre d'hôtel à leur raconter les meilleurs moments de la vie professionnelle de leur fils. Ceux auxquels il avait assisté, en tout cas.

Jacinta lui tapota la jambe.

— Je reconnais bien l'homme que j'ai épousé, chuchota-t-elle.

Sid lâcha un soupir. Son i-e l'informa que le cercueil venait d'arriver. Les porteurs se réunirent derrière le corbillard.

Devant lui, la chorale se leva, et tout le monde l'imita. Sid se redressa aussi, son livre de cantiques pendillant dans sa main. L'énorme orgue se mit à jouer la marche funèbre.

Les doigts de Jacinta se mêlèrent aux siens.

— Quarante minutes, dit-elle. Et puis ce sera terminé. Je vais partager ce moment avec toi.

— Vraiment ? Tu es sûre ?

— Pour le meilleur et pour le pire, non ?

Ainsi, la vie de Sid redevint supportable.

* * *

La limousine les déposa devant leur maison de Jesmond à 13 heures. Ils n'avaient pas réussi à se libérer plus tôt. Sid n'était pas parvenu à échapper à la réception officielle à la mairie de Newcastle. Et pourtant, il n'avait aucune envie de fréquenter tous ces dignitaires, ces chefs d'entreprise, sans compter l'évêque de la ville. Le personnel de Market Street avait décidé de se retrouver dans un pub de Quayside, près du pont du Millénaire. Là, il y aurait des rires authentiques, des évocations larmoyantes de souvenirs communs, de la musique, trop de bière et un peu de drogue. Avec un peu de chance, cela se terminerait en bagarre, et un bon paquet d'entre eux finiraient la nuit en cellule de dégrisement. Voilà une façon digne de rendre hommage à Ian. La meilleure façon de dire adieu à l'un des leurs.

Au lieu de quoi il s'était mêlé consciencieusement aux morts-vivants, où l'on parlait pour ne rien dire, où Chloe lui avait présenté plein de gens et où des hôtesses engagées pour l'occasion avaient servi sans enthousiasme des verres de vin blanc tiède. Il aurait préféré faire une ronde de nuit dans une ZSSP. Merde, même son bureau du sixième aurait été préférable.

— Une tasse de thé, chéri ? demanda Jacinta.

— Ouais, merci.

Une fois la porte d'entrée refermée, il entreprit de retirer son uniforme. Il se frotta le cou.

— Je crois que je suis allergique, ajouta-t-il.

— Je vais te trouver de la crème.

— Non, ce n'est pas si grave.

Elle leva les yeux au ciel.

— Ah ! les hommes. Les médicaments ne sont pas une faiblesse, tu sais.

— Je sais.

Il prit un des nouveaux tabourets et s'assit derrière le comptoir de la cuisine. Jacinta versa de l'eau bouillante dans une théière en porcelaine, cadeau émouvant de ses parents.

— On n'a pas encore fait notre pendaison de crémaillère, remarqua-t-il.

— On verra ça quand on aura terminé la déco. En revanche, pas question que tes potes policiers viennent tout saccager. Honnêtement, ils se comportent encore plus mal qu'une bande d'étudiants de première année un samedi soir.

— Ce n'est pas faux. Et c'est joliment dit.

Elle prit place en face de lui.

— Tu veux descendre à Quayside ?

— Non, je gâcherais l'ambiance. Je suis au sixième étage, maintenant.

— Tu le connaissais mieux que tous ces types.

— C'est moi qui l'ai embarqué sur le Dernier Mile. C'est moi qui refusais de laisser tomber cette enquête.

— Ne t'inflige pas ça, chéri. Cette enquête était un désastre dès le début.

— Ouais, confirma-t-il en se versant du thé. L'ADH avait raison. Un putain d'extraterrestre !

— Et on sait ce qu'il faisait là ?

— Personnellement, je n'en ai pas la moindre idée, répondit Sid en sirotant son thé.

Jacinta tendit le bras et posa sa main sur la sienne.

— Évalue notre situation froidement : pour nous, c'était mieux avant ou non ?

Sid s'apprêtait à serrer la main de sa femme lorsque ses cellules intelligentes auriculaires résonnèrent d'un signal d'alarme. Un icone rouge vif apparut au centre de sa grille.

— Bordel ! s'exclama-t-il.

— Quoi ?

— Code rouge !

— Qu'est-ce que c'est ?

— Une alerte ADH.

Choquée, Jacinta porta la main à sa bouche.

— Le Zanth ?

— Je ne sais pas.

— Mon Dieu ! Sid, les enfants ! Il faut aller chercher les enfants !

— Que se passe-t-il ? demanda Sid à son i-e. Pourquoi un code rouge ?

— Les radars de l'ADH positionnés au-dessus de l'Europe du Nord viennent de détecter des vaisseaux spatiaux dans l'atmosphère de la Terre.

— Hein ?

* * *

Deux cent quatre-vingt-trois vaisseaux à ondes lumineuses tombaient du zénith glorieux du ciel céruléen de Newcastle. Ils volaient en silence, descendaient en se débarrassant de leur camouflage sur la ville stupéfaite, révélant leurs fuselages bleu-vert aux habitants hypnotisés de la ville. Il y en avait de toutes les tailles et de toutes les formes, des gouttes écrasées et des sphères géantes équipées d'ailerons courtauds, des engins vrillés autour de leur équateur. Il n'y en avait pas de petits, cependant.

Une goutte aux contours cannelés volait en tête de la formation, se dirigeant vers le Dernier Mile. Semblable, notèrent les gens, au mystérieux engin qui avait été aperçu au même endroit une semaine plus tôt lorsque leur héros, Ian Lanagin, avait empêché la bombe D d'exploser. Lorsqu'il ne fut plus qu'à un kilomètre d'altitude, de fins plumets de vapeur jaillirent des anneaux déformés fixés à sa section centrale. Alors que les autres ralentissaient, celui-ci filait à grande vitesse en déroulant cinq spirales de fumée blanche.

Les employés oisifs des commerces du Dernier Mile sortirent sur Kingsway pour assister à l'arrivée de cette étrange armada. Des images prises par les iris et les maillages des personnes présentes inondèrent très vite le transnet, se propageant sur tous les mondes transspatiaux.

Le vaisseau de tête décéléra violemment et s'arrêta juste au-dessus de la rampe métallique conduisant à la phosphorescence argentée du portail. Avec une agilité étonnante, compte tenu de sa taille et de sa masse, il pivota à quatre-vingt-dix degrés et pointa son nez vers la connexion transspatiale. Un instant plus tard, il fonça tout droit vers St Libra.

Le reste de la flotte continua à descendre d'une manière plus mesurée, quoique inquiétante. Les vaisseaux formaient un genre de banc, se déplaçant de conserve, ajustant leurs positions jusqu'à englober le portail et le bunker en béton qui abritait ses systèmes.

Fuyant les appareils, des centaines de personnes s'éparpillèrent, sortirent du terminal de la douane, des hangars réservés au transit des marchandises, de la salle de contrôle des pipelines, des bâtiments administratifs et du centre de contrôle du portail. Terrorisées, elles regardaient constamment par-dessus leur épaule, car des trappes s'ouvraient dans les fuselages. Apparurent alors des sortes de termites cybernétiques, une armée de machines longues d'un mètre aux pattes flexibles et aux mandibules-outils bruyantes. Ils entourèrent le portail, s'engouffrèrent dans les portes laissées ouvertes sur les côtés du bâtiment, escaladèrent le toit en béton pour trouver des aérations dans lesquelles ils se tortillèrent.

Dix minutes plus tard, l'ovale scintillant du passage interdimensionnel se ternit avant de s'évaporer littéralement comme le rideau d'un magicien, cédant la place à des machines denses et très complexes relevant de la physique des hautes énergies. L'armée de vandales métalliques en prit possession, enfonçant ses outils entre les modules, taillant dans les conduits et arrachant des bouquets de câbles. Des lasers rouges et aveuglants s'attaquèrent aux poutrelles de la structure, envoyant des fontaines d'étincelles pareilles à des feux de Bengale sur la rampe en contrebas.

Lentement, avec une détermination monomaniaque toute cybernétique, les robots s'enfoncèrent dans les profondeurs des systèmes du générateur. Des sections entières, une fois détachées, furent emportées par les termites victorieux dans les vaisseaux qui attendaient au-dessus.

Lorsque le processus de démantèlement fut bien engagé, un engin en forme de goutte reprit silencieusement de l'altitude et disparut vers le nord.

* * *

Cela faisait cinquante ans que Constantine North n'avait pas vu la pyramide tronquée en plaques de verre prismatiques dans laquelle ses frères et lui avaient vécu pendant plus de quatre décennies, à l'époque où ils développaient leur empire commercial. Son vaisseau se posa sur la pelouse, devant l'entrée principale. Constantine descendit de son appareil et respira l'air de son monde natal. Le parfum de l'herbe coupée et des cerisiers en fleur raviva des souvenirs et des émotions sauvegardés dans des parties anciennes et non modifiées de son cerveau. Il goûta avec plaisir cette nostalgie, s'arrêtant pour admirer le jardin, avec ses denses alignements d'arbres et ses deux longs bassins. Les arbres avaient bien vieilli au cours des dernières décennies, conférant au panorama une allure plus naturelle, touffue.

Constantine gravit les marches de pierre jusqu'aux portes en verre de l'entrée principale en compagnie de l'avatar d'Aldred. Augustine attendait dans l'énorme atrium central, où la végétation de St Libra atteignait presque le plafond, entre plusieurs de ses fils, qui formaient sa garde prétorienne. Quand ses visiteurs furent à l'intérieur, il se mit à marcher, les jambes de son exosquelette Rex bourdonnant doucement. Il ne regarda le monstre massif que très brièvement, lui signifiant par là qu'il n'avait aucun respect pour lui.

— Mon frère, commença Constantine. Tu m'as l'air en forme. Le rajeunissement est en bonne voie, hein ?

Augustine ne bougea pas, ne le salua pas, donnant le sentiment de ne pas se rendre compte de ce qui se passait.

— Oui, mais mon traitement n'est pas aussi bon que le tien, on dirait.

— Nous avons amélioré la méthode de Bartram, c'est tout.

Augustine eut un sourire sans joie et se tourna vers le monstre.

— Qu'est-ce que c'est que cette connerie ! postillonna-t-il, perdant tout *self-control*. Tu invites ce… cette… cette *chose* dans ma maison ? Dans notre maison !

— Nos vies changent, Augustine. Tu dois le comprendre. Il n'y avait pas meilleure façon…

— Ta vie est presque terminée, petit con. J'ai passé les dix dernières minutes à supplier le général Shaikh de ne pas réduire tes vaisseaux en poussière.

— Il en serait bien incapable, mais je te remercie de ton intervention. Je vais bientôt l'appeler moi-même pour lui offrir la technologie de notre propulsion à ondes lumineuses, pour me faire pardonner ce qui s'est passé aujourd'hui.

Les militaires adorent les nouvelles technologies ; ils trouvent toujours des tas de manières inédites de les utiliser.

— Et le portail ? demanda Augustine, menaçant. Tu le détruis.

— Non, je le relocalise. Cette vie est terminée, Augustine. Northumberland Interstellar, le biocarburant, l'argent… Laisse tomber tout ça. J'ai bien mieux à te proposer.

— J'ai passé mon existence à bâtir cette société ; et toi la moitié de la tienne. Tu ne peux pas faire ça ! Rends-moi mon portail. S'il le faut, je réveillerai Sirius moi-même à coup de bombes atomiques, mais je continuerai à exploiter le biocarburant.

— C'est notre portail, mon frère, et j'en ai besoin pour sauver la vie des habitants de St Libra, ces millions d'êtres humains qui sont en train de mourir de faim dans les Territoires indépendants. N'est-ce pas un objectif plus noble que le tien ?

— Les sauver ? Comment ? Laisse ce putain de portail en place, et ils pourront quitter leurs petites nations sordides et arriérées le plus simplement du monde.

Constantine soupira et se tourna vers l'avatar d'Aldred.

— Montrez-lui.

Derrière Augustine, le fouettard qui dominait le centre de l'atrium se mit à frissonner. Une de ses branches inférieures se déroula et s'abattit sur un banc en marbre, le cassant en deux. Les deux moitiés glissèrent sur les dalles polies du sol, tandis que des morceaux plus petits s'éparpillaient dans tous les sens. La branche se retira lentement, s'enroulant comme un serpent retournant à sa sieste.

Deux lasers de visée s'embrasèrent derrière des piliers de la maison, balayant le tronc du fouettard de haut en bas à la recherche d'un extraterrestre hostile.

— Mon fils ! vociféra Augustine. Vous avez tué mon fils. Vous avez tué mon frère !

— Après les crimes que nous avons commis contre lui, estimons-nous heureux qu'il ne nous ait pas rendu la monnaie de notre pièce avec un génocide.

Augustine posa un regard haineux sur la créature. Le fait que les humains soient si centrés sur eux-mêmes ne laissait pas de stupéfier Constantine. Penser large impliquait de restreindre la force des sentiments, saut intellectuel dont il savait son frère capable. Après tout, lui-même y était parvenu. Même si cela lui avait pris cinquante ans.

— Donnez-nous un peu de temps, dit Constantine à l'avatar massif. J'ai tant de choses à expliquer à mon frère.

* * *

Le matin suivant, le blizzard s'était calmé. Sirius brillait d'un éclat rosé sur le canyon, projetant des ombres noires sur les parois. L'éclat plus clair du système annulaire était complètement occulté par les couleurs changeantes des aurores boréales les plus intenses que la planète ait produites. Les gigantesques rivières de lumière éthérée tourbillonnaient et dessinaient des boucles au-dessus des toits couverts de neige des véhicules du convoi, s'engouffrant même parfois dans le canyon, tels les doigts d'un géant caressant une terre blanche et chiffonnée.

Antrinell guidait ce qui restait du convoi dans l'aube calme et dégagée. Angela le suivait avec lassitude. Peut-être était-ce un contrecoup normal, mais, après tout ce qu'ils avaient accompli, elle aurait préféré être plus en forme.

Il y avait trop de tristesse à surmonter, comprit-elle. Ils avaient perdu tant d'hommes, que l'accord auquel ils étaient parvenus avec St Libra ne la satisfaisait pas autant qu'il aurait dû. Ainsi fonctionnait la psyché humaine.

Ouvrir les têtes restantes pour en extraire le métavirus leur avait pris la moitié de la nuit. Une à une, les fioles avaient été détruites sous la supervision attentive de l'avatar de Barclay. Tous étaient conscients que quelque chose de bien plus immense, peut-être même de magique, surveillait le processus à travers les yeux de la créature. Toutefois, comprendre une abstraction et admettre un fait étaient deux choses différentes.

Personne ne lui faisait vraiment confiance. Ce monstre avait massacré tant de leurs camarades. L'avatar de Barclay resta donc à l'écart pendant qu'on dégageait les corps d'Atyeo et Garrick avec des haches très fines, car ils étaient scellés dans la glace compactée par le vent. Quand vint le tour d'Angela, elle se mit à genoux et frappa le sol en rythme, tout en jetant des coups d'œil furtifs à la silhouette immobile devant la Tropic-1 retournée. En dépit de ses traits solidifiés, il était évident que ce rituel humain ne l'émouvait pas le moins du monde. La créature ne connaissait manifestement pas le culte des morts. Mais elle ne pouvait pas pleurer chaque feuille qui tombait de sa myriade d'arbres ni regretter la perte des spores qui ne germaient pas. Les vies individuelles et courtes faisaient partie de son histoire très lointaine.

Lorsque Angela fut fatiguée, elle se releva et confia la hache à Ken Schmitt. Il était tellement plus facile de se déplacer sans armure de protection, même si, remarqua-t-elle, tout le monde ne s'en était pas débarrassé. Paresh, par exemple.

—Ils arrivent, annonça brusquement l'avatar.

—Qui ? demanda Tamisha.

—Les humains de Jupiter. Ils sont arrivés à Newcastle. Constantine a tenu parole, et le portail a été désactivé.

—C'est de mieux en mieux, remarqua Antrinell, amer. Même si on sort de cette jungle, on ne pourra pas rentrer chez nous.

—S'il y a un vaisseau à ondes lumineuses au-dessus de cette planète, il sera là dans moins d'une heure, murmura Rebka à l'oreille d'Angela.

— Un vaisseau à ondes lumineuses ? C'est quoi ?

— En gros, un OVNI.

— Cool.

En dépit des promesses de l'avatar, Antrinell insista pour qu'ils continuent à travailler. On fit le plein de carburant des deux biolabs. Les corps d'Atyeo et Garrick furent dégagés et enveloppés dans des sacs de couchage.

— Prenons le temps de déjeuner, dit Antrinell lorsque les corps furent installés sur le traîneau de la Tropic-2, à côté de ceux d'Elston et des autres. Après, on lancera une fusée. La météo est idéale.

Sa voix fut noyée dans une terrible explosion aérienne, qui se réverbéra sur les parois du canyon, déclenchant plusieurs microavalanches dans les hauteurs. La glace craqua et gémit sous les bottes d'Angela. Un mince halo de neige s'éleva des véhicules.

— Qu'est-ce que… ?

Tout le monde s'était baissé et jetait des regards craintifs aux rideaux de lumière moirée qui dansaient au-dessus de leurs têtes. Même l'avatar de Barclay avait sursauté – Angela l'avait vu.

— Youpi ! couina Rebka, qui sautait partout comme une petite fille de dix ans en agitant les bras vers le ciel. Ils sont là ! Eh ! c'est Raul qui pilote !

Et elle sautilla de plus belle en faisant tournoyer ses bras avec enthousiasme.

Incrédule, Angela vit une énorme goutte sombre transpercer les rubans placides d'une aurore boréale pour descendre dans le canyon. Comme tous les naufragés sans espoir, elle avait du mal à croire à l'arrivée de ses sauveteurs.

Le vaisseau ralentit et se redressa, tournant sa large base vers le sol, puis se posa à une cinquantaine de mètres. De minuscules étincelles émeraude parcoururent ses anneaux déformés, comme s'il générait des gouttelettes de concentré d'aurore boréale. Rebka prit Angela par le bras et l'entraîna dans son sillage.

— Viens, il faut que tu fasses la connaissance de Raul.

— Qui est Raul ?

— Mon frère. Enfin, il faudrait lui demander ce qu'il en pense ! Pour être tout à fait honnête, j'ai été une petite sœur assez difficile à vivre.

Encadré par son écharpe et son bonnet en laine, son visage était tellement plein de vie qu'Angela ne put s'empêcher de sourire, la joie de Rebka étant comme une force de la nature.

Un sas s'ouvrit sur deux hommes couverts d'une matière noire et lisse semblable à celle que pouvait produire la cape métamoléculaire de Rebka. Leurs visages étaient toutefois visibles. Rebka lâcha un cri strident et entoura de ses bras le plus grand et le plus jeune des deux personnages.

— Maman, c'est Raul !

— Angela DeVoyal, dit-il, impressionné. *La* Angela DeVoyal. Je vous prie de m'excuser, mais cela fait si longtemps que nous attendons tous de vous rencontrer.

— Comme je vous comprends, acquiesça Angela avant d'éclater de rire, tant ce qu'elle venait d'entendre lui paraissait surréaliste.

Ils n'avaient pas grand-chose à emporter. La plupart des survivants ne se donnèrent même pas la peine d'aller chercher leurs effets personnels dans les véhicules. Contrairement à Angela. Son sac contenant les objets qu'elle avait achetés chez *Birk-Unwin* était tout ce qu'elle possédait ; elle avait attendu vingt ans de pouvoir dépenser l'argent qu'elle avait gagné à Holloway. De l'argent on ne pouvait plus difficile à gagner et donc très important.

Après avoir récupéré son sac couvert de givre dans la Tropic-2, elle désactiva les cellules du véhicule, en veille depuis le soir précédent. Vu qu'elles fonctionnaient à haute température, les rallumer par un froid pareil leur aurait sans doute été fatal, risque qu'Elston avait refusé de courir. Les lumières du tableau de bord s'éteignirent. Pour la première fois depuis dix-huit jours, les gémissements des machines ne résonnèrent plus dans ses oreilles.

Dix-huit jours ?

Elle se surprit à trembler. Le voyage qu'ils avaient fait avait été trop intense, trop viscéral pour n'avoir duré que dix-huit jours. Rien ne pourrait lui faire oublier l'énormité de ce qu'elle avait enduré, pas même la joie d'avoir retrouvé Rebka.

Angela s'éloigna de la Tropic tandis que Ken, Sakur et Tamisha portaient le brancard de Botin vers le vaisseau. L'avatar de Barclay attendait sur la rivière gelée. La chose non humaine était aussi impassible qu'à l'accoutumée, parfaitement immobile, tandis que les épais rubans lumineux de l'aurore boréale le caressaient. Comme si elle communiait avec la tempête. En esprit, Angela vit à travers sa coquille humanoïde ; elle imagina l'âme de ces plantes, la force vive fabuleusement complexe qui occupait cette planète tout entière telle une couronne accrochée à une étoile. Immense, immortelle, le triomphe d'une évolution dépassant de plusieurs milliards d'années ce à quoi la Terre pouvait aspirer. Capable de choses que les hommes ne pouvaient même pas imaginer, même pour leurs dieux. Angela se tenait sur elle, parmi elle. Ridicule, infinitésimale, tellement brève.

C'était une perspective décourageante. Quelle pouvait être l'utilité de sa toute petite vie dans un univers abritant le Zanth et St Libra ?

Des sanglots l'arrachèrent à ses réflexions. Appuyée contre le flanc de la Tropic-3, Lulu MacNamara pleurait en serrant contre son cœur une contrefaçon de sac de grande marque et en se moquant bien que ses larmes gèlent sur ses joues couvertes de craquelures et de croûtes.

Angela la rejoignit.

— Qu'est-ce qu'il y a, ma puce ? On est sauvés. On va nous sortir d'ici.

— Je sais, gémit Lulu, mais il n'y a plus de portail. Le monstre l'a dit, je l'ai entendu. Je ne vais jamais revoir ma maison ni ma mamie. Elle va beaucoup s'inquiéter.

— Il ne faut jamais dire « jamais ». Moi, par exemple, j'ai mis vingt ans à retrouver Rebka. Ta mamie sera là à t'attendre quand tu rentreras chez toi.

— Mais comment ? supplia la jeune femme.

— Je n'en ai pas la moindre idée, répondit Angela d'un ton désinvolte. Mais c'est le futur, c'est normal. Tu prends ton élan et tu sautes sans savoir où tu vas atterrir. C'est génial, non ? Tu veux retourner chez toi, à Newcastle ? C'est simple, quand tu seras à Abellia, tu grimperas sur une pierre et tu crieras aux passants : « Qui veut rentrer avec moi ? » Si vous êtes suffisamment nombreux, vous n'aurez qu'à construire un portail par vous-mêmes.

— Ouais, comme si c'était possible. Je ne suis que serveuse.

— Lulu, tu es vivante alors que nous aurions tous dû mourir. Cette expédition a été la plus terrible, la plus effrayante, la plus brutale période de ma vie, et pourtant, je peux te dire que j'ai vu et fait des choses que tu n'imagines pas. Ça fait de toi une grande, Lulu. Dans cet univers, vivre est déjà une victoire. Maintenant, on va tous monter dans ce vaisseau pour aller dans une ville qui va dégeler gentiment. Pour la suite, on décidera plus tard. Et personne ne le fera pour nous.

— Sans doute.

Angela passa un bras autour des épaules de la jeune femme et la serra furtivement.

— Eh ! c'est la première fois que je vais monter à bord d'un vaisseau spatial. J'ai hâte ! Déjà, je suis sûre qu'il y fait chaud. Qui sait ? il y aura peut-être même une douche.

Le sas s'ouvrit, et elle découvrit un simple compartiment circulaire au plafond légèrement concave. Rien d'extraordinaire. Constitués d'un genre de mousse grise, le sol et les canapés incurvés disposés en cercle ne semblaient faire qu'un. Le personnel du convoi retira ses parkas et ses pantalons épais. Des flaques de glace fondue et sales grossirent par terre. Malgré sa technologie très avancée, le vaisseau avait le plus grand mal à gérer la présence olfactive de tant de personnes à l'hygiène douteuse.

— J'aurais une question à vous poser..., dit Angela à l'avatar de Barclay.

— Oui ?

— Avez-vous tué les mutins, ceux qui ont fui à bord de la JMT ?

— Non, Angela. Ils ne se dressaient pas entre l'arme et moi.

— Vous sentez leur présence ?

— Oui. Ils ont beaucoup souffert du blizzard. Ils n'ont pas fini de se dégager.

Angela se tourna vers Raul.

— Nous savons quelle route ils ont prise. Allons les chercher.

— Ils ne le méritent pas, grogna Antrinell, amer.

Angela le gratifia d'un sourire mauvais.

— Je sais. Mais suffisamment de personnes sont mortes sur St Libra, alors montrons à cette planète ce que cela signifie que d'être humains. Allons les récupérer, offrons-leur un repas chaud et emmenons-les à Abellia où ils seront en sécurité, comme nous.

* * *

Dès l'apparition des vaisseaux spatiaux, Sid et Jacinta avaient foncé à l'école pour récupérer les enfants, roulant en mode manuel et mettant à profit le statut de Sid pour demander la priorité au métamaillage des rues de la ville. À la grande joie de Will et Zara, ils étaient arrivés devant l'établissement en faisant hurler la sirène et tournoyer le gyrophare de la voiture. Les deux enfants furent d'ailleurs très déçus lorsque Sid les éteignit sur le chemin du retour.

— Pourquoi ? bougonna Will.

— Parce que je ne pense pas que les vaisseaux nous soient hostiles, expliqua Sid.

Il n'était pas tout à fait concentré sur la route, ce qui, du fait du nombre de gens conduisant mal pour rentrer chez eux ou aller récupérer les gens qu'ils aimaient, était particulièrement dangereux. Les rues étaient des torrents de feux arrière verts, et personne n'obéissait plus au métamaillage. L'attention de Sid était focalisée sur les images qui défilaient dans la grille de ses iris. L'imposant banc de vaisseaux avait pris position au-dessus et autour du portail ; ils étaient d'ailleurs les seuls objets statiques dans tout le quartier. Leur frais cybernétique grouillait sur et à l'intérieur du générateur. Le soleil se reflétait sur les mandibules chromées des robots qui se tortillaient sans cesse, s'attaquant aux soudures du mécanisme, les désossant telle une charogne technologique.

— Pourquoi, papa ?

— Parce qu'ils viennent de Jupiter. Enfin, je crois.

— Qu'est-ce que tu en sais ?

— J'ai déjà rencontré une personne qui a volé dans un de ces engins.

— Quand ? couina Zara, tout excitée. Hein, papa, quand ?

— La nuit où oncle Ian est mort.

— Et elle voulait faire sauter la bombe D, elle aussi ? demanda Will.

— Bon, vous deux, laissez un peu votre père tranquille, d'accord ? intervint fermement Jacinta.

— Mais maman…

— Ça va, ça va, reprit Sid. Non, les vaisseaux n'ont rien à voir avec la bombe D. Ils appartiennent à Constantine North. En revanche, ne me demandez pas pourquoi ils sont en train de démanteler le portail.

Comme d'habitude, je ne comprends rien à ce qui se passe.

Le bruit des réacteurs emplissait l'atmosphère. Les enfants passèrent le restant du trajet à essayer de voir les chasseurs qui tournaient autour du banc et protégeaient les habitants de Newcastle contre ces envahisseurs qui, au grand jour, privaient la ville de son plus grand atout. De temps à autre, Will et Zara pointaient du doigt avec un enthousiasme non dissimulé les deltas noirs qu'ils voyaient passer entre les toits des maisons.

De retour à la maison en un seul morceau, la famille Hurst s'installa devant le grand panneau mural du salon. Les hélicoptères des médias jouaient à un jeu dangereux, se rapprochant toujours plus près des vaisseaux spatiaux, comme pour les tester. Dans les rues du Dernier Mile, c'était la même chose ; les journalistes tentaient de se faufiler entre les agents de sécurité nerveux qui fermaient tous les accès au portail. Des transports de troupes de l'ADH défilaient sur Kingsway, débarquant des soldats et des officiers qui, en l'absence d'ordres clairs venus d'en haut, n'étaient pas certains de savoir quoi faire.

L'i-e de Sid l'informa que les appels prioritaires s'accumulaient dans son interface transnet. Le sixième étage de Market Street tout entier voulait lui parler. Mais il s'en moquait. Pendant des années, il avait fait les quatre volontés des riches et des puissants, jouant le jeu dans leur intérêt commun, car, en homme intelligent qu'il était, il savait que le monde fonctionnait ainsi.

En ce jour particulier, cependant, il avait décidé de rester avec les siens, comme tout père de famille qui se respectait. La défiance avait du bon, parfois.

Northumberland Interstellar publia un communiqué officiel soixante-dix minutes après le début de la crise. Depuis le QG du service marketing de la société, dans le centre-ville, un Alanzo North2 étonnamment serein annonça à la mêlée médiatique que le portail était démantelé pour éviter une catastrophe humanitaire. Une forme de vie intelligente avait été découverte sur St Libra, et l'on était en train d'organiser l'évacuation des Territoires indépendants.

Il insista bien sur le fait que les vaisseaux spatiaux appartenaient aux North et qu'ils ne représentaient pas une menace. Oui, ils étaient venus de Jupiter. Non, il n'avait rien à dire sur la présence éventuelle d'un de ces appareils au-dessus de l'entrepôt de Mountain High la nuit où l'officier Ian Lanagin avait perdu la vie.

— C'est vrai papa ? Ils ont trouvé des extraterrestres ? demanda Will.

— Oui, j'en ai vu un.

— Pour de vrai ?

— Oui. Il a tué oncle Ian.

Jacinta lui lança un regard noir et lui donna un coup de coude dans les côtes.

— Ils sont dangereux ?

— Très.

— Sid ! siffla Jacinta.

Il haussa les épaules.

Deux hélicoptères bourrés de journalistes avaient découvert le vaisseau posé devant la pyramide tronquée d'Augustine North, pas très loin d'Alnwick. Des engins armés avaient décollé pour les tenir à distance, mais les images haute résolution continuaient à affluer sur le transnet. Il y avait plusieurs North au pied du vaisseau, et des chariots motorisés chargés de caisses et de boîtes qui sortaient du manoir.

Le réalisateur bascula sur la flotte suspendue au-dessus du Dernier Mile. Un autre vaisseau en forme de goutte était en train de prendre de l'altitude. Des hélicoptères de l'ADH le suivaient tandis qu'il filait vers le nord en volant à deux cents mètres du sol. Les engins envoyés par les médias ne comptaient évidemment pas les laisser disparaître sans réagir.

— Il est au-dessus du fleuve, dit Will. Regardez, c'est la gare centrale.

— Papa, qu'est-ce qu'il fait ? demanda Zara.

— Je ne sais pas.

Mal à l'aise, Sid regarda le vaisseau survoler avec fluidité le complexe du Civic Centre. Cette trajectoire le mènerait tout près de…

— Il suit la ligne du métropolitain, remarqua Jacinta.

— On dirait, admit Sid.

— On va pouvoir le voir ! s'enthousiasma Will en bondissant sur ses pieds.

— Non ! rétorqua Sid en allongeant le bras pour tenter de rattraper son fils, qui s'en allait en courant avec l'exubérance de son âge.

Sid se lança à ses trousses, aussitôt suivi par Jacinta et Zara. Will ouvrit la porte, sortit dans le jardinet de devant et se figea. Sid le rejoignit et le saisit par les épaules.

Entouré d'un essaim d'appareils terriens circonspects, le vaisseau volait au-dessus de St George's Terrace et perdait de l'altitude. Les voisins de Sid étaient sortis aussi, qui assistaient à ce spectacle avec une crainte mêlée de respect.

— Papa ! s'exclama Will, à la fois effrayé et ravi. Il vient *ici*.

Sid passa un bras autour de son fils émerveillé, et l'autre autour de sa femme et de sa fille. À vingt mètres de là, dans la rue calme d'un quartier pavillonnaire, venait de se poser en silence un vaisseau venu de Jupiter. Un disque, près de sa base, s'assombrit et disparut. Un North vêtu d'une chemise verte légèrement déboutonnée et d'un jean mit pied à terre.

Il sourit à Sid tandis que les hélicoptères des médias et de l'ADH tournoyaient dans le ciel.

Voyant le North s'avancer jusqu'à leur portail, la petite Zara se cacha discrètement dans le dos de son père.

— Bonjour, Sid.

— Dites-moi qui vous êtes, parce que je refuse de me prononcer…

— Je comprends. C'est moi, Clayton. Pas de subterfuge, cette fois, patron, je vous dois bien ça. Je suis venu ici pour vous apporter des réponses.

— Sympa. Alors, vous avez identifié notre extraterrestre ?

— C'est un avatar envoyé par la forme de vie dominante de St Libra.

— C'est lui qui a tué notre North ?

— Oui.

— Et l'identité de la victime ? du type qu'on a sorti de la Tyne ?

— C'était Aldred. L'avatar a usurpé son identité.

Sid hocha faiblement la tête. Dire qu'il avait travaillé pendant des mois à côté d'un imposteur extraterrestre, qu'il lui avait parlé, qu'il avait pris le café avec lui, qu'il avait accepté son discours rassurant concernant son avenir professionnel. Désormais, il savait, mais il ne comprenait pas pour autant.

— Mais pourquoi ?

— Ce serait trop long à expliquer, répondit Clayton en faisant la grimace, et nous sommes pressés. Nous attendons juste que les robots aient terminé de démanteler le portail. Je vous enverrai le dossier complet, si vous voulez. C'est fascinant, vous verrez. Même s'il faut se replonger un peu dans notre histoire.

— Où est-ce que vous allez ? bredouilla Sid, incapable de détacher son regard du vaisseau.

Cette machine hantait ses rêves depuis une semaine. Constamment, il la revoyait filer vers les étoiles, le laissant enchaîné à la Terre et envieux. Envieux parce qu'il aurait voulu vivre une autre vie.

— Sirius. On va bâtir un nouveau monde, Sid, une nouvelle civilisation. Entre autres choses.

— Mais vous avez fermé le portail ; comment allez-vous vous y prendre ?

— Nous allons faire ça à l'ancienne, j'en ai peur. Heureusement, ajouta Clayton en désignant le vaisseau dans un sourire, ils sont très rapides, et Sirius n'est qu'à huit années-lumière et demie.

Sid sentit son cœur s'emballer. Comme il aurait aimé partir à l'aventure de cette façon… Il se tourna vers Jacinta. Son épouse partageait sa fascination.

— Emmenez-nous avec vous !

* * *

La salle de spectacle de l'école de Camilo était rapidement devenue leur salle de réunion après l'arrivée de la neige et du froid. Lorsque le blizzard le permettait, les habitants s'y retrouvaient pour partager de grands repas, faire la classe aux enfants, solutionner leurs problèmes, répartir les tâches et parler de l'avenir de la communauté. S'il n'avait su que les fermes étaient enfouies sous plusieurs mètres de neige et qu'il était exclu de faire pousser quoi que ce soit, Saul aurait pu apprécier ce climat. Toutefois, au fil des semaines, comme s'installait une certaine routine et que les expéditions succédaient aux blizzards, des rumeurs désagréables avaient commencé à circuler, infiltrant leur monde confortable ; on parlait de caches de nourriture, de gens gardant pour eux ce qu'ils avaient trouvé.

Ces chamailleries ridicules furent immédiatement reléguées au second plan quand leur parvint, dans la matinée, via ce qui restait du réseau d'Abellia, la nouvelle de la fermeture du portail de Highcastle. Les dernières images de Newcastle étaient stupéfiantes : des centaines de vaisseaux tombant du ciel, puis plus rien.

La Terre avait-elle été envahie ?

Les habitants de Camilo s'en moquaient. Spontanément, ils se retrouvèrent à l'école pour un genre de conseil municipal. Les échanges furent vifs, la tension palpable. Les villageois s'accordaient sur le fait qu'ils pourraient tenir encore deux mois, en dépit du fait qu'il fallait s'aventurer toujours plus loin pour trouver de la nourriture – et qu'ils n'étaient pas les seuls à visiter les maisons inoccupées. Jusque-là, les rencontres avec d'autres communautés s'étaient bien passées – il leur était même arrivé de collaborer. Cependant, le temps de l'entraide était terminé, et ils le savaient tous. Ils allaient devoir marquer leur territoire.

Otto se leva et proposa de construire des serres pour faire pousser des légumes. Les autres le huèrent, lui crièrent de la fermer. Brinkelle ne cultivait-elle pas de la nourriture dans des cuves ? Otto ne se laissa pas impressionner et leur conseilla d'être réalistes. Les fermes étaient ensevelies sous des mètres de neige, et on ne pouvait pas dire que Brinkelle se soit précipitée à leur secours. Si l'Institut était en mesure de produire de la nourriture, cela se saurait.

Le ton monta et le débat se fit acrimonieux. Isadora, Jevon et Clara écoutèrent sans rien dire et restèrent discrets. Saul se demanda s'il avait eu raison de les emmener. Ils méritaient de connaître la vérité, mais…

La détérioration des relations humaines était inévitable, supposait-il. Il se rappelait très bien la façon dont les citoyens de New Florida étaient devenus fous à l'arrivée du Zanth. Étrange – il n'avait pas pensé à David et Alkhed depuis des décennies, et voilà qu'il se demandait si les deux infirmiers avaient réussi à sauver leur peau.

Emily se pencha vers lui.

— Tu devrais dire quelque chose, murmura-t-elle.

— Personne n'écoute.

— Toi, ils t'écouteront.

C'était peut-être vrai, mais il ne savait pas quoi dire. Peut-être que, lorsque tout le monde se serait calmé, il irait voir ses voisins individuellement pour tenter de construire un consensus. C'était davantage son style que ces joutes verbales.

Soudain, son i-e l'informa qu'il venait de recevoir un appel. Et plus rien d'autre ne compta.

Saul se leva, plus serein que jamais. Otto et Gregor interrompirent leur échange d'insultes et le regardèrent avec étonnement, attendant qu'il prenne la parole.

Au lieu de quoi il sourit à ses enfants.

— Venez.

— Saul ? demanda nerveusement Emily.

— Tout va bien, répondit-il. Quelqu'un est arrivé.

Il entraîna ses enfants curieux et sa femme inquiète à l'extérieur, en s'assurant que les petits enfilent d'abord leurs gants et leur bonnet. Le reste du village les regarda partir dans un silence stupéfait.

— Saul ? appela Otto.

— Vous pouvez venir aussi ! Ça pourrait vous intéresser.

Ceux qui se trouvaient suffisamment près de lui virent qu'il avait les yeux humides.

Toute l'assemblée sortit donc de la salle de réunion à la suite de la famille Howard. Ils arrivèrent juste à temps pour voir un vaisseau spatial en forme de larme gris-vert transpercer les rubans colorés d'une aurore boréale pour se poser en douceur sur la glace et la neige fondue de la plage. Saul marcha vers l'engin sans hésiter. Isadora, Jevon et Clara restèrent accrochés à lui, impressionnés par cette étrange merveille tombée du ciel – et dont la présence ne semblait pas étonner leur père. Bouche bée, Emily accompagna également son mari.

Comme un sas s'ouvrait à la base de l'appareil, Saul se tourna vers elle.

— Je suis vraiment désolé. Je ne t'ai jamais parlé de tout ça. Je la croyais morte. J'ai refait ma vie.

Il n'était plus sûr de rien. Oui, Angela l'avait appelé, mais…

Deux femmes sortirent de l'appareil. Il y avait Angela, un bonnet de laine vissé sur la tête pour la protéger du vent marin glacial, ce qui n'empêchait pas sa chevelure de voleter autour de son visage. L'autre femme avait une chevelure presque identique, quoique plus foncée et plus longue. Et son visage lui était agréablement familier.

Saul se mit à pleurer abondamment et ouvrit les bras. Il tremblait tellement qu'il craignit de sentir ses jambes céder sous son poids. Alors, une Rebka émue, elle aussi, se pressa contre lui, collant son nez froid contre son visage.

— Salut, papa.

* * *

Il y avait du monde dans le salon du bungalow. Angela regarda Saul mettre deux bûches de sparpin dans le poêle situé au centre de la pièce. Bien que bricolé, celui-ci était extrêmement chaud et, vu le nombre de personnes présentes, ils n'auraient pas besoin d'une autre source de chaleur. Saul ne cessait de regarder Rebka, les yeux pleins d'adoration et d'émerveillement. Il ne savait pas quoi dire, mais n'avait manifestement pas l'intention d'être séparé de plus de deux mètres de sa fille retrouvée. Au moins avait-il cessé de pleurer.

Angela dut admettre que ses autres enfants étaient mignons aussi. Isadora, Jevon et Clara n'avaient pas été si heureux depuis l'apparition des taches solaires. Il y avait un vrai vaisseau spatial devant la maison, ils avaient une nouvelle grande sœur superdrôle et intéressante, et papa était rigolo, tellement il était heureux. Il y avait tout un tas de gens importants dans la maison, dont un monstre très effrayant. De quoi impressionner tous les copains du village, assurément. Angela sourit lorsque la petite Clara, toute timide, offrit une de ses peluches – un singe vert baptisé Banane – à Rebka. Celle-ci joua de bonne grâce avec le jouet, à la grande joie de la petite fille.

C'était le genre de scène que Saul et elle auraient pu vivre ensemble si la vie avait été différente. Très différente. Mais alors, il n'y aurait pas eu de Rebka, donc pas de regrets.

Coby North et Raul acceptèrent des mugs de thé proposés par Emily. Celle-ci n'avait pas dit grand-chose depuis l'arrivée du vaisseau. Angela était consciente d'être la cible de quelques regards intenses. Avant longtemps, toutes les deux allaient devoir avoir une bonne et longue conversation.

Emily hésita devant l'avatar de Barclay, se demandant si elle devait lui proposer du thé. La créature secoua imperceptiblement la tête, et Emily s'éloigna, soulagée.

Et puis il y avait Otto et Markos, qui se tenaient un peu à l'écart. Ils représentaient le village, mais ne savaient clairement pas quoi faire de leurs visiteurs inattendus. Les autres membres du convoi étaient dans les locaux de l'école, où on leur avait promis une douche et un lit. Angela imaginait qu'ils devaient être mitraillés de questions.

Paresh prit place dans le canapé, à côté d'elle, grimaçant lorsque son épaule bandée heurta l'accoudoir.

— Ça va ? demanda-t-elle.

— Ouais. Beaucoup mieux.

Angela savait qu'il se donnait beaucoup de mal pour ne pas dévisager l'avatar. Abandonner son fusil et son pistolet dans le canyon n'avait pas été facile pour lui.

— Tant mieux, murmura-t-elle. Apparemment, il y aurait quelques bungalows inoccupés dans le coin. On pourrait s'y installer. Il suffirait de dégager le toit et de remettre le chauffage en route.

— On pourrait s'y installer, voyez-vous ça…, se moqua-t-il.

Ce qui n'était pas du tout dans le style de son petit chiot.

— Rebka et moi, oui, en tout cas, le provoqua-t-elle. Mais je crois qu'il y a une chambre d'ami.

— Je me contenterai de ce qu'on me donnera.

— Bien. Au fait, reprit-elle d'une voix plus grave en lui serrant la cuisse, tu ferais mieux d'apporter des analgésiques pour tes côtes. Le dosage maximal. Tu sais depuis combien de temps on n'a pas fait l'amour, toi et moi ?

— Oh ! oui, je sais.

Il s'écarta un peu et sourit poliment lorsque Emily lui offrit un mug de thé. Isadora suivait sa mère avec une boîte de chocolats à l'orange et au bourbon, heureuse de faire plaisir.

Angela en prit deux et sourit à la petite fille curieuse.

— Si ça ne vous dérange pas, commença Coby North, je dois me rendre chez Brinkelle pour tout lui expliquer.

— Et nous ? demanda Otto.

— Tous les humains devront quitter St Libra, expliqua Coby.

— Quoi ? bafouilla Otto.

Coby se tourna vers l'avatar de Barclay, comme pour obtenir son autorisation de poursuivre.

— Nous sommes des intrus, ici. Ce n'est pas notre monde.

— Ce n'est peut-être pas le vôtre, mais c'est le mien. Mes enfants sont nés ici.

— Et les nôtres aussi, intervint Saul, mais ça ne change rien, Otto. Écoute ce qu'on te dit, écoute bien. Nous ne pouvons plus vivre ici. Nous n'avons aucun droit sur cette planète.

— Les taches solaires ne vous ont-elles pas convaincus ? demanda l'avatar de Barclay.

Otto le regarda du coin de l'œil, effrayé.

— Où va-t-on aller ? s'enquit Saul. Le portail est fermé.

— Sirius XIV, répondit l'avatar. C'est un peu plus loin que St Libra, mais largement dans la zone habitable. Une journée y dure vingt-trois heures et dix-neuf minutes, ce qui ne vous posera aucun problème d'adaptation. Et la pesanteur est de 0,9 standard terrestre. Il y a même du minerai de fer dans la croûte. Cette planète vous conviendra parfaitement.

— Je ne comprends pas, dit Emily. L'atmosphère de cette planète est pire que celle de Vénus. On ne peut pas vivre là-bas. Personne ne le peut.

— Elle est inhospitalière pour le moment, acquiesça l'avatar de Barclay, mais cela va changer. Tout change. J'ai accepté de la modifier pour vous. Tout ce dont vous aurez besoin, ce sont les semences pour créer votre propre biosphère.

— Semences que Constantine fera venir, ajouta Coby. Nous avons une banque génétique dans l'habitat de Jupiter – pour les cas comme celui-ci, justement. Enfin, pas tout à fait, mais cela ira.

— Le portail est fermé, leur objecta Otto. Personne ne peut plus nous rejoindre.

— La flotte de Jupiter volera jusqu'ici à travers l'espace interstellaire, expliqua Raul. La plupart des vaisseaux sont de toute façon trop gros pour emprunter le portail. D'ailleurs, elle va venir avec le portail démonté à Newcastle.

— Pourquoi ? demanda Paresh.

— Pour le réassembler sur Sirius XIV, répondit Coby. De cette façon, tous les habitants de St Libra pourront être évacués. C'est un bon compromis. Si nous n'évacuons pas, Sirius restera rouge jusqu'à ce que cette planète soit débarrassée de nous.

— Je me suis mis d'accord avec Constantine pour cesser d'agir sur Sirius. Les taches solaires vont disparaître au cours des deux prochains mois. L'hiver cessera. Vous profiterez des prochaines années pour vous remettre de cet épisode et vous préparer. Pour ma part, je vais poursuivre ma mission en tant que Zebediah afin de convaincre les habitants des Territoires indépendants de partir.

* * *

Ce soir-là, Saul et Emily installèrent Angela et Paresh dans leur chambre d'ami et Rebka dans celle de Clara. Ravie, la petite fille de six ans emménagea donc chez une Isadora moins enthousiaste.

— Ce bois sent vraiment fort, se plaignit Paresh en se glissant dans leur lit de fortune.

Ils avaient posé le matelas une place par terre et lui avaient accolé quelques coussins pris sur les canapés du salon, avant de le couvrir de quelques sacs de couchage zippés entre eux.

Angela émergea de la salle de bains, où le moindre carreau était moucheté de gel dentaire pour enfant. Elle embrassa du regard les murs de la chambre, le long desquels Saul avait empilé des centaines de bûches de sparpin pour les faire sécher avant de les brûler dans le poêle. Pour la première fois depuis l'apparition des taches solaires, elle retrouvait un parfum typique de St Libra. Une odeur plutôt acide.

— Ce n'est pas si terrible.

— Tu as eu le temps de parler à Emily ?

— Non. On verra ça demain. De toute façon, il vaut mieux qu'elle discute d'abord avec son mari.

— Ouais. Elle va le cuisiner, je ne te raconte pas !

— Il n'a pas grand-chose à se reprocher. En fait, il n'aura qu'à tout me mettre sur le dos.

— Eh ! protesta-t-il. Tu n'as rien fait de mal.

Angela le regarda en souriant.

— Chéri, la liste des conneries que j'ai faites est tellement longue que je ne saurais même pas par où commencer.

D'un mouvement d'épaule, elle se débarrassa de sa robe de chambre d'emprunt. Elle aurait bien aimé porter quelque chose d'ajouré et de transparent pour lui, mais, en dehors du salon, il ne faisait pas si chaud dans le bungalow, aussi s'était-elle résolue à porter un bas de pyjama prêté par Emily et un sweat-shirt mauve prêté par Saul.

— Je ne plaisantais pas à propos de mes côtes, dit-il, morose, comme elle se glissait sous les sacs de couchage à côté de lui. Elles me font toujours mal. Le doc m'a bien dit de ne pas faire trop d'efforts.

— Mmh..., tu me lances un défi ?

Paresh rit.

— Je ne te comprends toujours pas.

— Beaucoup d'autres ont essayé avant toi.

Elle s'allongea sur le côté pour pouvoir le regarder. Là où il n'y avait pas de croûtes, la peau de son visage pelait. Il paraissait fatigué, profondément las ; il lui faudrait très longtemps pour se remettre complètement. Elle se rendit compte qu'elle pouvait contempler ce visage longuement sans s'en lasser.

— Je veux que tu saches : je t'aime vraiment beaucoup. On ne va pas se marier ou un truc du genre, d'accord ? Mais je suis heureuse, et ça fait un bail que ça ne m'était pas arrivé. C'est en partie grâce à toi, alors continuons comme ça. Je ne veux pas être malheureuse.

— Pas de souci. Je comprends que tu sois heureuse. Rebka est une fille super.

— Je ne te le fais pas dire.

— Tu fais confiance à cet avatar ?

— Tu vois et tu juges l'avatar et non pas la vie qui l'anime. Quand tu le regardes, tu vois un humain, mais tu te trompes.

— Ça veut dire « oui », si je comprends bien.

Elle l'embrassa.

— Je crois que ça va bien se passer.

— Quand je pense à la situation dans laquelle on se trouvait hier à la même heure, je me dis que tu as raison.

— Paresh, merci de ne pas avoir douté, d'avoir cru en moi, là-bas, dans le canyon. Ces deux derniers mois ont beaucoup compté pour moi.

Il hocha la tête, sage.

— Ç'a vraiment été une journée bizarre, remarqua-t-il, mais je suis content de l'avoir vécue.

— Ç'a été une vie bizarre, le corrigea Angela. Jusqu'ici.

Juin 2152

Will posa le vaisseau à ondes lumineuses sous la supervision de Caspar North – après tout, il n'avait que dix-huit ans et n'était encore qu'apprenti. Zara avait fulminé et boudé pendant tout le trajet depuis l'habitat amalgamé en orbite géostationnaire autour de Sirius XIV. N'ayant que seize ans, elle était cadette et n'avait le droit de piloter que des simulations sur une console de zone.

Sid avait plutôt bien supporté les huit minutes de descente. Il ne s'était même pas accroché aux accoudoirs de son fauteuil d'accélération.

L'engin s'était posé sur une plate-forme située en bordure de Burradon, nom donné à la première colonie de la planète. Will les rejoignit dans la cabine principale, un grand sourire aux lèvres.

— Vous avez senti des secousses ? demanda-t-il à sa famille.

— Rien jusqu'à ce que tu désactives le champ gravitationnel, répondit Jacinta. Je crois que je sens la différence avec la Terre.

Ce n'était pas le cas de Sid. Après neuf années passées dans le grand habitat, dont la gravitation était le résultat de la rotation, il avait presque oublié les sensations procurées par une véritable pesanteur planétaire. Son oreille était très faiblement perturbée lorsqu'il sortit du sas dans l'air chaud.

Pourvue de deux océans, Sirius XIV était désertique d'un pôle à l'autre. D'en haut, Sid avait admiré les calottes glaciaires aveuglantes, mais il savait qu'il n'y avait que du sable mort sous les nouveaux glaciers. Lorsqu'ils étaient arrivés, un mois plus tôt, après trois jours de décélération – la vitesse de croisière de la constellation de vaisseaux venue de Jupiter était de quatre-vingt-dix-neuf pour cent de celle de la lumière –, la planète était complètement stérile. Pas la moindre bactérie n'y vivait.

La « toile blanche ultime », avait dit Constantine. Un monde de possibilités.

Le sable fin, sous les bottes de Sid, était d'un ocre terne et peu motivant, sillonné d'empreintes de pas, de roues, et de ruisselets d'eau de pluie. Sid dut chausser ses lunettes de soleil pour se protéger contre l'intense éclat blanc-bleu de l'étoile, qui avait recouvré sa gloire d'antan. Il scruta le ciel couleur saphir foncé et avisa Sirius B, à peine visible et tout juste aussi large que son pouce à côté de l'astre primaire. Il regarda vers le sud. Telle une étoile particulièrement brillante, St Libra scintillait au-dessus de l'horizon. Vingt-trois millions de kilomètres les séparaient, et pourtant, il reconnut sa silhouette ovale caractéristique, due à son système annulaire. Sirius XIV n'avait même pas de lune.

Il y avait des montagnes, à l'est, une haute chaîne bordée de pics enneigés autour desquels s'amassaient des nuages. Il pleuvait souvent à Burradon. Il y avait plusieurs averses intenses, chaudes et brèves par jour. C'était parfait pour les plantes, les champs et même les arbres. L'humidité était également importante, notamment à cause de la mer, distante de dix kilomètres.

Un buggy s'arrêta devant eux. Son pilote auto Hi-Q demanda une connexion et les informa qu'il avait pour mission de les conduire à leur maison nouvellement construite. L'octocyber de l'aire d'atterrissage chargea leurs bagages dans le coffre, et ils se mirent en route.

Tout près de l'astroport, ils traversèrent un quartier entièrement peuplé de cyberblocs neumanétiques, gros cubes à la peau noire PV occupés à se dupliquer, à se diviser telles des amibes géométriques. Une fois libérés, ils absorbaient le brut qui coulait dans d'épais conduits longeant la route non asphaltée et s'attelaient aussitôt à leur tâche prédéfinie : produire. Les étapes du développement initial s'étaient concentrées sur la microfacture de maisons équipées d'unités domestiques, puis sur celle de vêtements, de meubles et de véhicules pour usage humain… Puis était venu le temps des systèmes de bioformation.

Sid admira avec ravissement les semeuses de biosphère, robots en forme d'oignons qui gonflaient des aérostats ovales transportant des cuves de culture – ou bioréacteurs –, dont la mission était de vaporiser vers le sol une eau extraite de l'atmosphère étouffante chargée de dizaines d'espèces de bactéries. Ces bactéries se multipliaient rapidement, produisant des nutriments à partir de minéraux nus, préparant le sol pour la prochaine étape.

Viendraient ensuite les algues, qui ajouteraient un composant biologique texturé à la matrice du sable, puis les moisissures et champignons. Tous joueraient un rôle important dans le planning élaboré par les colons pendant les neuf ans qu'avait duré leur voyage interstellaire.

Les premiers insectes seraient libérés d'ici à deux ans. Des milliards d'œufs termineraient leur gestation dans des cuves de clonage avant d'être disséminés sur ces terres. Puis ce serait le tour des graines ; avant longtemps, des fleurs pousseraient dans le désert. Forêts et prairies, jungles et savanes naîtraient pour habiller le paysage d'un manteau émeraude et foisonnant d'origine terrienne. La nature deviendrait maîtresse de la planète, ne nécessitant plus aucune intervention humaine. Alors la bioformation serait terminée. Les animaux sortiraient de leurs enclos pour jouir de leur liberté nouvelle, tout comme les humains fraîchement arrivés.

À la vue des aérostats s'élevant dans le ciel pour ensemencer le globe au gré des vents, Sid se dit une nouvelle fois qu'il avait pris la bonne décision. À en juger par son expression, Jacinta partageait son enthousiasme. Ils se prirent par la main et s'embrassèrent.

— Beurk ! s'exclama Zara en plissant le nez et en détournant les yeux.

— Regardez ! lança Will en désignant quelque chose du doigt. Le portail !

À plusieurs kilomètres des limites de la ville, le portail ressuscitait lentement dans un bâtiment massif et ouvert. Les composants démontés à Newcastle avaient été méthodiquement examinés, réparés et améliorés par l'IA de la flotte durant le voyage. Des automates triangulaires et lisses parcouraient un échafaudage complexe et réassemblaient soigneusement les pièces détachées.

— À peine arrivés, et déjà le voisinage se dégrade, regretta Zara.

— La colonisation sera progressive, rétorqua Jacinta. C'est forcé. Même nos systèmes neumanétiques ne peuvent accueillir tout le monde d'un seul coup.

— Ils disent que Brinkelle sera la première à traverser, dit Sid. Ce sera symbolique. Pour l'exemple.

— Symbolique, effectivement, confirma Will. Ça fait une semaine que des gens importants arrivent de St Libra par vaisseau à ondes lumineuses.

— Et l'avatar d'Aldred, il va repartir dans l'autre sens ? murmura Zara d'un air narquois.

— Ne sois pas désagréable, s'il te plaît, la réprimanda gentiment Sid.

La plaine vaguement ondulée sur laquelle était sise la ville plongea soudain vers une mer émeraude aux scintillements très séduisants. Des ruisseaux coulaient dans des ravines, serpentaient sur des coteaux avant de remplir des bassins creusés dans la roche érodée. Des routes en lacets dignes des plus beaux villages de montagne italiens zébraient les collines, reliant entre elles de longues terrasses taillées par des bulldozers et destinées à accueillir de nouvelles maisons.

— De l'eau douce ! s'exclama joyeusement Zara. Et il n'y a ni requins ni alligators ni méduses ni adradoth ni visimines. On peut y aller, hein, papa ? S'il te plaît !

Sid examina la côte dentelée et ses nombreuses criques. Des vaguelettes léchaient le sable saturé et grumeleux. Il y avait déjà des gens, en bas, qui s'amusaient dans l'eau.

— Pourquoi pas ? À condition qu'on trouve nos maillots de bain.

Zara l'embrassa avec enthousiasme.

— Merci, papa !

Sid sourit, heureux, mais ne put s'empêcher de se demander pendant combien de temps encore sa fille lui demanderait la permission avant de faire ce dont elle avait envie.

La maison qu'on leur avait allouée était une villa de plain-pied aux nombreuses baies vitrées donnant sur la mer. La longue terrasse était déjà équipée en mobilier de jardin.

— Waouh ! lâcha Sid, tandis que les adolescents couraient devant en se disputant la plus belle chambre sans l'avoir vue. On peut dire qu'on a vraiment tourné la page de Jesmond, non ?

Les lèvres de Jacinta s'étirèrent en un sourire nerveux.

— Sans végétation, ça fait quand même bizarre, regretta-t-elle, pensive. Il nous faut des arbres, des palmiers, surtout. Ou au moins des rosiers.

— Tu peux toujours retourner à Newcastle, si tu veux.

— Oh ! ferme-la.

Deux femmes marchaient sur la terrasse dans leur direction. Elles se ressemblaient tellement qu'elles auraient pu être sœurs. L'une avait l'air d'avoir à peine plus de vingt ans, tandis que la seconde semblait tout juste majeure. Sid fronça les sourcils comme un souvenir remontait à la surface de sa mémoire. L'aînée avait de longs cheveux blonds qui voletaient dans la brise marine.

— Salut, lança-t-elle avec entrain en écartant des mèches de ses yeux. On dirait qu'on va être voisins. Rebka et moi sommes arrivées de St Libra hier soir.

— Salut, répondit Jacinta. C'est super. Nos deux enfants ont à peu près votre âge.

Sid sourit jusqu'aux oreilles.

— Vous êtes Angela, pas vrai ?

— Oui. Comment avez-vous deviné ?

— J'ai étudié votre dossier durant notre voyage. Je suis vraiment content de vous rencontrer. Je crois qu'on a beaucoup de choses à se dire.

2377

La navette ellipsoïde à ondes lumineuses glissait en silence au-dessus de ce qui avait été un jardin vallonné. Des plantes et des arbres issus de huit planètes différentes, choisis pour leurs qualités ornementales, étaient en train de perdre leur bataille contre la végétation endogène de New Monaco, bien décidée à regagner ce terrain conquis autrefois par des espèces étrangères. Les intrus disparaissaient sous des déferlantes de plantes grimpantes et d'herbe à bétail bleue et grêle.

Le plexus neural auxiliaire d'Angela conduisit la navette autour de la bâtisse située au centre du parc. Avec tristesse, elle constata que l'énorme demeure n'était plus qu'une ruine. Cela faisait plus d'un quart de millénaire, désormais, qu'elle avait vu pour la dernière fois le somptueux palais depuis l'arrière de l'avion de Bantri qui la conduisait vers sa nouvelle vie…

La majeure partie de la toiture s'était écroulée, les panneaux brisés permettant à des siècles de pluie de se déverser sur le magnifique parquet poli, transformant l'escalier en cascade finement ouvragée. Du moins jusqu'à ce qu'il rouille et pourrisse. La décrépitude de la maison avait permis aux plantes de s'enraciner davantage, buissons et arbustes s'accrochant aux meubles et coussins décomposés.

Les murs en pierre de la structure centrale en double H avaient un peu mieux résisté, mais ils mesuraient un mètre d'épaisseur, et leur cœur en béton était doté d'une armature en carbone. La moindre crevasse accueillait des mèches éparses d'herbe à bétail. Les plantes grimpantes, après avoir repris possession du parc, gravissaient les redoutes verticales, leurs frondes envahissantes et tenaces attaquant la pierre, l'écaillant, l'effritant, taillant des silhouettes organiques et aléatoires au milieu des gargouilles et des cannelures. Les façades grandioses percées d'innombrables fenêtres qui, le soir venu, brillaient de mille feux et d'ors impériaux, n'étaient plus que des coquilles craquelées et écroulées, l'ombre d'elles-mêmes, des alignements d'alcôves vides aux vitres brisées.

La navette se posa à une centaine de mètres de l'aile ouest. Angela se tint prête à redécoller dans la seconde, craignant que la moindre vibration ne provoque un cataclysme final, l'effondrement de l'édifice rongé par le temps. Toutefois, rien ne bougea ; aucun bruit suspect ne résonna dans la bâtisse de pierres craquelées. Elle resterait donc debout pendant quelques années encore.

— Vous voyez qu'elle existe vraiment, hein ? lança-t-elle aux trois enfants agglutinés autour d'elle. Allons jeter un coup d'œil.

Ils coururent sur ce qui avait été une pelouse si plate et si lisse qu'on aurait pu jouer au golf dessus, leurs couinements de joie absorbés par l'atmosphère estivale immobile. Elle avait beau se creuser les méninges, Angela ne se rappelait plus si New Monaco abritait des animaux dangereux. Sa mémoire naturelle lui jouant des tours, tout ce qui était important était stocké dans son système neurologique auxiliaire – un jour, elle prendrait le temps de tout faire indexer. Comme ils portaient des bandes Dn au poignet, les enfants ne risquaient rien.

Elle chaussa des lunettes de soleil pour se protéger des rayons de l'astre qui brillait dans un ciel violet.

— Tu as vraiment habité ici, mamie ? demanda la petite Hollyn, ses bouclettes dorées se détendant comme des ressorts tandis qu'elle sautillait d'un pied sur l'autre.

Tout comme sa mère Scyritha, Hollyn ne tenait pas en place.

Angela suivit du regard la base de la façade et avisa un renfoncement dans le mur végétal – l'entrée de la cour principale, sans doute.

— Oui, ma puce. Dans une des sections intérieures.

— Tu es vraiment une princesse, alors ? s'étonna Octavio avec son perpétuel sourire insolent.

— Je l'ai été, mon chéri, il y a très, très longtemps.

— Ça devait être génial.

— L'univers était différent, à l'époque, mais non, pas vraiment. Je m'amusais, c'est vrai, mais sans plus.

Elle leur permit de s'éloigner, de jouer aux explorateurs, pendant qu'elle se dirigeait vers un cercle de huit vieux chênes. Elle n'eut pas besoin de lancer une recherche dans son système neurologique auxiliaire pour retrouver cet endroit. La dernière fois qu'elle s'était tenue là, les arbres étaient tout jeunes, lui arrivant à peine à l'épaule. Le tronc noueux, l'écorce pourrie, les branches mortes pointant vers le ciel violet et calme, ils vivaient leurs dernières décennies.

Au centre exact du cercle se dressait un simple pilier octogonal de marbre noir. Il était posé sur un socle, elle le savait, mais celui-ci avait depuis longtemps disparu sous la mousse et les plantes grimpantes.

Angela posa une rose rouge contre le marbre usé par les intempéries.

— Salut, papa. Je suis vraiment désolée que ça ait pris si longtemps, mais si tu savais quelle vie j'ai eue ! Je pense que tu serais fier de moi. J'en suis sûre, même. Notre famille est tellement grande, maintenant. Et extraordinaire. Et c'est grâce à toi, papa. Tu m'as donné la vie, et je t'en serai éternellement reconnaissante. Merci.

Une larme dégoulina de sous ses lunettes. Elle l'essuya du revers de la main, puis s'en fut rejoindre les enfants, qui venaient de trouver un des grands bassins du parc. Ils riaient en faisant des glissades sur un talus couvert de mousse.

Hollyn sourit en la voyant arriver et, de son petit bras, désigna la vaste demeure.

— Combien de personnes vivaient là-dedans, mamie ? Notre famille était aussi grande qu'aujourd'hui, à l'époque ?

Sa question amusa Angela, qui lui coinça une mèche de cheveux rebelles derrière l'oreille.

— Non, nous n'étions que deux. Mon père et moi.

Les enfants la regardèrent avec des yeux ronds en se demandant si elle se moquait d'eux.

— Deux ? couina Shawanna.

La petite fille regarda successivement son ancêtre et la ruine massive. Son visage était un masque d'incrédulité.

— Plus beaucoup, beaucoup de domestiques, de gens qui s'occupaient de nous, s'empressa d'ajouter Angela.

— Qu'est-ce que tu faisais de tes journées ?

— Bonne question, admit Angela. J'allais à des fêtes, je voyageais beaucoup sur les planètes que nous avions à l'époque. Je m'occupais. Je suis même tombée amoureuse pour la première fois.

— D'un prince ? demanda Hollyn avec des étoiles dans les yeux

— Oui, d'un prince.

— C'est un de nos ancêtres ?

— Non, ma puce. J'ai été bête, je l'ai laissé filer. Mais il m'a aidée, une fois, quand j'en avais vraiment besoin. La moitié de la famille lui doit la vie, en quelque sorte. Il s'est comporté en vrai prince.

— Où est-il, maintenant ?

— Je ne sais pas.

Elle se tourna vers le palais et le revit tel qu'il était au temps de sa splendeur, avec ses salles fabuleuses grouillant de personnes creuses mais tellement *glamour*, qui faisaient la fête avec une frénésie décadente à longueur de semaine et d'année, car elles ne savaient rien faire d'autre. Des souvenirs agréables, mais sans importance, désormais. Comme de jolies photos de vacances prises pendant une enfance dorée.

— Pourquoi tu n'es plus princesse ? insista Octavio.

— J'ai grandi, chéri. Tout le monde a grandi.

C'était faux, évidemment. Les visages qui riaient et dansaient sans arrêt dans son esprit avaient disparu depuis longtemps. Elle les laissa la frôler, fantômes frivoles – Shasta, Matiff, Housden... Des gens magnifiques, mais à l'existence insignifiante, vide. Certains avaient expié, avaient été sauvés, d'autres s'étaient perdus à jamais. Et puis, il y avait ces âmes désespérément brillantes qui avaient traversé l'espace-temps avec détermination : ce cher Elston, Ravi, Coniff, Karizma, l'adorable Paresh, et même ce bon vieux Sid... Tous ceux qu'elle avait perdus au fil des siècles, qui avaient furtivement et joyeusement croisé sa route, tandis qu'elle tournoyait, les bras écartés, telle une danseuse illuminée. Ils avaient été heureux, à leur façon. Angela leur souhaita à tous le meilleur, où qu'ils se trouvent. Il n'y avait pas d'endroit mieux indiqué pour leur dire au revoir, pour effacer toute trace de tristesse.

— Venez ! lança-t-elle avec un sourire radieux, satisfaite d'avoir pu montrer le lieu où tout avait commencé à ces petits garnements, à ses adorables descendants. On ferait mieux de se dépêcher ou on va avoir de gros ennuis.

Le conglobat Nuii-Zanth, géode de matière quantique mesurant plus de cent cinquante kilomètres de diamètre et accueillant quatre-vingt mille entités, les attendait en orbite géosynchrone, prêt à s'aventurer pour la première fois dans le cœur de la galaxie. Le capitaine Lulu MacNamara avait accepté de laisser Angela satisfaire sa curiosité teintée de nostalgie, mais elle était pressée de partir, et il n'était jamais bon de la faire attendre.

Achevé d'imprimer en mars 2017
Par CPI France
N° d'impression : 3021612
Dépôt légal : février 2015
Imprimé en France
81121398-2